BASTEI
LÜBBE

BASTEI LÜBBE ANN RULE IM TASCHENBUCH-PROGRAMM:

13 390 Wenn du mich wirklich liebhast
13 506 Blick in den Abgrund
13 576 Alles, was sie sich erträumte
13 764 Eine Rose für ihr Grab
13 833 Am Ende der Straße
13 992 Der perfekte Ehemann
14 211 Tödliches Verlangen
14 292 Bittere Ernte

Ann Rule

Bittere Ernte

Aus dem Amerikanischen
von Cécile G. Lecaux

BASTEI LÜBBE

BASTEI LÜBBE TASCHENBUCH
Band 14 292

Erste Auflage: Januar 2000

Originaltitel: Bitter Harvest
Originalverlag: Simon & Schuster, New York
Lektorat: Marco Schneiders
Titelbild: Image Bank
Umschlaggestaltung: QuadroGrafik, Bensberg
Satz: KCS GmbH, Buchholz/Hamburg
Druck und Verarbeitung:
Brodard & Taupin, La Flèche, Frankreich
Printed in France
ISBN 3-404-14292-6

Der Preis dieses Bandes versteht sich einschließlich der gesetzlichen Mehrwertsteuer

Für Bonnie Allen aus Roslyn im Staate Washington.

Lehrerin, Künstlerin und drei Jahrzehnte lang meine Freundin, hast du Tragisches durchlebt und viel Leid ertragen müssen und bist doch der Inbegriff dessen geblieben, was eine Mutter und Großmutter sein kann und sein sollte.

Gott segne dich.

Prolog

Manchmal sind Orte, an denen sich entsetzliche Tragödien zugetragen haben, von sichtbaren Narben gezeichnet. Meistens jedoch kann, wenn die Normalität wieder Einzug gehalten hat, nur noch ein sehr aufmerksamer Betrachter an ihnen etwas Ungewöhnliches finden. Das ist der Lauf der Dinge, und so muß es auch sein; wir können nicht ewig in Trauer alten Wunden und vergangenem Leid nachhängen. Neues Gras überzieht kahlen Grund, und im Frühjahr blühen neue Blumen, ganz gleich, was sich auf der Erde zugetragen hat, die sie nährt.

Prairie Village in Kansas wurde zu einem jener Orte, an denen sich schier unerträgliche Tragödien ereignet haben. In einer stürmischen Oktobernacht im Jahre 1995 geschah in Prairie Village etwas Grauenhaftes, eine Katastrophe solchen Ausmaßes, daß man geglaubt hätte, die Straße, in der sich alles zutrug – der Canterbury Court – werde sich von dem Geschehen nie wieder erholen, daß dort niemals wieder jemand lachen würde. Und doch konnte ich, als ich lange nach den schrecklichen Geschehnissen den Canterbury Court entlangging, kein Anzeichen dafür erkennen, daß sich in dieser friedlichen Vorortstraße je etwas Ungewöhnliches ereignet hätte.

Menschen, die in anderen Teilen Amerikas leben, wissen meist nicht, daß es *zwei* Kansas Citys gibt, eine an der äußersten östlichen Grenze des Staates Kansas und die zweite an der Westgrenze von Missouri. Würde es sich nicht um Städte, sondern um Schwestern handeln, wäre erstere ein freiheitsliebendes Cowgirl und letztere eine anmutige Kunstmäzenin. Den Einwohnern der beiden Staaten fällt es nicht schwer, die beiden Städte auseinanderzuhalten – sie bezeichnen die eine als KCK und die andere als KCMO. Und doch stiften zwei Städte gleichen Namens bei Besuchern einige Verwirrung. Kansas City in Missouri ist mit einer Einwohnerzahl von 450 000 dreimal so groß wie ihr Gegenpart in Kansas. Der Ward Parkway in Kansas City, Missouri, wird von gepflegten Eigenheimen und Anwesen gesäumt, und man findet dort eine Fülle von Denkmälern und Springbrunnen. In Kansas City, Missouri, gibt es Opern- und Ballettensembles und wunderhübsche restaurierte Einkaufsstraßen, deren Blütezeit sechzig oder siebzig Jahre zurückliegt. An Thanksgiving strömen Tausende von Schaulustigen zur Country Club Plaza, um zu sehen, wie die Lichterketten an den Stuckgebäuden herum eingeschaltet werden. Der pittoreske Platz verwandelt sich sogleich in eine Traumlandschaft. Die Einwohner von ›KCMO‹ leben ›nördlich des Flusses‹ oder ›südlich des Flusses‹, womit der majestätische Missouri gemeint ist.

Die Grenze zwischen Missouri und Kansas – die State Line Road – zieht sich von der Stelle, wo der Kansas in den Missouri mündet, nach Süden. Tausende von Familien, die in Johnson County, Kansas, ansässig sind, also den Vororten der Großstadt Kansas City, arbeiten in Missouri. Besucher beider Städte landen auf dem KCI, einem gemeinsamen Flughafen in Missouri. In den Geschenkboutiquen findet man Souvenirs der berühmtesten – wenn auch fiktiven – Persönlichkeiten von Kansas: Dorothy, dem feigen Löwen Toto, der Vogelscheuche und dem Blechmann, allesamt Figuren aus ›Der Zauberer von Oz‹.

Johnson County liegt in Kansas, Jackson County in Missouri. Johnson County zählt 430 000 Einwohner und ist eine der beliebtesten Wohngegenden wohlhabender Familien. Der Shawnee Mission Parkway führt von Kansas City, Missouri, nach Westen und kreuzt die I-35 nach

Süden – ein Zubringer zu unzähligen Gemeinden mit malerischen Alleen, gesäumt von Eigenheimen jeder Couleur, von bescheiden bis hin zu pompös: Roeland Park, Leawood, Mission, Fairway, Mission Hills, Merriam, Shawnee, Prairie Village, Overland Park und, etwa dreißig Meilen weiter, Olathe, die Hauptstadt von Johnson County. Viele dieser Ortschaften erstrecken sich beiderseits der Staatsgrenzen; Häuser auf gegenüberliegenden Straßenseiten stehen in verschiedenen Bundesstaaten. Die polizeilichen Zuständigkeitsbereiche überschneiden sich ebenso wie die Einsatzbereiche der Feuerwehren. Auch eine enge Zusammenarbeit zwischen den verschiedenen Behörden ist hier wichtiger als in den meisten anderen Gegenden.

Von all diesen Vororten ist Prairie Village wohl einer der schönsten (er rangiert gleich hinter dem noblen Mission Hills), wenn auch sein Name seinem tatsächlichen Erscheinungsbild nicht gerecht wird. Es gibt dort keine Prärie, und es handelt sich auch nicht um ein Dorf, sondern um eine gehobene Wohngegend für Besserverdienende – dort leben mehr Ärzte, Juristen, Geschäftsführer und ähnlich hohe Tiere mit einem Jahreseinkommen von weit über 100 000 Dollar als in fast jeder anderen Stadt in Kansas. Bei vielen Häusern in Prairie Village handelt es sich um klassische Backsteingebäude, die in den dreißiger Jahren errichtet wurden und deren Stil und Bauweise von ›altem Geld‹ künden. In der kleinen Siedlung Canterbury mit dem Canterbury Court steckt ganz offensichtlich ›neues Geld‹, und die Anwesen sind kostspielige Nachbauten britischer Herrenhäuser oder im modernen Stil Frank Lloyd Wrights errichtet. Der Canterbury Court mündet – und ein gewisser Stilbruch läßt sich hier nicht leugnen – in die geschäftige West Seventy-fifth Street mit ihren kleineren Mehrfamilienhäusern.

Der Canterbury ist wie eine Orchidee inmitten von

Löwenzahn und Gänseblümchen – schön anzusehen, aber fehl am Platze. Nur wenige der privilegierten Kinder dieser Siedlung besuchen öffentliche Schulen. Vielmehr werden sie zu Privatschulen gefahren wie der Pembroke Hill School, die für gewöhnliche Arbeiterfamilien unerschwinglich sind. Schulkinder, die einen Block vom Canterbury entfernt wohnen, verspotten zuweilen die ›reichen Kids‹.

Mitte der Neunziger schien es, als würde in jedem zweiten Haus des ersten Blocks des Canterbury Court ein Arzt wohnen – oder gleich zwei, wenn beide Elternteile Ärzte waren. Und für jemanden, der in der Arbeiterklasse aufgewachsen war, war ein Haus am Canterbury Court ein Symbol dafür, daß man es geschafft hatte. Im vorliegenden Fall handelte es sich um ein 450 Quadratmeter großes Eigenheim mit Schwimmbad, ein Haus, das eine angeschlagene Ehe kitten sollte, ein perfektes Heim, um eine entzweite Familie wieder zusammenzuschweißen – ein idealer Ort für einen Neuanfang. Aber statt dessen nahm das Unheil seinen Lauf, und das hübsche neue Heim wurde zu einem Ort des Grauens.

Als ich das erstemal vor dem Grundstück stand, auf dem einmal das Haus Canterbury Court Nr. 7517 gestanden hatte (die Hausnummer war noch am Stamm einer Ulme befestigt), war es Januar und bitterkalt. Ich konnte mir einfach nicht vorstellen, daß ein Brand das Haus zerstört hatte, Flammen, die von stürmischen Herbstwinden angefacht worden waren, bis sie höher als die Baumwipfel loderten. Im tiefsten Winter war der Boden hartgefroren; die riesigen Ahornbäume und Ulmen waren nackt; sogar die Blaufichten sahen aus, als hielten sie Winterschlaf. Nur eine Gruppe von sieben oder acht zierlichen weißen Birken wirkte lebendig. Unglaublich, daß sie die tödliche

Umarmung der Glut überlebt hatten, die ihre Rinde geschwärzt und ihre Blätter versengt hatte. Vielleicht konnte der Frühlingsregen ihnen neues Leben einhauchen.

Schneestürme waren über das Land hinweggefegt und hatten eine dünne Schneeschicht auf dem braunverfärbten Gras und den vereisten Furchen hinterlassen, die von den Reifen schwerer Fahrzeuge stammten. Ich mußte ganz genau hinsehen, um zu erkennen, daß es sich bei den kleinen Steinen vor meinen Füßen nicht um gewöhnliche Steine handelte, sondern um verkohlten, untergepflügten Schutt. Das war alles. Auf dem freien Grundstück stand kein Schild ›Zu verkaufen‹, es gab kein gähnendes, ausgebranntes Fundament, keine geschwärzten Balken, nichts, was an das Haus erinnert hätte, das einmal dort gestanden hatte. Es existierte nicht mehr – ebensowenig wie die Hoffnungen und Träume der fünf Menschen, die dort gelebt hatten.

Die bleiverglasten Fenster und schweren Türen der Nachbarn waren jedem verschlossen, der kam, um Fragen zu stellen. Niemand wollte an jene stürmische Oktobernacht erinnert werden, in der Schreie und Sirenen die Dunkelheit zerrissen hatten, in der die Feuerwehrleute verzweifelt gegen die Flammen ankämpften.

Als ich ein halbes Jahr später – es war Juli – noch einmal nach Prairie Village und zum Canterbury Court fuhr, nahm sich das freie Grundstück zwischen den beiden Nachbarhäusern aus wie ein Park. Das Gras war leuchtend grün, und das Laub der Bäume bildete einen dichten Baldachin, der lange Schatten auf den Rasen warf. Und doch gab es an dem Ort nichts Lebendiges, was mich schaudern ließ, da ich inzwischen mit den Einzelheiten der Tragödie vertraut war, die sich dort neun Monate zuvor zugetragen hatte. Die Häuser rechts und links schienen dichter zusammengerückt zu sein, so als wollten sie die Illusion wecken, daß zwischen ihnen nie ein Haus gestanden hatte – schon gar nicht ein massives Gebäude aus Stuck mit einer Garage, in der vier Autos Platz hatten.

Die Kinder in den Nachbarhäusern wurden seltener von quälenden Alpträumen geweckt, jetzt da der Sommer Einkehr gehalten hatte. Ihre Eltern zeigten Reportern und Gaffern die kalte Schulter; was sie zu sagen hatten, hatten sie vor Gericht ausgesagt. Sie sehnten sich zurück nach der alten Geborgenheit, die der Canterbury Court ihnen früher vermittelt hatte. Sie wollten vergessen. Aber natürlich wird keiner von ihnen jemals vergessen können, was sich in jener Oktobernacht hier zugetragen hat. Niemals.

Erster Teil

Degenerierte Söhne und Töchter,
Das Leben ist zu stark für euch –
Es erfordert Leben, um das Leben zu lieben.

Edgar Lee Masters
Spoon River Anthology

1

In diesem Herbst hatte häufig ein kräftiger Wind geblasen, aber das war nicht ungewöhnlich für Kansas. Die meisten Einwohner des Staates nahmen den Wind kaum mehr wahr. Am 23. Oktober 1995 jedoch waren die Böen so heftig, daß das sorgfältig zusammengekehrte Laub aufgewirbelt wurde und die Lichter flackerten. Die Hausfrauen legten Kerzen und Taschenlampen heraus – nur für alle Fälle.

In Prairie Village erledigte Dr. Debora Green ihre gewöhnlichen Pflichten. Als Mutter von drei Kindern mußten sie sich ihre Zeit sehr genau einteilen, um die Aktivitäten ihrer Sprößlinge unter einen Hut zu bringen. Ihr wäre ein Stromausfall willkommen gewesen, weil sie dann alle hätten daheim bleiben können. Sie hätten Kerzen anzünden und einfach nur reden können. Später an diesem Tag waren sie wieder alle in ihrem wunderschönen neuen Haus am Canterbury Court vereint: Debora, ihr Sohn Tim und ihre Töchter Lissa* und Kelly. Nach dem Abendessen legten sie alle sich in ihren Zimmern schlafen. Debora glaubte, die Alarmanlage eingeschaltet zu haben; der Rauchmelder stand wie immer auf ›Ein‹.

Feuer kann in einer gewaltigen Explosion entstehen oder sich klammheimlich und leise wie eine Maus einschleichen. Es war nach Mitternacht, als der Wind die ersten züngelnden Flammen erfaßte und zu einem hochauflodernden Feuer anfachte, lange bevor die schlafenden Nachbarn am Canterbury Court auch nur etwas von der Gefahr ahnten. Die prächtigen Anwesen standen so dicht beieinander, daß Eichhörnchen mit einem Sprung von

* Die Namen einiger Personen wurden geändert. Diese Namen sind jeweils bei ihrer ersten Erwähnung mit einem Sternchen gekennzeichnet.

Baum zu Baum von einem Garten zum anderen wechseln konnten. Die Dächer waren mit hübschen Holzschindeln gedeckt, und die waren nach einem langen Sommer, wie er im mittleren Westen üblich war, knochentrocken.

Debora Green konnte sich in letzter Minute aus dem brennenden Haus retten. Sie rannte zum Nachbarhaus, hämmerte mit den Fäusten an die Tür und schrie, jemand solle ihr helfen, ihre Kinder zu retten. Dann blickte sie zurück auf das Feuer, und bei dem Anblick, der sich ihr bot, zog sich ihr Herz schmerzhaft zusammen. Vor dem Feuerschein am Himmel hob sich die kleine Silhouette eines Kindes ab, das über das Dach vor den Flammen floh, die bereits an den Sparren der Garage leckten. Während das kleine Mädchen flüchtete, begann das Dach hinter ihr nachzugeben. Das kleine Mädchen – es war Lissa – verharrte zögernd an der äußersten Kante des einstürzenden Daches. Ganz sicher würde das Mädchen jeden Moment in das unter ihr wütende Inferno hinabfallen und sterben.

»Hilf mir!« schrie Lissa. Trotz des dichten schwarzen Rauches hatte sie ihre Mutter an der Tür des Nachbarhauses stehen sehen. Das kleine Mädchen rief wieder und immer wieder um Hilfe, aber ihr schwaches Stimmchen wurde vom Gebrüll der Flammen verschluckt. Schließlich sah Lissa, wie ihre Mutter sich wie in Zeitlupe auf sie zubewegte. Sie hatte sie gesehen! Sie kam ihr zu Hilfe!

Lissa wußte, daß jetzt alles gut werden würde; ihre Mutter würde sie retten. Debora stellte sich unterhalb der Dachkante auf, die Beine gespreizt und die Füße fest aufgesetzt, damit sie nicht ausglitt. Sie breitete die Arme aus und bedeutete Lissa, zu ihr herunter zu springen. Aber es war so weit bis zum Boden. Einen Moment noch zögerte Lissa – dann warf sie einen Blick über die Schulter und sah, daß das Garagendach bereits fast vollständig zerstört war.

»Spring!« befahl Debora. »Spring! Ich fange dich auf!«

»Ich habe Angst ...«

»*Spring! Jetzt!*« In der Stimme ihrer Mutter schwang Dringlichkeit mit und noch etwas anderes, etwas, das Lissa noch mehr angst machte als das Feuer.

Lissa gehorchte. Die Arme über dem Kopf und mit der sengenden Hitze im Rücken sprang sie vom Garagendach. Aber Debora fing sie nicht auf; wahrscheinlich stand sie zu weit von der Garage fort. Jedenfalls landete Lissa zu Deboras Füßen auf der Erde. Gott sei Dank war der Rasen mit einem dicken Laubteppich bedeckt, so daß sie sich nicht verletzte.

Jetzt fühlte Lissa sich sicher; sie war bei ihrer Mutter. Sie wußte nicht, ob nur ihr eigenes Haus brannte oder noch andere. Ihr kam es vor, als wäre das Feuer überall; der Rauchgeruch war allgegenwärtig, und sie konnte den Ruß noch auf der Zunge schmecken. Ihre Mutter brachte sie zum Haus der Nachbarn, und Lissa sah sich nach ihrem Bruder und ihrer Schwester um. In den Häusern ihrer Straße gingen die Lichter an. In weiter Ferne konnte sie das Heulen von Sirenen hören. Sie kamen immer näher, bis sie schließlich direkt vor dem brennenden Haus verstummten. In ihrem Kopf hörte sie unablässig eine Stimme rufen »*Hilf mir! Hilf mir!*« Sie versuchte, mit ihrer Mutter zu sprechen, aber Debora befand sich offensichtlich in einem akuten Schockzustand. Sie sagte kein Wort. Sie stand nur da und starrte auf das Feuer.

Lissa konnte ihre Geschwister nirgends entdecken und fing an zu schreien, jemand sollte Tim und Kelly retten und Boomer und Russel, ihre beiden Hunde, aus dem Haus holen. Ihre Mutter reagierte immer noch nicht.

Als Lissa sah, wie ein Streifenwagen mit quietschenden Reifen vor dem brennenden Haus hielt und ein Polizist auf sie zulief, flehte sie ihn an, ihren Bruder und ihre Schwester zu retten. Er gab ihr zu verstehen, daß er verstanden hatte, und lief an ihnen vorbei. Lissa klammerte sich an ihre Mutter und blickte trostsuchend in ihr Gesicht, das jedoch völlig ausdruckslos war. Debora starrte wie gebannt auf das Feuer. Die beiden standen einfach nur da, schutzlos dem Wind ausgesetzt, der ihr Heim in ein flammendes Inferno verwandelte.

Debora hatte eins ihrer Kinder gerettet. War es möglich, daß die beiden anderen im Feuer gefangen waren und nicht herauskamen? Das war der Alptraum einer jeden Mutter. Und nun widerfuhr es ihr.

2

Havana in Illinois ist eine Ortschaft wie tausend andere, die im Mittleren Westen von der Landwirtschaft leben. Für die meisten Autofahrer, die von Keokuk in Iowa nach Bloomington oder Champaign in Illinois fahren, ist Havana nur ein verlorenes Fleckchen am State Highway 136, östlich von Adair, Table Grove, Ipava und Duncan Mills, und westlich von San Jose und Heyworth. Im Laufe der Jahre ist die Einwohnerzahl von Havana mit knapp über 40 000 konstant geblieben. Der Ort befindet sich in der Nähe der Geburtsstätten von Carl Sandburg und Wyatt Earp sowie einiger Seen und des Illinois River. Der Spoon River, der durch Edgar Lee Masters unsterblichen Ruhm erlangt hat, mündet einige Meilen westlich von Havana in den Illinois. Und wie die Figuren in Masters' *Spoon River Anthology* erlebte auch der Ort seine kleinen Tragödien und Abenteuer, die für Tratsch sorgen, der größtenteils nur für die Menschen in Havana von Bedeutung ist.

Joan Purdy (sie selbst hat ihren Namen immer nur ›Joanne‹ ausgesprochen) und Robert Jones ließen sich als frischverheiratetes Paar in Havana nieder. Sie heirateten sehr jung: Joan war gerade achtzehn und Bob sogar noch ein Jahr jünger. Ihre zweite Tochter, Debora, erinnerte sich später daran, daß ihre Eltern beide aus Großfamilien stammten und in bescheidenen Verhältnissen aufgewachsen waren.

Joan war eine hübsche Blondine und eine herausragende Schülerin, was ihr ein Teilstipendium für das Stephens College in Columbia, Missouri, einbrachte. Und sie begann tatsächlich ein Studium an besagtem College – gegen den Willen ihres späteren Mannes. Das Stephens College ist ein angesehenes Mädchencollege; viele von Joans Kommilitoninnen stammten aus wohlhabenden Familien, während sie selbst nebenher arbeiten mußte, um für ihren Lebensunterhalt aufzukommen. Ende der vierziger Jahre trugen College-Studentinnen Cashmere-Pullover, Perlen und lange Röcke – die manchmal so eng waren, daß die Mädchen kaum noch gehen konnten. Der ›New Look‹ war in, und Mädchen, die als gutgekleidet gelten wollten, mußten ständig ihre gesamte Garderobe erneuern.

Joan Purdy konnte sich das nicht leisten. Sie war ein einfaches Mädchen, hatte Heimweh, vermißte Bob, der noch die High-School besuchte, und fühlte sich fremd unter den weltgewandten Studentinnen am Stephens. Und so war wohl unausweichlich, daß sie schon kurze Zeit später ihr Studium abbrach und Bobs Heiratsantrag annahm.

Bob war ein gutaussehender junger Mann, so attraktiv wie die Filmstars Guy Madison oder Gene Barry, denen er sehr ähnlich sah. Sein Haar, das er aus der Stirn zurückgekämmt trug, war fast schwarz und von Natur aus gewellt. Er war nicht sehr groß, nur etwa eins siebzig, aber er war kräftig gebaut und hatte einen dunklen Teint.

Das junge Paar heiratete an Halloween 1948, und Joans

Träume, Mathematiklehrerin zu werden, zerplatzten wie eine Seifenblase. Sie wurde schon sehr bald schwanger und brachte im heißen Sommer des Jahres 1949 ihre erste Tochter, Pamela, zur Welt. Ihr zweites Baby kam keine zwei Jahre später: Debora (die erst Deborah genannt wurde, dann Debra, Debi und Deb, ehe man sich schließlich auf erstere Schreibweise festlegte) wurde am 28. Februar 1951 geboren.

Im großen und ganzen war die Ehe der Jones' recht glücklich, obwohl die beiden noch so jung waren. Wäre Joan berufstätig gewesen, hätte sie vermutlich in den ersten Jahren mehr verdient als Bob. Aber in den fünfziger Jahren gab es noch keinen Rollentausch der Geschlechter, und so blieb Joan daheim und hütete Haus und Kinder. Die Ehe hatte Bestand; die beiden waren immer noch zusammen, als ihre Goldhochzeit nahte.

Pamela und Debora waren niedliche kleine Mädchen. Beide waren überdurchschnittlich intelligent, aber Debora war nahezu genial. Ihr Onkel Gordon Purdy, der in Minnesota lebt, erinnerte sich, daß sie sich im Alter von zweieinhalb Jahren das Lesen selbst beibrachte, indem sie über der Zeitung brütete. Er war verblüfft, als er kurz darauf einen Brief von seiner kaum den Windeln entwachsenen Nichte erhielt.

Manche, die sie kannten, sagen, Joan hätte es bereut, ihre Ausbildung abgebrochen zu haben, um Bob zu heiraten, und hätte manchmal ihren Frust verbal an ihren Töchtern ausgelassen. Mag sein. Vielleicht wollte sie auch nur, daß sie mehr erreichen und es im Leben weiter brachten als sie selbst. Auch wenn sie sich scheinbar mit ihrer Rolle als Hausfrau und Mutter abgefunden hatte, wollte sie, daß ihre Mädchen das College besuchten und einen Beruf erlernten. Wenn Joan mit einer ihrer Töchter schimpfte, dann für gewöhnlich, weil diese ihrer Ansicht nach nicht ernsthaft genug lernte. Während Bob ein sehr umgänglicher Mensch war, war Joan beinahe besessen von der Vorstellung, daß ihre Töchter es im Leben zu etwas bringen mußten. Sie akzeptierte von niemandem außerhalb der Familie die leiseste Kritik an ihren Mädchen.

»Von meinen Eltern«, meinte Debora später vorsichtig, »war meine Mutter die stärkere – diejenige, die die Entscheidungen traf.«

Joan war der strengere Elternteil, während Bob immer zu Späßen aufgelegt war, mit den Mädchen herumalberte und spielte. Joan verlangte Bestleistungen und exzellente Noten, obgleich ihre Töchter beide gute Schülerinnen waren. Tatsächlich war Debora eine faule Schülerin, was jedoch nicht auffiel, da sie so intelligent war, daß sie sich nicht sonderlich anstrengen mußte, um gute Noten zu erzielen. Sie bekam in ihrem Leben mehr als einmal zu hören, daß sie ein wahres Genie wäre.

Später im Leben sollte Debora sich selbst stets über ihre schulischen Leistungen und ihre Intelligenz definieren. Und auch andere beurteilte sie, vielleicht unbewußt, nach Intelligenz und beruflichem Erfolg.

Ihr selbst fiel es so leicht, Wissen zu assimilieren, daß sie wenig Verständnis hatte für die Schwierigkeiten, die Lesen und Mathematik ihren Mitschülern bereiteten. Außerdem war sie sehr sportlich und hatte ein großes musikalisches Talent.

Ihr Vater fuhr den Lieferwagen einer Großbäckerei und arbeitete sich innerhalb der Firma langsam nach oben. »Wir hatten nicht viel Geld«, erinnerte sich Debora, »aber es war immer alles da, was wir brauchten.«

Wenn man sie in späteren Jahren nach ihrer Kindheit befragte, konnte Debora sich an nichts Ungewöhnliches erinnern. Es war beinahe so, als hätte sie ihre Kindheit verdrängt. Sie beschrieb ein idyllisches Familienleben ohne die geringste Disharmonie. Tatsächlich aber gab es zumindest einen unerfreulichen Zwischenfall. Debora war sehr wütend auf ihren Vater, als er von einem Bowling-Wettbewerb betrunken heimkam. Es war spät, aber sie war noch auf und überraschte Bob dabei, wie er mehrere hundert Dollar abzählte, die er bei dem Wettbewerb gewonnen hatte. Wütend schnauzte Debora ihn an. Als sie später erfuhr, daß dieses Geld von Anfang an für ihre Schulausbildung bestimmt gewesen war, schämte sie sich der Dinge, die sie an jenem Abend zu ihm sagte. Diesen Vorfall erwähnte sie nie, wenn sie von ihren Kindheitserinnerungen sprach, und sie verdrängte auch, daß sie bis zum Alter von zwölf Jahren Bettnässerin war.

Debora und Pamela teilten sich ein Zimmer, und die beiden verstanden sich gut – abgesehen von den Streitereien, wie sie zwischen Schwestern ganz natürlich sind. Debora konnte sich nicht daran erinnern, daß ihre Schwester jemals auf sie neidisch gewesen wäre. Sie nahm Klavier- und Geigenunterricht und erwies sich in beiden Sparten als hochbegabt. Den Klavierunterricht behielt sie dann auch bis weit in ihre Studienjahre hinein bei.

Pam mochte hübscher gewesen sein als ihre kleine Schwester, ihre Züge waren feiner als Deboras. Pams Haar war beinahe so dunkel wie das ihres Vaters, und sie war sehr zierlich. Debora war kräftiger, wenn auch eher stämmig als pummelig. Sie wuchs zu einem eher niedlichen als hübschen Mädchen heran, mit einem runden Gesicht und einem kleinen Höcker auf der Nase. Ihre Stirn wölbte sich leicht über den Augenbrauen, ein Merkmal, das mit den Jahren noch markanter werden sollte und ihr ein leicht maskulines Aussehen verlieh. Hinzu kam, daß sie etwas von einem Chamäleon an sich hatte. Ihr ganzes Leben lang änderten sich ihr Aussehen und Gewicht ständig, so daß auch Verwandte sie zuweilen nicht wiedererkannten. Eines blieb allerdings konstant: Deboras Haar war stets kräftig, gelockt und von rötlichem Kastanienbraun. In Pamelas letztem Jahr auf der High-School zogen die Jones' nach Metamora in Illinois, ein Nest, das noch kleiner war als Havana. Debora besuchte im ersten und zweiten Jahr die kleine High-School des Ortes, wo ihre akademische Begabung noch deutlicher hervortrat. Aber die Familie blieb nur zwei Jahre in Metamora wohnen. Bob stieg in der Firma *Roman Meal* auf und avancierte vom Auslieferungsfahrer zum Bezirksleiter. Die Familie bezog ein Haus in der North Sheridan Road Nr. 3122 in Peoria, als Debora in die vorletzte Klasse versetzt wurde. Für die meisten Teenager wäre dies ein ungünstiger Zeitpunkt für einen Umzug gewesen, und bei dem Gedanken von einem Ort mit wenigen tausend Einwohnern in eine Stadt mit 200 000 Einwohnern zu wechseln, wäre manch anderen angst und bange geworden. Nicht so Debora.

Auf die Frage, ob sie sich je gefürchtet habe, auch wenn sie sich nach außen hin nie etwas anmerken ließ, schüttelte Debora entschieden den Kopf. »Ich war immer zuversichtlich«, erinnerte sie sich. »Ich hatte immer das sichere Gefühl, ich könne alles erreichen, was ich wollte. Ich hatte nie vor irgend etwas Angst – das kam erst später ...«

›Debi‹ Jones wurde bald beliebtes Mitglied des Jahrgangs 1969 an der High-School von Peoria. Damals schon hatte sie ihren wunderbaren Sinn für Humor entwickelt, der sie für andere so anziehend machte. Außergewöhnlich geistreich, konnte sie sich über alles lustig machen – zum Entzücken ihrer Mitschüler und dem gelegentlichen Mißfallen ihrer Lehrer.

Die späten sechziger Jahre waren eine turbulente Zeit für Teenager, aber Debora wich nie von dem Pfad ab, den sie für sich gewählt hatte – oder den ihre Mutter für sie vorbestimmt hatte. Harry Whitaker, Direktor der Peoria High in den sechziger Jahren, hatte sie fünfundzwanzig

Jahre später noch als herausragende Schülerin in Erinnerung. »Sie schien sich an alle Regeln zu halten. Sie nahm keine Drogen und trank keinen Alkohol. Sie war ein eher extrovertiertes Mädchen«, bemerkte er. »Man konnte sehen, daß sie im Leben Erfolg haben würde.«

Debora war im Schuljahr 1967–68 an die Peoria High gekommen, und 1968 feierte Illinois das 150. Jubiläum der Aufnahme des Bundesstaates in die Union im Jahre 1818. »Ich erinnere mich, daß wir in meinem vorletzten Jahr in der High-School im Englischunterricht *Spoon River Anthology* gelesen haben«, erzählte sie später. »Das gehörte zu den Feierlichkeiten zum 150. Jubiläum.« Obgleich ihre Stärken vor allem bei den wissenschaftlichen Fächern und Mathematik lagen, machte es Debora Freude, Masters' Werk zu lesen, und hiernach wählte sie vorzugsweise epische Bücher mit historischem Hintergrund. Sie sollte immer eine Leseratte bleiben, die sich so in einen Roman vertiefen konnte, daß sie die Welt um sich herum vergaß.

Debora war an der Peoria High Cheerleader, war Mitglied des Schülerrates und wurde zum National Merit Scholar* gekürt. Die Liste der Leistungen im Anschluß an ihren Namen im *The Crest*, dem Jahrbuch der Peoria High, war ellenlang. Sie sang im Konzertchor, war Begleitmusikerin, Mitglied im French Club, in Musik Workshops und dem redaktionellen Team von *Crest*. Darüber hinaus war sie eine überdurchschnittliche Sportlerin, so daß ihr fester Freund, Greg Short – er war Mitglied der Football- und Wrestling Mannschaften – in ihr Jahrbuch schrieb: ›Weißt du, es ist wirklich hart, mit jemandem zu gehen, der sportlich mehr drauf hat als ich ... Andererseits glaube ich, daß ich dich um so mehr mag, weil ich mit dir konkurrieren

* Schüler mit besonderen schulischen Verdiensten (Anmerkung des Übersetzers).

muß. Es ist einfach nicht fair, daß du so schrecklich begabt bist ...‹.

Short, der später Lieutenant beim Peoria Police Department wurde, war zwei Jahre mit Debora liiert. Sie gingen zusammen auf Abschlußbälle, posierten für alberne Photos, die später im Jahrbuch erschienen, und alle erwarteten, daß sie auch nach der High-School zusammenbleiben würden, da Greg Short bis über beide Ohren in Debora verliebt war.

Debora war 1969 Abschlußrednerin der Peoria High School. Sie und der zweite Redner, Scott Russell – heute stellvertretender Inspektor des Schulbezirks von Peoria – hatten beide einen traumhaften Notendurchschnitt. Debora hatte in ihrem ganzen Leben noch keine schlechtere Note als ein ›sehr gut‹ bekommen. Sie hatte fast das Maximum von 800 Punkten in beiden Teilen des schulischen Eignungstests erreicht. Sie wollte auf die University of Illinois.

Die meisten Einträge in Deboras Ausgabe des *The Crest* bezogen sich folglich auch auf ihre Intelligenz: ›Für das Mädchen, das nie für Geschichte gelernt und bei Klausuren trotzdem immer eine Eins bekommen hat‹; ›Du bist wirklich schlauer als dir guttut ...‹; ›Du, die faulste Chemikerin der Klasse. Du siehst nicht so aus und benimmst dich auch nicht wie ein Genie. Mach den Lehrern im nächsten Jahr das Leben nicht zu schwer, so klug wie du bist.‹

Debora erwies sich auch an der University of Illinois als exzellente Studentin, wenn sie auch ihren Notendurchschnitt von ›sehr gut‹ nicht halten konnte. Auf dem College schrieb sie das erste ›gut‹ ihres Lebens. Greg Short erinnerte sich, wie sehr sie das traf. »Sie faßte es als großes persönliches Versagen auf.«

Im ersten Viertel ihrer Studienzeit blieb Debora noch mit Greg zusammen, aber dann ging die Romanze in die Brüche. »Er konnte mir auf intellektueller Ebene nicht das Wasser reichen«, sagte sie viele Jahre später. »Er besuchte nur ein unbedeutendes College – wir haben uns eben auseinandergelebt.« Das letzte Mal sprach Greg 1971 mit Debora; sie hatte ein neues Kapitel in ihrem Leben aufgeschlagen, und in diesem Lebensabschnitt war für Greg kein Platz.

Debora war ein Naturtalent in Chemie und wollte Chemikerin werden. Sie hatte sich nie sonderlich zur Medizin hingezogen gefühlt. »Mein Verstand arbeitet wie der eines Wissenschaftlers«, meinte sie. »Aber nachdem ich mein Studium begonnen hatte, sagte man mir, Chemiker gäbe es wie Sand am Meer, und ich sollte in Erwägung ziehen, mir ein anderes Studienfach zu suchen. Ich wählte Pharmazie und machte in drei Jahren meinen Abschluß.«

Ein Medizinstudium ist auch für die engagiertesten, motiviertesten Studenten eine Herausforderung. Für Debora war es nur die zweite Wahl. Medizin war nie ihre Leidenschaft oder ihr Ziel gewesen. Sie bewarb sich an den medizinischen Hochschulen von Chicago und Kansas. Ihre Ergebnisse in Chemie waren natürlich phänomenal, aber auf anderen Gebieten waren ihre Noten weniger gut. »Bei den medizinischen Eignungstests habe ich nicht so gut abgeschnitten«, sagte sie später. »Aber ich wurde trotzdem von beiden Universitäten angenommen. Ich entschied mich für die University of Kansas Medical School.«

Die Universität befindet sich in Lawrence, auf halbem Weg zwischen Kansas City und Topeka, und der Fachbereich Medizin ist in Kansas City angesiedelt. Dort ist auch das berühmte Jayhawks Basketballteam beheimatet mit seinem großen Star Wilt Chamberlain, aber Debora interessierte sich nicht sonderlich für diesen Sport. Sie begann ihr Medizinstudium im Herbst 1972. Sie hatte die KU gewählt, weil ihre Eltern in der Nähe von Kansas City lebten. Bob Jones' Aufstieg innerhalb von *Roman Meal* erforderte regelmäßige Umzüge, und im Augenblick lebten Deboras Eltern ganz in ihrer Nähe.

Debora hatte als Studienfach Medizin gewählt, war aber mit dem Herzen nicht dabei. Als man sie später fragte »Was wäre dein Traumberuf gewesen?« antwortete sie ohne zu zögern: »Wissenschaftlerin! Mein Verstand arbeitet sehr mathematisch und rational.« Aber sie entschied, daß sie Ärztin werden würde. Zu der Kette von Zufällen, die ihr komplexes Leben prägen würden, gehörte, daß einer der vier Medizinstudenten ihres Teams in Anatomie ein gutaussehender junger Mann namens John Walker* war. Zwischen ihnen kam es nicht zu einer Romanze, aber sie wurden gute Freunde, während sie zusammen Leichen sezierten.

Debora erinnerte sich später, daß es ihr nicht schwergefallen war, sich von dem Eindruck der Leichen, die sie und John sezierten, zu distanzieren. »Bei einer Autopsie ist das etwas anderes«, erklärte sie. »Da hat der Mensch noch bis vor kurzem gelebt. Aber bei den Leichen, an denen wir arbeiteten, war es etwas anderes. Allerdings roch ich hinterher immer nach Formaldehyd und fühlte mich irgendwie fettig.«

Ihre Mitstudenten fanden Debora sympathisch. Reginald Hall, ein Kommilitone, hat sie als fleißig und mitfühlend in Erinnerung behalten. »Es war nicht schwer, mit ihr auszukommen«, sagte er. »Sie schien immer sehr besorgt um ihre Patienten und deren Wohlergehen.«

Debora schloß ihr Medizinstudium in drei Jahren ab, und promovierte am 16. Mai 1975. Während der routinemäßigen Einsätze in den verschiedenen klinischen Fachbereichen stellte sie fest, daß die Arbeit in der Notaufnahme ihr am meisten Spaß machte. Ihre erste Assistenzzeit leistete sie in der Notaufnahme des Truman Medical Center in Kansas City. »Es machte mir wirklich Spaß – es war immer etwas los.« Aber nachdem sie längere

Zeit in der Notaufnahme gearbeitet hatte, war sie enttäuscht. »Ich stellte fest, daß es sich bei den meisten Fällen um Patienten mit Ohrenschmerzen handelte – oder anderen Wehwehchen, die sie längst bei ihrem Hausarzt hätten behandeln lassen müssen und die nun aus Nachlässigkeit von uns kuriert werden mußten. Das war langweilig.«

Später wechselte Debora dann auf die Krebsstation. »Ich habe die Krebsstation ausgesucht«, erzählte sie mit einem Lächeln, »weil ich gern mit Menschen zu tun habe – ich mag Menschen wirklich. Aber die Krebsstation erwies sich als sehr deprimierend, weil meine Patienten mir zu sehr am Herzen lagen und ich doch wußte, daß sie sterben würden.«

3

Debora war an der University of Illinois mit einem Kommilitonen ausgegangen: Duane M. J. Green. Ihre Beziehung vertiefte sich, und sie heirateten während ihres Studiums an der KU Medical School in Kansas City. Es war eine reizende, formlose Trauung. Debora war gertenschlank und sah sehr jung und hübsch aus in ihrem altmodischen Kleid mit hohem Kragen und Puffärmeln. Sie trug ein weißes Spitzenträgerkleid über einem rosa Baumwollkleid. Ihr in der Mitte gescheiteltes Haar fiel ihr glatt bis auf die Hüften. Ihre Brautjungfer und einzige Trauzeugin war ihre Schwester Pam, die ein ähnliches altmodisches Kleid trug. Nach der Zeremonie posierten sie gemeinsam für ein Photo, zwei strahlend hübsche junge Frauen.

Duane war groß und hager und überragte Debora mit ihren 160 Zentimeter. Seine Koteletten und der buschige Schnauzbart – in den Siebzigern ein absolutes Muß – ließen ihn beinahe ebenso altmodisch aussehen wie Debora. Bob und Joan Jones nahmen an der Trauung teil, und es schien, als hätten sich Joans Träume erfüllt. Ihre Töchter waren beide verheiratet. Pam trug sich mit dem Gedanken, Psychologie zu studieren, während Debora bald promovieren würde und einen gutaussehenden Studenten geheiratet hatte, der bald sein Ingenieurdiplom in der Tasche haben würde. Die Zukunft hätte nicht strahlender aussehen können.

Debora und Duane Green wohnten zu Anfang in einer Wohnung, bezogen jedoch nach ihrem Abschluß an der Medizinhochschule 1975 ein Haus in der Sterling Avenue in Independence, Missouri, von wo aus Debora es nicht so weit zu ihrem Arbeitsplatz hatte. Aber schon sehr früh in ihrer Ehe tauchten erste Schwierigkeiten auf. Debora meinte achselzuckend: »Ich kann nicht einmal mit Bestimmtheit sagen, warum ich ihn überhaupt geheiratet habe. Kaum waren wir Mann und Frau, erkannte ich auch schon, daß wir keinerlei gemeinsame Interessen hatten. Er war Ingenieur. Das sagt eigentlich schon alles. Ingenieure sind langweilig und auf kommunikativer Ebene gestört.«

Duane und Debora trennten sich Ende der siebziger Jahre; noch bevor ihre Scheidung perfekt war, nahm Debora einen Lebensstil an, den sie selbst als ›hedonistisch‹ bezeichnete. Sie war Mitte Zwanzig und hatte seit ihrem sechsten Lebensjahr nur gelernt. Sie war nie gereist, hatte nie Urlaub gemacht. Jetzt holte sie das alles nach. »Meine Freunde und ich flogen runter auf die Guayamas, nach Belize oder sonstwohin und taten einfach, wonach uns der Sinn stand. ... Aber ein Teil von mir sehnte sich nach Beständigkeit, nach mehr Sicherheit in meinem Leben.«

Obgleich Debora bis dahin nur Beziehungen zu Männern gehabt hatte, die sie aufrichtig liebten, hatte sie in den

Monaten nach der Trennung von Duane gleich mehrere Bekanntschaften. Sie sehnte sich nach Freiheit und war so attraktiv, wie sie es noch nie gewesen war – und vielleicht nie wieder sein würde. Sie war schlank, und ihr Haar war stets perfekt gepflegt, so daß es in weichen Wellen über ihren Rücken fiel, wenn sie es sich aus dem Gesicht strich. Ihr Verstand war schärfer denn je. Sie arbeitete Sonderschichten, um ihr ohnehin schon beträchtliches Einkommen aufzustocken. Sie kaufte sich für 27 000 Dollar einen silbernen Jaguar XKE und düste durch Independence und Kansas City. Jedem Mann, der sie ansah, mußte auffallen, wie dynamisch sie war, wieviel Energie in ihr steckte. Sofern ihre Persönlichkeit auch weniger attraktive Züge aufwies, waren diese auf den ersten Blick nicht erkennbar.

Jedenfalls nicht, als Michael Farrar sie kennenlernte. Mike war Medizinstudent und begann, wie es üblich war, sein Abschlußjahr mit einem Praktikum in der Notaufnahme des Truman Medical Center. In Lawrence, Kansas, geboren und ›nördlich des Flusses‹ in Kansas City, Missouri, aufgewachsen, war er vier Jahre jünger als Debora und rangierte in der Hackordnung der Auszubildenden Ärzte weit unter ihr. Er fand sie aufregend. »Sie war eine attraktive Frau – eine schlanke, attraktive Frau«, erinnerte Mike sich später. »Und ganz offensichtlich war sie hochintelligent. Sie war sehr geistreich; jeder, der sie kannte, wußte, wie geistreich sie war. Aber sie war es auf eine sarkastische, beißende Art. Sie war sehr komisch.«

Mike fühlte sich zu Debora hingezogen. Und es gelang ihm, ihre Aufmerksamkeit zu erregen. Er war Anfang Zwanzig und etwa eins fünfundsiebzig groß und hatte sehr feine Gesichtszüge. Er war sehr gutaussehend mit seinem dunklen Haar, das er der damaligen Mode nach lang trug. Tatsächlich sah er sogar noch jünger aus als zwanzig. Und wie Debora war auch Mike blitzgescheit. »Ich bekam auch nur Einsen«, sagte er. »Allerdings mußte ich hart dafür arbeiten – ganz im Gegensatz zu Debora. Ihr flog alles nur so zu.« Mikes Eltern erwarteten von ihm, daß er einen guten Notendurchschnitt hatte, und er hatte sie nie enttäuscht. Aber Debora war vermutlich die intelligenteste Frau, die ihm je untergekommen war.

Debora ihrerseits spürte bei Mike Farrar eine Ausgeglichenheit, die sie in ihrem Leben vermißte. Ihr ›hedonistisches‹ Dasein vermittelte ihr längst das Gefühl, ziellos dahinzutreiben wie ein Luftballon, der sich losgerissen hat, und sie spürte, daß sie einen anständigen, verläßlichen Mann brauchte, um sich sicher und geborgen zu fühlen. Mike war brillant; sie wußte, daß aus ihm ein sehr erfolgreicher Arzt werden würde. Als sie später von ihm sprach, sagte sie nie, daß sie ihn geliebt hätte. Vielmehr meinte sie, er hätte auf sie den Eindruck eines ›guten Menschen‹ gemacht, einer Person, auf die sie zählen konnte. Offenbar hatte ihr neuer Lebensstil sie verunsichert und in ihr das Bedürfnis nach einem Fels in der Brandung geweckt. Vielleicht fühlte sie auch tief in sich eine Schwäche, die sie durch einen starken Mann an ihrer Seite ausgleichen wollte.

Debora und Duane lebten getrennt, und er war längst aus dem Haus in Independence ausgezogen, als Debora eine Affäre mit Mike anfing. Debora verschwieg, daß sie, zumindest formell, eine verheiratete Frau war. Irgendwann kam Mike dahinter, aber sie versicherte ihm gleich, daß sie die Scheidung in die Wege leiten würde – was sie auch tat.

Im Dezember 1978 wurde ihre erste Ehe rechtskräftig geschieden. Angeblich war es eine gütliche Trennung in gegenseitigem Einvernehmen. Ihr Anwalt, Ronald Barker, erzählte, sie hätten ihn gemeinsam aufgesucht und ihn gebeten, sie zu vertreten. Und obgleich Duane bei der Scheidung den silbernen Jaguar zugesprochen bekam, sollte er Jahre später äußern, daß er sich ausgenutzt fühlte – ihm kam es vor, als wäre er nur dazu dagewesen, Debora während ihres Studiums finanziell zu unterstützen, um dann fallengelassen zu werden, sobald sie nicht mehr auf seine Hilfe angewiesen war.

Mike Farrar begegnete Duane Green nur ein einziges Mal: Duane schaute im Oktober 1978 in dem ehemals gemeinsamen Haus in Independence vorbei, als Mike gerade zu Besuch war. »Er schien mir ein netter Kerl zu sein«, erinnerte sich Mike. »Es gab keinerlei Probleme bei unserer Begegnung. Ich erfuhr erst später, daß er mit Debora in dem Haus gewohnt hatte.«

Viele Jahre später versuchte Mike, sich an die Anfangsphase seiner Beziehung zu Debora zu erinnern. Natürlich sah er jene Tage wie durch einen sehr langen dunklen Tunnel; Ereignisse, die in der Zwischenzeit stattgefunden hatten, überschatteten seine Erinnerungen. Jedenfalls konnte er sich nicht erinnern, daß ihre Beziehung zu irgend einem Zeitpunkt besonders leidenschaftlich oder romantisch gewesen wäre. Debora eroberte ihn mit ihrer überragenden Intelligenz und ihrem wunderbaren Sinn für Humor – sowie durch die sie umgebende Aura von Erfolg. Und ganz so, wie sie es versäumte, in Zusammenhang mit ihm von Liebe zu sprechen, erwähnte auch er Gefühle nicht als Bestandteil ihrer Beziehung.

»Ich war ein dreiundzwanzigjähriger Medizinstudent, der von zehn Dollar die Woche lebte«, erzählte Mike. »Ich ernährte mich hauptsächlich von Thunfisch. Ich muß gestehen, daß es mich beeindruckt hat, daß Deb bald praktizieren und siebzigtausend Dollar im Jahr verdienen würde. Ich hatte noch meine Assistenzzeit vor mir, mit gerade mal 14.910 Dollar Jahresgehalt. Debora fuhr einen Jaguar XKE und kaufte zusätzlich noch einen kirschroten Fiat Spider, den sie bar bezahlte. Ich gebe es nicht gerne zu, aber heute denke ich, daß mich vor allem diese Dinge an ihr fasziniert haben – ihre Vitalität, ihr Verstand, ihr Erfolg. Und doch spürte ich, daß sie im Grunde ein sehr unsicherer Mensch war.«

»Sie fühlte sich bedroht vom Zusammenhalt meiner Familie. Ich habe zwei Schwestern, und unsere Familienbande sind sehr eng. In ihrer Familie ging es eher kühl zu. Die Persönlichkeit ihrer Mutter ähnelte Deboras. Interessanterweise war ihr Vater ein sehr netter Kerl – so ein Verkäufertyp, sehr redselig. Ich habe immer gerne Golf mit ihm gespielt, und ich habe ihn zu einigen Footballspielen mitgenommen. Für mich war er ein klasse Typ.«

Ein Aspekt von Deboras Persönlichkeit irritierte Mike. »Sie war sehr aufbrausend; sie konnte regelrecht ausflippen und führte sich dann unmöglich auf. Mir war das peinlich. Ich erinnere mich noch, wie sie einmal auf dem Parkplatz eines Supermarktes mit einem Pärchen in Streit geriet, das ihr die Parklücke ›geklaut‹ hatte. Debora stieg aus dem Wagen und veranstaltete ein Riesengeschrei. Ich war schockiert ›Was soll das?‹ fragte ich. Aber sie lief ihnen nach bis zur Tür – bis die Frau sich schließlich zur Wehr setzte.«

Mike schämte sich entsetzlich. Aber das war nur die erste von zahlreichen Gelegenheiten, bei denen Deboras Wutanfälle wegen vergleichsweise geringfügiger Anlässe ihn in Verlegenheit bringen sollten.

Warum Debora zu solchen Wutausbrüchen neigte, war ihm ein Rätsel. Ihre Eltern hatten sie nicht verwöhnt, aber ihre angeborenen Begabungen und ihre Intelligenz hatten ihr das Leben sehr leicht gemacht. Es gab nur sehr wenige Dinge, die sie sich wünschte und nicht bekam. Vielleicht benahm sie sich deshalb so unmöglich, wenn jemand sie verärgerte. Sie glaubte fest daran, daß ihr zustand, was sie sich wünschte – ob es sich nun um einen Parkplatz handelte oder den Respekt ihrer Mitbürger. Sie konnte es nicht ertragen, wenn jemand ihre Intelligenz in Frage stellte oder ihre Pläne durchkreuzt wurden.

Vor ihrer Heirat lebten Mike und Debora in einer kleinen Wohnung. Mike erinnerte sich, daß ihr Sexleben sehr begrenzt war und Debora kein großes Interesse an einer physischen Beziehung zeigte. Natürlich arbeiteten sie beide sehr hart und hatten lange Tage. Für ihn war das kein Problem – noch nicht. Trotz früher Warnzeichen waren sie ein glückliches Paar, und wenngleich Mike einige Zweifel hegte, setzten sie ihre Heiratspläne bald in die Tat um.

Die Hochzeit am 26. Mai 1979 war um einiges festlicher als Deboras erste Trauung. Diesmal trug sie ein schlichtes, langärmliges Futteralkleid und dazu eine Spitzenmantilla als Schleier. Mike trug einen Smoking aus grauer Schantungseide mit breiten Aufschlägen und ein weißes Rüschenhemd. Bei ihrer ersten Heirat hatte Debora eine einzelne rote Rose in der Hand gehalten; diesmal hatte sie einen üppigen Brautstrauß aus Rosen und weißen Nelken. Mikes Schwestern Vicki und Karen fungierten als ihre Brautjungfern. Sie trugen hübsche pinkfarbene Kleider, während Mütter und Großmütter von Baut und Bräutigam dezentes Rosa gewählt hatten.

Aber es war nicht alles so wunderbar, wie es auf den Hochzeitsfotos den Anschein hatte, und Mikes strahlendes Lächeln überspielte seine Ahnung, möglicherweise die falsche Wahl getroffen zu haben. »Schon als ich mit ihr durch die Kirche auf den Altar zuging, wußte ich, daß es ein Fehler war«, erinnerte er sich.

Viele Männer und Frauen werden nervös, wenn es ans Heiraten geht, aber bei Mike war es mehr als das. In der

Zeit, da sie Heiratspläne geschmiedet hatten, hatte er Debora häufiger denn je launisch und unbeherrscht erlebt. Sie schien nicht einmal zu versuchen, sich in seine Familie einzufügen, und er wußte, daß seine Mutter und seine Schwestern sich deswegen Sorgen machten. Mike erkannte, daß das, was er anfangs für Unsicherheit und Schüchternheit gehalten hatte, tatsächlich nichts anderes war als blanker Egoismus. Ihre Bedürfnisse waren vorrangig – immer.

Zu seiner Enttäuschung weigerte Debora sich zuerst, in ihrer Hochzeitsnacht mit ihrem frischgebackenen Ehemann zu schlafen. »Sie wollte lesen«, erzählte Mike. »Und da wußte ich endgültig, daß ich einen Fehler gemacht hatte.« Obwohl Debora Mikes Wunsch, die Ehe zu vollziehen, schließlich nachgab, ließ sie sich nur widerstrebend darauf ein und zeigte wenig Enthusiasmus. Hinterher wandte sie sich wieder ihrer Lektüre zu.

Mike wollte hoffen, daß dies kein böses Omen war. »Meine Eltern hatten mir eingeimpft, daß eine Ehe eine Bindung sei, an der man arbeiten muß, damit sie funktioniert … Ich glaubte wirklich, daß mit der Zeit alles anders werden würde.«

Debora und Mike verbrachten ihre zweiwöchige Hochzeitsreise auf Tahiti. Debora zahlte die 5 000 Dollar teuren Flitterwochen, da Mikes Einkünfte damals noch sehr bescheiden waren. Auf der Heimreise hatten sie ursprünglich einen Zwischenstop in San Francisco einlegen wollen, aber nach einer tragischen Flugzeugkatastrophe mußten sie auf Frisco verzichten und statt dessen noch einige Tage länger auf Tahiti bleiben. Am 25. Mai kamen beim Absturz einer DC-10, die vom O'Hare International Airport von Chicago gestartet war, 275 Menschen ums Leben. »Am Morgen unseres geplanten Rückfluges wurden sämtliche Maschinen des Typs DC-10 gesperrt«, erinnerte sich Mike. »Und die Air New Zealand besaß keine anderen Flugzeuge. Also blieben wir fünf Tage länger als ursprünglich vorgesehen auf Tahiti.«

Die Verlängerung ihrer Hochzeitsreise freute keinen der beiden Frischvermählten. Ihr Honeymoon war von Anfang an nicht besonders glücklich gewesen. Sofern Mike gehofft hatte, daß die Atmosphäre in Tahiti und die wohlverdiente Pause von ihrer stressigen Arbeit sich positiv auf die Libido seiner Braut auswirken würde, wurde er enttäuscht. Sex ließ Debora offensichtlich kalt. Er fragte sich, warum sie ihn geheiratet hatte. Er war ein mittelloser Medizinstudent, während sie bereits als Ärztin arbeitete. Offensichtlich liebte sie ihn nicht, und sie mochte auch seine Familie nicht leiden. Sie zog es vor, Romane zu lesen, anstatt mit ihm zu schlafen, und von der Lebhaftigkeit, die ihm zu Anfang so sehr an ihr gefallen hatte, war auch nichts geblieben.

Debora nahm nicht einmal Mikes Familiennamen an; vielmehr beschloß sie, aus beruflichen Gründen den Namen ihres ersten Mannes beizubehalten. Diese Geste verdeutlicht die Distanz zwischen ihr und Mike. Trotzdem hoffte er weiter, daß irgendwie alles besser werden würde …

4

Schon früh in ihrer Ehe wurde deutlich, daß Mike eine Selbstbeherrschung besaß, die Debora völlig abging. Vermutlich hatte er diesen Charakterzug seiner Erziehung zu verdanken. Sein Vater, William Farrar, war Angestellter des Gesundheitsministeriums und Oberst der Reserve der Air Force. Bill Farrar war zwei Wochen im Monat unterwegs. Er schätzte, daß er mit den Jahren so ziemlich in jeder Stadt in Kansas, Nebraska und Iowa gewesen war, um Lebensmittelfabriken, Mastbetriebe oder pharmazeutische Unternehmen zu überprüfen. Zwar liebte Bill seine Arbeit nicht besonders, aber immerhin stellte ihn sein Arbeitgeber immer wieder frei, damit er für die Air Force fliegen konnte, unter anderem nach Guam, Midway, Panama oder Peru. Bill Farrar verdankte Mike sicherlich seine eigene Reiselust.

Mikes Mutter Velma, eine Grundschullehrerin, war eine attraktive Frau, die stolz war auf ihre makellose Figur. Was die Kindererziehung anbelangte, legten beide Farrars großen Wert auf Disziplin. Pflicht und Ehrgefühl waren für sie mehr als Worte, so daß Mike seinen Eltern verschwieg, daß seine Ehe eine einzige große Enttäuschung war. Er mochte sich gar nicht vorstellen, was sie sagen würden, wenn er so bald aufgeben und die Scheidung einreichen würde. Er hatte auf eine warmherzige, liebevolle Beziehung gehofft und teilte statt dessen sein Leben mit einer Frau, vor deren unberechenbaren Launen er ständig auf der Hut sein mußte.

Deboras häufigste Stimmungslage schien Wut zu sein – Wut auf ihn. Anfangs wehrte Mike sich gegen Deboras Zornausbrüche. Erst versuchte er, sie zur Vernunft zu bringen, dann schrie er zurück. Weder das eine noch das andere zeigte Wirkung. Ihre Auseinandersetzungen verliefen nach einem ganz bestimmten, von Debora festgelegten Schema. Und wenn sie einmal nicht wütend war, zog sie sich zurück und vertiefte sich in ein Buch.

Rückblickend hatte Mike Mühe, sich an die glücklichen Momente dieser Zeit zu erinnern. »Der Fairneß halber«, sagte er bedächtig, »muß ich Debora zugute halten, daß unsere Ehe auch einige wenige positive Seiten hatte. Wir hatten einige Gemeinsamkeiten, auch über die Medizin hinaus. Wir unternahmen mehrere sehr schöne Reisen. Ich würde niemals behaupten, daß jeder Moment unserer Ehe gräßlich gewesen wäre. Woran es allerdings von Anfang an gemangelt hat, waren die Zuneigung, Fürsorge und Intimität, nach denen ich mich sehnte.«

Deboras Familie spielte keine große Rolle in ihrem Leben. Ihre Schwester Pam war bereits mehrfach geschieden und hatte Mitte der siebziger Jahre einen Sohn geboren, Isaac. Später arbeitete sie bei einer Drogen- und Alkoholberatungsstelle, eine Tätigkeit, für die Debora nur Verachtung übrig hatte.

Aufgrund von Bobs Arbeit mußten ihre Eltern immer noch häufig umziehen. Aber im Grunde sagte dieses Nomadenleben ihnen zu. Sie kauften ein Wohnmobil und waren ständig auf Achse. Sie besuchten Debora und Mike nur selten, etwa alle zwei Jahre. Mike seinerseits stand seinen Eltern und seinen Schwestern Vicki und Karen viel näher. Aber Debora wirkte im Kreise ihrer Schwägerinnen und Schwiegereltern gehemmt und angespannt. Sie und Mikes Mutter hatten keinerlei Gemeinsamkeiten. Velma Farrar war ausgesprochen modebewußt, wohingegen Debora keinerlei Interesse an Kleidern zeigte. Mikes Schwestern waren schlanker und hübscher als sie, und Deboras beißender Humor, der so viele andere Menschen ansprach, kam bei den Farrars nicht an.

Anfangs hatte Mike den Eindruck, als würde seine Mutter versuchen, eine Freundschaft zu Debora aufzubauen, wogegen sich seine Frau sperrte. Weihnachten war immer eine schwierige Zeit, obgleich Debora den Baum schmückte, Geschenke einpackte und sich sehr bemühte, eine festliche Atmosphäre zu schaffen – vor allem nach der Geburt ihrer Kinder.

Mike leistete seine dreijährige Assistenzzeit in der Abteilung für innere Medizin der University of Cincinnati ab. Anschließend blieb er noch ein viertes Jahr als Stationsarzt und wurde dann mit einem Forschungsstipendium in der Kardiologie belohnt. Alles in allem verwandte er sieben Jahre auf seine praktische Ausbildung, ehe er begann, als Herzspezialist zu praktizieren.

Debora begleitete Mike selbstverständlich nach Ohio. Zuerst arbeitete sie in der Notaufnahme des jüdischen Krankenhauses. Aber sie hatte bald genug von der Arbeit in der Notaufnahme und geriet mehrfach mit ihren Kollegen aneinander. »Einmal rief sie mich an«, erzählte Mike. »Ein Patient war mit Herzproblemen eingeliefert worden, und Debora meinte genau zu wissen, welche Therapie nötig war. Sie rief den zuständigen Kardiologen hinzu, der sich ihrer Meinung jedoch nicht anschloß. Sie war außer sich ... Tatsache ist allerdings, daß Debora recht hatte.«

Obgleich Debora sehr oft richtig lag mit ihren Diagnosen, war sie unbeliebt. Ihre Kollegen beschreiben sie als cholerisch, selbstherrlich und schwierig. Es mangelte Debora an Taktgefühl, um ihre Differenzen mit ihren Kollegen diplomatisch zu regeln. Statt dessen explodierte sie regelrecht, wenn jemand es wagte, ihr Urteil in Frage zu stellen. Darüber hinaus handelte es sich bei der großen Mehrheit der Patienten in der Notaufnahme um Fälle, die ohnehin ihren Unwillen erregten. Debora konnte nicht begreifen, warum die Patienten so lange warteten, bevor sie sich in medizinische Behandlung begaben, so daß leichte Ohrenschmerzen sich zu massiven Infektionen entwickelten, kleine Kratzer zu Zellgewebsentzündungen und Erkältungen zu Lungenentzündungen. Ihr Umgang mit den Patienten war dementsprechend eher schroff als fürsorglich. Sie verabscheute Dummheit und sah sich in der Notaufnahme immer wieder damit konfrontiert.

Im Rahmen ihrer Ausbildung hatte Debora auch in der

inneren Medizin gearbeitet. Als sie und Mike in Cincinnati lebten, beschloß sie, ihr Fachgebiet zu wechseln, was selbstverständlich eine neue Assistenzzeit bedeutete. Ihr Ehemann hatte bereits eine feste Anstellung in der inneren Medizin, und durch Personalfluktuation gab es am Jahresende immer einen Bedarf an neuen Assistenzärzten.

»Also wechselte sie in mein Fach …« erinnerte sich Mike. »Wir waren beide Assistenzärzte im zweiten Jahr. Wir hatten in denselben Nächten Bereitschaft, der eine am V. A. Hospital und der andere am University of Cincinnati Hospital. Ich erinnere mich noch an die erste Nacht, in der sie als leitende Assistenzärztin Dienst hatte. Man hatte ihr jemand zur Seite gestellt, weil sie schon einige Zeit nicht mehr auf dem Gebiet der inneren Medizin gearbeitet hatte. Aber sie rief mich an und war völlig außer sich. Sie wußte nicht, was sie tun sollte; sie wußte nicht, wo was war … Ich sagte ihr, sie solle jemanden fragen, sie befände sich doch noch in der Lernphase. Aber das brachte Debora nicht über sich. Sie war schlicht unfähig zuzugeben, daß sie Hilfe brauchte.« Mike konnte das nicht verstehen. Als er Debora kennengelernt hatte, hatte sie einen sehr selbstsicheren Eindruck gemacht, und jetzt war sie plötzlich unsicher und überempfindlich, was Kritik anbelangte.

Außerdem wehrte sie sich weiterhin gegen Mikes Bestrebungen, mit ihr zu schlafen. Es schien, als würde Sex sie entweder erschrecken oder völlig kaltlassen. Im Gegenzug liebte sie es, sich allein zu beschäftigen, las Bücher oder legte Patiencen. Später spielte sie dann oft Computerspiele. Und doch war sie, wenn Mike und sie mit ihren Freunden ausgingen, immer noch derselbe geistreiche, lebhafte Mensch, in den Mike sich seinerzeit verliebt hatte. Er sagte sich, daß sie wohl der Ehe an sich mißtrauisch gegenüberstand. Sie hatte sich schon einmal getäuscht und fürchtete vielleicht, erneut zu versagen.

Sie hatte auch eine gutmütige Seite. Sie sprach davon, daß sie den Menschen helfen wolle, und sie liebte Tiere – sie nahm zwei Katzen auf, ein ausgewachsenes schneeweißes Tier und ein winziges schwarzes Kätzchen. Ein Foto, das Mike in ihrem ersten Jahr in Cincinnati schoß, zeigt Debora, wie sie an ihrem Klavier sitzt und ihre zwei Katzen auf dem Schoß hat.

Debora ist auf dem Bild noch schlank und hübsch, schenkt der Kamera jedoch nur ein verhaltenes Lächeln. Sie und Mike waren inzwischen schon über ein Jahr verheiratet. Sie hatte einen gutaussehenden, erfolgreichen jungen Mann, der sich von Herzen wünschte, sie zu lieben – aber auf dem Foto wirkt sie traurig, als wäre sie mit ihrem Leben nicht zufrieden. Mike, ein leidenschaftlicher Fotograf, schoß in den Jahren ihrer Ehe an die hundert Fotos von Debora, und auf zahlreichen davon verrät ihr Gesichtsausdruck, wie unwohl sie sich fühlt – als wäre sie in Gedanken weit weg.

Obgleich Velma Farrar ihrer neuen Schwiegertochter gegenüber Vorbehalte hatte und sich ihr gegenüber nicht sehr herzlich gab, versuchten Mikes Eltern alles in allem doch, Debora in die Familie zu integrieren. Ihre Bemühungen erwiesen sich allerdings als wenig erfolgreich. Einmal fuhren die Farrars an Weihnachten von Kansas City nach Cincinnati – ganze sechshundert Meilen. Mike war noch im Krankenhaus, als sie eintrafen. »Debora hatte im Schlafzimmer gelesen«, erinnerte er sich. »Als meine Eltern läuteten, ließ sie sie herein und zog sich gleich wieder mit ihrem Buch ins Schlafzimmer zurück.«

Auch bei anderen Gelegenheiten ignorierte Debora Mikes Eltern regelrecht. »Einmal hatte ich Bereitschaft«, erzählte er. »Debora kam von der Arbeit nach Hause, und meine Eltern waren gerade zu Besuch in unserer Wohnung. Sie ging einfach an ihnen vorbei ins Schlafzimmer, und sie bekamen sie den ganzen Abend nicht mehr zu Gesicht.«

Ganz offensichtlich hatten Mike und Debora sehr unterschiedliche Vorstellungen von Familie. Ihre größte Gemeinsamkeit war die Medizin, und es gibt nur wenige Berufe, die so zeitaufwendig sind wie der eines Arztes. Und da Mike und Debora so wenig Zeit hatten, über die Leere in ihrer Ehe nachzudenken, fiel es ihnen auch nicht schwer, diese zu übersehen.

Rückblickend scheint es, als hätten Debora und Mike von Anfang an so wenig zueinander gepaßt wie zwei Teile verschiedener Puzzle. Debora war eine Einzelgängerin und so unberechenbar wie ein Raubtier. Sie hatte nichts für Hausarbeit übrig und konnte auch Ordnung um ihrer selbst willen nichts abgewinnen. Sie war hochintelligent, versagte jedoch völlig im Umgang mit anderen Menschen, ein Makel, der auch ihre medizinische Karriere behinderte. Mike – umgänglich, peinlich genau, zuverlässig – kam an der Uniklinik von Cincinnati gut voran, und seine Vorgesetzten waren von ihm sehr angetan.

Zu Beginn ihrer Beziehung hatte Debora die Zügel in der Hand gehalten. Sie war Assistenzärztin gewesen und würde ihre Ausbildung bald abgeschlossen haben, eine lachende, geistreiche Frau mit einem kirschroten Sportwagen. Mike seinerseits war zu dieser Zeit noch ein mittelloser Medizinstudent. In Cincinnati jedoch änderten sich die Verhältnisse zu Deboras Ungunsten. Aber nach außen hin machten sie 1980 den Eindruck eines gefestigten Paares. Als Ärzte konnten sie davon ausgehen, eines Tages sehr wohlhabend zu sein. Mike war ganz in seine medizinische Weiterbildung vertieft und liebte seine Arbeit. Er hatte ein festes Ziel vor Augen, während

Debora immer wieder die Richtung ihrer beruflichen Laufbahn änderte.

Dann stellten sich jedoch bei Debora gesundheitliche Probleme ein, und in Mike keimte der Verdacht, sie nähme Drogen. »Als ich Assistenzarzt war«, erzählte er später, »fand ich hin und wieder diese Fläschchen mit Beruhigungsmitteln oder Rauschmitteln. Ich fand sie daheim, aber auf dem Etikett stand immer der Name eines Patienten des Krankenhauses. Es kam nicht sehr oft vor, aber eben gelegentlich. Ich stellte Deb zur Rede, und sie sagte, ›O ja – die habe ich gefunden und vergessen, dem Patienten zurückzugeben‹.«

Zuerst war Mike nicht weiter beunruhigt. In der Klinik brachten zahlreiche Patienten eine Unmenge verschiedener Medikamente mit, damit die Ärzte sich ein Bild machen und die Krankenakte vervollständigen konnten. Es war nicht ausgeschlossen, daß Debora verlorene oder vergessene Medikamente aufgelesen und in die Kitteltasche gesteckt hatte.

»Jedenfalls erinnere ich mich, daß ich eines Tages heimkam und an der Wand dieser Fleck war – ein großer schwarzer Fleck … ganz offensichtlich war einer unserer Stühle an die Wand geschleudert worden. Ich ging ins Schlafzimmer. Debora lag im Bett. Sie klagte über rasende Kopfschmerzen und war irgendwie benommen. ›Was ist los?‹ fragte ich. Sie sagte, daß sie sich schrecklich fühle und all diese Probleme habe.«

Debora litt nicht nur an unerträglichen Kopfschmerzen, sondern Mike bemerkte beunruhigt, daß sie darüber hinaus manchmal unsicher ging, so als wäre ihr schwindlig. Da er einen Hirntumor befürchtete, ließ er sie von einem Neurologen der Uniklinik untersuchen.

Auf die Frage nach ihren gesundheitlichen Problemen erwiderte Debora, daß sie sich bei einem Sturz das Handgelenk verletzt habe und sich hieraus eine so hartnäckige

Infektion entwickelt hätte, daß die Wunde operativ hatte gesäubert werden müssen. Mike bestätigte die Komplikationen bei der Heilung der Verletzung.

Nach einer Reihe von Tests diagnostizierte der Neurologe ein seltenes Leiden: Kleinhirnmigräne. Der Neurologe verschrieb ihr Betablocker, ein Medikament, das gewöhnlich bei Bluthochdruck verschrieben wurde.

»Nach einiger Zeit ging es ihr wieder besser«, erinnerte sich Mike. »Also ging ich davon aus, daß der Kollege die richtige Diagnose gestellt hatte. Später, als es zu weiteren Zwischenfällen kam, sagte ich mir, daß sie vermutlich immer noch Schmerzen im Handgelenk hatte und die Schmerzmittel nahm, um sich Linderung zu verschaffen.«

Aber Debora Green hatte noch ein weiteres Problem: sie litt an chronischer Schlaflosigkeit. »Sie versuchte mit jeder mir bekannten Methode, Schlaf zu finden – es war vergeblich«, berichtete Mike. So glaubte ich zuerst, daß die Schmerzmittel und Schlaftabletten dazu dienten, ihr etwas Ruhe zu verschaffen.«

Obwohl Mike und Debora nicht verhüteten, wurde Debora in den ersten zwei Jahren ihrer Ehe nicht schwanger – vermutlich, weil sie so selten Verkehr hatten. Als Debora dann jedoch im Frühjahr 1981 feststellte, daß sie schwanger war, freute sie sich sehr – ebenso wie Mike. Abgesehen von ihrer Kurzsichtigkeit besaßen beide alle genetischen Voraussetzungen, perfekte Kinder hervorzubringen. Debora hatte einen IQ von 165, und Mikes Testergebnis wies ihn als Genie aus. Sie waren beide gesunde und gutaussehende Menschen. Ein Kind aus dieser Verbindung mußte einfach intelligent, kräftig und hübsch werden.

Timothy Farrar, der am 20. Januar 1982 zur Welt kam, erfüllte all diese Erwartungen. Debora hatte um eine Epiduralanästhesie gebeten, aber die Wehen waren überfällig und mußten künstlich eingeleitet werden. Als die Wehen dann einsetzten, öffnete sich Deboras Muttermund so rasch, daß keine Zeit mehr für die Anästhesie war. Tim wurde also ohne chemische Hilfsmittel geboren. Mike war mit im Kreißsaal und erinnerte sich noch gut an seine Freude über einen Sohn. Sein Sohn sollte den Nachnamen ›Farra‹ tragen, wie alle ihre Kinder.

Debora war eine gute Mutter; sie stillte ihren Sohn und nahm sechs Wochen Mutterschaftsurlaub, um in seinem ersten Lebensmonat bei ihm sein zu können. Sie beabsichtigte jedoch zu keinem Zeitpunkt, ihren Beruf aufzugeben und als Hausfrau und Mutter daheim zu bleiben. Nachdem sie für Tim ein warmherziges jamaikanisches Kindermädchen eingestellt hatte, nahm sie ein Forschungsstipendium für die Bereiche Hämatologie und Onkologie an der University of Cincinnati an.

Tims Geburt war nicht geplant gewesen, aber dennoch willkommen. Mike und Debora stimmten darin überein, daß sie innerhalb von drei Jahren ein zweites Kind bekommen wollten. So entstand Deboras nächste Schwangerschaft aus einer gemeinsamen Absprache heraus. Lissa wurde 1984 zwei Tage nach Weihnachten geboren. Wieder verlangte Debora nach einer Epiduralanästhesie, aber diesmal verabreichte der Anästhesist ihr irrtümlich eine Spinalanästhesie, die heftige Kopfschmerzen hervorruft. Trotzdem stand Debora schon am folgenden Tag auf und ging mit dem zweijährigen Tim zur Neugeborenenstation, damit er sein kleines Schwesterchen begutachten konnte.

Tim sah von allen drei Kindern seiner Mutter am ähnlichsten. Er hatte ihren Teint, ihre Züge und denselben kräftigen Körperbau. Er war blond, hatte braune Augen und strotzte vor Lebenskraft. Lissa hingegen war ein zierliches, zerbrechliches Baby, dunkelhaarig und mit den feingeschnittenen Zügen ihres Vaters. Debora und Mike hatten jetzt die perfekte Familie: einen kleinen Jungen und ein Töchterchen.

Auch diesmal kehrte Debora bereits nach wenigen Wochen zurück an die Arbeit. Obgleich sie und Mike beide Forschungsstipendien auf dem Gebiet der inneren Medizin hatten und ihre Arbeit im großen und ganzen übereinstimmte, war Debora gewöhnlich schon um vier Uhr nachmittags wieder zu Hause, während Mike immer drei oder vier Stunden länger arbeitete. »Sie sagte immer, das läge daran, daß ich ineffizient arbeite und so viel Zeit damit vertrödle, mich mit irgendwelchen Leuten zu unterhalten«, erinnerte sich Mike. »Und sie hatte damit nicht ganz unrecht. Allerdings glaube ich, daß es auch daran lag, daß sie nie das glühende Verlangen hatte, Außergewöhnliches zu leisten. Sie hegte nie die Ambitionen, eine besonders gute oder gar herausragende Ärztin zu sein. Sie war eine hochintelligente Frau und mußte ihre Onkologieprüfung trotzdem zweimal machen. Sie fiel beide Male durch. Auch die Prüfung in innerer Medizin schaffte sie nur mit Mühe. Natürlich waren es sehr schwierige Prüfungen, aber als jemand, der an einem Ausbildungsprogramm der Universität teilnimmt, hart arbeitet und einen angemessenen Zeitraum mit Lernen verbringt, sollte man eigentlich in der Lage sein, diese Prüfungen zu bestehen ... Sie war einfach nicht ausreichend vorbereitet.«

Mike sah Debora nur sehr selten Fachliteratur studieren; sie las nur zum Vergnügen. Sie besuchte Vorlesungen, und ihr wacher Verstand erlaubte es ihr, mehr Informationen zu speichern als die meisten anderen Studenten – aber das genügte eben nicht, um die Facharztprüfungen zu bestehen.

Der Tag, an dem die Prüfungsergebnisse eintrafen, war

ein schwarzer Tag. Mikes Brief begann mit ›Glückwunsch! Sie haben die Fachprüfungen auf dem Gebiet Herzgefäßerkrankungen bestanden …‹ während Deboras mit den Worten begann ›Zu unserem Bedauern müssen wir Ihnen mitteilen …‹

Debora öffnete beide Briefe und rief sofort Mike an. Sie war wütend und weinte hysterisch. Sie warf ihm vor, sich nur für seine eigenen Prüfungsergebnisse zu interessieren. Sie gab ihm die Schuld an ihrem Versagen: sie habe sich um Tim und Lissa kümmern müssen, sagte sie, und nicht genug Zeit zum Lernen gehabt. Die Wahrheit war aber, daß sie sich beide um die Kinder gekümmert hatten, bis diese zu Bett gebracht wurden. Danach hatte sich Mike immer in medizinische Fachliteratur vertieft, während Debora sich mit einem Roman ins Schlafzimmer zurückgezogen hatte.

Debora bestand weder die Hämatologie- noch die Onkologieprüfung. Das hielt sie zwar nicht davon ab, in diesen Fachgebieten zu praktizieren, aber wenn ein Patient ihre Qualifikation überprüfte, stellte er fest, daß sie keine entsprechende Qualifikation vorweisen konnte. Sie las nur selten Literatur zu medizinischen Fortschritten auf ihrem Fachgebiet, und sie nahm auch nur sehr vereinzelt an Seminaren und Kongressen teil. Offenbar war sie nicht daran interessiert, sich mit anderen Onkologen auszutauschen.

1985 hatte Mike noch ein Jahr seines Forschungsstipendiums vor sich, während Debora fertig war. Da ihr Kindermädchen Tim und Lissa zuverlässig versorgte, ließ sie sich als Ärztin für Onkologie und Hämatologie nieder. Der Umgang mit Krebspatienten erfordert natürlich großes Mitgefühl. Den meisten Onkologen gelingt es, eine ausreichende emotionale Distanz zu wahren, um sich selbst zu schützen, aber gleichzeitig noch echtes menschliches Interesse für ihre Patienten aufzubringen. Obwohl Debora immer wieder behauptete, dieses Fachgebiet gewählt zu haben, weil sie Menschen so sehr liebte, waren ihr Mann und ihre Mitarbeiter entsetzt ob der Gleichgültigkeit, die sie gegenüber ihren Patienten an den Tag legte.

»Sie hatte Schwierigkeiten im Umgang mit Patienten«, erinnerte sich Mike. »Ich erinnere mich noch gut, daß ich eines Abends in der Praxis ein Gespräch mit anhörte, das sie mit einer Patientin führte. Es war klar, daß die sofortige Überweisung der Patientin in die Notaufnahme unumgänglich war und Debora sich ins Krankenhaus begeben mußte, um nach ihr zu sehen. Debora verhielt sich der Patientin gegenüber sehr aggressiv – sie war offensichtlich verärgert wegen der ganzen Angelegenheit.« Auch die Krankenschwestern wunderten sich über ihr Verhalten den Patienten gegenüber. Eine von ihnen meinte: »Sie war die sonderbarste Ärztin, mit der ich in meinem ganzen Leben zusammengearbeitet habe.« Eine andere bezeichnete sie als ›kalt‹ und ›gefühllos‹.

Mike seinerseits avancierte zum ›wahren Superstar‹, wie ein Kollege erzählte, der mit ihm an der Uniklinik von Cincinnati zusammenarbeitete. »Er war perfekt. Er legte eine ungewöhnliche Reife an den Tag. Er kam außergewöhnlich gut mit Menschen klar und besaß eine überdurchschnittliche Urteilskraft, alles Eigenschaften, die ihn zu einem hervorragenden Kardiologen prädestinierten.«

Im Frühling 1986 schloß er sein Forschungsstipendium an der University of Cincinnati ab und erklärte sich bereit, als Assistenzprofessor an der Hochschule zu bleiben. Er sollte bei Herztransplantationen als medizinischer Berater fungieren. »Aber dann kündigte der Chefarzt der Kardiologie, und es wurden neue Leute eingestellt«, erzählte Mike. »Ich war mir nicht sicher, was dort aus mir werden sollte.« Ein Freund und Kollege in Kansas City bot Mike an, in seine Praxis einzusteigen, und er und Debora beschlossen, dorthin zurückzukehren anstatt abzuwarten, wie die Dinge an der Universität sich entwickelten.

Am 1. Juli 1986 ließen sie sich wieder in Kansas City nieder. Sie bezogen ein hübsches Fachwerkhaus mit Backsteinfassade in einem sehr noblen Wohnviertel in der Nähe der Country Club Church. Nach so vielen Jahren des Studierens und der Entbehrungen brachten Debora und Mike ihre Kinder in ihre Heimat dorthin, wo sie sich kennengelernt und geheiratet hatten – an die Grenze zwischen Kansas und Missouri, wo der Wind mit einem ewigen, beinahe tröstlichen Rauschen durch die Bäume fuhr. Es war für sie alle ein ganz neuer Anfang. Sie beide freuten sich auf die berufliche Laufbahn und darauf, ihre zwei Kinder großzuziehen. In der Nachbarschaft wimmelte es von Kindern, und die Nachbarn waren nett. Allerdings mußten sie beim Umzug ihr Kindermädchen zurücklassen, die Tim vier und Lissa zwei Jahre lang betreut hatte. Debora und Mike mußten also erst einmal Einstellungsgespräche führen, und Debora konnte erst wieder arbeiten, als sie jemanden gefunden hatten.

Mike trat einer Gemeinschaftspraxis in der Stadt bei, und Debora schloß sich kurze Zeit später ebenfalls einer Ärztegemeinschaft an. Sie arbeiteten häufig in denselben Krankenhäusern und liefen sich dort manchmal über den Weg. Debora war in diesem Sommer fünfunddreißig, Mike einunddreißig.

Mikes Praxis lief gut, obwohl er sich nach einiger Zeit einer anderen Ärztegemeinschaft anschloß. Am Ende von Deboras erstem Jahr in ihrer Gemeinschaft erwarteten sie und Mike, daß man ihr eine Partnerschaft anbieten würde. So waren die medizinischen Gepflogenheiten – aber das Angebot blieb aus. Es war ein Affront, wie er nur sehr, sehr selten vorkommt.

»Ich wußte, was dahintersteckte«, seufzte Mike. »Sie konnte einfach nicht mit Patienten umgehen – sie vergraulte sie. Sie trat schließlich aus der Gemeinschaftspraxis in Kansas City aus und eröffnete ihre eigene Praxis.«

Aber möglicherweise hatten die Ärzte der Gemeinschaftspraxis noch viel tiefgreifendere Gründe, Debora keine Partnerschaft anzubieten. Kurz nach ihrem Umzug nach Kansas City tauchte ein altes Spukgespenst wieder auf. Mike bemerkte, daß sich bei Debora wieder der leicht unsichere Gang einstellte und sie zuweilen undeutlich sprach. Außerdem verwandelte sich ihre bislang so makellose Handschrift in ein unleserliches Gekritzel. Ein Arzt, für den sie arbeitete, rief Mike an und fragte: »Heh, was ist denn mit Debora los? Sie ist nachlässig geworden, und ihre Schrift ist kaum noch zu entziffern. Was hat das zu bedeuten?«

Es gab noch andere Anzeichen. Mikes Schwester Karen wollte heiraten, und die ganze Familie war begeistert von dem neuen Familienmitglied. Debora war seinerzeit nicht mit offenen Armen in die Familie aufgenommen worden und maulte, daß sie von Karens Hochzeit nichts mehr hören wolle. »Eines Abends«, berichtete Mike, »rief sie meine Schwester an und sagte ihr, wir würden nicht zur Hochzeit kommen … Sie war ziemlich beleidigend, sprach undeutlich und wirr.«

Debora hatte noch andere körperliche Beschwerden als jene, die von ihrer alten Handgelenksverletzung herrührten. Einige Jahre zuvor war sie an der University of Cincinnati beim Treppensteigen gestürzt und hatte sich eine offene Wunde am Knie zugezogen. Es entwickelte sich eine hartnäckige Infektion, die extrem schmerzhaft war und einen zehntägigen Krankenhausaufenthalt notwendig machte. Ganz wie bei ihrer Handgelenksverletzung mußte mehrmals täglich mit einer Spritze Wundsekret abgesaugt werden. Schließlich gelang die Heilung mit Hilfe von Antibiotika, aber Debora hatte seitdem chronisch Schmerzen im Knie.

Als Debora sich nun so seltsam benahm, ahnte Mike, wo das Problem lag. Sie nahm wieder Drogen. Er durchsuchte das Haus und entdeckte eine Schublade, die randvoll war mit Schlaftabletten und Schmerzmitteln – darunter starke Narkotika wie *Tylox*.

Mike teilte Debora mit, daß er sie unter vier Augen sprechen müsse. Nachdem er die Schlafzimmertür hinter ihnen geschlossen hatte, damit weder Tim noch Lissa oder ihr Kindermädchen sie hören konnten, stellte er wortlos die Medikamentenröhrchen auf die Kommode. Ausnahmsweise einmal schrie sie ihn nicht unbeherrscht an. Es gab keine plausible Erklärung dafür, daß sie so viele Fläschchen *Tylox* im Haus hatte, die die Namen ihrer Patienten trugen.

»Mein Knie macht mir in letzter Zeit zu schaffen«, sagte sie lahm. »Ich kann mich ohne Schmerzmittel kaum noch auf den Beinen halten.«

»Debora, du kannst das nicht tun«, entgegnete Mike leise. »Diese Medikamente wurden nicht dir verschrieben, sondern deinen Patienten. Sie haben starke Schmerzen, während du nur an den Folgen einer leichten Knieverletzung leidest. Ich glaube nicht, daß du *Tylox* wegen der Schmerzen schluckst – ich fürchte, da steckt mehr dahinter.«

Nach langem Schweigen hob Debora den Kopf. »Du hast recht«, gab sie zu. »Ich weiß, daß ich damit aufhören muß. Und das werde ich auch. Ich verspreche es.«

»Hast du noch mehr davon?« fragte Mike. Debora schüttelte den Kopf. Er musterte sie eindringlich, holte tief Luft und sammelte die Fläschchen ein. »Ich werde das Zeug wegwerfen«, erklärte er. »Und ich will dir glauben, wenn du versprichst, daß es nicht wieder vorkommt.«

Soweit Mike es beurteilen konnte, hielt Debora ihr Versprechen. Hiernach lief es in ihrer Beziehung wieder besser, und nichts deutete darauf hin, daß Debora wieder Drogen nahm.

Anstatt sich bei einer anderen Gemeinschaftspraxis zu bewerben, machte Debora sich selbständig, und diese Lösung schien zu funktionieren. Sie arbeitete freiberuflich für das St. Mary Hospital. Es war kein sehr betriebsames Krankenhaus, und es gab dort nur wenige Onkologen. Zum erstenmal seit sie ihren Abschluß gemacht hatte, sah Debora niemand mehr über die Schulter oder kritisierte ihren Umgang mit Patienten. Ihre aufbrausende und aggressive Reaktion auf Kritik blieben so einige Zeit aus. Sie engagierte einen Auftragsdienst, der ihr Telefon beantwortete, und eine Frau, die sich um ihre Rechnungen kümmerte.

»Es lief richtig gut«, meinte Mike über Deboras Einzelpraxis, die sie leider ein knappes Jahr nach der Eröffnung schließen mußte. »Das Problem war, daß das St. Mary Hospital geschlossen wurde. Und dann wurde Debora mit Kelly schwanger. Sie war ziemlich wütend deswegen.«

Obgleich Debora erst siebenunddreißig war, was längst nicht mehr als ein zu hohes Alter für eine Schwangerschaft betrachtet wird, waren sie und Mike davon ausgegangen, daß sie keine weiteren Kinder mehr bekommen würden. Um so schockierter war sie, als sich im Mai 1988 die unmißverständlichen Symptome einer Schwangerschaft einstellten. Ihre Schwangerschaft sowie die Schließung des einzigen Krankenhauses, an dem sie sich wirklich wohl gefühlt hatte, machte ihrem Versuch, sich in Kansas City auf eigene Füße zu stellen, endgültig zunichte.

Kelly kam fast exakt vier Jahre nach Lissa auf die Welt, am 13. Dezember 1988. Diesmal bekam Debora die Epiduralanästhesie, die sie bisher immer vergeblich gefordert hatte. Mike wich ihr während der ganzen Dauer der Wehen nicht von der Seite und redete ihr gut zu. Er fütterte sie mit Eiskonfekt, rieb ihr den schmerzenden Rücken und wollte ihre Hand halten. Aber sie wollte nicht, daß er sie anfaßte. Sie waren seit neun Jahren verheiratet, und dies war ihr drittes Baby, aber Debora schien Mike zu verübeln, daß sie ein Kind zur Welt brachte, das sie nicht haben wollte, ein Kind, das ihre erste erfolgreiche Selbständigkeit zunichte gemacht hatte.

»Sie gab mir unmißverständlich zu verstehen, daß es ihr gleichgültig war, ob ich nun dabei war oder nicht«, sagte Mike. »Und das traf mich tief, weil ich davon ausgegangen war, daß wir die Geburten unserer Kinder immer gemeinsam durchstehen würden.«

Kelly erwies sich als ein ganz besonderes Kind, ein kleiner, lockiger blonder Engel. Sie strahlte gleichzeitig grenzenlose Liebe und eine eigentümliche Weisheit aus. Ihrem Vater nach war sie das intelligenteste ihrer Kinder. Es dauerte nicht lange, und alle hatten vergessen, daß sie ursprünglich eine unwillkommene Überraschung gewesen war. Ihre Mutter und ihr Vater beteten sie an, und Tim und Lissa nahmen ihr Schwesterchen liebevoll an.

Debora war ihren Kindern immer eine wunderbare Mutter gewesen, und das machte Mike stolz. Sie schien viel Freude an ihnen zu haben – und sie an ihr. Es gab immer ganz besondere Geburtstagspartys. Debora brachte ihnen das Schwimmen bei, sorgte dafür, daß sie Tennis- und Tanzunterricht nahmen und Tim schon sehr früh mit Sport begann. Sie hatte große Pläne mit ihren Kindern.

Wenn ihre Ehe sich nur so natürlich entwickelt hätte wie ihre Kinder. Aber das tat sie nicht. Debora hatte Mike im Verdacht, mit anderen Frauen zu flirten, ein Vorwurf, der womöglich nicht ganz unbegründet war. Eine Krankenschwester, die später mit Mike zusammenarbeitete, erinnerte sich, daß Debora ihm überallhin nachlief, um zu kontrollieren, was er machte, wenn er nicht mit ihr zusammen war.

Trotzdem änderte sich an ihrem Intimleben nichts. Debora wollte oder konnte ihre ständigen Wutausbrüche nicht unterdrücken. Sie war nie häuslich gewesen und gedachte ganz offensichtlich nicht, sich zu ändern. Sie und Mike hatten Kinder, aber ihr Sexualleben war praktisch nicht existent. Und während Debora ihre Schwangerschaftspfunde nach Tims und Lissas Geburt mühelos wieder verloren hatte, fiel es ihr nach Kellys Geburt äußerst schwer.

5

Zu den Dingen, die der ganzen Familie Spaß machten, gehörte das Reisen. Irgendwie fiel die Anspannung von ihnen ab, wenn sie ihren Zielort erreichten. Sie besaßen eine Wohnung auf Sanibel Island vor der Westküste Floridas, und sie freuten sich immer alle fünf riesig auf die Ferien dort. Darüber hinaus reisten sie nach Alaska, British Columbia, Puerto Vallarta, Knott's Berry Farm, Hollywood und Disneyland. Sie sahen sich Cabo San Lucas an, unternahmen eine Planwagenfahrt in die Flint Hills und nach Breckenridge in Colorado. Vielleicht waren diese Reisen für Debora und Mike eine Flucht aus ihrer Ehe. Wenn es daheim nicht gut lief, konnten sie vielleicht an einen Ort reisen, der so exotisch war, daß ihre Beziehung dort unwichtig war.

Mike erinnerte sich, daß er, Debora und die Kinder in den Ferien tatsächlich eine schöne Zeit hatten. Das Problem war nur, dorthin zu kommen. »Es hat unzählige Streitereien auf Flughäfen gegeben«, sagte er kopfschüttelnd. »Allein bei dem Gedanken daran, mit Debora zu verreisen, zog sich mir innerlich alles zusammen. Wenn wir dann dort waren, war alles bestens. Hatte aber der Flug Verspätung oder wurde die Flugroute geändert, flippte sie aus. Ich kann mich noch gut daran erinnern, wie sie Leute angeschnauzt hat, weil Flüge wegen eines Sturms Verspätung hatten.«

Auf einer Reise nach Sanibel Island gab die Fluggesellschaft bekannt, daß der Flug wegen eines Unwetters in Dallas Verspätung haben würde. Debora kam mit den paar Stunden Wartezeit nicht zurecht, obwohl Mike argumentierte, daß sie, wenn auch mit geringer Verspätung, schon noch nach Sanibel fliegen würden. Aber Debora konnte sich einfach nicht damit abfinden.

Während andere enttäuschte Passagiere leise murrten, brüllte Debora die Angestellte der Fluggesellschaft am Schalter an. »Wir werden nie wieder mit dieser verfluchten Linie fliegen!« schnauzte sie. »Sie sind inkompetent und lächerlich und nehmen keinerlei Rücksicht auf ihre Kunden!«

»Debora ...« setzte Mike an und versuchte, sie vom Schalter fortzuziehen.

»Mein Mann, Dr. Farrar, ist da ganz meiner Meinung«, fuhr Debora fort und trommelte mit der Faust auf den Tresen. »Und ich bin Dr. Green. Sie sind ein trauriges Beispiel einer Fluggesellschaft! Stimmst du mir nicht darin zu, Michael?« Mike, der Dutzende von Blicken auf sich ruhen fühlte, wäre am liebsten im Erdboden versunken. Er wußte, was als nächstes folgen würde: Debora würde gleich ihr umfangreiches Repertoire von Schimpfwörtern vom Stapel lassen.

»Michael, sag du ihnen, was du von dieser lausigen und beschissenen Ineffizienz hältst!«

»Debora, sie können doch nichts dafür, wenn es in Dallas stürmt«, entgegnete Mike ruhig, wobei er auf einem Arm Kelly balancierte und versuchte, mit der freien Hand Lissa festzuhalten. Tim stand ganz ruhig da und starrte zu seiner Mutter auf, deren Gesicht sich immer dunkler verfärbte. »Bei Sturm zu fliegen wäre gefährlich«, sagte Mike.

»Wir werden dann fliegen, wenn es wieder sicher ist. Wir werden schon noch hinkommen.«

Jetzt war Debora wütend auf ihn, weil er ihr bei ihrem Angriff auf die Fluglinie keine Schützenhilfe gab. Sie bedachte Mike mit einem Schwall vulgärer Beleidigungen und stürmte dann wutschnaubend davon.

»Solche Szenen gab es immer und immer wieder«, erinnerte sich Mike. Wenn ein Flugzeug Verspätung hatte, verlangte Debora von ihm, daß er einen Wagen mietete und sie zu ihrem Bestimmungsort *fuhr*. Debora war ›ein eingefleischter Pessimist‹, der immer vom Schlimmsten ausging. »Man konnte nicht vernünftig mit ihr reden, wenn sich etwas Derartiges ereignete«, sagte Mike. »Sie benutzte hochnotpeinliche Schimpfwörter. Es war grauenhaft.«

Es war paradox: Debora liebte ihre Ferien, und doch machte sie ihnen allen die Reise zur Hölle. Waren sie jedoch erst auf Sanibel im Hotel oder in Disneyland eingetroffen – was immer ihr Ferienziel war – war schlagartig alles in Ordnung. Wer sich die Urlaubsfotos ansieht, käme niemals darauf, daß mit dieser Familie etwas im argen sein könnte.

Debora sah die gemeinsamen Ferien etwas anders. »Mike hatte alles geplant, vom Aufstehen bis zum Schlafengehen. Wir mußten einen strengen Zeitplan einhalten. An Erholen war nicht zu denken. In einem Jahr konnte er nicht mit uns nach Mexiko fliegen, und wir hatten eine wundervolle Zeit. Wir standen auf, wenn wir von allein aufwachten, und dann erst fragte ich die Kinder ›Na, wozu habt ihr denn heute Lust?‹ Wir taten einfach das, was uns Spaß machte und ruhten uns aus, wenn uns danach war. Es war viel schöner ohne ihn.«

Mike bestritt Deboras Darstellung nicht. »Ich wollte einfach alles sehen, was es vor Ort zu sehen gab«, sagte er. Deboras Dynamik und die Abenteuerlust, die sie ausstrahlte, hatten ihm zu Anfang ganz besonders an ihr gefallen, aber nach ihrer Heirat hatte sie sich für nichts mehr begeistern können.

Mike mußte in seiner Kardiologie-Praxis hart arbeiten. Oft verließ er das Haus schon morgens um sechs und kam nicht vor acht, neun Uhr nach Hause. Wenn Debora arbeitete, war sie gewöhnlich gegen vier, fünf Uhr daheim. »Natürlich diktierten gesellschaftliche Zwänge, daß sie mehr Zeit für die Kinder aufbrachte«, gab Mike zu. »Ich muß zu ihrer Verteidigung sagen, daß auch das ein Grund war, weshalb sie weniger Stunden arbeitete.«

Mike war in vieler Hinsicht Perfektionist. Da es für ihn selbstverständlich war, sich völlig auf das zu konzentrieren, was er gerade tat, erwartete er von Debora die gleiche Fähigkeit. Er mochte durchorganisierte, sorgfältig geplante Reisen und hatte für spontane Verrücktheiten nichts übrig. Er fühlte sich am wohlsten, wenn er sein Umfeld unter Kontrolle hatte, und bis zu einem gewissen Grad waren Debora und die Kinder Teil jenes Umfeldes, das er so gern organisierte. Aber Debora war die chaotischste Frau, die ihm je begegnet war. Ihr Sinn für Humor und ihre sorglose Lebenseinstellung standen in krassem Widerspruch zu Mikes Ordnungsbedürfnis.

Deboras gesellschaftliche Umgangsformen, ihre lasche Haushaltsführung und schließlich ihr Versagen bei der Ausübung ihres Berufes enttäuschten Mike. Beinahe schien es, als hätte sie beschlossen, daß, wenn sie es ihm schon nicht recht machen konnte, sie bewußt alles tun würde, seinen Wünschen zuwider zu handeln. Vielleicht sah sie in ihren Wutausbrüchen auch eine Möglichkeit, ihn zu kontrollieren und zu manipulieren, ihm ihre Überlegenheit zu demonstrieren. Tatsächlich aber ließ sie zu, daß sie völlig von Mike abhängig wurde.

Trotz allem versuchte Debora nach Kellys Geburt, ihre Praxis wiederaufzunehmen und arbeitete auf freischaffender Basis für das Trinity Hospital. Dort wehte ein rauher Wind, zumal die Ärzte, die ihr seinerzeit keine Partnerschaft in ihrer Gemeinschaftspraxis angeboten hatten, im Trinity fest etabliert waren. Sie wies nicht genügend Patienten ein, um ihre Anstellung zu rechtfertigen, und so gab sie schließlich 1989, nachdem sie mit ihrer Privatpraxis gescheitert war und ihr Knie ihr zunehmend zu schaffen machte, ihren Beruf vorerst auf.

Mike ermutigte sie dazu. »Allem Anschein nach hatte sie sowieso nie Spaß an ihrer Arbeit gehabt«, sagte er. »Sie rief mich immer wieder an – ich meine, ich versuchte, meine Arbeit zu tun, und sie wollte dasitzen und sich darüber auslassen, wie schrecklich alles wäre. Ich versuchte dann, sie zu trösten, ihr zu raten, was sie tun solle. Ich fand, sie sei depressiv.«

Diese Diagnose war vermutlich zutreffend, auch wenn sie von einem Arzt gestellt wurde, dessen Fachgebiet Herzgefäße waren und nicht die verschlungenen Wege der menschlichen Psyche. Etwas nagte an Debora. Trotz all ihrer Intelligenz schien sie einfach nicht in der Lage zu sein, dem Leben etwas Gutes abzugewinnen. Und wieder griff sie zu Drogen, um der Wirklichkeit zu entfliehen.

Inzwischen waren die Anzeichen Mike vertraut. »Sie hatte dann diesen sonderbaren Gesichtsausdruck, so ein komisches Lächeln, und dann die Art, wie sie redete – daran erkannte ich, was los war. Ich stellte sie wieder zur Rede, aber sie stritt alles ab. Mehrmals.«

Diesmal erforderte es eine gründlichere Suche, aber schließlich fand er ihr Versteck. Und diesmal hatte Mike den Verdacht, daß Debora auf den Namen von Patienten Rezepte ausstellte, um die Medikamente dann selbst abzuholen. Bei einigen der Narkotika handelte es sich um streng kontrollierte Substanzen, die sie nicht telefonisch bestellen konnte. Ohne genau zu wissen, wie sie sie sich beschaffte, nahm Mike an, daß Debora sich als ihre eigene Patientin ausgab. Tatsächlich aber hatte sie gar keine Patienten mehr; alles, was sie noch besaß, war ihre Arztlizenz. Und wenn sie drogenabhängig war, würde das nicht nur ihre berufliche Laufbahn beeinträchtigen, sondern auch ihre Zulassung als Arzt gefährden.

Mike brachte es nicht über sich, seine eigene Frau anzuzeigen. Das wäre das Ende ihrer ärztlichen Laufbahn gewesen, und möglicherweise wäre sie sogar ins Gefängnis gekommen. Also redete er noch einmal mit ihr über dieses scheinbar unlösbare Problem.

»Debora«, sagte er tonlos. »Du versteckst nicht nur Drogen vor mir und schadest dir selbst, du verstößt auch gegen das Gesetz. Ist dir klar, daß das, was du tust, ein Verbrechen ist? Du könntest deine Zulassung verlieren. Man könnte dich in den Knast stecken wie den nächstbesten Junkie von der Straße. Wenn du nicht damit aufhörst, wird dir früher oder später jemand auf die Schliche kommen. Und was soll dann aus den Kindern werden?«

»Ich bin nicht wie ...« protestierte sie.

»O doch, das bist du«, fiel Mike ihr ins Wort. »In gewisser Weise bist du sogar noch schlimmer. Du bist *Ärztin*. Du weißt doch, was man sich von Ärzten erzählt, die medikamentensüchtig werden. Du mußt damit aufhören. Dich zu verraten ist das letzte, was ich wollte, aber ich schwöre dir, daß ich es tun werde, wenn ich noch einmal im Haus Drogen finde. Und du weißt, daß ich sie finde, wenn es welche gibt.«

Debora war sichtlich geschockt angesichts seiner Drohung und der Möglichkeit, ins Gefängnis gesteckt und von ihren Kindern getrennt zu werden. Es war, als wäre ihr noch nie der Gedanke gekommen, daß es soweit kommen könnte. Aber Mike ließ ihr keinen Raum auszuweichen, und er ließ auch keine Ausreden gelten. Sie würde ihrer aller Leben zerstören, wenn sie nicht aufhörte, Drogen zu nehmen.

Die Warnung schien die gewünschte Wirkung zu haben. Mike fand nie wieder Fläschchen *Tylox* oder andere Narkotika unter ihren Sachen. Soweit er es beurteilen konnte, stellte sie nach diesem Gespräch ihren Drogenkonsum ein.

Und doch hatte Debora im Laufe ihrer Ehe ungewöhnlich häufig Unfälle – die mysteriöse Knieverletzung, ein Finger, der sich nach dem Biß eines Patienten entzündete, der Bruch eines winzigen Navicularknochens am Handgelenk – eine sehr ungewöhnliche Verletzung, bei der erneut Komplikationen auftraten. Keine ihrer Verletzungen heilte problemlos, und sie gingen alle mit der Verabreichung von Schmerzmitteln einher. Als man ihn später fragte, ob er je den Verdacht gehegt habe, daß Debora sich absichtlich verletzen könnte, um Aufmerksamkeit zu erregen oder sich auf diesem Wege Schmerzmittel zu beschaffen, schien Mike aufrichtig überrascht. Er hatte zu keiner Zeit auch nur den leisesten Verdacht, daß seine Frau am Münchhausen-Syndrom leiden könnte, bei dem der Patient sich selbst Verletzungen zufügt, um Aufmerksamkeit zu erregen.

Aber wenigstens hatte ihr Medikamentenproblem nicht zu anderen Abhängigkeiten geführt. Debora trank nie übermäßig viel Alkohol. Sie besuchten Weinproben, und Mike hatte seinen kleinen Weinkeller. Sie tranken am Abend ein Glas Wein oder genehmigten sich einen Gin-Tonic, aber das war auch schon alles.

Debora trat eine Stelle bei der Missouri Patient Care Review Foundation an. Wieder begann alles recht vielversprechend. Die Stelle bot feste Arbeitszeiten, und Mike hatte das Gefühl, daß Debora ein Händchen dafür hatte,

Patientenakten durchzusehen und Ungereimtheiten aufzuspüren. Anstatt selbst bei der Arbeit kritisch beäugt zu werden, war sie es nun, die nach Unstimmigkeiten bei der Patientenbetreuung von Kollegen forschte. Es war eine anstrengende Arbeit, die jedoch ideal schien für eine Frau, die einst hatte Wissenschaftlerin werden wollen. Es gab feste Regeln und vertraute Vorgehensweisen. Wenn ein anderer Arzt, dem sie noch nie begegnet war, von den Richtlinien abwich, machte es ihr richtig Spaß, den Fehler des Kollegen aufzudecken.

»Für mich klang es so, als wäre Debora sehr erfolgreich in ihrem neuen Beruf«, sagte Mike. »Aber das stimmte nicht. Vielmehr wurden ihre eigenen Berichte überprüft, weil sie sich wieder einmal mit Kollegen angelegt hatte. Irgendwann mußte die Missouri Patient Care Review Foundation ihr Regionalbüro auf eine einzige Stelle in Jefferson City reduzieren. Debora erzählte mir, man hätte ihr diese Stelle angeboten, sie habe jedoch abgelehnt, weil ich hier in Kansas City praktiziere.«

Mike fragte sich später, ob die Stelle in Jefferson City Debora wirklich angeboten worden war, er konnte jedoch nichts finden, was seine Zweifel bestätigt hätte. Jedenfalls begann Debora, wieder auf freiberuflicher Basis zu arbeiten und prüfte Medicaid-Akten, die ihr verschiedene Behörden zusandten. Diese Arbeit konnte sie von zu Hause aus erledigen, was es ihr ermöglichte, die Kinder zur Schule, zum Ballett oder zum Sport zu fahren. Vor allem aber brauchte sie nicht mit irgendwelchen Kollegen auszukommen, da sie völlig selbständig arbeitete.

Tim und Lissa besuchten die sehr exklusive Pembroke Hill School. Tim spielte Fußball und Hockey, und Lissa nahm Ballettunterricht. Kelly war erst vier, und daheim gab es alle Hände voll zu tun. Aber Debora nahm noch einen zweiten Job an, in einer auf Arbeitsmedizin spezialisierten Klinik. Der Mann, der sie einstellte, kontrollierte auch eine Reihe von Notaufnahmen, so daß Debora ihn schon länger kannte. Aber sie hatte keinerlei Erfahrung auf dem Gebiet der Arbeitsmedizin, und ihr Vorgesetzter war als sehr schwierig bekannt.

»Es ging nicht gut«, erinnerte sich Mike. »Und Debora beschloß, nun endgültig nur noch auf freiberuflicher Basis Akten zu prüfen und ansonsten daheim zu bleiben, um für die Kinder zu sorgen. Ich dachte ›Super. Wunderbar‹. Wir brauchten das Geld nicht, und wenn sie daheim blieb bei den Kindern und vielleicht einem Tennisclub beitrat, würde sie glücklich sein. Ich sagte mir, daß, wenn sie nicht mehr soviel Streß mit ihrer Arbeit hätte, sich unser Zusammenleben möglicherweise positiv entwickeln würde.«

Debora blieb also daheim und wurde Mitglied in einem Tennisclub. Sie war eine Mutter, die sich für ihre Kinder einsetzte, sie beteiligte sich mit anderen Müttern an Fahrgemeinschaften für den Schulweg oder das Fußballtraining und die Tennisstunden. Einige Frauen ihres gesellschaftlichen Umfeldes beschreiben sie als wundervolle Mutter. »Sie ging sehr liebevoll mit ihren Kindern um. Sie hat alles für sie getan.« Andere jedoch fanden Debora ein wenig herrisch. Wenn sie bei Fußballspielen vom Spielfeldrand aus zuschaute, »beklagte sie sich immer über ihre Kinder«, wußte eine Mutter zu berichten. »Sie sagte ›Die Kinder machen mich *wahnsinnig*!‹ Uns anderen war das unangenehm, weil diese Klagen gar kein Ende mehr nahmen.«

Debora hatte eine Putzfrau, die etwa einmal in der Woche kam, aber zwischenzeitlich entwickelte sich in dem Backsteinhaus in der 61. Straße ein regelrechtes Chaos. Debora hatte Hausarbeit noch nie etwas abgewinnen können und betrachtete sie als weitgehend überflüssig. Die Kinder störte die Unordnung nicht, aber Mike machte sie rasend. Er fühlte sich nur in einem ordentlichen Umfeld wohl.

Debora war immer noch zugelassene Ärztin, führte jedoch keine Praxis und hatte auch keine geregelte Arbeit. Und obgleich ihre Arbeit sie scheinbar nie sonderlich interessiert hatte, verlor sie mit ihrem Beruf noch einen weiteren Teil ihrer Identität. Sie war immer jemand Besonderes gewesen – die beste Schülerin ihrer Schule, die geistreichste Assistenzärztin in der Notaufnahme, eine Ärztin mit eigener Praxis. Jetzt hatte sie alle Zeit der Welt, die Stapel von Romanen zu lesen, die sie aus der Bücherei mit nach Hause brachte, sie konnte mit den Kindern spielen und sich um Boomer kümmern, den schwarzen Labrador, den die Kinder unbedingt haben wollten.

Aber Anfang der neunziger Jahre schien etwas von Deboras Persönlichkeit zu verschwinden. Kaum jemand hätte geleugnet, daß sie sich schon in der Vergangenheit zuweilen sonderbar benommen hatte, daß ihre Wutausbrüche absolut unnötig waren und es eine Strafe sein konnte, mit ihr zusammenzuarbeiten. Aber jetzt, da sie in ihrem unordentlichen Heim saß, die täglichen Pflichten einer Hausfrau und Mutter vor Augen, schien es, als hätte ihr unmögliches Benehmen sie an einen Punkt geführt, den sie sich früher nicht hätte ausmalen können.

Auf einmal war sie nichts Besonderes mehr.

Und noch etwas anderes an ihr hatte sich radikal verändert: ihre äußere Erscheinung. Obgleich sie zwischendurch immer mal wieder zugenommen hatte, hatte sie ihre überflüssigen Pfunde stets recht schnell wieder verloren. Nun legte sie vierzig oder fünfzig Pfund zu, und ihre Hüften und Schenkel wölbten sich unter engen Jeans. Sie war Anfang Vierzig und sah mindestens fünf Jahre älter aus. Ihr vier Jahre jüngerer Mann dagegen wirkte so jugendlich, daß ihn viele auf Anfang Dreißig schätzten. Debora ließ sich das Haar zu einem unvorteilhaften glatten Bob schneiden. Sie trug fast nur noch ihre Brille mit den dicken Gläsern, die ihr aufgrund ihrer starken Kurzsichtigkeit von sieben Dioptrien verschrieben worden war, anstatt der Kontaktlinsen, die sie früher bevorzugt hatte. Sie schminkte sich nicht und trug nur noch weite T-Shirts zu Jeans oder Shorts. Beinahe hatte es den Anschein, als hätte sie sich aufgegeben.

Mike war schon immer sehr karriereorientiert gewesen, er war aber gleichzeitig fest entschlossen, alles zu tun, damit seine Ehe funktionierte. Er konnte Deboras Verhalten nicht ignorieren. Er *mußte* sich mit ihren Tobsuchtsanfällen auseinandersetzen. Sie baute sich zumeist breitbeinig vor ihm auf, schrie ihn an und stampfte mit den Füßen auf. Manchmal schlug sie sich selbst Bücher auf den Kopf oder trommelte mit den Fäusten so lange auf ihre Schenkel, daß sie Blutergüsse bekam. Oder schlimmer noch, sie führte sich in gleicher Weise in der Öffentlichkeit auf, vor ihren Kindern, die sich in Grund und Boden schämten. Ihr Benehmen, ihr Drogenmißbrauch und die wiederholten beruflichen Probleme bewiesen klar, daß Debora mit den Belastungen des alltäglichen Lebens überfordert war. Nur wußte Mike nicht, warum dies so war und was er tun sollte.

Wenn er am Morgen das Haus verließ, atmete er erleichtert auf. Er stürzte sich mit solchem Eifer in seine Arbeit, daß er tagsüber nicht dazu kam, über seine Ehe nachzudenken. Und er leugnete gar nicht, daß er andere Frauen wahrnahm – Frauen mit sanften Stimmen, blond, schlank und anschmiegsam, die ihn nicht kreischend anfauchten oder in hysterischer Wut davonstürmten, wenn einmal etwas nicht nach ihren Vorstellungen lief. Was Mike jedoch nicht erkannte, war, daß das Verhalten seiner Frau stellenweise sogar gefährlich war. Oder aber er wollte die beunruhigenden Signale nicht sehen.

Auch Anfang der neunziger Jahre hielt Mike trotz seiner Schwierigkeiten mit Debora an seiner Überzeugung fest, daß ein verheirateter Mann und Familienvater sein Eheversprechen nicht brach. Man sagt, eine Affäre könne eine glückliche Ehe nicht zerstören. Aber Mike und Debora führten keine glückliche Ehe, ja nicht mal eine halbwegs befriedigende. Er hatte sie geheiratet, als sie noch sehr jung gewesen war, und obgleich er damals schon von ihrem aufbrausenden Temperament gewußt hatte, hatte er nicht ahnen können, wie tiefverwurzelt ihre psychologischen Störungen waren.

»Ich wollte, daß meine Ehe Bestand hat«, sagt er später voller Überzeugung. »Anstatt eine Affäre in Betracht zu ziehen, wünschte ich mir, daß meine Ehe irgendwie hielt, wünschte mir, daheim bei meinen Kindern zu sein. Ich wollte nur eins: eine funktionierende Familie.«

Gleichzeitig fragte Mike sich, wie er es noch länger in dieser freudlosen Ehe aushalten sollte, die ihm nichts anderes bescherte als Klagen, Streit und Vorwürfe. Debora verlangte viel und gab selbst wenig. Manchmal schien sie ihm zu grollen, ihn gar zu hassen, weil er ihr nicht geben konnte, was sie wollte. Irgendwann hatte Mike dann doch eine Affäre mit einer anderen Frau. Aber er verließ Debora nicht. Er hielt an ihrer Ehe fest.

6

Aber es gab noch etwas, was Mikes und Deboras Ehe belastete. Anstatt zu erkennen, daß es für einen Sohn wichtig ist, seinen Vater zu bewundern und zu respektieren, machte sie bei ihren Auseinandersetzungen mit Mike ihren Sohn Tim zu ihrem Verbündeten. War sie böse auf Mike, beklagte sie sich bei Tim über ihn, wobei sie mit ihm sprach wie mit einem kleinen Erwachsenen. Wenn man bedenkt, daß Mike selbst als einziger Sohn seiner Eltern aufgewachsen war, die von ihm stets bedingungslosen Gehorsam erwartet hatten, kann man sich vorstellen, wie schwer er sich Tim gegenüber mit der Vaterrolle tat. Um so nachvollziehbarer ist dann auch, daß die Vater-Sohn-Beziehung alles andere als harmonisch war.

Je älter Tim wurde, desto größer wurde die Kluft zwischen ihm und Mike. Es gab zwar auch noch schöne Zeiten, aber die wurden immer seltener. Debora ermutigte Tim nicht, Mike zu gehorchen; vielmehr schien es sie zu freuen, wenn der Junge bei Streitigkeiten ihre Partei ergriff. Sie behandelte Tim mehr wie einen Bruder als einen Sohn, ohne sich darüber im klaren zu sein, daß sie innerhalb ihrer Familie eine unmögliche psychologische Situation schuf. Ihre sämtlichen Prioritäten waren grundfalsch, ihre Wahrnehmung getrübt. Debora erzählte allen drei Kindern, was für ein schlechter Vater Mike sei, so daß vor allem Lissa sich verstärkt auf die Seite ihrer Mutter und ihres Bruders schlug. Kelly ihrerseits war noch so jung, daß sie ihren Daddy bedingungslos liebte.

An Deboras Art, eheliche Auseinandersetzungen zu führen, änderte sich nie etwas. Sie schrie, brüllte, stampfte mit den Füßen auf und tobte. In der Anfangszeit hatte Mike zurückgeschrien, aber schon bald hatte er erkannt, daß er sie damit nur noch mehr in Rage brachte. Und so hatte er im Laufe der Jahre seine Reaktion abgewandelte – er leistete nun passiven Widerstand und ignorierte sie schlicht, da jeder Versuch, sie zur Vernunft zu bringen, von vornherein zum Scheitern verurteilt war. Schließlich kam es soweit, daß er einfach das Haus verließ, wenn sie wütend auf ihn war. Anfangs ging er nur für ein oder zwei Stunden; später dann ließ er einen ganzen Tag verstreichen, ehe er einigermaßen sicher sein konnte, nicht gleich wieder mit Vorwürfen überschüttet zu werden, sobald er durch die Tür kam. Mikes vorübergehende Abwesenheiten weiteten sich immer weiter aus, bis er sich schließlich 1994 entschloß, für immer wegzubleiben.

Er konnte seine Ehe nicht länger ertragen und war überzeugt, sie alle würden glücklicher sein, wenn er auszog. Vielleicht war er ja tatsächlich an allem Schuld, vielleicht war wirklich er derjenige, der Zorn und Zwietracht innerhalb der Familie säte. Er war im zwölften Ehejahr endlich überzeugt, daß es niemals besser werden würde. »Der Gedanke, versagt zu haben, war mir verhaßt – bis dahin hatte ich immer erreicht, was ich mir vorgenommen hatte«, sagte er. »Und ausgerechnet in meiner Ehe zu scheitern wurmte mich ganz besonders. Aber es gab nichts mehr, was ich noch hätte versuchen können. Ich wußte, daß die Hölle losbrechen würde, wenn ich es Debora sagte – und so war es dann auch.«

Schon einmal, nach fünfjähriger Ehe, war er zu dem Schluß gekommen, daß er und Debora miteinander nie glücklich sein würden, und hätte beinahe die Scheidung eingereicht. Aber dann hatte er noch einmal über alles nachgedacht – inzwischen waren Tim und Lissa auf der Welt – und den Entschluß gefaßt, sich noch mehr anzustrengen, damit ihre Ehe sich zum Besseren wendete. Und es war wahrhaft harte Arbeit. Mike und Debora hatten noch weitere gemeinsame sieben Jahre mehr schlecht als recht überstanden und in dieser Zeit die Tatsache ignoriert, daß sie sich immer weiter voneinander entfernten.

»Im Haus herrschte ständig das reinste Chaos«, erinnerte sich Mike. »Niemand unternahm auch nur den Versuch, ein Mindestmaß an Ordnung herzustellen. Es wurde nicht versucht, die Kinder dahingehend zu erziehen, daß sie gewisse Regeln zu respektieren und ihre Zimmer sauber zu halten hatten. Es wurden ihnen keine Grenzen gesetzt ... die Zustände waren schlicht untragbar. Jeder, der Kinder hat, weiß, daß perfekte Ordnung in seinem Haushalt schlicht unmöglich ist – und doch störte es mich ... Das Chaos war ein schlechtes Beispiel für die Kinder. Wissen Sie, ich bin der Meinung, daß in einem Heim ein Mindestmaß an Ordnung herrschen muß.«

Obgleich Debora später behauptete, aus allen Wolken gefallen zu sein, als Mike sie im Januar 1994 um die Scheidung bat, war er ganz sicher, daß sie es längst hatte kommen sehen. Ihr hatte unmöglich entgehen können, wie unglücklich er war, und sie hatte den anderen Frauen im Tennisclub erzählt, daß ihr Mann sie betrog und daß sie fürchtete, er werde sie verlassen.

Rückblendend meinte Mike, Debora hätte versucht, das Gespräch hinauszuzögern, das sie über kurz oder lang haben mußten. Ganz plötzlich drehte sie sich um 180 Grad, wozu sie durchaus in der Lage war, wenn ihr etwas wichtig war. Zwei Wochen lang ging Debora auf Mikes Bedürfnisse ein und verwandelte sich – für ganze vierzehn Tage – in die perfekte Ehefrau. Aber der Wandel kam zu spät, und Mike traute ihren Beweggründen längst nicht mehr.

Schließlich teilte er ihr mit, daß er ausziehen werde und die Scheidung wolle. Kaum hatte Debora begriffen, was er sagte, machte sie auf dem Absatz kehrt und stürmte schreiend davon. Tim war im Wohnzimmer und sah fern, und Mike wollte nicht, daß er in den Streit hineingezogen wurde, aber es war bereits zu spät.

Debora griff sich wahllos Gegenstände und schleuderte sie quer durch den Raum. Bücher und Spielsachen krachten gegen die Wände; Lampen und Porzellanfiguren zerschellten. Sie brüllte unzusammenhängendes Zeug und schrie auch Tim an, den sie sofort auf ihre Seite zog. »Gottverdammt«, kreischte sie ihrem Sohn ins Gesicht. »Jetzt sieh dir an, was er vorhat. Ich habe so viel für ihn getan, und jetzt will er uns einfach hängenlassen.«

Der zwölfjährige Tim blickte zu ihr auf, einen verängstigten Ausdruck auf dem blassen Gesicht. Debora schrie ihn weiter an, noch während Mike versuchte, sie von ihm fortzuziehen. »Wir werden das alles verlieren!« schrie sie mit einer ausholenden Armbewegung.

»Debora – nicht ...« flehte Mike, aber sie schien ihn gar nicht zu hören.

»Dein Vater betrügt mich!« kreischte Debora. »Er will uns verlassen, und wir werden alles verlieren, was wir besitzen. Ich werde wieder arbeiten gehen müssen und weiß nicht, wo wir leben werden. Ich weiß nicht, wer sich um euch kümmern soll.«

»Mom ...« sagte Tim kläglich. »Mom – es wird schon alles gut werden.«

»Nein, das wird es nicht!« brüllte sie und schlug sich mit den Fäusten auf die Schenkel. »Dein Vater wird uns alles wegnehmen, was wir haben, weil er uns nicht lieb hat!«

Im Wohnzimmer sah es inzwischen aus wie nach einer Bombenexplosion. Debora war inzwischen völlig hysterisch geworden, und es war zwecklos zu versuchen, sie zu beruhigen.

»Es war grauenhaft«, sagte Mike.

Und es war wirklich grauenhaft. Aber es bestärkte ihn nur in seiner Überzeugung, daß er und Debora nicht länger zusammenbleiben konnten. Die Ehe noch länger aufrechtzuerhalten würde nur zu Lasten der Kinder gehen.

Er bezog ein Apartment im *Country Club Plaza*. Der Name stand keineswegs für eine Luxusherberge; das Haus befand sich in einem älteren Stadtviertel von Kansas City auf halbem Weg zwischen Mikes Büro und der Straße, wo Debora und die Kinder weiter ihr Einfamilienhaus bewohnten, das sie vor sechs Jahren mit so großen Erwartungen bezogen hatten.

Überraschenderweise besserte sich die Situation nach

Mikes Auszug. Er sprach fast täglich mit Debora. »Abgesehen von meiner Abwesenheit hatte sich für sie nichts geändert – selbstverständlich kam ich weiter für ihren Lebensunterhalt auf«, sagte er.

Er holte Tim, Lissa und Kelly zwei oder dreimal die Woche zu sich, und sie hatten eine ›ziemlich schöne Zeit‹, Tim und Lissa waren anfangs noch sehr wütend auf ihn, aber das überraschte ihn nicht. Er war ganz sicher, daß Debora zu ihnen sprach wie zu Erwachsenen und nicht wie mit Kindern, die verwirrt und verunsichert waren von der Trennung ihrer Eltern. Vor allem Lissa grollte ihrem Vater. Es dauerte lange, ehe sie zugab, daß ihr Leben sich alles in allem so sehr nicht verändert hatte. Sie nahm weiterhin Ballettunterricht, hatte dieselben Freunde, besuchte dieselbe Schule, wohnte im selben Haus, und die Kinder hatten ihren geliebten Labrador Boomer.

Tatsächlich schien sich die Lage in einem solchen Maße zu normalisieren, daß Mike sich sogar fragte, ob er und Debora sich vielleicht versöhnen könnten. Ihm lag wirklich daran, seine Ehe zu retten, wenn nur Deboras hysterische Anfälle und Wutausbrüche ein Ende nähmen. Aber trotz seines guten Willens war er an diesem Punkt nicht bereit, zur Eheberatung zu gehen. »Debora wollte hingehen, aber ich wußte, daß ich mich nicht würde öffnen können. Ich konnte mir einfach nicht vorstellen, dazusitzen und mit einem wildfremden Menschen Einzelheiten aus meinem Privatleben zu diskutieren. Es hätte nichts gebracht.«

Trotzdem begannen er und Debora davon zu sprechen, es noch einmal miteinander zu versuchen. Sie war inzwischen ruhiger geworden, und es erschien ihnen wieder möglich, daß sie doch zusammenleben und gemeinsam ihre Kinder großziehen könnten – diesmal ohne den Zorn und die Verbitterung, die ihre Ehe überschattet hatte. Mike war so hoffnungsvoll, daß er zu Debora sagte: »Zu den

Dingen, die mich unglücklich machen, gehört auch das Haus. Wenn wir wieder zusammenkommen, müssen wir aus diesem Haus ausziehen. Es ist zu klein für uns – und es macht zuviel Arbeit.«

Debora war sofort einverstanden. Sie sagte sich, daß, wenn sie mehr Platz hätten und das Haus ordentlich wäre, wenn Mike heimkam, würde ihre Ehe zwangsläufig viel besser laufen. Sie machte sich sogleich daran, nach einem Haus zu suchen, und entdeckte ein wunderschönes Anwesen auf dem Canterbury Court in Prairie Village. Mike ließ sich von ihrer Begeisterung anstecken und besichtigte das riesige Haus mit den sechs Schlafräumen, Arbeitszimmer, Fitneßraum, Pool – einfach allem, was eine Familie sich nur wünschen konnte. Er stimmte zu, daß es perfekt sei, wenn auch etwas teuer. Es sollte um die 600 000 Dollar kosten. In Kalifornien hätte man drei Millionen Dollar dafür hinblättern müssen, aber in Prairie Village waren 600 000 Dollar ein stolzer Preis für ein Haus.

Allerdings hatte das Haus bereits längere Zeit leer gestanden, und der Besitzer – der in der Canterbury-Siedlung mehrere luxuriöse Häuser gebaut hatte – akzeptierte Deboras und Mikes Angebot von 400 000 Dollar. Ein Riesenschnäppchen.

Doch dann bekam Mike kalte Füße. Er hatte sich von Deboras Enthusiasmus und ihren Versprechungen, daß fortan alles anders sein würde, mitreißen lassen. Nun erkannte er, daß er sich zu einer Verpflichtung hatte drängen lassen, an die er nicht so recht glaubte. Im Grunde hatte sich nichts geändert abgesehen davon, daß sie vier Monate getrennt gewesen waren. Sie hatten nicht versucht, sich zu versöhnen, und wenn er erst den Vertrag unterzeichnet hatte, den der Makler ihm kurzfristig vorlegen würde, würde er sich verpflichten, fast eine halbe Million Dollar für ein zweites Haus zu zahlen, ohne zu wissen, ob er für das Haus, das er bereits besaß, einen Käufer finden würde. Debora arbeitete nicht – abgesehen von gelegentlichen Aktenprüfungen, die Schule der Kinder kostete ein Vermögen. Und sie hatten Schulden, darunter Leasingverträge auf mehrere neue Fahrzeuge. Mike verdiente sehr viel Geld, hatte aber plötzlich das Gefühl, daß sie dabei waren, überhastet eine wichtige Entscheidung zu treffen.

»Ich machte einen Rückzieher«, gab er zu. »Und natürlich waren alle, von der Immobilienmaklerin bis hin zu Debora und den Kindern, enttäuscht. Die Maklerin rief mich immer wieder an und fragte *Warum*? Und ich sagte ihr, es gäbe da private Gründe, zu denen ich mich nicht äußern wolle.«

Zwei oder drei Tage später, an einem Sonntag im Mai 1994, arbeitete Mike gerade am North Kansas City Hospital, als er angepiept wurde. »Ich wurde auf die Station gerufen, was an sich schon seltsam war, da ich nur Bereitschaftsdienst hatte«, erinnerte er sich. »Eigentlich hätte ein Kollege angepiept werden müssen. Und da wußte ich plötzlich, daß etwas passiert war. Ich rief die Zentrale an, und dort teilte man mir mit, ich solle meine Nachbarin anrufen, mein Haus würde brennen.«

Die Nachbarin aus der 61. Straße war ganz außer Atem und klang verängstigt. Sie sagte, Mikes Haus stünde in Flammen. »Ich bin ziemlich sicher, daß Debora und die Kinder nicht da sind – aber ich mache mir Sorgen um Boomer.«

Mike hatte keine Ahnung, wer sich im Haus aufhielt und wer nicht. Er stürzte zu seinem Wagen und raste heim. »Ich fuhr mit buchstäblich hundert Sachen nach Hause. Vor dem Haus standen sieben Löschfahrzeuge und ein Krankenwagen, was mir einen Riesenschreck einjagte. Ich bahnte mir einen Weg durch die Masse von Schaulustigen. Rauch quoll aus dem Haus, aber Flammen konnte ich keine sehen.«

In Panik rief Mike Debora über ihr Handy an und fragte sie, wo die Kinder seien. Tim spiele Fußball, teilte sie ihm bester Laune mit, und die Mädchen und Boomer wären bei ihr im Wagen. Als Mike ihr von dem Brand erzählte, kam Debora sofort heim, und sie sahen gemeinsam zu, wie die Feuerwehr den letzten Brandherd löschte. Immer wieder erzählte sie Mike, wie glücklich sie wäre, daß sie Tims Bitten, Boomer mitzunehmen, nachgegeben habe. Andernfalls wäre er ganz sicher im Feuer umgekommen.

Wenngleich sie alle in Sicherheit waren, war das Haus stark beschädigt worden. Der Brand war allem Anschein nach im Erdgeschoß ausgebrochen und hatte dann auf das Obergeschoß übergegriffen. Das Erdgeschoß lag weitgehend in Schutt und Asche. Die Flammen hatten sogar Tims Zimmer unterm Dach erreicht, ehe es der Feuerwehr gelungen war, den Brand zu löschen. Der Schaden wurde auf 80 000 Dollar geschätzt, fast die Hälfte der 205 000 Dollar, die sie ursprünglich für das Haus bezahlt hatten. Für Mike war jedoch die Zeit, in der er nicht gewußt hatte, wo seine Familie sich aufhielt, das Schlimmste gewesen. So etwas wollte er nie wieder durchmachen müssen; der Anblick des Krankenwagens, in dem möglicherweise eins seiner Kinder lag, verfolgte ihn noch Wochen danach.

Die Feuerversicherung der Farrars schickte einen Brandexperten, der zu dem Schluß kam, daß ein recht ungewöhnlicher elektrischer Defekt den Brand ausgelöst hatte. Das Kabel eines fast neuen Raumentfeuchters war offenbar so stramm um ein kupfernes Wasserrohr gewickelt gewesen, daß es offenbar gleich an drei verschiedenen Stellen zu Kurzschlüssen gekommen war. Das Rohr war daraufhin so heiß geworden, daß es die Holzverkleidung entzündet hatte.

Mike sprach mit Freunden über den Brand, und einer von ihnen meinte lapidar: »Sie hat das Feuer gelegt.«

»Was meinst du damit?« fragte er verwirrt.

»Debora hat das Feuer gelegt.«

»*Nein* ...« sagte er ungläubig. »Das kann sie nicht getan haben.«

»Glaub, was du willst – aber ich sage dir, daß Debora das Feuer gelegt hat, damit du zu ihr zurückkommst.«

Mike glaubte keine Sekunde an diese Theorie. Auch wenn Debora vorgehabt hätte, das Haus anzuzünden, hätte sie nicht gewußt, wie sie es anstellen sollte, ohne daß man ihr auf die Schliche kam. Er wußte, daß Brandexperten eine amateurhafte Brandstiftung mühelos erkannten. Er glaubte an den Bericht des Experten der Feuerversicherung und sagte sich, daß sein Freund eine blühende Phantasie habe.

»Ich habe nie wirklich geglaubt, daß Debora das Feuer gelegt haben könnte«, erklärte er später. »Selbstverständlich mußten wir das Haus vorübergehend vernageln, und Debora und die Kinder hatten kein Dach mehr über dem Kopf. Sie zogen in meine Wohnung. Das Feuer trug ebenso zur Versöhnung bei wie alles andere. Ein oder zwei Tage später erneuerten wir unser Angebot für das Haus am Canterbury Court. Diesmal verlangte der Eigentümer einen ganzen Batzen mehr als beim erstenmal, aber ich nahm es ihm nicht übel.«

Ihre Versicherung zahlte für das abgebrannte Haus. Fast alles, was Debora und Mike besaßen, war stark beschädigt worden, wenn nicht durch die Flammen, dann durch den Rauch oder das Wasser. »Unsere Inventarliste war *siebenundfünfzig* Seiten lang«, erinnerte sich Mike. »Man macht sich gar nicht klar, was man alles besitzt, bis es einmal brennt. Wir mußten jeden Raum durchgehen, jede einzelne Schublade. Es dauerte fünf Monate, bis wir die verschiedenen Läden aufgesucht, Preislisten erstellt und die Kosten für die Neubeschaffung ermittelt hatten. Die Versicherung zahlte 48 000 Dollar allein für unseren Hausrat.«

Die Versicherungen zahlten prompt, und Mike und Debora ließen das Haus instand setzen. Schließlich verkauften sie das Haus in der 61. Straße mit einem Gewinn von 20 000 Dollar, so daß der Erwerb des teuren Hauses am Canterbury Court sich als weniger unvernünftig erwies, als Mike zuerst gefürchtet hatte.

Mike, Debora und die Kinder zogen also in den Canterbury Court. Von einem Haus zum anderen waren es nur fünf Minuten, obgleich das erste in Missouri stand und das zweite in Kansas. Die ganze Familie unternahm einen Ausflug nach Disney World und bezog dann endgültig am 21. Juni 1994 das neue Haus am Canterbury Court 7517.

Nachdem das Leben Debora noch vor wenigen Monaten trostlos erschienen war, ging es nun bergauf. Ihr Ehemann war zu seiner Familie zurückgekehrt, und sie wohnten in einem brandneuen Haus – sie hätte nie zu träumen gewagt, eines Tages in einem so großen Haus zu leben –, mit neuen Möbeln, einem Pool und einer Garage für vier Fahrzeuge. Sie besaßen einen roten Pickup und einen Lexus, die sie vom Versicherungsgeld gekauft hatten, und Mike wollte für den Familienurlaub noch einen Kleinbus anschaffen. »Debora war dagegen«, erinnerte er sich. »Sie wollte viel lieber einen Toyota Land Cruiser, einen Vierzigtausend-Dollar-Wagen.« Wieder kapitulierte Mike. Wenn es sie denn glücklich machte, würden sie alle davon profitieren.

Mike blickte optimistisch in die Zukunft. Nachdem er sich für das neue Haus und für die Rückkehr zu Debora entschieden hatte, entspannte er sich und genoß diese zweite Chance. Ihr neues Haus war wunderschön, und er und Debora möblierten die Räume so, daß alles genau ihren Bedürfnissen entsprach.

»Die Lage hatte sich entspannt«, meinte er später. »Und es schien diesmal besser zu laufen. Ich muß Debora zugestehen, daß sie allem Anschein nach ehrlich versucht hat, sich zu ändern. Und ich meinerseits glaubte anfangs, ich sei glücklich. Das Haus war ganz zweifellos ein Traum, die Nachbarschaft wunderschön und angenehm. Wir hatten sogar einen Swimmingpool. Die Kinder waren begeistert.«

Debora war nie eine begeisterte Köchin gewesen. Für gewöhnlich stellte sie einfach einen Topf Spaghetti auf den Tisch oder bestellte irgendwo Fastfood. Aber jetzt gab sie sich auf einmal Mühe. Und sie war für ihre Kinder und deren Aktivitäten da, chauffierte sie endlos herum, kaufte Geburtstagskuchen, feuerte Tim bei Fußball- oder Hockeyspielen an, ermutigte Lissa, beim Ballett ihr Bestes zu geben. In dieser Hinsicht war Debora sicherlich eine gute Mutter. Aber immer noch kam es viel zu oft vor, daß sie die Grenze zwischen Mutter und Kind bei emotionalen Auseinandersetzungen nicht erkannte. Es war beinahe so, als wäre sie selbst noch ein Kind.

Aber Debora gab sich Mühe. Sie strengte sich sogar an, das Haus in Ordnung zu halten, obgleich sie später zugab, daß sie größte Mühe hatte, die Kinder dazu zu bewegen, ihre Zimmer aufzuräumen. Mike hingegen versuchte, seine Arbeitszeit zu reduzieren und mehr Zeit mit seiner Familie zu verbringen. Er schwor sich, daß seine Beziehung zu Debora sich irgendwie zu einer liebevollen Ehe entwickeln und sie wie durch ein Wunder zu einer glücklichen Familie werden würden. Er wünschte sich das so sehr, daß er sogar seinen Kindern das Versprechen gab, daß er nie wieder fortgehen würde.

Dieses Versprechen sollte er für den Rest seines Lebens bereuen.

Die ›zweiten Flitterwochen‹ in dem neuen Heim am Canterbury Court währten nur sechs Monate. Nach Weihnachten traten alle früheren Probleme wieder auf. Mike faßte es ganz treffend zusammen: »Ich habe denselben Fehler begangen wie so viele andere Leute: sie bekommen ein Baby oder kaufen ein Haus und glauben, daß sich damit alles ändert, daß sie damit die schlechten Zeiten ein für allemal hinter sich lassen. Aber dem ist nicht so.«

Wieder war Mike gezwungen, seine Ehe in Frage zu stellen. »Mir wurde klar, daß unsere Beziehung sich nicht nennenswert verbessert hatte. Ich empfand immer noch keine Liebe für Debora und beschloß, diesmal endgültig die Scheidung einzureichen.«

Soweit Mike sehen konnte, war das Haus schon nach kurzer Zeit so unordentlich wie das erste; Debora zeigte wenig Interesse daran, Ordnung zu halten, wohingegen Mike großen Wert legte auf Ordnung und Sauberkeit. Außerdem sehnte er sich immer noch nach der Leidenschaft, die er in seiner Ehe nie gefunden hatte. Debora zeigte noch immer dasselbe sexuelle Desinteresse wie vorher. Außerdem hatte sie sich zu einer übergewichtigen, unattraktiven Frau entwickelt, die sich nachlässig kleidete. Sie hatte sich das Haar noch kürzer schneiden lassen und sah die meiste Zeit schmuddelig und verknittert aus. Mike konnte sich kaum noch an die schlanke Assistenzärztin erinnern, die in ihrem teuren Sportwagen umherkurvte. Und auch wenn sie ihren Hang zu cholerischen Ausbrüchen unterdrückte, spürte Mike, daß Debora einem Pulverfaß glich, das beim geringsten Anlaß explodieren würde.

Mike war zu dem Schluß gekommen, daß er eigentlich nur dazu da war, Debora einen gewissen gesellschaftlichen Status und einen gehobenen Lebensstil zu verschaffen. Wenn er sich die Zeit nahm, über das Leben nachzudenken, kam er zu dem Schluß, sich nicht mehr zu wünschen als die meisten Männer: eine liebevolle Frau, die sein sexuelles Interesse an ihr zu schätzen wußte, Kinder, die ihn liebten, ein ordentliches Zuhause. Aber er hatte nichts von alledem; er hatte nur eine höhere Hypothek als vorher, sonst nichts.

Er mußte aus seinem Leben ausbrechen.

Aber er verriet Debora nichts von seinem Entschluß, da er eine Wiederholung jener Szene fürchtete, wie sie sich im alten Haus abgespielt hatte. Außerdem planten er, Debora und Tim in diesem Sommer zusammen mit einer Gruppe von der Pembroke Hill School eine Reise an den Amazonas, zu den Inkaruinen in Peru. Mike wußte sehr wohl, daß die Hölle losbrechen würde, wenn er Debora vorher mitteilte, daß er die Scheidung wünschte. »Ich dachte mir, das würde uns die Reise vermiesen und womöglich auch den anderen aus der Gruppe.«

Wenn der Peru-Urlaub ein Erfolg wurde, hätte Tim wenigstens noch eine Erinnerung an eine letzte glückliche Zeit zusammen mit beiden Elternteilen. Also schwieg Mike. Er wußte, daß ihm nichts anderes übrig bleiben würde, als aus dieser Ehe auszubrechen, wenn er im Leben noch einmal glücklich sein wollte. Und doch sagte er sich, daß er auch noch ein halbes Jahr abwarten könne.

7

In der Gegend um Kansas City schien Mitte der neunziger Jahre – wie in so vielen anderen Regionen Amerikas – die Zeit stehengeblieben zu sein. Mit ein wenig Phantasie kann man die Augen schließen, und man sieht Planwagen über die Prärie nach Westen rumpeln. Vor hundertfünfzig Jahren wurde die Bevölkerung von Kansas City noch in

Dutzend gezählt, aber die dort ansässigen Händler wurden reich, als die Stadt während des Goldrausches zum Sprungbrett in den Westen wurde. Damals wie heute waren die Straßen nach Westen von Bäumen gesäumt, in denen Tiere saßen, die mit aufmerksamem Blick die Ebene beobachteten. Im Sommer bekommt man kaum mal einen Habicht zu sehen, aber im Winter hocken sie im Abstand von etwa einhundert Metern im nackten Geäst, das Gefieder gegen den eisigen Wind aufgeplustert. Es heißt, sie könnten aus einer Entfernung von einer halben Meile eine flüchtende Maus ausmachen. Den Farmern sind sie willkommen, und im Flug sind die Raubtiere wunderschön anzusehen.

Eichen, Ulmen und die amerikanische Pappel, das Wahrzeichen des Staates Kansas, gibt es hier in Hülle und Fülle, aber es sind besonders die papierweißen Stämme des Osagen-Orangenbaumes, die sich von der Landschaft abheben, ganz besonders, wenn die übrige Vegetation Winterschlaf hält. Der Wind ist im Winter eisigkalt und im Sommer heiß und trocken. Tatsächlich wurde Kansas nach diesem Wind benannt: der Name ist von einem Wort aus der Sprache der Siouan-Indianer abgeleitet, das soviel bedeutete wie ›Volk des Südwindes‹ und ›rauchiger Wind‹.

Die Städte entlang der I–70 nach Topeka und entlang der I–35 nach Olathe liegen an einem Netz von Hauptverkehrsstraßen, an denen man Vertretungen sämtlicher Franchise-Unternehmen Amerikas findet. In den Orten um Olathe, der Hauptstadt von Johnson County, die Anfang des Jahrhunderts entstanden sind, gibt es zahlreiche hübsche Holzhäuser mit Veranden und spanischem Flieder in den Vorgärten. Auf der ›anderen Seite‹ der I–35 stehen die Häuser dichter beieinander, und keines ist älter als ein Jahr. Das Geld scheint den Franchise-Niederlassungen zu folgen, aber die Sonnenblumen und Zinnien entlang der weißgetünchten Zäune sprechen die Seele weit mehr an.

In Kansas strahlt die Sonne grell wie Feuer, und obgleich Mitte März jeder Zweig, Strauch und Baum noch bräunlich-grau verfärbt ist, scheint die Erde im Mai über Nacht zu neuem Leben zu erwachen, wie auf ein stummes Signal von Mutter Natur.

Die Bevölkerung einmal außen vor gelassen, sind beide Kansas Citys recht kleine Städte, in denen Nachbarschaft noch etwas gilt. Die Menschen kennen einander und unternehmen vieles gemeinsam. Der Frauenclub, der sich in der historischen alten Feuerwache in Kansas City, Missouri, trifft, ist nur ein Beispiel für die gegenseitige Unterstützung, unabhängig von Alter, Beruf, ethnischer Zugehörigkeit und persönlichem Reichtum.

Die medizinischen Einrichtungen beiderseits des Missouri River erinnern sogar noch stärker an Kleinstädte, wo Tratsch, Gerüchte und Skandale sich mit einer unglaublichen Geschwindigkeit verbreiten. Viele Ärzte arbeiten in Krankenhäusern beider Bundesstaaten.

Celeste Walker* war eine Frau, die zum Gegenstand zahlreicher Gerüchte, Verleumdungen und Lügen werden sollte. 1995 war sie Anfang Vierzig, was man ihr jedoch nicht ansah. Sie hatte dickes blondes Haar – vielleicht von der Sonne gebleicht, vielleicht vom Friseur –, grüne Augen, eine tiefe Bräune und die straffe Figur einer Frau, die ihren Körper in Form hält. Sie war ausgebildete Krankenschwester, hatte aber schon seit zehn Jahren nicht mehr gearbeitet.

Celeste war seit sechzehn Jahren mit Dr. John Walker verheiratet und hatte mit ihm zwei Söhne, Brett*, vierzehn, und Dan*, zehn. Die Familie wohnte in einem geräumigen Einfamilienhaus auf einem riesigen Grundstück in Overland Park, Kansas. John, der als Anästhesist am Shawnee Mission Medical Center arbeitete, war ein gutaussehender Mann mit braunem Haar und braunen Augen und einer ernsten, sanften Art. Er war mittelgroß, mittelschwer und trug seit einigen Jahren einen Schnauzbart.

Das Heim der Walkers war von Celestes kreativem und innovativem Stil geprägt und verfügte über einen Partyraum, einen Pool und ein Umkleidehäuschen hinten im Garten. Celestes Blumenbeete nahmen jeden freien Quadratmeter des Gartens ein, und sie kannte die lateinischen Namen jeder einzelnen Blume. Während der kurzen aber heißen Sommer lebte sie förmlich im Freien, pflegte den Garten, schwamm oder kochte für ihre Gäste. Je tiefer sich ihre Haut im Sommer bräunte, desto intensiver wirkte das Blaugrün ihrer Augen, und sie war fraglos eine umwerfend attraktive Frau.

Celeste wirkte nach außen hin sehr extrovertiert, aber dieses überschäumende Temperament war eine sorgfältig konstruierte Fassade. Vor langer Zeit war sie einmal ein von Natur aus optimistischer Mensch gewesen, aber die Jahre der Ehe mit John hatten sie fast ihrer ganzen Lebensfreude beraubt. Innerlich verspürte sie den hoffnungslosen Schmerz, den jede Frau kennt, die ihr Leben mit einem klinisch depressiven Mann teilt. In fast zwei Jahrzehnten Ehe hatte Celestes anfängliche Hoffnung sich erst in Verzweiflung und schließlich in Resignation verwandelt. John war ein anständiger, netter Mann, aber es gelang ihr doch nie, ihn glücklich zu machen.

So verbrachte Celeste die meiste Zeit mit ihren Söhnen, mit ihren zahlreichen Freundinnen oder mit Aktivitäten, die mit der Pembroke Hill School in Zusammenhang standen. Sie mochte sich nach einem Mann sehnen, der das

Leben genauso liebte wie sie selbst, einem Mann, der an die Zukunft glaubte – aber sie hatte noch nie eine Affäre gehabt.

Celestes Schwester und ihre Mutter waren ihr ähnlich – stark, witzig, intelligent und kreativ. Celestes Mutter, inzwischen in den Siebzigern, lebte sehr zurückgezogen. Ihre Schwester lebte in den tiefen Wäldern des Nordwestens, in einem Haus, das sie und ihr Mann eigenhändig gebaut hatten. Sie beide versuchten, Celeste aufzubauen und aufzumuntern, drängten sie, ihr eigenes Leben zu leben. Beide waren der Ansicht, sie solle versuchen, ihr Glück zu finden, auch wenn John seinem Leben keine Freude abgewinnen konnte.

Celeste und John hatten sich in der Chirurgie kennengelernt, als er nach einem Patienten sah. Es war ein romantischer Augenblick, und sie war vom ersten Moment an beeindruckt von ihm. »Er war so klug. Dieser Mann wußte einfach alles«, erinnerte sie sich. »Man konnte ihm jede medizinische Frage stellen, egal aus welchem Fachgebiet. Er hatte ein unglaubliches Gedächtnis.« Die Traurigkeit, die untrennbar Bestandteil seiner Natur war, sah sie damals nicht.

Sie heirateten am 6. Oktober 1979, viereinhalb Monate nach Debora Green und Michael Farrar. John war neunundzwanzig und Celeste zwei Jahre jünger. Zufällig handelte es sich bei John um denselben John Walker, der seinerzeit mit Debora studiert hatte. Damals waren sie befreundet gewesen, hatten sich jedoch seit ihrem Abschluß nur noch selten gesehen.

In der Ehe der Walkers stellte sich genau wie bei den Farrars schon bald heraus, daß beide Ehepartner völlig unterschiedliche Vorstellungen hatten. »Als wir heirateten, glaubte ich, daß wir uns liebten«, schrieb Celeste eines Tages in dem Bemühen zu begreifen, was schief gelaufen war. »Aber in den ersten Monaten stellten wir fest, daß unsere Erwartungen sehr gegensätzlich waren. Wir beide bemühten uns, aus unserer Ehe das Beste zu machen, wir bekamen Kinder, bauten uns gemeinsam eine Existenz auf.« Aber im Laufe der Zeit erkannte Celeste, daß ihr Mann immer depressiver wurde. Es schien, als würde ihm seine Frau nicht viel bedeuten. »Er hatte einfach nicht die Energie – und wollte nur ausbrechen.«

Ihre Ehe hielt mehr schlecht als recht bis 1990. Inzwischen waren sie beide so unglücklich mit ihrer Situation, daß John ihr mitteilte, daß er die Ehe zu beenden wünsche. Als Celeste daraufhin jedoch die Trennung vorschlug, machte er einen Rückzieher. Sie gingen zu einem Eheberater, und tatsächlich schien sich die Lage zu bessern – zumindest für kurze Zeit.

»Das war der Punkt«, erinnerte Celeste sich später, »an dem John erkannte, daß unsere Ehe gescheitert war, was er als persönliches Versagen empfand. Er wurde immer depressiver, und auch unsere gemeinsamen Interessen wurden immer weniger. Es gab nur sehr wenig Zuneigung oder Nähe zwischen uns, und wir lebten uns so sehr auseinander, daß wir schließlich das Haus teilten wie in einer Wohngemeinschaft. John war immer noch ein guter Freund und wunderbarer Mensch. Er war sehr lieb, wenn ich krank oder deprimiert war. Ich respektierte ihn – aber auf intimer Ebene konnten wir einfach nicht zusammenkommen.«

Irgendwann 1994 akzeptierte Celeste, daß sie und John nicht zusammenbleiben konnten. Er zeigte nicht das geringste Interesse für ihr gemeinsames Haus. Als das Dach leckte und das Erdgeschoß voll Wasser lief, ging er einfach. »Ich stellte ihn zur Rede«, erinnerte sie sich. »Ich sagte, ›Jeder andere würde helfen sauberzumachen und sich um die Reparatur des Daches kümmern‹.«

»Er antwortete ›Nun, ich denke, wir brauchen nur die Handwerker zu rufen. Ehrlich gesagt ist es mir gleich. Ich werde in zehn Jahren sowieso nicht mehr da sein. Du kannst die Jungs nicht allein großziehen, darum werde ich bleiben, bis Brett auf dem College ist und Dan in der High-School, und dann bin ich weg‹.«

Celeste faßte dies so auf, daß er sich in zehn Jahren scheiden lassen wollte. Bis dahin würde sie allerdings über fünfzig sein und es schwer haben, noch eine Arbeit zu finden. In dem Bewußtsein, daß sie eine Ehe auf Zeit führte, beschloß sie, ihre alte Tätigkeit als Krankenschwester wiederaufzunehmen. »Ich begann, ein selbständiges Leben für mich zu planen«, erzählte sie. »Ich hatte zehn Jahre nicht mehr gearbeitet, und so belegte ich einen Auffrischungskurs. Ich wurde mutiger und zuversichtlicher. John hingegen wurde immer deprimierter und pessimistischer. Er wußte nicht, wie er eine Scheidung finanziell verkraften sollte, und machte sich Sorgen wegen der Entwicklung im Gesundheitswesen ganz allgemein.«

Celeste litt unter der Unentschlossenheit ihres Mannes. Mal wollte er sie verlassen, dann wieder nicht. Er fürchtete den finanziellen Ruin im Falle einer Scheidung. Und Celeste wußte nicht, wo sie stand. Das war keine Ehe, das war ein Pendel, das mit jedem Schwung tiefer sank.

Celeste machte sich immer größere Sorgen wegen Johns tiefer Depressionen. »Im Dezember 1994 gab er mir eine Pistole und sagte, ich solle sie gut verstecken – was ich auch tat.« Tief beunruhigt vereinbarte Celeste für ihren Mann einen Termin bei einem Psychiater. Johns Gemütszustand hatte sich derart verschlechtert, daß er selbst sich als suizidgefährdet sah. Er ging vier- oder fünfmal zum Psychiater, gab die Therapie aber dann wieder auf.

Celestes Hoffnung, daß John nicht ernsthaft erwog, Selbstmord zu begehen, gründete auf der Tatsache, daß er hart daran arbeitete, sich körperlich fit zu halten. Er trainierte regelmäßig und sprach davon, sich ein Rad zu kaufen und morgens vor der Arbeit eine Runde zu drehen. Sie versuchte, sich selbst zu überzeugen, daß ein Mensch, der sich mit Selbstmordgedanken trug, kein solches Interesse an seiner körperlichen Verfassung an den Tag legen würde. Und doch wußte sie aus der Zeit, als sie als Krankenschwester in der Psychiatrie gearbeitet hatte, daß John emotional erheblich gestört war.

Sie wußte damals nicht, daß John eine Lebensversicherung nach der anderen abschloß – bei jedem depressiven Schub eine. Er schien der ideale Kunde zu sein: er war gesund und beruflich erfolgreich. Die Versicherungssummen waren auch nicht auffällig hoch.

Wenn er zu Hause war, wahrte John emotionale Distanz zu Celeste, bemühte sich jedoch, für seine Söhne dazusein. Für das Haus schien er sich weniger denn je zu interessieren und war nicht geneigt, erforderliche Reparaturen auszuführen. Er machte ständig einen erschöpften Eindruck, und ging regelmäßig gleich nach dem Abendessen ins Bett. Celeste empfand, daß John ihr gemeinsames Leben einfach verschlief.

Die Walkers hatten sich zwanzig Jahre lang in ein und demselben engen Freundeskreis bewegt, aber plötzlich erklärte John, daß diese Leute nie *seine* Freunde gewesen wären und daß sie ihn nur ihr zuliebe in ihre Aktivitäten miteinbeziehen würden. Er war überzeugt davon, daß ihn keiner dieser Leute wirklich mochte. »Das war völlig falsch«, sagte sie, »aber es zeigte, wie distanziert John sich von den Menschen um ihn herum fühlte.«

Celeste betrachtete die von der Pembroke Hill School organisierte Peru-Reise als Gelegenheit, Abstand vom Alltag zu gewinnen und ihre Ehe mit John zu überdenken. Außerdem freute sie sich darauf, mit ihrem ältesten Sohn zu verreisen. Obgleich John nicht mitkommen wollte, hatte er nichts dagegen, daß Celeste und Brett an der Reise teilnahmen.

Ende 1994 begannen die Vorbereitungen für die zweiwöchige Ferienreise, und mehrere Eltern meldeten sich an. Sie trafen sich mehrmals, um Einzelheiten der Reise zu klären.

Obgleich sie ebenfalls Medizinerkreisen angehörten, war Celeste Michael und Debora noch nie begegnet. Mike praktizierte nördlich des Flusses, in Missouri, während John in Kansas tätig war. Celeste hatte sich aktiv dafür eingesetzt, Eltern von Schülern der Pembroke Hill Schule für die Reise zu begeistern, begegnete Mike jedoch im Mai 1995 bei einer der Peru-Besprechungen zum ersten Mal. »Ich fühlte mich von Anfang an zu ihm hingezogen«, sagte sie. »Er war voller Energie und Enthusiasmus; er strahlte etwas ganz Besonderes aus.«

Mike sollte Antibiotika für die Reise besorgen. Mike war wie in allem, was er tat, sehr gründlich gewesen und hatte sich genauestens informiert, mit welchen Insekten und Virusarten sie es in Peru zu tun haben würden. Bei einem der Treffen diskutierten er und ein anderer Arzt kurz darüber, welche Medikamente notwendig seien.

»Im Anschluß an die Besprechung«, erinnerte sich Celeste, »rief Mike über das Autotelefon an und sagte, er wolle das Gesundheitsamt in Atlanta anrufen, um ganz sicher zu gehen, daß wir auch rundum geschützt waren – daß wir die richtigen Impfungen bekamen und die richtigen Medikamente. Als ich auflegte, dachte ich ›Wie sehr dieser Mann sich doch von John unterscheidet‹. John zog nie etwas durch, und dieser Mike Farrar rief mich an, nur um mir zu versichern, daß wir in Peru medizinisch bestens versorgt sein würden.«

Obgleich sie im Rahmen der geplanten Reise mehrmals miteinander telefonierten, sahen sie sich erst bei Reiseantritt sechs Wochen später wieder. Sie hatte am Telefon häufiger mit Debora gesprochen, die ihr auch die Prophylaktika vorbeigebracht hatte.

Die Reisegruppe von der Pembroke-Hill-Schule brach am 24. Juni 1995 von Kansas aus auf. »Bevor ich nach Peru abreiste«, erzählte Celeste »beschlossen John und ich in den zwei Wochen meiner Abwesenheit schonungslos ehrlich zu uns selbst zu sein und uns darüber klarzuwerden, wie wir uns unsere Zukunft vorstellten.«

Auch Mike und Debora standen kurz vor der endgültigen Trennung. Tim hatte fast völlig den Respekt vor seinem Vater verloren. Eines Abends gab er Mike eine so patzige Antwort, daß Mike sich den Dreizehnjährigen schnappte und ihn wütend gegen die Wand schleuderte. Glücklicherweise flog Tim an einer Stelle zwischen zwei Holzbalken gegen die Wand, so daß die Gipsverkleidung nachgab. Er blieb unverletzt, aber Mike war entsetzt über sein eigenes Verhalten. Es spielte keine Rolle, daß Tim ein durchtrainierter junger Sportler war und den Angriff schadlos überstand; was zählte, war, daß er sein Vater war und die Beherrschung verloren hatte.

Es kam noch zweimal zu handgreiflichen Auseinandersetzungen zwischen Vater und Sohn. Debora mischte sich in diese Konfrontationen nicht ein, sondern begnügte sich damit zuzusehen. Die schlimmste Szene ereignete sich auf einer verspäteten Muttertagsfeier im Mai 1995. Deboras Eltern, Joan und Robert Jones, waren zu Besuch und die Atmosphäre spannungsgeladen. Joan berichtete später, was sich an jenem Tag zugetragen hatte:

»Sie wollten mich zum Essen ausführen, um den Muttertag und meinen Geburtstag in einem zu feiern. Es war nicht wirklich Muttertag, da dieser für Farrars Mutter reserviert war. Farrar fuhr wie gewöhnlich schon sehr früh zur Arbeit. Tim trank mit uns Tee und erzählte uns von seinen Plänen. Er wirkte so erwachsen. Er war sich noch nicht schlüssig, ob er Tennistrainer oder Koch werden wollte.

Kochen machte ihm einen Riesenspaß. Er wollte einen Kochkurs besuchen und wünschte sich zu Weihnachten eine Nudelmaschine. Er und sein Großvater spielten viel Pool-Billard, und bei einer Partie erzählte Tim ihm, daß er deshalb so fleißig mit Gewichten trainiere, um sich gegen den ›Schlappschwanz‹ wehren zu können – eine seiner netteren Bezeichnungen für seinen Vater.«

Joan war enttäuscht, als sie erfuhr, daß der Mann, den sie nur Farrar nannte, sie zum Essen begleiten würde. Sie wußte, daß er nicht die geringste Lust hierzu verspürte und ihr den Abend verderben würde, indem er Tim so lange reizte, bis dieser aufbegehren würde.

»Farrar befahl Tim, sich zu benehmen, aber jedesmal, wenn Tim sich wieder beruhigt hatte, sagte Farrar etwas, das ihn wieder in Rage brachte ... Als wir am Restaurant angekommen waren, wollte Farrar Tim nicht mit hineinnehmen ... Tim kam herein, entschuldigte sich und fragte, ob er etwas zu essen haben könne, woraufhin Farrar doch wahrhaftig aufstand und Tim aus dem Restaurant jagte.«

Der Streit zwischen Tim und Mike setzte sich daheim fort. Mike gab dies zu, widersprach jedoch Joans Version der weiteren Ereignisse an jenem Abend.

»Tim lag auf dem Boden und beschimpfte mich als Wichser«, erzählte Mike. »Das war zu viel. Ich schleifte ihn in sein Zimmer. Es war dunkel, und er schlug um sich und traf mich im Gesicht. Es war keine Absicht, aber er brach mir die Nase.«

Mike war verblüfft, als er die Version seiner Schwiegermutter zu den Ereignissen jenes Abends hörte. Er hatte das Gefühl gehabt, daß Deboras Eltern seine Ansicht teilten, daß Tims Benehmen inakzeptabel gewesen war, vor allem, nachdem sie Mikes blutige Nase gesehen hatten. »Nachdem Tim zu Bett gegangen war, ging ich zurück nach unten, und sie sagten: ›Wir hätten ihm dieses Benehmen nicht so lange durchgehen lassen sollen!‹.«

Für Mike war es demütigend, am nächsten Morgen einen Kollegen aufzusuchen, um seine Nase richten zu lassen, und zu gestehen, daß sein eigener Sohn ihn verletzt hatte.

Zweifellos war Tim ein sehr unglücklicher Teenager: er wurde von seiner Mutter manipuliert, die ihre Kinder wie kleine Soldaten in ihrem Ehekrieg auf ihrer Seite antreten ließ; sein Vater war zornig und unglücklich, und er selbst kam gerade in die Pubertät, eine Phase, in der *jedes* Kind abwechselnd schüchtern und aggressiv ist, unsicher und besserwisserisch.

Trotz der Spannungen innerhalb der Familie hatten Debora, Mike und Tim sich gemeinsam für die Peru-Reise angemeldet. »Lissa und Kelly würden für die Zeit bei Verwandten in St. Louis bleiben. Zwanzig Eltern und zwanzig Kinder wollten an der einwöchigen Reise teilnehmen, die Hälfte davon wollte noch eine zweite Woche bleiben. Die meisten Kinder waren in der sechsten Klasse, einige auch in der fünften.

Mike und Debora hatten beide Wochen gebucht und sollten am 6. Juli die Rückreise antreten. Die Gruppe flog mit Delta Airlines von Kansas City nach Atlanta und dann weiter nach Peru, wo sie die erste Hälfte ihrer Reise im Urwald verbringen sollten und die zweite Hälfte in den Anden. Die Urwald-Lodge, in der sie die ersten Nächte verbrachten, war zwar abgelegen, aber sehr komfortabel. Es gab ›Open-air-Doppelzimmer‹ und einen Speisesaal. Später nahmen die Touristen ein Schiff und fuhren den Amazonas hinunter zu einem noch abgelegeneren Lager.

Celeste Walker, ihr Sohn Brett und Carolyn Stafford, eine Lehrerin an der Pembroke Hill School, verbrachten auf der Reise viel Zeit zusammen. Celeste war enttäuscht, als sie sah, daß Debora Mike nicht von der Seite wich. Die

Reise wäre für sie um so vieles schöner gewesen mit einem Ehemann, der ihre Reise- und Abenteuerlust teilte. Debora und Mike machten auf Celeste den Eindruck eines perfekten Paares. Sie registrierte, daß sie im Bus immer nebeneinander saßen, bei den Wanderungen Seite an Seite blieben und auch zusammen die Mahlzeiten einnahmen. Sie schienen ein glückliches Paar zu sein.

Celeste war überrascht gewesen, als sie Debora das erstemal gesehen hatte: sie hatte eine schlankere, hübschere Frau erwartet. Auf der Reise fragte sie sich dann, ob Debora und Mike möglicherweise gerade wegen dieser Gegensätze so glücklich waren. Sie sahen nicht so aus, als gehörten sie zusammen. »Deboras Äußeres konnte einschüchternd wirken«, erzählte Celeste. »Sie war kräftig gebaut und trug das Haar sehr kurz, so daß sie recht maskulin wirkte.«

Es stimmte. Deboras letzte Wandlung ließ sie ziemlich männlich erscheinen. Seit sie daheim arbeitete, kleidete sie sich sehr nachlässig. Wenn es warm war, trug sie oft nur einen Morgenmantel oder ein unförmiges einfaches Kleid. Auf der Peru-Reise trug sie ausschließlich verblichene alte T-Shirts und Shorts.

Celeste hatte Mike schon bei ihrer ersten Begegnung attraktiv gefunden und gab zu, daß sie sich stark zu ihm hingezogen fühlte – aber nichts deutete auch nur im entferntesten daraufhin, daß er in ihr mehr sah als eine von vielen Pembroke-Müttern. Und das war gut so. Ihr Leben war auch so schon kompliziert genug. Sie war eine unglücklich verheiratete Frau. Sie war verunsichert, und das letzte, was sie brauchte, war eine Affäre mit einem anderen Mann. Aber sie konnte die Sehnsucht nicht verleugnen, ihr Leben mit jemandem zu teilen.

In Peru ließ Mike sich einen Bart wachsen und trug einen breitkrempigen Hut zum Schutz gegen die unerbittlich sengende Sonne. Er zeigte Führungsqualitäten und fieberte jeder Wanderung, Klettertour und Bootsfahrt förmlich entgegen. Sie konnte nicht anders, als ihn mit John zu vergleichen, der am Ende eines Tages so erschöpft war, daß ihm die Augen zufielen.

Celeste und Carolyn Stafford bewunderten die ruhige, vernünftige Art, in der Debora und Mike Dinge besprachen. Einmal verfolgten sie, wie das Ehepaar diskutierte, wer Lissa nach ihrer Rückkehr in St. Louis abholen sollte. Carolyn und Celeste schien es, als führten die beiden eine absolut gleichberechtigte Ehe.

»Sie beschlossen, daß er nach St. Louis fliegen sollte«, sagte Celeste, »während sie sich ums Auspacken kümmern werde. Dann sagte Mike: ›Du weißt doch, daß ich mit der Wäsche besser klarkomme, warum also holst du nicht Lissa ab, und ich kümmere mich um die schmutzige Wäsche‹? Carolyn und ich tauschten einen verdatterten Blick. Es schien, als hätten wir wahrhaftig ein Ehepaar vor uns, das Dinge klären konnte, ohne daß die geschlechtsbezogene Rollenverteilung ins Gewicht fiel. Sie waren beide glücklich, und das beeindruckte uns. Sie führten uns die Grundlage einer guten Ehe vor Augen.«

Aber war es tatsächlich so?

»Sie wirkten sehr verheiratet«, erzählte Celeste später. Das Bild, das Debora und Mike der Außenwelt präsentierten, war das zweier Menschen, die so eng verbunden waren wie siamesische Zwillinge. Natürlich ahnte Celeste nichts von ihrer noch kein Jahr zurückliegenden Trennung. Die Fassade, die sie nach außen hin zur Schau trugen war perfekt. Seltsam war nur, daß Celeste vom zweiten oder dritten Tag an spürte, daß von Debora ›seltsame Schwingungen‹ ausgingen. »Sie sprach mit jedem anderen Mitglied der Reisegruppe, nur nicht mit mir. Wann immer möglich, schloß sie mich aus einem Gespräch aus.« Es schien, als wäre Debora eifersüchtig auf sie, und so achtete Celeste darauf, nie allein mit Mike zu sein. Aber so glücklich verheiratet Debora und Mike auch zu sein schienen, bekam Celeste doch unterschwellige Spannungen mit, die sie nicht verstand. Debora hatte alles – eine solide Ehe, einen aufmerksamen Mann –, und doch wirkte sie des öfteren unnatürlich angespannt. Und sie gab sich alle Mühe, Celeste demonstrativ zu ignorieren. Celeste beobachtete Debora, um festzustellen, ob sie auch mit anderen so verfuhr, aber nein – die Feindseligkeit richtete sich ausschließlich gegen sie.

»Einmal saßen wir im Bus«, berichtete Celeste, »und Deb und Mike saßen Carolyn und mir gegenüber. Ich erinnere mich, daß ich peinlichst darauf achtete, daß meine Knie Mikes nicht berührten. Irgendwie spürte ich, daß das Deb verletzt hätte.«

Ein anderes Mal unternahm Celeste eine Kletterpartie mit Mike – Debora hatte die Wanderung ausgelassen. »Das war einen Tag nach der Besteigung des Machu Picchu«, erinnerte sie sich, »und wir waren in Agua Caliente. Viele aus der Reisegruppe wollten shoppen gehen, wozu ich nun überhaupt keine Lust hatte, also schlug ich eine Wanderung vor. Michael war begeistert, und Brett und Tim wollten uns begleiten. Wir kletterten bis hinauf zu einem Wasserfall und stiegen dann den ganzen Weg wieder ab. Als wir den Gleisen zurück zum Hotel folgten, wo die anderen auf den Zug warteten, legten Brett und Tim ein sehr zügiges Tempo vor. Ich versuchte, zu ihnen aufzuschließen, aber sie waren einfach zu schnell. Und so kam es, daß Mike und ich nebeneinander hergingen. Mir schoß durch den Kopf: ›Das macht keinen guten Eindruck – Deb könnte sich weiß Gott was dabei denken.‹ Aber es war nicht das geringste passiert. Ich erinnere mich, daß ich ganz bewußt großen Abstand wahrte, als wir zu den anderen auf dem Patio stiegen. Ich fühlte mich schuldig – obwohl hierzu keine Veranlassung bestand. Es war nichts Anstößiges passiert, und die Jungs waren ja auch die ganze Zeit bei uns gewesen.« Und doch lag blanke Feindseligkeit in Deboras Augen, als Celeste ihrem Blick begegnete.

Trotzdem war Debora der Witzbold der Peru-Tour, und alle mochten sie. Sogar Celeste bewunderte sie: »Deb hatte einen wunderbaren Sinn für Humor! Sie war unglaublich geistreich und wahnsinnig witzig. Sie konnte Verbindungen zwischen Dingen herstellen, auf die sonst niemand gekommen wäre. Ihre Scherze gingen immer auf Kosten eines anderen. Ich habe Tränen gelacht – ich konnte beim Wandern nicht mal hinter den beiden gehen, weil sie so urkomisch war. Etwas Besseres als Debora hätte uns auf dieser Urlaubsreise gar nicht passieren können.«

Aber die Peru-Reise hatte nicht nur Sonnenseiten. Mike hatte sich genauestens erkundigt, mit welchen Krankheiten sie konfrontiert werden könnten, und hatte sein Bestes getan, damit niemand sich etwas Schlimmeres einfing als ›Montezumas Rache‹, den Durchfall, mit dem fast jeder Tourist in Südamerika rechnen mußte. »Wir hatten alle eine Malaria-Prophylaxe hinter uns sowie eine Impfung gegen Hepatitis-A.«

Etwa 90 Prozent der Erwachsenen und drei oder vier Kinder litten in den ersten Tagen an sehr starkem Durchfall. Mike hatte einen großen Vorrat des Antibiotikums Cipro mitgebracht, um die Bakterien abzutöten, die Fieber und Durchfall hervorriefen, und den Verlauf der Erkrankung zu verkürzen. Das Cipro verfehlte seine Wirkung nicht, aber die Erkrankten brauchten dennoch achtundvierzig Stunden, um sich zu erholen. Mike erkrankte selbst, und auch Celeste lag zwei Tage lang im Bett.

Sofern Debora Celestes Bewunderung für Mike spürte, erwähnte sie dies mit keinem Wort. Celeste war die attraktivste Frau in der Gruppe, und sie war sportlich durchtrainiert, während Deboras Gewicht und ihr schlimmes Knie ihr anstrengende Wanderungen verleideten. Anfangs führten die zwei Frauen noch einige recht interessante Gespräche. Einmal fragte Celeste Debora während einer Flußfahrt, warum sie nicht mehr praktiziere. »Sie sagte, sie hätte ihren Beruf aufgeben müssen, um bei ihren Kindern zu bleiben«, erinnerte sich Celeste. »Jemand habe ihr aber eine Stelle angeboten, aber sie erfinde immer neue Ausreden, warum sie nicht annehmen könne. Ich weiß noch, daß sie mir anvertraute, daß ihr langsam die Ausreden ausgingen, nicht ins Berufsleben zurückzukehren. Ich selbst hatte zehn Jahre nicht mehr gearbeitet und sagte, in einer Praxis zu arbeiten klänge doch ganz verlockend. Ich erzählte ihr, daß ich selbst meine Arbeit als Krankenschwester vermisse und mich danach sehne, wieder ins Berufsleben einzusteigen ...«

»Später erfuhr ich dann von Mike, daß Debora bereits mehrfach das Fachgebiet gewechselt hatte.«

Celeste war fasziniert von Mike, bemühte sich aber, ihre Gefühle zu unterdrücken. Einmal abgesehen davon, daß John und er beide Ärzte waren, war er das genaue Gegenteil ihres Mannes. Mike war so vielseitig interessiert, so voller Leben. Celeste beneidete Debora um ihren vitalen, dynamischen Ehemann. Eins ging Celeste in Peru auf: sie hatte so viel gelacht, hatte solchen Spaß gehabt – und sie hatte Paare beobachtet, die in ihrer Ehe glücklich waren. »Während dieser Reise erkannte ich, daß John und ich so verschieden waren, daß wir niemals eine zufriedenstellende Ehe würden führen können.«

Unglücklicherweise war John zum gleichen Zeitpunkt genau zum entgegengesetzten Schluß gekommen. »John meinte, unsere Ehe wäre noch einen Versuch wert.«

Das war der Beginn eines seltsamen und tragischen Sommers.

8

Obgleich Celeste und Mike in Peru nicht mehr waren als Mitglieder derselben Reisegruppe, hatten sie beide die magnetische Anziehungskraft zwischen ihnen gespürt. Das war nicht überraschend; sie hatten mehr gemeinsam, als die meisten Außenstehenden ahnten. Celeste und Mike besaßen das gleiche dynamische, optimistische Naturell. Und sie lebten beide seit Jahren in einer Ehe, von der sie wußten, daß sie keine Zukunft hatte. Celeste war John immer treu gewesen, sehnte sich jedoch nach Intimität und Zärtlichkeit. Und Mike war Debora seit dem Umzug in das Haus am Canterbury Court treu gewesen, blieb jedoch bei seinem Schluß, daß ihre Ehe eine einzige Katastrophe war. Er hatte erkannt, daß es ein Fehler gewesen war, zu seiner Frau zurückzukehren.

Die Harmonie, die sie den Teilnehmern der Peru-Reise vorgegaukelt hatten, bekam schon am zweiten Tag nach ihrer Rückkehr erste Risse und fiel schließlich ganz in sich zusammen. Sicher, bei jenem Gespräch, das Celeste und Carolyn so beeindruckt hatte, hatten sie in aller Ruhe besprochen, wer von ihnen beiden nach St. Louis fahren sollte, um Lissa abzuholen: Debora sollte ihre Tochter holen, während Mike daheim blieb, um auszupacken und die Wäsche zu waschen.

Am 8. Juli brach Debora nach St. Louis auf, und Mike ließ die sechsjährige Kelly mit dem schlafenden Tim allein zu Hause, um Celeste zu besuchen. Debora war wütend. »Wir hatten in unserem Gepäck einige Sachen für Celeste heimgebracht, und er fuhr zu ihr – und ließ die Kinder allein«, sagte sie verbittert.

Tatsächlich fuhr Mike an jenem heißen 8. Juli zu Celeste nach Overland Park, um ihr die Souvenirs und Andenken zu bringen, die er und Debora in ihrem Gepäck für sie transportiert hatten. »Jeder hatte in seinen Koffer gestopft, was reinging«, erzählte Celeste. »Wir wollten die Sachen dann später aussortieren.« Sie dachte auch, Mike hätte vielleicht Fotos mitgebracht, die er irgendwo hatte entwickeln lassen.

Was auch immer der Grund für seinen Besuch war, an diesem Tag begannen Celeste und Mike in ihrem Haus eine Affäre. Mike hatte von Anfang an die gleiche Anziehung verspürt wie sie, auch wenn sie sich beide in Peru völlig korrekt verhalten hatten. Sie hatten noch nicht einmal über ihre Gefühle füreinander gesprochen. Aber jetzt, als Celeste ihm den Garten zeigte, erkannten beide, daß sie mehr wollten als Freundschaft. »Ich konnte es in seinen Augen sehen«, sagte sie.

Ihre Liebschaft erforderte von Beginn an Heimlichtuerei und Lügen – vielleicht noch mehr als andere Affären. Die Mitglieder der Peru-Reisegruppe waren Freunde geworden, und es gab den ganzen Sommer über Partys und Zusammenkünfte. Celeste, John, Debora und Mike liefen sich bei diesen Veranstaltungen regelmäßig über den Weg.

Bei Celeste und Mikes Affäre ging es nicht darum, sich fortzustehlen und sich in irgendwelchen Motels zu treffen, auch wenn ihre Beziehung durchaus auch sexueller Natur war. Sie sahen sich einander auch nicht sehr oft allein, sie konnten von Glück sagen, wenn sie es schafften, sich zwei- oder dreimal in der Woche zu sehen. Und auch dann parkten sie manchmal nur ihre Wagen irgendwo und redeten. »Wir trafen uns nicht so oft«, sagte Celeste. »Er mußte nach Hause, und ich mußte zu meiner Familie ... die meiste Zeit redeten wir.« In ihrer Affäre ging es um Gefühle, und es gab viele, viele Telefonate, nur um liebe Worte zu hören und Versprechungen zu machen, die kaum einzuhalten waren. Schon nach wenigen Tagen eröffnete Mike Celeste, daß sie seine Traumfrau sei, die Frau, nach der er immer gesucht habe. Sie selbst hatte sich schon so viele Jahre danach gesehnt, diese Worte zu hören.

Später meinte Celeste, daß sie der Überzeugung gewesen wäre, daß niemand dahinterkommen würde, daß sie und Mike eine Affäre hatten. »Wir waren sehr diskret.«

Es war nicht leicht. Die Peru-Gruppe verbrachte in diesem Sommer 1995 viel Zeit zusammen. Das Feuerwerk vom 4. Juli wurde wegen schlechten Wetters verschoben, und nun schlossen sich viele der Peru-Reisenden zusammen, um sich die verspätete Show anzusehen. »John kam mit, meine Mutter, meine Söhne, Mike und Deb. Ich bin nicht sicher, ob auch Tim kam«, erinnerte sich Celeste. »Und Carolyn und Laura Sutherland ... Ich hatte diese Leute wirklich gern, und so rief ich sie an und versuchte, einige zusammenzutrommeln, damit wir uns das Feuerwerk gemeinsam ansehen konnten.«

Am 15. Juli gab Celeste eine Party, zu der sie Carolyn Stafford, Mike und Debora und einige andere aus der Peru-Gruppe einlud. Als es dunkel wurde, sahen sie sich im Garten Dias aus Peru an. Celeste hatte mit Debora und Mike am Telefon darüber gesprochen.

Am letzten Juli-Wochenende lud Celeste zu einer Grill- und Pool-Party ein, die als Zusammenkunft aller Reiseteilnehmer gedacht war. Wieder kamen Mike und Debora. Debora unterhielt sich ganz freundlich mit Celeste, die sicher war, daß Mikes Frau nichts von ihrer Affäre ahnte.

Es stand außer Frage, daß Celeste und Mike ihre heimliche Affäre beide fortsetzen wollten. Die Zuneigung, die Celeste Mike schenkte, ließen ihm sein Eheleben um so trostloser erscheinen. Es war sieben Monate her, daß er den Entschluß gefaßt hatte, Debora mitzuteilen, daß ihre Ehe gescheitert war und er seine Freiheit wolle. Er sehnte die Trennung von ihr herbei, fürchtete sich jedoch davor, es ihr zu sagen.

Außerdem sorgte Mike sich um seine Kinder. Was sollte

aus ihnen werden, wenn er Debora verließ und auszog? Trotzdem kam er zu dem Schluß, daß sie bei einem alleinerziehenden Elternteil ohne die ständigen Streitereien besser dran waren. Er war gern bereit, diesen Part zu übernehmen – wenn Debora einwilligte.

In jenem Sommer war es unerträglich heiß. Es ging kein Wind, und wenn doch einmal, war er sengend heiß und wirbelte nur Staub auf. In den Gärten erblühten bunte Blumen, und die Sonnenblumen bogen sich unter dem Gewicht ihrer drei Meter hohen Stiele. Am Canterbury Court 7517 gab es keine Blumen; Debora hatte sich nie für Gartenarbeit interessiert. Die Bäume, die bei ihrem Einzug schon dagewesen waren, genügten ihr. Die Kinder genossen den Pool, Mike fuhr sehr früh zur Arbeit und kam spät nach Hause, und Debora lag den ganzen Tag im Bett und las.

Mike schwankte seit Monaten, wog seine Furcht vor weiteren dreißig oder vierzig Jahren mit Debora gegen die fast ebenso große Furcht vor einer Scheidung ab. Sie verstanden sich nicht und würden sich nie verstehen, so einfach war das. Keiner von ihnen konnte glücklich sein, solange sie sich nicht trennten und jeder für sich ein neues Leben aufbaute.

Irgendwann Ende Juli sprach Mike Debora schließlich zum zweiten Mal darauf an, daß er die Scheidung wolle. Hierauf folgte ein ›schrecklicher Wutausbruch‹, noch heftiger als er ohnehin erwartet hatte. »Sie ging förmlich in die Luft«, erzählte er. »Sie schrie, schimpfte, fluchte und schlug sich selbst. Es war grauenhaft.«

Debora wollte nichts von einer Scheidung wissen, obwohl sie im Grunde keine Wahl hatte. Sie lehnte seinen Vorschlag ab, es den Kindern zusammen beizubringen oder zumindest gemeinsam zu überlegen, wie sie ihnen die Nachricht möglichst schonend eröffnen könnten. Sie war nicht gewillt zuzulassen, daß Mike sie verließ. Ihr war es wichtiger, ihn zu bestrafen, als die Sache für ihre Kinder erträglich zu machen. Sie teilte Tim, Lissa und Kelly die Neuigkeit auf ihre Art mit: in einem hysterischen Ausbruch, der dazu führen sollte, daß die Kinder sich haßerfüllt von ihrem Vater abwandten. Er habe sein Versprechen gebrochen und lasse sie im Stich.

Es gab so viel Haß in dem schönen Haus am Canterbury Court. Debora haßte Mike, der diesen Haß inzwischen erwiderte. Ihre Kinder waren sorgfältig geschult worden, zu ihrer Mutter, dem Opfer, zu stehen und ihren bösen Vater zu verabscheuen.

Aber wie sehr sie ihn auch haßte, wollte Debora mit Mike verheiratet bleiben – aus verschiedenen Gründen, darunter auch solchen, die logisch nicht nachzuvollziehen waren. Besitzanspruch gehörte sicherlich dazu. Mike war *ihr* Mann; sie hatte andere Frauen schon mißtrauisch beäugt, lange bevor er sich der Untreue schuldig gemacht hatte. Als Angehörige eines hochangesehenen Arztes genossen sie und die Kinder darüber hinaus einen gewissen gesellschaftlichen Status, den sie verlieren würde.

Am wichtigsten war ihr jedoch möglicherweise ihr Traum, daß Lissa und Kelly beide BOTARs (Belles of the American Royal) wurden. In Kansas City gibt es zwei Veranstaltungen, bei denen Debütantinnen offiziell in die Gesellschaft eingeführt wurden: einmal den Jewel Ball und dann das American Royal, eine Pferde- und Rinderausstellung, die fast zwei Wochen dauert. Während des American Royal finden verschiedene gesellschaftliche Veranstaltungen statt, aber der BOTAR Ball ist hiervon die wichtigste. Beim BOTAR Ball werden jedes Jahr etwa zwanzig junge Frauen vorgestellt, und zwar die hübschesten, talentiertesten Töchter der Haute Volee von Kansas City. Debora wollte unbedingt, daß Kelly und Lissa zu den

Auserwählten gehörten. Und sie wollte, daß Tim eine BOTAR auf den Ball begleitete. Wenn ihre Ehe in die Brüche ging, würde damit die Chance ihrer Kinder vertan, zu den begehrtesten jungen Leuten der Gegend zu gehören, davon war Debora überzeugt. Sie selbst war nie Debütantin gewesen und auch keine Schönheitskönigin. Das Lob, das sie eingesteckt hatte, hatte ausschließlich ihrem Intellekt gegolten, und nun schien sie durch ihre ›hübschen Kinder‹ in die gehobenen Kreise von Kansas City aufzusteigen.

Aber vor allem wollte Debora nicht noch mehr von ihrem Prestige und ihrer Selbstachtung verlieren. Mike war ein bekannter und erfolgreicher Kardiologe, und sie war seine Frau. Trotz ihrer Prahlerei mit ihrer intellektuellen Schlagfertigkeit war sie keine selbstsichere Frau. Vor langer Zeit einmal war sie diejenige gewesen, die mehr Geld hatte als Mike, aber inzwischen war sie längst von ihm abhängig. Es war schlicht so, daß Debora in allem, von der Ausübung ihres Berufes bis hin zur Führung eines Haushaltes, versagt hatte. Und jetzt stand sie vor den Trümmern ihrer Ehe.

Sie vergrub sich in diesem Sommer in Bücher über bizarre Verbrechen, verschwendete so ihren Verstand an Schundliteratur, um vor der Wirklichkeit zu flüchten. Sie lieh Bücher aus der Johnson County Library und der Corinth Library in Prairie Village, gewöhnlich acht oder mehr auf einmal, und kaufte unzählige Taschenbücher. Die Bücher ihrer Wahl verherrlichten oft Gewalt: *Blond Oak, Wedded to Crime: My Life in the Jewish Mafia, Amy Fisher: My Story, Blood Sister, Blood Games, A True Account of Family Murder, Bodies of Evidence, The Murder of Little Mary Phagan, Smoked: A True Story About the Kids Next Door, Final Justice* und *Before He Wakes: A True Story of Money, Marriage, Sex and Murder*. Bei einigen der Bücher, die sie las, handelte es sich um triviale Romane, beispielsweise von Danielle Steel. Und doch schien Debora im Hochsommer 1995 auf blutige Mordfälle fixiert zu sein – vor allem innerhalb von Familien.

Es schien keine Möglichkeit einer einvernehmlichen Beendigung ihrer Ehe zu geben. Mike zog nicht aus; seine Kinder wollten, daß er blieb, und er war hin- und hergerissen zwischen seinen Wünschen und seinen Schuldgefühlen. Debora zog ins Gästezimmer im Souterrain, das über ein eigenes Bad verfügte. In jenem Sommer lebten sie und Mike in feindseligem Schweigen zusammen wie feindliche Parteien in einem Krieg.

Es gab noch einen Grund, weshalb Mike nicht auszog. Debora, die nie mehr als ein Glas Wein beim Abendessen getrunken hatte, konsumierte plötzlich solche Mengen Alkohol, daß er nicht wagte, die Kinder nachts mit ihr allein zu lassen. Es war nicht ungewöhnlich, daß sie in einem Zeitraum von zwei Tagen anderthalb Liter Wodka oder Gin trank. Obgleich es Zeiten gegeben hatte, da sie süchtig nach Schmerzmitteln und Schlaftabletten gewesen war, hatte sie nie getrunken. Jetzt, da sie nicht mehr arbeitete und somit keinen Zugriff mehr auf Drogen hatte, füllte sie diese Lücke offenbar mit Alkohol.

Deboras Tage folgten einer bizarren Routine. Irgendwie schaffte sie es, ihre Kinder zu ihren verschiedenen Unterrichtsstunden, Sportveranstaltungen und Freunden zu fahren, und wenn das erledigt war, schloß sie sich mit einer Flasche Alkohol ein und trank bis zur Besinnungslosigkeit. An manchen Tagen war sie zu betrunken, um aufzustehen. Einmal fand Mike sie bewußtlos auf dem Fußboden liegend. Auch drückte sie sich immer vulgärer aus. Der extrem hohe Alkoholkonsum enthemmte sie derart, daß sie auch vor Tim, Lissa und Kelly nicht mehr auf ihre Ausdrucksweise achtete.

Tim und Lissa waren hin- und hergerissen – mal flehten sie Mike an, dazubleiben, dann wieder begegneten sie ihm ausgesprochen feindselig. Auf ihre Mutter waren sie ebenfalls wütend, hauptsächlich aber richtete sich ihr Groll gegen ihren Dad. Er hatte ihnen versprochen, daß er sie nie wieder verlassen würde, und nun wollte er doch gehen. Den Kindern war egal, daß seine Ehe unerträglich geworden war, und er versuchte gar nicht erst, ihnen seine Situation klarzumachen. Und es spielte auch keine Rolle, daß er sie liebendgern mitgenommen hätte, wenn ihre Mutter dies zugelassen hätte. Erwartungsgemäß verschlechterte sich der Umgangston der Kinder ihm gegenüber immer mehr. Sie wurden unverschämt und benutzten Schimpfworte, die sie von ihrer Mutter aufschnappten, wenn diese sich über ihn ausließ.

Kelly, die erst sechs Jahre alt war, hatte immer eine Unschuld ausgestrahlt, die sie vor den Gewittern zu schützen schien, die hinter der Fassade des schönen Hauses tobten. Sie klammerte sich an Boomer, den großen Labrador, oder spielte draußen mit ihren Freunden. Lissa versorgte nervös ihre verzweifelte Mutter, die regelmäßig an der ›Grippe‹ erkrankte und sich übergeben mußte. Tim seinerseits war entsetzlich wütend, viel zu wütend für einen Jungen von dreizehneinhalb Jahren.

Kein Problem ist wirklich unlösbar; die Herausforderung ist nur die, eine Lösung zu finden, die den meisten Beteiligten zugute kommt. Der Haß, der die Atmosphäre in dem Haus am Canterbury Court vergiftete, hielt sie alle in einer Sackgasse gefangen, aus der es keinen Ausweg zu geben schien. Mike konnte zumindest vorübergehend in seine Arbeit flüchten oder zu seiner Geliebten. Er war von frühmorgens bis zum frühen Abend außer Haus, während Debora sich dem Alkohol hingab.

Tim und Lissa waren hochintelligente Kinder; sie schlüpften rasch in die Elternrolle und wachten über

Debora in ihrer selbstzerstörerischen Krise. Obgleich sie behauptete, ihre Kinder über alles zu lieben, benutzte sie ihre Enttäuschung wegen der bevorstehenden Scheidung als Vorwand, sie zu ignorieren.

Tim ging dann ins Ferienlager, so daß es der zehnjährigen Lissa überlassen blieb, tagsüber ganz allein mit ihrer Mutter zurechtzukommen. Aber es dauerte nicht lange, und es war ein Punkt erreicht, an dem sie hoffnungslos überfordert war. An einem Freitagnachmittag Anfang August gelang es Lissa nicht, ihre Mutter zu wecken, und sie fürchtete, Debora sei tot.

Schluchzend rief sie gegen 16 Uhr 30 ihren Vater im Krankenhaus an. »Ich wollte mit ihr sprechen«, erinnerte sich Mike. »Aber Debora war offenbar nicht in der Lage dazu.«

Mike fuhr sofort nach Hause, und als er am Canterbury Court ankam, sah er Lissa ängstlich am Rand der Straße stehen und nach seinem Wagen Ausschau halten. Sie war ganz aufgeregt und flehte ihn an, sich zu beeilen und Debora zu helfen.

Er folgte ihr ins Haus. Er war schockiert, als er im Elternschlafzimmer auf ein wahres Chaos stieß. »Debora war nackt bis auf das T-Shirt ... Sie lag auf dem Bauch«, erinnerte er sich. »Ganz offensichtlich war sie völlig betrunken. Neben ihr lag eine fast leere Anderthalb-Liter-Flasche Gin.«

Kelly war natürlich ebenfalls daheim; auch sie weinte. Keinem der beiden Mädchen war es gelungen, ihrer Mutter eine Reaktion zu entlocken. Sie waren nicht sicher, was mit ihr los war; sie hatten noch nie erlebt, daß die ›Grippe‹ sie so schlimm erwischte wie dieses Mal.

Auf der Heimfahrt hatte Mike seine Schwester Karen angerufen, die in der Nähe wohnte. Er hatte ihr gesagt, daß etwas vorgefallen wäre, und sie gebeten, die Mädchen über Nacht zu sich zu nehmen. Sie war sofort einverstanden gewesen. Da Debora lebte und von ihrem Rausch abgesehen offenbar okay war, nahm Mike seine Töchter und brachte sie zum Haus ihrer Tante. Inzwischen war es etwa sechs Uhr.

Nachdem er seine Töchter untergebracht hatte, fuhr er eilig zurück nach Hause, um sich um Debora zu kümmern. Er hatte ihr gesagt – auch wenn er nicht wußte, ob sie ihn verstanden hatte – daß er zu seiner Schwester fuhr und sie bis zu seiner Rückkehr im Haus bleiben solle. »Ich rechnete nicht damit, daß sie in ihrem Zustand in der Lage gewesen wäre, das Haus zu verlassen«, erinnerte er sich später.

Aber Debora war nicht mehr im Schlafzimmer und antwortete auch nicht, als er ihren Namen rief. Besorgt schaute er in der Garage nach und atmete erleichtert auf, als er sah, daß der Land Cruiser noch da war. Wenigstens war sie nicht mit dem Auto unterwegs und brachte sich selbst und andere in Gefahr.

Mit einem unguten Gefühl im Bauch machte er sich daran, das große Haus zu durchsuchen. Im Untergeschoß befanden sich ein Spielzimmer, Deboras Schlafzimmer, ein Fitneßraum, ein Partyraum und sein Weinkeller. Im Erdgeschoß befanden sich Küche, Eßzimmer, Wohnzimmer, Musikzimmer, Elternschlafzimmer und Arbeitszimmer. Eine Treppe führte gleich hinter der Haustür von der Diele ins Obergeschoß. Oben waren die Kinderzimmer und ein Computerraum untergebracht.

Es war eine gespenstische Suche. Mike sah mit klopfendem Herzen in Schränken, hinter Duschvorhängen und in Abstellkammern nach. Als er seine Frau weder im Keller noch im Erdgeschoß hatte finden können, stieg er leise die Treppe in den ersten Stock hinauf. »Ich schaute in jedem Zimmer des Hauses nach«, erinnerte er sich. »Und ehrlich gesagt rechnete ich damit, sie irgendwo tot aufzufinden.« Er fürchtete, Debora hätte sich erhängt oder sich die Pulsadern aufgeschnitten. Zu Fuß konnte sie das Haus nicht verlassen haben, da die Nachbarn sie sonst gesehen hätten. Und doch konnte er sie nirgends finden.

Mike überlegte, ob er die Polizei verständigen sollte. Wenn Debora doch irgendwo umherirrte, würde die Polizei sie sicher bald gefunden haben. Aber falls sie in der Nähe ihren Rausch ausschlief, wollte er nicht alles noch schlimmer machen. Er wollte sie nicht in Verlegenheit bringen. Inzwischen war es dunkel geworden, und er wußte nicht, wo er als nächstes nach ihr suchen sollte.

Mike ging rastlos im Haus auf und ab und durchkämmte dann den Garten. Obwohl er todmüde war, wußte er, daß er keinen Schlaf finden würde. Und wie schlimm es zwischen ihnen auch stehen mochte, wollte er nicht, daß Debora sich selbst etwas antat oder jemand anders ihr ein Leid zufügte. Er wollte nicht, daß sie gedemütigt wurde. Sie war die Mutter seiner Kinder, und die hatten schon genug durchgemacht.

Das Telefon läutete, und Mike riß den Hörer von der Gabel. Es war Celeste. »Ich bin so froh, daß du anrufst«, sagte er dankbar. Er erzählte ihr, was geschehen war, und sie war ebenso ratlos wie er. Die radikale Veränderung innerhalb weniger Wochen von der geistreichen Frau, die alle zum Lachen bringt, in ein volltrunkenes Wrack überstieg Celestes Vorstellungsvermögen. Ihr war klar, was Mike in letzter Zeit durchgemacht hatte, fühlte sich jedoch auch ein wenig mitschuldig. Sie wußte, daß Mike die Scheidung verlangt hatte, und fragte sich, ob nicht vielleicht sie die Ursache für Deboras Verschwinden war.

Nachdem er aufgelegt hatte, überlegte Mike angestrengt, wohin Debora gegangen sein könnte. Sie hatte keine Freunde. Es hatte immer den Anschein gehabt, als brauche sie keine. Es gab Frauen, mit denen sie früher Tennis gespielt hatte, einige Mütter, die sie von der Pembroke

Hill School kannte, Leute, mit denen sie sich auf ihrer letzten Reise angefreundet hatte. Aber es gab niemanden, zu dem sie gehen konnte. Und es gab auch keine Nachbarn, bei denen sie untergekommen sein könnte. Und so hatte Mike keinen Schimmer, wo sie sich aufhalten konnte. Wieder durchkämmte er den Garten, sah in dem Schuppen nach, in dem sie Rasenmäher und Gartengeräte aufbewahrten, und warf einen Blick in die Garage, aber vergeblich.

Nachdem er überall nachgesehen hatte, ging Mike zu Bett, obwohl er wußte, daß er nicht würde schlafen können. Er fuhr erschrocken auf, als um elf Uhr das Telefon klingelt. »Hallo?«

»Ich bin's ...« Es war Debora. Sie klang nicht betrunken.

»Wo bist du?«

»Als ob dich das interessieren würde.«

»Debora«, sagte Mike ruhig, »sag mir, wo du bist, und ich komme dich holen.«

»Ich bin bei einer Freundin.«

»Bei wem?«

»Das spielt keine Rolle. Ich bin an einem Ort, an dem ich nachdenken kann.«

Bevor Mike hierauf etwas erwidern konnte, wurde die Verbindung unterbrochen. Das Telefon läutete sofort wieder. Es war Debora. »Wir müssen reden«, sagte sie. »Nie reden wir, Mike. Wie sollen wir uns scheiden lassen, wenn wir nie darüber reden?«

»Wo bist du?«

»Das ist meine Sache, finde es doch heraus.«

Wieder hängte sie ein, um zurückzurufen, kaum daß Mike aufgelegt hatte. Er war gleichzeitig erleichtert und verärgert. Offenbar hielt sie sich an einem sicheren Ort auf. Sie hatte ein Telefon. Und sie klang vollkommen nüchtern, wenn auch aggressiv.

»Debora«, sagte er müde, »warum kommst du nicht heim, gönnst dir etwas Schlaf, und wir reden morgen?«

»Wozu? Ich traue dir nicht.«

»Debora ...«

Wieder wurde die Verbindung unterbrochen. Debora schien es zu genießen, ihn am Telefon abzuwürgen.

Das Telefon schrillte erneut, zum sechsten oder siebten Mal. Mike nahm wortlos ab.

»Mike, du glaubst, du hättest Geheimnisse, aber das ist ein Irrtum. Du bist so dumm und leicht durchschaubar. Ich weiß alles von dir ...«

Diesmal war es Mike, der einhängte. Und dann zog er den Stecker heraus. Er war hundemüde und brauchte unbedingt wenigstens ein paar Stunden Schlaf. Wo immer Debora war, es ging ihr gut. In der wohltuenden Stille des Hauses schlief er fast augenblicklich ein.

Um halb sechs wachte er auf und schaute nach, ob Debora zwischenzeitlich heimgekommen war. Aber sie war nicht da. Er wußte, daß die Kinder in guten Händen waren und Debora einen Unterschlupf gefunden hatte. Und er hatte plötzlich das Bedürfnis, mit unbeschwerten, glücklichen Menschen zusammenzusein, und sei es auch nur für ein paar Stunden.

Um neun war er wieder zu Hause. »Debora war da. Sie saß im Dunkeln auf dem Sofa im Arbeitszimmer.« Als er vom strahlenden Sonnenschein draußen den finsteren Raum betrat, konnte er anfangs nur ihre Umrisse erkennen.

»Wo bist du gewesen?«

»Ich bin durch die Straßen gelaufen«, entgegnete sie leise, »in der Hoffnung, jemand würde mich überfahren. Damit wären doch alle Probleme gelöst, nicht wahr?«

»Du weißt, daß dem nicht so ist«, erwiderte Mike. »Mir

liegt etwas an dir, und die Kinder lieben dich. Wo hast du wirklich die Nacht verbracht?«

Sie weigerte sich, es ihm zu verraten.

Mike erkannte, daß sie nur eine extreme Form ihrer üblichen Krisen durchlebte; sie führte sich auf wie ein Kind, das seinen Eltern drohte, etwas zu tun, obwohl es nicht im Traum daran dachte, seine Drohung wahr zu machen. Erst Wochen später gestand sie ihm, daß sie in dieser Freitagnacht das Haus gar nicht verlassen hatte. »Sie sagte mir, daß sie sich die ganze Zeit unter dem Bett im Kellerschlafzimmer versteckt hatte«, erzählte Mike. »In der Nähe des Partykellers sind zwei Telefone, ein Anschluß für die Kinder und einer für uns. Sie konnte also von der Kinderleitung aus den Hauptanschluß angerufen haben.« Mike hatte bei seiner Suche nach Debora nicht daran gedacht, *unter* den Betten nachzusehen; er hatte so fest damit gerechnet, sie würde sich umbringen, daß er durch das Haus gehetzt war, um sie noch zu retten. Er war tief enttäuscht, als er erfuhr, daß sie die ganze Nacht nur ein gespenstisches Versteckspiel mit ihm gespielt hatte. Er fragte sich, ob Debora wirklich so betrunken gewesen war, als er zu Hause eintraf. Offenbar besaß sie die Fähigkeit, sich innerhalb kürzester Zeit von einem komatösen Rauschzustand zu erholen.

Was Mike erst viel später aufging, war, daß Debora sein Gespräch mit Celeste an diesem Abend mitgehört hatte. Sie hatte Celeste nie getraut, und jetzt war ihr Verdacht bestätigt worden.

Später meinte Debora, sie hätte sich trotz ihres Alkoholkonsums in jenem Sommer immer gut um Tim, Lissa und Kelly gekümmert. »Ich habe sie immer überallhin gefahren«, erklärte sie. Auf die Frage, ob es nicht zu riskant gewesen wäre, die Kinder unter Alkoholeinfluß zu fahren, zuckte sie nur die Achseln. »Es ist nichts passiert. Und wenn doch, wäre das immer noch besser gewesen als das, was dann später passiert ist.«

9

Ende Juli gaben Debora und Mike eine Pool-Party. Celeste erinnerte sich, daß sie schockiert war von den Risiken, die Mike in seinem eigenen Haus auf sich nahm, um ihr nahe zu sein. Sie hatte panische Angst davor, Debora könne beobachten, wie er sie berührte. »Er küßte mich im Erdgeschoß ihres Hauses. Sie hätte uns sehen können«, berichtete Celeste. »Und eine Woche später legte er mir am Pool seinen Arm um die Schultern, während Lissa und Kelly in der Nähe spielten. Es war, als wäre es ihm egal, ob Debora von unserem Verhältnis erfuhr.«

Und vielleicht war es ihm inzwischen tatsächlich egal. Deboras nächtliches Verschwinden hatte den kleinen Mädchen einen Riesenschreck eingeflößt, und Mike war beunruhigt und wütend gewesen. Vielleicht wollte er sie durch sein Verhalten bestrafen. Oder aber er glaubte, Debora würde in die Scheidung einwilligen, wenn sie begriff, daß er eine andere Frau liebte. Wenn das seine Beweggründe waren, aus seiner Zuneigung zu Celeste nicht länger einen Hehl zu machen, ging die Rechnung nicht auf.

Debora war zornig. Sie wußte, daß Mike sie betrog und fühlte sich ausgenutzt. »Er wollte das Haus«, behauptete Debora später. »Er wollte in unserem wunderschönen Haus leben, während die Kinder und ich umziehen sollten. Er wollte uns nur los werden. Das durfte ich nicht zulassen.«

»Das ist an den Haaren herbeigezogen«, entgegnete Mike, als er mit diesem Vorwurf konfrontiert wurde.

Am Freitag, dem 11. August, kam Mike zwischen 18 und 18 Uhr 30 nach Hause. Der Rest der Familie hatte bereits gegessen, und Debora sagte, es wäre noch ein Sandwich für ihn im Kühlschrank. Er stand in der Küche und unterhielt sich mit ihr, während er es aß. Das Sandwich schmeckte ein wenig sonderbar, und Mike erwähnte Debora gegenüber, es sei ›etwas bitter‹.

»Wir haben alle davon gegessen«, entgegnete sie, »und keinem von uns hat es komisch geschmeckt.«

Mike sagte sich, daß es vielleicht daran läge, daß das Sandwich schon längere Zeit im Kühlschrank lag. Er war hungrig, und so aß er weiter.

Nach dem Essen zog er sich um, und er und Debora fuhren zum Einkaufszentrum, wo sie sich beide Laufschuhe kauften. Anschließend holten sie die Kinder vom Nachmittagssport ab. Debora, die angekündigt hatte, sich wieder in Form bringen zu wollen, wollte an diesem Abend nicht joggen gehen. Mike unternahm seinen gewohnten Lauf, obgleich er sich ungewöhnlich schwach fühlte. »Als ich wieder nach Hause kam, war mir übel«, erinnerte er sich. Erst dachte ich, ich hätte mich vermutlich überanstrengt, da ich offensichtlich nicht in Bestform war. Kurz darauf mußte ich mich jedoch übergeben. Ich bekam heftige Bauchschmerzen und Durchfall.«

Die Symptome schienen auf einen Virus hinzudeuten; Übelkeit und Durchfall waren ›unangenehm aber nicht besorgniserregend‹. An diesem Wochenende hatte er am North Kansas City Hospital Bereitschaft, und so stand er am nächsten Morgen auf und fuhr zur Arbeit. Tatsächlich arbeitete er das ganze Wochenende trotz anhaltender Übelkeit. »Ich erinnere mich, daß ich mehr als einmal ein Krankenzimmer abrupt verlassen mußte, weil mir wieder schlecht wurde. Trotzdem hielt ich durch.«

Die Symptome hielten drei oder vier Tage an, aber er arbeitete trotzdem weiter. »Es ging mir besser, aber ich fühlte mich immer noch angeschlagen.« Abgesehen von Übelkeit und Durchfall litt Mike auch an heftigen Bauchschmerzen.

Mike machte sich immerhin die Mühe, einen Gastroenterologen zu konsultieren. Er war etwa fünf Wochen zuvor aus Peru zurückgekehrt und fragte sich, ob er sich womöglich eine tropische Krankheit eingefangen hatte. Sie beschlossen abzuwarten, ob seine Symptome sich von allein wieder legen würden, und gegen Ende der Woche fühlte Mike sich auch tatsächlich viel besser.

»Ich sah ihn am Donnerstag«, erinnerte sich Celeste. »Wir trafen uns für zehn Minuten bei mir in der Nähe, und ich konnte sehen, daß es ihm besserging.«

Aber später am Abend traten Mikes Beschwerden erneut auf, und zwar noch heftiger als zuvor. Sein Zustand verschlechterte sich innerhalb kürzester Zeit dramatisch. Er mußte sich ununterbrochen übergeben, zwanzig oder dreißigmal innerhalb weniger Stunden. Und der Durchfall war schlimmer als alles, was er in Peru erlebt hatte. »Es war wirklich eine elende Quälerei – und es ging die ganze Nacht so weiter. Morgens stand ich auf und wollte mich fertig machen, um zur Arbeit zu fahren. Aber statt dessen kniete ich in der Dusche und erbrach mich.«

Als ihm klar wurde, daß er an diesem Tag – es war Freitag, der 18. August – nicht arbeitsfähig war, rief er einen seiner Partner aus der Gemeinschaftspraxis an, um diesen von seiner Erkrankung zu unterrichten. Anschließend rief er seinen Hausarzt an, Nick Szilagye. Da er selbst Mediziner war, wußte Mike, daß er einen großen Flüssigkeitsverlust erlitten hatte. Nachdem er seine Symptome beschrieben hatte, legte Szilagye ihm nahe, sich zur Untersuchung ins Krankenhaus zu begeben. Mike fuhr selbst zur Klinik und kam unterwegs an Celestes Haus vorbei. Sie stieg zu ihm in den Wagen und sprach kurz mit ihm. »Er erbrach sich, als er versuchte, mit mir zu sprechen.«

Mike verbrachte eine Woche im Krankenhaus, sein Zustand zeitweise durchaus kritisch. Er hatte akute Fieberschübe, bei denen seine Temperatur auf 38,8 Grad anstieg. Zur Beunruhigung seiner Arztkollegen bekam er zusätzlich eine Blutvergiftung, die von Bakterien hervorgerufen wird, die den Blutkreislauf befallen und die Infektion vom ursprünglichen Infektionsherd aus im ganzen Körper verteilen.

Einmal versuchte Mike während seines Krankenhausaufenthaltes zu duschen und wurde urplötzlich von Schüttelfrost befallen. »Das Zittern war unkontrollierbar«, sagte er, »und mein Rücken und meine Beine schmerzten. Es war beinahe wie bei Muskelkrämpfen.«

Mike hatte 42,2 Grad Fieber. Sein Blutdruck fiel besorgniserregend ab. Sein systolischer Wert lag bei 65 bis 70 (normalerweise liegt der Wert zwischen 110 und 150). Im Ruhezustand war sein diastolischer Wert nicht meßbar. Ihm war bewußt, daß er in Lebensgefahr schwebte. »Ich wurde auf die Intensivstation verlegt, und in die Subklaviarvene unter dem Schlüsselbein wurde ein zentraler Zugang gelegt.« Über diese Infusion werden Patienten, deren Zustand kritisch ist, große Mengen Flüssigkeit zugeführt.

Von Mikes Blut wurden Bakterienkulturen angelegt. Aus den Proben entwickelten sich *Streptokokkus viridans*. Eine Streptokokkeninfektion kann Fieber und zahlreiche der anderen bei Mike aufgetretenen Symptome hervorrufen, aber seine Ärzte suchten weiter, um ganz sicherzugehen, wirklich alles abgedeckt zu haben. Er mußte sich zahlreichen Diagnosetests unterziehen, darunter einer Magen- und Darmspiegelung. Sein gesamter Verdauungstrakt und der Dickdarm wurden durchgecheckt. In Anbetracht seiner Schmerzen im Lendenwirbelbereich war nicht auszuschließen, daß über eine feine Darmläsion Streptokokken ins Blut gelangt waren. Allerdings fragten sich die Ärzte, wodurch die gastrointestinalen Symptome überhaupt erst ausgelöst worden waren.

Celeste machte sich so große Sorgen um Mike, daß sie das Risiko einging, ihn im Krankenhaus zu besuchen. »Aber ich ging nicht allein hin; ich überredete Carolyn und einige andere Leute aus unserem gemeinsamen Bekanntenkreis, mich zu begleiten. Debora habe ich dort nie gesehen – aber ich schätze, sie hat wohl erfahren, daß ich dort war, um ihn zu besuchen.«

Langsam besserte sich Mikes Gesundheitszustand. Als er am 25. August entlassen wurde und nach Hause fuhr, verspürte er zum erstenmal seit einer Woche wieder Hunger. Er fühlte sich sogar gut genug, zum Abendessen eine von Debora zubereitete Portion Spaghetti zu essen. Aber innerhalb von drei, vier Stunden wurde ihm erneut schlecht; er mußte sich wieder übergeben und litt erneut an starkem Durchfall. Um elf Uhr abends lag er wieder im North Kansas City Hospital. Ob es nun etwas zu bedeuten hatte oder nicht, vermochte er nicht zu sagen, aber ihm fiel auf, daß er jeweils im Abstand von einer Woche erkrankt war – an einem Freitag, einem Donnerstag und wieder an einem Freitag.

Worunter auch immer Mike leiden mochte, die Diagnose war nicht einfach. Er war viel zu krank, um an einer einfachen Grippe erkrankt zu sein. Und neu angelegte Bakterienkulturen ergaben, daß auch keine *Strep viridans* mehr in seinem Blut nachzuweisen waren. »Wir waren alle ratlos«, sagte er später. Sämtliche Ärzte des Krankenhauses, in dem er selbst praktizierte, wurden zu Rate gezogen. Da war ein Mann von gerade mal vierzig Jahren, der sich bis vor kurzem noch bester Gesundheit erfreut hatte und plötzlich auf stationäre Behandlung im Krankenhaus angewiesen war. Er magerte rapide ab und litt an quälendem Durchfall.

Zu den hinzugezogenen Spezialisten gehörte auch Dr.

Beth Henry, eine Expertin für infektiöse Krankheiten. Gute Ärzte vergleichen Laborergebnisse und Krankheitssymptome mit Einzelheiten aus dem Leben des Patienten, und Dr. Henry fragte, was Mike in den Wochen vor seiner Erkrankung Ungewöhnliches getan hatte.

Die offensichtliche Antwort hierauf war die Reise nach Peru, wo er sich sehr wohl eine Krankheit zugezogen haben könnte. Mike war im Amazonas geschwommen und hatte exotische Speisen gegessen, die möglicherweise unter fragwürdigen hygienischen Bedingungen zubereitet worden waren. Merkwürdig war allerdings, daß sonst niemand aus der vierzigköpfigen Reisegruppe so schwer erkrankt war. Mike hatte die gleichen Symptome gehabt wie sie – während des Peru-Aufenthaltes. Was war es also, das ihn jetzt so krank machte?

Dr. Henry stellte schließlich zwei mögliche Diagnosen für Mikes Fieber, das Erbrechen und den Durchfall auf; typhoides Fieber oder eine Krankheit namens tropische Psilose. Trotzdem war sie verwirrt, weil seine Symptome nicht den üblichen Parametern dieser Erkrankungen entsprachen.

Weder Typhoides Fieber noch Psilose sind in der Regel tödlich, obgleich sie zum Tod führen können, wenn der Flüssigkeitsmangel des Patienten nicht ausgeglichen werden kann. Die Infusion über Mikes Subklaviarvene versorgte ihn mit mehr Flüssigkeit, als er bei sich behalten konnte. Darüber hinaus bekam er über einen Zeitraum von 21 Tagen Antibiotika gegen das typhoide Fieber verabreicht. Und man setzte ihn auf eine glutenfreie Diät.

Debora ihrerseits durchlebte in der zweiten Augusthälfte ebenfalls eine schwere Zeit. Ihre Mutter rief aus El Paso an und teilte ihr mit, daß sie an Brustkrebs erkrankt sei und ihre Ärzte ihr zu einer Mastektomie geraten hätten. Als Krebsspezialistin war Debora in der Lage, den Zustand ihrer Mutter realistisch einzuschätzen, und sie versicherte Joan, daß ihre Chancen, den Krebs zu besiegen, sehr gut standen.

»Ich telefonierte häufig mit Deb«, erinnerte sich Joan. »Und sie sprach mehrfach mit meinem behandelnden Arzt. In Kansas schien alles beim alten zu sein.« Debora erzählte ihren Eltern, daß Mike krank sei, aber sie konnten nicht ahnen, wie ernst sein Zustand tatsächlich war. Sie hatten ihn lange nicht mehr gesehen und interessierten sich auch nicht sonderlich für ihren Schwiegersohn. »Wir wußten, daß Farrar krank war«, sagte Joan, »waren aber nicht überrascht, weil er in Peru alles mögliche an einheimischer Kost gegessen hatte, darunter auch ekelerregende Speisen. Außerdem ist er ein schrecklicher Schlappschwanz.«

Es war offensichtlich, daß Deboras Eltern – oder zumindest ihre Mutter – nichts für Mike übrig hatten. Joan übertrug Deboras lieblose, gleichgültige Art ihren Patienten gegenüber auf Mike. Aber Debora wußte, wie ernst Mikes Zustand war; sie hatte mit angesehen, wie rapide er abgebaut hatte. Vielleicht um ihre Mutter nicht weiter zu belasten, verschwieg sie ihr, wie schlimm es um ihren Mann stand. Immerhin stand Joan selbst in Kürze eine Operation bevor.

Deboras Mutter erzählte später, daß sie nicht geahnt habe, daß Mike in jenem Sommer ernsthaft krank war. Sie war der Überzeugung gewesen, daß er simulierte, um Mitleid zu erregen – derselbe ›Schlappschwanz‹ wie immer.

Ende August war Mike nur noch Haut und Knochen. Celeste machte sich solche Sorgen um ihn, daß sie ihn allein besuchte. Sein Anblick erschreckte sie zutiefst. Sie war Krankenschwester und hatte schon andere Patienten am Rande des Todes gesehen. Ihre Affäre war kein

Geheimnis mehr. Sie liebte ihn und wollte, daß er wieder gesund wurde. Und um das zu erreichen, war sie zu allem bereit. Diesmal blieb Mike fünf Tage im North Kansas City Hospital. Er wurde am 30. August entlassen. Und da er sich zu schwach fühlte, um über Trennung oder Scheidung zu sprechen, kehrte er zurück nach Hause.

Als er wieder am Canterbury Court war, zeigte Debora sich ihm gegenüber freundlich und fürsorglich. Sie brachte ihm die Mahlzeiten ans Bett, damit er nicht aufstehen mußte.

Am 4. September, dem Labor Day, war Mike schon seit sechs Tagen wieder daheim. Er fühlte sich besser – wenn auch noch sehr schwach – und sah sich im Fernsehen ein Footballspiel an. Debora brachte ihm einen Teller Schinken mit Bohnen und Maisbrot. Er aß vor dem Fernseher, dankbar für ihre Fürsorge.

Aber später an diesem Abend stellten sich die üblichen, inzwischen nur allzu vertrauten Symptome wieder ein – Erbrechen, Durchfall und entsetzliche Magenschmerzen. Er mußte kurzfristig wieder ins Krankenhaus eingeliefert werden. Diesmal fragte er sich ernsthaft, ob er an seinem rätselhaften Leiden sterben würde. Er war allem Anschein nach außerhalb der Klinik nicht überlebensfähig.

Am 9. September rief Lissa ihren Vater im Krankenhaus an. Sie war ganz aufgelöst, und Mike reimte sich zusammen, daß Debora wieder trank – in einem solchen Ausmaß, daß Tim und Lissa Angst bekamen. Mike nahm seine ganze Kraft zusammen und bat Lissa, Tim an den Apparat zu holen. »Ich sagte ihm, er solle sämtlichen Alkohol im Haus verstecken und dafür sorgen, daß seiner Mutter nichts passierte. Ich sagte ihm, er solle dafür sorgen, daß die Mädchen zu Bett gingen.«

Tim versprach, die Anweisungen seines Vaters zu befolgen. Mike überlegte, wie er seine Kinder in Sicherheit bringen konnte. Seine Schwester Karen wußte, daß Debora zuviel trank, aber seinen Eltern hatte er bislang nichts davon erzählt. Er wußte, daß er etwas unternehmen mußte, fühlte sich aber zu elend, sich ans Telefon zu hängen. Er würde sich darauf verlassen müssen, daß Tim daheim alles regelte. Tim liebte seine Mutter und seine kleinen Schwestern. An diesem Abend würde er die Rolle des Mannes im Haus übernehmen müssen. Wenn die Situation sich bis zum Morgen nicht gebessert hatte, wollte Mike Karen und seine Eltern anrufen und sie bitten, sich der Kinder anzunehmen, bis er selbst wieder daheim war.

Tim befolgte die Anweisungen seines Vaters, sammelte sämtliche Flaschen Gin und Wodka ein und versteckte sie außerhalb des Hauses. Seine Mutter war wieder einmal besinnungslos, und seine kleinen Schwestern waren verängstigt. Er brachte sie zu Bett und versuchte, sie zu beruhigen, aber er wußte insgeheim, daß er nicht alle alkoholischen Getränke aus dem Haus schaffen konnte: sein Vater besaß einen großen Weinkeller, und seine Mutter wußte, wo die Flaschen lagen. Sie hatte nicht viel für Wein übrig, würde aber sicher darauf zurückgreifen, wenn sie nichts anderes finden konnte.

10

Celeste Walker lebte seit sechs Jahren mit einem Mann zusammen, der ohne Begeisterung zur Arbeit ging und ebenso freudlos heimkam. Als sie sich in Mike verliebte, geschah dies zu einem Zeitpunkt, da sie unglaublich verwundbar und naiv war. Sie hoffte auf ein glückliches Ende, obgleich der gesunde Menschenverstand ihr hätte sagen müssen, daß es eine Affäre, bei der niemand verletzt wurde, nicht gab.

Im August 1995 feierte John Walker seinen 45. Geburtstag. Inzwischen war seine Depression tatsächlich zum Dauerzustand geworden. Sein innerer Schmerz war fast greifbar und für jeden offensichtlich, der mit ihm zusammen arbeitete und lebte. Celeste hatte jahrelang versucht, ihn aus seinen depressiven Phasen herauszuholen, aber es war vergeblich.

Jetzt war Mike krank, und sie spürte, daß er in Gefahr schwebte. Als sie ihn im Krankenhaus wiedersah, erkannte sie ihn kaum wieder: er war schrecklich abgemagert und sein Gesicht ganz eingefallen. Er brauchte sie wirklich, während John offenbar auf sie verzichten konnte. Er wiederholte ihr seit Jahren, daß er sie nicht brauche und sie verlassen werde, sobald ihre Söhne aus dem Haus waren.

In jenem August beschloß Celeste, John mitzuteilen, daß sie die Scheidung wolle. Der Gedanke war nicht neu, und Celeste glaubte, daß ihre Anwesenheit ohnehin nicht dazu beitrug, daß John sich besser fühlte. Vielleicht wäre er sogar glücklicher, wenn sie sich jetzt trennten, anstatt das Unabwendbare noch Jahre hinauszuzögern.

John schien ihren Entschluß recht gelassen aufzunehmen. Er suchte sogar eine Scheidungsanwältin auf, wenngleich Celeste das erst erfahren sollte, als ihr die Rechnung der Anwältin in die Hände fiel. Ende August reichte sie die Scheidung ein.

John mietete ein Haus in der Nähe und begann am Labor Day mit dem Umzug. Das Haus gehörte Mike Montgomery, einem von Mike Farrars Partnern in der Gemeinschaftspraxis. Dr. Montgomery hatte Mike gerade im Krankenhaus besucht, als auch Celeste vorbeigeschaut hatte. Sie erwähnte, daß sie sich scheiden lassen wolle und ihr Mann ein kleines Haus suche. Montgomery hatte ihr sein Häuschen angeboten, und John hatte es vom Fleck weg gemietet.

Viele Freunde von John boten an, ihm beim Umzug zu helfen, aber er beharrte darauf, daß er allein zurechtkäme. Er hatte vier Wagenladungen mit Kleidern in sein neues Zuhause gebracht, aber der Großteil seiner Habe befand sich noch im dem Haus, das Celeste und die Jungen weiter bewohnen sollten.

»Es war wirklich hart für ihn«, erinnerte sich Celeste. »Er *weinte*, als er zwischen den Häusern hin und her pendelte. Ich bot ihm an, ihm zu helfen. Aber er wollte nicht.«

Sie waren seit sechzehn Jahren verheiratet. Es eilte nicht mit Johns Auszug; Celeste fleht ihn an, sich Zeit zu lassen und sich von ihr und seinen Freunden helfen zu lassen. »Als er am Labor Day von einer seiner Umzugsfahrten zurückkam, brach er zusammen«, erzählte sie. Wieder sagte ich: ›Tu das nicht, John ... Ich weiß jemanden, der den Umzug für dich regeln kann. Du brauchst das nicht selbst zu tun. Hör sofort auf damit. Geh nächste Woche mit deinen Freunden zum Angeln – wir erledigen alles, während du weg bist‹.«

Celeste wollte es John so einfach wie möglich machen. Aber noch während sie versuchte, ihm klarzumachen, daß er sich nicht mit den praktischen Dingen des Umzuges zu befassen brauchte, sagte er immer wieder: »Ich kann das nicht ... ich kann das nicht.« Dabei schluchzte er unkontrolliert. »Ich verstand ihn so, daß ihm die körperliche Anstrengung zu viel war«, sagte Celeste. »Später ging mir auf, daß er meinte, er könne das nicht tun. Er könne sich nicht von mir trennen, könne nicht ohne mich leben.«

John legte sich um vier Uhr an diesem Nachmittag schlafen. Um sieben wachte er auf, sah mit Brett fern, aß ein wenig zu Abend und ging dann wieder ins Bett. Das war nicht ungewöhnlich für ihn. Monatelang hatten seine Tage so ausgesehen, daß er zur Arbeit ging, fern sah und früh schlafen ging. In der letzten Zeit hatte er damit angefangen, früher aufzustehen und vor der Arbeit noch Fahrrad zu fahren, aber am Morgen des 5. September tat er das nicht.

»Ich bekam ihn an diesem Morgen nicht zu Gesicht«, erzählte Celeste leise. »Ich stand auf und ging nach oben, um die Jungs zu wecken, und als ich wieder nach unten kam, war John bereits zur Arbeit gefahren. Er hatte nicht einmal auf Wiedersehen gesagt. Er verabschiedete sich nie von den Jungs. Nichts.«

Celeste machte den Jungen Frühstück, erledigt den Haushalt und fuhr Brett nach der Schule zum Fußballtraining. Sie und Dan erledigten dann Besorgungen, bis es Zeit war, Brett wieder abzuholen.

Sie rechnete damit, daß John wie gewöhnlich nach der Arbeit heimkam, praktisch lebten sie ja noch zusammen, und John hatte auch noch keine Töpfe, Pfannen oder Lebensmittel besorgt. Aber um 18 Uhr 30 war er noch nicht zu Hause, und im Shawnee Mission Hospital war er auch nicht mehr, obgleich Celeste erfuhr, daß der Ärztestab eine Konferenz abgehalten hatte und John ein wenig später als sonst weggekommen war. Er war nicht auf dem Golfplatz, und er war auch bei keinem der Freunde, die sie anrief.

Als Celeste nichts mehr einfiel, rief sie Janie an, eine ihrer besten Freundinnen. »Vielleicht ist er drüben in seinem neuen Haus«, meinte sie. »Vielleicht liest er dort einfach die Zeitung – und will nur ein wenig für sich allein sein. Ich glaube, er hat dort schon Telefon, aber ich weiß die Nummer nicht. Ich werde gleich rüberfahren und nachsehen«.

Hiernach entstand eine längere Pause, ehe Janie sagte »Mein Dad hat sich das Leben genommen. Ich habe plötzlich ein ungutes Gefühl«.

Janie wohnte ganz in der Nähe des Hauses, das John

angemietet hatte. Als Celeste dort eintraf, wartete Janie bereits in der Auffahrt. Sie klopften an, erhielten jedoch keine Antwort. Sie probierten, ob sich die Tür öffnen ließ, aber sie war abgeschlossen. Sie gingen um das Haus herum, auf der Suche nach einem offenen Fenster oder einer offenen Tür, aber es war alles verriegelt.

»John hatte mir erst ein paar Tage vorher das Haus gezeigt«, sagte Celeste, »und so wußte ich von dem Briefschlitz in der Garagenwand. Ich öffnete die Klappe und blickte hindurch. Drinnen konnte ich Licht sehen. Ich starrte auf dieses Licht – aber mein Hirn schaltete einfach nicht. Es weigerte sich zu begreifen, was ich sah. Es ergab keinen Sinn. Es dauerte eine ganze Weile, ehe ich begriff, was ich sah.«

Celestes Unterbewußtsein hatte versucht, sie davon abzuhalten, zu erkennen, was sie vor sich hatte. Ihre Augen sahen Johns verwaschenes Hemd und sie begriff langsam, daß es sich bei dem schwachen Licht um die Innenbeleuchtung von Johns Wagen handelte. Er hatte den Kopf weit zurückgelehnt, und das Licht fiel genau auf sein Gesicht.

Er rührte sich nicht.

Panikartig liefen Celeste und Janie um das Haus herum zum Garagentor, das jedoch fest verschlossen war. Celeste rief über ihr Handy den Notarzt an und flehte um Hilfe. Beide Frauen konnten sich später nur noch vage daran erinnern, wie sie in die Garage gelangt waren. »Janie hat es irgendwie geschafft, das Tor aufzubrechen«, sagte Celeste. Janie gelang es, John aus dem Wagen auf den Garagenboden zu zerren, wo beide Frauen dann alles versuchten, um ihm das Leben zu retten: Celeste, Janie und eine Ärztin, die gleich nebenan wohnte. Die hochschwangere Ärztin kniete nieder und versuchte eine Mund-zu-Mund-Beatmung, sie war jedoch durch die Schwangerschaft derart behindert, daß es ihr nicht einmal gelang, seinen

Brustkorb anzuheben. Celeste schob sie beiseite und legte den eigenen Mund über den ihres Mannes. Sie wollte um jeden Preis, daß er lebte, und schöpfte Hoffnung, als seine Brust sich tatsächlich hob und senkte.

»Wir strengten uns alle so an, weil wir dachten, wir wären noch rechtzeitig gekommen – er fühlte sich noch so warm an«, erinnerte Celeste sich später. Daß es draußen über 35 Grad heiß war bedachten sie in diesem Augenblick gar nicht, nicht das Leben hatte Johns Körper warm gehalten, sondern die Außentemperatur: »Er war schon lange tot«, erinnerte Celeste sich traurig. »Er war um vier Uhr von der Arbeit heimgefahren, und wir hatten ihn erst um halb acht gefunden.«

Obgleich sie schließlich akzeptieren mußte, daß John nicht mehr zu retten war, wollte Celeste nicht aufgeben. Sie bestand darauf, daß man ihn in die Notaufnahme des Shawnee Mission Medical Center brachte, in das Krankenhaus, in dem er selbst Hunderte von Patienten als Anästhesist betreut hatte. Sanft brachten die Sanitäter ihr bei, daß die Notaufnahme keine Patienten aufnehmen könne, die schon mehrere Stunden tot waren – nicht einmal dann, wenn es sich um ein Mitglied des Ärztestabes handelte.

Sergeant Gary Hines von der Mission-Polizei hatte den Notruf entgegengenommen. Bei den meisten Selbstmorden in Garagen führte eine Kohlenmonoxidvergiftung den Tod herbei. Aber Dr. John Walker war ein erfahrener Anästhesist. Als Hines eintraf, entdeckte er am linken Arm des Toten einen Infusionsschlauch mit zwei Spritzen. Außerdem fand er ein Medizinfläschchen und sterile Kochsalzlösung. Das Hemd des Toten war vorn aufgerissen, und die beigefarbene Hose offen und heruntergezogen. Auf dem Schenkel waren einige Blutstropfen zu sehen, und auch seine Hose war blutverschmiert.

Das alles war nicht verdächtig; als die Frauen mit der Mund-zu-Mund-Beatmung begonnen hatten, mußte seine Kleidung zerrissen und verrutscht sein. Auch mußten sie die Infusionsnadel aus dem Arm gerissen und dabei ein paar Tropfen Blut verspritzt haben. Nach Eintritt des Todes hatte er nicht mehr geblutet. Die Polizei ging davon aus, daß Dr. Walker genau gewußt hatte, welche Dosis eines bestimmten Medikaments zum Tode führen würde. Trotzdem wurde eine Autopsie angeordnet, um die genaue Todesursache zu ermitteln.

Es gab etwas, wovon nur Celeste wußte. John hatte immer eine Spritze Fentanyl bei sich getragen. Sie hatte die Spritzen in seinen Jackentaschen und auch in seinem Wagen gefunden. »Das war gewissermaßen sein As im Ärmel, für den Fall, daß ihm alles zuviel wurde«, sagte sie. »Ich glaube nicht, daß er von dem Zeug abhängig war; ich glaube vielmehr, daß er das Fentanyl als Sicherheitsventil betrachtet hat.«

Fentanyl ist ein sehr starkes Schmerzmittel, eine opioide Droge, die häufig bei Anästhesien verwendet wird, jedoch fast immer zusammen mit künstlicher Beatmung, da das Medikament dazu neigt, die Atmung herabzusetzen. Die Geschwindigkeit, mit der es dem Körper zugeführt wird, ist von großer Bedeutung. Bei Fentanyl-Dosen von über 25 Milligramm sind Fälle von Herzstillstand nach Herzrasen, Sauerstoffmangel oder akuter Elektrolytstörung keine Seltenheit. Darüber hinaus besteht bei Fentanyl eine sehr hohe Suchtgefahr.

Mike lag im Krankenhaus, als John Walker starb, und wurde gerade zum vierten Mal wegen der mysteriösen Erkrankung behandelt, die ihn dem Tod immer näher brachte. Celeste brachte es nicht über sich, ihn anzurufen und ihm von Johns Selbstmord zu erzählen. »Als ich wieder zu Hause war und mich ein wenig beruhigt hatte, rief ich Carolyn an und bat sie, Mike zu informieren. Sie tat es. Er rief mich an und war sehr mitfühlend, sehr tröstend. Er versicherte mir immer wieder, es sei nicht meine Schuld ... Als Mike jedoch Deb erzählte, daß John sich umgebracht hatte, wurde sie hysterisch und fing an zu trinken. Sie rief seine Schwester Karen an und sagte: ›Celeste hat John umgebracht.‹ Auch den Kindern erzählte sie das.«

Später erzählte eine Krankenschwester, die zu John Walkers Team gehört hatte, daß er an seinem Todestag tief deprimiert gewesen sei. »Er war an diesem Tag so traurig, daß man es förmlich spüren konnte. Es war bedrückend. Ich konnte es kaum ertragen, in seiner Nähe zu stehen und diesen überwältigenden Schmerz zu fühlen.«

11

Eine Verwandte von Celeste Walker behauptete später, sie hätte John ein oder zwei Tage, bevor Celeste ihn tot in der Garage seines neuen Hauses fand, mit Deb telefonieren hören. Falls Debora ihm tatsächlich bei dieser Gelegenheit von der Affäre zwischen ihrem Mann und seiner Frau erzählt hatte, wäre das für ihn ganz sicher ein weiterer Grund gewesen, aus seinem trostlosen Leben zu scheiden. Debora leugnete, daß ein solches Gespräch stattgefunden habe, aber Celeste war überzeugt, daß Debora zu allem fähig war, um ihren Mike zurückzugewinnen. Jeder, der John auch nur ein wenig kannte, mußte wissen, wie labil er war. Debora kannte ihn seit der Studienzeit. Ihm von der Affäre zu erzählen wäre unglaublich grausam gewesen.

Es war eine gräßliche Zeit. Johns Mutter, Kathryn Walker*, war am Tag seines Selbstmordes zu einer langersehnten Frankreichreise aufgebrochen, und wurde bei ihrer Landung in Paris mit der Nachricht konfrontiert, ihr Sohn habe Selbstmord begangen. Sie verließ den Flughafen gar nicht erst, sondern flog mit der nächsten Maschine zurück in die Staaten.

Kathryn Walker konnte einfach nicht akzeptieren, daß ihr Sohn sich das Leben genommen haben sollte, auch wenn andere Familienmitglieder und Freunde übereinstimmend bestätigten, daß er unter starken Depressionen litt. Sie gab zu, daß die bevorstehende Scheidung John ›das Herz gebrochen‹ habe. »Er war völlig ahnungslos, bis sie die Scheidung einreichte«, behauptete Kathryn. »Er sagte, es sei ein schrecklicher Fehler gewesen, sie nicht nach Peru zu begleiten.« Sie sagte, er habe sich Gedanken über die Zukunft gemacht. Er wollte einen neuen Wagen und neue Möbel kaufen. Er plante mit sechs Freunden eine Kanadareise. Jemand, der sich das Leben nehmen wolle, würde keine solchen Pläne schmieden, behauptete seine Mutter. Sogar Mord wäre für sie leichter zu ertragen gewesen – aber verdächtigen wollte sie keinen.

Es wurde getratscht, daß Celeste bei Johns Beerdigung zu stark geschminkt gewesen sei, unangemessene Kleidung getragen habe und wieder daheim als erstes gefragt hätte »Wer mixt die Margaritas?« Sie war den Leuten einfach zu fröhlich für eine Witwe. »Sie hat auf seiner Beerdigung gelacht«, meinte eine Frau mißbilligend. »Sie benahm sich, als befände sie sich auf einer Cocktailparty.« Aber niemand, der Celeste kannte, wäre von ihrem Verhalten überrascht gewesen. Sie hatte schon vor langer Zeit gelernt, Schmerz mit Gelächter zu überspielen.

Auch ging das Gerücht um, Celeste hätte einen Tag

nach Johns Tod seinen Wagen verschrotten lassen. Einige böswillige Menschen hätten sie gern auf dem Marktplatz an den Pranger gestellt, wenn sie nur gekonnt hätten. Sie verschwendeten keinen Gedanken an das Ausmaß ihres Grauens, als sie durch den Briefschlitz in die Garage geschaut hatte. Sie kannten sie nicht gut genug, um zu wissen, wie sie auf emotionale Schläge reagierte. Sie hatte die Ketten ihrer unglücklichen Ehe abschütteln wollen – aber sicherlich nicht durch den Selbstmord ihres Ehegatten.

Sie hatte sich immer vorgestellt, daß sie und John weiterhin Kontakt haben und sich das Sorgerecht für ihre zwei Söhne teilen würden. Das Problem in ihrer Ehe war nie mangelnde Zuneigung für John gewesen. Er bedeutete ihr sehr viel, aber sie hatte im Laufe der Jahre alle Möglichkeiten erschöpft, ihn glücklich zu machen. Jeder, der miterlebt hatte, wie sie die Ärzte der Notaufnahme am Shawnee Mission Medical Center hysterisch angefleht hatte, John zu retten, wußte, wie sehr sie unter seinem Tod litt.

Trotzdem hielten sich hartnäckige Gerüchte, Celeste hätte ihren Mann getötet oder bewußt in den Selbstmord getrieben. »Sie hat Lebensversicherungen in Millionenhöhe kassiert«, verbreiteten böse Zungen, wobei sie die tatsächliche Versicherungssumme maßlos übertrieben.

»Die Polizei hat mich überprüft«, gab Celeste offen zu. »Sie hat mich verhört und für unschuldig befunden.«

Tatsächlich wurde sie nicht einmal, sondern mehrmals verhört. Die Beamten forderten sie auf, ihren Tagesablauf vom 5. September auf die Minute genau zu rekonstruieren. Im großen und ganzen konnte sie sich noch gut an den Tag erinnern, wußte jedoch nicht mehr, ob sie ihrem jüngeren Sohn ein Eis gekauft oder mit ihm in der Spielhalle gewesen war, bis Bretts Fußballtraining vorbei war und sie ihn abholen konnten. Celeste wurde nicht gleich als Verdächtige ausgeschlossen. Es erforderte zwei Autopsien, um die Todesursache zu klären.

Dr. Bonita J. Peterson führte die erste Autopsie durch, am Morgen des 6. September 1995, zirka fünfzehn Stunden nach Eintritt des Todes. Sie stellte fest, daß in Dr. Walkers linker Hand eine Infusionsnadel gesteckt hatte, die über einen Schlauch mit zwei Spitzen verbunden war. »Auf der einen stand Pentothal. Außerdem wurde im Wagen ein leeres Fläschchen mit der Aufschrift Pancuroniumbromid gefunden.

Dr. Peterson stellte zwei anatomische Besonderheiten fest: Die Lunge hatte sich mit Blut gefüllt und eine leichte koronare und aortische Verkalkung. Ersteres war die unmittelbare Folge von Johns Todesart, letzteres trifft auf fast jeden Menschen über vierzig zu.

Dr. Peterson war sich nicht ganz sicher, wie Dr. Walker gestorben war. Der abschließende Kommentar in ihrem Bericht lautete: »Es handelt sich um den Fall eines fünfundvierzigjährigen männlichen Weißen, eines Anästhesisten, der mit einer Pentothal-Infusion an der linken Hand tot aufgefunden wurde. Außerdem sind am Tatort sterile Kochsalzlösung und Pancuronium gefunden worden. Bei der toxikologischen Untersuchung konnte jedoch kein Pentothal im Urin oder Blut des Toten nachgewiesen werden, obgleich sich in der Spritze nachweislich Pentothal befunden hat. Die Untersuchung auf Fentanyl war negativ, und auch eine Kalium-Injektion konnte ausgeschlossen werden. Die Proben wurden von mir persönlich am Tag der Entnahme ins toxikologische Labor gebracht, so daß eine Verwechslung ausgeschlossen werden kann. Aufgrund der Umstände scheint ein Suizid vorzuliegen, und Natrium-Pentothal ist weiterhin die wahrscheinlichste Ursache, auch wenn es aus unerfindlichen Gründen nicht in den Körperflüssigkeiten nachgewiesen werden konnte.«

In John Walkers Blutkreislauf waren weder Medikamente noch Alkohol nachweisbar. Er mochte für den Fall, daß er von einer übermächtigen Depression befallen wurde, eine Spritze Fentanyl bei sich getragen haben, aber er war nicht von dem Medikament abhängig; es wurden keine Spuren dieser Substanz in seinem Blut festgestellt.

Experten schlossen aus den überraschenden Ergebnissen der ersten Autopsie und der toxikologischen Untersuchung, daß Walker sich offenbar auf unnötig schmerzhafte Art das Leben genommen hatte, indem er sich die zwei Flüssigkeiten in falscher Reihenfolge intravenös verabreichte. Pancuronium – oder Pavulon – bewirkt eine Muskellähmung, so daß der Patient sich nicht mehr rühren, nicht einmal mehr atmen kann. Bei Pentothal handelt es sich um ein Serum, das Bewußtlosigkeit herbeiführt. Anästhesisten benutzen Pancuronium, um Patienten während einer Operation bewegungsunfähig zu machen. Die Wirkung von Pancuronium hält länger an als jene des Pentothals. Warum sollte Walker bewußt seine Lungen lähmen, wenn er wußte, daß die Wirkung des Pentothals so früh nachlassen würde, daß er seinen Erstickungstod noch bewußt erleben würde?

Konnte das bedeuten, daß jemand anders ihm die zwei Drogen verabreicht hatte mit der Absicht, einen Mord als Suizid zu tarnen? Das schien sehr zweifelhaft. Niemand würde ohne Gegenwehr eine solche Prozedur über sich ergehen lassen, und an Johns Körper waren keinerlei Prellungen oder Kampfspuren feststellbar.

Es wurde eine zweite Autopsie angeordnet, es konnte Wochen – oder gar Monate – dauern, ehe die Ursache von Walkers Tod zweifelsfrei geklärt war. Bis dahin war seine Witwe Opfer zahlreicher Gerüchte.

Dr. John Walker war tot; Dr. Michael Farrar war dem Tod gerade noch einmal entronnen, aber noch nicht aus dem Schneider. Zwar wurde er am 11. September 1995 aus dem North Kansas City Hospital entlassen, jedoch mit der Auflage, daß er daheim weiterhin intravenös ernährt wurde.

Dr. Beth Henry hatte alle bekannten Faktoren von Mikes merkwürdiger Erkrankung abgewogen und diagnostizierte, daß ihr Patient an glutensensitiver Enteropathie litt. Jedesmal, wenn er außerhalb der Klinik etwas aß, wurde er mit denselben Symptomen wieder eingeliefert. »Schließlich wurde er auf eine sehr strenge, glutenfreie Diät gesetzt und bekam zusätzlich intravenös eine Nährlösung verabreicht.«

Aus irgendeinem Grund kamen seine Ärzte zu dem Schluß, daß Mike keine Nahrungsmittel vertrug, die bestimmte Nahrungsbestandteile enthielten. »Sie legten einen peripheren Zugang«, erklärte er, »um mich intravenös zu ernähren.« Mit Hilfe dieses semipermanenten Zugangs konnte Debora den Schlauch für die intravenöse Versorgung leicht anschließen. An einem Infusionsständer war ein Beutel mit einer milchigen Flüssigkeit eingehängt; es wurden noch Fett und verschiedene Vitamine hinzugegeben, die mit Hilfe einer Nadel in den Beutel gespritzt wurden. Debora bewahrte die Vitamine im Kühlschrank des Partykellers auf.

Mike war ein guter Arzt. Ihm war nicht entgangen, daß sein Zustand sich immer dann verschlechterte, wenn er nach Hause kam. Noch war er nicht dahintergekommen, warum. Möglicherweise führten Streß und Deboras Anwesenheit dazu, daß seine Symptome wieder aufflackerten. Vielleicht lag es aber auch daran, daß er im Krankenhaus eine strengere Diätkost bekam als daheim.

Celeste und ihre Freundin Carolyn Stafford hatten eine ganz andere Erklärung. »Sie waren der Überzeugung, daß Debora mich vergifte.« Mike lachte sie aus. »Ich konnte mir einfach nicht vorstellen, daß sie zu so etwas fähig wäre.« Celeste war immerhin so argwöhnisch, daß sie das Datum jedes Rückfalls sowie sämtliche Symptome notierte. Sie ließ sich einfach nicht davon überzeugen, daß seine Erkrankung auf einer natürlichen Ursache beruhte. Aber Mike lehnte eine solche Möglichkeit weiterhin kategorisch ab. Er und Debora mochten ja ihre Schwierigkeiten haben, aber so weit würde Debora wohl nicht gehen. Er glaubte auch, seine behandelnden Ärzte würden ihn zwangseinweisen lassen, wenn er die Vergiftungstheorie seiner Freundin ansprach. Also schwieg er.

Als er am 11. September aus dem Krankenhaus entlassen worden war, hatte Mike noch ganze 125 Pfund gewogen – so viel wie Tim –, aber dank der intravenösen Versorgung nahm er rasch wieder zu. Er war krank gewesen, befand sich jedoch auf dem Weg der Besserung und hoffte, bald wieder arbeiten zu können. Mike hatte nun ein Gefühl dafür, was einige seiner Patienten durchmachten und welche Hoffnungslosigkeit sich im Falle chronischer Erkrankungen einstellte. Falls er jemals wieder arbeiten konnte, würde er ein besserer Arzt sein – ein Arzt mit sehr viel Mitgefühl.

Obwohl Debora ihn pflegte, wußte Mike, daß es nur eine Frage der Zeit war, bis er ausziehen und die Scheidung in die Wege leiten würde. Er teilte ihr ganz offen mit, daß sich an seinen Plänen nichts geändert habe.

Debora trank immer noch sehr viel, und es war nicht ungewöhnlich, daß sie abends in einen komaähnlichen Zustand fiel. Und sie sagte sehr beunruhigende Dinge zu Mike. »Sie sagte, sie wolle sterben – sie könne ohne mich nicht leben. Daß sie Selbstmord begehen würde. Sie wollte, daß jemand sie tötete. Und schließlich sagte sie, daß sie mir den Tod wünsche.«

Etwa zwei Wochen waren seit Mikes letztem Krankenhausaufenthalt vergangen, als seine Sorge hinsichtlich ihres Geisteszustandes ihn veranlaßte, noch einmal das ganze Haus zu durchsuchen. Er wollte ganz sichergehen, daß es im Haus nichts gab, womit sie sich das Leben nehmen konnte.

Tim, Lissa und Kelly waren am 24. September in der Schule, dem Tag, als Mike das Haus durchsuchte und in Deboras Schlafzimmer unten im Keller ihre Handtasche fand. Er fand es selbst verwerflich, in die Privatspähre eines anderen einzudringen, fürchtete sich jedoch vor dem, was Debora als nächstes anstellen könnte. Wenn sie außer Kontrolle geriet, würde er jedenfalls körperlich nicht in der Lage sein, sie aufzuhalten. Debora hatte ihm zwar nie verraten, wieviel sie wog, aber er schätzte, daß sie an die fünfzig Pfund schwerer war als er.

Als Mike die Einkaufstasche öffnete, die Debora als Handtasche diente, bekam er große Augen.

In der Tasche befanden sich ein Dutzend identischer Samentütchen. Die Bilder auf den Päckchen zeigten eine Art wuchernder Rankpflanze mit mehrfarbigen Blättern und leuchtendroten Beeren. Die Blätter erinnerten ein wenig an jene der Marihuana-Pflanze. Auf den Tütchen stand ›Kastorsamen (Ricinus communis)‹, Samen der Rizinusölpflanze. Mike war verwirrt. Was um alles in der Welt hatte Debora mit einer Tasche voller Samentütchen vor? Er hatte sie noch nie auch nur eine Tulpe pflanzen sehen.

In der Einkaufstasche befand sich außerdem ein Brief. Er war in Deboras unverkennbarer Handschrift verfaßt, und als Mike ihn las, sträubten sich ihm die Nackenhaare. Er hatte denselben Brief schon einmal gelesen, aber seinerzeit war der Text mit Maschine geschrieben. »Eines Tages, als ich aus dem Haus ging, sah ich einen an mich adressierten Brief auf dem Briefkasten liegen. Auf dem

Umschlag stand ›Mike Farrar‹, und die Worte waren in kindlicher Handschrift mit Bleistift geschrieben«, berichtete Mike.

»Ich öffnete den Brief und las ihn. Er war anonym, und es stand drin, daß ich mich nicht von Debora scheiden lassen sollte, daß sie eine wundervolle Mutter sei, sich sehr für die Pembroke Hill School engagiere.«

Der anonyme Briefeschreiber, der auch an der Peru-Reise teilgenommen zu haben schien, schrieb des weiteren, daß es eine Katastrophe wäre, wenn er und Debora sich scheiden ließen, weil dann ihre Kinder von gesellschaftlichen Aktivitäten ausgeschlossen und die Mädchen nie BOTARs werden würden.

Der Brief war in der Schriftart abgefaßt, die oben auf ihrem Computer eingestellt war, und Mike wurde mißtrauisch. Wer im Haus hatte diese Zeilen geschrieben? Eines der Kinder? Debora selbst? Er hatte Debora im Verdacht, weil der Satzbau und die Argumente ganz nach ihr klangen.

Er hatte in Deboras Handtasche einen ›Entwurf‹ des Briefes gefunden. Wie kindisch von ihr, zu solchen Methoden zu greifen. Glaubte sie nach ihrem jahrelangen Streit tatsächlich, daß ein anonymer Brief ihn dazu bewegen könnte, sein Vorhaben noch einmal zu überdenken? Aber offenbar hatte sie sich viel Mühe mit dem anonymen Brief gegeben und einen handschriftlichen Entwurf angefertigt, den sie dann in den Computer eingegeben und ausgedruckt hatte.

Er musterte erneut die Samenpäckchen. Und da entdeckte er die Warnung, daß Kastorsamen keinesfalls zum Verzehr geeignet seien. Er starrte auf die Samentütchen. War es wirklich möglich, daß Debora tatsächlich gärtnerische Veränderungen plante? Es schien gar nicht zu ihr zu passen, aber in letzter Zeit war ja alles, was sie tat, sehr ungewöhnlich.

Mike kramte weiter in der Tasche und fand drei leere Fläschchen Kaliumchlorid und drei benutzte Spritzen. Kaliumchlorid ist eine ganz alltägliche Substanz. Sie kann ebenso lebensrettend wie lebensbedrohlich wirken, je nach Dosierung. Es wird Menschen verabreicht, die einen Hitzschlag erlitten haben oder an heftigem Erbrechen leiden, um den Elektrolytenhaushalt wieder ins Gleichgewicht zu bringen. Zu viel Kalium kann jedoch zu einer tödlichen Herzrhythmusstörung führen. Kaliumchlorid in Spritzen dient gewöhnlich dazu, einer Infusion beigefügt zu werden.

Mikes peripherer Zugang hatte nicht so funktioniert, wie er sollte. »Die Infusion lief nicht«, sagte er, »so daß ich meinen Hausarzt nach drei Tagen bat, sie zu entfernen, was er auch tat.« Aber wenn Deboras Haß auf ihn so groß war, hätte sie ihn leicht im Schlaf töten können: sie hätte nur das Kaliumchlorid in den Infusionsschlauch zu spritzen brauchen. Er hätte nichts davon gespürt. Aber das hatte sie nicht getan. Soweit er wußte, hatte sie ihm intravenös nur die mit Vitaminen angereicherte Nährlösung verabreicht, genau wie von den Ärzten angeordnet.

Mike fragte sich aber, ob seine Frau das Kaliumchlorid vielleicht zusammen mit den Vitaminen in den Nährlösungsbeutel gespritzt hatte. In der Nährlösung wäre das Kalium zu stark verdünnt gewesen, um ihm zu schaden. Sie hatte die Vitamine immer außer Sichtweite im Partykeller injiziert. Das würde die drei leeren Kaliumfläschchen und Spritzen erklären; sie hätte sie an den drei Tagen benutzen können, an denen er die Infusion bekommen hatte.

Mike fühlte sich besser, er konnte inzwischen wieder essen, ohne sich gleich übergeben zu müssen, und hatte sogar ein wenig zugenommen. Vielleicht malte er ja auch den Teufel an die Wand. Vielleicht war das Kaliumchlorid ja gar nicht für ihn bestimmt. Sie war in letzter Zeit so deprimiert gewesen; vielleicht hatte sie es sich selbst injizieren wollen. Sie hatte schließlich gedroht, sich zu töten.

Die Kastorsamen gaben ihm jedoch Rätsel auf. Ganz unten in der Tasche fand Mike eine verknitterte Quittung eines Samenzentrums, zwanzig Minuten südlich von Prairie Village. Sie hatte die Samen am 7. August 1995 gekauft.

Mike wußte nicht das geringste über Kastorsamen, war aber entschlossen, sich zu informieren. Er packte die Samenpäckchen, die benutzten Spritzen und die leeren Fläschchen Kaliumchlorid in eine Plastiktüte und versteckte sie in seinem Kleiderschrank.

12

Nach John Walkers Selbstmord versuchten die Menschen, die ihm nahegestanden hatten, ihr Leben wieder zu ordnen. Celestes Schwester, Jan Johnson*, flog nach Kansas, um ihr beizustehen. Während ihres Aufenthaltes führte sie eine sehr merkwürdige Unterhaltung mit Mike. Wie Jan sich später erinnerte, trafen sie und Celeste Mike in einem Park in der Nähe ihres Hauses. Jan mißbilligte Celestes Affäre mit Mike. »Ich war gegen die ganze Sache«, sagte sie, »weil ihr Unaufrichtigkeit zugrunde lag. Sie war ehr- und würdelos, und Celeste hatte ihm meinen Standpunkt klar gemacht.«

Aber Celeste glaubte an Mike. Sie hatte Jan erzählt, daß er sie als ›die Liebe seines Lebens‹ bezeichnet und gesagt hatte, daß er sie ›mehr liebe als das Leben selbst‹.

Jan hatte ihre Zweifel. »Wenn er dir das nach einem Jahr gesagt hätte, könnte ich es vielleicht glauben«, sagte sie. »Aber Celeste, er kann dich nicht wirklich lieben, er kennt dich nicht gut genug, um so etwas zu sagen.«

Als sie sich im Park trafen, hatte Jan das Gefühl, daß Mike versuchte, sie zu umschmeicheln. Aber sie war nicht geneigt, sich umgarnen zu lassen. Und sie verzieh ihm auch nicht einen besonders peinlichen Fauxpas. »Er erzählte uns von diesem Teenager namens Jared«, der auch an der Peru-Reise teilgenommen hatte und dessen Eltern sich inzwischen hatten scheiden lassen«, erinnerte sich Jan. »Mike sagte, daß Jared bereit sei, mit Tim zu sprechen und ihm klarzumachen, daß sein Leben nach der Scheidung seiner Eltern noch okay wäre. Und dann sagte Mike, er könne Jared auch bitten, mit Celestes Sohn Brett über das Thema Scheidung zu sprechen. Die beiden schauten ihn an und Mike fragte ›Er heißt doch Brett, oder?‹«

Jan und Celeste waren natürlich schockiert, daß Mike offenbar vergessen hatte, daß Celestes Söhne nicht mit einer Scheidung klarkommen mußten, sondern mit dem Selbstmord ihres Vaters.

»Scheidung?« fragte Celeste erschüttert. »Scheidung?«

»Oh, das tut mir leid«, entgegnete Mike betroffen. »Ich habe nicht nachgedacht.«

Jan glaubte, daß Johns Tod für Mike so unbedeutend war, daß er ihn schon vergessen hatte. Als er sich für seinen gedankenlosen Vorschlag entschuldigte, wollte sie nichts davon hören. Sie wollte, daß ihre Schwester sich von Mike trennte, obwohl Celeste ganz offensichtlich in ihn verliebt war.

Aber nichts, was Jan sagte, konnte Celeste umstimmen. Mike brauchte sie, und sie brauchte ihn. Sie hofften zusammenbleiben zu können, auch wenn alle Mächte der Welt versuchten, sie zu trennen.

Mike war beunruhigt wegen der Kastorsamen, die er in Deboras Handtasche gefunden hatte. Schließlich, am Montag, dem 25. September, stellte er sie zur Rede und fragte sie, zu welchem Zweck sie sie besorgt hätte.

»Ich möchte sie einpflanzen«, entgegnete sie.

»Das ist Quatsch, Deb. Ich glaube dir kein Wort. Du hast in deinem ganzen Leben noch nichts gepflanzt.«

Sie wandte sich von ihm ab und gab ihm damit zu verstehen, daß das Thema für sie erledigt sei. Aber er ließ nicht locker. »Deb, was hattest du mit diesen Samen vor?«

»Also gut – wenn du es denn unbedingt wissen willst«, entgegnete sie. »Ich wollte mich damit umbringen.«

Mike musterte seine Frau und fragte sich, ob sie die Wahrheit sagte. Ihr gemeinsames Leben war inzwischen vollends aus den Fugen geraten; Debora war labiler denn je. Inzwischen konnte man ihr alles zutrauen. Eines stand fest: sie würden niemals miteinander auskommen können. Wenn sie beide ein normales Leben führen wollten, mußte er das Haus verlassen, soviel stand für ihn fest.

Debora hatte ihm wieder und wieder erklärt, daß sie sich lieber das Leben nähme als zuzulassen, daß er sie und die Kinder verließ. Und Mike fing an, ihre Drohungen ernst zu nehmen. Aber er sagte sich trotzdem, daß es nicht soweit kommen mußte. Sie konnten sich trennen und sich trotzdem gemeinsam um die Kinder kümmern. Und die Kinder hingen sehr an Debora. Der Gedanke, daß sie ihre Mutter durch Selbstmord verlieren könnten, war ihm unerträglich. Er hatte die drückende Stimmung bei Celeste zu Hause gespürt. Mike wollte nicht, daß Tim, Lissa und Kelly dasselbe durchmachen mußten.

Im Laufe des Tages steigerte Debora sich jedoch derart in ihre Hysterie hinein und trank solche Mengen Alkohol, daß Mike erkannte, daß er handeln mußte. Er rief die Menninger Clinik in Topeka an und erkundigte sich nach der Vorgehensweise für eine freiwillige oder unfreiwillige

Einweisung. Wenn Debora sich nicht von professioneller Seite helfen ließ, wußte er nicht, was aus ihrer Familie werden sollte.

Im Laufe des Montags verschlechterte sich die Situation rapide. Debora führte sich auf wie eine Wahnsinnige. Schließlich rief Mike widerstrebend die Polizeiwache von Prairie Village an, erklärte den Beamten, daß er sich ernsthaft um den Geisteszustand seiner Frau sorge, und bat um Hilfe.

Jeder Polizist im Außendienst wird bestätigen, daß ein Einsatz wegen einer ›geistesgestörten Person‹ potentiell zu den gefährlichsten Einsätzen überhaupt zählt. Gleich dahinter folgt dann ›Ehestreit‹. Die Polizei fürchtet solche Anrufe, weil sie gewöhnlich mit sehr wenigen Informationen einhergehen. Manche geistig gestörten Personen sind friedlich, während andere durchaus in der Lage sind, die Beamten, die versuchen, sie zur Vernunft zu bringen, zu töten – und das ohne Skrupel. Ehestreitigkeiten sind gewöhnlich ebenso wenig berechenbar.

Sergeant Wes Jordan vom Prairie Village Police Department stand an diesem Montagabend während der Nachtschicht den Streifenbeamten seines Bezirks vor, und wenn ein Geistesgestörter gemeldet wurde, schrieb die Dienstvorschrift vor, daß ein Sergeant die Streifenbeamten begleitete. Die angegebene Adresse lautete Canterbury Court 7517, eine Gegend, in die nur selten die Polizei gerufen wurde.

Es war 21 Uhr 25, als sie vor Ort eintrafen. Ein Mann trat aus dem imposanten Haus, als hätte er bereits auf sie gewartet. Sie erfuhren, daß es sich um Dr. Michael Farrar handelte. Zwei Mädchen und ein Junge standen in der Eingangstür. »Sie drängten sich dicht aneinander«, erinnerte sich Jordan. »Sie waren sichtlich erschüttert. Es flossen auch ein paar Tränen. Der Mann war sichtlich erregt. Die ganze Situation machte ihm sichtlich zu schaffen.«

Das jüngste der drei Kinder, ein kleines Mädchen von fünf oder sechs Jahren, schluchzte unkontrolliert, und die älteren Kinder versuchten, es zu trösten. Dies war ein Notruf von der Art, wie ihn gute Cops hassen: es ging ihnen an die Nieren, eine Familie in einer solchen Notlage zu sehen. Und dabei spielte es keine Rolle, ob sie zu einer Mietskaserne gerufen wurden oder zu einem Anwesen wie diesem.

Mike erklärte den Beamten, daß er seine Frau zwangseinweisen wolle und mit der Menninger Clinic bereits alle notwendigen Maßnahmen für ihre Aufnahme geklärt habe. Er teilte Sergeant Jordan und Officer Shipps mit, daß seine Frau mit Selbstmord gedroht habe und seit zwei oder drei Tagen volltrunken sei.

Im hell erleuchteten Eingang des Hauses stehend, tauschten die beiden Beamten Blicke und überlegten, wie sie vorgehen sollten. Sie hatten die Ehefrau noch nicht zu Gesicht bekommen, aber die verängstigten Kinder standen in der Diele. Es war immer besonders schlimm, wenn Kinder mit ansehen mußten, wenn ein Elternteil in Schwierigkeiten war. Jordan fragte sich, wo die potentielle Selbstmörderin sein mochte. Würde sie jeden Moment mit einer Pistole oder einem Messer die Wendeltreppe hinunterkommen? Falls sie tatsächlich suizidgefährdet war, wollte er sie nicht zu lange allein lassen.

»Wo ist sie?« fragte er Mike.

»Im hinteren Schlafzimmer – am Ende des Flurs«, entgegnete dieser.

Die Beamten wiesen Mike an, mit den weinenden Kindern in der Diele zu bleiben, während sie nach seiner Frau sahen. Dann näherten sich Jordan und Shipps dem Schlafzimmer, unsicher und nervös, da sie nicht wußten, was sie erwartete.

Dr. Debora Green befand sich tatsächlich in besagtem Zimmer. Der Raum war nur schwach erleuchtet, aber sie konnten erkennen, daß sie mit dem Rücken zu ihnen auf dem Bett lag. Sie trug ein T-Shirt, das jedoch hochgerutscht war, so daß Unterwäsche und Po bloß lagen. Es roch penetrant nach Alkohol.

»Dr. Green? Dr. Green?« riefen sie erst leise und dann ein wenig lauter: »*Dr. Green!*« Die Frau auf dem Bett drehte sich herum und wandte sich ihnen zu.

»Ich stellte mich vor«, sagte Jordan. »Sie wußte, daß ihr Mann uns gerufen hatte. Ich erklärte ihr, warum wir gekommen waren und was wir tun wollten.«

»Wir erklärten ihr, daß wir auf einen Notruf ihres Mannes hin gekommen wären, der offenbar befürchte, sie könne sich etwas antun«, fügte Shipps hinzu. »Sie sagte, sie wäre deprimiert wegen der Scheidung.«

Als Debora den Namen ihres Mannes hörte, wurde sie plötzlich sehr feindselig und profan. »Sie hat ihn wüst beschimpft«, erzählte Shipps.

Deboras Zorn richtete sich nicht gegen die Beamten; ihre Feindseligkeit schien ausschließlich Mike zu gelten. Jordan wies Shipps an, im Schlafzimmer zu bleiben, und ging hinaus, um mit Mike und seinem Sohn zu sprechen. Shipps sah Deboras Adreßbuch offen auf einer Kommode liegen. Dort stand die Adresse des Gartenzentrums in Olathe mitsamt der Telefonnummer und einer Wegbeschreibung. Der Eintrag sagte Shipps nichts. Noch nicht.

Mike hatte einen Psychiater von der Menninger Clinic am Telefon, und Sergeant Jordan sprach mit ihm, den Blick auf Mike geheftet. Mike weinte. »Er war sehr aufgewühlt«, erzählte Jordan. »Meiner Einschätzung nach setzte es ihm sehr zu, zu einer solchen Maßnahme gezwungen zu sein. Er schien tief betroffen davon zu sein, was aus ihrer Ehe geworden war.«

Mike erzählte dem Sergeant, daß er glaube, Hinweise auf einen möglichen Selbstmord seiner Frau gefunden zu haben, und zeigte ihm die Plastiktüte mit den Samentütchen, den Fläschchen Kaliumchlorid und den Spritzen. »Er erklärte mir, was die Flüssigkeit aus den Fläschchen anrichtete, wenn sie einem injiziert wurde, und sagte, daß er befürchte, sie wolle sich damit umbringen«, sagte Jordan. Nach allem, was er gesehen hatte, war er überzeugt, daß Debora Green für sich und andere eine Gefahr darstellte.

Zurück im Elternschlafzimmer, unterhielt sich Officer Shipps etwa eine Stunde lang mit Debora. Es war eins der absonderlichsten Gespräche seines Lebens. Die Frau auf dem Bett war ganz offensichtlich hochintelligent, aber ihre Ausdrucksweise war eher die eines Marktweibes. Sie schien nichts gegen seine Anwesenheit zu haben, erging sich jedoch in einem Schwall von Schimpfwörtern gegen ihren Mann.

Während Jordan der Ansicht war, sie sollten Debora in ein Krankenhaus bringen, erklärte er Mike, daß die Polizei von Prairie Village seine Frau nicht in die Menninger Clinic bringen könnte, da das Krankenhaus sich außerhalb ihres Zuständigkeitsbereiches befände. Sie könnten Dr. Green in eine Einrichtung im Bezirk von Kansas City bringen, jedoch nicht darüber hinaus. »Wir sagten ihm, daß wir sie erst zur psychologischen Untersuchung in die Uniklinik von Kansas in Wyandotte County bringen müßten«, erinnerte sich Shipps. »Erst aufgrund der dortigen Untersuchungen würde man sie dann woanders hinbringen.«

Debora wollte nicht ins Krankenhaus. Sie sah hierfür keine Veranlassung. Ja, sie sei betrunken, aber sie befände sich in ihrem eigenen Haus und wäre definitiv nicht selbstmordgefährdet. »Ich habe hier drei wunderschöne Kinder«, sagte sie, »und die will ich unter keinen Umständen verlassen.« Trotzdem zog sie auf die Bitte der Polizisten hin eine Trainingshose und eine Jacke über. Die Beamten gestatteten ihr auch, sich von den Kindern zu verabschieden.

Shipps wandte den Blick von der herzzerreißenden Szene ab, als die sechsjährige Kelly versuchte, ihrer Mutter das Haar zu kämmen, damit sie bei ihrer Einlieferung ins Krankenhaus hübsch aussah. »Sie redeten alle durcheinander. Ich kann mich nicht mehr an den genauen Wortlaut erinnern«, sagte Shipps. »Aber zusammenfassend kann man sagen, daß Dr. Green ihren Kindern zu verstehen gab, daß ihr Vater an allem schuld sei.« Tim, Lissa und Kelly weinten kaum noch, obgleich sie immer noch verwirrt waren.

Shipps fuhr Debora in die Uniklinik, wo sie früher einmal gearbeitet hatte. Mike rief seine Schwester an und bat sie, bei den Kindern zu bleiben, damit er Debora ins Krankenhaus nachfahren könne. Auch seine Mutter rief er an und erzählte ihr zum erstenmal davon, was für ein Scherbenhaufen seine Ehe sei. Er weinte am Telefon. Karen Beal, Mikes Schwester, kam sofort. Seine Eltern trafen später am Abend ein und blieben über Nacht.

Dr. Pam McCoy arbeitete in der Notaufnahme des University of Kansas Medical Center. Sie war seit fünf Jahren in Teilzeit dort angestellt gewesen und hatte seit dem vergangenen Mai eine Vollzeitstelle in der Klinik.

Am 25. September arbeitete Dr. McCoy in der Schicht von drei Uhr nachmittags bis elf Uhr abends. Sie wollte gerade Feierabend machen, als eine Krankenschwester der Notaufnahme sie zurückhielt. »Man sagte mir, die Polizei hätte eine Ärztin gebracht, die nicht auf die Notfallstation wollte, um nicht gesehen zu werden«, berichtete Dr. McCoy. »Sie wollte, daß ich mit ihr sprach.« Überrascht und ohne so recht zu wissen, was sie von der Sache halten sollte, ging sie hinaus zum Streifenwagen und sah im Fond eine ungepflegte Frau sitzen, die ihr irgendwie bekannt vorkam. »Es war Dr. Debora Green«, sagte sie.

»Sie und ich waren an einem anderen Krankenhaus Kolleginnen gewesen – am Trinity Lutheran.«

Dr. McCoy stellte sich vor und erklärte, daß sie geheiratet hatte, seit sie sich das letzte Mal begegnet waren. Ihr Mädchenname war McVey gewesen, und sie habe ihn nur geringfügig in McCoy abgeändert, erzählte sie Debora. Dann stellte sie Debora die entscheidende Frage, warum die Polizei sie zum Krankenhaus gebracht habe.

Debora schien sehr verlegen und antwortete: »Na großartig. Jemand, den ich kenne.«

Dr. McCoy versicherte ihr, daß sie jedem Patienten gegenüber an ihre ärztliche Schweigepflicht gebunden sei und Debora sich keine Sorgen um die Wahrung ihrer Privatsphäre zu machen brauche. Starker Alkoholgeruch wehte ihr entgegen, aber sie konnte nicht ausmachen, ob Debora betrunken war. Ihre Sprache war jedenfalls unauffällig. Und auch ihr Benehmen deutete nicht darauf hin, daß sie stark alkoholisiert war.

»Ich fragte sie erneut, warum man sie hergebracht habe«, erinnert sich Dr. McCoy. »Sie entgegnete, daß ihr Ehemann, Mike Farrar, sie der Trunkenheit beschuldige und versuche, sie als verrückt und alkoholabhängig hinzustellen ... Sie behauptete, sie hätte eine halbe Flasche Wein getrunken.«

Dr. McCoy hatte den Eindruck, als stünde Debora unter Streß und mache eine »schwere Zeit« durch. Ich meine, sie sah einfach schlecht aus. Sie wußte, daß Frauen – erst recht Ärztinnen – sich gewöhnlich herrichteten, bevor sie das Haus verließen, um präsentabel auszusehen. Kellys Bemühungen, das Haar ihrer Mutter zu ordnen, war vergeblich gewesen; ihr dicker Haarschopf war völlig zerzaust.

Dr. McCoy befand sich in einer verzwickten Lage. Debora erzählte ihr, daß ihr Mann die Scheidung wolle und eine Affäre mit irgendeiner ›Schlampe‹ habe. Er hatte die Polizei gerufen, um sie einweisen zu lassen; sie war erregt und peinlich berührt, weil sie nicht in der Uniklinik aufgenommen werden wollte. Sie war überzeugt davon, daß ihr Mann sie loswerden wollte.

Dr. McCoy fragte Shipps, ob er mit eigenen Augen gesehen habe, daß Debora sich verhielt, als wäre sie für sich oder andere eine Gefahr. Shipps mußte zugeben, daß das nicht der Fall war. Er hatte sich auf Dr. Farrars Aussagen verlassen. Er sagte, Farrar wolle nachkommen, sobald er einen Babysitter gefunden habe.

Dr. McCoy begann, Debora die routinemäßigen Fragen zu stellen, die dazu dienten, potentielle Patienten für die Psychiatrie zu ermitteln. Wußte sie ihren Namen, das Datum, die Uhrzeit, wer der Präsident war? Sie wußte es. »Ich fragte sie, ob sie sich etwas antun wolle, und sie antwortete ›Ganz sicher nicht!‹ Dann fragte ich sie, ob sie jemand anders etwas antun werde, was sie verneinte. Und so kam ich zu dem Schluß, daß es sich nur um einen sehr häßlichen Ehestreit handelte.«

Dr. McCoy versuchte fair zu sein und Mitgefühl aufzubringen. »Ich sah sie an und dachte ›Also, wenn *ich* in dieser Situation wäre, wäre ich stinksauer, wenn mein Mann die Polizei riefe und behauptete ›Meine Frau ist geistesgestört, kommen Sie und bringen Sie sie ins Krankenhaus‹.«

Debora machte einen ganz vernünftigen Eindruck; Dr. McCoy, die ihr Bestes tat, die Situation objektiv einzuschätzen, fragte Debora, ob sie nicht mit dem diensthabenden Psychiater sprechen wolle. Sie sagte sich, daß Debora hiernach vermutlich in der Lage sein würde, nach Hause zurückzukehren. »Meiner Ansicht nach bestand kein Grund für eine Einweisung.«

Debora erklärte sich einverstanden. Die beiden Frauen standen im Eingang zur Notaufnahme, als Mike eintraf. Und als er auf Dr. McCoy zuging, veränderte sich Deboras Verhalten schlagartig. Sie wirkte plötzlich in höchstem

Maße erregt und näherte sich ihrem Ehemann in einer Art, die man nur als aggressiv bezeichnen konnte. »Sie spuckte ihn an«, erzählte Pam McCoy, »und beschimpfte ihn.« Dr. McCoy war verblüfft, von der abrupten Wandlung ihrer Patientin. Debora sah ganz danach aus, als wolle sie ihren Ehemann angreifen. Dr. McCoy trat hastig vor und packte sie bei den Armen, in der Hoffnung, eine handgreifliche Auseinandersetzung in der Notaufnahme verhindern zu können.

»Sie war sehr wütend«, berichtete Dr. McCoy. »Sie schrie: ›Die Kinder bekommst du nur über unsere Leichen‹.«

Einen Augenblick lang erstarrte das Ärztetrio im Eingang zur Notaufnahme. Sie kannten einander alle – oder zumindest hatte Dr. McCoy geglaubt, Debora zu kennen. Sie blickte auf Mike und war schockiert davon, wie ›mager, blaß, kränklich, bedrückt und verzweifelt‹ er aussah.

Deboras Worte standen drohend im Raum. »Die Kinder bekommst du nur über unsere Leichen …«

13

Dr. McCoy und Officer Shipps taten ihr Bestes, um einen offenen Krieg im Wartezimmer der Notaufnahme zu vermeiden. Sie führten Debora in eine ruhige Ecke, in der Annahme, sie werde dort warten, bis einer der diensthabenden Psychiater Zeit für sie hatte. Debora hatte darum gebeten, nicht wie eine Geisteskranke behandelt zu werden, die zwangseingewiesen wurde.

Da sie wußte, daß jeder Ehestreit zwei Seiten hatte, setzte Dr. McCoy sich mit Mike zusammen und fragte ihn, was eigentlich los sei. Die Vorfälle, von denen er berichtete, waren bizarr und absonderlich. Er erzählte ihr, daß er sich scheiden lassen wolle und Debora sich immer mehr in ihre Hysterie hineingesteigert habe. »Er sagte, daß sie sehr viel trinken würde und daß sie manchmal tagelang das Bett nicht verließ.«

Als Mike ihr davon erzählte, daß Debora sich die ganze Nacht unter dem Bett versteckt hatte und benutzte Einwegspritzen, leere Fläschchen und Tütchen mit Kastorsamen in ihrer Handtasche aufbewahrte, war Dr. McCoy beunruhigt. Debora war ein wenig zerzaust gewesen, ja, aber sie hatte trotzdem noch normal gewirkt – bis sie ihren Mann gesehen hatte. Sobald sie Mike gesehen hatte, hatte sie sich schlagartig in eine tobende Furie verwandelt.

Mike übergab der Ärztin die Tasche mit den Samentütchen, den Spritzen und den Fläschchen Kaliumchlorid. Außerdem war noch ein kleines Fläschchen Adriamycin dabei, ein Krebsmedikament. Sie betrachtete den Inhalt skeptisch. »Ehrlich gesagt, fand ich seine Selbstmordtheorie ziemlich abwegig«, gestand sie. »Es war nicht ungewöhnlich, daß ein Onkologe chemotherapeutische Medikamente bei sich hatte. Sicher, mit Kaliumchlorid *konnte* man sich umbringen, aber es war nicht ungewöhnlich, daß ein Arzt es bei sich trug, als Additiv für Infusionsbeutel, vor allem bei jemandem, der sich stark übergeben hatte.« Dr. McCoy wußte zu diesem Zeitpunkt natürlich noch nicht, daß Debora schon seit Jahren nicht mehr als Onkologin arbeitete.

Als sie Debora später zu den Samentütchen befragte, lachte diese nur. »Herr im Himmel«, rief sie aus, »jetzt kann man nicht einmal mehr Pflanzensamen kaufen, ohne daß irgend jemand etwas daran auszusetzen hat!« Dr. McCoys eigene Mutter hatte Kastorsamen gepflanzt, weil sie die Pflanze so dekorativ fand. »Sich mit Kastorsamen umzubringen wäre schon sehr ungewöhnlich«, dachte die

Ärztin. »Ich konnte mir einfach nicht vorstellen, warum jemand so etwas tun sollte.«

Immer noch um Fairneß bemüht, musterte sie ihre beiden Kollegen. Sie waren beide erregt, und doch bestand ein merklicher Unterschied. Debora war wütend und voller Zorn; Mike hingegen wirkte eher besorgt und nervös. Sie wußte, daß sie mit einer dritten Partei sprechen mußte – vielleicht mit einem Nachbarn oder einem Verwandten. Mike sagte, die einzige Person, die etwas über den tatsächlichen Zustand seiner Frau aussagen könne, wäre ihr gemeinsamer Sohn Tim. Da Debora das Haus praktisch nicht mehr verlassen hatte, war ihr Sohn der einzige, der sich hierzu glaubhaft äußern könnte.

Obwohl sie eigentlich schon längst Feierabend hatte, wählte Dr. McCoy die Nummer, die Mike ihr gegeben hatte. Eine ältere Frau – Mikes Mutter – meldete sich. Tim sei bereits im Bett und sie würde ihn nur höchst ungern wecken. »Es ist aber wichtig«, entgegnete Dr. McCoy. »Ich muß unbedingt mit ihm sprechen.«

Sie wartete, während Farrars Mutter ging, um Tim zu holen. Dann fragte sie den Jungen: »Was ist in letzter Zeit mit deiner Mutter los?«

Tim klang sehr jung, aber intelligent. Außerdem schien es, als versuche er, seine Antworten so zu formulieren, daß er seiner Mutter nicht in den Rücken fiel. Schließlich seufzte er jedoch und sagte: »Sie war in letzter Zeit sehr traurig und durcheinander ... Sie hat das Bett mehrere Tage nicht mehr verlassen – hat nur herumgelegen. Sie hat viel getrunken.« Er hatte Flaschen vor ihr versteckt, weil sie Unmengen von Alkohol in sich hineinschüttete, »die großen Flaschen, wissen Sie, die vom Großhandel.«

Dr. McCoy dankte Tim und sagte ihm, er solle sich wieder hinlegen, er bräuchte sich in dieser Nacht keinerlei Sorgen mehr zu machen. Sie hatte ihre Antworten bekommen. Die ehrlichen Worte eines Kindes hatten ihr verraten, daß Debora Symptome einer schweren Depression zeigte. Alle Anzeichen deuteten darauf hin, daß sie vermutlich ernsthaft gestört war. »Und so kam ich zu dem Schluß, daß Dr. Green tatsächlich Hilfe brauchen würde«, sagte Dr. McCoy, die nun staunte, daß es Debora gelungen war, sich während ihres Gespräches so zu geben, als wäre alles in Ordnung mit ihr.

Dr. McCoy ging zu der Nische neben der Notaufnahme, wo sie Debora zurückgelassen hatte. Sie glaubte, ihre Patientin davon überzeugt zu haben, daß es bei der bevorstehenden Scheidung besser aussehen würde, wenn sie sich jetzt kooperativ zeigte und sich bereit erklärte, mit dem Psychiater zu sprechen. »Dann würde sie den richtigen Eindruck machen ... den einer völlig normalen Person und nicht der Verrückten, zu der ihr Mann sie machen wollte.

Dr. McCoy war verblüfft, als sie Debora dort nicht vorfand. Zuerst dachte sie noch, sie wäre vielleicht auf der Toilette oder rauche draußen eine Zigarette. Zunehmend beunruhigt, durchsuchte sie die Toiletten, die Krankenzimmer, ja die gesamte Notfallstation. Aber sie konnte Debora nicht finden. Nun machte sie sich ernsthaft Sorgen und fühlte sich verantwortlich, weil sie Deboras Stolz nicht hatte verletzen wollen und darum den Polizisten nicht gebeten hatte, sie im Auge zu behalten. Dr. McCoy hatte ihrer Kollegin geglaubt, und wurde von ihr enttäuscht.

Nach gründlicher Suche mußte sie davon ausgehen, daß Debora sich offenbar nicht mehr innerhalb des Krankenhauses aufhielt. Sie verständigte den Sicherheitsdienst der Universität und bat die Männer, eine Frau um die vierzig in einem Jogginganzug zu suchen, die zu Fuß unterwegs war.

Anschließend machte sich Dr. McCoy mehrere Seiten Notizen über die seltsamen Ereignisse des Abends. Sie rechnete damit, zumindest als Zeugin in einem Scheidungsverfahren geladen zu werden, das versprach, eine wahre Schlammschlacht zu werden. Sie war wütend auf sich selbst, weil sie Deboras Glaubwürdigkeit überschätzt hatte. Deshalb wollte sie ihre Begegnung rekonstruieren, von dem Augenblick an, da sie gerufen worden war, um sich einer widerborstigen Patientin anzunehmen, bis hin zu dem Punkt, da sie festgestellt hatte, daß Debora aus der Notaufnahme ›geflüchtet‹ war. Sie machte sich Sorgen um Debora und haßte die Vorstellung, daß sie in ihrem Zustand ganz allein durch die Vororte von Kansas City irrte.

Und sie fürchtete, daß Debora Selbstmord begehen könnte.

Mike Farrar und Officer Shipps saßen zusammen im Wartezimmer der Notaufnahme und beobachteten das Treiben in der Notaufnahme. Die Szenerie war beiden vertraut. Mike hatte in seiner Assistenzzeit in Cincinnati auch in der Notaufnahme gearbeitet, während Shipps schon Dutzende von Menschen mit dem einen oder anderen Problem hierhergebracht hatte. Shipps schrieb später in seinen Bericht, daß Dr. Debora Green anfangs ›betrunken, beleidigend und sonderbar – aber kooperativ‹ gewesen sei. Dann nahm er Mikes Aussage auf. Beide Männer rechneten nicht damit, vor Morgengrauen aus dem Krankenhaus zu kommen. Sie dachten, Debora wäre gegen 23 Uhr 30 von einem Psychiater untersucht worden; es konnte noch lange dauern, ehe sie offiziell aufgenommen wurde.

Als Mike und Shipps jedoch Dr. McCoys Gesichtsausdruck sahen, wußten sie gleich, daß etwas passiert war.

Die Polizei von Prairie Village gab über Funk eine ›Fahndung‹ nach Dr. Debora Green heraus. Shipps fuhr die Strecke zwischen dem Krankenhaus und dem Haus am Canterbury Court anderthalb Stunden lang ab, und schließlich entdeckte er Debora, die offenbar auf dem Weg nach Hause war. Er brachte sie in die Notaufnahme des Kansas University Medical Center zurück, obwohl sie Shipps versicherte, daß sie nur nach Hause wolle, um sich ins Bett zu legen und zu schlafen. Shipps bezeichnete ihr Verhalten zu diesem Zeitpunkt als zwischen ›ruhig‹ und ›aufgebracht‹ schwankend.

Nachdem sie wieder im Wartezimmer der Notaufnahme waren, blieb Shipps bei Debora und ließ sie nicht mehr aus den Augen. Sie versuchte nun nicht mehr, so zu tun, als wäre mit ihr alles in bester Ordnung. Sie behauptete nicht mehr, von ihrem Mann hereingelegt zu werden. Vor Shipps Augen steigerte sie sich rapide in einen jener Wutausbrüche hinein, an die Mike sich inzwischen schon gewöhnt hatte. »Einweisungen nehmen ziemlich viel Zeit in Anspruch«, bemerkte Shipps später. Und die Patientin war das Warten bald leid. »Wissen Sie«, sagte sie. »Langsam habe ich wirklich die Schnauze voll von Ihnen ... *Das* hier könnte mich in den Selbstmord treiben.«

Schließlich wurde Debora von dem diensthabenden Psychiater befragt, der zu dem eindeutigen Schluß kam, daß sie stationär behandelt werden sollte. Sie hätte gleich in der Universitätsklinik bleiben können, aber Mike hatte bereits ihre Aufnahme in die Menninger-Klinik in die Wege geleitet. Ein Krankenwagen brachte sie schließlich nach Topeka. Die Menninger-Klinik liegt gleich hinter dem Anwesen des Gouverneurs, auf einem riesigen Gelände am Westende Topekas.

Bei der Menninger-Klinik handelt es sich um ein gewaltiges Anwesen, das eher an eine herrschaftliche Residenz erinnert denn an eine psychiatrische Einrichtung. Die eleganten grauen Gebäude liegen weitab von der Hauptstraße, inmitten eines gewaltigen Parks. Die Menninger-Klinik ist die bevorzugte Zufluchtstätte der Reichen und Berühmten, deren Geist und Willenskraft geschwächt sind.

Nachdem sie erst dort war, ließ Debora sich freiwillig einweisen – und da sie sich aus freien Stücken für eine Behandlung ausgesprochen hatte, durfte sie das Krankenhaus nach eigenem Ermessen jederzeit wieder verlassen.

Es war sechs Uhr früh, und alle Beteiligten hatten eine lange, anstrengende Nacht hinter sich, als Officer Shipps die Notaufnahme verließ und nach Hause ging. Er hatte Dr. Michael Farrars Aussage bei sich sowie die versiegelte Tasche mit den verdächtigen Gegenständen, die Mike ihm übergeben hatte: die Spritzen, die Fläschchen Kaliumchlorid, das Adriamycin und acht Tütchen Kastorsamen. Was auch immer Dr. Debora Green mit dieser seltsamen Sammlung von Gegenständen beabsichtigt hatte, fortan würden sie als Beweismittel in der Asservatenkammer des Prairie Village Police Department aufbewahrt werden.

Mike fuhr nach Hause, um zu schlafen. Es beruhigte ihn, daß Debora in der Menninger-Klinik behandelt werden würde. Vielleicht steckte ja hinter ihrer Depression und ihren heftigen Reaktionen in Konfliktsituationen etwas, dessen er sich bislang nicht bewußt wurde.

Während Deboras Abwesenheit versorgte Mike die Kinder. Aufgrund seiner Erkrankung hatte er seit dem 18. August nicht mehr gearbeitet, und nun begrüßte er die Gelegenheit, bei Tim, Lissa und Kelly bleiben zu können. Es war eine friedliche, glückliche Zeit. Er und die Kinder verstanden sich besser denn je, jetzt da Debora nicht da war, um sie gegen ihn aufzuwiegeln.

Es war Mike, der Kellys Haar frisierte, als sie für ein Schulfoto besonders hübsch aussehen wollte. Bei ihrer üppigen Lockenpracht eine knifflige Aufgabe für einen ungeübten Vater. Doch er hatte sich ein Buch über Kinderfrisuren besorgt, um ganz sicherzugehen. Kellys Fotos waren dann auch ein voller Erfolg.

Die Tage, die sie allein miteinander verbrachten, waren wie die Ruhe nach einem heftigen Sturm. Die Nacht von Deboras Einweisung war für sie alle ein Alptraum gewesen. Tim, das älteste Kind einer Alkoholikerin und eines Vaters, der die meiste Zeit nicht zu Hause war, war in die Rolle des Mannes im Haus geschlüpft. Er hatte des öfteren Mahlzeiten zubereitet und auf seine Schwestern aufgepaßt. Und obgleich er gern kochte und seine kleinen Schwestern liebte, war er ein aggressiver Junge.

Nachdem Debora fort war, begann die ständige Anspannung, unter der die ganze Familie permanent gestanden hatte, nachzulassen. Natürlich wußte Mike, daß seine Frau irgendwann wieder nach Hause kommen würde. Und dann würde er fortgehen müssen. Er hoffte, daß sie in der Lage sein würden, friedlich auseinanderzugehen.

Mike hatte oft Kontakt mit Celeste, wenn auch häufiger telefonisch als persönlich. Drei Kinder zu versorgen ließ ihm nicht viel Zeit für ein Verhältnis. John war erst seit drei Wochen tot, und Celeste und ihre Söhne trauerten um ihn. Mikes Kinder standen ebenfalls unter emotionalem Streß, und nach Deboras Einweisung wurden die Liebenden von einem Wirbelwind bösartiger Gerüchte erfaßt.

Celeste hatte Brett und Dan gleich nach Johns Beerdigung wieder zur Schule geschickt; sie meinte, es wäre besser für sie, sich sofort wieder in den Alltag zu stürzen. Manche Menschen kritisierten sie dafür. Als sie Mike nur wenige Tage nach Johns Selbstmord im Krankenhaus besuchte, verbreitete sich die Neuigkeit sehr rasch unter den Ärzten von Johnson und Jackson County.

Celeste war Hauptgesprächsthema bei Cocktailpartys und Picknicks gleichermaßen. Manche sagten, sie sei hübsch aber ›sehr dumm‹, während andere behaupteten, sie wäre eine berechnende Verführerin, die einen Mann zu allem bringen konnte, sogar dazu, seine Ehefrau in eine Anstalt einweisen zu lassen. Natürlich war sie weder das eine noch das andere. Sie war zum erstenmal seit zwanzig Jahren allein und klammerte sich an Mike. Aber geschwächt von seiner akuten Erkrankung und einer schwierigen Scheidung in Aussicht, konnte er ihr nicht helfen.

In der Menninger-Klinik wurde bei Debora eine ›starke bipolare Depression mit suizidalen Impulsen‹ diagnostiziert, die medikamentös behandelt wurde. Mit Prozac (ein Antidepressivum), Tanexen (ein Mittel gegen Angstzustände) und Klonopin (beruhigt das Nervensystem in ähnlicher Weise wie Valium, jedoch hält die Wirkung so lange an, daß eine Tablette täglich ausreicht). Nach vier Tagen verließ sie das Krankenhaus jedoch wieder. Als man sie später fragte, warum, antwortete sie: »Ich bin so stark, daß die Leute tun, was ich will. Ich sagte meinem Psychiater, daß ich weg wolle, also ließ er mich gehen.«

Die Medikamente, die Debora gegen ihre Depressionen einnehmen mußte, vertrugen sich keinesfalls mit Alkohol. Alkoholkonsum hätte die Wirkung jeder einzelnen Substanz um ein vielfaches verstärkt, was im Extremfall lebensbedrohlich sein konnte. Debora versicherte ihrem Psychiater, daß sie nicht trinken werde, solange sie die Medikamente einnehmen würde.

Während Deboras Abwesenheit war Mike eine unglaubliche Erkenntnis gekommen. Er hatte sich wegen der Tütchen mit den Kastorsamen den Kopf zerbrochen. Als er sie Officer Shipps ausgehändigt hatte, hatte er dann auch ein Tütchen zurückbehalten, um auf eigene Faust zu recherchieren. Auf der Packung stand, die Samen sollten im Frühjahr gepflanzt werden, warum also hatte Debora sie im September gekauft? Außerdem warnte ein Hinweis auf dem Tütchen, daß die Samen hochgiftig seien. Einige von Mikes Freunden hatten hartnäckig behauptet, Debora versuche, ihn zu vergiften, und darauf hingewiesen, daß sich sein Zustand im Krankenhaus gebessert hätte, während er daheim regelmäßig einen Rückfall erlitt. Aber Mike hatte nichts davon hören wollen. Der Gedanke, daß Deboras Haß auf ihn so groß sein könnte, daß sie ihn auf solch grausame Weise töten wollte, war einfach zu abwegig. Und überhaupt, wenn die Vergiftungstheorie stimmte, stand er dann nicht da wie ein Idiot, weil er weiterhin gegessen hatte, was Debora für ihn zubereitet hatte?

Aber Tatsache war, daß er nach jeder Entlassung aus dem Krankenhaus prompt einen Rückfall erlitten hatte, und hierfür wußte er keine plausible Erklärung. Wie die meisten Menschen, die nach dem Verzehr bestimmter Nahrungsmittel von heftigem Brechreiz befallen werden, erinnerte er sich noch sehr genau daran, was er vor jedem dieser Rückfälle gegessen hatte: ein Sandwich, Spaghetti, Bohnen mit Speck und Maisbrot. Jedesmal hatte Debora ihm sein Essen separat aufgetischt anstatt ihn zu einer gemeinsamen Mahlzeit mit der Familie zu rufen. Und jedesmal hatte das Essen einen leicht bitteren Beigeschmack gehabt. Er hatte sich dies zuerst damit erklärt, daß die Krankheit vermutlich seine Geschmacksnerven geschädigt habe. Aber auch wenn er immer noch nicht akzeptieren konnte, daß seine eigene Frau versucht haben könnte, ihn zu vergiften, wollte er doch mehr wissen.

In seiner Ausgabe von *Harrison's Principles of Internal Medicine* konnte er nichts über Kastorsamenvergiftung finden, aber Celeste besaß eine frühere Ausgabe, in der dieses Thema behandelt wurde. Als er sich in den Text des achten Fachbuches vertiefte, sträubten sich seine Nackenhaare. Nicht der bohnenförmige Samen an sich war tödlich, sondern der Kern. Von der schützenden harten Schale befreit, ließ sich das Innere des Kastorsamens zu einer Substanz mahlen, die als Rizinus bekannt war.

Mike fuhr zum North Kansas City Hospital und bat die dortige Bibliothekarin, für ihn Artikel und Abhandlungen über Kastorsamen- oder Rizinusvergiftung herauszusuchen. Er stellte fest, daß die Expertenmeinungen bezüglich des Samens auseinandergingen. Die Artikel führten eine Reihe von Fällen an, in denen Patienten – darunter auch Kinder – den Samen als Ganzes oder zerkaut hinuntergeschluckt hatten. Die große Mehrheit hatte nicht nur überlebt, bei ihr waren darüber hinaus auch nur sehr leichte Krankheitssymptome aufgetreten. Jedoch gab es auch Fälle, in denen Patienten nach dem Verzehr von Kastorsamen innerhalb von drei bis zwölf Tagen gestorben waren. Erschreckend war, daß die typischen Symptome der Kastorsamenvergiftung sich weitestgehend mit jenen der tropischen Psilose deckten.

Mike fand auch einen Hinweis auf die Kriminalromanautorin Agatha Christie. In Christies Buch *Partners in Crime* aus dem Jahre 1929 gab es die Geschichte »The House of The Lurking Death«, die von einem Giftmord handelte – mit Rizinus. Mike fragte sich, ob dieses Buch sich unter jenen zahllosen Kriminalromanen befand, die Debora regelrecht verschlang.

In einem Text über Giftpflanzen hieß es: »Rizinus ist bekannt als eine der giftigsten natürlichen Substanzen ...« und die Folgen der Vergiftung wurden wie folgt beschrieben: »Symptome einer Vergiftung treten zuweilen erst

Stunden – oder gar Tage – nach dem Verzehr auf … Dazu zählen ein Brennen in Mund und Kehle, Übelkeit, Erbrechen, heftige Bauchschmerzen, Durchfall, Durst, Schwächeanfälle, Kopfschmerzen, Schwindel, Lethargie, Sehstörungen, möglicherweise auch Herzrasen und Krämpfe.« Mike waren diese grauenhaften Symptome vertraut.

Das *North Carolina Medical Journal* hatte ebenfalls einen Artikel über Kastorsamen veröffentlicht. In diesem Artikel nahm Dr. Robert B. Mack, Professor der Pädiatrie, kein Blatt vor den Mund. »Diese Pflanze ist vielleicht die gefährlichste, die in den Vereinigten Staaten angebaut wird … [;] vermutlich sind *sämtliche* Bestandteile der Pflanze toxisch, aber die Samen scheinen die höchste Konzentration Gift zu enthalten.«

Wieder und wieder las Mike in verschiedenen Artikeln und Büchern über das tödliche Potential einer Rizinusvergiftung. Es gibt kein Gegenmittel: die Behandlung richtet sich nach den Symptomen und zielt darauf ab, die Auswirkungen von Flüssigkeitsverlust, Schock und akutem Nierenversagen zu behandeln. Mike hatte unter den meisten der aufgeführten Symptome gelitten, aber anders als die Patienten in den angeführten Beispielen hatte er nicht eine, sondern drei Rizinusvergiftungen hinter sich. Die Beweislast schien erdrückend; Mike war nun überzeugt davon, daß Debora ihn mindestens dreimal vergiftet hatte.

Die Meinung der Experten bezüglich der Giftmenge, die nötig war, um einen Menschen zu töten, schwankten, aber der Autor eines Artikels in *Human Toxicology* von 1983 schätzte, daß die tödliche Dosis beim Menschen bei einem Milligramm pro Kilogramm Körpergewicht liege, was in etwa acht Samen entspreche. Mike hatte keine Ahnung, wie viele Samen er zu sich genommen hatte, aber in Deboras Tasche waren fast ein Dutzend Tütchen gewesen. Mike fragte sich, wie man Kastorsamen mahlen konnte. Vielleicht in der Kaffeemühle? Oder im Mixer? Das Mehl hätte sich jedenfalls problemlos unter Spaghettisoße oder Bohnen mischen lassen. Es gab Tests, mit deren Hilfe sich feststellen ließ, ob er Antikörper gegen Rizinus im Blut hatte. Allerdings war das Testergebnis möglicherweise nicht definitiv. Es konnte einige Zeit dauern, bis sich Antikörper bildeten, und seit seiner letzten Erkrankung waren erst wenige Wochen vergangen.

Angesichts der schmerzlichen Erkenntnis, daß seine eigene Frau ihn vergiftet hatte, versuchte Mike, ihre Beweggründe zu erkennen. Konnte es sein, daß sie sich so sehr wünschte, daß er bei ihr blieb, daß sie ihn nur hatte krank machen wollen, um eine Trennung zu verhindern? Vielleicht war es ja nie ihre Absicht gewesen, ihn zu töten. Vielleicht war es ihr nur darum gegangen, ihn von ihr abhängig zu machen. Soweit er das beurteilen konnte, hatte sie ihm seit seinem letzten Krankenhausaufenthalt kein Gift mehr verabreicht, und das, obwohl sie leicht seine Infusionsbeutel hätte manipulieren können.

Aus welchen Gründen auch immer, Mike war jetzt sicher, daß Debora seine wiederholten akuten Erkrankungen herbeigeführt hatte. Eins stand für ihn fest: wenn er leben wollte, mußte er nach ihrer Rückkehr das Haus verlassen.

Er war überrascht, als sie schon nach vier Tagen heimkam und ihr Zustand sich offenbar drastisch verbessert hatte. Trotzdem packte er seine Sachen. Er erwähnte seinen Verdacht vorläufig noch nicht – erst wollte er das Ergebnis des Antikörpertests abwarten.

Es war die erste Oktoberwoche. Mike kam für zwei Nächte bei seinen Eltern unter und bezog dann eines der Georgetown Apartments in Merriam, Kansas. Auf diese Weise war er in der Nähe, und die Kinder konnten die Wochenenden bei ihm verbringen.

Mike sorgte sich um die seelische Stabilität der Kinder. »Immer, wenn ich daheim gewesen war, war die Stimmung explosiv gewesen – Debora beschimpfte mich vor den Kindern aufs übelste, und ich dachte, daß es die Lage auch für die Kinder entschärfen würde, wenn ich ging.«

Um das körperliche Wohlergehen von Tim, Lissa und Kelly sorgte er sich jedoch nicht. So sehr Debora ihn auch hassen mochte, so sehr liebte sie ihre Kinder. Hieran bestand für ihn nicht der geringste Zweifel.

Zweiter Teil

Saatgut in trockener Hülse, tick, tick, tick,
Tick, tick, tick, welch' bescheidene Jamben,
während Homer und Whitman vor Schmerzen tobten!

Edgar Lee Masters
Spoon River Anthology

14

Ellen Ryan hatte ihren Magister in Sozialarbeit und einen Doktortitel in Rechtswissenschaften. Wie Debora Green war sie eine hochintelligente Frau. Und wie sie bewegte sie sich in den Medizinerkreisen von Kansas City, da sie zwanzig Jahre mit einem Arzt verheiratet gewesen war. Der Mann, den sie jetzt als ihre bessere Hälfte bezeichnete, war Arzt und Rechtsanwalt, und Ellen und ihr Ex-Mann hatten das gemeinsame Sorgerecht für ihre vier Kinder im Alter von zehn bis sechzehn Jahren.

Mit siebenundvierzig war Ellen eine sehr attraktive Frau, deren ausdrucksvolles Gesicht mit Sommersprossen übersät und von vollem braunem Haar umrahmt war. Vor Gericht kleidete sie sich, wie man es von einer Rechtsanwältin erwartete, aber privat gab sie Jogginganzug und Tennisschuhen den Vorzug. Zusammen mit ihrer Partnerin, Ellen P. Aisenbrey, führte sie eine Kanzlei für Familienrecht, und ihre Büroräume waren freundlich und bescheiden eingerichtet mit vielen Fotos von Kindern an den Wänden. Kinder waren Ellens Hauptanliegen. Da sie selbst von ihren Großeltern aufgezogen worden war, konnte sie die Verunsicherung von Kindern nachempfinden, deren Familienleben auseinandergebrochen war. Obgleich sie eine unverbesserliche Optimistin war, hatte sie durch ihre Mandanten schon viel Leid gesehen und war vielleicht mehr als andere Juristen gewillt, anderen eine helfende Hand zu reichen. So verstand sie sich gleichzeitig als Anwältin und Sozialarbeiterin.

»Sofern dies überhaupt möglich ist«, erklärte sie, »versuche ich so vorzugehen, daß ein Paar nach der Scheidung einen neuen Anfang machen kann. Ich möchte vermeiden, daß sie sich gegenseitig vernichten – sie sollen in der Lage sein, ihr Leben weiterzuführen und gemeinsam ihre Kinder großzuziehen. Mein Ex-Mann und ich haben uns seinerzeit auf das gemeinsame Sorgerecht geeinigt, und ich persönlich bevorzuge diese Lösung. Gleichzeitig ist es aber wichtig, daß sich alle an die Regeln halten, ethisch und rechtlich. Wenn meine Klienten eine aggressive Verteidigung benötigen, werde ich sie auch entsprechend vertreten, solange sich alles innerhalb der Regeln abspielt.«

Den Ehefrauen – und auch Ehemännern –, die sie vertrat, konnte Ellen eine kämpferische Anwältin sein. Sie war für eine faire Aufteilung des Familienbesitzes und war sehr geschickt darin, den Umfang dieses Besitzes zu ermitteln.

Zu Ellens Mandanten hatte ein Arzt gehört, der sich noch nicht darüber im klaren gewesen war, ob er eine gütliche Trennung oder eine aggressive Vorgehensweise wählen sollte. Er war ein sehr trauriger Mann, der hoffte, das gemeinsame Sorgerecht für seine Söhne zu bekommen. Ellen hatte versucht, ihm bei der Wohnungssuche zu helfen, aber es kam nie zur Scheidung. Ihr Mandant hatte sich das Leben genommen. Da sie mit niemandem außer ihrem Mann über die Tragödie gesprochen hatte, wußte auch niemand, daß ihr Mandant kein anderer als Dr. John Walker war. Sein Nachlaß umfaßte auch eine Rechnung für ihren Rechtsbeistand.

Ellen hatte erwartet, daß John Walker sich nach anfänglichen Problemen wieder fangen würde. Über einen Arzt aus seinem Bekanntenkreis hatte er ein Haus zur Miete gefunden und bereits die Miete im voraus bezahlt. Er hatte Strom und Wasser angemeldet und ein Telefon anschließen lassen. Und dann, ganz plötzlich, war er tot – Selbstmord unter Umständen, die sehr zweifelhaft erschienen. »Ich sagte zu mir, daß es eine logische Erklärung geben muß. So etwas geschieht normalerweise nicht«, seufzte Ellen.

Sie informierte sich über die Ergebnisse der Autopsie

an Dr. John Walker und über die Auswertung der Medikamente, die er eingenommen hatte, und schließlich hatte sie ihre ›logische Erklärung‹. Aber Ellen ahnte nicht, daß es eine Verbindung gab zwischen John Walker und der Frau, mit der sie in der letzten Septemberwoche einen Termin vereinbart hatte. Der Name der Frau war Dr. Debora Green.

Im ersten Augenblick war Ellen Ryan überrascht von Dr. Greens Erscheinung. »Ich ging zum Empfang, um Deb Green zu begrüßen«, sagte Ellen. »Sie sah irgendwie schlampig aus … Sie trug ein nicht ganz sauberes Sweatshirt, und ihr Haar war ungekämmt.«

Ganz offensichtlich behagte es Debora nicht, sich in der Kanzlei einer Scheidungsanwältin aufzuhalten, und sie war sichtlich nervös. »Ich führte sie in mein Büro«, berichtete Ellen, »und sie erzählte mir, daß ihr Mann sich scheiden lassen wolle. Außerdem erzählte sie mir, daß sie sich in der letzten Zeit regelmäßig mit einem alten Studienfreund getroffen habe – mit John Walker.«

Ellen wußte nicht, welcher Art die Beziehung zwischen Debora und John gewesen war. Sie war nicht sonderlich überrascht, daß sie einander gekannt hatten; immerhin waren ja beide Ärzte gewesen. Dann erzählte Debora jedoch von der Reise nach Südamerika und behauptete, ihr Mann hätte mit Johns Frau ›angebandelt‹. Sie sagte, daß sie und ihr Mann im Laufe des Sommers sehr oft bei den Walkers gewesen wären. Und jetzt sei John tot. »Wissen Sie«, sagte sie in vertraulichem Tonfall, »er war nicht suizidgefährdet.«

Ellen hatte sich Deboras Geschichte kommentarlos angehört. Jetzt fiel es ihr allerdings schwer, die Fassung zu bewahren. Wollte diese Frau vielleicht andeuten, ihr Mann sei irgendwie in John Walkers Tod verwickelt? Warum hatte Debora sich unter allen Anwälten ausgerechnet sie – Walkers Anwältin – ausgesucht? Sein Selbstmord hatte sie tief getroffen. Es verursachte ihr eine Gänsehaut, einer Frau gegenüberzusitzen, die behauptete, ihm in den Tagen vor seinem Tod nahegestanden zu haben.

»Ich spürte, daß es eine Verbindung gab«, erinnerte sich Ellen. »Damals verstand ich das alles noch nicht, und ich kann Ihnen auch jetzt noch nicht genau sagen, was es war. Vermutlich werde ich es nie genau wissen.«

Ellen sah neben ›Deb‹ Greens (sie nannte sie fast von Beginn an so) Beziehung zu John Walker ein weiteres Problem. Debora erzählte, sie und ihr Mann Michael hätten sich im Frühjahr 1995 in einer Immobilienangelegenheit von einem Rechtsanwalt vertreten lassen, den Ellen kannte – Norman Beal. Seinerzeit war ihr luxuriöses Haus am Canterbury Court in einen Trust umgewandelt worden, den Debora Green Trust.

Gewöhnlich ist es so, daß wenn ein Rechtsanwalt eine Person schon einmal vertreten hat, er nicht zu einem späteren Zeitpunkt gegen diesen ehemaligen Mandanten vorgeht, es sei denn, besagter Mandant gestattet es ihm ausdrücklich. Ellen erfuhr, daß Debora zugestimmt hatte, daß dieser frühere Rechtsvertreter im Falle einer Scheidung die Gegenpartei vertreten dürfe. Norman Beal würde später Mike bei seiner Scheidung von Debora vertreten. Ellen wußte, daß er ein rechtschaffener Anwalt war, aber er würde logischerweise über fundiertere Kenntnisse der Familienfinanzen verfügen, da er Mike und Debora erst Monate zuvor in dieser Immobiliengeschichte beraten hatte.

Debora verstand nicht, warum der Umstand, daß Norman Beal Mike vertreten sollte, als Interessenkonflikt gewertet werden könnte. Mike wollte, daß Beal ihn vertrat; er vertraute ihm, und die beiden Männer kannten sich bereits. Als Ellen diese Beziehung in Frage stellte, wurde

Mike wütend – auch wenn sie in Zukunft bemerkenswert sachlich miteinander umgehen würden. Anfangs jedoch hatte Mike Debora gedroht, daß, wenn sie Norman nicht akzeptiere, er einen mit allen Wassern gewaschenen Rechtsverdreher anheuern würde, der dafür sorgen würde, daß sie leer ausging. Letztendlich hatten weder Debora noch Ellen Grund zur Klage, was Norman Beals rechtliche Vertretung Mikes anbelangte.

Sehr schnell zeichnete sich ab, daß Debora in finanziellen Dingen sehr unbedarft war. »Das wies mir den Weg dahingehend, wie ich sie zu vertreten hatte«, sagte Ellen. Und so fand sie Debora auch von Beginn an fast kindlich. Ihr schien gar nicht bewußt zu sein, daß das Haus auf ihren Namen als Trust eingetragen war. Sie kleidete sich wie ein unordentliches Kind und drückte sich oft ungenau aus. Sie wollte keine Scheidung und konnte nicht mit Geld umgehen. Ellen ahnte nichts von Deboras erst kürzlich erfolgter Einweisung in die Menninger-Klinik oder davon, daß sie erst seit wenigen Tagen wieder ›draußen‹ war. Und sie wußte nichts von Deboras Alkoholproblemen. Und ganz sicher hatte sie keinen Schimmer vom aufbrausenden Temperament ihrer Mandantin. Aber ganz offensichtlich war diese Person sehr einsam. Sie brauchte Hilfe, und Ellen erklärte sich einverstanden, sich um ihre Scheidung zu kümmern, einschließlich der finanziellen Regelungen.

In Johnson County gibt es sehr strenge Richtlinien bezüglich der Unterhaltszahlungen für den geschiedenen Partner und gemeinsame Kinder; sie richten sich in der Regel nach den finanziellen Möglichkeiten des Mannes (oder der Frau). Nachdem Ellen addiert hatte, was Mike besaß und verdiente, und die gemäß den Richtlinien von Johnson County errechnete Unterhaltsforderung vorlegte, rechnete sie fest mit einem Protest seitens Norman Beals.

Zuerst hörte sie allerdings von Debora. Sie rief Ellen verängstigt an und erzählte ihrer Anwältin, wie wütend Mike wäre und daß er nicht für sie und die Kinder sorgen wolle. Debora fragte immer wieder »Was soll ich nur tun?« Sie tat Ellen leid.

»Hören Sie, Deb«, sagte sie beschwichtigend, »er *wird* sich mit Ihnen einigen. Das tun sie in Johnson County alle, wenn sie die Summen sehen, die sich nach den Richtlinien ergeben. Machen Sie sich deswegen keine Sorgen. Alle werden sich an die neue Situation gewöhnen. Das Leben geht weiter.«

Tatsächlich schien es so, als würden Debora und Mike sich an die Situation gewöhnen und ihr Leben weiterleben. Debora war zweifellos verbittert wegen der bevorstehenden Scheidung und der Affäre ihres Mannes mit Celeste, aber sie benahm sich lange nicht so aufbrausend wie erwartet. Seit Mike in einer eigenen Wohnung lebte und Debora sich das Haus am Canterbury Court nur noch mit den Kindern teilte, blieben diesen weitere Ehestreitigkeiten erspart. Mike hatte keine weiteren Haustiere anschaffen wollen, aber jetzt, da er fort war, nahm Debora über eine Hilfsorganisation, die sich ausgedienter Rennhunde annahm, einen Windhund auf. Sie tauften den dürren, nervösen Hund auf den Namen Russell.

Die Kinder gingen wieder in die Schule, Tim spielte Fußball, und Debora platzte schier vor Stolz, als Lissa in der Weihnachtsaufführung der Ballettschule in *Der Nußknacker* die Rolle der Clara tanzen sollte. Und auch Kelly wurde nicht übergangen; sie würde einen Engel darstellen.

Mike lud die Kinder ein, die Wochenenden ganz oder teilweise bei ihm zu verbringen, und manchmal kamen sie. Tim und Lissa waren immer noch böse auf ihn, weil er ausgezogen war, nachdem er versprochen hatte, sie nie wieder zu verlassen. Aber Mike gab sich alle Mühe, bei den Spielen von Tims Fußball- oder Hockeymannschaft dabeizusein, um seinem Sohn zu beweisen, daß er ihm sehr wohl etwas bedeutete und er trotz der Scheidung am Leben seiner Kinder teilhaben wollte. Debora ihrerseits war, wenn auch nicht freundlich, zumindest höflich Mike gegenüber, wenn er am Canterbury Court vorbeischaute. Er schlug allerdings jede Einladung zum Essen aus.

Etwa eine Woche verstrich, und Ellen war optimistisch, was Debora betraf. Sie kleidet sich sorgfältiger, ihr Haar war ordentlich gekämmt, sie sah wieder besser aus und schien ihr Leben langsam in den Griff zu kriegen. Sie erzählte Ellen, daß die Menninger-Klinik sie so tief beeindruckt hätte, daß sie sich dort als Ärztin in der Psychiatrie bewerben wolle. Sie erklärte ihr, daß sie und Tim einander sehr nahestünden, daß ihr die Probleme der Teenager sehr am Herzen lägen. Sie hatte sich entschieden, Psychiaterin zu werden und sich auf die Beratung von Teenagern zu spezialisieren.

Und niemand meldete Bedenken an, daß eine Frau, die sich vor noch nicht einmal einem Monat wegen geistiger Labilität freiwillig hatte einweisen lassen, sich nun mit dem Gedanken trug, Psychiaterin zu werden. Drei Monate zuvor hatte Debora Celeste Walker noch erzählt, sie wollte eine Praxis für Allgemeinmedizin eröffnen. Und natürlich war sie bereits als Notfallärztin und Onkologin tätig gewesen.

Es gab immer noch vieles, was Ellen nicht von Debora wußte, aber sie war zuversichtlich, daß sie es schaffen würde, ihre Lethargie zu überwinden. Vor allem hatte sie das Wohl von Deboras Kindern im Auge. Niemand hatte ihr gegenüber ›auch nur mit einem Wort‹ angedeutet, daß sie in Gefahr sein könnten. »Das ist insofern von Bedeutung«, sagte Ellen, »als ich zu den wenigen Rechtsanwälten der Stadt gehöre, die in ihre Verträge das Recht aufgenommen haben, das Mandat in einem Scheidungsfall niederzulegen, wenn sie den Eindruck haben, daß ihr Klient nicht im Interesse seiner Kinder handelt.«

Dank ihrer Kenntnisse in Sozialarbeit wußte Ellen sehr genau, welche Schritte unternommen werden mußten, um ein Kind notfalls *sofort* aus einem negativen Umfeld zu entfernen. Aber sie hatte nie Grund zu der Annahme, daß Tim, Lissa und Kelly gefährdet wären. Ihre eigenen Kinder, die in etwa gleich alt waren, mochten Debora, die Ellen häufig zu Hause anrief. Auch war offensichtlich, daß Tims Freunde seine Mutter mochten – sie war eben eine Mom, die kein Fußballspiel, Hockeymatch oder Schulprojekt versäumte. Kinder waren in ihrem Haus stets willkommen, und sie regte sich nicht groß auf, wenn sie Unordnung machten.

»Deb, die anfangs gefürchtet hatte, nie mehr von vorn anfangen zu können, sprach plötzlich von gemeinsamem Sorgerecht«, erzählte Ellen. »Sie wollte halbtags in der Menninger-Klinik arbeiten. Sie war bereit, die Kinder mit Mike zu teilen, glaubte jedoch nicht, daß er damit einverstanden sein würde. Deb sagte, er hätte nur eine Zweizimmerwohnung und würde ihr sicherlich mit den Kindern nicht helfen wollen.

Ellen redete ihr gut zu, sagte, daß die Menschen sich nach einer Scheidung meist veränderten und sehr wohl Zeit mit ihren Kindern verbringen wollten. Und sie hatte recht. Mike wollte das gemeinsame Sorgerecht und freute sich darauf. Allerdings legte Debora große Vehemenz an den Tag, als sie Ellen erzählte, daß Tim seinen Vater hasse und niemals bei ihm leben wollte. »Aber das ist Teil des Prozesses«, sagte Ellen später. »Zu Anfang jeder Scheidung sind die Parteien stark polarisiert, so daß man auch den einen oder anderen Wermutstropfen hinnehmen muß.«

Was Mike anbelangte, glaubte er, daß es seinen Kindern gutginge bei Debora. Er hatte an ihrer Seite siebzehn Jahre hysterischer Anfälle, schlimmster Beleidigungen und wüster Beschuldigungen erlebt. Aber Debora war immer eine liebevolle Mutter gewesen. In Mike regte sich die Hoffnung, daß doch noch alles gut werden würde. Er hielt zwar immer noch für möglich, daß sie erneut versuchen könnte, ihm etwas anzutun, aber er hatte keinen Grund, an ihrer Liebe zu ihren Kindern zu zweifeln.

Tatsächlich lebte Debora für ihre Kinder, und das in weit stärkerem Maße als die meisten anderen Frauen; sie war immer stolz, gewesen auf ihre Leistungen, ihre Aktivitäten und ihren herausragenden Intelligenzquotienten. Sie ersetzten ihr die Freunde, die sie nicht hatte, und hatten ihr einen plausiblen Grund geliefert, ihren Beruf aufzugeben. Sie schenkten ihr die Liebe, die ihr offenbar sonst niemand in ausreichendem Maße geben konnte. Ihre Eltern sah sie nur selten, ihre Schwester lebte weit weg und hatte andere Interessen, und ihr Mann liebte eine andere Frau. Darum verbrachte sie auch so viel Zeit mit ihren Kindern. Sie schwor, daß Lissa und Kelly trotz Scheidung eines Tages BOTARs sein würden. Debora war überglücklich wegen Lissas Rolle bei der bevorstehenden weihnachtlichen Ballettaufführung. Und Tim, der ihr so ähnlich war und ihren Verstand geerbt hatte, war in die Rolle ihres Beschützers geschlüpft.

In der Zwischenzeit bemühte Mike sich, wieder zu Kräften zu kommen und sein Leben neu zu ordnen. Er war dem Tod sehr nahe gewesen und immer noch sehr schwach. In der zweiten und dritten Oktoberwoche nahm er stundenweise seine Arbeit wieder auf, wobei er sich anfangs noch sehr schonte und auch keine Anrufe entgegennahm. Obwohl er sich besser fühlte und auch ein wenig zunahm, erholte er sich nur sehr langsam von seiner Erkrankung – ob es sich nun um tropische Psilose, typhoides Fieber oder eine Rizinusvergiftung gehandelt hatte. Er hatte seit dem 18. August nicht mehr richtig gearbeitet und hoffte nun, langsam wieder in seine Praxis einsteigen zu können. Vielleicht würde er ja zum ersten November wieder in der Lage sein, voll zu arbeiten.

Ellen Ryan gab sich alle Mühe, Debora dabei zu helfen, stärker und unabhängiger zu werden. Sie wußte inzwischen von Deboras kurzem Aufenthalt in der Menninger-Klinik, auch wenn sie nicht mit den Einzelheiten vertraut war. »Ich hatte keinen Kontakt mit Debs Psychiater und wußte nichts von ihrer Vorgeschichte, weil es sich hierbei um vertrauliche Informationen handelte. Deb wirkte immer noch ein wenig angeschlagen, aber es schien, als bekäme sie ihr Leben in den Griff. Sie nahm Tabletten und befand sich in psychiatrischer Behandlung. Es hatte den Anschein, als ginge es ihr soweit gut – abgesehen vom Streit ums Geld.«

Ungewöhnlich an Ellens Kanzlei war der festangestellte Wirtschaftsprüfer – »Er half mir, Gelder aufzuspüren und Unterhaltsforderungen zu berechnen. Ich habe viele Mandantinnen wie Deb, die nicht in der Lage sind, sich hinzusetzen und ihre Vermögenswerte zusammenzustellen. Das kann ich ihnen so abnehmen. Gleichzeitig versuchen wir, sie dahin zu bringen, daß sie auf eigenen Füßen stehen können.«

Debora hatte keine Ahnung, wieviel sie in der Woche ausgab, und Ellens Wirtschaftsprüfer versuchte zu ermitteln, in welcher Größenordnung der von ihr benötigte Unterhalt sich bewegen mußte. Debora wußte nicht, was sie selbst besaß, was Mike besaß oder wie hoch ihre Ausgaben waren. Irgend jemand hatte immer ihre Rechnungen bezahlt, und seit Mike in einer Praxis auf eigene Rechnung arbeitete, hatte sie immer über genügend Geld verfügt, um für sich selbst, die Kinder und das Haus alles zu kaufen, was sie sich wünschte. Jetzt versuchten ihre Scheidungsanwältin und der Wirtschaftsprüfer ihr dabei zu helfen, auszurechnen, was sie in etwa zum Leben brauchen würde.

»Deb machte das großartig. Kein Problem. Und wir versuchten uns ein Bild vom Familienvermögen zu machen – Deb hatte auch hiervon keine Ahnung.«

»Das hatte nichts damit zu tun, daß sie eine Frau war«, fügte Ellen hinzu. »Ich habe auch Männer mit großartigen Jobs vertreten, die nicht wußten, wie hoch ihre Hypothek war oder wieviel sie sonst zum Leben brauchten. Das kann ich, ohne sie in Verlegenheit zu bringen, für mich allein vom Büro aus klären.«

Am 19. Oktober 1995 setzte Ellens Wirtschaftsprüfer sich mit Debora an einen Tisch und arbeitete mit ihr an ihrer Budgetermittlung. »Deb schichtete kleine Haufen von Rechnungen auf. So fingen wir an«, erzählte Ellen.

Ellens Wirtschaftsprüfer berichtete, daß Debora guter Dinge zu sein schien und offenbar begriffen habe, daß sie von nun an ihre Rechnungen selbst begleichen und somit vorausplanen müsse. Sie habe sogar enthusiastisch von ihrer geplanten Arbeit in der Teenagerpsychiatrie erzählt.

Tatsächlich schien alles gut zu laufen. Aber es gab auch Aspekte in Deboras Leben, von denen Ellen nichts wußte. Sie hatte bei ihrer Mandantin nie eine Alkoholfahne bemerkt, ja sie ahnte nicht einmal, daß Debora überhaupt jemals ein Alkoholproblem gehabt hatte. Und sie hätte sich nicht im Traum vorstellen können, zu welch unkontrollierten Wutausbrüchen Debora fähig war. Für Ellen war ihre Klientin eine verschüchterte und naive Frau, die ihr Bestes gab, ein neues Leben anzufangen. Obgleich sie wußte, daß Debora sehr intelligent sein mußte, da sie immerhin das Medizinstudium bewältigt hatte, hatte sie keine Ahnung, wie brillant sie tatsächlich war. Ellen wäre schockiert gewesen, hätte man ihr ein Foto der jungen, schlanken und lebensfrohen Debora gezeigt.

Die Frau, die Ellen in jenen ersten Oktoberwochen hingegen so oft zu sehen bekam, war übergewichtig, schlecht gekleidet und hatte eine unvorteilhafte Frisur. Sie verbrachte ihre gesamte Zeit entweder mit ihren Kindern oder mit Lesen. Ellen hatte Mitleid mit Debora und schwor sich, ihr dabei zu helfen, sich ein glücklicheres Dasein aufzubauen. Was in Debora wirklich vorging, ahnte Ellen nicht einmal ansatzweise.

15

Der Oktober ist im Mittleren Westen eine zauberhafte Zeit. Der feuchte, sengendheiße Sommer verabschiedet sich, und die Nächte sind kühler. Die Blätter verfärben sich und verbreiten einen heimeligen Duft, wenn sie verbrannt werden. Die Blütezeit ist vorüber, und die Petunien und Geranien werden welk, während die Sonnenblumen die Köpfe neigen und ihren Samen für das kommende Jahr verstreuen.

Debora hatte Ellen und dem Wirtschaftsprüfer gesagt, sie wäre bereit, ihr Leben selbst in die Hand zu nehmen, und sie glaubten ihr. Ellen war so zuversichtlich, daß Debora ihre Scheidung gut durchstehen würde, daß sie Mitte Oktober für eine Woche Urlaub in Vermont machte. Von den unheilvollen Vorzeichen einer drohenden Katastrophe am Canterbury Court ahnte sie nichts.

Mike seinerseits entging nicht, daß Deboras Zustand sich wieder verschlechterte. Obwohl er sie nie wieder so betrunken gesehen hatte wie in der Nacht, als Officer Shipps sie in die Notaufnahme der Uniklinik gebracht hatte, trank sie wieder.

Und der alte Groll brach wieder hervor. Es spielte keine Rolle, daß sie eine Anwältin hatte, die für ihre Rechte eintrat und sie mit großzügigen Unterhaltszahlungen rechnen durfte. Es spielte keine Rolle, daß Mike sie unterstützte, indem er an den Wochenenden häufig die Kinder zu sich nahm. Debora wurde einfach nicht mit der Tatsache fertig, daß ihr Mann ein Verhältnis mit Celeste Walker hatte. Sie hatte Ellen auf seltsam altmodische Art von der Affäre erzählt: »Es gibt da eine andere Frau, die ein Auge auf meinen Mann geworfen hat.« Aber sie hatte es fast beiläufig, sogar humorvoll gesagt, so daß Ellen die Verbitterung in ihren Worten entgangen war.

Jede normale Frau wäre wütend und eifersüchtig gewesen. Aber Debora weigerte sich schlicht zuzugeben, daß ihre Ehe schon vor der Peru-Reise am Ende gewesen war und Celestines Auftreten nur der Todesstoß für ihre Beziehung war. Da Debora immer so ironisch und sarkastisch war und es fertigbrachte, mit ihrem fröhlichen Lächeln alle zu täuschen, bemerkte niemand die ersten Anzeichen dafür, daß ihre aufgestauten Aggressionen Schaden anrichten würden.

Ihrem Sohn gegenüber machte sie ihrem Zorn Luft. »Celeste führt deinen Vater an seinem Schwanz herum«, erklärte sie ihm wutschnaubend.

Wie unangebracht diese Bemerkung gegenüber ihrem Sohn auch sein mochte, lag Debora hiermit vielleicht gar nicht so falsch. Mikes und Celestes Beziehung war sehr leidenschaftlicher Natur. Es war für beide schon lange her, daß sie solche Gefühle empfunden hatten. Ihre Affäre dauerte erst drei Monate, und die meiste Zeit hiervon war Mike krank gewesen. Im Herbst 1995 verbrachten sie jedoch so viel Zeit zusammen wie nur irgend möglich. Debora war sich dessen bewußt und rieb es ihren Kindern unter die Nase, um ihren Haß auf den Vater zu schüren.

Sie probierte Mike gegenüber verschiedene Taktiken aus. Sie erklärte ihm, er sei der Dummkopf und nicht sie. Sie gestand ihm, damals in Cincinnati selbst zwei Affären gehabt zu haben, und lachte ihn aus, weil er nichts bemerkt hatte. Dann wieder erzählte sie ihm, sie wolle als Missionarin in irgendein fernes Land gehen und werde die Kinder nicht mitnehmen können; er werde ganz allein für sie verantwortlich sein. Mike wäre glücklich gewesen, wenn es sich so verhalten hätte, aber er vermutete dahinter nur die Absicht, ihn zu verunsichern. Tatsächlich war Debora am nächsten Tag bereits wieder zu ihrem ursprünglichen Plan zurückgekehrt, als Psychiaterin an der Menninger-Klinik arbeiten zu wollen.

Trotzdem fragte Mike Carolyn Stafford, mit der er und Celeste seit der Peru-Reise eng befreundet waren, ob sie vielleicht in Erwägung ziehen würde, einen Teil des Hauses am Canterbury Court zu beziehen, Carolyn war Lehrerin an der Pembroke Hill School, und Mike vertraute ihr. Falls Debora beschloß, sie alle zu verlassen, wußte Mike, daß er jemanden brauchen würde, der bei den Kindern blieb, während er arbeitete. Carolyn versprach, darüber nachzudenken.

Am Samstag, dem 21. Oktober, sah Mike sich ein Spiel von Tims Fußballmannschaft an. Tim spielte ebenso gut Fußball wie Hockey, und Mike war sehr stolz auf ihn. Debora kam mit einer Tasse in der Hand auf ihn zu. Lächelnd sagte sie: »Hier, Tim hat einen Capuccino für dich zubereitet. Sei ein guter Vater und probier ihn.«

Mike starrte auf die Thermostasse in ihrer Hand, als wäre es eine Giftschlange. Als Debora ihm die Tasse in die Hand drücken wollte, schob er sie fort. »Nein, trink du ihn.«

Sie schüttelte den Kopf. »Ich hab' schon.«

Mike drehte sich der Magen um bei dem Gedanken, etwas zu sich zu nehmen, was Debora ihm anbot, und er beobachtete mißtrauisch, wie sie mit der Tasse zu ihrem Auto zurückging. Später verfluchte er sich dafür, daß er das Zeug nicht an sich genommen hatte, um es testen zu lassen.

Alle drei Kinder sollten die Nacht bei Mike verbringen, aber die zwei älteren riefen schließlich ihre Mutter an und baten sie, sie abzuholen. Mike fühlte sich oft entmutigt, glaubte jedoch fest daran, daß er den Kindern mit der Zeit würde beweisen können, daß er ein guter Vater war und nicht das Monster, als das Debora ihn immer hinstellte. Wenigstens überschüttete Debora ihn nicht mehr in ihrer Gegenwart mit wüsten Beschimpfungen. Trotzdem versuchte sie weiter, ihn zu diskreditieren. Nachdem er mit einigen Bekannten die ›Renaissance Messe‹ besucht hatte, erzählte Debora ihren Kindern: »Wißt ihr, euer Vater schläft mit drei Frauen gleichzeitig.«

Es war abstoßend mit anzuhören, wie sie auf so vulgäre Art mit seinen Kindern sprach. Es stimmte, daß er eine Beziehung mit Celeste hatte, aber ganz sicher nicht mit anderen Frauen. Debora war das egal. Sie redete auch vor den Kindern, wie ihr der Schnabel gewachsen war – erst recht, wenn es darum ging, Mike bloßzustellen.

Die sechsjährige Kelly war das einzige der Kinder, das keinen Groll gegen Mike hegte. Am Samstag, dem 21. Oktober, blieb sie bei ihrem Vater, nachdem Tim und Lissa sich von ihrer Mutter hatten abholen lassen. Sie wußte, daß er traurig war, weil ihr Bruder und ihre Schwester heimgefahren waren. »Sie verstand alles«, sagte Mike. »Sie legte mir die Hand auf den Arm und sagte: ›Keine Sorge, Daddy. Es wird alles gut. Alles wird wieder gut. *Ich* weiß, daß du nicht mit all diesen Frauen geschlafen hast‹.«

Am Sonntag fuhr Mike Kelly nach Hause, aber es war niemand dort. Er hätte sie nicht allein dort gelassen, und sie mußten sowieso noch einmal zurück nach Merriam, weil Kelly ein paar Sachen in seiner Wohnung vergessen hatte. Als Mike seinen Lexus aus der Auffahrt steuerte, kam Dr. Mary Forman, eine Nachbarin, auf den Wagen zugelaufen. Sie sagte, sie müsse dringend mit ihm sprechen. Sie schien sehr erregt, war aber nicht gewillt, die Angelegenheit in der Einfahrt und vor Kelly zu besprechen.

»Ich schrieb mir die Telefonnummer auf«, erinnerte sich Mike, »und versprach ihr, sie an diesem Abend oder am nächsten Tag anzurufen. Kelly und ich fuhren noch einmal zurück zu meiner Wohnung, um ihre Sachen zu holen, und kamen dann zurück.« Diesmal war Debora daheim. Er ließ Kelly dort und fuhr davon.

Das Ärztehepaar Mary und John Forman wohnte seit 1989 in dem Haus gleich neben dem der Farrars auf dem Canterbury Court. John Forman war Thoraxchirurg, und Mary kümmerte sich um die vier Kinder: das älteste war elf, das zweitälteste neun und die Zwillinge acht. Anfangs hatten die Formans sich gefreut, daß ein weiteres Ehepaar mit Kindern nebenan einziehen würde, aber nachdem Mike und Debora dann eingezogen waren, blieb der Kontakt sehr begrenzt – obgleich die Kinder fast gleichaltrig waren. Irgendwie gab es mehr Differenzen als Gemeinsamkeiten.

Mary Forman machte sich schon seit einiger Zeit Sorgen um Deboras Kinder, aber nach einer Entdeckung ihres Sohnes an jenem Wochenende war sie zutiefst beunruhigt. John Forman hatte mit seinem Sohn auf der Südseite ihres Hauses das Laub zusammengerecht, und der Elfjährige hatte seinen Vater gefragt, ob er ›den Brief‹ gelesen habe. Forman hatte keine Ahnung, was sein Sohn damit meinte. »Er führte mich nach hinten«, erzählte Forman, »und zeigte mir eine Seite eines Briefes.«

Forman hatte bald den Rest des Briefes gefunden. Die beiden Seiten hatten auf einem Laubhaufen gelegen; sie waren jedoch weder feucht noch verschmutzt. Es hatte ganz den Anschein, als hätte jemand sie dort hingelegt, damit die Formans sie finden würden. Forman hatte noch nie einen so merkwürdigen Brief gelesen. Mike Farrar und Celeste Walker wurden in dem ominösen Schreiben der ›moralischen Indiskretion‹ bezichtigt, während, wie Forman es formulierte, ›Debora Green als Ausbund an Tugendhaftigkeit‹ dargestellt wurde. Darüber hinaus handelte der Brief von Erwachsenenangelegenheiten, von denen ihre Söhne nichts wissen sollten.

Die Formans konnten natürlich nicht wissen, daß Mike einige Wochen zuvor einen ganz ähnlichen Brief auf seiner Türschwelle gefunden hatte. Sein Verdacht, daß er von Debora stammte, hatte sich bestätigt, als er in ihrer Handtasche den handschriftlichen Entwurf des Briefes gefunden hatte. Aber Mike war die Manipulationen seiner Frau gewöhnt und tat den Brief als ein weiteres ihrer Spielchen ab.

An diesem Sonntagnachmittag, dem 22. Oktober, erzählte Mary Forman Mike von dem Brief, den jemand in ihrem Garten deponiert hatte. Der Brief war an Dr. Richard Hibschman adressiert, den Direktor der Pembroke-Hill-Schule. Wie schon das andere Schreiben, zählte er Debora Greens Tugenden auf und wies darauf hin, was sie schon alles für die Schule getan habe. Des weiteren hieß es in dem Brief, daß es eine Schande wäre, wenn sie und ihr Mann sich scheiden ließen, wo sie doch ein so perfektes Paar wären. Mary versprach, Mike den Brief zu schicken.

Tatsächlich waren verschiedene Eltern von Schülern der Pembroke-Hill-Schule von Deboras Problemen beunruhigt. Sie konnte weder ihre undeutliche Aussprache noch die Alkoholfahne verbergen, obgleich sie sich, wie sie später erklärte, absolut in der Lage sah, für ihre Kinder zu sorgen und sie und ihre Freunde zu Schulveranstaltungen zu fahren. Eine Nachbarin hatte jedoch gesehen, wie Kelly nach zehn Uhr abends ausgesperrt gewesen war und weinend vor dem Haus gestanden hatte. Und Tim und Lissa hatten sich eines Abends draußen vor dem Haus geprügelt, zu einer Zeit, da sie eigentlich längst hätten im Bett liegen müssen.

Mike war die Verschlechterung ebenfalls aufgefallen, und er bat Debora eindringlich, die Kinder zum Therapeuten zu schicken, damit sie lernten, mit ihren Aggressionen umzugehen. Sie versprach, einen Termin zu vereinbaren. Was das Haus betraf, resignierte er. Ihr wunderschönes Heim war ›ein einziges Chaos‹. Der Teppichboden war übersät mit Lebensmittelverpackungen und Kleidern. Die Kinder konnten tun und lassen, was sie wollten, und da sie niemand zur Ordnung anhielt, ließen sie es auch bleiben. Nur Tims Zimmer war so aufgeräumt wie eh und je.

Und daran, daß Debora wieder trank, bestand ebenfalls kein Zweifel mehr. Mike erkannte es an ihrer etwas undeutlichen Aussprache. Sie verstand es meisterhaft, ihren Alkoholkonsum zu verschleiern, aber nach sechzehn gemeinsamen Jahren war ihre Sprechweise ihm so vertraut wie seine eigene.

Mike war mit seiner Teilzeitarbeit in den vergangenen zwei Wochen recht gut klar gekommen, war jedoch erschöpfter, als er erwartet hatte, und beschloß, sich eine Woche frei zu nehmen. Sein Urlaub begann am Montag, dem 23. Oktober.

Am Nachmittag fuhr er zu Celeste; sie unterhielten sich eine Weile und gingen dann joggen. Mike wollte sich wieder in Form bringen, und das war seit seiner Erkrankung das erste Mal, das er versuchte, wieder Sport zu treiben. »Es war nicht gerade der ideale Tag, um nach längerer Pause wieder zu joggen«, erinnerte er sich. »Es war stürmisch und kalt.« Aber er unternahm einen Versuch und sagte sich, daß er mit jedem Tag, den er lief, kräftiger werden würde. Celeste hätte ihn an diesem Tag mühelos abhängen können, zwang sich jedoch, sich seinem Tempo anzupassen.

Um fünf kehrte Mike zurück zu seiner Wohnung, duschte und zog sich um. Um 18 Uhr 40 sollte er Tim und Kelly abholen. Tim hatte ein Hockeyspiel, und Lissa mußte zum Ballettunterricht. Da Debora einen Termin bei ihrem Psychiater hatte, bot Mike an, sich um die Kinder zu kümmern.

Er fuhr Tim zu seinem Hockeyspiel, und Kelly begleitete sie gern, um zuzuschauen. Sie war cin fröhliches Mädchen, immer guter Dinge trotz der angespannten Atmosphäre, der sie fast tagtäglich ausgesetzt gewesen war.

Das Hockeymatch war kurz vor halb neun vorbei. Als Mike Tim und Kelly heimfuhr, waren sie alle unbeschwert und lachten. Tim hatte großartig gespielt. Mike schätzte, daß sie gegen Viertel vor neun am Canterbury Court eintrafen. Er zögerte, unsicher, ob er anklopfen oder einfach mit den Kindern hineingehen sollte. Letztendlich entschied er sich für letzteres. Lissa und Debora waren in der Küche, Lissa machte Hausarbeiten, und Debora holte gerade Brathähnchen von Kentucky Fried Chicken aus dem Ofen.

Mike blieb nicht lange, nicht mehr als fünf oder zehn Minuten. Er fühlt sich unbehaglich. Niemand forderte ihn auf, sich zu setzen, und Debora ignorierte ihn weitestgehend. Er fragte Lissa, was das Ballett mache und wie es in der Schule ginge, und sie antwortete mit knappen, schroffen Sätzen. »Sie gab sich sehr kühl und abweisend«, erinnerte er sich. »Wissen Sie, sie war wegen verschiedener Dinge immer noch böse auf mich.«

Tim lief die Treppe hinauf in sein Zimmer, um zu duschen, während Kelly sich an den Tisch setzte. Abgesehen davon, daß Mike nicht länger dort wohnte, schien alles normal zu sein. Debora griff häufig auf Fastfood zurück, worüber die Kinder sich ganz sicher nicht beklagten. Kelly nagte an einem Hähnchenschenkel und strahlte ihren Dad an.

Mike nahm einen Stapel Post zur Hand und sah ihn durch, wobei er Briefe und Rechnungen herausnahm, die an ihn adressiert waren.

»Und dann ging ich …«

In gewissem Sinne besteht das Leben aus einer Folge von Vorhängen, die sich schließen und den letzten Akt so diskret und lautlos beenden, daß uns nur selten bewußt wird, daß ein Szenenwechsel erfolgt ist. Mike verließ sein Haus durch die Vordertür, ging vorbei an den weißen Birken nahe dem Eingang. Sie bogen sich und tanzten im Wind, aber er registrierte sie gar nicht. Celeste hatte ihn zum Essen eingeladen, und so fuhr er nach Overland Park. Es war nicht weit, nur ein Ortsteil westlich von Prairie Village.

Kurz nach neun setzte Mike sich mit Celeste und ihren zwei Söhnen an den Tisch. Er hatte seine alte Welt verlassen und eine neue betreten.

Mike konnte gar nicht übersehen, wie sehr sich Celestes Haus von dem am Canterbury Court unterschied. Obgleich es nicht annähernd so edel war wie Deboras, war es sauber und geschmackvoll eingerichtet. Jedes Zimmer besaß seine ganz eigene Note, was typisch war für Celeste. Das Badezimmer zum Beispiel war in schwarz und gold gehalten – ein wahrhaft spektakuläres Bad. Celeste meinte, die Gestaltung hätte ihr großen Spaß gemacht.

Das Eßzimmer war gemütlicher. An einer Wand hing ein großes Foto von Celeste, John, Brett und Dan. Celeste hätte nicht im Traum daran gedacht, das Porträt ihrer Familie abzunehmen. Die Jungs brauchten die Erinnerung an ihren Vater.

John war erst sechseinhalb Wochen tot, und nun aß Mike mit seiner Witwe und seinen Söhnen zu Abend. Celeste, eine begeisterte Köchin, hatte gebackene Kartoffeln und gefüllte Schweinekoteletts aufgetischt. Der Gegensatz zwischen ihr und Debora hätte nicht größer sein können. Mike glaubte fest daran, daß schon bald alle Wunden verheilt sein würden.

Nach dem Essen setzten Mike und Celeste sich mit den Jungen ins Wohnzimmer und sahen sich ein Footballspiel an. Anschließend gingen Brett und Dan zu Bett. Da Celeste früh aufstehen mußte, um ihre Söhne am nächsten Morgen zur Schule zu fahren, wollte Mike zwischen 22 Uhr 30 und 23 Uhr heimfahren. Aber er war noch bei Celeste, als er angepiept wurde. Nichts Ungewöhnliches; ein Kardiologe war es gewohnt, immer verfügbar zu sein. Mike blickte auf die Uhr und sah, daß es 22 Uhr 35 war. Die Nummer auf der Anzeige seines Pagers lautete 555-7262. Natürlich kannte er die Nummer, es war der Anschluß seines Hauses am Canterbury Court.

»Ich rief an, und Debora meldete sich. Ich sagte: ›Du hast mich angepiept. Was gibt's?‹ Und sie entgegnete: ›Nein, ich habe dich nicht angepiept‹.«

Mike erklärte, jemand hätte ihn von zu Hause aus angerufen. Debora meinte, eines der Kinder könnte ihn angerufen haben, fügte jedoch hastig hinzu: »Sie schlafen alle. Soll ich raufgehen und sie wecken?«

»Nein«, antwortete er. »Ich kann mir nicht vorstellen, daß sie mich um diese Zeit anpiepen.«

Verwirrt legte er auf und kam zu dem Schluß, daß Debora vermutlich nur hatte wissen wollen, wo er sich aufhielt. Fünf Minuten später piepte sein *Pager* erneut, und wieder erschien der Anschluß des Hauses am Canterbury Court auf dem Display. »Diesmal«, erzählte Mike, »teilte Debora mir mit, sie hätte mit ihrer Anwältin gesprochen und es wäre ihr recht, wenn ich mich von Norman Beal vertreten ließe.«

Das war eine gute Nachricht. Debora hatte versprochen, ihn deswegen anzurufen.

»Sie fragte, was ich gerade mache«, erinnerte sich Mike. »Ich sagte ihr, ich wäre mit Freunden zum Essen.«

Das war inzwischen Routine. Debora hatte ihn in den vergangenen Wochen regelmäßig angerufen und ihm immer dieselbe Frage gestellt. Manchmal hatte sie auch mitten in der Nacht angerufen und dann aufgelegt, sobald er sich meldete. Er wußte, daß es Debora war, weil er an seinem Telefon ein Display hatte, das die Nummer des Anrufers anzeigte.

Gegen 23 Uhr 15 fuhr Mike zu seiner Wohnung. Es war nur eine zehnminütige Fahrt. Er war fast zu Hause, als Debora ihn erneut anpiepte. Er beschloß, sie von daheim aus zurückzurufen.

Er vermutete, daß sie getrunken hatte. Bei ihrem ersten Gespräch hatte sie noch vollkommen nüchtern geklungen. Beim zweiten Mal, als sie länger gesprochen hatten, war ihm ihre leicht undeutliche Aussprache aufgefallen. Als Mike sie gegen 23 Uhr 40 von seiner Wohnung aus anrief, war er überzeugt, daß sie getrunken hatte: »Sie hatte eine bestimmte Art zu sprechen, wenn sie zuviel Alkohol getrunken hatte.«

Mike war erbost. Sie hatten den grauenhaften Sommer gerade erst überstanden, und jetzt … »Ich befürchtete, sie würde in dasselbe Verhaltensschema zurückfallen wie vor ihrer Einweisung in die Menninger-Klinik«, sagte Mike. »Sie ging zu einem Psychiater, sie war allein mit den Kindern, und ich war sauer, weil sie wieder übermäßig trank. Sie mußte sich doch um die Kinder kümmern.«

Mike ließ seinem Zorn freien Lauf. Er sagte der Frau, die er verlassen hatte, Dinge, die er lange für sich behalten hatte. Er wies sie darauf hin, daß es fast Mitternacht war; er sagte ihr auf den Kopf zu, daß sie getrunken habe, und warf ihr vor, ihn mit ihren ständigen Anrufen zu belästigen. »Ich sagte ihr, ich wäre wütend auf sie«, erinnerte er sich. »Daß sie sich zusammenreißen müsse. Ich konfrontierte sie damit, daß schon mehrere Eltern die Vernachlässigung unserer Kinder bemerkt hätten und sich mit dem Gedanken trügen, das Jugendamt einzuschalten. Ich machte ihr klar, daß sie sich dringend am Riemen reißen und die ganze Situation in den Griff kriegen müsse.«

Bei seinem Wutausbruch am Telefon fiel Mike wieder ein, daß er beinahe gestorben war. Debora hatte ihn mit voller Absicht vergiftet, davon war er überzeugt. Er hatte eigentlich nichts sagen wollen, was sie noch mehr aus der Bahn warf, aber nun konnte er sich nicht mehr halten. »Ich sagte ihr, daß ich sie für verrückt hielt und der Meinung wäre, sie bräuchte ständige psychiatrische Betreuung. Ich sagte ihr, ich wüßte von ihren Versuchen, mich zu vergiften, und kündigte an, daß ich alles daran setzen würde, ihr die Kinder wegzunehmen.«

Inzwischen schrie Mike, und Debora brüllte zurück. Später wußte er nicht mehr, wer von ihnen beiden das Gespräch beendet hatte.

In der Wohnung war es totenstill, aber ihre haßerfüllten

Worte hallten noch in seinem Kopf nach. Er stand am Tisch, ging seine Post durch und atmete tief durch, um sich zu beruhigen.

Fünf Minuten später läutete das Telefon erneut. Seufzend nahm Mike ab. Debora schien überrascht, seine Stimme zu hören. »Oh«, sagte sie. »Ich wußte nicht, daß du zu Hause bist. Ich dachte, du wärst noch unterwegs. Ich wollte eigentlich nicht mit dir sprechen, sondern dir eine Nachricht auf Band hinterlassen. Und da du zu Hause bist, werde ich gar nichts sagen.«

Sie legte auf.

Sie spielt wieder Spielchen, dachte Mike. Nicht, daß dies ihr erster Streit gewesen wäre; ihre Auseinandersetzungen waren längst etwas Alltägliches. Aber Mike bedauerte, daß er ihr gedroht hatte. Trotzdem mußte Debora zur Vernunft kommen. Sie war vierundvierzig Jahre alt und führte sich auf wie ein verwöhntes Kind. Er war zu aufgewühlt, um schlafen zu gehen, und so ging er nach unten, um seinen Fernseher zu reparieren.

Gegen 0 Uhr 30 klingelte erneut das Telefon, womit Mike fast schon gerechnet hatte. Resigniert nahm er ab, aber es war nicht Debora. Am Apparat war Dr. Mary Forman, die ihm erst gestern von Deboras merkwürdigem Brief erzählt hatte. Noch ehe Mike etwas sagen konnte, schrie Mary etwas, das er nicht sofort begriff: »*Ihr Haus brennt! Überall stehen Spritzenwagen der Feuerwehr! Ihre Frau ist eine verdammte Brandstifterin!*«

»*Was sagen Sie da?*« fragte er fassungslos.

Benommen lauschte er den Worten, die sie noch einmal wiederholte. Dann knallte er den Hörer auf die Gabel und lief zu seinem Wagen.

16

Die jährliche Mordfallrate in Prairie Village ist verschwindend niedrig; für gewöhnlich muß das örtliche Police Department sich überhaupt nicht mit Kapitalverbrechen befassen. Prairie Village liegt in der Nähe von Kansas City – einer Stadt, deren Mordfallrate zu den höchsten in den Vereinigten Staaten zählt –, und doch ist es eine Insel des Friedens. Die große Mehrheit seiner 25 000 Bewohner lehnen Gewalt ab.

Miriam Russell arbeitete seit dreieinhalb Jahren in der Telefonzentrale des Prairie Village Police Departments; davor war sie zehn Jahre in der Einsatzzentrale der Polizei in Kansas City beschäftigt gewesen. Sie verstand etwas von ihrer Arbeit und hatte darüber hinaus einen intuitiven siebten Sinn entwickelt, was die Anrufe betraf. Sämtliche Notrufe aus Prairie Village landeten sofort in Russells Kommunikationszentrale, egal, ob der Anrufer einen Notarzt brauchte, die Polizei oder die Feuerwehr.

Russells Schicht hatte an diesem Montag, dem 23. Oktober, um 22 Uhr 30 begonnen und sollte bis 6 Uhr 30 des nächsten Tages dauern. Sie war noch keine zwei Stunden im Dienst, als um 0 Uhr 21 das Lämpchen der 911-Notrufleitung aufleuchtete.

»Ich nahm den Anruf entgegen«, erinnerte sie sich, »hörte aber nur jemanden schwer atmen. Ich fragte den Anrufer, ob ich ihm helfen könne, aber die Verbindung wurde plötzlich unterbrochen. Aufgrund meiner Erfahrung, war ich sicher, daß es sich tatsächlich um einen Notruf gehandelt hatte und nicht um einen der üblichen anonymen Anrufe, bei denen gleich wieder eingehängt wurde.«

Prairie Village verfügte über eine sehr moderne Notrufzentrale, die umgehend die Adresse eines Anrufers ermitteln konnte. Russell schaute im Computer nach und sah, daß der Anruf ›vom Farrar-Haus, 7517 Canterbury Court‹ gekommen war. Ihr Instinkt sagte ihr, daß sie den Anruf als Notruf handhaben sollte. »Ich versetzte alle Beamte in Bereitschaft. Dann schickte ich zwei Streifenwagen mit Blaulicht und Sirene zu besagter Adresse.«

Die beiden ersten Polizisten, die zum Canterbury Court geschickt wurden, waren Sergeant Hunter und Officer Larry Lamb. Hunter war keine halbe Meile vom Haus entfernt, so daß er schon zwei Minuten später vor Ort eintraf.

Als er sich dem Canterbury Court näherte, erkannte Hunter gleich, was los war. Auf der Rückseite des riesigen Hauses erhellte ein orangefarbener Lichtschein die Nacht.

Hunter verständigte über Funk Miriam Russell in der Zentrale und forderte die Feuerwehr an. Dann sprang er aus dem Wagen und rannte auf das brennende Haus zu. Als er unmittelbar nördlich des Feuers über die Auffahrt hetzte, sah er ein Kind und eine Frau, beide im Nachthemd und barfuß, vor dem Haus stehen. Das kleine Mädchen war völlig hysterisch.

»Mein Bruder und meine Schwester sind noch im Haus!« schrie sie. »Sie sitzen in der Falle! Bitte lassen Sie sie nicht sterben! Bitte retten Sie sie!«

Die Frau – er schätzte sie auf Mitte Vierzig – stand nur schweigend da.

Sergeant Hunter sprach wieder in das Funkgerät an seiner Schulter und alarmierte erneut Miriam Russell. »Es sind noch Leute im Haus!« Er fragte sich, ob außer den zwei Kindern noch jemand in dem brennenden Haus war und fragte das kleine Mädchen: »Wo ist deine Mom?«

Erst jetzt machte die Frau den Mund auf. »Ich bin ihre Mom«, sagte sie.

Hunter hatte keine Zeit, sich lange über ihr merkwürdiges Verhalten zu wundern, aber es ließ ihn nicht los, als er auf das Haus zulief. Die Frau hatte einen völlig ruhigen, unberührten Eindruck gemacht – so als bestünde keinerlei Verbindung zwischen ihr und dem Geschehen.

Die Vorderseite des Hauses schien bislang vom Feuer verschont geblieben zu sein, und Hunter fiel auf, daß die Haustür verschlossen war. Als er um das Haus herumlief – auf die Ostseite – war er geschockt. »Ich sah mich einer undurchdringlichen Feuerwand gegenüber; die Flammen schlugen sowohl aus dem Erdgeschoß als auch aus dem oberen Stockwerk.«

Unmöglich, auf diesem Wege ins Haus zu gelangen. Er lief zur Nordseite des Hauses. Die erste Tür, die er erreichte, war heiß, und Rauch drang durch die Ritzen. Hunter gab sich noch nicht geschlagen und rannte wieder nach vorn zur Haustür. Mit großer Erleichterung sah er, daß zwischenzeitlich zwei Streifenwagen zur Unterstützung eingetroffen waren.

Obwohl er sich keine große Hoffnung mehr machte, gab Hunter noch nicht auf. Es mußte doch einen Weg geben, zu den Kindern vorzudringen, die im Haus gefangen waren. Er entdeckte noch eine andere Tür, die offenbar in die Garage führte. Er versuchte, mit dem Griff seiner Taschenlampe den Glaseinsatz der Tür einzuschlagen, aber vergebens.

Das Feuer wurde von einem kräftigen Wind angefacht – Hunter hatte noch nie ein Feuer erlebt, das sich so rasendschnell ausbreitete. Das Brüllen der Flammen in den Ohren, rannten er und die anderen Beamten erneut um das Haus herum, auf der Suche nach einem Zugang. Hunter war noch keine fünf Minuten vor Ort, und doch hatte das Feuer in dieser kurzen Zeit offenbar auf das gesamte Haus übergegriffen. Widerstrebend befahl er Corporal Curt Winn, Officer John Jagow und Officer Larry Lamb, von weiteren Versuchen, ins Haus vorzudringen, abzusehen.

Jetzt hörten sie auch die Sirenen der Feuerwehr. Mit

ihrer Hilfe würde vielleicht doch noch jemand rechtzeitig ins Haus gelangen können, um die Geschwister des kleinen Mädchens zu retten.

Er fragte sich, wie sie es geschafft haben mochte, aus dem Haus zu kommen. Und die Mutter: wie war *sie* den Flammen entkommen?

Das Arztehepaar John und Mary Forman hatte kurz nach Mitternacht tief und fest geschlafen, als sie durch das anhaltende Gebell eines Hundes geweckt wurden. Dann läutete ihre Türglocke, und jemand klopfte an ihre Seitentür. Mary Forman drängte ihren Mann, aufzustehen und nachzusehen. Noch ganz verschlafen ging er die Treppe hinunter und öffnete, ohne die Alarmanlage vorher abzuschalten. Der Alarm, der direkt mit einer Wachgesellschaft verbunden war, die ihrerseits Polizei und Feuerwehr verständigte, heulte los.

Debora Green stand vor der Tür. Sie trug eine Art Nachthemd »Rufen sie 111!« schrie sie. »Mein Haus brennt. Meine Kinder sind noch da drin.« Immer wieder forderte sie John Forman auf, nicht 911, sondern 111 anzurufen.

Von der Tür auf der Südseite des Forman-Hauses aus hatte man einen freien Blick auf die Garage der Nachbarn. John und Mary konnten Flammen über das Garagendach hinauslodern sehen. John schnappte sich sofort das nächste Telefon und rief 911 an, um den Brand zu melden, wobei er ausdrücklich darauf hinwies, daß sich noch drei Kinder in dem brennenden Haus befanden. Gleichzeitig rief Mary Forman von ihrem Autotelefon aus 911 an.

Als John Forman wieder an die Tür kam, war Debora nicht mehr da. Er bemerkte den kräftigen Wind, und da er wußte, wie feuergefährdet ihr eigenes Dach aus Holzschindeln war, rechnete er fest damit, daß jeden Moment auch ihr Haus Feuer fangen würde. Er und Mary verloren keine weitere Zeit, weckten ihre Kinder und setzten sie in Johns Wagen, den er eilig aus der Garage und an eine sichere Stelle fuhr. Dann rief Mary von ihrem Autotelefon aus Mike an und informierte ihn darüber, daß sein Haus brannte.

Der erste Polizeiwagen bog zu diesem Zeitpunkt schon in den Canterbury Court ein. John war überrascht von dieser schnellen Reaktion. Er konnte ja nicht wissen, daß bereits jemand die Polizei angerufen hatte. Andere Nachbarn folgten dem Beispiel der Formans, brachten ihre Kinder aus den Häusern und fuhren ihre Autos aus den Garagen auf die Straße. Die Häuser auf dem Canterbury Court waren sehr groß, standen jedoch auf verhältnismäßig kleinen Grundstücken mit vielen Bäumen. So bestand die Gefahr, daß die gesamte Straße in Flammen aufging. Und der Wind blies unablässig und machte alles noch schlimmer.

Zwischenzeitlich war es Lissa irgendwie gelungen, aus dem Fenster ihres Zimmers auf der Vorderseite des Hauses zu klettern und auf den Dachfirst der Garage zu gelangen. Als die Formans Debora das nächste Mal sahen, hatte sie Lissa bei sich, und es war Lissa, die den Polizisten anflehte, ihren Bruder und ihre Schwester zu retten.

Mike brauchte nur zehn Minuten bis zum Canterbury Court. Als er dort eintraf, standen überall Löschfahrzeuge, Streifenwagen und Rettungswagen. »Ich konnte von der Straße aus Rauch und Flammen aus dem Haus quellen sehen«, erinnerte er sich. »Ich sprach kurz mit einem Feuerwehrmann und fragte ihn, wo ich parken solle. Schließlich stellte ich den Wagen auf der 75. Straße ab, direkt vor einem Streifenwagen.«

Mike rannte von seinem Wagen am Eckhaus und

anschließend am Haus der Formans vorbei, bis er schließlich in seinem eigenen Vorgarten stand. Dort befanden sich drei Polizisten, aber schon kurz darauf mußten sie alle aufgrund der gewaltigen Hitze zurückweichen.

Zuerst kam Mike gar nicht der Gedanke, daß sich noch jemand im Haus befinden könnte. Statt dessen fragte er sich, wo er Kleider für seine Kinder besorgen könnte, da offenbar ihre gesamte Habe den Flammen zum Opfer fallen würde. »Ich dachte an die ganzen zusätzlichen Unannehmlichkeiten eines Brandes, da ich ja wußte, was auf mich zukommen würde.« Ihr letztes Haus war erst achtzehn Monate zuvor abgebrannt, und auch damals hatte ihn eine Nachbarin angerufen und ins Telefon geschrien »Ihr Haus brennt!«

Wo sollten sie jetzt alle wohnen?

Mike hatte sein Handy mitgenommen und rief Celeste an, um ihr mitzuteilen, daß sein Haus in Flammen stünde. Als er später an diesen Moment zurückdachte, schüttelte er den Kopf darüber, daß er gar nicht an das Schlimmstmögliche gedacht hatte. »Ich sagte zu Celeste: ›Ich wette, Deb hat das Feuer gelegt.‹ Mir kam gar nicht der Gedanke, daß die Kinder in Gefahr sein könnten. Ich ging einfach davon aus, daß sie in Sicherheit waren.« Beim ersten Brand hatte Debora dafür gesorgt, daß weder den Kindern noch dem Labrador etwas geschah.

Mike erklärte Steve Hunter, daß er der Eigentümer des brennenden Hauses sei. Hunter nahm ihn beim Arm und führte ihn zurück zur Straße.

»Wo sind meine Kinder?« fragte Mike und ließ den Blick suchend über die Menge der Schaulustigen schweifen, die sich inzwischen versammelt hatte. Er fragte sich, wohin man seine Kinder gebracht haben mochte. Sie würden frieren, wenn sie nur ihre Pyjamas anhatten. »Er antwortete mir nicht«, sagte Mike leise. »Und da wußte ich, daß etwas nicht stimmte. Ich fragte ihn noch einmal.

Inzwischen waren wir bei einem Streifenwagen angelangt, und er zeigte ins Wageninnere und sagte: ›Ihre Frau Debora und eine ihrer Töchter sind hier. Die beiden anderen Kinder sind noch im Haus.«

Mike stieß einen markerschütternden Schrei aus, eine Mischung aus Schmerz und Wut. Er riß sich von Hunter los und blickte zurück zu seinem Haus. Der Oktoberwind hatte die Flammen soweit angefacht, daß sie über die Baumwipfel hinwegloderten. Tim und Kelly waren in diesem Inferno gefangen. Das konnte nicht sein. Noch vor wenigen Stunden war er mit ihnen zusammengewesen, und sie hatten miteinander unbeschwert gelacht. Er konnte sich nicht vorstellen, daß jemand diesen Brand überlebte. Er wußte es – wollte aber niemanden fragen, ob seine Befürchtungen zutrafen. Er wollte die Antwort nicht hören.

Ganz langsam wandte Mike sich Debora zu. »Was hast du getan?«

Sie antwortete nicht. Sie saß weiter reglos im Streifenwagen und blickte starr nach vorn.

Maurice Mott ist heute Branddirektor von Johnson County, zuständig für zwanzig Feuerwehrleute und drei Spritzenhäuser. Insgesamt umfaßt der Bezirk 2 neun Städte. Am 24. Oktober 1995 war Matt noch Brandmeister, und der Station 2 in Prairie Village zugeteilt. Er und seine Kollegen hatten Schichtdienst, sie arbeiteten von acht Uhr morgens des einen Tages bis acht Uhr am nächsten Morgen.

Im Spritzenhaus Nr. 2 wurde um 0 Uhr 25 Alarm gegeben. Motts Einsatzteam brach innerhalb von Minuten zum Einsatz auf. Unterwegs erfuhren sie, daß vermutlich noch zwei Personen im Haus festsaßen und fuhren noch schneller. Um 0 Uhr 31 trafen sie vor Ort am Canterbury Court ein.

Bei der Bekämpfung des Brandherdes geht alles blitzschnell. Aufgabe des Einsatzleiters ist es, die Situation zu erfassen und gegebenenfalls Unterstützung anzufordern, sich ein Bild von den Wasserversorgungsmöglichkeiten zu machen und seinen Männern ihre Aufgaben zuzuweisen. »Als wir vorfuhren«, erzählte Mott, »gab ich unserem Fahrer den Befehl, die Schläuche anzuschließen. Ich hatte zwei Kollegen bei mir … Sie sperrten das Gelände ab und näherten sich der Haustür.«

Leben zu retten ist die oberste Priorität jedes Feuerwehrmannes. Die Haustür befand sich auf der Westseite, aber Mott wandte sich erst nach Süden und sprach mit einem Polizeibeamten aus Prairie Village. Es war keine gewöhnliche Unterhaltung; vielmehr rief der Beamte dem vorbeilaufenden Mott Informationen zu. »Er sagte, er wäre schon einmal wegen eines Einbruchalarms im Haus gewesen«, erinnerte sich Mott später. »Er meinte, am südlichen Ende des Hauses befände sich im Untergeschoß ein Schlafzimmer.« Das bedeutete, daß möglicherweise noch Hoffnung bestand. Das Haus schien drei Ebenen zu haben. Das Obergeschoß brannte lichterloh; im Erdgeschoß loderten ebenfalls Flammen, aber ins Souterrain war das Feuer noch nicht vorgedrungen.

Mott konnte nur hoffen, daß die Information des Polizisten zutreffend war und die zwei Personen im Haus sich in besagtem Schlafraum im Keller aufhielten. Auf der Vorderseite des Hauses schossen Flammen aus den Fenstern über der Tür. Als Mott auf der Südseite angelangte, konnte er die Rückseite des Hauses sehen. »Ich sah Flammen aus dem hinteren Teil des Hauses lodern, die ganze Rückseite stand in Flammen.«

Für jeden, der sich im Obergeschoß am Nordende des Hauses aufhielt, kam jede Hilfe zu spät. Mott sah sich außer Stande, den Garten zu durchqueren. Die lodernden Flammen und die unerträgliche Hitze versperrten ihm den Weg. »Ich nahm über Funk Kontakt mit meinem Vorgesetzten auf und beschrieb ihm die Lage«, sagte Mott.

Jeder andere Feuerwehrmann vor Ort war mit den ihm zugewiesenen Aufgaben vollauf beschäftigt. Mott befahl dem Polizeibeamten, ihm zum Feuerwehrwagen zu folgen, um eine Leiter und eine Axt zu holen. Sie liefen zur Südseite des Hauses. Das war die einzige Hoffnung: durch die Fenster am südlichen Ende konnte Mott kein Feuer sehen. Er stieg die Leiter hinauf zu einem Fenster im Obergeschoß und verschaffte sich mit Hilfe der Axt Zutritt. Mit einem Atemschutzgerät vor dem Gesicht beugte er sich weit in den Raum hinein, der sich als Badezimmer entpuppte. Er konnte die Umrisse einer Badewanne ausmachen. Dreimal brüllte er »Ist da jemand?«

»Ich erhielt keine Antwort«, sagte er. »Ich ließ die Leiter an das Fenster gelehnt, stieg herunter zu einem Fenster im Erdgeschoß und brach es mit meiner Axt heraus.« Wieder lehnte er sich in den dahinterliegenden Raum. Er konnte etwa einen halben Meter weit in das Zimmer hineinsehen; dahinter war alles voll Rauch. Wieder rief er vergeblich.

Die beiden Männer brachen dann ein anderes Fenster auf, und Mott packte mit beiden Händen die Jalousie, riß sie heraus und schleuderte sie auf den Rasen. Er registrierte, daß sie nur leicht angesengt war.

Mott konnte das Haus nicht allein betreten: Es ist Vorschrift, daß Feuerwehrleute aus Sicherheitsgründen immer zu zweit agieren müssen. Er lief also zur Einsatzzentrale und bedeutete den Männern eines gerade eingetroffenen Löschzuges, mit ihm zu kommen. Er und die drei Männer trugen die volle Einsatzausrüstung: Helm, Mantel, Handschuhe, Stiefel, Sauerstoffmasken – alles, was nötig war, um sie vor Verbrennungen zu schützen.

Mott teilte die Gruppe in Zwei-Mann-Teams ein. »Das erste Team wies ich an, durch das Fenster im Erdgeschoß einzusteigen. Sie sollten sich allerdings wegen des Feuers im Obergeschoß nicht zu weit vorwagen.« Dann bat er den übriggebliebenen Kollegen, Wayne Harder, ihm bei der Durchsuchung des Souterrains zu helfen. Harder gehörte einem anderen Department an; Mott hatte ihn noch nie zuvor gesehen und würde ihm vielleicht auch nie wieder begegnen. Gute Feuerwehrleute sind jedoch perfekt geschult, sie wissen genau, was sie zu tun haben. In diesen kritischen Minuten, in denen sie sich durch die Zimmer tasteten, deren Decken jeden Moment über ihnen einstürzen konnten, waren sie für ihr eigenes und das Leben ihres Kollegen verantwortlich.

Sie stiegen durch das Fenster und ließen sich sofort auf die Knie fallen, um auf allen vieren zu kriechen. »Da wir nichts sehen konnten, bewegten wir uns tastend weiter«, erklärte Mott. »Wir hören auf das Knistern des Feuers und tasten uns blind durch das Haus … Um nicht die Orientierung zu verlieren, richten wir unsere Suche immer nach rechts aus; auf diese Weise gelangen wir, egal wie viele Zimmer es gibt, immer wieder zum Ausgangspunkt zurück.«

Mott und Harder konnten nichts gegen das eigentliche Feuer ausrichten, denn sie hatten keine Brandbekämpfungsausrüstung bei sich. Sie wurden nur von der Hoffnung angetrieben, Leben retten zu können. In jedem Zimmer sahen sie in Schränken, unter Betten und unter Tischen nach. Sie durchquerten ein Zimmer, bei dem es sich offensichtlich um ein Schlafzimmer handelte, und tasteten mit ausgebreiteten Armen den Boden ab. Sie fanden niemanden. Sie wollten Zeit gewinnen, also riskierten sie es, sich halb aufzurichten und die Suche geduckt fortzusetzen.

Beim nächsten Raum handelte es sich um den Partykeller. Auch hier fanden sie niemanden. Dann gelangten sie auf einen Flur und stießen auf eine Tür. Mott öffnete sie – und sah sich einer Feuerwand gegenüber. »Ich konnte durch die Bodendielen bis ins Erdgeschoß sehen«, sagte Mott. Hier, wo das Feuer bis hinauf zum Dach loderte, konnten sie nichts ausrichten.« Mott schloß die Tür wieder.

In einem Spielzimmer fanden sie nur Berge von Spielsachen und Kleidern. Dann betraten sie einen Raum, in dem ein Pooltisch stand, hielten sich jedoch nicht lange dort auf. Die Decke drohte einzustürzen. Schutt, Isoliermaterial und Bretter gaben nach und zwangen Mott und Harder in die Knie. Ihre Zeit, nach Überlebenden zu suchen war abgelaufen. Jetzt mußten sie ihr eigenes Leben retten.

»Wir hatten getan, was wir konnten.« Indem sie sich im Dunkeln nach rechts weitertasteten, fanden sie den Raum, durch den sie das Haus betreten hatten. Draußen stießen sie auf das zweite Team, das durch das Bad im Erdgeschoß eingestiegen war. Auch die Kollegen hatten niemanden finden können.

Als nächstes durchsuchten die vier Männer die Garage. Dort war ein Wagen zu erkennen, und noch hatten sie die schwache Hoffnung, die Kinder lebend zu finden. Aber es war niemand im oder unter dem Wagen.

Eine der herbeigerufenen Brandbekämpfungseinheiten hatte in einem Nachbargarten einen Wasserwerfer aufgestellt, mit dem sie das Feuer unter Kontrolle bekommen wollten. Die Feuerwehrleute hatten sich fast damit abgefunden, daß die zwei Kinder im Haus verloren waren, aber noch wollte Mott nicht aufgeben. Von der Garage führte ein Gang zum Haus, der an einer verriegelten Tür endete. Als Mott und seine Männer das Schloß auftraten, fühlte sich die Tür sehr ›schwammig‹ an.

Aber hinter der Tür fanden sie nichts als Schutt aus dem darüberliegenden Stockwerk. Wie entschlossen Mott und seine Männer auch sein mochten, auf diesem Wege war es schlicht unmöglich, ins Haus zu gelangen, Beton, Stromleitungen und Isoliermaterial waren herabgestürzt und blockierten den Weg.

Jetzt war offensichtlich, daß der nördliche Teil des Hauses, vor allem der obere Abschnitt, am stärksten zerstört war. Die Feuerwehrleute befürchteten, daß die Kinder sich dort oben befanden. Dem Polizisten zufolge, der schon einmal im Haus gewesen war, waren die Kinderzimmer im Obergeschoß untergebracht. So hatten die Feuerwehrleute schon bei ihrem Eintreffen keine Chance mehr gehabt, die vermißten Kinder zu retten.

Das Feuer war gegen 1 Uhr 45 gelöscht, obgleich die Feuerwehr sicherheitshalber noch die ganze Nacht vor Ort bleiben und die Brandruine überwachen würde.

Noch wußte niemand, was die Katastrophe verursacht hatte, aber das Feuer hatte sich mit einer solchen Geschwindigkeit im Haus ausgebreitet, daß man Brandstiftung für möglich hielt. Die Detectives Gary Baker und Trish Campbell von der Prairie-Village-Polizei wurden umgehend angerufen und zum Schauplatz des Brandes beordert. Detective Sergeant Greg Burnetta und Detective Rod Smith wurden aufgefordert, sich auf dem Polizeirevier von Prairie Village einzufinden und bei der Vernehmung der Augenzeugen zu helfen.

Am einstigen Standort des Hauses am Canterbury Court 7517 setzten Polizei und Feuerwehr in der stürmischen Nacht derweil ihre Arbeit fort. Es sollte noch Stunden dauern, ehe die Ruinen sich soweit abgekühlt hatten, daß sie sich auf die Suche nach den Leichen von Tim und Kelly Farrar begeben konnten. Und es konnte noch Tage dauern, ehe die Brandexperten der Polizei die Brandursache ermittelt hatten.

17

Mike, Debora und Lissa wurden in den frühen Morgenstunden des 24. Oktober 1995 zur Polizeiwache von Prairie Village gebeten. Lissa wartete zusammen mit Mikes Eltern in einem Raum und rang nervös die Hände, das Gesicht von Rauch und Tränen verschmiert. Mike und Debora wurden in zwei separate Verhörzimmer gebracht.

Mike mußte mehrere Stunden allein dort warten. Es war ein schrecklicher Zeitpunkt, allein zu sein, aber die Beamten wollten zuerst Debora befragen. Er versuchte, nicht an Tim und Kelly zu denken. Vielleicht wurde ja doch noch alles gut, auch wenn jeder vernünftige Mensch, der in das brennende Inferno geblickt hatte, sich schwertun mußte, diesen Optimismus aufzubringen.

Detective Gary Baker traf kurz nach 2 Uhr 30 vor Ort ein. Er sollte sich auf der Wache melden, sobald es eindeutige Fakten gab. Gegen drei gaben die Feuerwehrleute bekannt, daß sie eine verkohlte Leiche gefunden hätten. Baker rief Rod Smith an, um die Neuigkeit mitzuteilen. Es handelte sich um einen der Hunde.

Debora, immer noch barfuß und in ihrem rosa Baumwollnachthemd mit dem niedlichen Schäfchenmuster, wurde in einen Raum im Souterrain der Wache gebracht. Hier wurde sie von Detective Sergeant Greg Burnetta und Detective Rod Smith verhört. Dieses Verhör – wie auch die folgenden – wurden auf Video aufgezeichnet, damit jedes Wort, jede Regung für eine spätere Beurteilung überprüfbar war. Die Videokamera ist ein bemerkenswert effektives neues Werkzeug in der forensischen Wissenschaft.

Die Polizei von Prairie Village hat inzwischen neue Räume bezogen, aber im Oktober 1995 war die Wache noch in einem recht altmodischen Gebäude untergebracht. Der für das Verhör Deboras geeignetste Raum hatte gestrichene nackte Betonwände und einen Linoleumboden, beides in einem neutralen hellen Farbton. In dem Raum standen ein Tisch und einige Klappstühle aus Vinyl und Metall. Der Raum war nicht schalldicht, und ab und an konnte man gedämpft Telefonläuten und Stimmen hören.

Es war eine Minute nach vier Uhr früh am Dienstag, dem 24. Oktober 1995, als Rod Smith das Tonband einschaltete. Er und Greg Burnetta wußten so gut wie nichts über die Ursache des Brandes in Deboras Haus. Sie waren aus den Betten geholt und aufs Revier beordert worden, um zu versuchen, Licht ins Dunkel dieses Falles zu bringen.

Burnetta und Smith wußten anhand erster Berichte vom Canterbury Court, daß kaum damit zu rechnen war, daß Deboras Sohn und ihre jüngste Tochter das Feuer überlebt hatten. Mehrere Feuerwehreinheiten waren zur Unterstützung angefordert worden, was in der Regel bedeutete, daß ein Gebäude vollständig brannte und nicht mehr zu retten war. Und so waren die beiden Beamten etwas verdutzt darüber, daß Debora recht gesprächig, ja fast fröhlich war. Obwohl ihr Atem leicht nach Alkohol roch, machte sie keinen betrunkenen Eindruck.

Sie war keine attraktive Frau. Stämmig mit breiten, fast maskulinen Schultern, sah sie aus wie Mitte Vierzig. Sie veränderte ihre Sitzhaltung häufig; ab und an rieb sie ihre Füße und zupfte an den Zehen. Sie weinte nicht und sah auch nicht so aus, als hätte sie vorher geweint.

Burnetta und Smith saßen gemeinsam an einem Ende des Tisches und Debora allein an der Längsseite, den Kopf nach rechts gedreht, ihnen zugewandt. Burnetta trug ein weißgestreiftes Hemd mit Krawatte; Smith trug Jeans, ein Sweatshirt mit der Aufschrift »Kansas«, Sportschuhe und eine Baseballmütze. Ihre jeweiligen Rollen wurden rasch deutlich. Smith befragte Debora während Burnetta nur hin und wieder Fragen einwarf und sich sonst darauf beschränkte, eifrig Notizen zu machen.

»Wir werden uns nun über den Brand in ihrem Haus unterhalten ...« sagte Smith.

»Ach, übrigens«, fiel Debora ihm ins Wort, »ist das Feuer inzwischen gelöscht?«

Die Detectives antworteten wahrheitsgemäß, daß sie selbst nicht vor Ort gewesen wären.

»Sie sind nicht verhaftet«, sagte Smith. »Sie können gehen, wann immer Sie wollen.«

Debora war zuvorkommend, fragte jedoch: »Wer sind Sie eigentlich?«

Burnetta und Smith stellten sich vor und erklärten ihre Aufgabe. Sie nickte freundlich. »Ich bin nur neugierig«, sagte sie und lachte. »Ich wußte nicht, ob Sie von der Polizei sind oder von der Feuerwehr.« Debora vermittelte den Eindruck einer gesprächsbereiten Frau, die sich in ihrem Umfeld völlig wohl fühlt. Sie gab ausführliche Antworten auf jede einzelne Frage der Beamten.

Auf die Frage, ob sie unter Alkohol- oder Drogeneinfluß stünde, entgegnete Debora bestimmt: »Nein. Ich hatte früher am Abend *einen* Drink. Vielleicht auch anderthalb. Knapp. Wann ich den Drink genommen habe, ich weiß nicht mehr – aber ich würde sagen, zwischen halb zehn und halb elf.«

Später sagte Debora aus, sie sei in ihr Zimmer gegangen, wo sie gelesen habe und vielleicht auch eingedöst sei. Sie glaubte, Tim wäre gegen zehn zu Bett gegangen, aber gegen elf war sie von einem Geräusch geweckt worden und hatte in der Küche nachgesehen. Dort traf sie auf Tim, der sich gerade etwas zu essen holte. Sie hatten sich gute Nacht gesagt und waren in ihre Zimmer zurückgekehrt.

»Danach habe ich die Kinder nicht mehr gesehen«, sagte

Debora. »So gegen halb zwölf habe ich dann das Licht ausgemacht … Ich habe irgendwann am Abend mit meinem Mann telefoniert. Das muß so gegen zehn, halb elf gewesen sein. Er rief mich an und fragte ›Was willst du?‹ Er sagte, jemand hätte ihn angepiept. Ich sagte: ›Ich habe dich nicht angepiept, und soweit ich weiß, schlafen die Kinder schon. Wenn du willst, gehe ich rauf und sehe nach‹.« Burnetta notierte die Abweichungen bei den Zeitangaben.

Debora eröffnete Smith und Burnetta, daß sie Prozac nehme – 20 mg täglich – und daß sie die letzte Dosis um zehn Uhr morgens zu sich genommen habe, also vierzehn Stunden vor dem Brand. Sie erinnerte sich, daß sie von ohrenbetäubendem Lärm geweckt worden war. Im ersten Moment hatte sie angenommen, es wäre nicht nur der Feuermelder ausgelöst worden, sondern auch noch die Alarmanlage. »Ich ging zu der Schalttafel in meinem Zimmer und versuchte, den Alarm abzustellen, aber es gelang mir nicht.«

Debora sagte, die Alarmanlage wäre schon des öfteren über den Bewegungsmelder von den Hunden ausgelöst worden. Aber diesmal war es ein völlig anderes Geräusch. »Ich dachte, ich hätte inzwischen jeden Laut gehört, zu dem die Sirene fähig ist – aber dieser Ton war mir neu.«

Sie hatte drei oder viermal erfolglos versucht, den Alarm abzustellen. »Also öffnete ich die Tür zum Flur – und der war voller Rauch. Ich bekam Angst und nahm den Schlüssel, den ich immer auf dem Bücherregal aufbewahrte.«

Debora erklärte, daß sie die Schlafzimmertür von innen aufschließen mußte, um auf die Veranda an der Rückseite des Hauses zu gelangen. »Als ich gerade das Haus verlassen wollte, um die Nachbarn zu bitten, die Feuerwehr zu rufen, hörte ich Tim über die Gegensprechanlage aus dem Billardzimmer – Tim war mein dreizehnjähriger Sohn.«

Debora sprach sachlich und flüssig und war sich offenbar gar nicht bewußt, daß sie in Zusammenhang mit Tim die Vergangenheitsform benutzt hatte. Hastig erklärte sie, daß Tim schon so viele Hausschlüssel verloren habe, daß er es gewohnt gewesen sei, über das Dach zu klettern und durch sein Zimmerfenster einzusteigen. »Das muß er mindestens dreißig Mal gemacht haben.«

Debora hatte seine Stimme über die Gegensprechanlage gehört, ihn aber nicht gesehen. »Er sagte ›Mom, was soll ich tun?‹ und ich sagte ›Tim, bleib wo du bist, ich rufe 911 und komme dich dann holen‹. Er fragte ›Soll ich eins der Mädchen holen und versuchen herauszuklettern?‹ Ich sagte ›Nein‹ – und das war wohl fatal.«

Ihre Worte waren schockierend, aber ihr Tonfall war nüchtern. Debora konnte sich nicht erinnern, wann sie das letzte Mal mit Tim gesprochen hatte. Sie erwähnte des öfteren, sie sei ›unsicher‹, was die Zeit anbelangte. Sie erinnerte sich, daß sie zu den Formans gelaufen war und diese gebeten hatte, 911 anzurufen. »Aber ich glaube, es hatte schon jemand angerufen, denn bevor die begriffen hatten, was los war, fuhren auch schon die ersten Spritzenwagen vor.«

Debora erwähnte mit keinem Wort, warum sie nicht einfach von ihrem Schlafzimmer aus die Feuerwehr angerufen hatte.

Während Dr. Forman dabei war, Hilfe herbeizurufen, war Debora zum Haus zurückgelaufen. »Ich sah meine zehnjährige Tochter oben auf dem Garagendach. Lissa hat Höhenangst«, bemerkte sie. »Sie fürchtete sich so ziemlich vor allem. Ich sagte ›Spring!‹, und sie antwortete: ›Nein, ich kann nicht‹. Darauf ich: ›Du wirst springen! Spring zu mir herunter‹. Und dann sprang sie – und ich konnte sie nicht auffangen. Ich bin sicher, daß sie nie wieder jemandem wird vertrauen können. Sie fiel mir direkt vor die Füße, verletzte sich aber nicht. Aber ich bin sicher, das ist der einzige Grund, weshalb Lissa noch am Leben ist.«

Als Rod Smith Debora aufforderte, den Nachmittag und Abend vor dem Feuer so detailliert wie möglich zu rekonstruieren, erinnerte Debora sich noch an jede Minute des Tages. Um 15 Uhr hatte sie die Kinder von der Pembroke Hill School abgeholt. »Sie gehen alle auf die Pembroke Hill«, sagte sie, wobei sie so schnell sprach, daß sie kaum zu verstehen war. »Wenigstens diejenigen, die überlebt haben.«

Wieder fiel Smith und Burnetta auf, daß Debora von ihren Kindern in der Vergangenheitsform sprach. Aber sie setzte ihren Bericht ohne Unterbrechung fort. Nachdem sie die Kinder abgeholt hatte, war sie mit Lissa noch einmal losgefahren, um Schuhe zu kaufen. »Dann fuhren wir heim, und ich trug jedem von den Kindern kleine Haushaltspflichten auf, die sie auch erledigten. Hinterher sahen sie sich eine Show im Fernsehen an, bis Lissa und ich weg mußten.

»Es war ein ganz normaler Abend. Ich hatte um Viertel vor sechs einen Termin beim Psychiater, und Lissa, meine Zehnjährige, hatte von sechs bis halb acht Ballettunterricht. Tim hatte um Viertel nach sieben ein Hockeyspiel. Nur Kelly hatte nichts vor.«

Debora sagte, sie hätte Tim und Kelly allein gelassen, weil abgemacht war, daß Mike sie um 18 Uhr 40 abholte. Er brachte sie gegen neun nach Hause. »Ich setzte ihnen ein Fertiggericht von Kentucky Fried Chicken vor. Dann gingen die Mädchen ins Bett. Aber Tim war bis etwa elf Uhr auf. Ich habe mich noch eine ganze Weile mit ihm in der Küche unterhalten.«

Auf die Frage nach ihrer Ehe, entgegnete Debora vage. »Ich bin nicht einmal sicher, ob die Scheidung überhaupt eingereicht worden ist, aber wir wollen uns scheiden lassen … wir sind gerade dabei.« Sie sagte, ihre zwei älteren Kinder seien sehr wütend auf ihren Vater gewesen. »Ich hatte um halb zwei einen Termin bei einem Therapeuten, mit dem ich vorab besprechen wollte, was mit den Kindern geschehen sollte, bevor ich sie zu ihm in Behandlung schickte.«

Debora sagte, die Therapie sei nur für sie und die drei Kinder vorgesehen gewesen, da ihr Ehemann nie eine große Rolle in ihrem Leben gespielt hätte. Sie sei besorgt gewesen wegen Tim und Lissa, während Kelly die Scheidung offenbar gut verkraftet habe.

Sie erzählte Smith und Burnetta, daß Mike Kardiologe sei, und listete ihre eigenen diversen medizinischen Fachgebiete auf, wobei sie erwähnte, daß sie auf ›die Bitte – die sehr nachdrückliche Bitte – meines Mannes‹, ihren Beruf aufgegeben habe. »Er wollte daß ich zu Hause bleibe und für die Kinder da bin. Ich habe sogar meine Zulassung aufgegeben. In meinem Leben hat sich in den vergangenen Wochen alles darum gedreht, was ich in Zukunft tun sollte. Denn mein Leben wird sich ändern, ob es mir gefällt oder nicht. Und so habe ich entschieden, daß ich gern als Psychiaterin arbeiten würde. Das wäre ein völlig neues Arbeitsfeld für mich … und würde mir ermöglichen, das Leben zu leben, das ich mir wünsche.«

Die Worte sprudelten nur so aus ihr heraus, viel schneller als Greg Burnetta sie niederschreiben konnte. Er gab sein Bestes, war aber froh, daß zusätzlich die Videokamera alles aufzeichnete. In Deboras Aussage gab es viele Gedankensprünge, und doch wirkte sie dabei völlig klar – abgesehen davon, daß sie von Tim und Kelly mal in der Gegenwart und mal in der Vergangenheit sprach. Eines war jedenfalls offensichtlich: Debora hegte einen tiefverwurzelten Haß gegen ihren Ehemann. Offenbar fand sie an fast allem, was er tat, etwas zu bemängeln. Sie erinnerte sich, daß das vergangene Wochenende chaotisch gewesen sei, weil Tim sie aus der Wohnung seines Vaters anrief und abgeholt werden wollte und dann um Mitternacht auch Lissa plötzlich nach Hause wollte, nachdem sie gehört hatte, wie ihre Großmutter schlecht von ihrer Mutter sprach. »Sie war sehr aufgeregt und sehr wütend«, sagte Debora, »weil sie mitgehört hatte, wie ihr Vater und ihre Großmutter sich darüber unterhalten hatten, was für eine Schlampe ihre Mutter sei, daß sie nicht in der Lage wäre, das Haus sauber zu halten, und Lissa keinen gesellschaftlichen Schliff besäße, weil dieser auch ihr abginge.«

Debora erklärte Smith und Burnetta, daß sie ihren Kindern versprochen hatte, sie jederzeit abzuholen, falls sie bei ihrem Vater in eine Situation gerieten, mit der sie nicht zurechtkamen. Dann ließ sie sich über die Therapie der Kinder aus. Diese sei ausschließlich wegen ihrer Feindseligkeit gegenüber ihrem Vater nötig. »Wir haben immer gesagt, es ginge nur um die drei Kinder und mich, und ihnen wäre es gleichgültig, ob er bei ihnen leben würde oder nicht, aber sie waren es leid, sich seinen Mist anzuhören. Und darum sind sie so wütend.«

Auf die Frage nach ihren eigenen Gefühlen entgegnete Debora schmunzelnd: »Ich war nicht sonderlich betroffen. Ich war eher erleichtert, als er auszog, was ihn sehr überrascht hat, da er erwartet hatte, ich würde *am Boden zerstört* sein.«

Ohne daß Smith oder Burnetta groß hätten nachhaken können, wechselte Debora sprunghaft von einem Aspekt ihres Lebens zum nächsten. Den Ermittlern fiel auf, daß das meiste dessen, was sie erzählte, sich um *ihre* Gefühle und *ihre* Pläne drehte. Wieder erwähnte sie ihre Absichten, Psychiaterin zu werden, und ihre Hoffnung, ein Stipendium an der Menninger-Klinik zu bekommen. Sie überlegte laut, wie sie in Topeka arbeiten und trotzdem gewährleisten konnte, daß jemand sich um die Kinder kümmerte – die selbstverständlich weiter die Pembroke Hill School besuchen sollten.

Debora kam immer wieder darauf zurück, daß alle drei Kinder ihren Vater verabscheuten. »Tim ist mittlerweile so weit, daß er seinen Vater als Arschloch beschimpft«, erzählte sie lachend. »Und Lissa fängt auch schon damit an.«

Burnetta wandte das Gesicht ab, damit Debora den Ausdruck auf seinen Zügen nicht sah. Smith, der den leutseligen Partner spielte, lächelte sie an, obwohl er insgeheim geschockt war von dem Haß, den sie ihrem Mann entgegenbrachte. Immerhin war sie sichtlich entzückt darüber, daß ihre Kinder den eigenen Vater so unflätig beschimpften. Ebenso offenkundig war, daß die Kinder in Deboras Augen ihr ganz allein gehörten.

Debora schien den Anblick ihres brennenden Hauses vergessen – oder verdrängt – zu haben. Sie erklärte, daß Lissa am Montag ganz aufgeregt gewesen wäre, weil sie die Rolle der Clara in dem Ballett *Der Nußknacker* bekommen hatte. Das war ihr Ziel gewesen, seit sie 1991 im Alter von nur sechs Jahren mit dem Ballettunterricht angefangen hatte. »Sie hatte schon zu Anfang zehneinhalb Stunden Ballett wöchentlich«, sagte Debora. »Und am vergangenen Wochenende bekam sie noch dreißig Stunden extra – sie war ganz schön müde.«

Eine sehr effektive Verhörtaktik besteht darin, dieselbe Frage zwei oder dreimal in leicht abgewandelter Form zu stellen. Auf diese Weise treten bei jeder abweichenden Wiederholung Ungereimtheiten zutage. Als Rod Smith sie erneut aufforderte, die Geschehnisse des vergangenen Abends zu rekonstruieren, wiederholte Debora sich bis ins Detail.

Als Mike Tim und Kelly nach dem Hockeyspiel heim brachte, war sie überrascht, daß er einfach so hereinkam. »Immerhin hatten wir einige Wochen zuvor einen Punkt erreicht, an dem ich sämtliche Schlüssel des Hauses zurückverlangt hatte – was er mir verweigert hatte.« Sie hatte die Schlösser nicht auswechseln lassen. »Ich ließ es auf sich beruhen, aber ich dachte, er hätte begriffen, daß er das Haus nicht zu betreten hatte, sofern er nicht ausdrücklich dazu aufgefordert wurde. Ich ging den Flur hinunter zur Küche, und als ich nach links in Richtung Tür blickte, sah ich, daß er mit Kelly hereingekommen war.«

Debora erklärte, sie habe ihren Mann ignoriert, während er seine Post durchging. »Ich schätze, es wurde ihm zu langweilig. Er ging dann«, sagte sie.

Deboras Aussage war bizarr, aber Burnetta und Smith waren keine Psychiater. Sie wußten nicht, ob sie vielleicht deshalb so schnell redete, weil sie nicht an das Feuer denken wollte, oder weil sie es genoß, daß man ihr so aufmerksam zuhörte. Und sie wußten auch nicht, ob sie versuchte, sich als gute Mutter darzustellen und ihnen vor Augen zu führen, was für ein lausiger Vater Mike war. Sie war offenbar nicht betrunken und schien auch nicht unter Medikamenteneinfluß zu stehen. Ihre Schilderungen waren sehr präzise. Sie war sich ihrer Sache in bezug auf Zeiten und Orte so sicher, als läse sie aus einem Terminkalender vor. Und die beiden Ermittler ahnten ganz sicher nicht von der Motivation hinter ihrem Redefluß. Sie saßen einfach nur da und hörten zu.

Debora beschrieb das Haus in allen Einzelheiten und schloß mit dem Kindertrakt am Nordende des Obergeschosses. In diesem Flügel waren vier Schlafzimmer und zwei Badezimmer untergebracht. »Sie gehen normalerweise rauf und bleiben auch dort«, sagte sie und lachte erneut. »Weil ich ihre Unordnung nicht sehen will!«

Gewöhnlich schliefen die beiden Hunde bei Debora, aber am Montag hatten Boomer und Russell eine Tüte Kaffeebohnen stibitzt, im Wohnzimmer zerfetzt und unzählige Bohnen gefressen. »Also sagte ich ›zur Strafe schlaft ihr heute nacht nicht bei mir‹. Und da haben die Mädchen die Hunde mit nach oben genommen, Kelly Boomer, den Labrador, und Lissa Russell.«

Wieder vollzog Debora einen bemerkenswerten Gedankensprung. »Er war in letzter Zeit so merkwürdig«, sagte sie, womit sie sich auf Mike und ihr Telefonat an diesem Abend bezog. »Ich sagte ›Nein, ich werde heute abend nicht mit dir sprechen. Es interessiert mich einfach nicht ...‹ und dann hängte ich ein. Aber dann fiel mir etwas ein.«

Sie sagte, sie habe gewußt, daß er auf der Heimfahrt gewesen wäre, also hätte sie wegen der Anwälte noch einmal bei ihm angerufen. Sie sagte, Mike hätte sich ›unmöglich‹ aufgeführt, weil sie seiner Ansicht nach zu lange gebraucht hatte, um zu entscheiden, ob sie Norman Beal als Mikes Scheidungsanwalt akzeptiere. Sie erzählte, er hätte einige Tage zuvor gedroht, daß er sich einen ›mit allen Wassern gewaschenen Rechtsverdreher‹ suchen wolle, wenn sie sich nicht bald entscheide. Dasselbe habe er am Vorabend am Telefon erneut angedeutet, und daraufhin hätte sie aufgelegt. Danach hätte sie etwa fünf Minuten gelesen und wäre dann eingeschlafen, bis die Sirene sie geweckt hätte.

»Wie spät war es ungefähr, als Sie das letzte Mal mit ihrem Mann gesprochen haben?« wollte Smith wissen.

»Vielleicht elf Uhr fünfundzwanzig, elf Uhr dreißig.«

In den frühen Morgenstunden des Dienstagmorgen wartete Gary Baker zusammen mit Sergeant Steve Hunter und Detective Trish Campbell auf dem Rasen vor dem Canterbury Court 7517. Die meisten Nachbarn waren inzwischen zu Bett gegangen. Einige Familien hatte die Nähe des Brandherdes nervös gemacht, so daß sie die Gastfreundschaft von Nachbarn, die ein wenig weiter entfernt wohnten, dankbar angenommen hatten. Abgesehen von einigen hartnäckigen Stellen, wo die Flammen immer wieder aufflackerten, war das Feuer gelöscht, aber der Wind blies immer noch, und es roch durchdringend nach Asche, Kohle und Rauch.

Als Baker aufblickte, sah er, daß einer der Feuerwehrleute ihn herbeiwinkte. Die Ruine war inzwischen soweit abgekühlt, daß er hineingehen und sich ein Bild des angerichteten Schadens machen konnte. Hätte er die Wahl gehabt, wäre er lieber in die entgegengesetzte Richtung gegangen, weit weg vom Schauplatz der Tragödie. Er wollte nicht sehen, was ihn im Inneren erwartete.

Die erste Leiche lag viereinhalb bis fünf Meter hinter der Haustür. Von dort, wo er stand, konnte Baker sehen, daß der Rahmen eines Eisenbettes offenbar aus dem Obergeschoß herabgefallen und vor ihm gelandet war. Unmittelbar links von dem Bett lag ein stark verkohlter menschlicher Leichnam. Er konnte nicht sicher sagen, um wen es sich handelt, aber aufgrund der Größe schätzte er, daß es sich um den vermißten Jungen handelte. Der Junge war wohl ebenfalls in das Wohnzimmer unterhalb seines Zimmers gestürzt. Die Ermittler würden die Balken des Wohnzimmerbodens durchsägen müssen, um den Leichnam zu bergen.

Als nächstes führten die Feuerwehrleute Baker in einen Raum, bei dem es sich offenbar um die Küche gehandelt hatte. Sie erklärten ihm, daß es zu gefährlich wäre, über die Wendeltreppe ins Obergeschoß zu steigen; statt dessen mußte er die Leiter hinaufklettern, die am Küchenschrank lehnte. Baker stieg die Leiter hinauf, bis er in den darüberliegenden Raum blicken konnte. Ganz offensichtlich handelte es sich um ein Kinderzimmer. Als seine Augen sich an die Dunkelheit gewöhnt hatten, entdeckte er die Leiche eines kleinen Mädchens, das im unteren von zwei Etagenbetten auf dem Rücken lag, die Bettdecke bis zur Taille hochgezogen. Nichts deutete auf einen Todeskampf hin.

Sie und der große schwarze Labrador unter ihrem Bett waren im Schlaf an einer Kohlenmonoxidvergiftung gestorben. Baker empfand es als tröstlich, daß Kelly Farrar nicht wach geworden war. Trotzdem war dieser Anblick für ihn am unerträglichsten. »Ich habe lange gebraucht, um Kelly aus meinen Gedanken zu vertreiben.«

Das Haus war eine ausgebrannte Ruine. Das Mobiliar hatte sich buchstäblich in Luft aufgelöst, Fensterscheiben waren geplatzt und Zwischenmauern eingestürzt. Das Erdgeschoß war vollständig zerstört worden. Baker konnte auf den Trägerbalken stehen, die einst mit den Holzdielen des Obergeschosses bedeckt gewesen waren, und in den grauenden Himmel sehen. Er und seine Polizeikollegen sollten in den nächsten zwei Wochen achtzig Überstunden ansammeln, um herauszufinden, was zu dem grauenhaften Tod der zwei Kinder geführt hatte.

»Und jeden Abend, wenn ich von der Arbeit nach Hause kam«, erzählte Baker, »schloß ich als erstes meine Kinder in die Arme.«

18

Drüben auf der Polizeiwache von Prairie Village hatte Debora sich noch mit keinem Wort nach Tim und Kelly erkundigt. Und sie hatte auch nicht gefragt, was aus Lissa geworden war. Sie redete nur und redete und redete.

Rod Smith führte das Gespräch wieder auf die Zeit unmittelbar vor und während des Brandes. Er wollte wissen, um welche Zeit Debora genau mit Mike gesprochen hatte und wann er angerufen hatte, um zu fragen, wer ihn angepiept habe.

Das war, nachdem die Kinder zu Bett gegangen waren, aber bevor Tim sich gegen elf in der Küche noch etwas zu essen geholt hatte. »Tim ist Schlafwandler«, sagte sie lachend.

»Sie sind also nach oben gegangen, um zu sehen, ob eines der Kinder seinen Vater angerufen hatte?« fragte Smith.

»Ich habe nur einen Blick in die Zimmer geworfen und gesehen, daß sie alle schliefen. Sogar die Hunde schliefen.« Daraufhin hatte sie Mike angepiept, um ihn wissen zu lassen, daß die Kinder schliefen.

Debora sagte, sie hätte noch ein drittes Mal mit ihrem Mann gesprochen. »Und dann rief ich noch einmal an, weil ich ja wußte, daß er das Autotelefon zur Hand hatte. Ich rief nur an, damit er von meiner Entscheidung bezüglich des Rechtsanwalts wußte ... Das war höchstens fünf Minuten nach seinem Anruf.«

»Wie lange hat dieses Gespräch gedauert?«

»Ich schätze, an die fünf Minuten.«

»Und es war eine sachliche Unterhaltung?«

»Nein.« Sie lachte. »Sie war zum Einschlafen.«

»Hat er erwähnt, wo er war?«

»Er sagte nur, er wäre in seinem Wagen auf der Heimfahrt. Als ich ihn das erstemal gefragt hatte – nachdem ich ihn angepiept hatte – sagte er, er wäre mit Freunden aus.«

»Ich komme da nicht ganz mit«, bemerkte Smith freundlich.

»Das glaub' ich gern.« Debora lachte. »Ich habe selbst mehrmals den Faden verloren.«

»Er hat Sie gegen halb elf angerufen ...«

»Richtig ... so um den Dreh.«

»Und er hatte Sie zu einem früheren Zeitpunkt bereits wegen der Angelegenheit mit dem Rechtsanwalt angerufen?«

»Ich glaube, er hat mich gestern angerufen.«

Debora erklärte erneut, daß sie und Mike in der Stiftungs-Angelegenheit gemeinsam von besagtem Anwalt vertreten worden waren. »Und dann plötzlich wollte er die Scheidung. Ich sagte, mir schiene da ein nicht unerheblicher Interessenkonflikt vorzuliegen.« Sie erzählte den Detectives von der Einverständniserklärung, die sie schließlich unterzeichnet hatte, und daß ihre Anwältin ausgerastet wäre, als sie davon erfuhr, um dann einfach nach Vermont in die Ferien zu fahren, ›obgleich alles in der Luft hing‹. Als die Rechtsanwältin – Ellen Ryan – dann aus dem Urlaub zurückgekommen war, hatte sie jedoch erklärt, daß sie im Grunde keine Einwände gegen Norman Beal als Mikes Rechtsvertreter hätte. Und um ihm das mitzuteilen, erzählte Debora, habe sie ihren Mann in seinem Wagen angerufen.

Debora lag offenbar sehr viel daran, die Detectives glauben zu machen, daß die Einzelheiten ihrer bevorstehenden Scheidung sie nicht im mindesten interessierten; sie sagte, sie befänden sich noch ganz am Anfang, und es wäre auch noch keine Unterhaltsvereinbarung getroffen worden. »Ich glaube, Mike hat seit Beginn dieser ganzen Angelegenheit noch gar keinen Gehaltsscheck bekommen. Aber für den Augenblick befindet sich genug Geld auf unseren Konten, um fürs erste davon zu leben.«

Die Befragung in dem kargen, schmucklosen Raum dauerte nun schon fast eine Stunde, und Debora hatte sich immer noch nicht nach ihren Kindern erkundigt.

Sie sagte, der Anruf bei ihrem Mann im Auto hätte nur fünf Minuten gedauert. »Ich war sehr müde.«

»Wovon sind Sie wach geworden?« fragte Smith, womit er erneut, diesmal aus einer anderen Richtung, auf den entscheidenden Zeitpunkt zu sprechen kam.

»... Es war mehr ein Summen als eine Alarmsirene – nein, da war ein Ton wie von der Alarmanlage und dazu das Summen ... In meinem Schlafzimmer, neben der

Haustür und neben der Garagentür befindet sich jeweils eine Schalttafel. Genau genommen«, sagte sie, »werden die Experten der Feuerwehr wohl gerade herausfinden, was den Alarm ausgelöst hat. Ich habe nur nicht daran gedacht nachzusehen. Ich habe nur versucht, den Lärm abzustellen.«

»Um wieviel Uhr sind Sie wach geworden?« fragte Smith. Debora war nicht sehr hilfreich. »Was weiß ich. Viertel nach zwölf, vielleicht. Mir kommt es so vor, als wäre alles sehr kurz hintereinander geschehen. Aber – bei Gott – ich habe keine Ahnung, wann der Alarm losgegangen ist. Ich habe nicht auf die Uhr gesehen. Es kann ebensogut Mitternacht wie halb eins gewesen sein.«

Sie stimmte zu, daß der Brand nicht sehr lange, nachdem sie zu Bett gegangen war, ausgebrochen sein konnte. Zuerst hatte sie ihnen jedoch erzählt, sie wäre zwischen halb zehn und halb elf zu Bett gegangen, dann meinte sie, es wäre nach halb zwölf gewesen.

»Und was taten Sie, nachdem Sie wach geworden waren?« wollte Smith wissen.

Debora wiederholte, daß sie versucht hätte, den Alarm abzuschalten, und dann die Tür zum Flur geöffnet habe. »Er war voller Rauch, also machte ich die Tür gleich wieder zu.« Sie sperrte die Tür zur Veranda auf und ging nach draußen. »Und da habe ich Tim gesagt, er solle warten. Er sprach über die Gegensprechanlage in seinem Zimmer. Er klang ganz ruhig, aber ich konnte hören, daß er nervös war.«

»Mom, was soll ich tun?« hatte Tim gefragt.

»›Bleib, wo du bist‹, sagte ich. ›Bleib ganz ruhig, ich rufe die Feuerwehr und die retten dich‹. Und er sagte: ›Soll ich rausgehen?‹ und ich sagte ›Warum siehst du nicht nach Kelly?‹.«

»Kelly?«

»Das ist meine Sechsjährige.« Debora neigte dazu, ihre

Kinder durch ihr Alter zu bezeichnen, anstatt sie bei ihrem Namen zu nennen. Auch sagte sie nie »Unsere Kinder«, sondern immer »Meine Kinder«.

Irgendwo in einem anderen Raum der Wache klingelte plötzlich ein Telefon. Das Geräusch schien Debora in die Realität zurückzuholen. Zum erstenmal seit Beginn der »Befragung« verlor ihre Stimme den fröhlichen, humorvollen Tonfall; Debora zitterte, als sie sagte: »Und ich weiß, daß, wenn Tim oder Kelly – oder auch nur einer von beiden – es geschafft hätten, man uns inzwischen Bescheid gegeben hätte.«

Smith und Burnetta wußten es aber nicht sicher. Smith stellte Debora eilig eine weitere Frage. Er wollte wissen, wie alt die Kinder jeweils wären. Sie antwortete rasch, vielleicht allmählich fürchtend, was ihnen widerfahren sein konnte. »Nein«, entgegnete Debora auf die nächste Frage, eine weitere Wiederholung. »Ich habe nicht daran gedacht, von meinem Schlafzimmer aus die Feuerwehr anzurufen. Darauf bin ich gar nicht gekommen. Als ich die Tür aufmachte, war so viel Rauch auf dem Flur. Ich schloß sie rasch wieder, damit möglichst wenig Rauch hereinwehte ... Dann durchquerte ich das Zimmer und hatte etwas Mühe, die andere Tür zu finden. Ich glaube, ich bekam ein wenig Angst. Als ich es dann endlich geschafft hatte, die Tür zu öffnen, wollte ich nur raus.«

Aber sie hatte Tim gesagt, er solle bleiben, wo er war, und abschließend gemeint: »Wenn du das Gefühl hast, daß du etwas tun mußt, geh und hol Kelly.« Debora erklärte, daß Kellys Zimmer in der Nähe des ihres Sohnes läge.

»Haben Sie Tim gesehen?«

»Nein, ich habe nur mit ihm gesprochen. Wenn ich vom Haus entfernt und nach oben geschaut hätte, hätte ich ihn vermutlich sehen können.«

»Konnten Sie das Feuer sehen?«

»Die Rückseite meines Hauses besteht größtenteils aus Glas. Und ich konnte von ein paar kurzen Abschnitten abgesehen den gesamten Flur überblicken. Als ich von der Pool-Veranda aus in die Diele schaute, sah ich Flammen und hörte Glas zersplittern. Es kam mir so vor, als explodiere irgend etwas.«

Greg Burnetta hatte den Raum verlassen und es Rod Smith überlassen, das Gespräch weiterzuführen. Der fragte Debora, ob es wegen der stürmischen Winde am Montag Stromausfälle gegeben habe. Sie entgegnete, daß der Strom vorübergehend ganz ausgefallen war, weil die elektrisch betriebenen Uhren alle blinkten, als sie die Kinder um 16 Uhr 20 von der Schule abgeholt hatte.

Der Wind war ›sehr stürmisch‹ gewesen. Debora erzählte Smith, daß sie sogar auf einen Stromausfall gehofft hatte, weil sie den Geruch brennender Vanillekerzen so liebe. »Wir haben aber weder ein Feuerzeug noch Zündhölzer im Haus, also konnten wir letztendlich doch keine Kerzen anzünden«, sagte sie lachend.

Das Gespräch drehte sich nun vorsichtig um andere mögliche Brandursachen. »Was ist mit dem Abendessen, das Sie zubereitet haben?«

»Ich stellte das Zeug von Kentucky Fried Chicken bei niedriger Temperatur in den Backofen. Als die Kinder dann alle da waren, nahm ich das Essen heraus und schaltete den Ofen aus. Ich habe nicht vergessen, in der Küche irgend etwas auszuschalten«, versicherte ihm Debora. »Zumindest nicht, daß ich wüßte.« Sie lachte. »Wäre nicht das erste Mal, wenn ich es vergessen hätte – so viel ist sicher.«

Burnetta kam zurück und setzte sich wortlos wieder hin. Debora fragte ihn, was es für Neuigkeiten von ihrem Haus und von den Kindern gäbe. Sie senkte die Stimme, und ihre Frage klang nun eindringlicher.

»Ich weiß es nicht«, erwiderte Smith. »Ich bin nicht dort

gewesen. Die Feuerwehr ist noch da. Ich weiß nicht genug über das Feuer, um ihnen sagen zu können, was geschehen sein könnte. Soweit ich informiert bin, könnten sie im Krankenhaus sein.«

Zum ersten Mal war Deboras Stimme leicht verärgert. »Hätte man uns nicht Bescheid gegeben, wenn jemand meine Kinder ins Krankenhaus gebracht hätte?«

Smith versuchte, Zeit zu schinden. Debora wußte das. Vermutlich wußten es alle im Raum. Sobald die Detectives mit Sicherheit wußten, daß Kelly und Tim Farrar tot waren, würde die Befragung mit großer Wahrscheinlichkeit ein Ende haben. Und für Burnetta und Smith war es von allergrößter Wichtigkeit, vorher noch möglichst viele Informationen aus dieser seltsamen Frau herauszubekommen. Sie hatten ein ›ungutes‹ Gefühl, was diesen Fall betraf. Sie hatten Debora erklärt, sie könne die Befragung jederzeit abbrechen, aber sie hatte keine Anstalten gemacht, von diesem Recht Gebrauch zu machen. Beinahe schien es ihr Spaß zu machen, mit ihnen zu sprechen.

»Nun«, sagte Smith, »Ich denke, man würde zu allererst dafür sorgen, daß ihre Kinder medizinisch versorgt werden.«

»Ja«, sagte Debora und bat um ein Glas Wasser.

Um jedem Sturm zuvorzukommen, der sich womöglich hinter Deboras nach außen hin ruhiger Fassade zusammenbraute, fragte Smith sie nach ihrem Geburtsdatum, ihrer Telefonnummer, den Geburtstagen der Kinder – die leichteren Fragen. Sie erzählte ihm von ihren Eltern in El Paso und ihrer Schwester in Louisville.

Sie plauderten über Geburtstage der Kinder. Kelly und Lissa waren beide im Dezember geboren. Deboras Stimme klang nun nicht mehr so selbstsicher.

»Als sie im Bett lagen«, fragte Smith, »haben Sie da irgendwelchen Lärm gehört?«

Das war eine Frage, mit der Debora umgehen konnte.

»Jetzt wo Sie es erwähnen«, sagte sie. »Ich habe in der vergangenen Woche an zwei Tagen zwischen halb drei und drei Uhr nachts zwei Personen durch meinen Garten laufen hören. Es klang, als wären sie noch recht jung. Es war eine so ungewöhnliche Zeit, daß es vermutlich Kinder waren. Ich dachte, es ginge vielleicht darum, meine Kürbisse kaputt zu treten, aber meine Kürbisse waren am nächsten Tag noch alle okay. Und meine Hunde sind beide solche Schlaftabletten. Ich glaube nicht, daß einer von ihnen überhaupt etwas mitbekommen hat ... einmal hörte ich auch Schritte hinter dem Haus – in der Nähe des Pools. Das war mir aufgefallen, und ich überlegte, ob ich deswegen beunruhigt sein sollte. Ich fürchtete, sie könnten durch die Fenster auf der Rückseite einbrechen ... aber es war nur an zwei Tagen, und danach habe ich nie wieder etwas gehört.«

»Keine Schwierigkeiten mit irgend jemandem?«

»Nein.«

»Ihre Kinder?«

»Die streiten nicht mal mit den Nachbarskindern.«

Polizeibeamtin Lieutenant Terry Young betrat den Raum; Burnetta machte sie mit Debora bekannt und sagte, Young werde ihr etwas Warmes zum Anziehen besorgen.

»Wann erfahren wir Genaueres?« fragte Debora.

»Ich weiß es nicht«, erwiderte Burnetta. »Ich werde die Kollegen vor Ort anrufen.«

Debora ging mit Lieutenant Young, wollte jedoch nur Socken und Sportschuhe anziehen. Als sie ins Verhörzimmer zurückkam, trug sie immer noch ihr rosafarbenes Nachthemd.

Um halb sechs am Dienstag morgen überbrachte Burnetta ihr die Nachricht, die sie beide erwartet und befürchtet hatten. Gary Baker hatte angerufen, um zu bestätigen, daß ihr ältestes und ihr jüngstes Kind tot waren. Eine solche Nachricht zu überbringen ist der Alptraum eines jeden Polizeibeamten. »Ihre beiden anderen Kinder sind tot«, sagte Burnetta leise.

»Allmächtiger!« rief Debora aus. »Ich hätte zulassen sollen, daß mein ... Ich hätte Tim erlauben sollen, herauszukommen, als er es wollte. Verdammte Scheiße!«

Einen kurzen Moment lang ließ Debora den Kopf auf die Arme sinken, die auf der Tischplatte ruhten. Smith und Burnetta versuchten, ihr Trost zuzusprechen, aber sie wollte nichts hören. »O Gott«, sagte sie mit tränenerstickter Stimme. »Mein Tim, und meine Kelly sind beide *tot*?«

Dann, ganz plötzlich, verwandelte sich Deboras Trauer in rasende Wut. »Gott im Himmel! Haben Sie denn überhaupt versucht, sie zu retten? *Ich* habe eins der Kinder gerettet. Ich hätte ein zweites herausholen können und habe es nicht getan. Das werde ich mir nie verzeihen ...«

Ihre Stimme klang seltsam ausdruckslos. Es klang so, als läse sie einen Text ab. Etwa dreißig Sekunden lang hatte sie geweint, gewütet und geflucht, dann der Feuerwehr und sich selbst die Schuld gegeben. Aber ihr Tonfall war so sonderbar.

Die Detectives schlugen vor, die Befragung zu unterbrechen, aber Debora wollte nichts davon hören. »Nein. *Nein.* Ich will keine weiteren Unterbrechungen mehr. Wenn sie noch mehr Informationen haben, möchte ich sie hören. Ich sitze jetzt seit fast vier Stunden hier. Okay. Wo sind die Kinder?«

»Im Haus«, entgegnete Smith.

Debora erhob sich abrupt und ging rastlos auf und ab. »Also gut. Dann möchte ich zum Haus zurückgebracht werden.«

Lieutenant Young bat Debora, sich etwas anzuziehen. Das machte sie aber nur noch wütender. Dann fragte sie sehr leise: »Weiß mein Mann es schon?«

»Wir werden gleich mit ihm sprechen.«

»Ich will zurück zu meinem Haus«, erklärte Debora.

»Ich will dorthin zurück und meine Babys sehen. Sie haben sie stundenlang tot dort liegen lassen, ohne mich zu informieren. Ich werde nicht noch fünf oder sechs Stunden warten, bis etwas geschieht. Ich will jetzt gleich zurück.«

»Nun, das wird nicht möglich sein«, entgegnete Smith, die Stimme gedämpft angesichts der dramatischen Verwandlung Deboras von einer redseligen, freundlichen Frau in eine Furie.

»Dann will ich wissen, wo die Kinder hingebracht werden«, schrie Debora. »Ich will bei ihnen sein!«

»Wir werden es in Erfahrung bringen«, versprach Smith.

»›Wir werden es in Erfahrung bringen‹«, äffte sie ihn nach. »Das erzählen Sie mir jetzt seit vier Stunden.«

»Es tut mir leid«, sagte Smith. »Aber die Männer können jetzt nicht einfach ins Haus stürmen …«

»Nein, natürlich nicht. Es könnte ja noch jemand am Leben sein.«

»Sie haben sich davon überzeugt, daß es keine Überlebenden gibt … leider.«

»Gottverdammt! Der Dreizehnjährige hat gelebt. Er hat mich gefragt, ob er das Haus verlassen könne … Das ist doch grotesk!« Debora steigerte sich in rasende Wut hinein. »Und grotesk ist die Art, wie Sie mich behandelt haben. Grotesk! Unmenschlich. Kaltschnäuzig.«

»Debora«, mischte sich Burnetta ein, »wir wußten nicht mehr als Sie.«

»Ich kann nicht glauben, daß niemand ein Handy hatte. Ich kann nicht glauben, daß es niemandem möglich gewesen sein soll, Näheres in Erfahrung zu bringen. Das ist der unkoordinierteste Einsatz, der mir je untergekommen ist«, schäumte Debora. Dann wechselte sie abrupt das Thema. »Ich würde wirklich gern meinen Mann sehen, weil er und ich die einzigen sind, die diese unerträgliche Trauer teilen können. Aber das darf ich nicht. Ich darf nicht nach Hause.

Ich darf meine toten Kinder nicht sehen. Ich darf meinen Mann nicht sehen. Sie sind ein wirklich erbärmlicher Haufen, wissen Sie das?«

Sie ließ sich nicht beruhigen, ganz gleich, was sie auch sagten, und so fragte Greg Burnetta schließlich, ob sie sich nicht umziehen wolle.

»*Wozu?*«

»Nun, offen gesagt möchten wir Ihr Nachthemd haben, um es im Labor untersuchen zu lassen«, entgegnete er bedächtig.

»Ach so«, erwiderte sie sarkastisch. »Sie meinen, es soll auf Rauchpartikel untersucht werden?« Debora betrat hocherhobenen Hauptes einen kleinen Raum neben dem Verhörzimmer, und Burnetta bat sie, dort auf seine Kollegin zu warten. »Was glauben Sie denn?« herrschte Debora ihn an. »Daß ich aus dem Fenster steige? Das Ganze ist grotesk, wirklich grotesk. Sie sollten einmal Ihre Vorgehensweise überdenken. Ich würde nie, *niemals*, jemanden so menschenunwürdig behandeln wie Sie mich heute nacht behandelt haben.«

Sie versuchten immer noch, Debora zur Vernunft zu bringen, versuchten, verständnisvoll zu sein und sich von ihr nicht provozieren zu lassen. »Wäre es Ihnen lieber gewesen, wir hätten Ihnen gesagt, Ihre Kinder seien tot, und das hätte sich später als falsch erwiesen?«

Debora fuhr jedoch fort, die Beamten zu beschimpfen. »Ich glaube einfach nicht, daß meine beiden Kinder tot sein sollen. Ich will dorthin, wo man meine Kinder hinbringt.«

Obgleich sie Ärztin war, wußte Debora nicht mehr als jeder andere Zivilist von den Mechanismen der Spurensicherung. Greg Burnetta und Rod Smith hingegen war bewußt, daß die Leichen der Kinder möglicherweise noch viele Stunden im Haus bleiben mußten, genau so lange, bis die Beamten der Spurensicherung und die Brandexperten den Tatort gründlich untersucht hatten. Bis dahin würde nur befugtem Personal der Zutritt gestattet sein. Außerdem wollten sie der Frau den Anblick ihrer toten Kinder ersparen.

Obwohl sie immer wieder verlangte, ihre Kinder zu sehen, wollte Debora vor allem zu Mike. »Allmächtiger!« schrie sie. »Es gibt hier zwei Menschen, die von dem, was geschehen ist, am meisten betroffen sind. Warum also dürfen wir nicht zusammen sein? Aber offensichtlich ist Mitgefühl für Sie ein Fremdwort … *Ich* will es ihm sagen. *Ich will meinem Mann mitteilen, daß unsere Babys tot sind.*«

19

Die Beamten waren nicht geneigt, Debora mit Mike sprechen zu lassen, bevor sie selbst mit ihm gesprochen hatten. Sie hatten bereits ein ungutes Gefühl, was diesen Fall betraf. Sie hatten noch nie jemanden auf den Tod eines geliebten Menschen so sonderbar reagieren sehen wie Debora. Ihr Verhalten verblüffte sie. Burnetta hatte noch keinen Schimmer, was für ein Mensch ihr Mann war. Würde er genauso merkwürdig reagieren wie seine Frau? Debora hatte Mike immer wieder als gedankenlosen, egoistischen Frauenhelden dargestellt, dem seine Kinder völlig gleichgültig waren. War das nur die Reaktion einer betrogenen Ehefrau – oder war er wirklich der Unmensch, als den sie ihn beschrieb?

Burnetta würde es bald wissen. Er wollte sich sein eigenes, unvoreingenommenes Bild von Mike Farrar machen. Vor allem aber wollte er Deboras Aussage überprüfen und gegebenenfalls widerlegen. Er wollte nicht, daß beide Elternteile ihre Aussagen aufeinander abstimmten, was im übrigen auch der Grund gewesen war, weshalb man sie sofort getrennt hatte.

Die Fernseh- und Radioreporter aus Kansas City witterten bereits eine Riesenstory. Einer von Mikes Kollegen fuhr am Dienstag kurz vor sechs Uhr früh zu einer internen Besprechung, als er in den Nachrichten von einem verheerenden Brand am Canterbury Court hörte. In den Nachrichten wurden keine Namen genannt, jedoch erwähnt, daß es zwei Tote gegeben hatte. Der Arzt piepte Mike umgehend an, aber Mike kam nicht dazu, ihn zurückzurufen. Er war gerade ins Verhörzimmer gebracht worden.

Es wurde die längste Nacht, die alle Beteiligten je erleben sollten. Es war 6 Uhr 20, als Mike zur Befragung ins Untergeschoß gebracht wurde. Sergeant Wes Jordan – einer der beiden Beamten, der Debora am 25. September ins Krankenhaus gebracht worden war – begleitete ihn. Jordan war ein mitfühlender Mensch. Seine dunklen Augen spiegelten Mikes Seelenqualen wider. Jordan erinnerte sich noch gut an den verwirrten Jungen und das kleine blonde Mädchen, das versucht hatte, das Haar ihrer Mutter in Ordnung zu bringen.

Jordan führte Mike in dasselbe Verhörzimmer, in dem schon Debora befragt worden war. Mike trug Jeans und einen bunten Pullover. Er war sehr dünn und blaß.

Burnetta erkannte sofort, daß Mikes Verhalten in krassem Kontrast zu dem seiner Frau stand. Seine Augen waren vom Weinen gerötet, und es kostete ihn offensichtlich alle Kraft, sich zusammenzureißen. Er war auf schreckliche Nachrichten gefaßt.

Burnetta stellte sich vor. »Mike, ich bin Greg Burnetta. Ich bedaure sehr, daß wir uns unter diesen Umständen kennenlernen müssen. Bitte nehmen Sie Platz.«

Burnetta erklärte ihm, daß er herbeordert worden war, um Debora zu befragen. Mike nickte; die zwei Beamten rutschten unruhig auf ihren Stühlen hin und her.

»Sind Sie über die neuesten Erkenntnisse informiert?« fragte Burnetta.

»Ich habe bisher nichts gehört«, entgegnete Mike mit brüchiger Stimme.

»Ich wünsche bei Gott, ich müßte Ihnen dies nicht mitteilen – aber ihre beiden Kinder sind tot.«

Mikes ganzer Körper sackte in sich zusammen. »Ich wußte es«, sagte er. »Ich wußte es gleich, als ich vor Ort eintraf – als man mir sagte, sie wären noch im Haus. Hat man sie wenigstens gefunden?« fragte er mit zitternder Stimme.

»Die Feuerwehr hat die Leichen geborgen«, bestätigte Burnetta.

Hiernach verließen Burnetta und Jordan den Raum für ein paar Minuten, da sie spürten, daß Mike etwas Zeit für sich allein brauchte. Mike saß da, nur vom gefühllosen Auge der Videokamera beobachtet. Er seufzte tief, schlug die Hände vor die Augen und weinte leise. Es kam ihm vor, als wären Stunden vergangen, bis Jordan und Burnetta zurückkehrten, tatsächlich aber waren es nur drei Minuten.

»Ich wünschte, ich könnte irgend etwas für Sie tun«, sagte Jordan.

»Ich weiß«, entgegnete Mike. »Ich habe schon genügend Leuten mitteilen müssen, daß ein geliebter Mensch gestorben ist, um zu wissen, wie unangenehm so etwas ist.« Natürlich hatte er. Als Kardiologe hatte er unzählige Male Angehörigen erklären müssen, daß ein Herz zu schwach oder angegriffen gewesen war, um weiterzuschlagen.

Diesmal war er an der Reihe.

Burnetta reichte Mike einen Becher Kaffee, den er mit

beiden Händen hielt, als könnte die Wärme seinen Schmerz lindern.

Jordan erinnerte Mike an ihr erstes Treffen, als sie bei Morgengrauen zusammen gesessen hatten und daran, wie er die gräßliche Szene am Canterbury Court durchgestanden hatte. »Es war sehr unangenehm für uns, als wir die Mutter ihrer Kinder mitnehmen mußten. Aber die Kinder waren sehr tapfer.«

»Ich weiß.« Mike nickte, sichtlich bestrebt, den kahlen Raum mit Worten zu füllen. »Ich weiß. Und sie haben sich auch tapfer gehalten, als sie fort war.«

Burnetta, der erkannte, wie nah Mike dem Zusammenbruch war, stellte hastig die Routinefragen, die leichten Fragen. Mike nannte sein Geburtsdatum, seine Praxisanschrift, seine Telefonnummer.

In anderen Teilen der Wache begann die Tagschicht. Das Aroma von Filterkaffee drang bis ins Verhörzimmer; knisternde Funksprüche waren zu hören, und gelegentlich lachte jemand. Die Welt nahm ihren geregelten Lauf.

Und dann begannen Jordan und Burnetta mit der Befragung, wobei viele ihrer Fragen ausschließlich dazu dienten, den gebrochenen Mann, den sie vor sich hatten, von seinem Schmerz abzulenken. Jordan versuchte sich zu erinnern, wann er und Officer Kyle Shipps zum Haus der Farrars gerufen worden waren. »Wie lange ist das her? Drei Wochen?«

»Ja, ich glaube … etwa drei Wochen«, antwortete Mike mit schwacher Stimme.

Tatsächlich lag es exakt vier Wochen zurück. In diesen vier Wochen war so viel geschehen.

Burnetta brachte den unheilvollen Verdacht zur Sprache, den jeder der drei Männer schon im Hinterkopf hatte. Er fragte, ob es vielleicht möglich wäre, daß Debora das Feuer gelegt hatte.

»Ich halte das für sehr wahrscheinlich«, entgegnete

Mike. »Sie ist in letzter Zeit sehr labil gewesen, hat viel getrunken und unter schweren Depressionen gelitten.« Er erzählte Burnetta von ihrem viertägigen Aufenthalt in der Menninger-Klinik. Er sagte, es sei merkwürdig gewesen, wie sie von heute auf morgen mit dem Trinken angefangen habe. Er hatte sie vorher noch nie solche Mengen Alkohol zu sich nehmen sehen. Er selbst wußte keine zufriedenstellende Erklärung.

»Ich durfte nie mit ihrem Psychiater sprechen«, sagte Mike. »Ich hatte es immer nur mit dem Sozialarbeiter der Menninger-Klinik zu tun. Als ich feststellte, daß Debora nach ihrem Aufenthalt in der Menninger-Klinik wieder mit dem Trinken angefangen hatte, stellte ich sie zur Rede. Sie leugnete jedoch alle Anschuldigungen.«

Mike erzählte, er sei am Vorabend sicher gewesen, daß seine Frau betrunken war. »Sie hat dann eine sehr charakteristische Sprechweise. Für mich war offenkundig, daß sie getrunken hatte. Ich halte es für möglich, daß sie durch Alkohol- und Medikamenteneinfluß so berauscht war, daß sie eine Herdplatte angelassen hat. Ich kann Ihnen sagen, daß sie in der Vergangenheit schon viele sonderbare Dinge getan hat.«

Er erzählte Burnetta von ihrem ersten Haus, das erst achtzehn Monate zuvor abgebrannt war. Auch dieser Brand war ausgebrochen, nachdem er ausgezogen war. Sie hatten vor dem ersten Feuer von Versöhnung gesprochen, und er hatte ein Angebot für das Haus auf dem Canterbury Court gemacht. »Aber dann erkannte ich, daß es dasselbe war, wie wenn ein Paar in einer Ehekrise ein Baby bekommt, um von seinen Problemen abzulenken. Also zog ich das Angebot zurück. Zwei Tage später stand unser Haus in Flammen. Der Brandexperte der Feuerwehr konnte keine Ursache finden, wohl aber der Experte der Versicherung. Er kam zu dem Schluß, daß ein Kabel, das zu fest um ein Rohr gewickelt war, den Brand ausgelöst habe. Wie auch immer. Wir zogen alle zusammen in meine Wohnung, und ich erneuerte mein Angebot für das Haus – jenes Haus, das heute nacht abgebrannt ist.«

Mike hatte eines mit Debora gemeinsam: er sprach sehr schnell. Trotzdem verlor er nicht den Faden und antwortete präzise auf Burnettas Fragen. Anders als Debora machte es ihm keine Freude, über intime Familienangelegenheiten zu sprechen. Zum erstenmal sprach er Dinge aus, die ihn Monate gequält hatten.

»Einige meiner Freunde waren seinerzeit davon überzeugt, daß Debora unser erstes Haus niedergebrannt hätte, um mich zurückzugewinnen«, sagte er. »Damals hielt ich das für absurd. Ich hielt es schlicht nicht für möglich, daß sie die Experten der Feuerwehr überlistet haben sollte. Aber ich kann Ihnen versichern, daß diese Frau hochintelligent ist. Ich meine, sie ist *brillant*. Und sie verschlingt Bücher – wer weiß, was sie alles gelesen hat.«

Mike erzählte Burnetta, daß seine Ehe sich in den vergangenen sechs Monaten drastisch verschlechtert habe. Er habe gewußt, daß er die Scheidung einreichen werde, sobald sie aus Peru zurück wären. Es war unausweichlich. »Ende Juli sagte ich ihr, daß ich die Scheidung wolle, und von da an wurde es immer schlimmer«, sagte er. »Es ging nicht nur um ihr schlechtes Benehmen und ihre Wutausbrüche.«

Wes Jordan hörte schweigend zu und nickte nur ab und an. Er hatte selbst erlebt, wie Debora in jener Nacht des 25. September die Beherrschung verlor.

»Und dann wurde ich krank«, fuhr Mike fort. »Ich war insgesamt drei Wochen im Krankenhaus – ich wurde dreimal neu eingewiesen, das erstemal am 18. August. Es gab keine eindeutige Diagnose. Es wurden mehrere Spezialisten zu Rate gezogen. Mein Zustand war sehr ernst. Einmal war ich dem Tod verdammt nah.«

Burnetta und Jordan glaubten ihm aufs Wort. Mike war

blaß, hager und wirkte zerbrechlich. Obgleich er an die eins achtzig groß sein mußte, konnte er nicht mehr als 130 Pfund wiegen.

»Vor jeder Krankenhauseinweisung hatte ich zu Hause etwas gegessen, das irgendwie bitter geschmeckt hatte«, sagte Mike. »Und dann durchsuchte ich eines Tages ihre Handtasche und fand mehrere Tütchen Kastorsamen.«

Mike wandte sich direkt an Jordan. »Ich habe ein Päckchen behalten und ihnen die restlichen ausgehändigt. Ich fing an, darüber nachzudenken. Ich fand ein altes Fachbuch über innere Medizin – die siebte Ausgabe von *Harrison's Principles of Internal Medicine* –, schlug die Symptome einer Rizinusvergiftung nach, und sie stimmten alle überein. Übelkeit, Erbrechen, Durchfall, Blutdruckabfall. Daraufhin suchte ich die Bibliothek des North Kansas City Hospital auf und ließ dort nach Artikeln zu diesem Thema forschen.« Sämtliche Aufsätze zu diesem Thema sollten an Celeste Walkers Adresse geschickt werden; er wollte nicht, daß Debora die Post öffnete und von seinen Nachforschungen erfuhr.

»Bei Gott« – Mike schüttelte beim Sprechen den Kopf – »als ich anfing, diese Aufsätze zu lesen, bekam ich eine Gänsehaut. Ich fand heraus, daß sogar der KGB Kastorsamen verwendet hatte, um Leute aus dem Weg zu räumen. Das Problem ist, daß, wenn man nicht zum Zeitpunkt der Erkrankung einen toxikologischen Test durchführt, man keine Diagnose stellen kann. Inzwischen ist es möglich, die Vergiftung nachzuweisen.«

Mike erzählte Burnetta und Jordan außerdem von den seltsamen Briefen auf seiner Veranda und im Nachbargarten. »Damit hatte ich etwas in der Hand«, sagte er. »Ich stellte sie zur Rede, und nach anfänglichem Leugnen gab sie es zu.«

Der Brief, den die Formans gefunden hatten, war an den Direktor der Pembroke Hill adressiert. Mike sagte, er wäre gebeten worden, in der Schule einen Diavortrag über ihre Peru-Reise zu halten, und in dem Brief stand, die Schule dürfe jemanden, der seine Frau betrügt, nicht zu den Schülern sprechen lassen.

Unauffällig warf Burnetta einen Blick auf seine Notizen. Erst vor zwei Stunden hatte Debora gesagt »Ich war nicht sonderlich betroffen – oder auch nur emotional sonderlich engagiert. Nein, das stimmt nicht. Ich war unbeschreiblich erleichtert, als er auszog, was ihn sehr überrascht hat, weil er erwartet hatte, ich würde am Boden zerstört sein.«

Einer von beiden log, aber das war ja in Scheidungsangelegenheiten nichts Ungewöhnliches.

Mike begann, die letzten sechs Monate seiner Ehe zu beschreiben. Debora verhielt sich seltsam. Sie erzählte mir, sie wolle als Missionarin nach Afrika gehen. Dann hieß es plötzlich, sie hätte in Louisville eine Assistenzstelle in der Psychiatrie bekommen. Ich überprüfte unsere Telefonrechnung. Sie hatte kein einziges Mal mit Louisville telefoniert. Es war alles frei erfunden.

»Im ganzen Haus herrschte ein unbeschreibliches Chaos. Überall lagen Lebensmittelverpackungen auf dem Fußboden, überall waren Kleidungsstücke verstreut. Sie wissen sicher selbst, wie unordentlich ein Haus mit drei Kindern sein kann, aber Deboras Unordnung überstieg das normale Maß.

Greg Burnetta war trotz seiner Müdigkeit fasziniert. Debora hatte ein völlig anderes Bild von ihr selbst und ihrer Ehe gezeichnet. Sie hatte ihren Mann als gleichgültig und desinteressiert beschrieben und sich selbst als warmherzige, liebevolle Mutter, die alles perfekt im Griff hatte.

Die Beamten hatten den Eindruck, daß Mike froh war, die Geschichte endlich loszuwerden. Der für das vergangene Wochenende geplante Besuch der Kinder bei ihm zu Hause sei an einer weiteren lautstarken Auseinandersetzung gescheitert. Tim und Lissa wären gar nicht bei ihm gewesen. »Debora schrie Tim an, und er schrie zurück.« Schließlich habe er nur Kelly mitgenommen. Später hatte er dann von den Nachbarn erfahren, daß Tim Lissa ausgesperrt hätte und sie schreiend gegen die Tür getrommelt habe.

Seufzend sagte Mike, Debora wäre mit allem überfordert gewesen. »Sie hat sich große Sorgen wegen des Geldes gemacht. Ich weiß nicht, ob es bei diesem Brand um Versicherungsbetrug ging, ob sie mir einen Schrecken einjagen wollte oder ob es ihr nur darum ging, mit den Kindern bei mir einzuziehen. Jedenfalls halte ich sie absolut für fähig, ein Feuer zu legen.«

Mike erzählte seine Version des Streits um seinen Anwalt: Debora hatte die Angelegenheit immer wieder hinausgezögert, sogar die Suche nach einem eigenen Rechtsbeistand. Und dann tat sie alles, um die Scheidung hinauszuzögern. Er sei das Warten leid gewesen.

Burnetta registrierte, daß Mikes Schilderung der familiären Aktivitäten am Vorabend sich exakt mit dem deckte, was Debora erzählt hatte. Mike sagte, daß Debora keinen nervösen oder erregten Eindruck gemacht habe, als er Tim und Kelly nach dem Hockeyspiel nach Hause gebracht hatte. Er glaubte, sie hätte möglicherweise unter dem Einfluß eines leichten Beruhigungsmittels gestanden. Er war nur ein paar Minuten geblieben, und sie hatte in dieser Zeit das Essen aus dem Ofen geholt und den Kindern vorgesetzt.

Ja, er hatte sie zwischen halb elf und elf angerufen und gefragt, warum sie ihn angepiept habe. Sie sagte, es müsse eins der Kinder gewesen sein. »Es kommt oft vor, daß die Kinder mich anpiepen, aber nicht so spät abends.«

»Fünf Minuten später hat Debora Sie dann zurückgerufen?« fragte Burnetta.

»Richtig. Ich hatte ihr gesagt, es wäre nicht nötig nachzusehen, ob eins der Kinder mich angepiept hatte. Aber sie rief zurück und sagte, sie würden alle drei schon schlafen. Dann piepte sie mich wieder an, als ich gerade in meine Straße einbog.«

Burnetta hob ruckartig den Kopf. »Wie lange braucht man vom Canterbury Court zu Ihrer Wohnung? Sie sind um neun dort weggefahren und waren erst um elf zu Hause?«

»Nein. Ich war noch bei einer Freundin«, entgegnete Mike. »Ich muß so gegen elf zu Hause gewesen sein. Debora piepte mich um Viertel nach elf an. Ich rief sie von meiner Wohnung aus zurück. Ich war wütend auf sie. Sie war sehr betrunken. Sie sprach schleppend. Ich sagte ihr, sie solle sich zusammenreißen, ihr Leben wieder in den Griff kriegen, das Haus sauber halten und den Kindern gewisse Grenzen setzen. Ich sagte ihr, die Leute würden bereits über sie reden. Sie wollte wissen, wer über sie redete, aber das sagte ich ihr nicht. Die Leute haben wirklich über sie geredet. Manche waren sogar so beunruhigt, daß sie sich mit dem Gedanken trugen, das Jugendamt einzuschalten.«

In Anbetracht von Deboras Zustand, fragte sich Burnetta, ob Mikes Anschuldigungen sie womöglich vollends in den Wahnsinn getrieben haben mochten.

Wenn Mike nicht sprach, seufzte er tief. Die Realität dessen, was Tim und Kelly passiert war, holte ihn ein, und er stand immer wieder kurz davor, in Tränen auszubrechen.

»Hat Debora je damit gedroht, etwas Bestimmtes zu tun – jemandem etwas anzutun?« wollte Burnetta wissen.

Mike schüttelte den Kopf. »Nein, nie. Abgesehen von den Geschichten imaginärer Jobs und Vorhaben wie der Missionarsreise nach Afrika. Sie hat nie Drohungen in bezug auf das Haus oder gegen die Kinder ausgesprochen. Teil des Problems ist, daß sie keine Freunde hat – sie hat niemanden, mit dem sie reden könnte. Früher hatte sie Freundinnen im Tennisclub, aber das ist vorbei. Sie hatte keinerlei Unterstützung. Alles, was sie hatte, waren ihr Psychiater und ihre Rechtsanwältin. Und so redete sie mit den Kindern, so wie Sie mit einem Freund reden würden, wenn sie ein Problem hätten. Sie sagte schreckliche Dinge zu den Kindern.«

Mike seufzte erneut. »Sie erzählte ihnen, ich würde ›mit drei Frauen bumsen‹ oder ich wäre in Peru ›mit heraushängendem Schwanz anderen Frauen nachgelaufen‹. Sie nannte den Kindern sogar die Namen der Frauen. Es war verrückt.

Dann wollte Mike wissen, wo seine Kinder gefunden worden waren und wer sie entdeckt hatte. Wer untersuchte die Brandursache?

»Bislang ist das Haus noch nicht von staatlichen Brandexperten untersucht worden«, entgegnete Burnetta. »Aber man wird ganz sicher nach Hinweisen für eine Brandstiftung suchen.«

»Ich verstehe«, sagte Mike leise. »Aber ich hoffe, daß es ein Unfall war.« Es war offensichtlich, daß er das ernst meinte, aber selbst nicht daran glaubte. Mit tränenerstickter Stimme sagte er: »Sagen Sie mir eins – nur das eine noch. *Wo* war Tim?«

Burnetta und Jordan rutschten unruhig auf ihren Stühlen hin und her. Sie wollten es ihm nicht sagen. Jordan meinte, daß es besser wäre, keine Mutmaßungen anzustellen und auf den offiziellen Bericht zu warten.

»Sie können gehen«, sagte Burnetta. »Aber fahren Sie nicht zurück zum Haus.«

»Nein … nein, das tue ich nicht.«

»Jemand vom Büro des Bezirksstaatsanwalts arbeitet mit uns zusammen. Er wird vermutlich eine Autopsie verlangen.«

»Ich verstehe«, sagte Mike, konnte sich jedoch eine Frage nicht verkneifen: »Sind sie … sind sie stark verbrannt?«

In fast jedem Menschenleben gibt es Augenblicke tiefer Trauer, Trauer, die die Seele in solche Verzweiflung stürzt, daß der Betroffene überzeugt ist, nie wieder glücklich werden zu können. Die drei Männer in dem kargen Raum hatten an vielen solcher Momente teilgehabt.

Jetzt quälten Wes Jordan und Greg Burnetta sich damit, wie sie Mike Trost spenden konnten – ohne ihn zu belügen. Sie erzählen ihm wahrheitsgemäß, daß Kelly nicht verbrannt war. »Sie ist unversehrt. Wir gehen davon aus, daß sie im Schlaf an Rauchvergiftung gestorben ist.«

»Wirklich?« fragte Mike, und die beiden Ermittler glaubten einen Unterton der Erleichterung aus seiner Stimme herauszuhören. Sie hatten ihm ein klein wenig Trost inmitten des Grauens geben können.

Mike tat, was jeder in einer solchen Situation tut: er versuchte, etwas zu finden, woran er sich klammern konnte, um sein inneres Gleichgewicht wiederzufinden. »Wissen Sie«, sagte er. »Wissen Sie, ich hatte ein gutes Leben. Dies ist die erste echte Tragödie in meinem Leben. Meine Eltern, meine Schwestern und meine Kinder sind gesund …« Er fing an zu schluchzen.

Frauen verkraften Trauer gewöhnlich besser, sind in der Lage, sich anderen zuzuwenden, ohne sich ihrer Tränen zu schämen. Mike weinte, und die beiden Beamten, die tiefes Mitgefühl hatten, hatten keine Ahnung, wie sie ihm helfen sollten.

»Sind Sie ein gläubiger Mensch, Mike?« fragte Jordan.

»Nein, ich bin nicht gläubig.«

»Ich wünschte, wir könnten irgend etwas für Sie tun«, sagte Jordan leise.

Die Uhr des Videorecorders der Polizei zeigte 6 Uhr 58 an. Burnetta und Jordan verließen das Verhörzimmer für ein paar Minuten. Mike war allein, wartete auf die Rückkehr der Polizisten und versuchte, nicht zu weinen.

Als Burnetta zurückkam, teilte er Mike mit, daß sie seine Kleidungsstücke bräuchten. »Damit wir Sie als Verdächtigen ausschließen können«, sagte er.

»Sicher. Natürlich«, antwortete er.

Er erzählte den zwei Beamten, er habe bei Celeste zu Abend gegessen, zwei Bier getrunken und mit ihr geplaudert. Er erwähnte nicht, daß er und Celeste ein Verhältnis hatten, und sie fragten auch nicht danach. Das schien in der Sache ohne Belang.

»Um wieviel Uhr haben Sie Celestes Haus verlassen?!« fragte Burnetta.

»Zwischen elf und Viertel nach elf. Ich war noch dort, als Debora mich die ersten beiden Male anpiepte. Die zwei Rufe sind nicht gespeichert – ich habe sie gewohnheitsmäßig gelöscht.«

Während Burnetta ging, um Ersatzkleider für Mike zu organisieren, unterhielten Jordan und er sich ruhig. Plötzlich kam Mike ein beunruhigender Gedanke. »Was wird aus Deb werden? Ich kann sie nicht aufnehmen.«

»Sagen Sie, konnten die Hunde an Kaffeebohnen kommen?« wechselte Jordan das Thema.

Mike nickte. Tim hatte ihm davon erzählt. So chaotisch, wie es in dem Haus zuging, hatte es Mike nicht überrascht.

»Was wird heute aus ihr werden?« hakte Mike nach und fragte sich, wohin Debora sich wenden würde. Das Haus gab es nicht mehr, sie hatte keine Freunde, und ihre Verwandten lebten weit weg.

»Sie, Ihre Eltern und Lissa können gehen«, sagte Jordan.

»Wo soll Deb hingehen?« fragte Mike noch einmal. »Ich kann sie nicht in meiner Wohnung aufnehmen.«

Dann begann Mike, von seinem Verlust und seinen Ängsten zu sprechen. »Arme Lissa. Gottverdammt! Zwei

Geschwister, die bei dem Brand umgekommen sind. Und ihre eigene Mutter hat womöglich … Gott, wie soll sie je wieder ein normales Leben führen?«

»Sie hat Tim gehört«, sagte Jordan leise. »Sie hat ihn um Hilfe rufen hören.«

»O Gott. Ich weiß. Ich weiß.« Mike begann leise zu schluchzen. »Tim war so durcheinander. Aber er war sehr sportlich. Der Coach kam nach dem Spiel zu mir und lobte Tim. Der arme Junge. Er hatte nie eine Chance. Arme Kelly. Und ich bin so dankbar, daß ich mit den beiden bei dem Spiel war. Ich habe einen Teil verpaßt, weil ich Kelly versprochen hatte, ihr Schuhe zu kaufen.«

Mike fing langsam an, seinen Schock zu überwinden und versuchte nun, Antworten zu finden. »Ich habe *siebzehn* Jahre mit dieser Frau zusammengelebt«, sagte er. »Ich wußte, daß sie mit zwischenmenschlichen Beziehungen Probleme hatte. Grundsätzlich hielt ich sie für eine gute Mutter. Sie sorgte dafür, daß die Kinder aktiv waren. Lissa wird die Clara im *Nußknacker* tanzen. Kelly sollte einen Engel darstellen. Tim war so vielversprechend im Fußball und beim Hockey. Kelly sagte mir, es würde alles gut werden. Sie sagte: ›Mom, Lissa und Tim glauben, du würdest Frauen aus Peru nachsteigen, aber ich weiß, daß das nicht stimmt‹.«

Mit einem tiefen Seufzer machte Wes Jordan Mike darauf aufmerksam, daß er sich mit Beerdigungsfragen würde befassen müssen. »Wir müssen wissen, wohin die Kinder gebracht werden sollen.«

»An wen soll ich mich wenden?«

»An irgendeinen Bestatter. Setzen Sie sich mit Ihren Eltern zusammen und suchen Sie einen aus.«

Die Organisation der Beerdigung würde Mike ablenken. Er war schon immer ein Mensch gewesen, der Listen aufstellte und alles bis ins letzte Detail plante. Zwar hätte er nie erwartet, sich mit etwas Derartigem befassen zu müssen, aber er griff nach dem Telefonbuch, das in Reichweite lag, und blätterte in den gelben Seiten.

»Ich muß den Sozialarbeiter der Menninger-Klinik anrufen«, sagte er mehr zu sich selbst als zu Jordan. »ich muß Debs Psychiater informieren. Und ich sollte auch die Schule verständigen. Ich muß ihre Eltern anrufen – das Problem ist nur, daß ich ihre Nummer nicht kenne. Vielleicht könnte sie ihre Eltern selbst anrufen?«

Die Zeit schien nur schleppend zu vergehen. Jordan stellte keine Fragen mehr. Er und Mike unterhielten sich einfach nur. Sie sprachen darüber, wie stürmisch es in der Nacht gewesen war, und daß es an ein Wunder grenzte, daß nicht alle Häuser am Canterbury Court in Flammen aufgegangen waren.

»Unsere Leute haben versucht reinzukommen«, sagte Jordan.

»Ich weiß.«

»Obwohl sie alles versucht haben, war es bereits zu spät. Es ist ein Wunder, daß Ihre kleine Tochter es geschafft hat rauszukommen.«

Mike versuchte nach Kräften, die Tränen zu unterdrücken. Der Polizist gab sich wirklich Mühe, ihm zu helfen.

Schließlich mußte Mike einfach die eine Frage stellen, die ihm nicht aus dem Sinn ging. »Was, wenn sie es tatsächlich getan hat? Wäre das dann als Totschlag zu werten?«

»Sehen Sie, wir müssen dreierlei miteinander vergleichen«, entgegnete Jordan nach langem Zögern. »Das, was Sie uns erzählt haben, was ihre Frau uns erzählt hat und die Ergebnisse der Spurensicherung am Tatort – sofern es sich um einen *Tatort* handelt. Alle drei müssen übereinstimmen. Gibt es Abweichungen, stimmt etwas nicht. Aber es wäre verfrüht, jetzt schon etwas zu sagen. Wir nehmen die Sache aber sehr, sehr ernst.«

»Wenigstens bin ich sicher, daß Tim nicht lange hat leiden müssen«, sagte Mike.

»Nein.«

»Bei dem ganzen Rauch …«

»Er wird sehr bald das Bewußtsein verloren haben.«

»Armer Tim«, sagte Mike mit brüchiger Stimme. »Er war so stark. Ich wollte, daß er eine Therapie macht. Ich wollte, daß er lernt, seine Wut zu kontrollieren.«

Es war 7 Uhr 26 am Dienstag morgen, und Mike, der immer noch auf Ersatzkleider wartete, versuchte, sich auf die Anzeigen von Bestattungsunternehmen in den gelben Seiten zu konzentrieren. Erst dreizehn Stunden zuvor hatte er Tim und Kelly abgeholt, um mit ihnen zu einem Hockeymatch zu fahren. Vor zehn Stunden hatte er seinen Sohn das letzte Mal gesehen. Als er den letzten Blick auf Kelly geworfen hatte, war sie gerade dabei, zu Abend zu essen.

Er fragte sich, ob er sich verabschiedet hatte.

Es war noch nicht ganz neun, als Mike in die Georgetown-Wohnsiedlung zurückkehrte, in der er seit einem knappen Monat wohnte. Seine Wohnung lag nur wenige Meter von einer Parallelstraße der I–35 entfernt. Hinten gab es einen kleinen Garten und ein tiefer liegendes Wohnzimmer, aber die Wohnung konnte sich bei weitem nicht mit dem Haus messen, das nun einige Meilen entfernt in Schutt und Asche lag.

Mitte des Vormittags klingelte das Telefon: die Polizei von Prairie Village wollte Debora freilassen, wußte aber nicht recht, was sie mit ihr anfangen sollte. »Sie hatte keine Kleider, kein Geld, kein gar nichts«, erinnerte sich Mike.

Sich um Debora zu kümmern war in den letzten zwei oder drei Jahren ein wichtiger Teil von Mikes Alltag geworden. Die private Seite ihrer Ehe hatte nichts mehr mit gleichberechtigter Partnerschaft zu tun; er war derjenige, der sich um alles kümmerte, während sie diejenige war, die hysterisch wurde, wenn nicht alles nach ihrem Kopf ging. Aber trotz seiner Trauer, seiner Wut und seiner Angst konnte Mike nicht guten Gewissens zulassen, daß man sie auf die Straße setzte. Er wußte, daß sie allein nicht zurechtkommen würde.

Wenngleich er davon überzeugt war, daß Debora ihn vergiftet hatte, fragte er sich immer noch, warum. Und er konnte sich nur schwerlich vorstellen, daß sie absichtlich den Kindern etwas angetan hätte, die doch auf ihrer Seite gestanden hatten. Und die Polizeiermittlungen hatten gerade erst begonnen. Noch wußte niemand mit Sicherheit, wie das Feuer entstanden war, in dem zwei ihrer Kinder den Tod gefunden hatten.

Mike sagte den Polizisten schließlich, sie sollten Debora zu ihm bringen. Er würde dafür sorgen, daß sie ein Dach über dem Kopf hatte.

Als sie bei Mike eintraf, erwartete Debora, bei ihrem Mann bleiben zu können.

»Ich erklärte ihr jedoch kategorisch, daß das nicht in Frage käme«, sagte Mike. »Ich hätte nicht wieder mit ihr zusammenleben können. Ich sagte ihr, daß ich ihr den Wagen, Geld und ein Handy geben würde.«

Der höchste Betrag, den Mike kurzfristig beschaffen konnte, waren 300 Dollar, und die händigte er Debora aus. Er gestattete ihr außerdem, von dem Apparat in seiner Wohnung einige Anrufe zu tätigen; er erinnerte sie daran, daß sie ihre Eltern anrufen müsse. Dann solle sie eine Freundin auftun, bei der sie fürs erste unterkommen könne. Vielleicht war das grausam – er wußte, daß sie keine engen Freundinnen hatte – aber er konnte für sie einfach nicht länger die Verantwortung übernehmen.

Nachdem Debora gefahren war, rief Mike Norman Beal an. »Er machte sich Sorgen um Lissa, und ich machte mir

Sorgen um Lissa«, sagte Mike. »Also fuhr ich zu seiner Kanzlei, um mit ihm zu besprechen, was zu tun sei. Dann reichte ich die Scheidung ein und beantragte das Sorgerecht für Lissa.«

Lissa war bei seinen Eltern. Nachdem er alles Nötige veranlaßt hatte, um die Scheidung in die Wege zu leiten, fuhr Mike dorthin und schlief zum ersten Mal seit dreißig Stunden.

20

Bezirksstaatsanwalt Paul Morrison stammte aus einer Arbeiterfamilie. Sein Vater hatte den Großteil seines Lebens als Bahnarbeiter an der Santa-Fe-Linie gearbeitet. Hiernach war er bei einer Ölgesellschaft angestellt gewesen. »Ich komme aus einer waschechten Arbeiterfamilie«, sagte Morrison. »Meine Vorfahren waren Farmer und Bahnarbeiter. Mein Vater hat mich sehr nachdrücklich gedrängt, die Schule zu besuchen und zu versuchen, etwas aus mir zu machen.«

Vor langer Zeit, als ich dreizehn oder vierzehn Jahre alt gewesen war, hatte Morrison mit dem Gedanken gespielt, Rechtsanwalt zu werden, weil er gerne diskutierte und alles in Frage stellte. »Ich bin sicher«, sagte er heute lachend, »daß das für meine Eltern sehr nervig war.«

Morrisons Ambitionen, Recht zu praktizieren, blieben bestehen, bis er aufs College kam. Plötzlich erschien ihm Polizeiarbeit verlockender. Er wollte Detective werden. »Aber mir wurde schnell klar, daß nicht jeder ein Sherlock Holmes sein kann und ich mich zum Detective würde hocharbeiten müssen. Und der Gedanke an die Jahre als Streifenpolizist ... Ich sagte mir, daß es einen leichteren

Weg geben müsse, mit der Aufklärung von Verbrechen betraut zu sein, und so kehrte ich zu meinen alten Plänen zurück, Jura zu studieren, nur daß ich mich nun auf die Laufbahn eines Staatsanwaltes konzentrieren wollte. Ich versuchte, alles, was ich an der Hochschule tat, auf dieses Ziel auszurichten.«

Bis vor etwa drei Jahrzehnten wurde im Staat Kansas die Rolle des Bezirksstaatsanwaltes gewöhnlich von einem unerfahrenen Rechtsanwalt ausgeübt. Meist verdonnerte man einen ›Neuen‹ zum Staatsdienst. Diese Philosophie wandelte sich jedoch in den sechziger Jahren radikal; plötzlich sahen sich Anwälte, die Staatsanwalt werden wollten, einem harten Konkurrenzkampf ausgesetzt. Plötzlich wollten die besten Strafverteidiger Bezirksstaatsanwälte werden. Das war natürlich ein Glück für die Bürger von Kansas, und Pech für die Angeklagten.

Morrison war sich bewußt, daß es nach seinem Abschluß 1980 schwer sein würde, eine Stelle bei der Staatsanwaltschaft zu ergattern. Um seine Chancen zu verbessern, begann er noch während des Studiums, praktische Erfahrung zu sammeln. Er absolvierte Praktika bei drei Staatsanwaltskanzleien und arbeitete in seinem dritten Studienjahr bereits als Staatsanwaltanwärter. »Ich hatte mehrere Hundert Fälle geringfügiger Delikte bearbeitet und mehrere Schwurgerichtsverfahren verhandelt«, erinnerte er sich.

Morrison hatte dafür gesorgt, daß er Johnson County bei Studienabschluß handfeste Erfahrung bieten konnte, und so wurde er denn auch vom damaligen Bezirksstaatsanwalt Dennis Moore zu einem seiner zehn Stellvertreter ernannt. Morrison fungierte acht Jahre als stellvertretender Bezirksstaatsanwalt. Von seiner Frau ermutigt, bewarb er sich 1988 für das Amt des Bezirksstaatsanwaltes von Johnson County, nachdem Dennis Moore bekanntgegeben hatte, keine vierte Amtszeit anzustreben. Morrison setzte sich gegen seine Mitbewerber durch und gewann die Wahlen.

Energiegeladen präsentierte sich Morrison den Wählern – und klang wie Kansas pur. Mit seinem dicken Schnauzbart und den eisblauen Augen, die einen Zeugen förmlich durchbohren konnten, hätte er auch vor hundert Jahren Sheriff in seiner Geburtsstadt Dodge City sein können. Seine Stimme war ein dunkler Bariton mit dem für Kansas typischen schleppenden Akzent. Er war ein Original.

Morrisons bis dahin bekanntester Fall war der von Richard Grissom jr., ein Fall, bei dem er es mit Strafverteidiger Kevin Moriarty aufnehmen mußte. Grissom kam Morrison zufolge einem Serienmörder so nah, wie nur irgend möglich.

Richard Grissom jr. war halb Koreaner, halb Schwarzer. Die Grissoms, eine Army-Familie, die in Korea stationiert gewesen war, hatte ihn im Alter von vier Jahren über ein koreanisches Waisenhaus adoptiert. Bis zu seiner Adoption hatte er sich allein in den Straßen von Seoul durchgeschlagen. Vielleicht hat dieses frühe Grauen ihn für immer gezeichnet.

Die Grissoms nahmen Rich Junior mit nach Amerika – erst nach Kalifornien und dann, als sie versetzt wurden, nach Fort Leavenworth in Kansas. Rich Junior war ein ausgesprochen hübsches Kind und wuchs zu einem gutaussehenden jungen Mann heran, der sich in jede Kultur einfügen konnte. Aber er bereitete seinen Adoptiveltern nur Schmerz und brachte ihren guten Namen in Verruf.

1979, im Alter von sechzehn Jahren, lief Rich von zu Hause fort. Während eines schlimmen Schneesturms marschierte er in Richtung Lansing. Um sich aufzuwärmen, brach er in den Keller einer älteren Dame ein. Die Frau hörte ein Geräusch, und als sie nach unten ging, um nachzusehen, wurde sie von Rich erschlagen. »Er wurde als

Jugendlicher behandelt«, erinnerte sich Morrison, »und in ein Jugenderziehungsheim in Topeka geschickt. Nach vier Jahren ließ man ihn wieder raus. Drei oder vier Jahre lang machte er sich geringfügiger Straftaten schuldig, von denen er auch einige hier in Olathe beging.«

1989 schien Rich sich gefangen zu haben. Er war professioneller Racquetball-Spieler und besaß »Schönheit und Anmut eines Michelangelo. Sein Aussehen war makellos«, sagte Morrison. »Er war ein Chamäleon. Er konnte sein Erscheinungsbild verändern, wie es ihm gefiel. Er konnte aussehen wie ein weißer Yuppie oder wie ein schwarzer Rapper mit geflochtenem Haar. Ebensogut konnte er den Eindruck erwecken, er komme aus dem Fernen Osten oder einer Brokerfirma der Wall Street. Er war ein Ausnahmesportler und Inhaber eines Malergeschäftes, aber nebenbei raubte er auch Wohnungen in ganz Johnson County aus.«

In einem Zeitraum von zwei Wochen tötete Rich drei junge Frauen. »Wir haben die Leichen nie gefunden«, sagte Morrison. »Aber wir haben es in einem vierwöchigen Prozeß geschafft, seine Verurteilung zu erreichen. Gelungen ist uns das mit einer Fülle von Indizien und Beweisen. Monatelang hat eine Sonderkommission ermittelt, und schließlich fanden wir Kopf- und Schamhaare von ihm im Bett zweier Opfer. Er zog mit den jungen Frauen herum und schlief mit ihnen, bevor er sie tötete. Von einer der jungen Frauen fanden wir Nacktfotos ...«

Noch acht Jahre später empfand Morrison Trauer mit Grissoms Opfern. »Man konnte die Bilder nicht ohne einen Kloß im Hals ansehen. Es waren die letzten Aufnahmen dieses Mädchens, und es war ganz aufgewühlt. Auf einem der Fotos weinte es sogar. Ein gräßlicher Fall.«

Nach Grissom glaubte der Bezirksstaatsanwalt, den schwierigsten Fall seiner Laufbahn bereits hinter sich zu haben. Er rechnete nicht damit, es noch einmal mit einem Angeklagten zu tun zu bekommen, der ihm, seinem Team und den Ermittlern der Polizei fast mehr abverlangte als sie zu leisten imstande waren. »Ich dachte, daß ich so früh in meiner Laufbahn die größte Herausforderung bereits hinter mir hätte«, sagte er später.

Paul Morrison und seine Frau Joyce führten eine gute Ehe, aber in Anbetracht ihrer Berufswahl, war das Zusammenleben nicht immer einfach. Viele Staatsanwälte neigen dazu, den Verlockungen der Medien zu verfallen und das Scheinwerferlicht zu suchen. Morrison hatte sich jedoch nie für Publicity interessiert. Wenn er einen Fall vorbereitete und verhandelte, war es ihm wichtig, von Reportern verschont zu bleiben. Er gab nur Interviews, wenn er es als absolut notwendig erachtete, um die Öffentlichkeit über die grundlegendsten Fakten eines Falles zu informieren.

Die Morrisons hatten drei Kinder, die fast genauso alt waren wie die Kinder der Farrars zum Zeitpunkt des Brandes. Mary Amanda war vierzehn, Drew war zwölf und Cole sieben.

Staatsanwältin Claire McCaskill aus Jackson County lobte Paul Morrison dafür, daß er der Presse die kalte Schulter zeigte. Sie nannte eine Reihe von Fällen – darunter den Prozeß gegen O. J. Simpson –, die von Staatsanwälten überproportional aufgebauscht worden waren. »Paul ist von seinen Kollegen immer als Staatsanwalt der Staatsanwälte betrachtet worden«, sagte McCaskill. »In seinen Augen sollte man sich der Medien nur dann bedienen, wenn es darum geht, Dinge wie beispielsweise dringend notwendige Gesetzesveränderungen bei der Handhabung von Gewalt in der Ehe voranzutreiben. Geht es aber um einen konkreten Fall, an dem er gerade arbeitet, ist er zugeknöpft und kurz angebunden.«

Obgleich Morrison schon seit Januar 1989 administrative Pflichten im Büro der Bezirksstaatsanwaltschaft von Johnson County wahrnehmen mußte, schaffte er es noch, einige Fälle selbst zu bearbeiten. »Wenn ich nicht selbst

Fälle bearbeiten und vor Gericht vertreten könnte, würde der Job mir keinen Spaß machen«, sagte er.

Sogenannte ›goldene Fälle‹, die völlig klar und bar jeder Herausforderung waren, langweilten ihn. Nach Hunderten von Fällen, darunter auch zwanzig Mordprozesse, hielt er Ausschau nach solchen Fällen, die eine Herausforderung für ihn waren.

Am 24. Oktober wurde Morrison früh am Morgen von einem Anruf des Prairie Village Police Departments geweckt. Es sollte ein Fall werden, wie man ihn sich komplizierter nicht vorstellen konnte und neben dem der Fall Grissom verblassen sollte. Die Sonderkommission Grissom hatte nach Beweisen gesucht; dieser neue Fall jedoch würde Fragen aufwerfen, die nicht nur Beweise betrafen, sondern sich auch mit den Abgründen der menschlichen Seele befaßten.

An diesem Morgen begutachteten Paul Morrison und Rick Guinn, einer der stellvertretenden Bezirksstaatsanwälte, die Ruine des Hauses am Canterbury Court und staunten, daß überhaupt jemand das Inferno überlebt hatte.

Später an diesem Tag waren sie bei der Autopsie an Kelly und Tim Farrar zugegen, die von der Leichenbeschauerin Jill Gould durchgeführt wurde. Die Autopsie an Kelly mit anzusehen fiel Morrison am schwersten. Sie war noch ein so kleines Mädchen, und wie sie da auf dem Tisch lag, sah es aus, als schliefe sie nur. Tim hatte schreckliche Verbrennungen davongetragen, die meisten allerdings erst nach Eintritt des Todes. Ehe er die überhitzte Luft eingeatmet hatte und gestorben war, hatte er um sein Leben gekämpft. Keines der Kinder wies Verletzungen auf, die über die Auswirkungen des Feuers hinausgingen. Das war wichtig: Die Kinder lebten noch, als das Feuer ausbrach.

21

Ellen Ryan war gerade aus ihrem Urlaub in Vermont zurück, als die Tragödie am Canterbury Court ihren Lauf nahm. Sie hatte ursprünglich keine Bedenken gehabt. Debora allein zu lassen.

»Deboras Psychiater hatte gesagt, sie wäre in guter Verfassung«, erinnerte sich Ellen. »Sie hatte Pläne mit den Kindern. Sie wollte es so arrangieren, daß sie mehr Zeit mit ihrem Dad verbringen konnten. Meiner Meinung nach aus rein egoistischen Gründen – weil sie die Assistenzstelle annehmen wollte. Gleichzeitig distanzierte sie sich aber auch von der Scheidung. Sie war immer noch wütend auf ihn, und der Groll brach in Abständen immer wieder aus ihr hervor. Trotzdem hatte es ganz den Anschein, als käme sie mit der Situation alles in allem gut zurecht.«

Ellen ahnte nicht, daß Debora wieder übermäßig trank und nicht annähernd so zufrieden war, wie sie vorgab. Dienstag morgen hatte Ellen einen Gerichtstermin und keine Zeit, die Zeitung zu lesen oder Nachrichten zu hören. Als sie ins Büro zurückkehrte, hörte sie ihren Anrufbeantworter ab.

Eine Nachricht war von Debora Green. »Deb sagte: ›Ellen, es ist etwas Schreckliches passiert. Es hat einen Brand gegeben, und meine Kinder sind tot. Das alles ist grauenhaft. Lissa ist bei ihrem Vater, und ich fürchte, sie ist in Gefahr. Sie müssen mich unbedingt anrufen. Es ist etwas wirklich Schlimmes passiert‹.« Debora hinterließ die Nummer des Motels, in dem sie sich eingemietet hatte.

Ellen war wie vor den Kopf geschlagen. Sie hatte geglaubt, ihrer Klientin ginge es blendend. Sie hatte keine bösen Vorzeichen bemerkt, und die Nachricht klang zu abwegig, um wahr zu sein. »Ich rief anonym die Polizeiwache von Prairie Village an«, erinnerte sich Ellen. »Ich fragte: ›Hat es zufällig letzte Nacht in Prairie Village einen Brand gegeben, bei dem zwei Kinder umgekommen sind?‹, und die Frau in der Zentrale antwortete: ›Ja, Ma'am‹.« Was Debora gesagt hatte, stimmte also, aber Ellen konnte es kaum glauben. Wieviel Leid mußte ihre Klientin denn noch erdulden?

Dann rief Deboras Psychiater an. Er sagte, er habe gehört, daß Tim und Kelly tot wären, und sie müßten unbedingt Debora finden, um eine weitere Tragödie zu verhindern. Ellen versprach ihm, Debora in ihrem Motel aufzusuchen. Ellen wählte die von Debora angegebene Nummer und ließ sich mit dem Zimmer ihrer Klientin verbinden.

Debora meldete sich. »Ich sagte: ›Deb, was ist denn nur passiert?‹ Worauf sie noch einmal sagte: ›Meine Kinder sind tot.‹ Dann fragte sie mich mehrmals: ›Ellen, kann ein Mensch so etwas durchstehen? Ich glaube, ich stehe das nicht durch. Was soll aus Lissa werden? Wie wird sich das alles auf sie auswirken? Was soll ich tun, Ellen? Was soll ich tun?‹«

Ellen forderte Debora auf, zu bleiben, wo sie war, sie käme sie abholen. Wie der Psychiater fürchtete auch Ellen, Debora wäre suizidgefährdet, jemand mußte sich um sie kümmern, und zwar sofort.

Bevor sie ihr Büro verließ, rief Ellen den ehemaligen Bezirksstaatsanwalt Dennis Moore an, der inzwischen angesehener Strafverteidiger in der Kanzlei Moriarty, Erker & Moore in Overland Park war. Sie hatte schon früher mit Moore zusammengearbeitet; er war ein guter Anwalt, und sie vertraute ihm. Sie erzählte ihm von dem Brand in Prairie Village und den zwei toten Kindern. Moore war selbstverständlich bereits im Bilde – Presse, Fernsehen und Radio hatten umfassend über die Tragödie berichtet. Er hatte nicht erwartet, daß ihr Anruf damit in Zusammenhang stehen könnte. Vielmehr hatte er damit gerechnet, daß Ellen ihn um Unterstützung bei einer komplizierten Scheidung bitten wollte. »Aber es steckt noch mehr dahinter, Dennis«, fuhr Ellen fort. »Sie kennen mich schon lange, und Sie wissen, daß ich nicht verrückt bin. Ich sauge mir das nicht aus den Fingern.« Sie erzählte ihm, daß John Walker sie als Scheidungsanwältin engagiert hatte, um sich dann wenige Wochen später das Leben zu nehmen. Dann habe Debora Green sie aufgesucht – und jetzt waren zwei von Deboras Kindern eines gewaltsamen Todes gestorben. »Ich weiß, daß das Ganze unglaublich bizarr klingt, und ich weiß nicht, was ich tun soll. Sie müssen mir helfen. Ich weiß nicht, wie ich mich verhalten soll. Da sind diese drei toten Menschen innerhalb von nur sieben Wochen.«

»Zerbrechen Sie sich darüber mal nicht den Kopf«, sagte Moore. »Holen Sie Debora her.«

»Ich werde sie holen – wenn sie noch lebt«, sagte Ellen.

»Gut. Ich bin für Sie da, wenn Sie mich brauchen«, versprach Moore.

Als Ellen im Motel eintraf, wurde ihr bewußt, daß sie Deboras Zimmernummer nicht wußte. Sie erzählte der Managerin, daß sie eine Klientin suche, die gerade ihre Kinder verloren habe. »Sie führte mich zu dem Zimmer, und ich trat ein«, erinnerte sich Ellen. »Deb war in ihrem Zimmer. Sie trug Kleider, die sie ihr vermutlich im Gefängnis gegeben hatten – braune Stretchhosen –, und stand völlig neben sich. Neben ihr stand eine große Flasche Schnaps.«

Debora telefonierte gerade. Nachdem es ihr endlich gelungen war, sie zum Auflegen zu bewegen, fragte Ellen: »Was ist los, Deb? Erzählen Sie mir, was passiert ist.«

»Meine Babys sind tot. Meine Babys sind tot«, wiederholte Debora wieder und wieder. Dann versank sie irgendwie in sich selbst; sie sprach ununterbrochen leise vor sich hin, aber das, was sie sagte, machte keinen Sinn. In Abständen beugte sie sich zu ihrer Anwältin herüber und fragte: »Ellen, sind meine Babys immer noch tot? Ellen, sind sie tot?«

»Ja, die Babys sind tot«, entgegnete Ellen sanft. »Die Babys sind fort, und es tut mir entsetzlich leid, Deb.«

Ellen sah sich suchend in dem Motelzimmer um. Sie hatte vier eigene Kinder, die sie brauchten, und sie hatte immer noch keine Ahnung, ob ihre Klientin betrunken war. Sie hielt Ausschau nach einer Waffe oder nach Medikamenten, von denen Debora möglicherweise eine Überdosis genommen hatte. Die Situation war absolut unwirklich.

Dann sah sie frisches Blut auf Deboras Kopfkissen. Sie konnte an ihr keine Wunden sehen und fragte sich, ob sie womöglich aufgrund extremen Alkoholkonsums Magenblutungen hatte.

»Ich konnte sie nicht ins Auto setzen und irgendwo hinbringen«, erinnerte sich Ellen, »weil ich in Anbetracht ihres Zustandes befürchtete, sie könne auf dem Freeway während der Fahrt aus dem Wagen springen. Also rief ich einen Rettungswagen.«

Die Feuerwehrsanitäter Mark Fuller und Marvin Landes vom Bezirk 1 in Kansas City übernahmen den Einsatz, als die Zentrale um 14 Uhr 17 durchgab: »Rettungswagen zum American Inn, Einzelheiten nicht bekannt.« Mit heulenden Sirenen machten sie sich auf den Weg. »Wir gaben Gas«, erzählte Landes und erklärte, daß sie sich immer besonders beeilten, wenn sie nicht wußten, worum es ging.

Als sie am American Inn eintrafen, stießen sie in der Lobby auf zwei Polizeibeamte, die bereits auf sie warteten.

Sie wußten nicht, ob sie es mit einem Herzanfall oder einem Selbstmordversuch zu tun hatten. Landes, seit dreiunddreißig Jahren bei der Feuerwehr, lief voraus.

Er und Fuller fanden eine Frau vor, die mit dem Gesicht zur Wand quer auf einem Bett lag. Sie weinte und war offensichtlich mit den Nerven am Ende. Eine zweite Frau, die sich im Zimmer aufhielt, stellte sich als Rechtsanwältin der Patientin vor. Sie sagte, sie fürchte, ihre Klientin hätte Magenblutungen; ihrer Ansicht nach gehöre die Frau in ein Krankenhaus.

Landes versuchte sofort, sich ein Bild von der Situation zu machen. Fuller schnappte einen Gesprächsfetzen auf, der ihn erstarren ließ. Er glaubte gehört zu haben, wie die Frau auf dem Bett sagte: »Ich habe meine Babys getötet …«

Marv Landes hatte es schwer, Debora zur Kooperation zu bewegen. Um festzustellen, ob sie aus dem Mund oder dem Darm blutete, fragte er, ob das Blut hell- oder dunkelrot gewesen sei. Sie antwortete immer nur mit »Nein.«

Als er sich im Zimmer umblickte, sah Fuller einen größeren Geldbetrag auf einem der beiden Nachttische liegen und eine große Flasche Gin auf dem Schreibtisch, die halbvoll war. Zwischen den beiden Betten lag ein Handy.

Die schluchzende Frau reagierte nicht auf die Sanitäter. Sie sagte: »Meine Babys sind tot …« An diesem Punkt sah Fuller, wie die Rechtsanwältin der Frau vortrat und sagte: »Sie haben doch noch ein Baby übrig. Und Ihre Tochter braucht Sie.«

Die Worte schienen die Frau auf dem Bett in die Wirklichkeit zurückzuholen, und Fuller hörte sie sagen: »Okay, sagen Sie mir, was ich tun soll, und ich werde es tun.«

Die Sanitäter hatten keinen Schimmer, wer die Frau war, bis die Anwältin leise sagte: »Das ist Debora Green, die Frau, deren Haus abgebrannt ist.«

Ellen wollte, daß Debora ins Shawnee Mission Hospital

gebracht wurde, aber sie befanden sich im Zuständigkeitsbereich des North Kansas City Hospitals, zu dessen Ärztestab auch Dr. Michael Farrar gehörte. Die Sanitäter durften sie nicht in ein anderes Krankenhaus bringen.

»Ich wußte zu diesem Zeitpunkt nicht, ob ihr Mann etwas mit der Sache zu tun hatte und sie bloßstellen wollte«, sagte Ellen. »Deb war ein perfektes Opfer, weil sie so unselbständig war. Ich wußte nicht, ob man im Krankenhaus nett zu ihr sein würde. Ich faßte also den Entschluß, sie nicht ins North Kansas City Hospital bringen zu lassen.«

Fuller und Landes hatten beide die Frau etwas sagen hören, das klang wie »Oh, ich habe meine Kinder getötet. O meine armen Kinder.« Allerdings erwähnten die Sanitäter diese Information nicht in ihrem Bericht. Und sie sprachen auch mit niemandem darüber, bis sie einige Tage später von der Polizei befragt wurden.

Obgleich Ellen Rechtsanwältin war, war sie bestens mit den medizinischen Einrichtungen im Umkreis vertraut. Was immer auch geschehen war, Ellen hatte Mitgefühl mit ihrer Klientin; Debora schien vor ihren Augen förmlich auseinanderzubrechen. »Ich kannte die Psychiater vom Shawnee Mission – ich wußte, daß sie sich um Debora kümmern würden. Ich wollte, daß sie die notwendige medizinische Versorgung bekam und von Menschen umgeben war, die es gut mit ihr meinten, während ich versuchte, das Durcheinander zu entwirren.«

Ellen bat die anwesenden Polizeibeamten, über ihre Zentrale einen zweiten Krankenwagen anzufordern. Sie verpflichtete sich, die Kosten für den privaten Krankenwagen zu übernehmen. Als nächstes rief sie ihren Ex-Mann an und bat ihn, in der Notaufnahme auf sie zu warten und ihr zu helfen, damit Debora auch aufgenommen würde. Dann rief sie Dennis Moore an und bat ihn, ebenfalls ins Krankenhaus zu kommen.

»Je länger Debora in der Notaufnahme war, desto schlimmer wurde ihr Zustand«, erzählte Ellen. »Sie redete unzusammenhängendes Zeug. Sie sagte, Leute aus China würden zu ihr sprechen. Dann holte ich Dennis herein, um ihn mit ihr bekannt zu machen. Sie war völlig weggetreten, aber ich sagte: ›Deb, das ist Dennis Moore. Ich habe ihn hinzugezogen, weil die Möglichkeit besteht, daß ein Verbrechen begangen wurde, und ich nicht verstehe, was passiert ist.‹ Sie verstand mich nicht. Sie blickte Dennis an und sagte: ›Sind meine Kinder tot? Sind meine Kinder immer noch tot?‹« Ob Debora nun einen Nervenzusammenbruch erlitten hatte oder nur eine sehr, sehr gute Schauspielerin war, sei dahingestellt, jedenfalls wirkte sie auf den Stab der Notaufnahme des Shawnee Mission Hospital überzeugend. Ellen wußte, daß Debora eingewiesen werden mußte, aber sie selbst wollte wegen des möglichen Interessenkonfliktes nicht als einweisende Person in Erscheinung treten. Inzwischen schien Debora nicht einmal mehr ihren eigenen Namen zu wissen, und ein Psychiater des Krankenhauses nahm sich ihrer an.

»Ich erklärte ihm, daß ich eine Klientin hätte, die außer Stande sei, sich zu verteidigen«, sagte Ellen, »und daß ich nicht wollte, daß sie vernommen wurde, bis ich mir selbst Klarheit darüber verschafft hatte, was eigentlich passiert war.«

Mit seiner Hilfe wurde Debora im Shawnee Mission Hospital aufgenommen. Damit war sie fürs erste vor Befragungen geschützt und konnte sich auch selbst kein Leid zufügen.

22

Branddirektor Jeff Hudson war ein großer, gutaussehender Mann mit schwarzem Haar. Er hielt sich so kerzengerade, daß er in seiner Uniform der Feuerwehr beinahe militärisch wirkte: dunkle Hosen, weißes Hemd mit vier goldenen Sternen auf der rechten Brusttasche, eine goldene Dienstmarke über der linken und eine amerikanische Flagge auf dem rechten Ärmel. Seine Stimme war weich und voller Mitgefühl. »Ich versuche immer, in allem Negativen auch etwas Positives zu sehen, aber dieser Fall war in seiner Sinnlosigkeit schwer zu verdauen.«

1995 war Hudson Präsident der Ortsstelle Kansas der Internationalen Vereinigung von Brandstiftungsexperten. Er hatte mehr als tausend verdächtige Brände untersucht, und nach über zwei Jahrzehnten bei der Feuerwehr von Shawnee verstand er vermutlich ebenso viel von Brandbekämpfung wie von der Ermittlung von Brandursachen oder Brandstiftern. Ganz offensichtlich liebte er seine Arbeit. Obwohl er sich natürlich wünschte, daß es keine weiteren tragischen Brände mehr geben möge.

Immer, wenn er die Sirenen der Feuerwehr hörte, schoß Hudson durch den Kopf, daß ein Mensch in Gefahr schweben könnte. In der Nacht vom 23. auf den 24. Oktober hatte er dienstfrei, und als er die Sirenen in der Nacht hörte, betete er, daß keine Menschenleben in Gefahr waren. Es klang ganz nach einem großen Feuer, da gleich mehrere Feuerwachen Löschfahrzeuge schickten. Und das konnte bedeuten, daß Hudson sich sehr bald mit dem Fall beschäftigen würde.

Jeff Hudson war Gründungsmitglied der Eastern Kansas Multi-Agency Task Force. Er und andere Angestellte der Polizei und Feuerwehr hatten Mitte der achtziger Jahre die Notwendigkeit erkannt, sich zusammenzuschließen. »Wir haben etwa ein Jahr gebraucht, um die Spezialeinheit auf die Beine zustellen«, berichtete Hudson. »Dann gingen wir mit unseren Plänen zum Generalstaatsanwalt.«

Der Spezialeinheit gehörten Mitarbeiter verschiedener Bundesbehörden, des Kansas Bureau of Investigation (KBI) sowie der örtlichen Polizei- und Feuerwachen an. Sie war aus verschiedenen geopolitischen Gründen eine wichtige Einrichtung. Hudson erklärte, in der Stadt Shawnee mit einer Bevölkerung von ca. 38 000 Menschen bliebe die Untersuchung von Brandursachen an ihm allein hängen. »Wenn es einen Großbrand gibt oder einen Brand mit mehreren Todesopfern, ist das sehr viel Arbeit für eine einzelne Person. Dank der Spezialeinheit können wir im Bedarfsfall mit Unterstützung rechnen. Man kann innerhalb kürzester Zeit Ausrüstung und Einsatzkräfte anfordern.«

Der 2. Feuerschutzbezirk war für den Brandschutz für mehrere Gemeinden in Johnson County verantwortlich, darunter auch für Prairie Village. Gary Lamos, Branddirektor des 2. Bezirks, wußte, daß sie es mit einem verdächtigen Feuer zu tun hatten. Um neun Uhr am Dienstag morgen, dem 24. Oktober, rief er Jeff Hudson an und bat ihn, die Spezialeinheit zu aktivieren.

»Ich schlug vor, er solle sich an Dave Plummer in Olathe wenden, der im Vorstand unser Gebiet vertrat«, sagte Hudson.

Die Spezialeinheit wurde verständigt, und am späten Vormittag meldete sich ein Einsatzteam, dem auch Hudson angehörte, am 7517 Canterbury Court in Prairie Village. Lamons informierte die Männer und Frauen über die bekannten Einzelheiten des Brandes. Er teilte ihnen mit, daß zwei Kinder ums Leben gekommen seien und der Leichenbeschauer bereits da gewesen wäre, um die Bergung der Opfer zu überwachen.

Gary Lamons koordinierte als Ermittlungsleiter den Einsatz der Spezialeinheit; er wies den anderen Brandstiftungsexperten des Teams ihre Aufgaben zu. Nancy Thomas vom Büro des Branddirektors des Staates Kansas war mit ihrem Spürhund Avon, einem Labrador, gekommen. So wie manche Hunde darauf trainiert werden, Heroin, Marihuana und Kokain aufzuspüren, konnte Avon Brandbeschleuniger am Schauplatz eines Brandes ausmachen. Thomas trainierte jeden Tag mit Avon, damit sie nicht aus der Übung kam. Wenn Avon einen Brandbeschleuniger witterte, setzte sie sich und hielt die Nase auf die Stelle. Dann sagte Thomas »Zeig es mir, zeig es mir«, und Avon hatte sich das Lob ihrer Herrin *und* ihr Abendessen für diesen Tag verdient. Avon betrat den Schauplatz immer als erste, und jedesmal, wenn sie einen Brandbeschleuniger roch, kennzeichnete Thomas die Stelle mit einem Fähnchen, damit die Beweissicherungsexperten wußten, wo sie Proben sicherstellen mußten.

Einige Mitglieder der Spezialeinheit schossen Fotos und machten Videoaufnahmen, andere stellten Beweismittel sicher, wieder andere befragten Zeugen und einige forschten unter Leitung von Don Watkins über die Ursache des Brandes.

Jeff Hudson gehörte zu Don Watkins' Team, suchte aber auf andere Art nach Hinweisen. »Im Grunde ist es ganz einfach«, sagte er über seine Ermittlungsarbeit, die in Wirklichkeit alles andere als simpel ist. »Wir arbeiten uns von dort, wo der geringste Schaden entstanden ist, vor bis zu der Stelle, die am stärksten zerstört ist. Dadurch, daß man jedesmal wieder die gleiche Vorgehensweise anwendet, lernt man, den Ablauf des Geschehens zu rekonstruieren.«

Brandstiftungsexperten arbeiten sich in der Regel durch die Trümmer der Brandruine, bis sie an einen Punkt gelangen, da sie dem Brandstifter gewissermaßen ins Auge sehen und wissen, wie das Feuer entstanden ist. Gewöhnlich fangen sie damit an, daß sie um das Gebäude herumgehen, um sich einen ersten Eindruck zu verschaffen und festzustellen, welche Teile am stärksten gelitten haben. Dann erst nehmen sie sich das Innere des Gebäudes vor, und auch dort erkennen sie sofort, welche Abschnitte des Hauses am stärksten zerstört sind. Sie entscheiden, wo sie mit dem Entfernen von Schutt beginnen wollen. Sie suchen nach Brandmustern, die dem ungeübten Laien nur wenig sagen. Für das ungeübte Auge sehen verkohltes Holz und ein Haufen Asche eben aus wie verkohltes Holz und ein Haufen Asche, einem Brandstiftungsexperten liefern sie hingegen wichtige Hinweise.

»Wir fangen an, den Schutt abzutragen, indem wir uns schichtweise vorarbeiten, bis wir zur untersten Ebene vorgedrungen sind. Zwischendurch schießen wir Fotos und zeichnen Skizzen. Zuerst entfernen wir die oberste Lage Schutt – gewöhnlich handelt es sich hierbei um eingestürzte Dächer. Dann sehen wir uns an, was sich unter dieser Schicht befindet und tragen Lage für Lage ab, bis wir ganz durch sind. Wenn es ein zweites Stockwerk gibt, sehen wir uns als nächstes die Decke des darunterliegenden Raumes an, und dann arbeiten wir uns schichtweise durch die Lage dieser Etage.«

Während sie den Schutt durchsehen, halten die Brandstiftungsexperten Ausschau nach Brandmustern an Wänden und auf Fußböden. Sie können feststellen, ob ein Feuer sich schnell oder langsam ausgeweitet hat, ob die Flammen in einem Zimmer niedrig oder hoch gelodert haben. Unter bestimmten Umständen können sie sogar bestimmen, in welche Richtung das Feuer sich ausgebreitet hat. Für gewöhnlich brennt sich ein Feuer von seinem Entstehungspunkt aus nach *oben*, nach unten dringt es erst vor, wenn es über sich keine Nahrung mehr findet.

Ein durch Unfall entstandenes Feuer weist nur ein Brandzentrum auf, während es bei Brandstiftung mehrere geben kann. Gary Lamons Team hatte eine gewaltige Aufgabe vor sich, die nicht Stunden, sondern Tage in Anspruch nehmen würde. Das Haus der Farrars umfaßte fast 450 m^2 Grundfläche auf drei Etagen, und es war fast vollständig zerstört worden.

Das erste, was Jeff Hudson auffiel, war, daß während die Vorderseite des Hauses nur leicht beschädigt war, von der Rückseite des Gebäudes fast nichts mehr übrig war. Das Geländer der Veranda entlang des Erdgeschosses war gut drei Meter von der Fensterfront des Wohnzimmers entfernt und war trotzdem völlig verkohlt von den Flammen, die aus dem Wohnzimmer geschlagen waren.

Don Watkins' Team begann im Keller mit seiner Arbeit, weil im Souterrain der geringste Schaden entstanden war. Das war für Hudson signifikant, weil die häufigsten Ursachen für Unfallbrände in den unteren Geschossen zu finden sind. »Im rückwärtigen Teil des Kellers«, sagte er, »hatten sich offenbar zwei Wasserkessel und ein Gasbrenner befunden. Zur Rechten befanden sich zwei elektrische Sicherungskästen. Sie alle konnten als Brandursache ausgeschlossen werden. In der Nähe des Fitneßraumes befand sich ein zweiter Gasbrenner.« Auch dieser Brenner wurde überprüft. Hinzu kam, daß das Haus über unterirdische Versorgungsleitungen verfügte, so daß diese nicht von dem Sturm am Montag betroffen worden sein konnten.

Als sie sich im Keller nach Süden vorarbeiteten, gelangten die Männer in den Trainings- oder Fitneßraum. Bankdrückmaschine, Stepper und andere Maschinen waren noch ziemlich gut erhalten. Allerdings konnten die Brandexperten durch die Deckenbalken sehen, die einmal den

Wohnzimmerfußboden getragen hatten. Gleich darüber hatte sich ein Schlafzimmer befunden. Ein Teil der Dachbalken des Fitneßraumes war herausgesägt worden. Um Tim Farrars Leiche für die Autopsie zu bergen, hatte der Leichenbeschauer die Feuerwehr gebeten, die Balken herauszunehmen, auf die er gestürzt war.

Das Feuer hatte angefangen, sich in den Fitneßraum hinunterzufressen; die Wände waren intakt bis hin zum Anstrich, abgesehen von einigen wenigen Brandspuren am oberen Rand. Die Flammen waren vom darüberliegenden Wohnzimmer gekommen, das vollständig zerstört worden war. Der Fitneßraum wurde als Ursprung für das Feuer ausgeschlossen. Allerdings häufte sich in diesem Raum der Schutt, der teilweise aus Tims Zimmer stammte. Teile seines Bettes und seiner Möbel hingen noch vom Wohnzimmer herab.

Langsam arbeitete sich die Crew zum Spielzimmer vor. In der Mitte des Raumes stand ein Billardtisch, und an einer Wand stand ein Fernsehgerät. Die Decke war weniger durch das Feuer als vielmehr aufgrund des Gewichtes des Löschwassers eingestürzt. Hudson stellte eindeutig fest, daß der Brand nicht in diesem Teil des Hauses ausgebrochen war.

Als nächstes kam ein Party- und Freizeitraum mit offenem Kamin, Großbild-Fernseher, einer Bar und Regalen voller Videokassetten. Auch dieser Raum war grundsätzlich intakt. An der Bar standen noch zwei Barhocker. Hudson fiel allerdings auf, daß der Teppich neben einem der Hocker Brandspuren aufwies. Das Feuer war von allein wieder erloschen, weil der Teppich mit brandverzögernden Stoffen behandelt war.

Es gab keinen Grund, weshalb der Teppich hätte brennen sollen, es sei denn, jemand hatte versucht, dort einen Brand zu legen. Die Decke über dieser Stelle wies keine Rußflecken auf; die Wand war ebenfalls unversehrt. Dies war eine Feuerstelle, die nicht mit dem eigentlichen Brand in Zusammenhang stand, was die Brandexperten natürlich stutzig machte.

Das Gästezimmer, durch dessen Fenster Maurice Mott auf seiner verzweifelten Suche nach Tim und Kelly gekrochen war, war ebenfalls unversehrt. Und doch wiesen die Jalousien, die Mott heruntergerissen hatte, Brandspuren auf, für die es keine andere Erklärung gab, als daß jemand versucht hatte, sie anzuzünden.

Ein zweites, mit dem eigentlichen Brand nicht zusammenhängendes Feuer.

Der Hauptbrand war eindeutig nicht im Keller ausgebrochen. Sogar die siebenhundert Flaschen umfassende Weinsammlung des Hausherrn am anderen Ende des Kellers war unberührt.

Da sie die Stelle, an der der Brand Montag nacht ausgebrochen war, noch nicht gefunden hatten, wandten Hudson und seine Leute sich dem Erdgeschoß zu. Hier war ihre Arbeit gefährlicher; das Mauerwerk war durch die Flammen beschädigt, und das, was vom Fußboden noch übrig war, konnte jeden Moment einstürzen.

Monate später konnte Hudson den Grundriß des Hauses am Canterbury Court immer noch aus dem Gedächtnis zeichnen. Die Diele gleich hinter der Haustür war zwei Stockwerke hoch und verklinkert. Sie führte ins Wohnzimmer, das gleich gegenüber lag. Die Treppe hinauf in die Kinderetage befand sich auf der linken Seite. Noch weiter links hatte sich ein Eßzimmer befunden und dahinter die große Küche und eine Waschküche. Rechts von der Diele führte der Hauptflur des Hauses zu einem Musikzimmer, der Gästetoilette, dem Arbeitszimmer und dem Elternschlafzimmer. Hudson erfuhr später, daß es möglich gewesen war, Arbeitszimmer und Elternschlafzimmer mit dem angrenzenden Bad am südlichen Ende des Flurs praktisch abzuschotten, indem man drei Verbindungstüren abschloß.

Im Erdgeschoß war der Schaden beträchtlich, jedoch nicht so groß, daß er eine schreckliche Entdeckung hätte verschleiern können: Hudson entdeckte, daß jemand Brandbeschleuniger auf den Boden gegossen hatte. Die Diele war mit teuren Fliesen gekachelt gewesen, während der Fußboden des zentralen Flurs aus massiven Eichendielen bestanden hatte. Die Treppe hinauf zum Kindertrakt war mit Teppichboden beklebt. Hudson verließ sich an diesem Punkt ganz auf sein Können, seine Erfahrung und seine Intuition. Er begutachtete die amorphen Flecken auf Fußboden und Treppe. Eine brennbare Flüssigkeit hatte den Teppich auf den Stufen durchtränkt, und dieser hatte in der Folgezeit so heftig gebrannt, daß sogar einige Stufen durchgebrannt waren.

Als er vorsichtig die Treppe hinaufging, stellte Hudson fest, daß der obere Treppenabsatz mit einer solchen Menge Brandbeschleuniger präpariert worden war, daß er wie Stroh gebrannt haben mußte. Nachdem das Feuer gelöscht war, war der Treppenabsatz instabil und mit durchgebrannten Stellen durchsetzt. Hudson schüttelte ungläubig den Kopf. Eine unsichtbare Hand hatte drei schlafenden Kindern und ihren zwei Hunden höchst effektiv den Fluchtweg versperrt.

Als Mike und Debora das Haus bezogen hatten, hatten sie das Geld, das die Versicherung nach dem ersten Brand gezahlt hatte, für den Erwerb neuer Möbel verwandt. Das Eßzimmer war wunderschön gewesen, mit einem großen Eichentisch und zwölf Stühlen. Auf dem Boden hatte ein sehr teurer Orientteppich gelegen, und an einer Wand stand eine Vitrine. Aber die Farrars hatten dort nur selten Gäste bewirtet.

Natürlich hatte Hudson das Eßzimmer nie im Originalzustand gesehen. Er konnte erkennen, wo die Vitrine gestanden hatte, aber vom Tisch war nur noch ein verkohltes Häufchen übrig. Der Boden war noch so stabil, daß er die Brandexperten noch gerade so tragen konnte. Als sie sich durch den Schutt arbeiteten, fanden Hudson und sein Team Möbelfragmente, die so klein waren, daß sie nur noch als ›Holzstücke‹ zu identifizieren waren. Unmöglich festzustellen, wie groß der Eßtisch einmal gewesen war. Der darunterliegende Teppich war vollständig verbrannt. Als sie sich schließlich bis zum Fußboden vorgearbeitet hatten, entdeckten sie, daß eine hochbrennbare Flüssigkeit in der Mitte des Raumes zusammengelaufen war und dort das Holz in einem unregelmäßigen Muster stark verbrannt hatte.

In der Küche fanden sich die gleichen verräterischen Spuren. Als sie nach oben blickten, konnten die Experten durch die Decke in Kellys Zimmer sehen. Einer nach dem anderen stiegen sie eine Leiter hinauf, um in das Zimmer zu gelangen. Sie sahen, wo Kelly gelegen hatte. Auf den schwarzverrußten Bettlaken zeichnete sich ein heller Umriß von der Größe eines Kindes ab. Man mußte davon ausgehen, daß Kelly eingeschlafen und nicht mehr aufgewacht war, nachdem das tödliche Kohlenmonoxid in ihr Zimmer gedrungen war. Vermutlich war es auch gut so, da ihr der Fluchtweg ohnehin versperrt gewesen wäre.

Vom Fußboden des Wohnzimmers war nichts mehr übrig, und jeder Raum in Richtung Elterntrakt wies Spuren ungleichmäßig brennender Flammen auf. Die Ermittler folgten der eifrigen Avon, und Nancy Thomas stellte ein Fähnchen nach dem anderen auf.

Im Arbeitszimmer lagen die Reste einer Couch, während der Eichenschreibtisch fast vollständig verbrannt war. Hier mußte jemand mit Brandbeschleuniger nachgeholfen haben. Der Teppichboden war von den Flammen beschädigt worden. An einer Stelle fehlte der Teppich sogar ganz, und auch hier fand Hudson verräterische Spuren von eingezogener Flüssigkeit.

Von der Arbeitszimmertür konnte er direkt ins Elternschlafzimmer sehen und das Fußende eines Bettes erkennen. Die eingestürzte Decke hatte die Tür in der Position blockiert, in der sie sich während des Feuers befunden hatte: geöffnet.

Das Team hatte eindeutige Beweise für Brandstiftung gefunden. Die zahlreichen Brandmuster und der extreme Verbrennungsgrad an bestimmten Stellen waren für die Brandexperten eindeutige Hinweise. Jemand hatte den Fußboden im Eßzimmer und in der Küche mit Brandbeschleuniger übergossen. Der mit großen Mengen einer brennbaren Flüssigkeit getränkte Teppich auf den Treppenstufen zum Obergeschoß konnte als vorsätzlicher Mordversuch an den Kindern gewertet werden; da das Treppenhaus zuerst gebrannt hatte, war den Kindern jeder Fluchtweg versperrt gewesen. Der Brandstifter war also auch ein Mörder.

Derjenige, der den Brand gelegt hatte, verteilte den Brandbeschleuniger auch noch im Wohnraum und im Musikzimmer sowie im Flur hinunter bis zur Tür des Schlafzimmers, in dem Debora angeblich geschlafen hatte. Sollte auch sie sterben? Aber das Schlafzimmer war nicht ausgebrannt, obwohl die Ermittler seltsamerweise ganz in der Nähe Spuren eines weiteren Brandherdes fanden: im Badezimmer des Elternschlafzimmers war die Schublade eines Unterschrankes verkohlt. Der Rest des Badezimmers war unversehrt.

Hudson wußte nicht, was als Brandbeschleuniger eingesetzt wurde und in welchen Mengen. »Ich kann die Menge nur schätzen«, sagte er vorsichtig, »aber ich würde sagen, es waren weniger als zehn, aber mehr als drei Gallonen.«

Ganz offensichtlich hatte jemand ganz sichergehen wollen, daß das Feuer das ganze Haus zerstörte.

Inzwischen waren Hunderte von Fotos vom Haus gemacht und Stunden Videomaterial gedreht worden. Teils wurde das brennende Haus gezeigt, teils die einzelnen Räume nach dem verheerenden Brand. Die Muster, die die verschüttete Flüssigkeit auf Fliesen und Eichendielen hinterlassen hatte, waren deutlich auszumachen.

Zwei der Fotos, die der Fotograf des Teams, Ted McIntosh, von der Verwüstung geschossen hatte, waren fast schon ironisch. Sie zeigten zwei Bücher, die, wenn auch geschwärzt, weitgehend intakt geblieben waren: *Notwendige Lügen* und *Niemand kommt hier lebend raus*. Detective Gary Baker hatte letzteres auf dem Boden vor der Bar im Freizeitraum gefunden. Der Titel prangte in flammenden Lettern auf rotem Grund. Er war gerufen worden, um sich die Leichen von Kelly und Tim anzusehen, als er das Buch entdeckt hatte. »Mir lief es eiskalt den Rücken hinunter«, erinnerte er sich.

Die Untersuchung des Brandes bestätigte, was Polizei und Feuerwehr von Anfang an vermutet hatte: das Police Department von Prairie Village hatte es mit einem Verbrechen zu tun. Oder besser, die örtliche Polizei hatte es gleich mit mehreren Verbrechen zu tun, denn man durfte nicht John Walkers Selbstmord und Mike Farrars Vergiftungen vergessen.

Am 26. Oktober, zwei Tage nach dem tödlichen Feuer, bat die Polizei von Prairie Village darum, daß die Metro Squad aktiviert wurde. Hierbei handelte es sich ebenfalls um eine Spezialeinheit, die jedoch auf Mord anstatt auf Brandstiftung spezialisiert war. Sie war dazu bestimmt, Polizeidienststellen in der Umgebung von Kansas City zu unterstützen, und umfaßte Beamte unterschiedlichster

Abteilungen. Einundzwanzig Ermittler standen zur Verfügung. Die Polizisten aus Prairie Village arbeiteten nun Hand in Hand mit den Ermittlern der Metro Squad, die Experten für verschiedene Aspekte bei Mordermittlungen waren. Ein Telefondienst für Hinweise aus der Bevölkerung wurde eingerichtet. Jeder, der etwas wußte oder zu wissen glaubte, konnte sich direkt mit den zuständigen Ermittlern in Verbindung setzen – wenn nötig auch anonym.

Lieutenant Mark Kessler von der Overland Park Polizei wurde zum Metro-Squad-Einsatzleiter designiert, und Lieutenant Gary Pruitt vom Prairie Village Police Department fungierte als Koordinator, der den einzelnen Ermittlern ihre Aufgaben zuteilen würde. Gerüchte und Hinweise gingen bereits zahlreich über das Bürgertelefon ein. Tom Robinson vom Police Department von Kansas City übernahm die Rolle des Pressesprechers. Die Presseagenturen hatten nämlich die Geschichte des mysteriösen Brandes in Windeseile verbreitet, sogar die *New York Times* hatte darüber berichtet.

Gewöhnlich wurde die Metro Squad nur für eine bestimmte Anzahl von Tagen einberufen. Aber wenn sich in einem Fall konkrete Spuren ergaben, konnte das Department auch eine Fristverlängerung beantragen. Chief Charles Grover vom Prairie Village Police Department war also sehr erleichtert über die Zusage der Metro Squad. Gary Baker, Rod Smith und Greg Burnetta würden weiter an dem Fall arbeiten, jedoch mit aller erdenklichen Unterstützung.

23

Am Mittwoch, dem 25. Oktober, war Debora wieder ansprechbar, aber jetzt stellte *sie* Ellen Ryan die Fragen, die Ellen *ihr* am Vorabend gestellt hatte. Vor allem wollte sie wissen, wie es zu dem Feuer kommen konnte.

»Deb«, sagte Ellen, »man vermutet, es könnte Brandstiftung gewesen sein.«

»Brandstiftung?« fragte Debora schockiert. »Wer sollte meiner Familie etwas so Schreckliches antun wollen?«

»Nun, das steht noch nicht mit Sicherheit fest, Deb«, erwiderte Ellen. »Aber wir müssen uns mit dieser Frage befassen.«

»Glauben Sie, daß Tim Streit mit jemandem hatte?«

»Ich weiß es nicht«, antwortete Ellen, verwirrt von der Frage. Sie hatte keine Ahnung, wer Deboras und Mikes Haus hätte anzünden wollen.

Als Joan und Bob Jones erfuhren, daß zwei ihrer Enkelkinder bei einem Brand ums Leben gekommen waren, brachen sie sofort von El Paso auf und fuhren nach Kansas City. Natürlich waren sie tief betroffen, aber als sie Debora sahen, waren sie regelrecht schockiert. Seit bei Joan Brustkrebs diagnostiziert worden war, hatten sie regelmäßig mit ihrer Tochter telefoniert, sie aber seit fünf Monaten nicht mehr gesehen. In dieser kurzen Zeit hatte sie sich in eine Person verwandelt, die keine Ähnlichkeit mehr mit ihrer Tochter hatte, jener brillanten Schülerin, die die Abschiedsrede auf der Abschlußfeier hielt, der Absolventin der medizinischen Fakultät, der schlanken jungen Mutter. Debora hatte etliche Kilo zugelegt und sah regelrecht aufgedunsen aus.

»Wir erkennen unsere eigene Tochter nicht«, sagten die

Jones zu Ellen. »Irgend etwas ist mit ihr passiert. Was ist los mit ihr? Sie ist ja aufgebläht wie ein Ballon ... nicht einmal ihr Gesicht sieht ihr noch ähnlich.«

Ellen konnte nur mitfühlend und verwundert den Kopf schütteln. Sie hatte erlebt, wie Debora sich von einer verwirrten, ungepflegten Frau erst in eine zornige Furie, dann in eine optimistische, scheinbar normale Frau verwandelt hatte.

Wer war Debora Green wirklich? Nicht einmal ihre Rechtsanwältin wußte das so genau.

Ellen fragte sich, ob John Walkers Selbstmord, Deboras und Mikes Scheidung und jetzt das tödliche Feuer am Canterbury Court nichts miteinander zu tun hatten oder ob es womöglich eine Verbindung gab.

Kurz nach 14 Uhr 30 am 26. Oktober, zwei Tage nach dem verheerenden Brand in ihrem Haus, wurde Lissa befragt. Sie war nicht nur sehr hübsch mit ihren dunklen Haaren, sondern auch ein bemerkenswert gefaßtes kleines Mädchen. Sie trug einen langärmligen grauen Pullover und verriet ihre Nervosität nur dadurch, daß sie ab und an die Ärmel bis über die Hände zog. Sie sprach in der Gegenwartsform von ihrer Familie und ihrem Zuhause. Für die Zehnjährige war es noch zu früh, akzeptieren zu können, daß ihre Geschwister nicht mehr lebten und ihr Heim in Schutt und Asche lag.

Lissa saß an dem Tisch im Verhörzimmer und nickte höflich, als Gary Baker sich vorstellte. Baker war neugierig gewesen auf dieses Verhör. »Ich gab Lissa gleich zu Anfang ein Versprechen«, erinnerte er sich. »Ich sagte ihr, daß ich sie nie anlügen würde, auch wenn sie einige der Wahrheiten, die sie von mir hören würde, vielleicht gar nicht hören wolle. Und dieses Versprechen habe ich gehalten – immer.«

Bei der Befragung waren außerdem zwei Ermittler der Spezialeinheit anwesend – Dennis Craynor vom Fire Department in Kansas City sowie Roger Denton vom Grandview Police Department. Denton und Baker arbeiteten für die Dauer der Ermittlungen zusammen.

Baker fragte Lissa, ob sie sich daran erinnern könne, daß sie in der Brandnacht mit ihm gesprochen hatte. Sie nickte. Sie war ein sehr würdevolles kleines Mädchen, das nicht im mindesten eingeschüchtert schien, von drei erwachsenen Männern befragt zu werden. Sie nippte hin und wieder an einer Dose Limonade, während sie ihre Fragen beantwortete. Die Männer gaben sich alle Mühe, nichts zu sagen, was sie unnötig aufregte.

Baker bat Lissa, sich ihnen zuliebe noch einmal an die Nacht des Brandes zu erinnern, und sie entgegnete, daß sie entweder vom Rauchgeruch oder vom Lärm des Feueralarms aufgewacht sei. Sie war bei brennendem Licht eingeschlafen, so daß sie den Rauch hatte sehen können, der unter der Tür hervorquoll. »Ich hatte keine Ahnung, was los war«, sagte sie. »Ich riß die Tür auf und rief ›Tim!‹ Ich hörte ihn am anderen Ende des Flurs, und er rief ›Bitte! Bitte …‹«

Lissa konnte Tim nicht sehen, weil der schwarze Rauch auf dem Flur schon sehr dicht war. Sie schloß ihre Zimmertür wieder, ging zum Telefon und rief die Feuerwehr an, aber im Haus herrschte wegen des Alarms ein solcher Lärm, daß sie nicht hören konnte, ob sich jemand meldete. Also legte sie wieder auf. »Ich hatte Angst, daß die Decke über mir einstürzt, also öffnete ich das Fenster und kletterte nach draußen.«

Als die Beamten ihr Bilder des Hauses vorlegten, zeigte Lissa auf das Fenster, durch das sie auf das Garagendach geflüchtet war. Da die Flammen so dicht hinter ihr waren, mußte sie über den Dachfirst hinwegsteigen und auf der anderen Seite der Garage wieder hinunterklettern. Sie hatte ihre Mutter im Garten der Formans stehen sehen und sie gerufen, aber Debora hatte sie offenbar nicht gleich gehört.

»Meine Mutter war schrecklich aufgeregt«, sagte sie mit fester Stimme. »Sie war ganz außer sich. Sie rief ›Wo bist du? Wo bist du?‹«

Als Debora Lissa schließlich entdeckte, kam sie herüber und stellte sich direkt unterhalb der Stelle, an der ihre Tochter sich an das Dach klammerte. Sie befahl ihr zu springen. Lissa sagte, sie wäre vom Dach gesprungen und auf dem Boden gelandet. »Aber ich habe mir nicht sehr weh getan«, fügte sie hastig hinzu. »Eine Minute später kam die Polizei.«

Lissa sagte, sie und ihre Mutter hätten sehr gefroren und sich in einen Streifenwagen gesetzt, um sich aufzuwärmen. »Zwei Minuten später kam mein Vater«, sagte sie spröde. »Er war schroff zu meiner Mom. Er sagte ›Deb, Deb, was hast du getan?‹ worauf sie antwortete ›Was soll das heißen, was habe ich getan?‹ Sie war ganz durcheinander.«

Lissa war die einzige, die meinte, Debora sei in der Brandnacht durcheinander gewesen. »Sie weinte und war sehr traurig«, erklärte Lissa den Ermittlern. »Ich sah, wie sie die Hände nach Mary Forman ausstreckte, um sie zu umarmen, aber Mary stieß sie fort und wollte die Umarmung nicht erwidern.«

Lissa erzählte, später wäre sie dann zu Nachbarn gebracht worden, wo sie auf die Toilette gegangen sei und etwas Warmes zum Anziehen bekommen habe. Dann hätte sie im Rettungswagen gewartet.

»Das Ganze hat dir einen ganz schönen Schrecken eingejagt, was?« fragte Baker.

Lissa nickte aufmerksam und wartete auf weitere Fragen. Baker, Denton und Craynor fragten sie, welchen Alarm sie zuerst gehört habe. Sie war ziemlich sicher, daß es der Feueralarm gewesen war. Irgendwann während des Brandes hatte sie dann zwei verschiedene Alarmtöne gehört, den Feuermelder und den Einbruchalarm.

Nein, sagte Lissa, sie habe keine Flammen gesehen, nur den dichten schwarzen Rauch, der in ihr Zimmer drang und ihr die Sicht versperrte, als sie nach Tim Ausschau hielt. Sie sagte, ihr Zimmer ginge nach vorne raus, während sich die Zimmer von Kelly und Tim auf der gegenüberliegenden Flurseite befanden, mit Blick auf den Pool.

Sanft fragte Baker Lissa, wie es in der letzten Zeit daheim gewesen war.

»Also, mein Vater ist ausgezogen … das war nach den Sommerferien«, sagte sie. »Meine Mutter wollte, daß sie nach der Scheidung befreundet blieben. Mein Dad war sehr unfreundlich zu ihr. Er gab ihr die Schuld an verschiedenen Dingen. Er sagte, sie wäre kein gutes Vorbild. Aber sie war sehr wohl ein gutes Vorbild.«

»In welcher Hinsicht?«

»Sie war sehr klug und sehr liebevoll zu allen. Wenn wir etwas angestellt hatten, mußten wir uns sehr nett entschuldigen.«

Lissa erzählte, daß ihre Mutter sie damit bestrafe, daß sie ihnen Privilegien strich. Ja, Debora wäre sehr gut mit Tim ausgekommen. »Wenn sie mit ihm Schwierigkeiten hatte, sagte sie einfach zu ihm, sie wäre der Boß«, sagte Lissa. »Manchmal drohte sie ihm, ihn auf die Militärschule zu schicken. Aber alles in allem haben wir uns alle sehr gut verstanden.«

Es war erstaunlich, daß in einer Familie, in der die Emotionen völlig außer Kontrolle geraten waren, ein so reifes, guterzogenes Mädchen anzutreffen war. Sie ließ sich Zeit, bevor sie antwortete und gab sich sichtlich Mühe, ihre Mutter als einen wunderbaren Menschen darzustellen, der mit seinem Leben bestens zurecht kam. Offenbar hatten die Kinder sich zusammengeschlossen, um Debora von einer Welt abzuschirmen, mit der sie nicht fertig wurde. Baker erinnerte sich noch daran, wie Kelly ihrer Mutter das Haar gekämmt hatte, bevor Debora ins Krankenhaus gebracht wurde.

Von ihrem Vater sagte Lissa nur, daß er oft ›unhöflich‹ war. Sie betrachtete ihre Mutter als Opfer, als verwundbaren Menschen, der unfair behandelt und betrogen worden war – was natürlich genau Deboras Einschätzung ihrer Situation entsprach.

Lissa sagte weiterhin, daß ihre Eltern sich am Abend des Brandes nicht gestritten hätten. Es wäre alles ganz normal gewesen. Ihr Vater wäre hereingekommen, um seine Post durchzusehen, hätte aber am Montag abend nichts ›Unhöfliches‹ zu ihrer Mutter gesagt. Lissa erinnerte sich, daß ihre Mutter im Whirlpool gebadet hatte und ihren ›roten Bademantel mit den weißen Schäfchen‹ trug, als ihr Vater Tim und Kelly heimbrachte. Sie und ihre Geschwister hätten zu Abend gegessen, ihre Mutter jedoch nicht. »Ich glaube, sie hatte immer noch die Grippe.«

Lissa schätzte, daß ihr Vater gegen 21 Uhr 30 gegangen war. »Nachdem er weg war, bin ich rauf auf mein Zimmer gegangen. Ich gehe normalerweise um halb zehn ins Bett und lese oder mache Hausarbeiten, bis ich einschlafe.«

Baker fragte Lissa, ob ihre Mutter und ihr Vater Alkohol tranken, und sie antwortete: »Manchmal. Zu besonderen Gelegenheiten. Aber nur Wein oder Sekt.« Dann gab sie jedoch zu, daß ihre Mutter einmal auch Gin getrunken habe, weil sie ›ganz traurig war wegen meinem Dad. Aber es war nur eine Flasche, und innerhalb einer Woche.‹ Sie zögerte. »Na ja, *vielleicht* war es auch mehr als eine Flasche …«

Lissa sagte, ihrer Mutter wäre es peinlich gewesen, zur Pembroke Hill School zu fahren. »Mein Dad hat jedem auf der Schule erzählt, daß sie trinkt«, sagte sie. »Einmal hatte ich meine Hausaufgaben nicht gemacht, und meine Lehrerin meinte, das wäre nicht schlimm, weil sie wüßte, daß es bei uns zu Hause Schwierigkeiten gäbe. Das war schrecklich.«

Als die Beamten sie erneut nach dem Alarm fragten, stellte sich heraus, daß Lissa in der Lage war, ihn zu programmieren. »47211 ist der Code, um den Alarm auszuschalten. Ich meine, der Code ist 4721, und dann drückt man die 1, um ihn auszuschalten.« Sie wußte nicht, was die Lichter bedeuteten, wohl aber, daß, wenn der Alarm ausgelöst wurde, die Sicherheitsgesellschaft anrief und ein Familienmitglied einen anderen Code nennen mußte, »4663«. Wenn derjenige, der ans Telefon ging, dieses ›Paßwort‹ nicht kannte, kam automatisch die Polizei. Sie und Tim kannten den Code beide; Lissa war nicht sicher, ob Kelly wußte, wie die Alarmanlage funktionierte. Sie schalteten sie immer ein, wenn sie das Haus verließen. Wenn sie zu Hause waren, drückten sie abends die ›3‹. »Mein Bruder hat manchmal nachts den Bewegungsmelder deaktiviert, wenn er aufstand und nach unten ging«, sagte Lissa.

Lissa erklärte, daß es im Haus zwei Telefonleitungen gab; sie und ihre Geschwister hatten jeder ein eigenes Telefon in ihrem Zimmer. Beide Telefonleitungen führten über ein Computermodem. Sie erzählte, ihre Eltern hätten zwei Safes hinter einer versteckten Tür im Arbeitszimmerschrank; dort würden sie ihre Fotos aufbewahren.

War das Haus immer abgeschlossen? Lissa erklärte, daß nachts immer sämtliche Außentüren abgeschlossen wären. Sie brauchten einen Schlüssel, wenn sie raus wollten. Die meisten Schlüssel würden in einem Korb in der Küche aufbewahrt, aber der ihrer Mutter läge auf einem Regal im Elternschlafzimmer. Der Schlüssel würde zur Haustür und zu der Glastür passen, die vom Schlafzimmer auf die Veranda hinausführte. »Wir haben eine Putzfrau – Wendy –, aber die hat keinen Schlüssel«, sagte Lissa.

Die Detectives fragten, wie die Gegensprechanlage

funktionierte. Wer im Haus war, erklärte Lissa, könne einen Knopf drücken und war so mit dem Lautsprecher im hinteren Teil des Hauses verbunden. Allerdings befand sich an diesem Lautsprecher kein Knopf, so daß man von dort nicht antworten konnte.

Craynor fragte, wo die Zündhölzer aufbewahrt würden. Lissa entgegnete in einem sehr bestimmten Tonfall, daß sie noch nie Streichhölzer in ihrem Haus gesehen habe.

»Wissen Sie«, sagte sie leise, »Tim ist ständig über das Dach gestiegen. Ich verstehe nicht, warum er es diesmal nicht getan hat.«

Als die Männer am Tisch wissen wollten, ob ihre Mutter enge Freunde habe, nickte Lissa nachdrücklich. Sie habe viele gute Freunde. Lissa nannte mehrere Frauen, Mütter von Schulfreunden. Sie sagte, Debora hätte früher oft Tennis gespielt, inzwischen jedoch nur noch selten. »Weil sie die Grippe hatte und sich so oft übergeben mußte.«

Lissa wußte von Deboras Sitzungen bei ihrem Psychiater und von den Tabletten, die sie einnehmen mußte. Auf die Frage nach der Trennung ihrer Eltern antwortete Lissa ehrlich: »Mein Bruder haßt meinen Dad, weil er weggegangen ist. Und ich bin auch ziemlich sauer auf ihn, weil Mom so traurig ist.«

Lissa erzählte von ihren Hunden, unterdrückte aber wie schon vorhin die Gefühle. Sie hatte die Tiere ebensowenig retten können wie ihre Geschwister. Als sie am Montag zu Bett gegangen war, hatte sie Russell mit auf ihr Zimmer genommen. Sie war nicht sicher, bei wem Boomer geschlafen hatte. Sie glaubte erst, es wäre Tim, änderte dann aber ihre Meinung und tippte auf Kelly. Wenn Boomer bei Kelly gewesen war, war ihre Zimmertür geschlossen gewesen. Das paßte zu dem, was die Brandexperten festgestellt hatten; Kellys Tür war geschlossen gewesen, aber die Flammen hatten sich durch das Holz gefressen. Boomers Leichnam war unter Kellys Bett gefunden worden.

Die drei Ermittler brauchten Antworten auf bestimmte Fragen, zögerten jedoch, sie diesem kleinen Mädchen unverblümt zu stellen. Sie wollten wissen, wer bei ihnen daheim den Rasen gemäht habe; sie antwortete, das letzte Mal hätte sie den Rasen gemäht, aber für gewöhnlich hätte ihre Mutter sich darum gekümmert. Sie bewahrten einen Kanister Benzin im Schuppen auf. Sie hatten auch zwei Holzkohlegrills. Lissa erklärte, gewöhnlich hätten Tim und ihr Vater gegrillt.

Lissas Befragung dauerte etwa eine Dreiviertelstunde. »Wenn wir noch einmal mit dir sprechen müßten, wäre das für dich in Ordnung?« fragte Baker.

»Ich habe jeden Abend Ballettunterricht«, entgegnete Lissa ernsthaft. »Und an diesem Wochenende sind Proben.«

»Wir werden das berücksichtigen«, versprach Baker lächelnd, erleichtert, daß wenigstens für Lissa das Leben weiterging. »Vermutlich werden wir morgen im Laufe des Tages noch einmal mit dir sprechen.«

»Das wäre in Ordnung«, sagte Lissa feierlich.

Baker wußte, daß es Lissa viel Überwindung gekostet hatte, über die grauenvolle Nacht zu sprechen, in der ihr Zuhause und ihre Geschwister Opfer der Flammen geworden waren.

24

Tim und Kelly Farrars Beerdigung fand am 27. Oktober 1995 statt. Der Trauergottesdienst wurde in der presbyterianischen Kirche von Prairie Village abgehalten. Mike hatte fast alles allein organisiert, aber es nahmen beide Familien an dem Begräbnis teil. Angehörige, Freunde und die Angestellten des Bestattungsinstitutes waren schockiert von Deboras Benehmen vor Beginn des Gottesdienstes. Sie war sehr wütend und schimpfte laut in der Kirchenvorhalle.

»Sie war grob und boshaft«, erinnerte sich einer der Angestellten des Beerdigungsinstitutes. »Ich habe noch nie erlebt, daß sich jemand auf einer Beerdigung so benommen hat. Sie beklagte sich über Einzelheiten der Arrangements, die ihr nicht gefielen, und sie beschimpfte mich wegen irgendeiner Kleinigkeit. Sie hatte an allem, was wir taten, etwas auszusetzen.

»Ihre Eltern und ihre Schwester waren da, wirklich sehr nette Leute. Sie kamen rüber und sagten: ›Debora, schrei den armen Mann nicht so an. Er hat das doch nicht veranlaßt.‹ Prompt richtete ihr Zorn sich gegen sie. Sie sagte ›Ich kann diese Scheiße nicht mehr hören. Haltet die Klappe, ja. Ihr könnt gleich wieder nach Hause fahren.‹ Sie waren sehr mitfühlend, während Debora selbst sich allen gegenüber unmöglich aufführte.«

Die beiden Familien, die von dieser schrecklichen Tragödie heimgesucht worden waren, versuchten, in dieser Situation eine geeinte Front zu bilden. Die Jones saßen in der vordersten Reihe der Hauptkapelle und die Farrars in der Reihe dahinter. »Meine Eltern und ich saßen direkt hinter Debora und Lissa«, erinnerte sich Mike. Während eines Liedes, das Mike ausgewählt hatte, steckte Debora sich einen Finger in den Hals und tat, als müsse sie brechen.

Reverend Ralph Clark, ein alter Schulfreund von Mike, der auch seine Trauung mit Debora vollzogen hatte, hielt den Gottesdienst ab. Als er mit den Worten begann »Vor zwei Tagen, als Bill Farrar mich anrief und bat, heute diesen Gottesdienst abzuhalten ...« drehte Debora sich um und raunzte ihren Schwiegervater an: »Herzlichen Dank, Arschloch.« Sie sprach mit gedämpfter Stimme, aber doch so laut, daß alle in der Nähe es hörten.

Über dreihundert Trauergäste nahmen an dem herzzerreißenden Gottesdienst teil. Lissa schluchzte die ganze Zeit über; wahrscheinlich wurde ihr das Ausmaß der Tragödie zum erstenmal richtig bewußt. Ein Beobachter, der nicht mit der Familie befreundet war, meinte, Debora befände sich ›auf einer emotionalen Achterbahn‹. Er sah, wie sie Leute fröhlich und lachend begrüßte wie auf einer Party. »Im nächsten Moment sah es aus, als wollte sie Trauer demonstrieren – aber sie war nicht sehr überzeugend.«

Celeste Walker kam ebenso zur Beerdigung wie zahlreiche andere Freunde der Farrars. Ellen Ryan war da, immer noch betroffen und verwirrt von der Zahl von Todesfällen in so kurzer Zeit. Sie registrierte, daß einige von Tims Freunden zu Debora kamen und sie umarmten, offenbar hatten die Kinder sie gern. Jedesmal, wenn Ellen glaubte, Debora zu kennen, entdeckte sie einen neuen Aspekt der Persönlichkeit ihrer Klientin. »Wissen Sie«, sagte sie viel später, »ich glaube, ich betrachtete sie im Grunde als ein Kind, als ein kleines Mädchen, das Schutz und Trost brauchte. Sie machte einen so verlorenen, verwirrten Eindruck.«

Ellen machte sich große Sorgen um Lissa; sie war noch ein junges Mädchen und trug doch bereits die Last der ganzen Welt auf ihren schmalen Schultern. Sie kümmerte sich schon so lange um ihre Mutter, daß es ihr nicht leicht fiel, von ihrer Verantwortung abzulassen. Lissa war ständig in Sorge um Debora.

Ellen mußte unbedingt mit Debora sprechen, wollte das aber nicht vor Lissa tun. Nun mußte sie feststellen, daß es fast unmöglich war, das Kind von seiner Mutter loszueisen. Lissa war Deboras Schatten, sie wich ihr nicht von der Seite.

Es war, als spürte Lissa an ihrer Mutter eine bestimmte Schwäche, als wüßte sie, daß Debora schlicht unfähig war, sich in der Realität zurechtzufinden.

»Ich habe nicht mit Lissa über den Fall gesprochen«, erinnerte sich Ellen. »Ich belaste Kinder nicht mit Einzelheiten einer Scheidung. Viele Rechtsanwälte beziehen die Kinder mit ein und stellen ihnen einen Haufen Fragen. Ich tue so etwas nicht.« Aber sie wollte Lissa versichern, daß alles gut werden würde. »Ich werde mich um deine Mutter kümmern«, sagte sie und kniete nieder, um mit dem Mädchen zu sprechen. »Ich verspreche dir, mich um deine Mutter zu kümmern. Das ist mein Job, und dein Job ist es, du selbst zu sein.«

Lissa musterte Ellen lange und nickte schließlich. Sie schien sich zu entspannen, wenn auch nur ein klein wenig. Die Ermittler der Polizei schickten Beamte zu dem Doppelbegräbnis; sie beobachteten die Trauergemeinde unauffällig aber aufmerksam.

Mike gab für den Highland-Park-Friedhof eine Grabstätte aus Marmor in Auftrag, in dem die Urnen mit der Asche seiner toten Kinder aufbewahrt werden sollten. Seine Großeltern mütterlicherseits sowie zahlreiche Angehörige seiner Familie waren dort begraben. Auf der tischähnlichen Konstruktion prangte in Bronzelettern der Name Farrar. Auf zwei Bronzeplaketten darunter stand ›Timothy Scott: 20. Januar 1982 – 24. Oktober 1995‹ und ›Kelly Christine: 13. Dezember 1988 – 24. Dezember 1995‹. Auf der anderen Seite der massiven Gruft stand ein Gedicht, das schon vielen Familien geholfen hat, den Verlust eines geliebten Menschen zu verkraften.

Steht nicht an meinem Grab und weint
Ich bin nicht hier; ich schlafe nicht.
Ich bin eintausend wehende Winde
Ich bin das helle Glitzern des Schnees.
Ich bin das Sonnenlicht auf reifen Ähren.
Ich bin der milde Herbstregen.
Wenn ihr erwacht am frühen Morgen
Bin ich der raschelnde Flügelschlag
Einer Schar stiller, kreisender Vögel.
Ich bin die Sterne, die am nächtlichen Himmel funkeln.
Steht nicht an meinem Grab und weint,
Ich bin nicht hier. Ich bin nicht tot.

Auf der schimmernden Bronzeplatte waren Schneeflocken, Wind, Regen, Mond und Sterne, kreisende Vögel und Weizenähren vor der untergehenden Sonne abgebildet.

Mike mußte sich oft ins Gedächtnis rufen, daß sein letzter gemeinsamer Abend mit seinem Sohn ein gelungener Abend gewesen war. Das war ein kleiner Trost, an den er sich klammern konnte. Zum erstenmal seit langer Zeit war ihr Verhältnis zueinander so gewesen, wie es zwischen Vater und Sohn sein sollte. Als Mike auf der Beerdigung Jon Baskind sah, Tims Hockeytrainer, sagte er zu ihm: »Meine schönste Erinnerung an Tim ist die, wie er an jenem Montag gespielt hat.«

Jon Baskind war voll des Lobes für den Jungen, dessen Entwicklung er vom kleinen Jungen bis zum muskulösen Teenager mitverfolgt hatte. »Das Schöne an Tim war seine Ernsthaftigkeit und seine Bereitschaft, alles zu tun, um seinem Team zum Sieg zu verhelfen«, erklärte Baskind. »Er entschied ganz allein ein Match. Er schoß drei Tore und drei Vorlagen. Er war der Traum eines jeden Trainers.«

Mike und Debora, die Hunderte von Fotos von ihren Kindern geschossen hatten, von der Geburt bis wenige Wochen vor ihrem Tod, fürchteten zuerst, daß diese Erinnerungsstücke für immer verloren wären. Glücklicherweise wurden sie unversehrt in einem der beiden Safes gefunden, die Mike hatte installieren lassen. Sie rochen nach Asche, und winzige Rußpartikel hafteten an ihnen, aber alle schönen Erinnerungen, die auf Film gebannt worden waren, waren erhalten geblieben. Der Rest von Mikes und Deboras Welt hingegen war ein einziger Scherbenhaufen.

Mike waren die Safes einen Tag nach dem Brand wieder eingefallen; in dem einen befanden sich wichtige Unterlagen und etwas Bargeld – vielleicht 500 Dollar. In dem zweiten hatte er die Fotos und andere Erinnerungsstücke aufbewahrt. Wie sich herausstellte, gehörten die beiden Safes zu den sehr wenigen Dingen, die den Brand überstanden hatten.

Was sollte mit Lissa geschehen? Ihre Eltern liebten sie beide, aber ihre Mutter war ein emotionales Wrack, und Lissa hatte geäußert, daß sie wütend auf ihren Vater war, weil der sie verlassen hatte. Alle sorgten sich um ihr Wohlergehen, und ein Gericht entschied schließlich, daß sie bei ihren Großeltern väterlicherseits leben sollte. Karen Beal, Mikes Schwester, unterstützte ihre Eltern hierbei nach Kräften. Debora wurde gestattet, Lissa zu besuchen – ein Gerichtsbeschluß ordnete jedoch an, daß immer eine dritte Person anwesend sein mußte.

Joan und Robert Jones kümmerten sich fast rund um die Uhr um Debora; sie ging weiter zu ihrem Psychiater, und ihr Benehmen schien sich zu normalisieren. Die Frage des Besuchsrechts war eine unangenehme Sache, aber Lissa hatte bereits zu viel durchmachen müssen. Ihr abrupt jeden Tag mit ihrer Mutter zu untersagen, wäre zu grausam gewesen. Und falls die laufenden Ermittlungen ergaben, daß Debora unschuldig war, wäre es unmenschlich, wenn man ihr in dieser Zeit den Kontakt zu ihrem einzigen noch lebenden Kind verboten hätte. So wurde Debora gestattet, Lissa zu den Ballettproben zu begleiten; Lissa sollte trotz allem die Rolle der Clara bei der Weihnachtsaufführung tanzen.

Wenn es eine Person gab, die alle vor weiterem Leid schützen wollten, dann war es Lissa. Ihre Eltern, ihre Großeltern, ihre Tanten und Onkel und sogar die Ermittler der Polizei setzten sich dafür ein, daß sie sich ihren Traum erfüllen konnte, im ›Nußknacker‹ zu tanzen. Egal wie zerstritten die verschiedenen Parteien auch sein mochten, sie ließen nicht zu, daß ihre Differenzen sich negativ auf Lissas Leben auswirkten. Daß sie überhaupt noch lebte, war ein Wunder; ihr Auftritt bei der Weihnachtsaufführung gab allen, denen sie etwas bedeutete, neue Hoffnung.

Ellen Ryan sorgte sich um Lissas Sicherheit, wußte jedoch nicht, welchen Elternteil man im Auge behalten sollte. Sie wußte, daß Debora als Verdächtige galt, aber für Ellen gehörte auch Mike zu den verdächtigen Personen; sie war beunruhigt, weil seine Besuche bei ihr nicht an Auflagen gebunden waren. Aber es gab nichts, was sie in dieser Sache hätte unternehmen können. Sie hoffte, daß Lissa sicher war, solange die Polizei beide Elternteile beobachtete.

Ellen war Pragmatikerin. Sie sorgte dafür, daß Mike auch weiterhin den monatlichen Unterhaltszahlungen in Höhe von 5.400 Dollar an Debora nachkam. Das war die

Summe, die in Mikes Scheidungsklage gegen Debora stand. Von diesem Betrag mußte Debora weiterhin monatlich 3 400 Dollar Hypothek auf ein Haus abzahlen, das gar nicht mehr existierte.

Debora und ihre Eltern leugneten vehement jede Schuld an dem Brand und wiesen Ellen an, alles Nötige zu unternehmen, um den Schuldigen dingfest zu machen. Ellen versprach ihnen, genau das zu tun. Aber nach ein paar Tagen wurde ihr klar, daß Debora aller Wahrscheinlichkeit nach selbst verhaftet werden würde, und sie begann, Deboras Geld beiseite zu schaffen, für den Fall, daß eine Kaution fällig wurde.

Als Ellen Debora warnte, daß man sie möglicherweise verhaften würde, war ihre Klientin perplex. »Ich bin das nicht gewesen, Ellen«, sagte sie. »Warum also sollte man mich verhaften?«

Ellen bekam von Mike und seinem Anwalt die Erlaubnis, seine Vermögenswerte zu ermitteln, und sie sicherte Debora einen möglichst hohen Anteil am ehelichen Vermögen, damit diese nicht mittellos dastand. Sie eröffnete ein neues Konto auf Deboras Namen, so daß Ellen, für den Fall einer Verhaftung, darauf zurückgreifen konnte. Debora war sehr unbedarft, was Gelddinge anbelangte, und möglicherweise würde sie bald Geld brauchen, um einen Verteidiger zu bezahlen.

Während Ellen ihrer Klientin dies alles darlegte, starrte Debora sie nur verständnislos an. Ellen sei überängstlich, meinte sie. Warum sollte sie einen Verteidiger brauchen, wo sie doch unschuldig war? Aber Ellen hatte gespürt, daß der Wind sich drehte und ihre Klientin sehr genau beobachtet wurde. Wenn Debora weiterhin die Augen davor verschloß, daß sie in Gefahr war, mußte jemand anders auf sie aufpassen. Für Ellen gab es zwei Prioritäten.

Die erste war Lissa, deren Leben sich zum Guten wenden mußte. Ihre zweite Priorität war, Debora zu schützen.

Debora wohnte mit ihren Eltern in einem Motel, aber sie waren auf der Suche nach einer festen Unterkunft. Debora ging es nicht gut; sie konnte nicht schlafen, war oft vierundzwanzig Stunden am Stück wach. Wenn sie dann aus reiner Erschöpfung schließlich doch einschlief, wachte sie bereits nach wenigen Stunden wieder auf. Sie sagte, daß sie immer von den Kindern träume. Ihre Eltern waren ebenfalls am Ende ihrer Kräfte, weil sie nicht schlafen konnten, wenn Debora nicht schlief. Joan hatte erst kürzlich einen Schlaganfall erlitten und brauchte dringend Ruhe.

Ellen mußte darauf achten, daß Debora die richtige ärztliche Fürsorge bekam; sie war es auch, die Lissas Besuche arrangierte. In gewisser Weise kam es Ellen vor, als würde sie sich nicht um ein kleines Mädchen kümmern, sondern um zwei. Sie konnte nicht glauben, daß Debora das Feuer gelegt haben sollte, aber sie wußte auch nicht, wer es sonst gewesen sein sollte. Wenn Debora tatsächlich ihr eigenes Haus angesteckt hatte, war Ellen davon überzeugt, daß ihre Klientin sich dessen nicht bewußt war.

Derweil führten die Ermittler der Polizei in Zusammenarbeit mit der Metro Squad und der Spezialeinheit von Brandexperten diskret ihre Ermittlungen fort. Wie jeder gute Polizist weiß, geht man bei einem ungeklärten Todesfall so vor, daß man systematisch erst Mord, dann Selbstmord und zuletzt Unfall ausschließt, ehe man eine natürliche Todesursache anerkennt. »Am Anfang«, erzählte Grover Reportern später, »beschlossen wir, den Fall wie einen Mord zu untersuchen, in der Hoffnung, es würde sich eine natürliche Brandursache ergeben. Aber es kam anders.«

Es sollte einige Zeit vergehen, bis die Brandexperten ihre Schlußfolgerungen zur Ursache des Brandes öffentlich bekanntgaben. Was die Öffentlichkeit anbelangte, waren die Meinungen über die Schuld oder Unschuld eines Verdächtigen noch nie so stark auseinandergegangen. Vielleicht lag es an dem Verbrechen selbst – der Mord an den eigenen Kindern –, daß sich solch verschiedene Standpunkte bildeten. Es passieren tagtäglich die verschiedensten Morde. Aber normalerweise glauben wir daran, daß Mütter ihre Kinder schützen und sie nicht in einem Anfall mörderischer Wut verbrennen.

Trauernde Freunde und Schaulustige fanden sich vor den geschwärzten Ruinen des Farrar-Hauses ein. Das gelbe Plastikband, mit dem der Tatort von der Polizei abgeriegelt worden war, hielt die Leute vom eigentlichen Grundstück fern. Viele Leute legten Blumen nieder.

Das Leben am Canterbury Court ging weiter, aber es hatte sich verändert. Die vielen Kinder, die dort wohnten, mußten sich viel früher, als man es ihnen gewünscht hätte, mit dem Tod auseinandersetzen. Die Freunde beider toten Kinder taten sich schwer damit, zu akzeptieren, daß Tim und Kelly nun tot waren. Sie waren bei Debora stets willkommen gewesen, und niemand hatte sich darüber aufgeregt, wenn sie laut waren oder Unordnung machten.

Die Eltern am Canterbury Court verschlossen den Medien ihre Türen und ließen die Jalousien herunter, um sich von der Öffentlichkeit abzuschotten. Dies war keine Nachbarschaft, in der irgend jemand bereit wäre, in den Abendnachrichten aufzutreten, um seine Meinung über die Toten oder die Brandursache kundzutun. Obgleich der Canterbury Court keine abgeriegelte Siedlung war, war er eine stille Oase gewesen, deren Mitbewohner in Frieden miteinander lebten. Die Ärzte und Juristen, die am Canterbury Court lebten, mußten sich im Berufsleben mit Krankheit, Tod und Rechtsstreitigkeiten herumschlagen. Es paßte ihnen gar nicht, daß ein Skandal den Frieden ihres Viertels erschütterte. Aber das Interesse am Haus der Farrars war so groß, daß die Bewohner ihre Straße fast jeden Abend im Fernsehen sahen. Sogar das Fernsehen schickte Reporter vor Ort.

Man konnte die Türen schließen und die Reporter abweisen, aber die verkohlte Ruine auf dem Grundstück 7517 ließ sich nicht ignorieren. Den Nachbarn war sehr daran gelegen, daß das Haus baldmöglichst abgerissen wurde, aber das konnte selbstverständlich nicht geschehen, solange die Polizisten und Brandexperten ihre Untersuchungen noch nicht abgeschlossen hatten.

Aber als es dann soweit war, wurde Ellen Ryan von den Nachbarn gebeten, den Abriß der Ruine voranzutreiben. »Das machte mich wütend«, erinnerte sie sich. »Sie sagten, ihre Kinder würden unter den Erinnerungen leiden, die das Haus weckte. Aber ich fragte mich nur, warum niemand Hilfe für die drei Kinder geholt hat, die dort lebten? Vielleicht wäre es ja dann gar nicht zu dem Unglück gekommen.«

Jeder in der Gegend von Kansas City, der Zeitung las oder Fernsehen guckte, sprach von dem Brand. Die Tragödie war Hauptgesprächsthema eines sich stetig ausweitenden Personenkreises. Niemand glaubte wirklich, daß es sich um einen Unfall handelte.

Mikes Beziehung zu Celeste Walker war plötzlich allseits bekannt. Vermutlich wäre es klüger gewesen, wenn sie sich nach dem Brand eine Weile nicht getroffen hätten, aber das brachten beide nicht fertig, weil sie den Trost des anderen brauchten. Ihrer beider Leben waren aus den Fugen geraten, und nur wenn sie zusammen waren, konnten sie ein wenig Abstand von den schrecklichen Ereignissen gewinnen. Sie hatten sich ineinander verliebt, weil sie aus zerrütteten Ehen hatten fliehen wollen; niemals hätten sie voraussehen können, welches Chaos sie erwartete. Hätte John sich nicht das Leben genommen, und hätte Debora sich nicht in den Alkohol geflüchtet, wäre ihre Affäre möglicherweise an Gewissensbissen gescheitert. Jetzt aber klammerten sie sich trotz aller Anfeindungen seitens der Öffentlichkeit aneinander.

Einmal begleitete Celeste Mike zur Ruine seines Hauses. Ihm war gestattet worden, das Kellergeschoß zu betreten und seine Weinsammlung zu holen. Jemand verständigte die Medien, und plötzlich war das Haus von Reportern und Kameraleuten umringt. Celeste gelang es, durch eine Seitentür aus dem Haus zu schleichen und durch den Garten zu flüchten, aber Mike war in allen Nachrichtensendungen des Abends. Es wäre sicherlich ein Volltreffer gewesen, wenn das Liebespaar die Arme voller kostbarer Weinflaschen erwischt worden wäre, aber diese zusätzliche Peinlichkeit blieb ihnen erspart.

Mike ging es nicht gut. Er war am 11. September das letzte Mal aus dem Krankenhaus entlassen worden, sechs Wochen vor dem Brand, und die quälenden Symptome, die dreimal zu seiner Einweisung geführt hatten, hatten sich nicht wieder eingestellt. Aber dennoch fühlte er sich noch schwach und krank. Er war nicht in der Verfassung zu joggen; manchmal erschöpfte ihn bereits eine längere Strecke zu Fuß. Er konnte nicht arbeiten. Gut zwei Monate zuvor hatte sich Mike eine Blutvergiftung zugezogen, die ihn beinahe getötet hatte.

»Bakterien können in den Blutkreislauf gelangen«, erklärte Dr. Beth Henry, die Spezialistin, die Mike behandelte, »und wenn das passiert, produziert der Körper Proteinsubstanzen, die eine sehr starke Reaktion im Körper hervorrufen. Bei jedem Fall von Bakterien im Blutkreislauf fürchten wir, daß es zu einer Schädigung der Herzklappen kommt.«

Noch ahnte Mike nichts davon, aber bei ihm hatte sich eine bakterielle Endokarditis entwickelt – eine Infektion der Herzklappen. Die größte Gefahr einer solchen Erkrankung war eine Herzschädigung, aber es konnte auch zu einer Schädigung des Gehirns kommen. Die Ärzte am North Kansas City Hospital hatten Mike mit extremer Umsicht behandelt und nach seiner Blutvergiftung über ein Dutzend Blutkulturen angelegt, um Bakterien nachzuweisen. Sie hatten keine gefunden, wußten jedoch, daß die Wahrscheinlichkeit bestand, daß er erneut erkrankte.

Und genau das geschah nun mit ihm. Mikes Schübe lebensbedrohlicher Krankheit waren noch nicht vorüber. Nur glaubte er nun zu wissen, was seinen gesundheitlichen Problemen zugrunde lag – Kastorsamen wie jene, die er in der Handtasche seiner Frau gefunden hatte. Gegenwärtig befanden sie sich in der Obhut der Polizei von Prairie Village. Wenn, nötig würden sie ans FBI-Labor geschickt werden, dessen Kriminalisten nachgesagt wurde, sie hätten bereits erfolgreich Rizinus-Antikörper bei Menschen nachgewiesen.

Obgleich sie ihre jüngste Tochter nur selten gesehen hatten, seit sie verheiratet war, liebten Joan und Bob Jones sie und waren gewillt, so lange in Kansas City zu bleiben, wie Debora sie brauchte. Sie mußten eine Wohnung für sie drei finden, in der, wie Debora hoffte, auch Lissa einige Zeit mit ihnen verbringen konnte. Verständlicherweise waren jedoch die Vermieter nicht erpicht darauf, an eine Frau zu vermieten, die unter Verdacht stand, ihr eigenes Haus angezündet zu haben – und das nicht nur einmal, sondern gleich zweimal. Schließlich fanden die Jones jedoch eine Wohnung in einem Hotel, eine Unterkunft, in der vom Geschirr bis hin zu Toaster und Kaffeekanne alles gestellt wurde. Dort wollten sie mit Debora wohnen und abwarten, was als nächstes geschah. Lissa wohnte immer noch bei Mikes Eltern, und sie alle wollten, daß sie ein möglichst normales Leben führte. Vor allem Debora lag daran, daß sie die Proben für ihre Rolle der Clara im ›Nußknacker‹ fortsetzte.

Am 27. Oktober, drei Tage nach dem Brand, informierte Branddirektor Gary Lamons den Bezirksstaatsanwalt von Johnson County und die Polizei von Prairie Village davon, daß seine Leute zu dem Schluß gekommen seien, das tödliche Feuer wäre durch Brandstiftung entstanden. Die Frage war nun, wer das Haus am Canterbury Court 7517 angezündet hatte. Die Ermittler mußten darauf achten, daß ihre Objektivität nicht beeinträchtigt wurde. Debora Green galt als die Hauptverdächtige, aber Celeste Walker und Michael Farrar standen ebenfalls noch auf der Liste der Verdächtigen und wußten dies auch.

Mike war überzeugt davon, daß Debora ihn vergiftet hatte, aber der Gedanke, daß sie vorsätzlich ihre eigenen Kinder getötet haben sollte, war ihm unerträglich. In der Brandnacht, als er gewußt hatte, daß seine Kinder in dem Inferno gefangen waren, hatte er sie zur Rede gestellt: »Was hast du gemacht?« hatte er gefragt. Aber er hatte diese Worte auf dem Höhepunkt seiner Verzweiflung gesprochen. Er hatte achtzehn Jahre mit Debora zusammengelebt; er hatte geglaubt, sie zu kennen. Und was für Schwächen sie als Ehefrau auch haben mochte, er hatte nie daran gezweifelt, daß sie ihre gemeinsamen Kinder aufrichtig liebte.

Debora hatte der Polizei von mehreren Personen erzählt, die sie vor dem Feuer mindestens zweimal nachts durch ihren Garten hatte gehen hören. Sie hatte geäußert, es habe sich möglicherweise um jemanden gehandelt, der wütend auf einen Hausbewohner war – vielleicht auf Tim. Aber jetzt zeichnete sie ein weit teuflischeres Szenario. »Wer hätte denn von einem Brand am meisten profitiert?«

fragte sie die Polizisten. »Celeste. Celeste wollte meinen Mann, und das einzige, was ihrem Zusammenleben noch im Wege stand, waren ihr eigener Mann, ich und meine Kinder. Waren ich und die Kinder erst tot, müßte Michael nicht einmal Unterhalt zahlen. Nun, John ist tot, und Celeste hat drei Millionen an Versicherungsgeldern kassiert. Ich bin fast umgekommen und Lissa ebenfalls. Es ist alles so einfach.«

Rod Smith und Gary Baker verbrachten viel Zeit damit, das Umfeld des Canterbury Court zu untersuchen und mit Freunden und Bekannten von Mike, Debora und den Kindern zu sprechen. Beide hatten einen Partner von der Metro Squad an ihrer Seite. Smith war Detective Bob Lever vom Overland Park Police Department zugeteilt worden und Baker Roger Denton vom Grandview Police Department. Bisher war niemand wegen der Brandstiftungsmorde an Kelly und Tim Farrar festgenommen worden, obgleich Debora ganz oben auf der Liste der Verdächtigen stand.

Branddirektor Jeff Hudson hatte ausgesagt, daß ein Brandbeschleuniger benutzt worden wäre, um das Feuer zu entzünden, das das imposante Haus innerhalb von Minuten vernichtete. Geeignete Flüssigkeiten dazu finden sich in jedem Haushalt. Die meisten Haushalte besitzen Benzin für den Rasenmäher, Kohlenanzünder, Terpentin, Alkohol. Hudson war ziemlich sicher, daß es kein Benzin gewesen war; die Spinnweben an den Metallkanistern im Schuppen hingen noch an der Wand fest, als er und seine Kollegen sie überprüften. Aber es war auch bei weitem nicht so wichtig zu wissen, welche brennbare Flüssigkeit benutzt worden war, wie zu wissen, *daß* ein Brandbeschleuniger benutzt worden war.

Amateurbrandstifter haben keinen Schimmer, wie

gefährlich von Brandbeschleuniger genährte Feuer sein können. Sie verschütten die brennbare Flüssigkeit im ganzen Haus, und viele von ihnen gehen davon aus, daß ihnen noch genügend Zeit bleibt, das Gebäude zu verlassen, bevor das Feuer sich ausbreitet. Je nach Menge des verwendeten Brandbeschleunigers erfolgt jedoch unmittelbar eine Explosion, die den Tatort in ein Flammeninferno verwandelt. Auch jene, die unverletzt bleiben, kommen gewöhnlich nicht straffrei davon. Denn sie hinterlassen einen exakten Plan ihrer Vorgehensweise. Und genau so verhielt es sich auch bei dem Brand in dem Haus am Canterbury Court. Die Spezialeinheit erklärte der Polizei aus Prairie Village, daß die Person, die das Feuer gelegt hatte, mit großer Wahrscheinlichkeit von der Stichflamme Verbrennungen oder versengte Haare davongetragen hatte.

Mike und Debora hatten beide die Kleidungsstücke abgeliefert, die sie in der Nacht des 23. auf den 24. Oktober getragen hatten: Debora das pinkfarbene Nachthemd mit den weißen Schäfchen und Mike Schuhe, Socken, Jeans und den grauen Wollpullover mit dem bunten Muster. Bill Chapin, der zuständige Beamte des kriminaltechnischen Labors von Johnson County verpackte die Kleider und schickte sie zur Untersuchung an das Labor des FBI. An keinem der Kleidungsstücke waren jedoch Spuren von Brandbeschleuniger festgestellt worden.

Als nächstes verlangten die Ermittler Haarproben. Mike hatte nichts dagegen, daß man ihm Haarbüschel vorn und seitlich am Kopf abschnitt, damit sie auf versengte Spitzen untersucht werden konnten. Debora war jedoch am Ende ihres ersten Gesprächs so wütend auf Rod Smith und Greg Burnetta gewesen, daß sie bezweifelten, Debora würde ihnen freiwillig gestatten, eine solche Probe sicherzustellen. Sie beschafften sich einen Durchsuchungsbefehl, und am Nachmittag der Beerdigung ihrer Kinder bei einem Gespräch in Dennis Moores Büro, kamen sie herein, legten ihr den richterlichen Beschluß vor und verlangten die Proben. Moore war außer sich, weil sie Debora derart überfallen hatten. Und auch sie war empört und sagte Smith und Burnetta sehr deutlich, was sie von ihnen hielt. Sie versicherte ihnen, daß der Durchsuchungsbefehl völlig überflüssig war; sie hätte ihnen auch so jederzeit Haarproben überlassen.

Und doch hatte sie offenbar etwas an ihrem Haar nervös gemacht. Sie hatte einen bereits vereinbarten Termin einen Tag nach dem Brand, dem Dienstag, bei ihrem üblichen Friseur abgesagt. Das war verständlich. Aber am Donnerstag, dem 26. Oktober, waren sie und ihre Mutter in einem anderen Schönheitssalon gewesen, und sie hatte sich dort von einer Fremden das Haar schneiden lassen. »Aber es sah entsetzlich aus«, erklärte sie, »und darum ließ ich es noch einmal nachschneiden.« Also war sie nach der Beerdigung noch einmal bei ihrem gewohnten Friseur gewesen, um sich das Haar ein zweites Mal innerhalb von drei Tagen schneiden zu lassen.

Mit Hilfe eines Elektronenmikroskopes stellte Gary Dirks vom Kriminallabor von Johnson County fest, daß trotz der Haarschnitte einige Haare vorn und seitlich an Deboras Kopf stark versengt waren. Diese Information wurde an das Büro der Bezirksstaatsanwaltschaft weitergeleitet.

Zu welchem Zeitpunkt sollte Deboras Haar den Flammen so nah gewesen sein, daß sie sie sich versengt hatte? Sie hatte den Beamten wiederholt erklärt, daß sie, als sie die Schlafzimmertür geöffnet hatte, um auf den Flur zu sehen, diese wegen des dichten Rauchs sofort wieder geschlossen habe. Dann hatte sie sofort den Schlüssel genommen und die Glastür aufgeschlossen, die vom Elternschlafzimmer auf die Veranda führte. Sie war sofort nach nebenan gegangen, wo die Formans verwundert registriert hatten, daß ihr Haar naß war.

25

Jeden Tag wurden auf der Polizeiwache von Prairie Village Konferenzen abgehalten, bei denen Informationen ausgetauscht und Einzelheiten besprochen wurden. Morrison und Guinn nahmen an diesen Besprechungen teil, um sicherzugehen, immer auf dem neuesten Stand zu sein.

Für die beiden war es nichts Neues, daß die Medien sich für einen ihrer Fälle interessierten, aber keiner von ihnen hatte bis dahin eine ähnliche Hysterie erlebt. Jeder Aspekt der Untersuchung mußte streng geheimgehalten werden, ein Umstand, der natürlich diesen Fall um so reizvoller machte.

Ellen Ryan wollte die Ermittler über den Verdacht ihrer Klientin bezüglich John Walkers Selbstmord und die dort bestehende Affäre zwischen Celeste und ihrem eigenen Mann informieren. Morrison war bereits mit diesem Aspekt des Falles vertraut. In seinem Büro gingen Hinweise ein, die besagten, daß Celeste Walker ihren Mann der Versicherungsgelder wegen umgebracht habe. Eine Quelle, die den Walkers sehr nahestand, sagte, Debora hätte John einen Tag vor seinem Tod nicht einmal, sondern dreimal angerufen.

Einige Hotline-Anrufer äußerten, Mike sei ein untreuer Ehemann, dem seine Kinder völlig gleichgültig seien, aber seine engsten Freunde und Kollegen waren voll des Lobes über ihn. »Ich halte große Stücke auf ihn in seiner Eigenschaft als Arzt«, sagte eine Krankenschwester. »Sie hingegen hat nie ein freundliches Wort über ihren Mann und die Kinder gesagt.« Andere Kollegen meinten, Mike hätte seine Familie immer sehr viel bedeutet. »Er hat ständig Geschichten von seinen Kindern erzählt und Fotos von ihnen herumgezeigt«, erzählte einer. »Das vermittelte jedem das Gefühl einer Verbindung. Mir kam es beispielsweise so vor, als würde ich seine Kinder persönlich kennen.«

Untreue, Selbstmord, Vergiftung, Brandstiftung, Mord – das war mehr als genug, um den Medien den Mund wäßrig zu machen. Aber Morrison hielt sämtliche bereits bekannten Fakten unter Verschluß. Seine eigene Frau, die selbst im Medienbereich tätig war, erfuhr von ihm so wenig über den Fall, daß sie ebensogut mit einem Klempner hätte verheiratet sein können.

Es gab immer noch sehr viele unbeantwortete Fragen in diesem Fall. Und ehe diese nicht beantwortet waren, konnte kein Haftbefehl ausgestellt werden. Zu den noch ungelösten Rätseln gehörte auch das der Kastorsamen. Es gab keine Beweise dafür, daß Debora Mike mit den Samen vergiften wollte; tatsächlich hatten die Polizeibeamten nur Mikes Aussage, daß er die Tütchen in ihrer Handtasche gefunden hatte. Um einen eindeutigen Zusammenhang zwischen Debora und den Samenpäckchen herzustellen, mußte bewiesen werden, daß sie sie auch gekauft hatte.

Polizeiarbeit ist zum größten Teil langweilige Routine, auch wenn der Fall an sich interessant ist. Um sich möglicherweise entscheidende Informationen zu beschaffen, müssen Polizisten Klinken putzen, endlose Telefonate führen und zahllose Zeugen anhören, die im Grunde gar nichts wissen.

Die Polizei von Prairie Village mußte herausfinden, welches Gartenzentrum in oder um Kansas City die Samen verkauft hatte und an wen. Auf den Packungen stand ›Earl May‹, der Name einer Kette von Gartenzentren mit Hauptsitz in Shenandoah, Iowa, und mindestens einem halben Dutzend Filialen in der Umgebung von Kansas City. Earl-May-Gartenzentren verkauften Dünger,

Übertöpfe, Schläuche und allerlei sonstige Gartenutensilien sowie Haustierzubehör. Und sie hatten sechshundert verschiedene Samenarten im Sortiment.

Officer Kyle Shipps hatte am 25. September, während er darauf gewartet hatte, daß Debora sich für die Fahrt ins Krankenhaus anzog, in ihrem Adreßbuch die Anschrift des Earl May Centers in Olathe gesehen. Obgleich die Beamten überzeugt waren, daß sie die Kastorsamen dort gekauft hatte, hatten sie hierfür bislang keine Beweise. Denn niemand in dem Gartencenter in Olathe konnte sich an sie erinnern.

Leighann Stahl arbeitete seit fünf Jahren für die Earl-May-Kette. Angefangen hatte sie in Lincoln, Nebraska, und war dann in eine Niederlassung nach Gladstone versetzt worden, einem Vorort von Kansas City. Ihr Filialleiter, Steve Ogden, erhielt um Halloween herum einen Anruf von einem Detective, der wissen wollte, ob sich jemand von seinen Mitarbeitern erinnern könne, etwa ein Dutzend Tütchen Kastorsamen an einen Kunden verkauft zu haben. Ogden konnte sich zwar nicht daran erinnern, bestätigte dem Beamten jedoch, daß sie Kastorsamen führen würden. Er versprach, seine Verkäufer zu fragen. In diesem Augenblick betrat Leighann Stahl das Büro, und auf Ogdens Frage hin bestätigte sie, daß sie selbst etwa einen Monat zuvor eine große Menge Kastorsamen verkauft habe.

Stahl sagte, einer der anderen Verkäufer hätte ihr Ende September eine Bestellung über besagte Samen auf den Schreibtisch gelegt, nachdem eine Frau angefragt hatte, ob sie Kastorsamen vorrätig hätten. Dies war nicht der Fall, aber der Verkäufer hatte der Kundin versprochen, daß sie versuchen würden, welche zu bestellen.

Es gab einen guten Grund dafür, daß das Gartencenter

im September keine Kastorsamen vorrätig hatte. Die Rizinuspflanze ist eine dekorative Gartenpflanze, die normalerweise im Frühjahr gepflanzt wird. Die Pflanze wächst sehr schnell, hat jedoch nur eine sehr kurze Lebensdauer. »Sie werden sehr groß«, erklärte Stahl. »Zwischen zwei und drei Meter hoch, je nach Standort. Aber sie gehen beim ersten Frost ein, so daß man sie im Frühjahr pflanzen muß und sie dann extrem schnell wachsen. Innerhalb weniger Wochen kann eine Pflanze bereits einen halben bis einen Meter hoch sein. Die Leute pflanzen sie gern als Sichtschutz entlang eines Zaunes.

In Kansas und Missouri lag die Pflanzzeit für Kastorsamen zwischen dem 15. April und Mitte Mai. Leighann Stahl war noch nie ein Kunde untergekommen, der im Herbst Kastorsamen verlangt hatte. Als sie gesehen hatte, daß die Bestellung sich auf zehn Päckchen belief, hatte sie sich gar nicht die Mühe gemacht, die vier anderen Earl-May-Filialen in der Umgebung anzurufen. Der einzige Weg, der Bestellung nachzukommen, war der, die Samen direkt vom Lager in Shenandoah kommen zu lassen.

Etwa eine Woche nachdem Stahl die Bestellung aufgegeben hatte, hatte eine Frau angerufen und sich erkundigt, ob die Samen eingetroffen wären. »Ich sagte ihr, sie lägen an der Kasse abholbereit«, erzählte Stahl. Die Frau bat sie um eine Wegbeschreibung und nannte Stahl den Namen der Ortschaft, in der sie lebte, aber Stahl, die noch neu war in der Gegend, konnte sich nur noch daran erinnern, daß die Kundin ›auf der Südseite des Flusses‹ wohnte. Stahl hatte ihr erklärt, daß sie ihr den Weg leider nicht beschreiben könne.

»Sie sagte, sie käme im Laufe des Tages vorbei, um die Samen abzuholen.« Und später an diesem Tag, irgendwann am Nachmittag, war die Frau auch tatsächlich gekommen und hatte die zehn Tütchen Kastorsamen abgeholt. Sie erklärte, daß sie die Samen für ein Schulprojekt benötige – ob für sich selbst oder für ihre Kinder wußte Stahl nicht mehr. Aber die Erklärung leuchtete ihr ein.

Als Sergeant John Walter sie das erstemal nach der Frau fragte, hatte Stahl Mühe, sich zu erinnern, wie sie ausgesehen hatte – nicht verwunderlich in Anbetracht der großen Anzahl von Kunden, mit denen sie es tagtäglich zu tun hatte. Andererseits war dieser Verkauf nicht alltäglich gewesen. Stahl verkaufte nicht so viele Kastorsamen, auch nicht im Frühjahr, immerhin handelte es sich um Samen, die exotisch und hochgiftig waren. Schließlich gelang es Stahl, sich an den Tag zu erinnern, als sie die Frau gesehen hatte, die besagte Samen haben wollte. Die Kundin war etwa Mitte Vierzig gewesen, erinnerte sich Stahl, vollschlank, eher zu dick. Ihr Haar war mittelbraun und kinnlang.

Stahl erklärte, daß der Earl-May-Kassenbon noch präzisere Informationen über den eigentlichen Verkauf liefern könne: Datum und Uhrzeit, Abteilung, Artikelnummer, Gesamtrechnungsbetrag und ob der Kunde bar, mit Scheck oder Karte bezahlt hatte. Auf Rod Smith' Bitte hin ließ Stahl sich von der Zentrale in Iowa die dort gelagerten Kassenbelege schicken. Sie sah sie durch und fand den Vorgang, an den sie sich erinnerte.

Der Bon wies zehn Päckchen Samen zu je 1,29 Dollar aus, insgesamt also 12,90 Dollar zuzüglich 83 Cent Mehrwertsteuer. Die Frau hatte mit einer Zwanzig-Dollar-Note bezahlt und 6,26 Dollar Wechselgeld herausbekommen. Der Preis entsprach dem von Kastorsamen, aber Stahl konnte nicht beweisen, daß es sich bei den besagten zehn Päckchen tatsächlich um Kastorsamen gehandelt hatte, da die Art der Samen nicht auf dem Beleg vermerkt war. Sie konnte den Beamten nur versichern, daß sie sich daran erinnere, daß es sich um Kastorsamen gehandelt habe.

Was die Identifizierung der Frau anbelangte, die die

Kastorsamen gekauft hatte, legte Sergeant Walter ihr Fotos von acht Frauen vor. War die Kundin unter ihnen? Sie seufzte und zeigte schließlich auf das Foto von Debora Green. »Ich sagte ihm, ich sei zu siebzig Prozent sicher, daß sie es gewesen sei«, sagte sie später. »Aber die Frisur war anders, und sie hatte abgenommen.«

Stahl hatte Berichte über den Brand in Prairie Village gesehen, bevor man ihr die Fotos vorgelegt hatte, aber es waren nur Bilder von Tim und Kelly und des brennenden Hauses gewesen. Sie hatte noch nie ein Foto von Debora Green gesehen. Und sie hatte keine Ahnung, daß Deboras Mann im Sommer 1995 viermal hintereinander an akuten Magen-Darm-Beschwerden gelitten und exakt jene Symptome aufgewiesen hatte, wie sie für eine Rizinusvergiftung typisch waren.

Das Earl-May-Gartencenter, für das Leighann Stahl im Herbst 1995 arbeitete, lag ziemlich weit weg von Deboras Heimatort Prairie Village. Zwei der vier anderen Filialen in der Umgebung von Kansas City lagen hingegen in der Nähe des Canterbury Court. Wenn es sich bei der übergewichtigen dunkelhaarigen Frau mittleren Alters tatsächlich um Debora Green gehandelt hatte, war natürlich nachvollziehbar, daß sie die Samen so weit wie möglich von ihrem Wohnort entfernt kaufte.

Was auch immer Debora geplant haben mochte, ihre Einweisung in die Menniger-Klinik hatte ihre Pläne durchkreuzt. Und als sie wieder nach Hause gekommen war, hatte Mike nichts mehr gegessen, was sie ihm *vorgesetzt* hatte.

26

Celeste Walker führte an Halloween ein langes Gespräch mit Rod Smith und zwei Mitgliedern der Metro Squad. Sie beobachteten die lebhafte Frau mit der sanften Stimme genau und erkannten, daß ihre Weiblichkeit und Lebensfreude sich kraß von Deboras Auftreten abhoben. Celeste scheute sich nicht, über ihr Leben, ihre Ehe, den Selbstmord ihres Mannes und ihre Beziehung zu Dr. Michael Farrar zu sprechen.

Celeste, die einen langarmigen weißen Pullover und eine lange Goldkette um den Hals trug, war eine sehr attraktive Frau. Ihre Nervosität verriet sie nur durch fahrige Gesten: wenn sie sich ihr Haar aus dem Gesicht strich, das Kinn in den Händen vergrub oder das Gesicht verzog. Sie lachte oft, wenngleich es ein eher ironisches als belustigtes Lachen war. Sie schien überrascht, in diese Reihe tragischer Vorkommnisse verstrickt zu sein. Sie leugnete ihre Affäre mit Mike nicht und errötete nur leicht, als die Beamten sie nach ihrer ersten Begegnung fragten, nach ihren Gefühlen für ihn auf der Peru-Reise und schließlich nach ihrem ersten Geschlechtsverkehr.

Celeste erklärte, sie hätte fast alles daheim in ihren Kalender eingetragen. Sie erzählte, daß sie schon früh auf der Peru-Reise gemerkt hatte, daß Debora sie nicht leiden konnte. Deboras Augen, erzählte sie, seien über sie hinweggeglitten, als sei sie unsichtbar, und sie hätte nie das Wort an sie gerichtet.

Celestes Aussage erwies sich als sehr hilfreich bei den polizeilichen Ermittlungen. Wenn sie den Beamten auch nichts Neues enthüllte, bestätigte sie zumindest Informationen, die die Beamten von Mike – oder auch Debora – bekommen hatten. Celeste wußte noch exakt, an welchem Tag Mike sich das erstemal krank gefühlt hatte. Sie war absolut sicher, daß Debora versucht hatte, ihn zu vergiften, obgleich sie keine Ahnung hatte, womit.

Celeste war auf seltsame Art glücklich. Sie hatte ihren Ehemann verloren, einen Mann, den sie gemocht, der ihr jedoch jede Lebensfreude geraubt hatte. Und sie war immer noch verliebt in Mike, trotz der Tragödie, die sich am Canterbury Court ereignet hatte. Ganz offensichtlich war sie tief betroffen, daß ihr Mann sich entschieden hatte, aus dem Leben zu scheiden, und ihre Stimme klang gedämpft, als sie beschrieb, wie sie ihn tot in der Garage aufgefunden hatte. Auch den Verlust von Tim und Kelly Farrar bedauerte sie zutiefst, wenngleich sie seltsam losgelöst von dieser Tragödie wirkte. Vielleicht war es einfach zu viel für sie – zu viele Katastrophen innerhalb eines so kurzen Zeitraums.

Celeste erzählte den Ermittlern, daß Debora verrückt wäre. Nein, sie hätte nicht einen ihrer berüchtigten Wutausbrüche erlebt, aber Mike hätte ihr davon erzählt. Und sie hatte miterlebt, wie Mike aus einem medizinisch nicht erklärbaren Grund fast gestorben wäre. Die Ermittler hatten nicht damit gerechnet, daß Celeste viel Gutes über Debora berichten würde. Sie war schließlich ihre Rivalin. Allerdings erkannten sie auch, daß Celeste offenbar Angst vor Debora hatte. Und es war deutlich, daß sie nicht die Absicht hatte, Mike zu verlassen, schon gar nicht jetzt, wo er sie brauchte.

Sie sprach über eine Stunde lang mit den Beamten, dann entschuldigte sie sich und erklärte, sie müsse gehen, um ihre Söhne von der Schule abzuholen.

Es wurde November, und die leuchtendgelben und aprikosenfarbenen Blätter waren vom Wind fortgeweht worden. Jetzt waren die Habichte wieder im nackten Geäst der Bäume sichtbar. Wie immer hielten sie von den Bäumen Ausschau nach Beute.

Jeder, der irgendwie mit dem Fall zu tun hatte, schien auf der Stelle zu treten. Debora und ihre Eltern lebten immer noch in der provisorischen Wohnung, Mike wohnte weiterhin in seinem Apartment in Merriam, und Lissa war mal hier, mal dort. Sie probte fast täglich mit dem Missouri State Ballet. Die Mitglieder des Ensembles hatten sie ebenfalls unter ihre Fittiche genommen.

Am 1. November verkündete die Metro Squad, daß ihre Liste von Verdächtigen sich nur noch auf Personen aus dem engsten Familienkreis beschränkte. Dann, am 3. November, waren die Nachrichten der Metro Squad interessanter: der Presse wurde mitgeteilt, daß die Ermittlungen einen einzigen Verdächtigen isoliert hätten. Der Name dieser Person wurde nicht genannt.

Neugierige Medienvertreter aus der Umgebung von Kansas City bekamen die Neuigkeiten nur scheibchenweise vorgesetzt, immer nur gerade soviel, daß sie Ruhe gaben. Am 8. November erklärte die Metro Squad dann schließlich, daß sie nicht nur wegen Brandstiftung ermitteln würde. Es hätte sich der Verdacht ergeben, daß Dr. Michael Farrar mindestens dreimal vergiftet worden war und den Anschlägen auf sein Leben beinahe erlegen wäre. Freunde der Farrars waren erschüttert. Fremde, die bis dahin geglaubt hatten, Prairie Village verkörpere alles, was ein Mensch sich nur wünschen könne, schüttelten fassungslos den Kopf.

Debora widmete fast ihre ganze Zeit Lissa. Sie saß stundenlang in dem dunklen Theater in Kansas City, in dem Lissa ihre Rolle probte. Sie machte viel Aufhebens um Lissas Haar und sorgte dafür, daß sie es genau so trug, wie es sich für eine angehende Ballerina geziemte. Lissa liebte ihr

Kostüm und sah aus wie die Miniaturausgabe einer professionellen Tänzerin. Debora war ganz hingerissen von dem Talent ihrer Tochter.

Flo Klenklen, die Leiterin der staatlichen Ballettschule von Missouri, erzählte Reportern, daß Lissa eine der jüngsten Ballettschülerinnen sei, die je die Rolle der Clara getanzt hatten. Sie sagte, in ihren Augen besäße Lissa das nötige Talent und den Ehrgeiz, es zur professionellen Tänzerin zu bringen. »Sie ist nicht schüchtern, wenn es um Dinge geht, die sie wirklich interessieren«, erklärte Klenklen. »Wenn man es beim Ballett zu etwas bringen will, darf man nicht schüchtern sein.«

Deboras Töchter hätten ursprünglich beide in *Der Nußknacker* tanzen sollen. Debora äußerte sich nicht hierzu, aber Nachbarn und Passanten hatten sie des öfteren vor der verkohlten ausgebrannten Ruine stehen sehen, die früher einmal ihr Heim gewesen war. An einem Sonntag kam sie mit Ellen Ryan. Fernsehteams vor Ort filmten Debora in einer leuchtendgelben Allwetterjacke und Regenhosen, als wollte sie jeden noch so kleinen Rußflecken auf ihren Kleidern vermeiden. Was mochte in ihrem Kopf vorgehen?

Ellen sagte, sie wüßte, was in Debora vorginge. »Sie bat mich, sie ins Haus zu begleiten. Sie sagte, sie könne nicht akzeptieren, daß Tim und Kelly tot seien, solange sie nicht mit eigenen Augen die Stellen gesehen hätte, an denen sie gefunden worden waren. Ich erfüllte ihr ihren Wunsch und führte sie herum. Ich zeigte ihr, wo Tims Leichnam auf den Fußboden des Wohnzimmers gestürzt war, führte sie dann in die Küche und erzählte ihr, daß die Feuerwehr Kelly in ihrem Bett gefunden hatte.«

Ellen sagte später, die Szene wäre ihr gespenstisch vorgekommen. Dennis Moore, der bis dato nicht zugegeben hatte, Debora in einer anderen Angelegenheit als ihrer Scheidung zu vertreten, begleitete Ellen und Debora.

Moore hatte einen Weinexperten mitgebracht, der Mikes Weinsammlung schätzen sollte. Mike und sein Scheidungsanwalt, Norman Beal, waren ebenfalls vor Ort. Die Männer hielten sich im vergleichsweise unbeschädigten Keller des Hauses auf.

»Sie haben unten Wein probiert«, erinnerte sich Ellen und verdrehte die Augen, »und Deb und ich sind durch das Erdgeschoß gelaufen. Dort sah es aus, als wäre eine Bombe explodiert. Es kam mir vor wie in einem Film. Sie schluchzte, klammerte sich an mich, verschreckt und verwirrt …«

Offenbar akzeptierte Debora endlich, daß ihre Kinder wirklich tot waren. Einmal ging sie allerdings zu einem Fußballspiel von Tims alter Mannschaft und saß weinend am Spielfeldrand. Sie war eine sonderbare, einsame Gestalt. Niemand kam zu ihr, um sie zu trösten, weder vor ihrem ehemaligen Haus noch bei dem Fußballspiel. Sie war zu einer Aussätzigen geworden, hinter deren Rücken getuschelt wurde. Niemand wollte mit ihr sprechen. Sie hatte nur noch ihre Tochter, ihre Eltern und ihre Rechtsanwälte.

Ellen stieß immer wieder auf Aspekte des Falles, die sie überraschten. Jetzt da es zu spät war, erfuhr sie von den Bedenken der Eltern von der Pembroke Hill School oder der Nachbarn hinsichtlich Deboras Befähigung als Mutter. »Wenn sie so schrecklich besorgt waren, hätte ein Anruf genügt«, schimpfte sie. »Warum hat niemand Debora angezeigt – wenn die Kinder tatsächlich vernachlässigt wurden? Niemand hat etwas unternommen. Sie haben nur alle getratscht. Möglicherweise hätte eine Tragödie vermieden werden können – aber niemand wollte sich die Hände schmutzig machen.«

Von den Leuten, die sich das Maul zerrissen, hatte kein einziger die Behörden informiert. Mike war der einzige, der versucht hatte, Hilfe für Debora und seine Kinder zu finden. Er hatte die Polizei von Prairie Village zur Hilfe geholt, damit diese seine betrunkene, tobende Frau in die Menninger-Klinik einwies. Aber sie hatte die Klinik schon nach wenigen Tagen auf eigene Verantwortung wieder verlassen, und entgegen Mikes Überzeugung hatte niemand das Jugendamt verständigt.

»Ich wollte das Sorgerecht für die Kinder«, sagte Mike heftig, »aber mir wurde gesagt, gegen Debora hätte ich kaum eine Chance – ein Vater wäre in Sorgerechtsfragen fast immer im Nachteil gegenüber der Mutter.« Auch schien sich Deboras Zustand nach ihrer Entlassung aus der Menninger-Klinik so merklich verbessert zu haben, daß Mike zu hoffen gewagt hatte, sie könnten die Kinder trotz der Scheidung gemeinsam großziehen. Aber sie hatte ihre Aggressionen nur meisterhaft verborgen. Jetzt waren Tim und Kelly tot, und daran würden auch Schuldzuweisungen nichts ändern.

In den ersten Novemberwochen lag eine Ahnung drohenden Unheils in der Luft, greifbarer als die Kälte des frühen Winters. Die Metro Squad hatte erklärt, es gäbe nur einen Verdächtigen. Jetzt mußte der Fall entweder geklärt oder zu den Akten gelegt werden.

27

Mike war nach seiner Krankenhausentlassung einige Wochen bei einigermaßen guter Gesundheit gewesen, aber nach dem Brand verschlechterte sein Zustand sich wieder. Debora hatte immer behauptet, seine Krankheit wäre psychosomatischer Natur. Sie hatte den Standpunkt vertreten, daß er nie ernsthaft krank gewesen war oder zumindest an nichts gelitten hatte, was sich diagnostizieren ließ. Sie wäre diejenige, die körperlich so leiden würde, daß sie sogar Blut erbrochen hatte, wenn auch nur in geringer Menge.

Als er im November schließlich sicher war, daß mit ihm etwas nicht stimmte, bat Mike um ein EKG, um zu sehen, was in seiner Brust los war. Die Untersuchungen ergaben massive Blutungen in Höhe der Mitralklappe, verursacht durch eine bakterielle Infektion am Herzen. Seine Ärzte hatten so etwas befürchtet. Wieder wurden *Streptococcus viridans* in einer Blutkultur nachgewiesen. Mike wurde kurz vor Thanksgiving mit einer Endokaraditis ins Krankenhaus eingewiesen. Ihm sollte ein Groshong-Katheder in die Subclaviavene eingesetzt werden, damit ihm daheim intravenös Antibiotika verabreicht werden konnten.

Zwei Tage vor seiner Operation händigte Sergeant Baker Gary Dirks, dem Chemiker des forensischen Labors von Johnson County, eine Blutprobe von Mike aus. Dirks schloß sie in seinem Kühlschrank ein und bewahrte sie dort so lange auf, bis er Anfang Dezember angewiesen wurde, die Probe an das FBI-Labor in Quantico, Virginia, weiterzuleiten. Er schickte das Blut zusammen mit einem Tütchen Kastorsamen an Dr. Drew Richardson. Dirks schickte außerdem Blutproben von Mike an die forensischen Serologen der Marineakademie. Er notierte die Registriernummer des Labors von Johnson County auf das versiegelte Beweismittel: L-95-2941.

Die Polizei von Prairie Village, die Metro Squad und die Bezirksstaatsanwälte Paul Morrison und Rick Guinn waren der festen Überzeugung, daß es nur einen Täter in den Mordfällen Tim und Kelly Farrar gab. Und dieser war Debora Green. Außerdem glaubten sie, daß Debora ihren Mann vergiftet hatte, entweder um zu verhindern, daß er sie verließ, oder weil sie nicht wollte, daß er mit einer anderen Frau zusammen war. Anhand der zahlreichen Beweise, die zusammengetragen worden waren, und der Indizien, die sich aus den zahlreichen Verhören der Metro Squad ergeben hatten, kristallisierte sich ein Szenario heraus, das an den griechischen Mythos der Medea erinnerte. Medeas Ehemann Jason hatte sie wegen einer anderen Frau verlassen, woraufhin sie ihre Kinder tötete, um ihn zu bestrafen. Es war die schlimmste Rache, die sie hatte ersinnen können.

Die Ermittler waren sicher, daß es sich im vorliegenden Fall genauso verhielt. Debora hatte das Feuer gelegt mit der Absicht, ihre eigenen Kinder zu töten. Ihr Ehemann wollte sie wegen einer anderen Frau verlassen. Schlimmer noch, er hatte ihr vorgeworfen, sie sei eine schlechte Mutter, die Leute würden über sie tuscheln und hätten gedroht, sie bei den Behörden anzuzeigen. Sie mußte fürchten, ihre Kinder und das Haus zu verlieren – alles, was ihrem Leben noch einen Sinn gab. Und die Ermittler waren überzeugt, daß sie dies alles in einem Anfall rachsüchtiger Wut hatte zerstören wollen.

Sämtliche Männer und Frauen, die vier Wochen lang an dem Fall gearbeitet hatten, waren zu einem übereinstimmenden Schluß gekommen: ihr Hauptverdächtiger – ihr *einziger* Verdächtiger – war Debora Green. Und sie waren überzeugt, daß Debora Green mehrere grobe Fehler unterlaufen waren bei der Zerstörung dessen, was sie am meisten liebte.

»Wir hatten ein gutes Gefühl, was die Verhaftung anging«, sagte Gary Baker. »Weil Paul Morrison so zuversichtlich war. Er hätte keinen Haftbefehl beantragt, wenn er nicht sicher gewesen wäre, auch eine Verurteilung erwirken zu können.«

»Er war von Anfang an auf unserer Seite«, stimmte Rod Smith zu. »Die Polizei von Johnson County vertraute auf

Morrison. Er und Rick waren jeden Tag dabei, werteten Indizien und Beweise aus und planten ihre Strategie. Wenn er der Meinung war, es wäre an der Zeit zu handeln und Debora festzunehmen, dann war es auch der richtige Zeitpunkt.«

Dennis Moore und Ellen Ryan hatten Morrison mitgeteilt, daß es ihnen für den Fall einer Verhaftung lieber wäre, wenn Debora nicht von Polizeibeamten abgeholt wurde; statt dessen wollten die beiden Anwälte sie zur Wache bringen, damit sie sich stellen konnte. Polizei und Staatsanwaltschaft hatten jedoch Bedenken. Zwar trauten sie Moore und Ryan, aber niemand konnte voraussehen, wie Debora reagieren würde, wenn sie von ihrer bevorstehenden Verhaftung erfuhr. Sie hatten sie kooperativ und freundlich erlebt, aber auch so wütend, daß sie sich nicht mehr in der Gewalt hatte. Wenn sie wußte, daß man sie wegen des Mordes an ihren Kindern anklagen wollte, konnte niemand voraussagen, wie sie reagieren würde. Tatsächlich würden auf dem Haftbefehl gleich vier Anklagepunkte vermerkt sein: Schwere Brandstiftung, Mord und zweifacher Mordversuch gegen Lissa und ihren Vater Mike Farrar.

Debora war in der Vergangenheit bereits als suizidgefährdet in Erscheinung getreten. Wenn sie vorgewarnt wurde, würde sie sich wahrscheinlich lieber selbst töten als einsperren lassen. Oder sie floh – und nahm Lissa womöglich noch mit. Die größte Sorge der Behörden war die, daß sie Lissa in ihre Pläne zur Haftvermeidung einbeziehen könnte. Für sie stand fest, daß sie Lissa in der Brandnacht hatte töten wollen. Und nun fürchteten die Ermittler, daß Debora Lissa mit in den Tod nehmen könnte, falls sie beschloß, sich umzubringen.

Nein, sie wagten nicht, Debora Zeit zu geben, einen

Plan zu schmieden, der in einer Katastrophe enden konnte. Sie hielten ständigen Kontakt zu den Menschen, die Lissa versorgten. Sie wollten zu jeder Zeit wissen, wo sie sich aufhielt. Und wenn möglich, sollte Lissa bei der Verhaftung ihrer Mutter nicht zugegen sein.

Mittwoch, der 22. November 1995, war der 32. Jahrestag des Attentates auf Präsident John F. Kennedy. Und es war der Tag der Kostümprobe für die Ballettaufführung im Midland Theater in Kansas City. Die Polizisten, die Debora beschatteten, wußten, daß sie sie am Nachmittag im Theater antreffen würden, und wollten sie dort verhaften. Sie wußten, daß sie es sich nicht entgehen lassen würde, Lissa in ihrem weißen Kostüm, das Haar zurückgekämmt und mit glänzenden Bändern hochgebunden, die Clara tanzen zu sehen.

Ohne Wissen der Beamten, die die Verhaftung vornehmen sollten, belagerte auch Channel 41, der örtliche NBC-Ableger, das Midland Theater. Es hieß, jemand hätte ihnen den Tip gegeben, daß die Verhaftung unmittelbar bevorstünde. Möglicherweise war es aber auch so, daß die Reporter, nachdem sie wußten, daß es nur noch einen Verdächtigen gab, die Polizeiaktivitäten sehr genau beobachtet hatten. Früher am Nachmittag hatten Kameraleute Lissa, Debora und eine Verwandte beim Betreten des Theaters gefilmt. Anschließend war Debora dann allein wieder weggefahren.

Gary Baker und Trish Campbell hatten im Inneren des Theaters Stellung bezogen, während Rod Smith und Greg Burnetta draußen auf dem Parkplatz warteten. Die Beamten, die Debora verhaften sollten, wollten nicht, daß Lissa dabei war. Sie wollten sich Debora erst nähern, wenn sie absolut sicher waren, daß Lissa auf der Bühne stand und nichts mitbekam. Ein halbes Dutzend Fahrzeuge der für die Verhaftung flüchtiger Straftäter zuständigen Spezialeinheit parkten an strategischen Punkten, von denen aus sie die Fahrzeuge auf dem Parkplatz im Auge behalten konnten.

Es war November und bereits dunkel, als die Beamten Deboras Wagen vorfahren sahen. Als sie in eine Parklücke fuhr und den Motor abstellte, sahen sie, daß ein älteres Ehepaar bei ihr war. Sofort wurde der Wagen umstellt; Smith und Burnetta eröffneten ihr, daß sie verhaftet sei. Im ersten Moment veränderten sich Deboras Gesichtszüge kaum, aber in ihre Augen trat ein gehetzter Ausdruck, der von den Kameras von Channel 41 eingefangen wurde.

»Sie blieb gelassen«, erinnerte sich Smith. »Sie brach nicht zusammen oder so was.«

Die Verhaftung war ein journalistisches Sahnestückchen für Channel 41, und viele Leute behaupteten, die Kameraleute hätten den Vorsprung allein dem Umstand zu verdanken, daß Bezirksstaatsanwalt Paul Morrisons Frau für den Sender arbeite. Das stimmte jedoch nicht. Morrison hielt sich strikt an die Vorschriften, und Joyce Morrison arbeitete auch nicht für Channel 41; sie war Programmchefin bei Channel 5. Ihr Ehemann hatte die bevorstehende Verhaftung mit keinem Wort erwähnt. »Meine Frau sprach nicht mit mir, als ich nach Hause kam«, erinnerte sich Morrison mit einem breiten Grinsen. »Bei mir daheim ging es einige Zeit ziemlich frostig zu. Channel 41 war ein *Konkurrent*. Aber ich durfte nicht einmal Joyce im Vorfeld etwas verraten.«

Debora trug bei ihrer Verhaftung ein langärmliges schwarzes Kleid mit unvorteilhaftem runden Halsausschnitt. Ihr Haar war sehr kurz geschnitten. Wären nicht die grauenhaften Verbrechen gewesen, derer man sie beschuldigte, hätte man leicht Mitleid haben können mit dieser unscheinbaren Frau, der es nun doch nicht vergönnt sein sollte, ihre Tochter tanzen zu sehen.

Debora fragte die Beamten, was aus ihrem Wagen werden sollte, und erklärte mehrfach, sie müsse Ellen Ryan anrufen. Sie wurde ins Staatsgefängnis von Jackson County in Missouri gebracht, wo man sie aufnahm, ihre Fingerabdrücke nahm und sie fotografierte. Man händigte ihr Gefängniskleidung aus und führte sie angekettet den Fernsehkameras vor.

Lissa, die nichts von der Verhaftung ihrer Mutter ahnte, tanzte wunderbar bei der Kostümprobe. Ihr Vater hatte nicht kommen können; Mike befand sich nach der operativen Einsetzung des Groshong-Katheders noch im North Kansas City Hospital.

Während seine Frau verhaftet wurde, lag Mike in tiefem, chemisch herbeigeführten Schlaf. Er hatte die außergewöhnliche Belastung seines Herzens überlebt, und die Ärzte äußerten mit zurückhaltendem Optimismus, daß er das Schlimmste überstanden hatte. Sie wußten jetzt, daß der septische Schock tödliche Bakterien zurückgelassen hatte, die jedes von Mikes inneren Organen befallen konnten. Mike war noch lange nicht über den Berg. Es stand praktisch fest, daß er sich weiteren Operationen würde unterziehen müssen.

Erst später erfuhr er, daß seine Frau offiziell beschuldigt wurde, nicht nur ihre Kinder getötet, sondern auch ihren Mann vergiftet zu haben. Mike hatte sie schon lange im Verdacht gehabt. Aber würde die Anklage den Vorwurf beweisen können?

Als bekannt wurde, daß Dr. Debora Green verhaftet worden war und wegen Mordes, Brandstiftung und zweifachen Mordversuchs angeklagt werden würde, gab Paul Morrison eine Pressekonferenz. Die Reporter, die nach Einzelheiten fragten, wurden jedoch enttäuscht. Ohne auf das von den Ermittlern vermutete Motiv für die Morde einzugehen, sagte der Bezirksstaatsanwalt von Johnson County nur: »Es handelt sich um eine familiäre Auseinandersetzung.« Auf die Frage, ob er die Todesstrafe beantragen werde, schüttelte er den Kopf und meinte, für Spekulationen wäre es noch zu früh.

Morrison sprach von dem Dilemma, dem er und seine Ermittler gegenübergestanden hatten. Oberstes Gebot bei jedem Fall war es, Gefahr von der Öffentlichkeit abzuwenden und zu verhindern, daß der Verdächtige sich seiner Verhaftung entzieht. Dem stand jedoch ein anderer Aspekt gegenüber: sie konnten keine Verhaftung vornehmen, bevor sie nicht genug Beweise zusammengetragen hatten. Wenn sie vorschnell handelten, war vorprogrammiert, daß sie später vor Gericht den kürzeren zogen. Morrison erwähnte nicht, wie quälend das Warten für all jene gewesen war, die rund um die Uhr an dem Fall gearbeitet hatten, während die Öffentlichkeit lautstark eine Verhaftung forderte. Aber schließlich, einen Tag vor Thanksgiving, waren Morrison, Rick Guinn, die Metro Squad und die Polizisten von Prairie Village übereingekommen, daß die Beweise für eine Verurteilung ausreichten. Um was für Beweise es sich hierbei handelte, darüber konnte die Presse nur spekulieren.

Deboras Eltern waren bei der Festnahme anwesend gewesen. Mikes Schwestern, Karen Beal und Vicki Farrar, fuhren zum Theater, um Lissa die Neuigkeit möglichst schonend beizubringen. Sie versicherten dem kleinen Mädchen, daß seine Mutter nur für kurze Zeit im Gefängnis würde bleiben müssen. Tatsächlich würde Debora mindestens sechsunddreißig Stunden in der Justizvollzugsanstalt von Jackson County bleiben. In Jackson County gab es an Thanksgiving keine Anhörungen. Die Gerichte waren geschlossen.

Debora beschrieb später das Entsetzen, das sie bei ihrer Verhaftung befallen hatte. »Michael hatte es so geplant«, behauptete sie. »Er hatte sich mit dem Bezirksstaatsanwalt zusammengetan, und gemeinsam hatten sie beschlossen, mich bei Lissas Theaterprobe festnehmen zu lassen – unmittelbar vor Thanksgiving.«

Sie sagte, sie wäre entsetzt gewesen, daß man sie in eine überfüllte Gefängniszelle steckte. Sie erwähnte weder ihre Kinder noch das Feuer. Sie sprach nur von dem, was sie selbst hatte erdulden müssen.

Debora wurde in einen rechteckigen Käfig gesperrt, der für acht Frauen gedacht war. Sie zählte jedoch fünfzig Gefangene. »Es war schrecklich eng, und es gab keine Matratzen auf den Metallpritschen. Wenn man sich setzte, hatte man hinterher tiefe Striemen an den Beinen. Wenn wir versuchten zu schlafen, legten sich drei von uns auf das Bettgestell. Aber das Licht blieb rund um die Uhr eingeschaltet. Zu essen bekamen wir, wann es den Wärtern gefiel. Einmal bekamen wir erst am Nachmittag etwas. Wir bekamen immer nur Brote mit Wurst und Wasser.«

Debora neigte zwar zu Übertreibungen, aber niemand konnte leugnen, daß das County-Gefängnis einer Frau, die bis vor kurzem in einem Haus mit achtzehn Zimmern gewohnt hatte, als Zumutung erscheinen mußte. Debora hatte damit gerechnet, daß sie in ihrem künftigen Leben ohne Mike Abstriche machen müßte. Aber jetzt, am Tag vor Thanksgiving, während Lissa im Midland Theater tanzte und Mike im North Kansas City Hospital langsam wieder zu sich kam, hockte Debora im Gefängnis. Sie hatte Lärm schon immer gehaßt, und nun war sie umgeben von dem Geschrei ihrer Mitgefangenen.

Ellen Ryan war außer sich, als sie erfuhr, daß Debora verhaftet worden war. Sie war immer noch der Überzeugung, daß Debora sich den Behörden von Johnson County in Kansas freiwillig gestellt hätte – wenn man ihr nur vorab mitgeteilt hätte, daß ihre Festnahme bevorstand. Ellen war sicher, daß sie Debora sofort auf Kaution freibekommen hätte, wenn sie ins Gefängnis in Olathe gebracht worden wäre. Jetzt saß sie in einer Vollzugsanstalt fest, von der Ellen sagte, daß sie noch aus der Zeit der Jahrhundertwende stamme.

Ellen und ihr Verlobter, ein Arzt, fuhren am Abend des 22. November zum County-Gefängnis. Ellen wollte Debora ihre Medikamente bringen, und ihr Verlobter sollte dafür sorgen, daß Debora bei der Stange blieb und nicht wieder in einen Zustand verfiel, in dem sie den Bezug zur Realität verlor.

Das Gefängnis war an diesem Abend vor Thanksgiving derart überfüllt, daß kein Beamter frei war, der sie mit dem Fahrstuhl in den achten Stock hätte begleiten können. Besuchern war die Benutzung der Fahrstühle ohne Begleitung nicht gestattet, also ›stiegen wir die acht Treppen hinauf‹, erinnerte sich Ellen. »Ich hatte ihre Brille und ihre Tabletten dabei. Ich wollte, daß sie wenigstens schlafen konnte. Aber sie war in einen Käfig eingesperrt, zusammen mit einem Haufen Frauen, von denen einige tobten, daß man sie ans Bett gefesselt hatte. Der Fernseher lief rund um die Uhr – das Programm sollte die Gefangenen beruhigen. An Schlaf war in diesem Gefängnis nicht zu denken.«

Debora bat Ellen, Lissa unbedingt zu sagen, daß es ihr gutgehe, und Ellen versprach, die Nachricht weiterzugeben. Mehr konnte sie nicht tun. Debora würde vor Freitag, dem 24. November, keine Anhörung bekommen.

Ellen suchte Lissa im Haus ihrer Tante Karen auf und versicherte ihr, daß es ihrer Mutter gutgehe. »Man ist im

Gefängnis sehr nett zu ihr. Es ist zwar kein schöner Ort, aber man behandelt sie gut.«

Ellen hatte noch eine Nachricht für Lissa: »Deine Mutter möchte, daß du den Kopf nicht hängen läßt und tanzt wie eine Königin.«

Lissa straffte die Schultern und legte den Kopf leicht schräg wie eine Ballerina. »Das werde ich«, sagte sie. »Das verspreche ich. Sagen Sie ihr das.«

28

Einen Tag nach Thanksgiving fanden sich Dennis Moore und Kevin Moriarty, ein Mitglied seiner Kanzlei, das ihn bei Debora Greens Verteidigung unterstützen sollte, zur Auslieferungsanhörung vor einem Strafrichter des Staates Missouri ein. Debora saß zusammen mit mehreren anderen Häftlingen abseits und lachte gelegentlich, während sie sich mit ihren Anwälten besprach. Moore und Moriarty versicherten dem Richter, daß ihre Klientin auf die Verlegung des Zuständigkeitsbereiches verzichte und freiwillig nach Johnson County in Kansas zurückkehren wolle, wo der Haftbefehl gegen sie ausgestellt worden war.

Debora blickte derweil starr geradeaus. Sie wirkte benommen. Vielleicht lag es daran, daß sie seit Mittwoch nacht nicht mehr geschlafen hatte. Sie trug immer noch das langärmelige schwarze Kleid. Trotz des erschöpften, angespannten Ausdrucks auf ihrem Gesicht fingen die Videokameras im Gerichtssaal die Intelligenz in ihrem Blick ein. Müde, geschockt, entmutigt, verängstigt sah sie aus – aber eine Frau von Deboras Intelligenz konnte einfach nicht dumm aussehen.

Nach der Anhörung teilte Ellen den Reportern mit,

Debora wäre »tief traurig. Sie spricht von nichts anderem als ihrer Sorge um Lissa und dem Druck, dem ihre Tochter ausgesetzt ist«, sagte sie. »Ich glaube, sie ist noch ein wenig benommen und verwirrt. Sie ist sehr überrascht, daß man sie dieser Verbrechen beschuldigt. Sie hat bei dem Brand alles verloren – einschließlich ihrer Kinder. Alles. Sie kann es einfach nicht begreifen.«

Ellen hatte sich um Deboras Finanzen gekümmert und alles soweit arrangiert, daß sie ihre Klientin im Bedarfsfalle gegen Kaution aus dem Gefängnis holen konnte. Allerdings hatte sie nicht mit einer so horrenden Summe gerechnet, wie sie Richter Peter Ruddick festsetzte, als Debora in Johnson County zur Anklage vernommen wurde. *Drei Millionen Dollar.* Das war die höchste Kaution, die je in Johnson County festgelegt worden war, und Debora besaß nicht annähernd so viel. Also würde sie bis zur gerichtlichen Voruntersuchung, bei der geprüft werden würde, ob Paul Morrison ausreichend Beweise für einen Prozeß vorweisen konnte, in Haft bleiben müssen.

Deboras Unterkunft in der Untersuchungshaft in Olathe war luxuriös verglichen mit der Zelle im Gefängnis von Jackson County. Gelegentlich bekam sie Besuch von kleinen Gruppen von Frauen, die sie von früher kannte. Lissa besuchte ihre Mutter nicht im Gefängnis, telefonierte aber mit ihr. Debora besaß weder Radio noch Fernseher, hatte aber Bücher zu lesen.

Gericht, Verwaltungsgebäude und Gefängnis von Johnson County waren weitgehend neu und die Architektur durch roten Backstein aufgelockert. Der Komplex stand inmitten einer gepflegten Parkanlage mit Bäumen, Laternen, einer Turmuhr und einem riesigen von Steinen eingefaßten runden Blumenbeet, in dem jeweils die Blumen der Saison blühten. Es hätte eine Filmkulisse sein können, ein schöner Ort, der zum Verweilen einlud … sofern man nicht dort sein *mußte.* Olathe, wo Deboras erste Voranhörung stattfinden sollte, zählt etwa 7 000 Einwohner. Die staatlichen Gebäude stehen in der Altstadt von Olathe, die mindestens einhundert Jahre alt ist. Es ist kein sehr lebendiges Viertel. Abgesehen von Anwaltskanzleien, Supermärkten, Eisenwarenläden und winzigen Einkaufszentren scheint in der Innenstadt nicht viel los zu sein. Die Bewohner von Olathe haben den Wert historischer Gebäude noch nicht erkannt. Die neuere Hälfte von Olathe ist nicht halb so hübsch wie die Altstadt. Siedlungen und Wohnblocks – gehobener Ausstattung, aber in Schnellbauweise errichtet – sind wie Pilze aus dem Boden geschossen, und Filialen bekannter Ladenketten säumen die Hauptstraße mehrere Meilen weit.

Im Gefängnis von Olathe hatte Debora eine Zelle für sich allein, und dort herrschte Stille. Später erinnerte sie sich, daß sie große Dosen Prozac und Klonopin einnahm und so benommen war, daß sie die kommenden Monate wie durch einen Nebel erlebte. In ihrem Trakt war außer ihr nur noch ein weiterer Häftling, eine Asiatin, die nur wenig Englisch sprach. »Aber man ließ uns nie zusammen in den Gemeinschaftsraum, so daß ich nie mit ihr gesprochen habe«, sagte Debora. Das war ihr nur recht. Die Frau wurde ebenfalls des Mordes beschuldigt. Sie hatte ihr eigenes Kind enthauptet und wurde später als geistesgestört eingestuft.

Debora beklagte sich später darüber, daß Dennis Moore und Kevin Moriarty sie nur selten besuchten. »Meiner Mutter erzählten sie, sie kämen dreimal die Woche«, sagte sie, »aber tatsächlich kamen sie alle zehn Tage – und auch dann blieben sie nur zehn Minuten.«

Ellen Ryan, die mit Deboras Strafverteidigung nicht viel zu tun hatte, behielt sie ein wenig positiver im Gedächtnis. Sie hatte Debora versprochen, an ihrer Seite zu sein, falls sie vor Gericht mußte, und sie saß auch tatsächlich bei der gerichtlichen Voranhörung Ende Januar 1996 neben ihr. Trotzdem sagte Joan Jones später verbittert, daß Ellen nicht genug für ihre Tochter getan habe. »Sie hat ihr ganzes Geld genommen und es den Rechtsanwälten in den Rachen geworfen.« Tatsächlich war Debora in den Augen ihrer Mutter von aller Welt fälschlich verurteilt worden. Wie sehr Joan in ihrem Bestreben, daß ihre Tochter es zu etwas brachte, Debora kritisiert und angespornt haben mochte, nun ließ sie nichts mehr auf sie kommen.

Celeste besuchte Mike im Krankenhaus, und es verging kein Tag, an dem sie nicht mindestens viermal miteinander telefonierten. Celeste weigerte sich zu glauben, daß es ihnen nicht gelingen sollte, buchstäblich aus der Asche ihres Lebens eine gemeinsame Zukunft aufzubauen. Sie wußte, daß Mikes Familie sie ablehnte. Als sie einmal bei einem Besuch im Krankenhaus seiner Mutter begegnete, meinte diese ganz offen, Celeste gehöre nicht dorthin. Celeste sah die Abscheu in Velma Farrars Augen, ließ sich aber dennoch nicht aus Mikes Zimmer vertreiben.

Aber was spielte es noch für eine Rolle, wie etwas auf Außenstehende wirkte? Celeste kannte die Wahrheit. Sie hatte miterlebt, wie ihr Mann John Jahre seines Lebens an düstere Depressionen vergeudet und sich schließlich in einem Augenblick tiefster Verzweiflung getötet hatte. Sie liebte Mike und war nicht gewillt, sich von ihm fernzuhalten in einer Zeit, in der er sie brauchte. Vielleicht war Celeste in ihrer Beziehung diejenige, die mehr liebte. Mike war zu krank und zu deprimiert, als daß er viel Zeit oder Kraft für die Liebe hätte aufbringen können. Und er hatte auch keine Zeit, sich die Vorhaltungen seiner Eltern anzuhören, die ihm nahelegten, sich von Celeste fernzuhalten. Er mußte gesund werden, damit Lissa wenigstens einen Elternteil hatte, der sich um sie kümmerte. Und irgendwie mußte er wieder zu Kräften kommen, um seinen Beruf wieder ausüben zu können. Es war so lange her, seit er das letzte Mal gearbeitet hatte, daß er sich manchmal gar nicht mehr wie ein Arzt fühlte.

Aber ohne konkrete Diagnose hing Mike in der Luft. Er wußte, daß seine Krankheit durchaus tödlich verlaufen konnte, da er an einer Endokarditis und einer defekten Mitralvene im Herzen litt. Aber bislang stand immer noch nicht fest, warum er so plötzlich erkrankt war. Noch war die Ursache nicht eindeutig festgestellt worden, und solange nicht ein Experte in der Lage war, seinen Verdacht zu bestätigen, würde er sich nicht völlig gesund fühlen.

In der eisigen Kälte des Winters rückte eine Abrißfirma an und trug die Ruine des Hauses am Canterbury Court ab. Ladung für Ladung fuhren Lastwagen Schutt ab, bis nur noch Asche übrig war. Der Pool war verschwunden, Tims Basketballkorb, die steinerne Fassade, die Garage. Alles war weg. Und bald bedeckte Schnee die aufgewühlte Erde, dort, wo das Haus gestanden hatte.

29

Der Fall Debora Green war nicht der erste, in dem Paul Morison gegen seinen ehemaligen Boß, Dennis Moore, antrat. Die beiden Männer respektierten einander, und beide waren bei einem Strafprozeß außergewöhnlich beeindruckend. Im Gerichtssaal konzentrierte sich jeder ganz darauf, seine Seite des verhandelten Falles darzulegen. Wie ein Zeitungskolumnist es formulierte, wurde der Prozeß zu einem ›Kampf der Titanen‹. Debora mochte zwar den besten Strafverteidiger an ihrer Seite haben, hatte es jedoch auch mit einem Staatsanwalt zu tun, der auf eine lange Reihe von Verurteilungen zurückblickte. Morrison und Moore hatten beide an der Washburn Law School in Topeka studiert, und gemeinsam hatten sie in mehreren schwierigen Fällen die Anklage vertreten.

Moore war ein kräftiger und sehr großgewachsener Mann mit dunklem, von silbernen Strähnen durchzogenem Haar. Sein höfliches Auftreten paßte eher zu einem Anwalt aus dem Süden als zu einem Juristen aus dem Mittleren Westen des Landes. Er verstand es meisterhaft, seine Emotionen vor Prozeßbeobachtern zu verbergen und wirkte immer sehr ruhig und selbstsicher.

In seinen drei Amtszeiten als Bezirksstaatsanwalt von Johnson County – von Januar 1977 bis Dezember 1989 – hatte Moore in zahlreichen spektakulären Fällen die Anklage vertreten. Darunter auch der Fall Danny Crump, der für schuldig befunden worden war, eine Bombe gelegt zu haben, die sechs Menschen aus Olathe tötete. Ein weiterer schlagzeilenträchtiger Fall, bei dem Moore eine Verurteilung erreicht hatte, war jener Sue Ann Hobsons, die ihren Sohn und dessen Freund dazu angestiftet hatte, ihren Stiefsohn zu ermorden. Zwei Bücher wurden über den Fall Hobson geschrieben, und auch das Verbrechen Danny Crumps erregte bundesweit Aufsehen.

Jetzt gab Moore, der von den Medien förmlich belagert wurde, mehrere Interviews in der Presse und im Fernsehen. Darin spielte er auf seine Verteidigungstaktik an, anstatt konkrete Statements abzugeben. Er erwähnte, daß Tim mit der Polizei von Prairie Village zu tun gehabt hatte, weil er in einem Nachbargarten einen Molotowcocktail gezündet hatte. Es gelang ihm, die Frage nach einer möglichen Verbindung zwischen Tims Faszination für Feuer und der Tragödie aufzuwerfen, die ihn das Leben gekostet hatte. Auf die Frage, ob Dr. Walkers Tod tatsächlich auf Selbstmord zurückzuführen war, entgegnete Moore, daß sein Team der Sache nachgehen werde. Offenbar wollte er den Eindruck erwecken, daß seine Klientin nicht die einzige Verdächtige in diesem Fall war. Und das gelang ihm auch.

Am 5. Dezember lag endlich der Schlußbericht im Todesfall Dr. John Walker vor. Dr. J. Michael Boles, der Leichenbeschauer vom Zehnten Gerichtsbezirk von Kansas, legte seine Untersuchungsergebnisse vor. Boles Überarbeitung von Bonita Petersons Autopsiebericht erklärte, warum das Pentothal, das am Schauplatz des Geschehens gefunden worden war, in seinem Blut nicht hatte nachgewiesen werden können. Die Hauptfrage, die Dr. Petersons Autopsiebericht aufgeworfen hatte, war die, warum Walker offenbar geplant hatte, aus der Bewußtlosigkeit zu erwachen, während seine Lungen gelähmt waren, so daß er seinen qualvollen Erstickungstod bewußt miterlebte. Ganz sicher hätte ein Anästhesist für einen Selbstmord nicht Tod durch Ersticken gewählt.

Und wie sich herausstellte, hatte auch Walker sich nicht für diese Methode entschieden. Aus Dr. Boles Autopsiebericht ging hervor, daß Walker ein hochintelligenter und erfahrener Anästhesist gewesen war. Seine Wahl der Drogen und die Art, wie er sie sich selbst verabreichte, zeigten, daß er genau gewußt, hatte, was er tat, als er den Tod als letzten Ausweg aus seiner Dauerdepression wählte.

»Der wahrscheinlichste Grund, weshalb kein Pentothal in seinem Blut nachgewiesen werden konnte, lautet wie folgt«, schrieb Boles. »Dr. Walker injizierte zuerst das paralytische Agens. Als der Mann spürte, daß die Wirkung dieses Agens einsetzte, injizierte er das Pentothal. An diesem Punkt befand sich der Mann in einem Zustand respiratorischer Azidose mit entsprechend hohem Kohlensäuregehalt im Blut und großen Mengen zirkulierender endogener Adrenaline. Hyperkapnie und hoher Adrenalinspiegel werden in gleichem Maße für plötzlichen Herzstillstand während Anästhesien unter Zuhilfenahme von Pentothal verantwortlich gemacht. In einem solchen Falle ist damit zu rechnen, daß man – wenn überhaupt – nur verschwindend geringe Mengen Pentothal im Blutkreislauf feststellen kann, da das Herz nicht mehr dazu kommt, die gering vorhandene Menge zu verteilen … Todesursache war also plötzlicher Herzstillstand nach Pentothalinjektion.«

John Walker hatte nicht riskieren wollen, aufgrund einer zu geringen Menge des Anästhesiemittels zu früh aufzuwachen. Er hatte geplant, daß sein Herz schlagartig stehenblieb. Und es hatte funktioniert. Jenen, die ihn geliebt hatten, war dies ein kleiner Trost. Er hatte keine Sekunde leiden müssen.

Die bösen Gerüchte, die Celeste Walker als clevere Mörderin diffamiert hatten, die ihren Mann getötet hatte, um Millionen aus Lebensversicherungen zu kassieren und mit ihrem Geliebten durchzubrennen, verstummten nun. Aber noch glaubte manch einer, daß Debora dazu beigetragen hatte, John Walker in den Selbstmord zu treiben. Und dieser Verdacht sollte sich hartnäckig halten.

An diesem selben Tag, dem 5. Dezember 1995, ging bei Drew Richardson, dem leitenden Spezialagenten im FBI-Labor, die Anfrage des Kriminalisten Gary Dirks aus Johnson County ein. Richardson begutachtete die beiden Beweisbehälter, die Dirks ihm geschickt hatte. Bei dem einen handelte es sich um einen versiegelten Plastikumschlag mit einem Päckchen Kastorsamen. Das zweite Beweisstück war eine Blutprobe von Dr. Mike Farrar.

Richardson wußte, daß Antikörper gegen Rizinus frühestens ein bis zwei Wochen nach Verzehr in Blut und

Gewebe nachweisbar waren. Deshalb gibt es auch keine Möglichkeit, eine Rizinusvergiftung im Frühstadium zu diagnostizieren. Die Symptome passen zu verschiedenen Erkrankungen. Aber der menschliche Körper verfügt über eine bemerkenswerte Fähigkeit, sich gegen ›Feinde‹ zur Wehr zu setzen. Monate nach der Rizinusvergiftung tauchen tatsächlich Antikörper auf das tödliche Blut auf.

Wenn es ihm gelang, Rizinusantikörper in den Blutproben von Mike Farrar nachzuweisen, wäre Richardson, falls es zum Prozeß gegen Debora Green kam, ein wichtiger Zeuge der Anklage.

Zwei Wochen nachdem Richardson die Rizinussamen von Dirks erhalten hatte, bewies ein Vorfall in Arkansas, daß Vergiftungen mit Kastorsamen keineswegs so selten waren, wie man glauben mochte. Thomas Lavy, 54, wurde auf seiner Farm in Onia, Arkansas, verhaftet und wegen Besitzes einer toxischen Substanz – Rizinus – und der Absicht, diese als Waffe einzusetzen, angeklagt.

Kanadische Zollbeamte hatten zwei Jahre zuvor an einem Grenzübergang zwischen Alaska und Kanada Lavys Wagen durchsucht und 89 000 Dollar Bargeld, vier Feuerwaffen und eine größere Menge eines weißen Pulvers sichergestellt. Eine Analyse des Pulvers ergab, daß es sich nicht um Kokain handelte, sondern um Rizinus. FBI-Agent Thomas Lynch erklärte, er habe erst Anfang 1995 von dem Fall erfahren.

Agent Lynch wußte einiges über Rizinus. Er erklärte der Presse, daß es sich um die drittgiftigste Substanz auf der Welt handle, nur Plutonium und Botulismus wären noch tödlicher. »Es gibt noch kein Gegenmittel«, sagte Lynch.

Ermittler, die damals Lavys Farm durchsucht hatten, hatten eine Ausgabe eines Gifthandbuches gefunden, in dem exakt beschrieben wurde, wie man aus Kastorsamen Rizinus gewann, sowie das Buch ›*Der stille Tod*‹, in dem der Autor darlegte, wie man giftige Substanzen einsetzte, um einen Menschen zu vergiften. Als Lavy erklärte, er sei mit 130 Gramm des Gifts von Alaska nach Kanada unterwegs, um Kojoten zu töten, die es auf seine Hühner abgesehen hätten, waren die Beamten skeptisch. Bundesstaatsanwalt Robert Govar erklärte dazu: Das wäre so, als wollte jemand eine Thermonuklearwaffe benutzen, um sein Haus vor Einbrechern zu schützen.«

Trotzdem wurde Thomas Lavy nicht vor Gericht gestellt. Am 23. Dezember 1995 wurde er erhängt in seiner Gefängniszelle in Little Rock aufgefunden. Die Meldungen der Nachrichtenagenturen über Lavys Verhaftung und seinen Selbstmord endeten mit einer Darstellung des Falles Debora Green, der die Staatsanwaltschaft vorwarf, sie hätte versucht, ihren Mann mit Rizinus zu töten.

Im Dezember 1995 war Mike wieder krank – diesmal litt er an heftigen Kopfschmerzen im Stirnbereich. Er rief seinen Arzt an und bat diesen, ihn erneut zu untersuchen. Nach Auswertung des zerebralen Angiogramms diagnostizierte sein Arzt einen blutenden Abszeß. »Ich war eine wandelnde Zeitbombe«, erinnerte sich Mike.

Am 11. Dezember mußte er sich einer Schädeloperation unterziehen. Die Bakterien aus seiner Herzklappe waren bis zur rechten Hirnhälfte gewandert. Der Chirurg, der ihn operierte, Dr. Stephan Reintges, wußte, daß der Pfropf sich vom Herzen gelöst hatte und unkontrolliert durch den Blutkreislauf zirkuliert war, bis er schließlich begonnen hatte, einen potentiell tödlichen Abszeß in Mikes Hirn zu bilden. »Er hätte einen Schlaganfall erleiden können«, teilte der Chirurg den Reportern mit.

Bei der Operation wurden Löcher in Mikes Stirnknochen gebohrt, so daß ein Stück Knochen entfernt und das Gehirn freigelegt werden konnte. Durch diese Öffnung wurde der Abszeß entfernt. Da die eigentliche Ursache der Sepsis – der Grund, weshalb Bakterien überhaupt Mikes

Organe und seinen Blutkreislauf befallen hatten – noch nicht geklärt war, entnahm Dr. Reintges noch eine weitere Probe Körperflüssigkeit, die im FBI-Labor untersucht werden sollte.

Mikes kritischer Gesundheitszustand war Paul Morrison nicht entgangen. Der Ehemann, dessen Scheidung von Debora Green gerade lief, war als einer der Hauptzeugen gegen sie vorgesehen. Morrison brauchte seine Zeugenaussage vor Gericht, wenn er auch nur den Hauch einer Chance haben wollte, einen Fall zu gewinnen, der im großen und ganzen nur auf Indizien beruhte.

Da die sehr reale Möglichkeit bestanden hatte, daß Mike die Operation nicht überlebte, hatte Morrison ihn gefragt, ob er bereit wäre zu einer Aussage, die auf Video aufgezeichnet werden sollte. Morrison und Moore würden ihn beide vor dem Eingriff befragen und ins Kreuzverhör nehmen. Natürlich hatte Morrison nicht gesagt: »Wir brauchen das Video für den Fall, daß Sie vor Prozeßbeginn sterben oder als Gemüse enden«, aber Mike war selbst Mediziner; er kannte die Risiken. Verlief die Operation erfolgreich, würde das Videoband nie benutzt werden. Ging jedoch etwas schief, würde er wenigstens auf diese Weise im Gerichtssaal vertreten sein. Er war überzeugt davon, daß Debora zwei ihrer Kinder getötet hatte und auch ihn hatte umbringen wollen. Und er war der unerschütterlichen Ansicht, daß sie der gerechten Strafe nicht entgehen durfte. Und so machte er vor laufender Kamera seine Aussage.

Der Abszeß war jedoch nicht Mikes einzige Hirnschädigung. Das Hirnangiogramm hatte außerdem ein mykotisches Aneurysma an einem der größten Blutgefäße im Gehirn nachgewiesen. Die Gefäßwand wurde immer dünner und schwächer, angegriffen von den Bakterien, die während Mikes Endokarditis freigesetzt worden waren. Im Verlauf der folgenden vier Monate wurden vier weitere Hirnangiogramme durchgeführt. Seine Ärzte wollten den

Zustand der gedehnten Arterie im Auge behalten, da das Aneurysma eine noch größere Gefahr darstellte als die vorangegangene Entzündung am Herzen und der Hirnabszeß. Das Gift, das ihm verabreicht worden war, war nicht statisch; es fuhr fort, still und heimlich in seinem Körper zu wüten. Allein die Tests waren so gefährlich, daß er jedesmal eine Nacht in der Klinik bleiben mußte – ein kleiner Prozentsatz von Patienten erleiden allein aufgrund des Angiogramms einen Schlaganfall.

Weihnachten 1995 war ein Fest, das die Protagonisten des Falles irgendwie durchstehen mußten. Es gab zu viele Verluste, zu viele Erinnerungen, und niemand wußte, was das neue Jahr bringen würde. Unter den Hunderten von Fotos, die vorübergehend im Büro der Staatsanwaltschaft aufbewahrt wurden, befanden sich viele, die vergangene Weihnachtsfeste dokumentierten. Sie zeigten Debora, wie sie den Baum schmückte, Kelly, die strahlend Geschenke auspackte, Tim, der vor den Augen seines stolzen Vaters in Sweatshirt und Sporthose der Kansas City Chiefs posierte, Boomer, der inmitten eines Wustes verknitterten Geschenkpapiers saß. Wenn man sich diese Bilder so viel später ansah, hielt man nicht für möglich, daß diese Familie auf so tragische Weise zerstört worden war.

Kansas City schmückte wie jedes Jahr an Weihnachten die bereits pittoreske County Club Plaza mit Tausenden von winzigen weißen Lichtern. Ihre glitzernden silbernen Reflexe auf dem Schnee und die durch dichtes Schneetreiben leicht gedämpften altmodischen Straßenlaternen verliehen der Stadt an Weihnachten einen ganz besonderen Charme. Und so war es auch 1995 – für die meisten Familien jedenfalls.

Debora blieb im Gefängnis, während ihre Tochter den Kopf hochhielt und die Clara in *›Der Nußknacker‹* tanzte. Es war eine wunderbare Aufführung. Lissa feierte Weihnachten bei ihrem Vater und seiner Familie, war aber traurig, daß ihre Mutter sie bei der Aufführung nicht tanzen sehen konnte. Celeste versuchte alles, damit ihre Söhne auch ohne Vater ein schönes Fest hatten. Die Menschen in Johnson County wollten Neues wissen über den Fall, aber es gab nichts Neues. Weder Anklage noch Verteidigung wollten sich in die Karten schauen lassen. Paul Morrison, Rick Guinn, Dennis Moore und Kevin Moriarty konnten sich keinen Urlaub erlauben; sie bereiteten sich auf einen der spektakulärsten Prozesse vor, den Kansas City je erlebt hatte.

Dritter Teil

Und Feuer und Eis streiten in mir
Unter dem erstickenden Dunkel der Nacht.

A. E. Housman

30

Die Schwere der Debora zur Last gelegten Verbrechen sorgte dafür, daß der Fall schon im Vorfeld einiges Aufsehen erregte. Es war ein Fall, den jeder Strafverteidiger oder Staatsanwalt liebendgern vertreten hätte und um den sich die Reporter rissen. Aber den Medien waren bislang nur häppchenweise Informationen mitgeteilt worden. Deboras Gerichtsverhandlung würde für Presse und Öffentlichkeit zugänglich sein, jedoch in einem sehr kleinen Gerichtssaal stattfinden, so daß die wenigen verfügbaren Plätze heiß umkämpft sein würden. Morrison wollte Richter Peter Ruddick ein erstaunliches Beweisstück präsentieren; die Spannung war also auf dem Siedepunkt.

Lange vor dem Haftprüfungstermin begannen die Angestellten des Gerichts von Johnson County bereits, sich auf den zu erwartenden Massenandrang von Reportern, Fernsehproduzenten und Schriftstellern vorzubereiten. Richter Ruddick bat um Unterstützung eines Experten vom höheren Berufungsgericht des Staates Kansas bei der Sitzordnung im Gerichtssaal. Ron Keefover arbeitete am Supreme Court als Koordinations- und Informationsspezialist. Er hatte Erfahrung darin, den Verlauf von Prozessen zu regeln, die nationales Interesse weckten. Der Fall Debora Green versprach der bislang aufsehenerregendste Prozeß in der Geschichte von Olathe zu werden, und Ruddick brauchte Keefover. Beide Männer waren entschlossen, den Prozeß zu einem Medienspektakel ausufern zu lassen.

Ironischerweise hatte ausgerechnet ein anderer Fall tödlicher Ehestreitigkeiten Ron Keefover bisher am meisten abverlangt. 1985 wurde Reverend Thomas Bird aus Emporia wegen Mordes an seiner Ehefrau angeklagt, von der man zuerst angenommen hatte, sie wäre bei einem Autounfall ums Leben gekommen. Birds Geliebte ihrerseits wurde beschuldigt, ihren Ehemann erschossen zu haben. Mrs. Birds Wagen war von einer Brücke gestürzt, und John Rule von der Bundespolizei von Kansas war der Unfall verdächtig vorgekommen. Thomas Bird und seine Geliebte wurden beide verurteilt und Protagonisten eines Buches und einer Fernsehserie mit dem Titel ›*Durch Mord geweiht*‹.

Der bislang spektakulärste Prozeß in Johnson County war der des Serienmörders Richard Grissom jr. gewesen. Damals hatte Paul Morrison gegen Verteidiger Kevin Moriarty eine Verurteilung erwirkt. Während dieses Prozesses hatte sich jeden Morgen vor dem Gericht eine Schlange von etwa 100 Personen gebildet, die in den Gerichtssaal wollten. Und wie bei allen sensationsträchtigen Prozessen gab es lautstarke Proteste, als Reporter oder andere Personen mit reservierten Plätzen vor den Leuten hineingelassen wurden, die stundenlang angestanden hatten.

In vorliegendem Fall riet Keefover Richter Ruddick, einen ›Ü-Raum‹ einzurichten, in dem Übertragungsmonitore und Sitzplätze für 60 Personen aufgestellt wurden. Außerdem sollte der Raum ein Stockwerk unter Ruddicks Gerichtssaal als Presseraum dienen. Im Gerichtssaal selbst würde es nur eine Kamera geben und keine Interviews. Diese Technik hatte bei zahlreichen spektakulären Prozessen wunderbar funktioniert.

Ein Presseausweis allein reichte nicht aus, um sich Eintritt zur Verhandlung zu verschaffen; das einzige, was zählte, waren die Namen auf Keefovers Liste.

Während der Anhörung mußten Paul Morrison und Rick Guinn Richter Ruddick davon überzeugen, daß sie über genügend Beweise verfügten, um einen Prozeß anzustrengen. Dennis Moore und Kevin Moriarty ihrerseits würden vorgeben, es wäre die falsche Person verhaftet worden, Debora Green sei eine trauernde Mutter, die man fälschlich der Brandstiftung und des Mordes beschuldige.

Der Haftprüfungstermin wurde auf die letzte Woche im Januar 1996 gelegt. In Olathe war es eisigkalt – für Einheimische ganz normal, aber ein Schock für Reporter, die aus wärmeren Regionen eingeflogen waren. Es war so kalt und trocken in der Santa Fee Street, der Hauptdurchgangsstraße, daß es nicht einmal glatt war. Der Schnee wehte über die Straße. Über die diagonal verlaufenden Gehwege bis zur Treppe des Gerichts zu gelangen, ohne das Gefühl zu haben, daß Nase, Ohren und sogar Lungen erfroren, war eine Herausforderung für sich. Und wenn man dann durch eine der zahlreichen Türen das Gebäude betreten hatte, hüllte einen sofort die im Eingangsbereich angestaute Hitze ein.

Reporter, die ihre Ausweise bereithielten, aber noch fürchteten, sie könnten doch nicht auf Ron Keefovers Liste stehen, trabten die langen Flure hinunter und sprangen in Fahrstühle, die zu Richter Ruddicks Saal hinauffuhren. Dort gab es nur drei Reihen mit je zwanzig Sitzplätzen, also insgesamt Platz für sechzig Personen. Es waren bequeme Sitze ähnlich wie in einem Theater, aber die faszinierten Zuschauer hätten auch mit Betonblöcken Vorlieb genommen. Zeugen durften den Saal vor ihrer Aussage nicht betreten, aber im Laufe der Woche kehrten viele von ihnen in den Saal zurück, um den Prozeß weiterzuverfolgen. Paul Morrison hatte es mit einem Fall zu tun, der weitestgehend auf Indizien beruhte, und er hatte verkündet, daß es nach dem Haftprüfungstermin ›keine großen Überraschungen‹ mehr geben werde.

Der Gerichtssaal war modern und beinahe elegant. Alles war geschmackvoll aufeinander abgestimmt: das weich schimmernde Holz der Geschworenenbank, die Tische, an denen links die Staatsanwälte sitzen würden und rechts Debora und ihre Verteidiger.

Vor der leeren Geschworenenbank wurde eine Fernsehkamera auf einem Stativ aufgestellt; der Kameramann würde den Film an die verschiedenen Fernsehstationen Kansas Citys verteilen. Bei der Anhörung würde selbstverständlich keine Jury zugegen sein, und es würde sich vermutlich auch als schwierig erweisen, eine Jury zusammenzustellen, falls es zum Prozeß kam. Jeder Fernsehsender in der Umgebung von Kansas City wollte in den Nachrichtensendungen um zwölf, fünf und zehn Uhr über die Anhörung von Debora Green berichten.

Auch mit Presseausweis war es nicht leicht, in den Gerichtssaal zu gelangen. Polizeibeamte durchsuchten Handtaschen und Aktentaschen, und jeder mußte einen Metalldetektor durchschreiten. Jeder Gang den Flur hinunter zum Telefon oder zur Toilette bedeutete eine weitere Durchsuchung und einen neuerlichen Gang durch den Detektor.

Tony Rizzo vom *Kansas City Star* und Andy Hoffmann von den *Olathe Daily News* konnten einen Platz ergattern. Mark Lorber, ein Produzent aus Hollywood, ebenfalls. Ferner waren mindestens ein Dutzend Frauen in Deboras Alter anwesend. Einige von ihnen behaupteten, sie zu kennen; eine Frau erzählte eifrig, sie und Debora hätten sich früher sehr nahegestanden und häufig zusammen Tennis gespielt. Andere waren gekommen, weil der Fall sie faszinierte.

Jeder wollte Dr. Debora Green sehen, die zwei Monate lang für die Öffentlichkeit praktisch unsichtbar gewesen war. Es wurde gemunkelt, daß ihr eigener Mann, Dr. Michael Farrar, gegen sie aussagen würde, ebenso wie seine angebliche Geliebte Celeste Walker.

Dann trat plötzlich Debora durch eine Tür hinter der Geschworenenbank. Ellen Ryan war an ihrer Seite. Sie trug einen viel zu weiten weißen Pullover und dazu einen weißen Plisseerock. Dem Anschein nach hatte sie seit ihrer Verhaftung mindestens zwanzig Pfund abgenommen. Ohne einen Blick in den Zuschauerraum nahm sie eilig ihren Platz am Tisch der Verteidigung ein. Sie hatte einen etwas schwerfälligen, beinahe männlichen Gang.

Nachdem sie sich gesetzt hatte, blickte Debora nur noch nach vorn. Ihr mußte bewußt sein, daß jedes Augenpaar auf sie gerichtet war, aber sie schaute kein einziges Mal nach hinten. Ihr Haar war wohl das Hübscheste an ihr; es war kastanienbraun, von Natur aus wellig und glänzend. Sie war geschminkt, aber sehr dezent – ein Hauch Lidschatten, ein wenig Lippgloss. Als einzigen Schmuck trug sie Perlenohrstecker.

Wie die meisten Angeklagten hatte Debora einen gelben Notizblock vor sich auf dem Tisch liegen und hielt einen Kugelschreiber in der Hand, als wolle sie sich Notizen machen. Ihr Gesichtsausdruck war aufmerksam, ja mißtrauisch, aber sie schien nicht besorgt. Ellen Ryan an ihrer Seite – sie war keine Strafverteidigerin und nur zur moralischen Unterstützung da – wirkte allerdings besorgt und warf Debora mehrmals nervöse Blicke zu. Die männlichen Anwälte auf beiden Seiten machten einen geschäftigen Eindruck.

Abgesehen von den engsten Mitarbeitern des Staatsanwalts und der Metro Squad wußte niemand mit Bestimmtheit zu sagen, welche Beweise der Staat Kansas gegen Dr. Debora Green vorlegen würde. Neunzig Tage nachdem zwei ihrer Kinder bei dem Brand umgekommen waren, sollte der Rest der Welt es nun erfahren. Und sie würden darüber hinaus wahrscheinlich einen ersten Eindruck der Verteidigungstaktik von Dennis Moore und Kevin Moriarty gewinnen.

Die Verhandlung begann damit, daß Paul Morrison Richter Ruddick fragte, ob er zu Beginn eine Erklärung abgeben dürfe. Er würde sich nicht an eine Jury wenden; in dieser Phase mußte er nur den Richter überzeugen. Und zum erstenmal erfuhren Richter Ruddick und die Prozeßbeobachter Schritt für Schritt die Ereignisse, die in dem Inferno am Canterbury Court gegipfelt hatten. Mit tiefer, ruhiger Stimme beschrieb Morrison den rätselhaften Brand im alten Haus der Farrars, nachdem Michael Farrar Debora Green das erstemal verlassen und sein Angebot für das Haus am Canterbury Court zurückgezogen hatte.

»Nur wenige Tage danach, Euer Ehren«, sagte Morrison, »brannte ihr Haus in Kansas City, Missouri, und das Feuer richtete erheblichen Schaden an. Der Brand begann, nur wenige Minuten nachdem Debora Green das Haus mit den Kindern verlassen hatte, während Dr. Farrar noch auf der Arbeit war. Da die Familie kein Dach mehr über dem Kopf hatte, führte dies zu einer Art Zwangsversöhnung. Frau und Kinder zogen zu ihm, und in der Folgezeit beschlossen die Noch-Eheleute, das Haus am Canterbury Court in Prairie Village doch zu erwerben.«

Morrison erklärte des weiteren, daß die Eheleute sich bemüht hätten, miteinander glücklich zu werden. Dieser Versuch sei jedoch bereits nach kurzer Zeit gescheitert. Michael Farrar wollte die Scheidung.

»Nachdem er ihr seinen Entschluß mitgeteilt hatte«, fuhr Morrison fort, »benahm Dr. Debora Green sich verschiedentlich sehr sonderbar, wie Dr. Michael Farrar und auch andere Zeugen im Laufe der Anhörung darlegen werden ... Sie begann, übermäßig zu trinken ... Sie begann, Drohungen auszustoßen – hauptsächlich drohte sie mit Selbstmord, aber manchmal richteten sich die Drohungen auch gegen andere, speziell Dr. Farrar. Manchmal blieb sie tagelang im Bett und weigerte sich aufzustehen, was nicht unerhebliche Probleme innerhalb der Familie aufwarf, vor allem in Zusammenhang mit den Kindern. Die Kinder hatten Angst, und Dr. Farrar hatte Angst.«

Morrison erzählte von der Nacht, in der Debora sich im eigenen Haus versteckt hatte, um dann ihren Mann anzurufen und so zu tun, als wäre sie woanders. Die Leute auf den Zuschauerrängen starrten auf Deboras Hinterkopf, offensichtlich neugierig, wie sie auf Morrisons Beschuldigungen reagieren würde. Aber jene, die sie im Profil sahen, konnten sich davon überzeugen, daß ihr Gesicht völlig ausdruckslos blieb. Morrison hätte ebensogut von jemand anderem sprechen können.

»Anfang August erkrankte Dr. Michael Farrar«, berichtete Morrison. »Und es war mehr als nur ein leichtes Unwohlsein, Euer Ehren.« Er zählte Mikes Krankheitssymptome auf und berichtete von der Ratlosigkeit der Ärzte ob der Ursache für das Krankheitsbild ihres Kollegen. »Er kam für mehrere Tage ins Krankenhaus«, sagte Morrison. »Er erholte sich wieder ... Er kehrte zurück nach Hause. Er aß eine von Debora Green zubereitete Mahlzeit. Er erlitt einen Rückfall ... Am elften September wurde er schließlich nach drei verhältnismäßig langen Krankenhausaufenthalten endgültig entlassen, aber die Ärzte wußten immer noch nicht, was mit ihm los war – letztendlich lautete die Diagnose auf eine Art tropisches Psilose-Syndrom, weil die Ärzte nicht wußten, was es sonst sein sollte ...«

Debora blickte weiterhin nach vorn, den Blick unverwandt auf Morrison geheftet.

»Dr. Greens bizarres Verhalten setzte sich fort«, erzählte Morrison. »Es wurde so schlimm, Euer Ehren, daß Michael Farrar sich am 25. September 1995 gezwungen sah, den Versuch zu unternehmen, seine Frau auch gegen ihren Willen in eine psychiatrische Anstalt einweisen zu lassen ...«

Als Morrison erzählte, daß Mike etwa um diese Zeit

Kastorsamen in der Handtasche seiner Frau gefunden hatte, begannen die Reporter hektisch, sich Notizen zu machen. Was hatten Kastorsamen mit dem tödlichen Feuer zu tun? Die wenigen Zeitungsberichte, in denen Kastorsamen erwähnt worden waren, waren aufreizend kurz gewesen.

Dann schilderte Paul Morrison jene sonderbare Nacht, in der die Beamten der Polizeiwache von Prairie Village Debora ins Krankenhaus gebracht hatten. Sie war ihrer Bekannten, Dr. Pam McCoy, gegenüber sehr kooperativ gewesen – bis zu Dr. Farrars Eintreffen. »Als er den Raum betrat, wirbelte Debora Green herum, nahm eine drohende Haltung an, spuckte ihn an und schrie: ›Du bekommst die Kinder nur über unsere Leichen!‹ Den Hergang wird Ihnen Dr. McCoy bestätigen.«

Als nächstes kam Morrison auf die Nacht vom 23. Oktober zu sprechen. Er erzählte von dem Streit zwischen Debora und Mike, nachdem er sie erst von Celeste Walker und dann von seiner Wohnung aus angerufen hatte. »Er kommt nach Hause und ruft sie zurück. Sie führen ein hitziges Gespräch. Dr. Farrar wird aussagen, daß Debora Green bei diesem Gespräch betrunken war und ihn das auf die Palme brachte. Er wird aussagen, daß er wütend war, weil die Nachbarn sich bei ihm über die Zustände im Haus beklagt hatten. Er war Debora Greens Alkoholexzesse leid. Sie kümmerte sich nicht um den Haushalt. Er machte sich Sorgen um die Kinder.

Und er sagte zu ihr: ›Ich glaube, daß du mich vergiftet hast. Du bist ständig betrunken, du benimmst dich unmöglich, du vernachlässigst die Kinder, und es haben schon verschiedene Leute gedroht, das Jugendamt einzuschalten. Also reiß dich endlich zusammen.‹«

Morrison erzählte Richter Ruddick, daß Mike einen letzten Anruf von Debora erhalten habe. Offenbar hatte sie nicht erwartet, daß er daheim war; sie war davon ausgegangen, daß er sie beim letzten Rückruf von seinem Autotelefon aus angerufen hatte. »Debora Green sagte: ›Ich wußte nicht, daß du zu Hause bist. Ich wollte dir nur eine Nachricht hinterlassen.‹ Nur Minuten nach diesem letzten Anruf, Euer Ehren, stand das Haus am Canterbury Court 7517 in Brand. Die zehnjährige Lissa Farrar, das mittlere der drei Kinder, konnte sich durch ihr Schlafzimmerfenster retten.«

Morrison versprach dem Richter, daß er in den folgenden Tagen Zeugen aufrufen würde, die beweisen konnten, daß es sich bei Mikes Erkrankung weder um einen Virus noch um tropische Psilose handelte, sondern um etwas viel Gravierenderes. Morrison versprach, Zeugen vorzuladen, die bestätigen würden, daß das Feuer, in dem Kelly und Tim Farrar umgekommen waren, vorsätzlich gelegt worden war. »Euer Ehren, Debora Green hat dieses Feuer vorsätzlich gelegt, wohl wissend, daß es die Kinder im Obergeschoß töten würde.«

Dennis Moore erhob sich, um das Eröffnungsplädoyer der Verteidigung zu halten. Er versicherte Richter Ruddick, daß er sich kurz fassen werde. »Wie das Gericht wohl weiß«, begann er, »muß die Beweislage nach geltendem Gesetz des Staates Kansas weitestgehend zum Vorteil des Staates ausgelegt werden. Eine Anhörung wie diese dient also grundsätzlich dazu, dem Staat Gelegenheit zu geben, dem Gericht vorzulegen, was er vorzuweisen hat. Es geht darum, eine mutmaßliche Schuld darzulegen.«

Moore gab zu, daß Mike und Debora schon lange keine glückliche Ehe mehr geführt hatten. Aber er machte Mike zum Vorwurf, daß er Debora vor ihrer gemeinsamen Reise nach Peru im Juni 1995 nichts von seinen Scheidungsabsichten gesagt hatte. »Er war der Ansicht, es wäre ein ungünstiger Zeitpunkt, ihr vor der Reise von seinen Plänen zu erzählen, sie und die Kinder zu verlassen. Also hielt er die Fassade aufrecht und lebte eine Lüge.«

Moore warf Mike ebenfalls die ›enge Beziehung‹ vor, die sich auf der Peru-Reise zwischen ihm und Celeste entwickelt hatte. »Nun, es war mehr als nur Freundschaft. Wir werden beweisen, daß es tatsächlich eine sehr, sehr enge Freundschaft war ... Dr. Farrar erzählte nach seiner Rückkehr aus Peru verschiedenen Leuten, daß die Freundschaft sich erst nach dem Tod von Dr. Walker – Celeste Walkers Ehemannes – am 5. September zu einer erotischen Beziehung vertiefte. Das war eine Lüge. Dr. Farrar wird zugeben, daß er die Polizei in diesem Punkt angelogen hat.«

Moore leugnete nicht, daß Debora angefangen hatte zu trinken, fügt jedoch hinzu, daß sie Medikamente nahm und bei einem Psychiater in Behandlung war. Er beharrte darauf, daß sie ›versucht hat, in dieser schweren Zeit Haltung zu bewahren‹. Was die angebliche Vergiftung ihres Ehemannes anbelangte, erklärte Moore, daß medizinische Berichte vorlägen, in denen als abschließende Diagnose tropische Psilose festgestellt wurde. »Dort steht außerdem, es könne sich um eine Art typhoides Fieber handeln, und in Anbetracht der Tatsache, daß Dr. Farrar auf seiner Peru-Reise im Amazonas geschwommen ist, Nahrungsmittel gegessen hat, die von Einheimischen zubereitet worden sind, und einige der Symptome mit der sogenannten tropischen Psilose in Zusammenhang gebracht werden können, dürfte die Ursache von Dr. Farrars gesundheitlichen Problemen hinreichend geklärt sein.«

Was das Feuer anbelangte, sagte Moore, daß die Verteidigung einen Teil der Beweise, die in der ausgebrannten Ruine sichergestellt wurden, nicht anfechten würde. Aber dann spielte er seine Trumpfkarte aus. Als Brandstifter nannte er Tim Farrar.

»Wir werden Beweise dafür vorlegen, daß bei dem dreizehnjährigen Tim Farrar eine über das normale Maß hinausgehende Faszination für Feuer vorhanden war. Er riß gern Streichhölzer an. Im März 1995, nur wenige Monate vor dem Brand, der Tim und Kelly Farrar das Leben kostete, wurden Tim und ein anderer Junge von der Polizei dabei erwischt, wie sie in der Nachbarschaft mit einem Molotowcocktail herumexperimentierten ... Tim Farrar haßte seinen Vater. Tim Farrars Beziehung zu Michael Farrar war sehr, sehr angespannt. Tatsächlich kam es wiederholt zu handgreiflichen Auseinandersetzungen.«

Die Zuschauer waren wie elektrisiert von Moores Anschuldigungen. Diese Verteidigungstaktik war abstoßend. Erfahrene Prozeßbeobachter vermuteten, daß Deboras Verteidigung so schwach war, daß ihre Anwälte sogar bereit waren, den toten Jungen zu beschuldigen. Moore fuhr fort und erklärte dem Richter, Tim wäre ein »sehr labiler junger Mann« gewesen, der seinen Vater haßte und dennoch die Scheidung seiner Eltern mehr fürchtete als alles andere. Es würde Moore noch einiges an rhetorischem Geschick abverlangen, Tim gleichzeitig als Übeltäter und Opfer darzustellen.

Als nächstes führte Moore an, daß Debora von Anfang an die einzige Verdächtige gewesen sei – daß die Ermittler die Möglichkeit anderer Verdächtiger von vornherein außer acht gelassen hätten. »Die Polizei ließ Michael Farrar im eigenen Wagen zur Polizeiwache von Prairie Village fahren«, sagte er, »während die Beamten Debora Green in einem Streifenwagen zum Revier brachten.«

Andererseits hatte Debora keine Alternative gehabt. Der 40 000 Dollar teure Land Cruiser, den sie sich so sehr gewünscht hatte, stand mit geschmolzenen Reifen in der Garage des brennenden Hauses.

»Euer Ehren«, sagte Moore abschließend, »ich möchte das Gericht auch bei dieser Anhörung um Unvoreingenommenheit bitten sowie darum, *alle* Beweise zu berücksichtigen. Jede Geschichte hat mindestens zwei Seiten ...«

Paul Morrisons Kiefermuskeln spannten sich, als er hörte, wie Dennis Moore einen toten Jungen beschuldigte, das Feuer gelegt zu haben, in dem er gestorben war. Einen flüchtigen Moment lang wirkte auch Debora bedrückt. Tim hatte ihr von ihren Kindern am nächsten gestanden, er war derjenige gewesen, auf den sie sich gestützt und verlassen hatte. Hatte sie diesem Verrat zugestimmt? Oder war sie ebenso schockiert wie die Zuschauer, als der Verteidiger die Verantwortung für das ihr zur Last gelegte Verbrechen auf ihren Sohn abwälzte?

31

Dr. Michael Farrar, der erste Zeuge der Anklage, war abgemagert und blaß, als er aufstand, um den Eid zu leisten. Debora Green drehte sich leicht ihrem Ehemann zu, den sie Monate nicht mehr gesehen hatte. Sie starrte ihn unverwandt an. Liebte sie ihn noch? Fühlte sie sich unbehaglich in Anbetracht dessen, was er vor dem Richter über sie sagen würde?

Mikes Haare begannen nach der Operation im Dezember gerade erst wieder nachzuwachsen, und an der rechten Stirnseite war eine lange Narbe zu sehen, die bis hinter den Haaransatz reichte. Er sah aus, als hätte er sich gerade erst einen Bürstenhaarschnitt scheren lassen. Es schien fast unmöglich, daß der Mann im Zeugenstand und die Frau am Tisch der Verteidigung sechzehn Jahre verheiratet gewesen sein sollten. Es schien unmöglich, daß sie drei Kinder miteinander bekommen hatte. Obgleich Debora nur vier Jahre älter war als Mike, sah es so aus, als betrüge der Altersunterschied mindestens zehn Jahre.

Mike hatte sich am Vortag gezwungen, noch einmal die

Ereignisse der vergangenen zwei Jahre Revue passieren zu lassen. Er hatte die Fassung bewahrt, als er acht Wochen zuvor vor laufender Kamera ausgesagt hatte, und wollte auch jetzt nicht im Zeugenstand zusammenbrechen, wenn er gezwungen sein würde, sich noch einmal die letzten Tage seiner verstorbenen Kinder ins Gedächtnis zu rufen.

Als er Paul Morrisons und Dennis Moores Fragen beantwortete, wirkte Mike manchmal etwas distanziert, eine Haltung, die Ärzte oft einnehmen, wenn sie schlechte Nachrichten verkünden müssen. Er verriet seinen inneren Aufruhr dadurch, daß seine Hände auf dem Geländer vor ihm sich immer wieder spannten. Er sah nur selten zu Debora herüber, und auch dann waren es nur flüchtige Seitenblicke.

»Doktor«, fragte Morrison, »war ihre Ehe mit Debora Green glücklich?«

Debora schien die Luft anzuhalten, während sie auf die Antwort wartete. Als sie schließlich kam, zuckte sie kaum merklich zusammen.

»In meinen Augen nicht«, entgegnete Mike. »Es war eine Ehe, in der ein Mangel an Zärtlichkeit, Mitgefühl und Verständnis herrschte. Es gab weder gegenseitigen Respekt noch offene Zuneigung.«

»Lag das an Ihnen beiden oder war es eher einseitig?«

»Nun, ich glaube, es lag vor allem an ihr.«

Deboras Blick blieb auf ihren Mann geheftet. Sie schüttelte weder den Kopf, noch machte sie Anstalten zu protestieren. Wenn sie getan hatte, was der Staat ihr vorwarf, wenn sie tatsächlich ihre Kinder verbrannt hatte, dann um sich an dem Mann zu rächen, der nun vor aller Welt erzählte, wie unerträglich es gewesen war, mit ihr verheiratet zu sein.

Mike sagte, er wäre nur bei ihr geblieben, weil er wollte, daß die Kinder in einer intakten Familie aufwuchsen. Er fügte hinzu, daß es ihm verhaßt war zu versagen, erst recht in der Ehe. »Ich versuchte, es um der Kinder wegen durchzustehen. Später habe ich dann befürchtet, daß es eine Horrorscheidung geben würde …«

»Was an ihrem Verhalten hat Sie zu dieser Annahme veranlaßt?« fragte Morrison.

»Sie war cholerisch«, entgegnete Mike, »hatte oft Wutausbrüche – auch in der Öffentlichkeit. Sie war chronisch depressiv. Sie fühlte sich ständig krank … Sie war immer schlecht gelaunt und pessimistisch. Der Umgang mit ihr war sehr unangenehm.«

Debora runzelte die Stirn und drehte sich leicht Ellen Ryan zu, die ihr etwas zuflüsterte. Dann schüttelte sie kaum merklich den Kopf, ohne den Blick von ihrem Ehemann abzuwenden.

Später beschrieb Mike die sechzehn Jahre Ehe mit Debora. Er erzählte vom Scheitern ihrer eigenen Praxis und davon, wie er sie, als sie schließlich erkannt hatte, daß die Selbständigkeit nicht das richtige für sie war, gedrängt hatte, zu Hause zu bleiben. »Ich versicherte ihr, daß das völlig in Ordnung wäre. Ich ermutigte sie, all das zu tun, wovon ich annahm, es würde sie glücklich machen. Das Problem war nur, daß nichts von dem, was sie tat, sie wirklich glücklich machte.«

Mike berichtete von dem ersten Brand, von seiner zögerlichen Versöhnung mit Debora, ihrem gemeinsamen Entschluß, das Haus am Canterbury Court zu kaufen und der lange im voraus geplanten Reise nach Peru.

Zu dieser Zeit hatte er sich noch bester Gesundheit erfreut.

Mike sagte, er hätte seine Meinung nicht mehr geändert, seit er Mitte 1995 endgültig beschlossen hatte, die Scheidung einzureichen, auch wenn er sich vor ihrer Reaktion gefürchtet habe. Wie erwartet bekam sie einen ihrer Tobsuchtsanfälle.

»Hat ihr Verhalten sich geändert, nachdem Sie sie von

Ihren Scheidungsplänen in Kenntnis gesetzt hatten?« fragte Morrison.

»Ihre Depressionen verschlimmerten sich«, erwiderte Mike. »Sie fing an zu trinken. Sie schüttete in nur zwei Tagen anderthalb Liter Wodka oder Gin in sich hinein. Einmal habe ich sie im Keller besinnungslos auf dem Fußboden liegend vorgefunden. Es gab Tage, an denen sie so betrunken war, daß sie den ganzen Tag im Bett bleiben mußte. Außerdem erzählte sie den Kindern gräßliche, boshafte Dinge über mich … Einmal erzählte sie ihnen, ich würde mit drei Frauen herumhuren … Sie sagte den Kindern, ich wäre in Peru mit heraushängendem Schwanz Frauen nachgelaufen.«

»Sind das Zitate?«

»Das hat sie wortwörtlich gesagt. Und das vor den Kindern …«

»Wie haben Ihre Kinder die Nachricht der bevorstehenden Scheidung aufgenommen?« wollte Paul Morrison wissen.

»Tim und Lissa reagierten sehr negativ«, entgegnete Mike. »Sie waren beide sehr wütend. Ihr Benehmen verschlechterte sich drastisch. Sie plapperten vieles nach, was sie während der Haßtiraden ihrer Mutter gehört hatten. Sie wollten, daß ich wieder bei ihnen einzog.«

Es war offensichtlich, daß diese Ehe zur Hölle geworden war, mit schlimmeren Anfeindungen als die meisten Anwesenden sich je hätten vorstellen können. Mike sagte außerdem aus, daß die schlimmsten Auseinandersetzungen nach seiner mysteriösen Erkrankung stattgefunden hätten. In den ersten Wochen hatte er noch versucht, seinen Alltag aufrechtzuerhalten. Hiernach sei er nur noch krank gewesen, entweder zu Hause oder im Krankenhaus.

Paul Morrison änderte seine Strategie. Er holte mehrere maßstabsgerechte Pläne des Hauses am Canterbury Court hervor und bat Mike, sie zu erläutern. Aussagen zur Ausweitung des Feuers im Haus würden entscheidend sein als Beweismittel gegen Debora. Obwohl das Haus nicht mehr existierte, hatte Mike ein gutes visuelles Gedächtnis, das es ihm erlaubte, sich an jeden Raum und jedes Möbelstück zu erinnern.

Mike beschrieb den Eßzimmertisch und den Orientteppich, der darunter gelegen hatte – beides Einrichtungsgegenstände, die vollständig vom Feuer vernichtet worden waren.

»Was ist mit dem Wohnzimmer?« fragte Morrison. »War es ein Holzboden oder war der Raum mit Teppichboden ausgelegt?«

»Er war mit Teppichboden ausgelegt.«

»Okay. Und wie war der Raum eingerichtet?«

»An der nördlichen Wand stand eine Schlafcouch. Davor stand ein Couchtisch aus Glas. Rechts und links neben den Sofas standen passende Beistelltische, ebenfalls aus Glas. Auf beiden standen Lampen ...«

Mike schloß wiederholt die Augen, wenn er sich die Einrichtung ins Gedächtnis zurückrief. Beinahe schien es, als könne er, indem er das Haus rekonstruierte, seine Kinder zurückholen.

Morrison zeigte auf den Salon, und Mike sagte, sie hätten den Raum als Musikzimmer genutzt. »Dort stand ein kleiner Flügel, dazu zwei Sessel, eine antike Vitrine, ein kleiner Schreibtisch.«

»Wessen Klavier war das?«

»Also, eigentlich war es für die ganze Familie gedacht, aber Debora hatte ihn mir geschenkt.« Die Brandexperten hatten das Klavier gesehen; um das Instrument herum waren solche Mengen Brandbeschleuniger verschüttet worden, daß die Füße weggebrannt waren.

Gemeinsam gingen Paul Morrison und Mike Farrar jedes einzelne Zimmer des abgebrannten Hauses durch. Debora beobachtete Mike, und ihre Augen huschten unruhig wie die eines Vogels umher, als sie gezwungen wurde, sich an das Haus zu erinnern, das ihre Ehe hatte retten sollen.

Die unausgesprochene Frage im Saal lautete: ›*Wer* hat das flammende Inferno zu verantworten?‹ Die Anklage vertrat den Standpunkt, daß die Frau, die reglos am Tisch der Verteidigung saß, die Schuldige war. Ihr Verteidiger behauptete, ihr toter Sohn wäre für das Feuer verantwortlich. Beides war unvorstellbar.

32

Celeste Walker durfte als potentielle Zeugin den Gerichtssaal nicht betreten. Aber anders als viele andere Zeugen, die auf dem Flur vor dem Gerichtssaal warteten, verbrachte sie die Wartezeit in der Cafeteria der Stadtverwaltung, die sich gegenüber dem Gerichtsgebäude befand. Sie wollte nicht erkannt werden, und sie wollte schon gar nicht, daß man sie fotografierte. Sie wußte, daß ihr Name im Verlauf der Zeugenaussagen aufkommen mußte. Sie wußte noch nicht, ob sie selbst in den Zeugenstand gerufen werden würde, hoffte aber inständig, das es nicht dazu kommen möge. Und doch wollte sie in der Nähe sein, um Mike moralisch zu unterstützen.

Im Zeugenstand fuhr Mike derweil mit seiner Aussage über seine Ehekrise und Deboras sonderbares Benehmen fort. Er erzählte von den panischen Anrufen seiner Kinder, die ihn anflehten, heimzukommen, weil ihre Mutter so betrunken war, daß sie nicht mehr wach wurde. Und er erwähnte auch den Vorfall, als Lissa im Krankenhaus angerufen hatte, weil Debora das Bewußtsein verloren hatte. Er beschrieb, wie er schnurstracks nach Hause gefahren war, die Mädchen zu seiner Schwester Karen gebracht hatte und Debora bei seiner Rückkehr verschwunden war. Er hatte sie stundenlang gesucht und befürchtete, sie irgendwo tot aufzufinden. Dann kam er zu dem Schluß, daß sie das Haus verlassen hatte, und sich schlafen gelegt hatte. Er berichtete, daß er da noch nicht wußte, daß Debora noch im Haus war. Er wußte nicht, daß sie lautlos durch das Haus schlich, während er schlief. Noch erfreute er sich bester Gesundheit und ahnte nicht, daß jemand versuchen könnte, ihn zu töten. »Sie erzählte mir später, daß sie sich die ganze Zeit unter dem Bett im Kellerschlafzimmer versteckt hatte.«

Ein Raunen ging durch die Zuschauerreihen. Wenn das, was Mike berichtete, der Wahrheit entsprach, war die Angeklagte wahrhaftig eine sonderbare Frau.

Paul Morrison wußte, daß Mikes Verhältnis mit Celeste Walker zur Sprache kommen würde, und darum beschloß er, den Stier bei den Hörnern zu packen anstatt zu warten, daß die Verteidigung das Thema anschnitt.

»Sind Sie in dieser Zeit eine Beziehung zu einer anderen Frau eingegangen, Doktor?«

»Ja, das ist richtig.«

»Wie heißt diese Frau?«

»Celeste Walker.«

»War es eine Beziehung auch sexueller Art?«

»Ja.«

Deboras dunkle Augen waren auf Mikes Gesicht geheftet. Ganz offensichtlich interessierte sie dieser Teil seiner Aussage am meisten.

»Und wann begannen Sie diese Beziehung?«

»Nun, während der Peru-Reise entwickelte sich eine enge Freundschaft zwischen uns. Aber das eigentliche Verhältnis begann am 8. Juli, also nach unserer Rückkehr aus Südamerika.«

Morrison hatte seine Befragung perfekt strukturiert. Er hatte mit allen Aspekten dieses Falles vertraut sein wollen, um sie in einer Art und Weise präsentieren zu können, die es Richter Ruddick ermöglichte, Deboras Motiv nachvollziehen zu können.

Danach kam Morrison auf Mikes gesundheitliche Probleme zu sprechen. Mike sagte aus, daß am 11. August die ersten Krankheitssymptome aufgetreten seien. Das erstemal sei er am 18. August ins Krankenhaus eingeliefert und am 25. wieder entlassen worden, um bereits acht Stunden später erneut eingewiesen zu werden. Am 4. September habe er dann einen zweiten Rückfall erlitten und sei erneut ins Krankenhaus gekommen. Am 11. September war Mike dann erneut aus der Klinik entlassen worden; seine Frau sollte seine intravenöse Ernährung überwachen und versuchen, ihn wieder aufzupäppeln, nachdem er inzwischen nur noch ganze 125 Pfund wog. Er sagte aus, daß weder das Erbrechen noch die anderen Symptome wieder aufgetreten wären.

Aber fünf Monate später war Mike immer noch nicht wiederhergestellt; auch für jene, die ihn im Zeugenstand das erstemal gesehen hatten, war offensichtlich, daß er immer noch ein sehr kranker Mann war.

»Sind Sie seit dem elften September noch einmal stationär im Krankenhaus behandelt worden?« fragte Morrison.

»Ja.«

»Und ging es hierbei um weitere Komplikationen der ursprünglichen Erkrankung?«

»Ich bekam eine bakterielle Endokarditis, das ist eine sehr ernste Herzklappeninfektion«, antwortete Mike. »Als

Komplikation hieraus bildete sich ein Abszeß am Gehirn, der operativ entfernt werden mußte.«

»Und müssen Sie sich in absehbarer Zukunft weiteren medizinischen Eingriffen unterziehen?«

Obgleich Moore gegen Mikes Aussage Einspruch erhob, konnte er schwerlich dessen medizinische Ausbildung und seine jahrelange praktische Erfahrung als Arzt ignorieren. Es war schon ironisch, daß Debora, die beschuldigt wurde, ihren Mann vergiftet zu haben, so ziemlich die einzige im Saal war, die die Fachausdrücke, die Mike benutzte, auch wirklich verstand.

Der Staatsanwalt war sehr direkt. Er fragte Mike nach seinen Gedanken, als er schwach und hilflos in seinem Bett gelegen hatte, während seine Frau ihm eine mit Nährstoffen versetzte Infusion verabreichte. »Hatten Sie damals schon den Verdacht, daß Ihre Frau Sie vergiftet?«

»Ich hatte mir hierüber schon früher Gedanken gemacht, weil ich nach jeder Entlassung aus dem Krankenhaus prompt einen Rückfall erlitten hatte«, entgegnete Mike. »Aber ich verdächtigte sie nicht ernsthaft, mich vergiftet zu haben. Ich konnte mir einfach nicht vorstellen, daß sie hierzu fähig wäre.«

Deboras Gesichtsausdruck war unergründlich, aber sie ließ ihren Ehemann keine Sekunde aus den Augen. Und abgesehen davon, daß sie ihre Beine ab und an ausstreckte, veränderte sie ihre Haltung nicht.

»Hat es diesbezüglich Gespräche mit einigen Ihrer Mitarbeiter und Freunde gegeben?« fragte Morrison.

»Ja, ich hatte mit Carolyn Stafford und Celeste darüber gesprochen. Beide waren davon überzeugt, daß meine Frau mich vergiftet hatte.«

»Einspruch, Euer Ehren.«

»Stattgegeben.«

»Nur der Klarheit halber«, fuhr Morrison fort. »Sie

haben die Möglichkeit einer Vergiftung Ihren Ärzten gegenüber nicht erwähnt?«

»Zum damaligen Zeitpunkt nicht.«

Mike sagte aus, daß er am 25. September gezwungen gewesen wäre, Debora aufgrund ihres anomalen Verhaltens zwangseinweisen zu lassen. Tags zuvor hatte er Päckchen Kastorsamen und leere Fläschchen Kaliumchlorid in ihrer Handtasche gefunden. Erst nachdem er sich über die Rizinuspflanze informiert hatte, hatte er sich gefragt, ob Debora ihn vielleicht töten wollte – oder ob sie möglicherweise mit Hilfe der Samen Selbstmord begehen wollte.

Die Entscheidung, seine Frau zwangseinweisen zu lassen, habe ihn große Überwindung gekostet, aber er hätte keine Wahl gehabt. Er beschrieb die Vorfälle im Krankenhaus und gab zu Protokoll, daß Debora sich letztendlich freiwillig in die Menninger-Klinik hatte einweisen lassen.

»Sind Sie aus dem Haus ausgezogen?« fragte Morrison.

»Ja, das bin ich.«

»Nach ihrer Entlassung aus der Klinik?«

»Ja. Das muß in der ersten Oktoberwoche gewesen sein ... Die ersten zwei, drei Tage wohnte ich bei meinen Eltern. Am fünften Oktober zog ich dann in mein neues Apartment.«

»Blieben die Kinder in dem Haus am Canterbury Court, oder nahmen Sie sie mit?«

»Nein, sie blieben zu Hause.«

»Machten Sie sich Sorgen um die Kinder?«

Das war eine sehr schmerzliche Frage für Mike. Wie oft hatte er sich selbst zerfleischt wegen seiner damaligen Überzeugung, die Kinder wären daheim besser aufgehoben?

»Ich machte mir Sorgen um ihr psychisches Wohlergehen«, entgegnete er.

»Sorgten Sie sich um ihr körperliches Wohl?« hakte Morrison nach.

»Nicht wirklich. Ich hielt für sehr unwahrscheinlich, daß sie körperlich gefährdet waren, weil Debs Zustand sich nach ihrem Aufenthalt in der Menninger-Klinik deutlich gebessert hatte.«

»Warum sind Sie ausgezogen?«

»Ich bin ausgezogen, weil ich die Scheidung wollte. Aber ich bin auch ausgezogen, weil die Atmosphäre immer dann, wenn ich daheim war, explosiv wurde. Debora sagte vor den Kindern schreckliche Dinge zu mir, und ich dachte, die Lage würde sich entspannen, wenn ich auszog. Ich hielt es für das Beste für die Kinder.«

»Äußerte Debora immer noch Dinge, die darauf hindeuteten, daß sie unglücklich war wegen der Scheidung?«

»Sie hat die ganze Zeit zum Ausdruck gebracht, daß sie unglücklich wäre, ja.«

»Und wie war es in den darauffolgenden Wochen?«

»Für einige Zeit lief es deutlich besser.«

»Und dann verschlechterte sich die Situation wieder?«

»Gegen Ende, ja. Unmittelbar vor dem Brand fing sie an, wieder in ihr altes Verhaltensschema zurückzuverfallen – wenngleich ich sie nicht wieder so betrunken erlebte wie früher.«

Dann kam Morrison zu dem schwierigsten Teil seines Plädoyers. Er befragte Mike über das Wochenende, an dem sich die Brandkatastrophe ereignete.

Sein letzter Abend mit Tim und Kelly sei harmonisch verlaufen, erzählte Mike. Bei dem Hockeyspiel hätte Tim sehr gut gespielt. »Tim war blendender Laune«, sagte er. »Er konnte es kaum erwarten, aufs Eis zu kommen. Er hat großartig gespielt. Der Coach kam herüber und sprach ihm ein Lob aus. Er sagte: ›Er hat sich selbst übertroffen. Das war sein bisher bestes Match!‹ Tim war auf der Heimfahrt ganz aufgekratzt. Er lachte und alberte herum, und wir beide hatten eine tolle Zeit.«

»Wie verhielt sich Kelly an diesem Abend?«

»Gut. Sie war guter Dinge – so wie immer.«

»Sie war ein unbeschwertes kleines Mädchen?« fragte Morrison. Nur wenige Prozeßbeobachter wußten, daß Morrison Vater war von drei Kindern im selben Alter wie Tim, Lissa und Kelly. Er durfte sich nicht erlauben, Vergleiche zu ziehen, aber an diesem Punkt der Befragung fiel ihm das äußerst schwer.

»Ja, ein unbeschwertes kleines Mädchen«, bestätigte Mike.

»Um wieviel Uhr waren sie zurück am Canterbury Court?«

»Gegen Viertel vor neun.«

Es hatte bessere Abende am Canterbury Court gegeben, aber zweifellos auch schlimmere. Mike gab an, daß er etwa fünf Minuten geblieben wäre – gerade lange genug, um die Post durchzusehen und ein paar Worte mit Lissa zu wechseln. Debora wirkte leicht verärgert wegen seiner Anwesenheit. Aber sie war nicht wirklich wütend. Sie schrie ihn nicht an und fluchte auch nicht. Mike hatte sich schließlich von den Kindern verabschiedet und das Haus verlassen.

Er hatte nicht ahnen können, daß er zwei seiner Kinder nicht wiedersehen würde.

Mike identifizierte Fotos von Tim und Kelly, die aufgenommen worden waren, als beide noch lebten: Schulfotos, die nur zwei Monate vor ihrem Tod gemacht worden waren. Beim Anblick der Fotos wischte sich Debora zum erstenmal Tränen aus den Augen.

33

Nach der Mittagspause erhob sich Dennis Moore, um Mike ins Kreuzverhör zu nehmen. Er mußte seine Mandantin rehabilitieren und wußte, wie er vorgehen wollte. Moore wollte darlegen, daß Mike alles andere als ein perfekter Ehemann gewesen war.

»Sie sagten, ihre Ehe sei nicht glücklich gewesen – sie hätten sich nicht gegenseitig respektiert? Es hätte an Zärtlichkeit und Mitgefühl gemangelt? Ist das korrekt?«

»Das ist richtig.«

»Sie haben des weiteren gesagt, dies hätte grundsätzlich an Debora Green gelegen. Haben Sie das ausgesagt?«

»Ich sagte, es hätte *größtenteils* an ihr gelegen.«

»Sind Sie perfekt?«

»Nein, selbstverständlich bin ich das nicht, Herr Anwalt.«

»Glauben Sie, daß Sie in irgendeiner Weise zu besagtem Mangel an Zärtlichkeit und Mitgefühl in ihrer Ehe beigetragen haben?«

»Ich bin sicher, daß es auch zum Teil meine Schuld war. Für das Scheitern einer Ehe sind immer beide Partner verantwortlich.«

Moore führte an, daß Mike viel Zeit außer Haus verbracht hatte, um zu arbeiten, daß er in den letzten drei Wochen vor dem Feuer überhaupt nicht mehr dagewesen war. Offensichtlich wollte er Mike nicht nur als schlechten Ehemann darstellen, sondern darüber hinaus auch als schlechten Vater. Er machte Mike zum Vorwurf, daß er Debora erst nach der Peru-Reise seinen Entschluß, sich scheiden zu lassen, mitgeteilt hatte.

»Diese Reise war Ihnen offenbar sehr wichtig, nicht wahr?« fragte Moore.

»Nun, ich glaube, das war sie für uns alle.«

»Aber Sie waren bereit, eine Lüge zu leben, um die Reise nicht zu gefährden, nicht wahr?«

Mike ließ sich nicht in die Enge treiben. »Ich hielt es für das Vernünftigste, meine Frau erst hinterher von meinen Scheidungsabsichten in Kenntnis zu setzen.«

»Sie haben gesagt, daß Debora Green gelegentlich schreckliche Wutanfälle bekam – bei denen sie sich auch einer vulgären, beleidigenden Ausdrucksweise bediente?«

»Das ist richtig.«

»Haben *Sie* sich je vulgärer, beleidigender Ausdrucksweisen bedient?«

»Natürlich.«

»Im Umgang mit Debora Green?«

»Sicher.«

»Dann war auch das nicht ganz einseitig?«

»Nein. Ich denke, ihr Verhalten war viel extremer.«

»Hat sie je Tim, Lissa oder Kelly mit einem Buch geschlagen?«

»Ich kann mich nicht erinnern, gesehen zu haben, daß sie etwas derartiges getan hätte.«

Moore kam auf Mikes Schwierigkeiten mit seinem Sohn zu sprechen. »Ihre Beziehung zu Tim Farrar war nicht besonders gut, nicht wahr?« fragte er.

»In der letzten Zeit – in den letzten Monaten – nicht.«

»In den letzten Monaten vor seinem Tod am 24. Oktober?«

»Ja …«

»Sie haben ausgesagt, er wäre wütend und enttäuscht gewesen, als sie im Januar 1994 auszogen – das war Ihre erste Trennung?«

»Das ist richtig.«

»Und er war glücklich, als Sie dann wieder einzogen?«

»Das war er«, antwortete Mike. »Und seine anfängliche Wut war schnell verflogen.«

»Aber in den letzten Monaten vor seinem Tod war er wieder wütend auf Sie. Ist es nicht so?«

»In den letzten zwei Monaten, ja.«

»Er war auf der Peru-Reise wütend auf sie, nicht wahr?«

»Davon weiß ich nichts.«

»Hat er Ihnen nicht wörtlich gesagt, daß es ihm mißfalle, wie Sie mit heraushängendem Schwanz Celeste Walker hinterhergehechelt seien?«

»Nachdem Debora ihm das eingeredet hatte, ja.« Mike konnte nicht leugnen, daß sein Sohn enttäuscht gewesen war, als er Debora das zweite Mal um die Scheidung gebeten hatte.

»Waren Sie in Ihrer Beziehung zu ihm je gewalttätig?« fragte Moore.

»Leider ja. Das war ich.«

»Erzählen Sie mir davon, Sir.«

»Einmal, als er besonders frech war – es war ein ganz besonders unerfreulicher Abend – packte ich ihn, warf ihn zu Boden und hielt ihn dort fest. Dann sagte er einige sehr unschöne Dinge, und ich zerrte ihn auf sein Zimmer. Während ich ihn ins Zimmer zerrte, schlug er um sich und traf mich an der Nase.«

»Haben Sie seinen Kopf mit solcher Wucht gegen eine Wand geschlagen, daß dort ein Loch entstand?«

»Nicht seinen *Kopf*«, erwiderte Mike Farrar. »Ich drückte ihn mit dem ganzen Oberkörper gegen die Wand, und diese gab dann nach.«

»War das bei derselben Gelegenheit, bei der Tim Sie ins Gesicht geschlagen hat?«

»Nein, das war ein anderes Mal.«

Moore hielt nachdrücklich fest, daß es mindestens in drei Fällen zwischen Mike und seinem Sohn zu Handgreiflichkeiten gekommen war.

»Er hat Ihnen das Nasenbein gebrochen?« fragte Moore.

»Ja.«

Nachdem dieser Punkt geklärt war, stellte Moore Fragen zu den möglichen Ursachen von Mikes rätselhafter Krankheit.

»Sind Sie im Amazonas geschwommen, Dr. Farrar?«

»Ich bin im Amazonas geschwommen.«

»Und haben Sie Mahlzeiten und Nahrungsmittel zu sich genommen, die von Einheimischen in Peru zubereitet worden waren?«

»Ja, das ist richtig.«

»Darunter auch Obst?«

»Ja. Das hat uns vermutlich auch den Durchfall eingebracht.«

Die Verteidigung wechselte sprunghaft von einem Thema zum anderen, um Mike an seinen schwächsten Punkten zu treffen. »Sie sagten, Debora hätte Ihren Kindern abstoßende Dinge erzählt – wie beispielsweise ›Euer Vater ist unterwegs, um drei Frauen zu vögeln‹ ... Entsprach das den Tatsachen?« Morrison erhob Einspruch und meinte, das wäre irrelevant.

»Einspruch abgelehnt.«

»Ob das der Wahrheit entsprach?« nahm Mike die Frage auf. »Nein, es entsprach nicht der Wahrheit.«

Wieder wechselte Moore das Thema. Er fragte, ob Tim Zugang zum Internet hatte.

»Ich glaube nicht.«

»Wissen Sie, ob Tim in der Schule Zugang zum Internet hatte?«

»Das weiß ich nicht.«

»In einem der wissenschaftlichen Fächer vielleicht?«

Mike hatte keine Ahnung. Die Zuschauer im Raum fragten sich, was das Internet mit dem Brand zu tun haben sollte – oder mit der Vergiftung.

Moore begann nun, Mike wegen seiner Affäre mit Celeste in die Mangel zu nehmen. »Die Freundschaft entwickelte sich so rasch, daß Sie, wie Sie aussagten, am 8. Juli Sex mit Celeste Walker hatten. Ist das richtig?«

»Das ist richtig.«

»Zwei Tage nach Ihrer Rückkehr aus Peru?«

»Das stimmt.«

Debora am Tisch der Verteidigung beobachtete Mike. Sie zeigte keine Regung, so wie schon den ganzen Tag, abgesehen von den Tränen, als die Fotos von Tim und Kelly als Beweismittel eingebracht worden waren.

»In diesem Zeitraum von drei oder vier Wochen haben Sie und die Walkers sich gegenseitig zu Partys eingeladen, richtig?«

»Ja, das stimmt.«

»Und haben Sie Celeste Walker auf einer dieser Partys geküßt?«

»Einmal, ja.«

»Und zu diesem Zeitpunkt hatten Sie Ihrer Frau noch nichts von Ihrer Beziehung zu einer anderen Frau erzählt?«

»Das ist richtig.«

»Sie waren nicht sehr ehrlich zu Ihrer Frau, nicht wahr?«

»Ich würde sagen, das stimmt«, erwiderte Mike. Natürlich hatte er Debora seine Affäre mit Celeste nicht gestanden – weder ihr noch sonst jemandem.

»Ist Wahrheit Ihnen wichtig, Dr. Farrar?«

»Ja, Wahrheit ist mir wichtig.«

Moore hatte Mike in eine Ecke gedrängt und ging jetzt zum Angriff über. »Macht es für Sie einen Unterschied, ob sie unter Eid aussagen oder nur mit jemandem sprechen, der Ihnen im Rahmen offizieller Ermittlungen Fragen stellt?«

Mike hatte der Polizei von Prairie Village nichts von seiner Affäre erzählt – jedenfalls nicht gleich. Das bedauerte er nun. Aber Moore hatte sich bereits wieder einem anderen Punkt zugewandt: der ersten angeblich vergifteten Mahlzeit, die Mike zu sich genommen hatte: das Sandwich. »Haben Sie gesehen, wie Debora Green das Sandwich zubereitet hat?«

»Nein, das habe ich nicht. Als ich nach Hause kam, sagte sie, sie hätte es für mich aufbewahrt.«

»Woher kam das Sandwich?«

»Es war mit Hühnchensalat bestrichen, den irgend jemand zubereitet hatte.«

»Den *irgend jemand* zubereitet hatte?«

»Richtig.«

»Sie wissen nicht, wer ihn zubereitet hat, oder?«

»Ich habe nicht gesehen, wie er zubereitet wurde.«

Am 25. August hatte Mike nur acht Stunden zu Hause verbracht, bevor er mit denselben Symptomen wie jenen, die nach dem Verzehr des Hühnchensalat-Sandwiches das erstemal aufgetreten waren, erneut ins Krankenhaus eingeliefert wurde.

»Sie haben ausgesagt, daß Debora Green Ihnen zum Abendessen Spaghetti servierte«, sagte Moore.

»Das ist richtig.«

»Wer hat die Spaghetti zubereitet? Wissen Sie das?«

»Timothy.«

»Sie haben außerdem ausgesagt, daß sie beim drittenmal unten im Keller waren und sich ein Spiel der *Chiefs* ansahen, als Debora Green herunterkam und Ihnen eine Portion Speck mit Bohnen und Maisbrot brachte?«

»Das ist richtig.«

»Wissen Sie, wer diese Mahlzeit zubereitet hatte?«

»Debora.«

»Haben Sie gesehen, wie sie sie zubereitet hat?«

»Ja, das habe ich.«

»Okay. Wo war Tim?«

»Ich weiß nicht, wo Tim war.«

Obgleich Moore Mike mit Fragen zu Tims Aufenthaltsort bombardierte, konnte dieser sich nicht erinnern. »Er hat sich das Spiel nicht angesehen … Ich weiß nicht, wo er war.«

»Sie wissen nicht, ob er oben bei Debora Green in der Küche war, oder?«

»Mag sein, daß er auch einige Zeit in der Küche war.«

Moore hatte in seinem Eröffnungsplädoyer bereits angedeutet, daß Tim das Haus in Brand gesetzt haben könnte; er hatte Tim als »sehr labilen jungen Mann« bezeichnet. War es möglich, daß ein sehr labiler junger Mann, der seinen Vater haßte und ihm bei einer handgreiflichen Auseinandersetzung die Nase gebrochen hatte, sich seiner Mutter gegenüber so sehr in die Beschützerrolle hineinsteigerte, daß er den Plan faßte, den verhaßten Vater zu *vergiften*? Darauf schien Moore hinaus zu wollen.

Mike kochte vor Wut. Er hatte seinen Sohn und seine Tochter verloren. Traurigerweise hatten er und Tim gerade begonnen, sich einander wieder besser zu verstehen, als der Junge starb. Der Gedanke, daß Kansas City und der Rest der Welt glauben könnte, sein eigener Sohn hätte versucht, ihn mit einem tödlichen Gift umzubringen, war ihm unerträglich. Es stimmte einfach nicht. Mike wußte, daß es nicht stimmte. Debora hatte Kastorsamen in ihrer Handtasche gehabt. Nicht Tim.

Moore befragte Mike zu tropischer Psilose. Obgleich er zuvor Einspruch erhoben hatte, als Paul Morrison Mike als Experten zu seiner Krankheit befragt hatte, hatte er beim Kreuzverhör nichts dagegen einzuwenden, daß Mike sich medizinischer Fachausdrücke bediente. Moore wollte hervorheben, daß Mikes Symptome jenen der tropischen Psilose sehr ähnlich waren. Und die Tatsache, daß er erst kurz zuvor von einer Peru-Reise zurückgekehrt war, machte Psilose als Ursprung seiner Erkrankung plausibel – hoffte die Verteidigung.

»Was *ist* tropische Psilose? Was verstehen Sie darunter?«

»Tropische Psilose ist eine Absorptionshemmung, die von einem infektiösen Bazillus hervorgerufen werden kann, obgleich die tatsächliche Ursache oft ungewiß ist«, erklärte Mike. »Für gewöhnlich tritt sie in Teilen Zentralamerikas, sporadisch im Norden Südamerikas und auch in Asien auf. Die Symptome sind gewöhnlich Übelkeit und akuter Durchfall.«

Moore hatte einen Coup gelandet: er brachte den Zeugen dazu, Informationen zu liefern, die er Richter Ruddick zur Kenntnis bringen wollte, obwohl der Zeuge selbst das Opfer war.

»Handelt es sich um eine Erkrankung bakteriellen Ursprungs?«

»Das ist unklar«, antwortete Mike. »Vermutlich, aber genau weiß man das nicht.«

»Wann hat sich bei Ihnen das erstemal der Verdacht geregt, ihre Frau könnte versuchen, Sie zu vergiften?«

»Das erstemal habe ich diese Möglichkeit im August oder September in Erwägung gezogen. Ich weiß nicht genau zu welchem Zeitpunkt, aber irgendwann im Laufe meiner drei Krankenhausaufenthalte fragte ich mich, ob Deb mich vielleicht vergiftet haben könnte.«

»Haben Sie sich auch gefragt, was sie Ihnen verabreicht haben könnte ...?«

»Natürlich.«

»Waren Sie beunruhigt genug, einen Bluttest durchführen zu lassen, um zu sehen, ob in Ihrem Blut vielleicht Spuren irgendeines Giftes nachweisbar waren?«

»Nein, das wäre sinnlos gewesen«, entgegnete Mike.

»Dr. Farrar, Sie haben ausgesagt, daß Sie am 24. September beschlossen, heimlich Deboras Handtasche zu durchsuchen? Ist das richtig?«

»Das ist richtig.«

»Haben Sie sie vorher um Erlaubnis gebeten?«
»Ganz sicher nicht, nein.«
»Haben Sie nur ihre Handtasche durchsucht, oder sich auch noch anderswo umgesehen?«
»Ich habe außerdem in der untersten Schublade des Nachttischs neben ihrem Bett nachgesehen«, antwortete Mike.
»Wonach haben Sie gesucht, als Sie ihre Handtasche durchsucht haben?«
»Ich habe nach etwas gesucht, was sie dazu benutzen könnte, sich umzubringen.«
Moore kam auf Mikes und Celeste Walkers Affäre zurück. »Auf der Peru-Reise war Celeste Walkers Mann nicht zugegen, oder?«
»Nein, er war nicht dabei.«
»War der Name ihres Ehemannes John Walker?«
»Das ist richtig.«
»John Walker ist inzwischen verstorben. Ist das richtig?«
»Das ist richtig.«
»Er wurde am fünften September 1995 tot aufgefunden.«
»Soweit ich weiß, ja.«
»Sie haben ausgesagt, daß Deb nach ihrer Rückkehr aus Peru begonnen habe zu trinken.«
»Nachdem ich ihr mitgeteilt hatte, daß ich die Scheidung wollte.«
»Sie haben ausgesagt, daß Sie ihrer Stimme manchmal anhören konnten, ob sie getrunken oder Medikamente eingenommen hatte?«
»Ja, das ist richtig.«
»Können Sie mir die Wirkung von Klonopin erläutern?« Wieder behandelte Moore Mike wie einen Arzt, verlangte von ihm ein medizinisches Urteil. Morrison entging dies nicht, aber er ließ den Verteidiger gewähren.

»Wenn jemand eine Überdosis Klonopin einnimmt«, beantwortete Mike die Frage, »kann dies besagte Symptome hervorrufen.«

Moore ging es vor allem darum, das Kreuzverhör damit zu beenden, daß er Mike als untreuen Ehemann bloßstellte, der ein Leben voller Lügen geführt hatte. »Erinnern Sie sich, daß Sie Detective Burnetta gesagt haben, Sie hätten eine Affäre mit Celeste Walker, die jedoch erst nach dem Tod ihres Mannes begonnen hätte?«

»Ja, ich erinnere mich«, antwortete Mike.

»Das war gelogen, nicht wahr?«

»Das war eine Lüge, ja.«

»Wir haben inzwischen festgestellt, daß Ihr Verhältnis mit Celeste Walker bereits zwei Monate vor dem fünften September begonnen hat. Ist das richtig? Am achten Juli?«

»Das ist richtig.«

»Haben Sie John Walker je erzählt, daß Sie Sex mit seiner Frau hatten?«

»Natürlich nicht.«

»Sie haben damals mit einer Lüge gelebt, nicht wahr, Dr. Farrar? ... Ganz sicher waren Sie Debora Green gegenüber nicht ehrlich, was Ihre Beziehung mit Celeste Walker anbelangte, richtig?«

»Das stimmt.«

Morrison machte sich bereit, Einspruch zu erheben. Mike hatte bereits mehrmals zugegeben, daß er es vorgezogen habe, der Polizei zu verschweigen, wie lange er und Celeste liiert gewesen waren, und Moore trat diesen Punkt der Aussage unnötig breit.

»Haben Sie und Celeste Walker sich abgesprochen, was Sie der Polizei sagen wollten, falls diese sie je dazu befragte?«

»Wir haben darüber gesprochen. Ich glaube aber nicht, daß wir uns *abgesprochen* haben.«

»Nein, natürlich nicht«, sagte Moore in leicht sarkastischem Tonfall. »Sie haben nicht gesagt: ›Wir sprechen uns ab und belügen die Polizei‹, nicht wahr?«

»Nein.«

»Aber Sie haben darüber gesprochen, was Sie der Polizei sagen würden – und was Sie der Polizei erzählen wollten, entsprach nicht der Wahrheit, oder?«

»Nun, es war nicht die ganze Wahrheit.«

Morrison erhob Einspruch. Die Fragen der Verteidigung wären nicht ganz klar; er würde gerne wissen, worauf Moore hinaus wolle. Richter Ruddick ermahnte Moore, seine Fragen auf den Tag zu beschränken, an dem die Affäre zwischen Mike und Celeste begann.

Mike gab zu, daß sie gehofft hatten, sie könnten nach außen glaubhaft machen, ihre Beziehung hätte erst nach Dr. John Walkers Tod begonnen. Sie hatten beide nicht geahnt, wie gründlich, wie eindringlich die Fragen von Ermittlungsbeamten in einem Mordfall sein konnten. Aber welche Absicht verfolge Moore? Suchte er ein Motiv? Oder wollte er Mike einfach nur als notorischen Lügner darstellen?

Moore versuchte erneut, Tim mit der Vergiftung und dem Feuer in Zusammenhang zu bringen. Offenbar wollte er die Möglichkeit aufzeigen, daß Tim beide Verbrechen habe begehen können, um von Debora abzulenken.

Dann beendete Moore das Kreuzverhör.

Paul Morrison wollte nur auf zwei Punkte zurückkommen. Zum einen wollte er sichergehen, daß Richter Ruddick auch bewußt war, daß, obgleich Mike erst am 18. August ins Krankenhaus gekommen war, die Symptome sich bereits eine Woche zuvor eingestellt hatten. Zweitens stellte er Mike Fragen, die hervorhoben, daß es keine Rolle spielte, wer die mutmaßlich vergifteten Speisen *zubereitet* hatte; von Bedeutung war allein, wer sie Mike *serviert* hatte.

Schließlich, nach fast fünf anstrengenden Stunden,

durfte Mike den Zeugenstand endlich wieder verlassen. Mancher im Zuschauerraum meinte, er wäre nicht emotional genug gewesen; den Leuten wäre es offenbar lieber gewesen, wenn er im Zeugenstand geweint hätte. Er hatte zugegeben, seiner Frau untreu gewesen zu sein, aber andererseits hatte diese Ehe nach einem ziemlichen Tollhaus geklungen. Ein Mann im Zuschauerraum sagte leise: »Wer könnte ihm seine Untreue verübeln?«, was ihm einen strafenden Blick von der Frau an seiner Seite einbrachte.

34

Montag, der 29. Januar, war ein sehr langer Tag im Gericht. Der Staat rief eine lange Reihe von Zeugen auf, die bestätigten, daß Debora eine Frau war, deren Verhalten sie nicht nur zur Hauptverdächtigen im Todesfall ihrer Kinder machte, sondern auch was die wiederholten Vergiftungen ihres Mannes anbelangte. Sergeant Wes Jordan und Officer Kyle Shipps sagten zu der Nacht des 25. September 1995 aus, in der sie Debora stark alkoholisiert erlebt hatten, während ihre Familie verzweifelt und in Tränen aufgelöst war. Shipps hatte sie zur Notaufnahme ins Krankenhaus gebracht und dort mit Mike zusammen gewartet, während sie untersucht wurde. Später hatte er dann noch einmal losfahren müssen, um sie zu suchen, da sie unbemerkt zu Fuß aus der Klinik verschwunden war.

Mike hatte Shipps eine Plastiktüte ausgehändigt, die mehrere Tütchen Samen, Kaliumchlorid, Jod und einige Spritzen enthielt; Shipps hatte die Tüte behalten, bis er um sechs Uhr am nächsten Morgen auf der Polizeiwache von Prairie Village zurückgekehrt war. Er hatte die Beweismitteltüten, in die er die verschiedenen Gegenstände gepackt hatte, mit seinen Initialen versehen. Er identifizierte die Initialen auf den Beweisstücken 6-B, 6-C und 6-D. Shipps hatte sich darüber hinaus im Wartezimmer des Krankenhauses eine Aussage von Mike geben lassen.

Paul Morrison fragte Officer Shipps, wie Debora sich verhalten hätte, als er sie in den frühen Morgenstunden nach langer Suche wiedergefunden hatte. »In welcher Gemütsverfassung befand sie sich – war sie ruhig?«

»Sie reagierte sehr sprunghaft, von ruhig bis aufbrausend.«

»Würden Sie dem Richter bitte einige Einzelheiten des Benehmens schildern, das Debora Green im Wartezimmer der Notaufnahme an den Tag legte?«

»In Abständen regte Dr. Green sich darüber auf, daß sie so lange warten mußte ... Einweisungen nehmen ganz allgemein immer ziemlich viel Zeit in Anspruch.«

»Und was tat sie, wenn sie der Frust überkam?«

»Sie schlug sich mit den Fäusten an den Kopf. Sie biß sich in die Hände und schlug den Kopf gegen die Wand.« Shipps erzählte des weiteren, Debora hätte angefangen ›sehr laut‹ herumzuschreien und ihren Mann unflätig zu beschimpfen.

Leighann Stahl, die stellvertretende Filialleiterin des Earl-May-Gartencenters, sagte als nächstes aus und berichtete von ihrer Begegnung mit der Frau, die sie als Debora Green identifiziert hatte. Sie konnte sich noch gut an die Kundin erinnern, weil diese eine größere Bestellung Samen abgeholt hatte.

»Was sagte sie, wofür sie die Samen bräuchte?« fragte Morrison.

»Sie sagte, sie bräuchte sie für ein Schulprojekt.«

»Und wie alt war die Frau?«

»Etwa ... ich weiß nicht ... vielleicht so Mitte Vierzig.«

»Dünn, vollschlank, dick, mittelschwer?«

»Mittelschwer, vielleicht ein wenig korpulent.«
»Hatte sie helles oder dunkles Haar? Oder Mittel?«
»Das Haar war mittelbraun.«
»War es lang oder kurz?«
»Es hatte in etwa Kinnlänge.«
»Wenn Sie die Frau wiedersähen, würden Sie sie wiedererkennen?«
»Mit ziemlicher Sicherheit.«
»Befindet sich diese Person heute hier im Gerichtssaal?«
»Ja.«
»Würden Sie bitte auf sie zeigen?«

Leighann Stahl zeigte auf Debora, woraufhin Kevin Moriarty aufstand und Einspruch erhob. Er bezeichnete die Identifizierung als Witz. »Sie haben ihr vorab Fotos der Angeklagten gezeigt«, fuhr er fort. In dem Bericht steht, daß sie die Angeklagte auf diesen Fotos nicht identifizieren konnte.

»Sie haben ihr Fotos vorgelegt. Wie sollte die Zeugin die Angeklagte da heute nicht identifizieren können? Das ganze ist lächerlich.«

»Euer Ehren«, widersprach Morrison, »ich werde versuchen, sachlich zu bleiben. Nur für das Protokoll möchte ich darauf hinweisen, daß der Zeugin im Oktober verschiedene Fotos vorgelegt wurden und sie die Angeklagte identifizierte. Seitdem wurden ihr keine weiteren Fotos gezeigt.«

Richter Ruddick lehnte Moriartys Einspruch ab.

Der Kassenbon wurde als Beweisstück vorgelegt: zehn Tütchen Pflanzensamen zu je 1 Dollar 29. Auf der ganzen Kassenrolle war kein zweiter Vorgang über eine solch Menge Samenpäckchen. Obgleich dem Bon nicht zu entnehmen war, um welche Art von Samen es sich handelte, konnte Stahl sich noch genau an den Vorgang erinnern. Kastorsamen waren giftig, und für Kastorsamen war keine Pflanzzeit.

Moriarty gab sich alle Mühe, Stahls Aussage unglaubwürdig erscheinen zu lassen. Sie konnte sich nicht an das exakte Datum erinnern, an dem die Polizeibeamten sie befragt hatten. Sie sagte, es könnte ebensogut Ende Oktober wie Anfang November gewesen sein.

»Im Polizeibericht steht, daß die Beamten am 30. Oktober Zeugen befragt haben«, sagte Moriarty. »Das paßt also in den von Ihnen angegebenen Zeitraum?«

»Ja.«

Stahl gab zu, daß, als die Polizei sie auf den Vorgang ansprach, sie sich nicht gleich daran erinnern konnte. Erst nachdem sie angestrengt nachgedacht hatte, war ihr die Frau mit der merkwürdigen Bestellung wieder eingefallen. Sie hatte sich erst bei der zweiten Anfrage seitens der Polizei an den Verkauf erinnert.

Stahl war eine gute Zeugin und ließ sich nicht aus der Ruhe bringen. Sie kannte sämtliche Vermerke auf den Kassenbons. Sie wußte, daß ein ›z‹ für ihre Filiale stand. Sie hatte, erst nachdem sie Debora anhand der ihr vorgelegten Fotos identifiziert hatte, in den Nachrichten Berichte über den Brand in Prairie Village gesehen.

»Ich habe ihre Verhaftung im Fernsehen gesehen«, sagte sie.

»Können Sie sich erinnern, im August eine größere Menge Kastorsamen verkauft zu haben?«

»Nicht im August ...«

»Wie viele Samen befinden sich in jedem Päckchen?« fragte Moriarty.

»Ich würde schätzen an die fünfzehn.«

»Haben Sie je einen Kastorsamen gesehen?«

»Ja.«

»Würden Sie uns sagen, wie ein solcher Samen aussieht?«

»Der Samen ... ich weiß nicht. Wie eine Chilibohne würde ich sagen ...«

»Wenn ich sie wie folgt beschreiben würde«, entgegnete Moriarty, »hellbraun, etwa so groß wie ein Zehn-Cent-Stück und mit dunkelbraunen Punkten, wäre das in etwa korrekt?«

»Ich würde die Punkte eher rötlich nennen, aber ansonsten ja.«

»Sind Sie mit der Pflanze vertraut?«

»Ja.«

»Ich würde meinen, daß es sich bei dieser Pflanze nicht viel anders verhält als bei anderen Pflanzen. Ich meine, man könnte sie doch bestimmt auch im Haus ziehen?«

»Ich denke, das wäre möglich.«

»Würde irgend etwas dagegen sprechen?«

»Aufgrund der Größe, die die Pflanze erreicht, wäre es schwierig, einen Topf zu finden, der nicht umkippt. Da brauchte man schon einen sehr großen Kübel.«

»Und hiervon einmal abgesehen?«

»Möglicherweise spezielles Pflanzenlicht, aber sonst ...«

»Keine weiteren Fragen«, schnitt Kevin Moriarty ihr das Wort ab. »Danke.«

Die Zuschauer durften sich fragen, ob Tim vorgehabt hatte, für ein Schulprojekt Kastorsamen zu pflanzen. Seine Mutter hatte genügend Samen für dreihundert Pflanzen gekauft – Pflanzen, die höher geworden wären als seine Zimmerdecke. Hatte seine Mutter für dieses seltsame Experiment auch Pflanzenlampen gekauft? Oder hatte sie sich die Samen besorgt, um sie zu mahlen und das tödliche Gift im Inneren zu gewinnen?

Anhörungen und Prozesse in Kansas sind knapp und effizient, ganz anders als die endlosen Verzögerungen und langatmigen tagelangen Aussagen einzelner Zeugen, die in Kalifornien routinemäßig zu Anhörungen und Prozessen dazugehören. Bei dieser ersten Anhörung des Staates

Kansas hatten am späten Nachmittag bereits vier Zeugen ihre Aussage gemacht. Morrison rief die letzte Zeugin des Tages auf: Velma Farrar, Mikes Mutter.

Velma Farrar, eine pensionierte Grundschullehrerin, war zwar alt genug, um einen vierzigjährigen Sohn zu haben, sah jedoch nicht danach aus. Sie war sehr groß, ihr langes Haar lag perfekt, und sie hatte die Figur einer viel jüngeren Frau. Es drängte sich einem sofort der Eindruck auf, daß Velma und ihre Schwiegertochter nicht mehr gemeinsam haben konnten als den Umstand, daß sie beide einen Sohn und zwei Töchter geboren hatten. Mike hatte gesagt, sie hätten sich durchaus bemüht, miteinander auszukommen, nur leider hat es nie zwischen ihnen funktioniert.

Morrison fragte Velma nach den Namen ihrer Kinder.

»Michael Farrar ... Vicki Farrar und Karen Beal«, entgegnete sie. Ihre Töchter waren beide verheiratet; Velma und William Farrar selbst seit 42 Jahren. Sie lebten, wie sie sagte, »nördlich des Flusses.«

»Also, als erstes möchte ich wissen, ob Sie am 25. September des vergangenen Jahres einen Anruf erhalten haben und gebeten wurden, als Babysitter einzuspringen?« begann Morrison.

»Ja ... Ich lag schon im Bett und habe gelesen ... es war zwischen acht und neun Uhr am Abend.«

»Wer war am Apparat?«

»Michael ... Er sagte, er bräuchte sofort unsere Hilfe.«

»Sagte er auch, warum?«

»Er sagte, er wolle Debbie gegen ihren Willen ins Krankenhaus einweisen lassen.«

»In welcher Verfassung war er, als er Sie anrief?«

»Er weinte ... Er war ganz durcheinander.«

Velma erklärte, daß sie und Bill sich sofort auf den Weg machten, um sich um Tim, Lissa und Kelly zu kümmern. Als sie am Canterbury Court eintrafen, waren Debora und

Mike bereits fort; ihre Tochter Karen war bei den Kindern. Eine Ärztin rief aus dem Krankenhaus an, um mit Tim zu sprechen. »Ich brachte ihm das Telefon nach oben«, sagte Velma.

Sie hatte das Gespräch nicht mitgehört. Das mußte der Anruf von Dr. Pam McCoy gewesen sein, die versucht hatte, sich ein Bild von Deboras Verhalten in der letzten Zeit zu machen.

»Ich werde jetzt einen Zeitsprung machen, wenn Sie gestatten«, sagte Morrison. »Haben Sie einen Brief gelesen, der an jenem Abend auf der Arbeitsplatte in der Küche lag?«

»Ja, ich habe den Brief gelesen, der dort lag«, entgegnete sie.

»War der Brief maschinell hergestellt, ich meine, war er getippt oder gedruckt?«

»Nein, er war auf einem Block geschrieben, wie man sie in einem Hotel ausliegen hat ...«

»Haben Sie die Handschrift wiedererkannt?«

»Ja ... es war Debbies Handschrift.«

Velma hatte den Brief gelesen. »Ich kann mich nicht an alle Einzelheiten erinnern, aber der Brief war so aufgesetzt, als wäre er von einem Freund geschrieben. Der Adressat lautete ›Dr. Farrar‹, und unterschrieben war er mit ›Ein Freund‹. Der Brief sollte Mike von seinem Vorhaben abbringen, sich von Debbie scheiden zu lassen.«

»Erinnern Sie sich an den Inhalt des Briefes?«

»Diese Person – dieser Freund – schrieb, daß die Kinder im Falle einer Scheidung keine BOTARs würden. Der Autor des Briefes gehörte angeblich dem Komitee an, welches die BOTARs auswählten, und erklärte, gewöhnlich kämen Kinder aus zerrütteten Familienverhältnissen für sie nicht in Frage ...«

Velma erinnerte sich an noch ein weiteres Argument gegen eine Scheidung. »Da stand, es handle sich vermutlich nur um eine Midlife-crisis, auf die auch wieder bessere Zeiten folgen würden.« Sie hatte den Brief sonderbar gefunden, aber andererseits war ihr an diesem Abend so manches merkwürdig erschienen. Sie hatte den Brief auf dem Küchentresen liegen lassen.

Dennis Moore nahm Mikes Mutter ins Kreuzverhör. »Hatte Mike Ihnen gegenüber schon vor diesem Abend seine Eheprobleme erwähnt?«

»Nein, vor jenem Abend wußte ich nichts von einer Ehekrise. Ist es das, was Sie wissen wollten?«

»Ja, Ma'am.«

»Nein«, sagte Velma, »ich wußte nichts davon.«

»Mike hatte Ihnen also vor dem 25. September, als sie kamen, um auf die Kinder aufzupassen, und den Brief fanden, nie erzählt, daß er und Debbie Probleme hatten?«

»Er hat am Telefon gewisse Probleme erwähnt.«

»Aber das war am Abend des 25. September, nicht wahr? Hatte er vor diesem Abend je davon gesprochen, daß er sich von Debbie scheiden lassen wolle?«

»Nein. Aber meine Eltern waren beide sehr krank. Sie sind zwischenzeitlich beide verstorben, wissen Sie. Und ...« Moore schnitt ihr das Wort ab, und Paul Morrison bat darum, daß man Mrs. Farrar gestattete, den Satz zu beenden.

»Führen Sie Ihren Satz nur zu Ende«, forderte Richter Ruddick Velma lächelnd auf.

»Sie wollten mich schonen, weil ich die meiste Zeit bei meinem Vater verbrachte. Meine Eltern sind beide innerhalb von nur zwölf Wochen gestorben.«

»Mrs. Farrar«, fuhr Dennis Moore fort, »hat Mike Ihnen nach seiner Rückkehr aus Peru von einer Affäre mit einer anderen Frau erzählt?«

»Nein, das hat er nicht.«

»Ich glaube, Sie haben gegenüber einem der Polizeibeamten durchblicken lassen, daß Debbie sehr aufbrausend und unbeherrscht wäre. Ist das richtig?«

»Ja.«

»Aber Sie haben der Polizei auch gesagt, daß sie die Kinder bei ihren Wutausbrüchen nie angerührt hat. Stimmt das?«

»Jedenfalls wüßte ich von keinem Vorfall, bei der sie die Kinder im Zorn geschlagen hätte.«

Velma Farrar wurde aus dem Zeugenstand entlassen. Obgleich sie im Zeugenstand ihre Würde bewahrt hatte, war offensichtlich, daß sie sich gedemütigt fühlte angesichts der Tragödie, die so plötzlich und ohne Vorwarnung über die Familie hereingebrochen war. Sie hatte damit gerechnet, ihre Eltern zu verlieren, hätte sich aber nicht träumen lassen, daß zwei ihrer Enkelkinder noch vor ihr sterben würden.

Es war fast 15 Uhr. In den Straßen draußen vor dem Gericht von Johnson County war es schon dunkel. Einige der Reporter und Zuschauer grübelten auf dem Heimweg darüber nach, was für ein schlimmes Jahr 1995 für die Familien Farrar und Jones gewesen war: Scheidung, Selbstmord, Krebs, Mord, Brandstiftung, Vergiftung. Mike hatte innerhalb von nur drei Monaten seine Großeltern mütterlicherseits und zwei seiner Kinder verloren und wäre beinahe selbst gestorben. Deboras Mutter war krank, versuchte aber dennoch, ihrer Tochter beizustehen. Und Debora selbst wurde gleich mehrerer Verbrechen beschuldigt.

Celeste Walker wartete auf Mike, um zu erfahren, wie es vor Gericht gelaufen war. Alle anderen sahen sich die Zusammenfassung der Anhörung in den Abendnachrichten an. Es gab Interviewausschnitte mit Paul Morrison, Dennis Moore und Kevin Moriarty; Archivaufnahmen von dem Brand, die zum zehnten Mal gezeigt wurden, sowie Filmmaterial aus dem Gerichtssaal, das eine scheinbar unbewegte Debora Green am Tisch der Verteidigung zeigte.

35

Bei Morgengrauen am Dienstag, dem 30. Januar, waren es in Olathe zwei Grad, und es wurden für den Tag höchstens elf Grad erwartet. Dieser Vormittag war den Aussagen zu medizinischen Aspekten des Falles vorbehalten. Dr. Regina Beth Henry, Spezialistin für Infektionskrankheiten, war eine zierliche hübsche junge Frau. Sie beantwortete Paul Morrisons Fragen zu Mikes Behandlung und den rätselhaften Aspekten seiner Krankheit. In der Nacht des 18. August war er dem Tode nah gewesen.

»Am 18. August«, sagte sie aus, »berichtete eine Krankenschwester, daß er sehr schwach sei – tatsächlich fast bewußtlos – und sein Blutdruck stark abgefallen wäre.« Zum Zeitpunkt dieses Zwischenfalls wurde gerade eine Zählung der weißen Blutkörperchen vorgenommen. Früher am Tag war die Zahl merklich erhöht gewesen – sie lag bei etwa 17 000. Und dann am Abend ... lag die Zahl der weißen Butkörperchen bei weniger als 3000, also ein krasser Abfall, was gewöhnlich auf eine Blutvergiftung hindeutet.

»Wir waren nie so ganz zufrieden mit unserer Diagnose, weil sie ehrlich gesagt zu keinem uns bekannten Krankheitsbild so recht passen wollte«, sagte Dr. Henrys.

»Haben Sie Dr. Farrar auf die Möglichkeit einer Vergiftung hin untersucht?«

»Nein, das haben wir nicht. Wir hatten keine Veranlassung, eine Vergiftung zu vermuten.«

»Weil niemand Sie auf diese Möglichkeit hingewiesen hat?«

»Ja. Wir hatten keine Ahnung, daß es in seinem Leben Probleme gab, die eine solche Vermutung nahegelegt hätten.« Außerdem, erklärte sie zu einem späteren Zeitpunkt ihrer Aussage, daß sie keine Giftexpertin wäre.

Dr. Henry sagte aus, daß Peru in Abhandlungen über tropische Psilose nicht erwähnt wurde und daß auch in jenen Gegenden, wo diese Erkrankung vorkam, die infizierten Personen längere Zeit vor Ort gewesen waren.

Typhoides Fieber paßte auch nicht so recht ins Bild. »Obgleich es sich um eine akute Infektion handelt, führt sie nicht zu einer massiven Vermehrung der weißen Blutkörperchen.« Dr. Henry war der Überzeugung, daß Mike während seiner drei Krankenhausaufenthalte mehr als einmal septisch gewesen war.

Dr. Pam McCoy, die Notfallärztin des KU Medical Center, sagte als nächstes aus.

In der Notaufnahme des Krankenhauses ist für gewöhnlich viel los, aber Dr. McCoy erinnerte sich noch gut an den Abend des 25. September. An diesem Abend war ihre ehemalige Kollegin vom Trinity Lutheran Hospital zwecks eventueller Einweisung in die Psychiatrie zu ihr gebracht worden. Zuerst, sagte Dr. McCoy, hätte Dr. Green, obwohl sie ›schlecht‹ aussah und nach Alkohol roch, auf sie keinen gestörten Eindruck gemacht.

Dr. McCoy konnte Debora nicht zwingen, mit einem Psychiater zu sprechen; sie mußte sich an dieselben Regeln halten wie die Polizei. Stellte Debora eine Gefahr für sich und andere dar? »Es ist nicht unbedingt falsch, wenn man bei einer heftigen Auseinandersetzung mit dem eigenen Ehemann sehr wütend wird und sich dann eine halbe Flasche Wein genehmigt«, sagte sie. »Wenn bei jedem Ehestreit einer der Partner zu uns gebracht würde, wäre die Notaufnahme ständig überlaufen …«

Als jedoch Mike eingetroffen war, hatte Debora ihn angespuckt und ihn beschimpft. »Ich habe versucht, sie zurückzuhalten, weil ich fürchtete, sie würde ihm gegenüber handgreiflich werden …«

Pam McCoy hatte auch die schreckliche Drohung

gehört, die Debora ihrem Mann entgegengeschrien hatte. »Und dann sagte sie: ›Die Kinder bekommst du nur über unsere Leichen‹.«

»Haben Sie diese Kastorsamenpäckchen je gesehen?« fragte Morrison.

»Ja.«

»Haben Sie Debora Green irgendwann im Laufe des Abends die Tütchen gezeigt?«

»Wir haben darüber gesprochen, weil ich wissen wollte, wie Dr. Farrar darauf käme, daß sie suizidgefährdet wäre. Zu den Kastorsamen sagte sie sinngemäß: ›Meine Güte, jetzt kann man nicht einmal mehr Pflanzensamen kaufen, ohne daß sich jemand daran stört‹.«

Kastorsamen sind in Kansas etwas völlig Alltägliches. Dr. McCoy erklärte, daß es sehr schwierig sei, das Gift von den Samen zu extrahieren. »Wenn jemand bei uns anruft und sagt: ›Mein Kind hat einen Kastorsamen verschluckt‹, regen wir uns nicht weiter auf, weil der giftige Kern von einer sehr harten Hülle umgeben ist ... Gewöhnlich wird der Samen intakt wieder ausgeschieden ...« Nein, solange ein Kind den Samen nicht gekaut hatte, war es nicht weiter schlimm. »Und da ist noch etwas«, sagte Dr. McCoy. »Ich sagte mir, daß diese Art der Vergiftung mit heftigem Erbrechen und schwerem Durchfall einhergeht, und wer will sich schon zu Tode entleeren? Ich meine – Erbrechen und Durchfall sind keine Art, sich umzubringen. Ein Arzt würde einen angenehmeren Tod finden.«

Dr. McCoy hatte rötlichbraunes Haar, einen schönen Teint und eine sachliche Art. Sie arbeitete schon zu lange in der Notaufnahme, als daß sie noch irgend etwas hätte überraschen können. Sie hatte gelernt, eine neutrale Person hinzuzuziehen, wenn sie es mit zwei streitenden Parteien zu tun hatte. Darum hatte sie auch Tim angerufen, das älteste

Kind des Paares. Er hatte zugegeben, daß er beunruhigt war.

»Was hat Tim Ihnen wortwörtlich gesagt?« fragte Morrison trotz Kevin Moriartys Einspruch.

»Nun«, sagte Dr. McCoy, »als ich ihn fragte: ›Was ist los mit deiner Mom?‹, sagte er: ›Sie war in letzter Zeit sehr traurig und durcheinander. Sie ist schon mehrere Tage nicht mehr aufgestanden und liegt einfach nur im Bett.‹ Und er sagte: ›Sie trinkt zur Zeit ziemlich viel.‹ Er erzählte mir, daß er Alkoholflaschen vor ihr versteckt hätte, weil sie solche Unmengen Schnaps in sich hineinschütten würde. Er sagte: ›Die großen Flaschen, die man im Großmarkt bekommt.‹«

»›Tim, glaubst du, deine Mutter könnte sich etwas antun?‹«, erinnerte sich Dr. McCoy gefragt zu haben. »Er sagte, daß er glaube, sie wäre so traurig, daß sie sich vielleicht etwas antun könnte. ›Ich weiß, daß sie so viel getrunken hat, daß sie in der Lage wäre, sich etwas anzutun‹, sagte er.«

Dr. McCoy hatte Tim gefragt, ob er jemals Angst um sich oder seine jüngeren Schwestern gehabt habe. Diese Frage stellte sie immer, weil sie sich Sorgen mache um Kinder streitender Ehegatten. Manchmal waren die Erwachsenen so mit ihren eigenen Gefühlen beschäftigt, daß sie darüber die Kinder vergaßen.

»Er sagte, im Augenblick wäre alles in Ordnung, weil jemand da wäre, der sich um sie kümmern würde. Und ich sagte: ›Hast du Angst um dich selbst?‹ und er antwortete: ›Na ja, manchmal habe ich schon Angst.‹«

Debora hatte geleugnet, daß sie suizidgefährdet sei, aber ihr Sohn hatte Angst um sie. Das genügte, um Dr. McCoy zu überzeugen. Sie veranlaßte, daß Debora untersucht wurde.

»Tims Hauptsorge war also, daß Debora Green sich etwas antun könnte?« frage Moriarty Dr. McCoy beim Kreuzverhör.

»Ja, er antwortete, daß er befürchte, sie könnte sich das Leben nehmen.«

Moriarty schloß sein Kreuzverhör mit einer Frage ab. »Als Sie Dr. Green fragten, ob sie suizidgefährdet sei, hat sie deutlich erwidert, daß dem nicht so wäre und sie zu Haus bleiben wolle, um sich um die Kinder zu kümmern. Ist das richtig?«

»Genau das hat sie gesagt«, stimmte Dr. McCoy zu.

Bei seiner zweiten Befragung erkundigte sich Morrison nach dem Kaliumchlorid. »Hierbei handelt es sich um eine Substanz, die in Krankenhäusern ganz alltäglich ist, richtig?«

»Absolut … Es handelt sich um ein Infusionsadditiv. Es wird Patienten mit starkem Flüssigkeitsverlust oder auch bei anderen Indikationen verabreicht …«

»Man würde sich aber kein Kaliumchlorid spritzen, um sich zu berauschen?«

»Nein. Tatsächlich brennt es ziemlich, wenn man es spritzt. Es direkt zu injizieren wäre sehr schmerzhaft. Es muß also in großen Infusionsflaschen verdünnt werden.«

Morrison fragte Dr. McCoy, warum sie sich nach dem Zwischenfall mit Debora und Mike Farrar in der Nacht des 25. September so umfangreiche Notizen gemacht habe. »Ich habe mir diese Notizen gemacht, weil ich beunruhigt war, nachdem Dr. Green aus der Notaufnahme verschwunden war«, antwortete sie. »Ich sagte mir, daß die Lage tatsächlich schlimmer war, als ich ursprünglich angenommen hatte. Ich dachte, nun ja, auf mich machte es keinen sehr guten Eindruck, daß sie einfach so verschwunden war. Ich sagte mir: ›Vielleicht bringt sie sich ja tatsächlich um.‹ Ich hatte wirklich Angst davor, was in dieser Nacht noch alles passieren würde … Offen gesagt rechnete ich damit, bei einem sehr schmutzigen Scheidungs- und Sorgerechtsprozeß als Zeugin geladen zu werden. Und da wollte ich exakt festhalten, was passiert war und was jeder einzelne gesagt hatte.«

»Apropos schmutzige Scheidung«, fuhr Morrison fort, »wer von beiden Eheleuten hat geschrien? Debora Green oder Michael Farrar?«

»Dr. Green hat Dr. Farrar angeschrien.«

»Und wer wurde beleidigend?«

»Dr. Green.«

»Wer hat Drohungen ausgestoßen? Debora Green oder Dr. Farrar?«

»Dr. Green.«

»Keine weiteren Fragen.«

Kevin Moriarty nahm das Kreuzverhör wieder auf.

»Daß sie ihren Mann anschrie und beschimpfte war nur Ausdruck ihrer Frustration in jener Nacht, ist das richtig?«

Natürlich erhob Paul Morrison Einspruch. »Das kann die Zeugin nicht wissen.«

Richter Ruddick lehnte zweimal seinen Einspruch ab.

»Dr. Farrar hatte eine Affäre mit einer anderen Frau; er hatte seiner Frau mitgeteilt, daß er die Scheidung wollte«, fuhr Moriarty fort. »Ich denke, daß man als Frau seinen untreuen Ehemann durchaus beschimpfen könnte, oder?«

Dr. McCoy blickte zu ihm herab. »Ich denke, daß, wenn Dr. Green sehr wütend auf Dr. Farrar war, weil er ein Verhältnis hatte und die Scheidung wollte, ihre Reaktion nachvollziehbar war.«

»Und es war Dr. Farrar, der veranlaßt hatte, daß sie ins Krankenhaus gebracht wurde, nicht wahr?«

»Soviel ich weiß, ja. Die Polizei sagte mir, Dr. Farrar hätte sie zur Hilfe gerufen.«

Schließlich durfte Dr. McCoy den Zeugenstand wieder verlassen. Sie hatte befürchtet, bei einem schmutzigen

Scheidungs- und Sorgerechtsprozeß aussagen zu müssen und hatte damals nicht ahnen können, daß sie statt dessen als Hauptzeugin in einem Prozeß aussagen sollte, bei dem Debora Green des Doppelmordes sowie des versuchten Mordes in zwei Fällen angeklagt sein würde.

Der 30. Januar war den Experten vorbehalten, die in ihren Ausführungen viele medizinische Fachausdrücke verwandten. Die Reporter buchstabierten die langen, fremdartigen Begriffe so gut es ging, um sie später in einem medizinischen Wörterbuch nachzuschlagen. Solche Aussagen waren in einem Prozeß, in den zwei Ärzte verwickelt waren, nicht überraschend. Die Journalisten wurden auf eine besonders harte Probe gestellt, als Drew Campbell Richardson vom FBI-Labor erläuterte, was Rizinus eigentlich war und warum es im menschlichen Körper so schwer nachweisbar war. Aber am wichtigsten war wohl die Frage, ob es ihm nun gelungen war, in Dr. Farrars Blut Rizinus-Antikörper nachzuweisen.

Richardson hatte Abschlüsse in Chemie, Physiologie und Pharmakologie und war seit 1978 als Ermittler beim FBI-Labor in Washington, DC, beschäftigt. »Außerdem bin ich Programm-Manager des Atom-, Biologie-, Chemie- und Antiterror-Programms des FBI.«

»Wie lange sind Sie schon Programm-Manager?« fragte Morrison.

»Seit etwa drei, vier Monaten ... Ich bin seit März vergangenen Jahres, seit dem Giftgasanschlag in der Tokioter U-Bahn, in einer leitenden Position innerhalb des Programms. Ich reiste zweimal nach Japan und war auf internationaler und nationaler Ebene mit verschiedenen Fällen betraut ... Ich werde auch eingeschaltet, wenn Terroristen mit dem Einsatz chemischer oder biologischer Waffen drohen.«

Richardson besaß mehr als nur flüchtige Kenntnisse über Rizinus. Er besaß Insider-Informationen zu dem Fall in Arkansas, bei dem der Mann, der des Rizinusschmuggels angeklagt worden war, sich im Gefängnis erhängt hatte.

»Was ist Rizinus?« frage Morrison, wohl wissend, daß die Antwort für die meisten Anwesenden ein Buch mit sieben Siegeln sein würde.

»Rizinus ist ein Protein«, begann Richardson. »Genauer gesagt, handelt es sich um ein zweikettiges Protein mit einem Gewicht von zirka 65 000 Dalton oder Einheiten atomarer Masse. Sie fragen sich vielleicht, was 65 000 Einheiten Atommasse bedeutet. Um Ihnen die Bedeutung dieser Information zu verdeutlichen, möchte ich hervorheben, daß bekanntere Drogen wie Kokain, Heroin oder Marihuana ein Molekulargewicht von etwa *300* Einheiten Atommasse aufweisen. Wir sprechen hier also von einer sehr großen Masse. Und diese Masse findet man reichlich in der Kastorsamenpflanze ...«

»Ist Rizinus für den Menschen tödlich?« wollte Morrison wissen.

»Ja, es ist extrem toxisch.«

»Was heißt das?«

»Die Toxizität von Rizinus ist abhängig von der Art der Einnahme. Es gibt mehrere Möglichkeiten, Rizinus aufzunehmen. Über die Atemwege, oral ... intramuskulär oder auch subkutan; die Toxizität ist schon bei einer Menge von wenigen Mikrogramm sehr hoch. Eine orale Einnahme wird als weniger gefährlich betrachtet; tödlich wäre eine Dosis ab einem Milligramm pro Kilo Körpergewicht.«

Im Gerichtssaal war kein Laut zu hören außer Richardsons Stimme und dem hektischen Kratzen von zwei Dutzend Kugelschreibern auf Papier.

Richardson erklärte, daß, wenn Rizinus injiziert wurde, eine weit geringere Menge benötigt wurde, um einen

Menschen zu töten. Des weiteren erklärte er, die einzige bekannte Quelle dieses Giftes wäre der harmlos aussehende Kastorsamen.

»Wenn ich einen Kastorsamen ganz herunterschlucken würde, ohne ihn zu zerkauen, würde mich das umbringen?« fragte Morrison.

»Höchstwahrscheinlich nicht ... Der bohnenförmige Samen weist eine sehr harte Hülle auf, der einen sehr sicheren Schutz gegen das tödliche Gift darstellt.«

»Die Schale enthält also kein Rizinus?«

»Das ist richtig. Das Rizinus ist nur im Samenkern enthalten.«

Richardson wurden die Beweisstücke Nummer elf und zwölf der Anklage gezeigt, die Blutprobe und das Päckchen Kastorsamen, die an das FBI-Labor geschickt worden waren. Er identifizierte die sechzehn Samen in dem Tütchen von Earl May als Kastorsamen. Er hatte an ihnen eine Reihe von Tests durchgeführt.

»Sie haben also chemische Tests durchgeführt, um zu ermitteln, ob diese Samen Rizinus enthalten oder nicht?«

»Das ist richtig.«

»Und hat der Test zu einem positiven Ergebnis geführt?«

»Der Rizinustest war positiv ... der Rizinusanteil entsprach dem Normalwert.«

»Sie sagten, in der Literatur hieße es, diese Samen enthielten zwischen einem und fünf Prozent Rizinus?«

»Das ist richtig. Bei den von mir getesteten Samen lag der Gehalt bei zwei bis drei Prozent.«

»Wurde Rizinus schon in Kriminalromanen als tödliches Gift benutzt?« fragte Morrison.

»Der vielleicht bemerkenswerteste Rizinusmord«, entgegnete Richardson, »könnte aus einem Roman stammen, ereignete sich jedoch tatsächlich. Das Opfer war ein Mann namens Markow, der 1979 oder 1980 aus dem kommunistischen Bulgarien geflüchtet war. Er hatte sich in Großbritannien niedergelassen, arbeitete als Schriftsteller und Radiosprecher. Über Radio Freies Europa und die BBC kritisierte er das kommunistische Regime in Belgrad … Er wurde vergiftet, indem man ihm mit einem präparierten Regenschirm eine Flüssigkeit in den Oberschenkel injizierte, die etwa ein halbes Milligramm Rizinus enthielt. Drei Tage später starb er.«

Richardson erklärte, daß man kein Wissenschaftler oder Mediziner sein müsse, um jemanden mit Rizinus zu töten. »In der terroristischen Untergrundliteratur gibt es reichlich Anleitungen hierzu.«

»Und eine Möglichkeit bestünde darin, die Bohnen zu mahlen?« fragte Morrison.

Richardson sagte, hierdurch würde die orale Verabreichung des Rizinus zum Kinderspiel.

»Und was geschieht mit dem Opfer?«

»Verschiedenes – ebenso auf biochemischer wie auch auf molekularer Ebene … Auf Molekularebene unterbricht Rizinus Proteinsynthesen, die sehr wichtig sind für die Zellfunktion. Außerdem handelt es sich um ein Lezithin, das zu einer Zellverklumpung führt sowie zu einem Einbruch der roten Blutkörperchen im Gewebe. Das führt zu einer Vergiftung der Leber und der Bauchspeicheldrüse. Es kommt zu den üblich auftretenden Symptomen wie Erbrechen, Brechreiz, Durchfall, Gastroenteritis, Magen-Darm-Blutungen …«

Richardson sagte, daß er Dr. Michael Farrars Krankenakte studiert habe, woraufhin die Verteidigung sofort Einsprüche erhob. Moriarty protestierte, daß Richardson kein Mediziner sei und unmöglich allein aufgrund einer 150 Seiten umfassenden Krankenakte eine Diagnose stellen könne.

»Euer Ehren«, wandte Morrison ein. »Ich gedenke nicht, den Zeugen zu fragen, ob er nach Durchsicht der

Akten zu dem Schluß gekommen ist, daß Michael Farrar mit Rizinus vergiftet wurde oder nicht.«

Ruddick nickte. »Nun, ich denke, wir sind bereit für die nächste Frage.«

»Was halten Sie von der Symptomatologie in dieser Patientenakte? Stimmt das Krankenbild mit dem einer Rizinusvergiftung überein?«

»Die Symptome stimmen exakt mit denen einer Rizinusvergiftung überein. Ich konnte nichts finden, was *gegen* eine Rizinusvergiftung gesprochen hätte.«

Ein Raunen ging durch den Saal, aber Debora starrte weiter nur mit versteinertem Gesicht auf den Zeugen.

Dann war Zeit für die Mittagspause. Frustriert beklagte sich Morrison bei Ruddick. »Richter, ich bin noch lange nicht mit ihm fertig.« Aber egal, welche Fragen er noch an Richardson richten wollte, er würde warten müssen.

Die Mittagspause war nur kurz. Die Zeit reichte nicht einmal aus, den Gebäudekomplex der County-Verwaltung zu verlassen; Zuschauer, Rechtsanwälte – ja sogar der Richter persönlich – steuerten die Cafeteria im Souterrain des Verwaltungsgebäudes an. Celeste Walker saß schweigend in einer dunklen Ecke des Raumes. Mike war nach seiner Zeugenaussage am Vortag nicht mehr im Gerichtssaal erschienen – und sollte auch nicht mehr dorthin zurückkehren. Celeste wußte noch nicht, ob man sie als Zeugin aufrufen würde, und so wartete sie.

Um 13 Uhr 15 war Drew Richardson wieder im Zeugenstand. Am Vormittag hatte sich herausgestellt, daß er zu häufig ausschweifenden Antworten neigte während die Zuschauer nur eine Frage wirklich interessierte: Hatte er

Rizinus-Antikörper in der Blutprobe von Mike Farrar nachgewiesen oder nicht?

Aber Richardson ließ sich nicht drängen. Er sagte aus, daß Rizinus sehr schnell das Gewebe des Opfers durchdringe und dort schwere Schädigungen hervorrufe.

Morrison, geduldig, aber darauf bedacht, Richardsons Aussage in eine auch für Laien verständliche Form zu bringen, fragte: »Ich möchte auf folgendes hinaus. Sagen wir, ich würde eine Rizinusvergiftung erleiden und überleben. Wenn ich zu Ihnen oder einem Arzt gebracht würde, sagen wir ein oder zwei Wochen später, wären Sie dann in der Lage, anhand eines Tests in meinem Blut oder in meinem Gewebe Rizinus nachzuweisen?«

»Das wäre sehr unwahrscheinlich«, entgegnete Richardson. Es sei denn, das Rizinus wäre injiziert worden. Oral eingenommenes Rizinus wäre erst viel später nachweisbar.

»Und wäre es ein oder zwei Monate nach einer oralen Einnahme möglich, Rizinus nachzuweisen?«

»Ja. Im Überlebensfalle ganz bestimmt.«

»Es gibt also Mittel und Wege, Körpergewebe zu analysieren und festzustellen, ob dem Patienten Rizinus verabreicht wurde oder nicht?« fragte Morrison.

»Ja.«

»Und auf welchem Wege würden Sie dies feststellen?«

Es war faszinierend, die beiden Männer zu beobachten, die versuchten, Richter Ruddick ein und dieselbe Information zu präsentieren. Morrison suchte nach allgemeinverständlichen Begriffen, während es Richardson schwerfiel, sich anders als mit Fachwörtern auszudrücken. Sie fanden einen Mittelweg: Richardson sprach und Morrison übersetzte. Es war wichtig für die Anklage zu beweisen, daß Mike mit Kastorsamen wie jenen aus Deboras Handtasche systematisch vergiftet worden war. War dies erst bewiesen, wäre auch Deboras Persönlichkeitsprofil enthüllt, welches darlegte, wie weit sie aus Rache zu gehen bereit war.

Richardson setzte zu einer weiteren ausschweifenden Antwort an und erklärte, mit welchen Methoden er Rizinus im menschlichen Körper nachwies.

»Eine Rizinusvergiftung kann man indirekt durch das Vorhandensein von Antikörpern nachweisen. Rizinus ist ein Protein. Es ist ein Toxin. Und es ist außerdem als Antigen bekannt. ›Antigen‹ ist im Grunde nur eine Abkürzung für ›Antikörpergenese‹. Eine molekulare Masse wie die des Rizinus würde unweigerlich die Bildung eines Antikörpers bewirken. *Eines einzigen* Antikörpers. Aber es würde nicht nur ein spezieller Antikörper aus einer ganzen Reihe von Antikörpern gebildet, sondern ein so einzigartiger Antikörper, daß er ausschließlich zur Struktur des Rizinus paßt.«

»Gibt es in unserem Blut Antikörper?« fragte Morrison.

»Ja.«

»Verzeihen Sie, wenn ich es so laienhaft formuliere«, hakte Morrison nach, »aber könnte man sagen, daß ein Antikörper da ist, um den Körper vor den Angriffen fremdartiger Substanzen im Blutkreislauf zu schützen? Wäre das korrekt?«

»Das ist richtig. Außerdem handelt es sich von seiner Natur her um ein Protein.«

Das war nicht wirklich die Information, die Morrison brauchte. Die ersten Zuschauer schüttelten den Kopf, und Richter Ruddick hörte sehr konzentriert zu, damit ihm ja nicht entging, was er wissen mußte.

»Sagen wir, ich wäre mit Rizinus vergiftet worden und hätte überlebt«, übersetzte Morrison erneut. »Habe ich Sie richtig verstanden, daß, wenn Rizinus in meinem Blutkreislauf gelangt … mein Körper Antikörper bilden wird, um sich gegen den Eindringling zur Wehr zu setzen?«

»Das ist richtig.«

»Diese Antikörper – verschwinden die wieder, sobald der Eindringling bezwungen wurde, oder bleiben sie mir für immer erhalten?«

Richardson erklärte, daß eine einmalige Dosis Rizinus zu einer Produktion von nur sehr wenigen Antikörpern führen würde. Bei jemandem, dem ein zweites – und drittes – Mal Rizinus verabreicht würde, wäre die Zahl der Antikörper natürlich höher, und diese wären dann auch Jahre später noch nachweisbar. Darüber hinaus erklärte Richardson, daß es eine Möglichkeit gäbe, ganz bestimmte Antikörper nachzuweisen, und zwar mit einem sogenannten ELISA-Test, dem gleichen Verfahren, das auch bei Schwangerschaftstests angewendet wird.

Morrison fragte nun nach Mikes Blutproben, die Richardson getestet hatte. »Und konnten Sie anhand dieser Tests das Vorhandensein dieser spezifischen Antikörper nachweisen?«

»Ja, das konnte ich.«

»Also waren spezifische Rizinus-Antikörper in Dr. Farrars Blut nachweisbar?«

»Ja, das waren sie.«

Richardson sagte aus, daß die Antikörper in Michaels Blutserum in solcher Menge vorhanden waren, daß er mit Sicherheit behaupten könne, daß Mike das Gift mehr als einmal verabreicht worden war.

Moriarty erhob sich zum Kreuzverhör und gab sich bewußt leutselig, obgleich noch gar keine Jury anwesend war. »Doktor«, sagte er, »es gibt hier manch einen, der denkt, ich wäre nicht so schlau wie Sie. Aber wie dem auch sei, ich werde mein Bestes geben.«

Und er gab sein Bestes. Moriarty hatte sich umfassend über Rizinus und den ELISA-Test informiert. Moriarty führte das Kreuzverhör bei Richardson ganz hervorragend, aber es gelang ihm dennoch nicht, den Wissenschaftler in seiner Überzeugung zu erschüttern, daß die Antikörper in Mikes Blut eindeutig bewiesen, daß er mehrfach mit Kastorsamen vergiftet worden war.

36

Nachdem er die langwierige – aber unabdingbare – wissenschaftliche Aussage über Rizinusantikörper hinter sich gebracht hatte, kam Morrison auf die Nacht des 23. Oktober zu sprechen. Miriam Russell von der Telefonzentrale der Polizeiwache von Prairie Village wurde als erste aufgerufen. Russels schneller Reaktion war es zu verdanken, daß sofort Polizeibeamte zum Canterbury Court geschickt worden waren.

Im Gerichtssaal war es mucksmäuschenstill, als die Tonbandaufnahme des Anrufes abgespielt wurde, die um 0 Uhr 21 am Morgen des 24. Oktober bei Russell eingegangen war. Es waren nicht identifizierbare Hintergrundgeräusche zu hören sowie das schwere, panikartige Atmen des Anrufers. Dann wurde die Verbindung unterbrochen. Entweder hatte der Anrufer aufgelegt, oder aber die Leitung war durchtrennt worden.

Der Anrufer war Lissa gewesen, die von dem Apparat in ihrem Zimmer aus angerufen hatte, während durch die Türritzen und die Wände ihres Zimmers dunkler Rauch quoll.

Als nächstes wurde Steve Hunter aufgerufen. Hunter war verantwortlicher Einsatzleiter und für mehrere Einheiten Streifenbeamter in seinem Bezirk verantwortlich. Er war ein durchtrainierter, muskulöser Mann mit dickem, hellbraunem Haar. Er war der erste Beamte am

Ort des Geschehens gewesen, und Gefühlsregungen huschten über sein Gesicht, während er erzählte, wie er vergeblich versucht hatte, Tim und Kelly zu finden und aus dem brennenden Haus zu holen.

In knappen Sätzen beschrieb Hunter auf Morrisons Bitte hin seine erste Begegnung mit Debora und Lissa. »Das Mädchen war sehr aufgeregt und rief mir zu, daß ihr Bruder und ihre Schwester noch im Haus wären und nicht heraus könnten. Sie sagte: ›Bitte lassen Sie sie nicht sterben!‹«

»Sagte sie das mehr als einmal?«

»Ich glaube, sie sagte es zweimal. ›Bitte retten Sie sie! Bitte, lassen Sie sie nicht sterben!‹«

»Was tat die zweite Person?«

»Sie stand nur da. Sie äußerte sich nicht. Sie sagte kein Wort zu mir.«

»Ist diese zweite Person heute hier anwesend?«

»Ja, das ist sie.« Hunter zeigte auf Debora Green.

»Und was haben Sie daraufhin getan?«

»Das Mädchen sagte, seine Schwester wäre in einem der oberen Zimmer auf der Rückseite des Hauses.«

»Gut. Wußten Sie, wo die Mutter war – die Mutter des Mädchens?«

»Nein, ich hatte keine Ahnung ... Ich fragte: ›Wo ist deine Mom?‹, woraufhin die Angeklagte antwortete: ›Ich bin ihre Mom.‹«

»Und das ist alles, was sie sagte?«

»Ja.«

»Was für einen Eindruck hatten Sie von ihr?«

»Am besten läßt es sich so beschreiben ...«, entgegnete Hunter. »Sie wirkte auf mich so wie in diesem Augenblick. Unbewegt. Sehr ruhig. Sehr gelassen.«

Debora, die den Polizeibeamten, der sich nach Kräften bemüht hatte, ihre Kinder zu retten, unverwandt anstarrte, wirkte tatsächlich ruhig und gelassen.

Hunter erzählte Richter Ruddick, daß er immer wieder versucht habe, ins Haus zu gelangen, jedoch feststellen mußte, daß sämtliche Türen blockiert waren. »Das Feuer verwandelte sich rasend schnell in ein wahres Inferno. Es weitete sich schneller aus, als ich es je bei einem anderen Brand erlebt habe.«

»Konnten Sie im Inneren des Hauses jemanden hören?« fragte Morrison.

»Nein, das konnte ich nicht.«

Über das Toben der Flammen hinweg wäre es fast unmöglich gewesen, Hilferufe zu hören. Hunter schätzte, daß er und seine Männer etwa fünf Minuten vor den ersten Löschfahrzeugen der Feuerwehr am Ort des Geschehens eingetroffen war.

»Haben Sie mit dem Nachbarn gesprochen?«

»Das war später am Morgen – so gegen sieben.«

»Hat er Ihnen etwas gegeben?«

»Er gab mir einen Brief, den er nach eigener Aussage in seinem Garten gefunden hatte.«

Hunter erklärte, daß er bis nach zwölf Uhr mittags am Schauplatz des Brandes geblieben war – also insgesamt etwa zwölf Stunden –, bis zwei Leichen aus der verkohlten Ruine geborgen worden waren.

Die Verteidigung forderte Einsicht in die Notizen der Beamten, die vor Ort gewesen waren, was jedoch auf einen späteren Zeitpunkt verschoben wurde. Dann befragte Moore Hunter sehr eingehend zu Dingen, die er möglicherweise vor Ort zu anderen Beamten gesagt haben könnte.

»Sie wurden doch am 26. Oktober von Mitgliedern der Einsatzkommandos befragt, richtig?«

»Ja.«

»Wie haben Sie Debora Green gegenüber den Beamten beschrieben?«

»Nun, da ich meine Notizen nicht vorliegen habe, muß

ich auf mein Gedächtnis zurückgreifen. Ich werde sie so beschrieben haben, wie ich es vorhin tat: als sehr ruhig, gelassen und gefaßt.«

»Haben Sie zu den Beamten Boyer und Perry gesagt, ihr Gesichtsausdruck sei gleichgültig gewesen?«

»Möglich, daß ich dieses Wort benutzt habe, um sie zu beschreiben.«

»Haben Sie auch gesagt, sie hätte ein ›selbstzufriedenes Gesicht gemacht‹, so als wolle sie sagen ›Sie werden nicht ins Haus kommen. Sie werden niemanden retten‹?«

»Das kann sein.«

Hunter sagte, er hätte nicht mit Dr. Mary Forman gesprochen. Die Formans hätten ihm erlaubt, ihr Bad zu benutzen. Nach seinem Gespräch mit der Spezialeinheit habe er nichts mehr mit dem Fall zu tun gehabt.

Dr. John Forman trat als nächster in den Zeugenstand. Er war ein sehr gutaussehender Mann mit hohen Wangenknochen und kurzem Haar. Er sah noch sehr jung aus, obwohl er schon vor siebzehn Jahren promoviert hatte. Außerdem schien es, als wäre er lieber an einem anderen Ort als im Zeugenstand bei dieser Anhörung.

Auf Morrisons Fragen hin erzählte John Forman, wie sein elfjähriger Sohn beim Zusammenrechen von Laub einen Brief in ihrem Garten gefunden hatte. Der Junge hatte das Wort ›Ehebruch‹ nicht verstanden.

»Ich fragte ihn, wo er den Brief gefunden habe, und er führte mich nach draußen, wo ich die zweite Seite des Briefes fand.«

»Waren die Seiten verwittert?«

»Kein bißchen … Sie waren völlig intakt und gut leserlich.«

Nachdem er einen Einspruch der Verteidigung abgelehnt hatte, gestattete Richter Ruddick Forman, den Inhalt des Briefes zu beschreiben. »Also«, begann Forman, »in dem Brief wurden Mike Farrar und Celeste Walker moralischer Indiskretion beschuldigt, während Debora Green als Ausbund an Tugend dargestellt wurde. Darüber hinaus ging es um Angelegenheiten, von denen ich meinte, sie wären nicht für meinen Sohn geeignet.«

»Fanden Sie den Brief ungewöhnlich?«

»Das ist der einzige Brief dieser Art, den ich je gefunden habe.«

Dr. Forman sagte aus, daß Debora gegen 0 Uhr 20 oder 0 Uhr 25 zu ihnen gekommen wäre und ihn gebeten hätte, die Feuerwehr anzurufen.

»Wo konnten Sie das Feuer sehen?« fragte Morrison.

»Ich konnte die Flammen über das Garagendach hinaus lodern sehen ...«

»Erinnern Sie sich daran, wie Debora Greens Haar aussah, als Sie sie in jener Nacht das erstemal sahen?«

»Für mich sah es aus, als wäre es naß gewesen und hastig trockengerubbelt worden.«

»War es naß?«

»Das Haar war naß, sah aber aus, als wäre es schnell trockengerubbelt worden. Es war nicht tropfnaß, aber feucht.«

Kevin Moriarty versuchte, Dr. Forman zu der Aussage zu verleiten, daß er und seine Frau Debora nicht leiden konnten.

»So würde ich das nicht sagen.«

»Aber Sie haben sich zu einem früheren Zeitpunkt der Ermittlungen so ausgedrückt.«

»Ich habe gesagt, wir könnten sie nicht leiden?«

»Ja.«

»Ich glaube nicht, daß wir das gesagt haben.«

Moriarty kritisierte daraufhin, daß Dr. Forman sich erst ein oder zwei Tage nach dem Brand daran erinnert hatte, daß Deboras Haar feucht gewesen wäre. Forman entgegnete: »Als mir das mit ihrem Haar einfiel, rief ich Detective Burnetta an, um zu sehen, ob dieses Detail für ihn von Interesse wäre.«

»Als Debora zu Ihnen herüberkam, rief sie ›Rufen Sie die Feuerwehr.‹ Ist das richtig?« fragte Moriarty.

»Ja, das stimmt.«

»Hat sie etwas von ihren Kindern gesagt?«

»Ja, hat sie ... Sie sagte, sie wären noch im Haus, und das Haus stünde in Flammen.«

Die Absicht der Verteidigung war klar: Moriarty wollte darlegen, daß John und Mary Forman bewußt den Verdacht der Ermittler gegen Debora erhärtet hätten. »Haben Sie an diesem Abend der Polizei gegenüber den Verdacht geäußert, Debora hätte das Feuer gelegt?« fragte Moriarty.

»Ich glaube nicht.«

»Wissen Sie, ob Ihre Frau einen derartigen Verdacht hatte? Hat sie in der Brandnacht Ihnen gegenüber zum Ausdruck gebracht, daß sie Debora Green für die Brandstifterin halte?«

»Ich glaube, hieran hatten wir beide keine großen Zweifel«, entgegnete Dr. Forman ruhig.

Moriarty fing offenbar an, den Zeugen der Anklage zu verärgern, aber er ließ dennoch nicht locker und versuchte weiter, Dr. Forman zu der Aussage zu verleiten, daß er, andere Nachbarn und Mike Farrar der Polizei gegenüber von Anfang an den Verdacht geäußert hätte, Debora hätte das Feuer gelegt.

»Haben Sie Dr. Farrar gegenüber den Verdacht geäußert, daß Debora Green das Haus in Brand gesetzt haben könnte?« fragte Moriarty.

»Das ist schwer zu beantworten. Ich glaube, wir haben davon gesprochen, aber nicht direkt.«

»Würden Sie das bitte erläutern?« bat Moriarty den Zeugen. »Ich verstehe nicht, was Sie damit meinen.«

»Ich fragte ihn, ob er in Anbetracht der Vorgänge in

jener Nacht immer noch der Ansicht wäre, das erste Feuer sei ein Unfall gewesen.«

Moriarty wollte wissen, warum Dr. Forman der Polizei den sonderbaren Brief, den er in seinem Garten gefunden hatte, überreicht hatte. »Sie müssen geglaubt haben, es bestünde ein Zusammenhang zwischen diesem Brief und dem Brand, richtig?«

»Natürlich glaubte ich das«, entgegnete Dr. Forman verärgert.

»Wann ist Ihnen dieser Gedanke gekommen?«

»In dem Moment, als ich die Tür öffnete und das Haus brennen sah.«

»Und doch zogen Sie es vor, Ihren Verdacht der Polizei gegenüber vorerst nicht zu erwähnen?« fragte Moriarty verständnislos.

»Ich denke, ich machte mir mehr Sorgen um Lissa, Kelly und Tim sowie darum, unsere eigenen Kinder in Sicherheit zu bringen«, erwidert Dr. Forman mit zusammengebissenen Zähnen. »Die Tragödie an sich hat mich im ersten Augenblick mehr beschäftigt als irgendwelche Schuldzuweisungen.«

Vielleicht war Moriarty ein bißchen zu weit gegangen. Abschließend fragte er Dr. Forman nach der Wirkung von Klonopin, worauf dieser antwortete, daß er sie nicht im Kopf habe.

Bei seiner zweiten Befragung kam Morrison auf Dr. Formans schriftliche Aussage vom 24. Oktober zu sprechen. »Haben Sie zu diesem Zeitpunkt gesagt, daß Debora Green Ihrer Ansicht nach nicht wirklich hysterisch wäre?«

»Das ist richtig.«

»Und Sie waren und sind immer noch der Meinung, daß sie in dieser Situation nicht wirklich besorgt war?«

»Ich fand sie erstaunlich emotionslos in einer Situation, die ich als in hohem Maße emotional eingestuft hätte.«

»War sie gelassen?«

»Gelassen – oder einfach distanziert.«

Moriarty versuchte es beim zweiten Kreuzverhör erneut, die Zeugen zu diskreditieren. Ganz offensichtlich wollte er Richter Ruddick vor Augen führen, daß Deboras Nachbarn sie noch nie gemocht und schon verurteilt hatten, noch bevor die Asche des tödlichen Brandes abgekühlt war. Es war bereits klar, daß Debora am Canterbury Court nicht die beliebteste Nachbarin gewesen war, aber ganz sicher deutete auch nichts auf eine Verschwörung gegen sie hin. Hierfür gab es nur Mikes Aussage bezüglich Dr. Mary Formans zornigen Anrufes, kurz nachdem die Nachbarn von dem Feuer erfahren hatten.

»Hatten Sie vor dem Brand und nach Dr. Farrars Auszug Kontakt zu Mike und Debora?« fragte Moriarty Dr. Forman.

»Ich glaube nicht.«

»Wußten Sie, daß sie zur Zeit des Brandes Antidepressiva nahm?«

»Nein, daß wußte ich nicht.«

»Wissen Sie, wie diese Art von Medikamenten sich auf den Organismus auswirken kann?«

»Ich wußte nicht, was sie einnahm. Ich verstehe nicht so viel von Antidepressiva.«

»Können manche Medikamente sich negativ auf Affekte auswirken?«

»Ich denke schon.«

Moriarty hatte bekommen, was er wollte, und wandte sich mit einem knappen ›Herzlichen Dank‹ abrupt von dem Zeugen ab.

Aber Dr. Forman war Chirurg und kein Psychiater. Er

hatte Debora als Nachbarin gekannt, und als solche hatte er sie dem Richter auch beschrieben. Er hatte sie beobachtet, während ihre Kinder in dem brennenden Haus gefangen gewesen waren, und er hatte auf ihrem Gesicht nicht einen Hauch von Gefühl gesehen. Sofern es Antidepressiva gab, die so stark waren, wußte Dr. Forman nicht zu sagen, welche das sein sollten.

37

Paul Morrison hatte Richter Ruddick und den Zuschauern einen Crashkurs über die Auswirkungen einer Rizinusvergiftung auf den menschlichen Körper zuteil werden lassen, und er hatte den Nachweis erbracht, daß in Mike Farrars Blut noch Antikörper zu finden waren. Aber die Beschuldigungen gegen Debora Green beschränkten sich nicht nur hierauf; Morrison wollte beweisen, daß sie nicht nur ihren Mann mehrfach vergiftet, sondern außerdem ein Feuer gelegt hatte, dem ihre eigenen Kinder zum Opfer fallen sollten. Jetzt mußte er rekonstruieren, was unmittelbar vor Ausbruch des Feuers und während der fast zwei Stunden bis zur Löschung des Brandes geschehen war.

Normalerweise betrachtet man die Arbeit der Feuerwehr weitgehend als selbstverständlich – es sei denn, man ist selbst betroffen. Ebenso wie Polizisten riskieren auch Feuerwehrleute tagtäglich ihr Leben. Nur erfordern die Berufe eine etwas unterschiedliche Einstellung, wenn auch bei beiden oberstes Gebot ist, Leben zu retten.

Nur wenige von uns würden freiwillig ein brennendes Gebäude betreten, aber seit Jahrhunderten rennen Feuerwehrleute in flammenschlagende, rauchdurchzogene Gebäude, aus denen jeder Normalsterbliche flüchtet. Im Laufe der Jahrzehnte ist die Arbeit sicherer geworden. Bevor es Atemmasken und Sauerstoffflaschen gab, atmeten die ahnungslosen Männer die giftigen Stoffe ein, die beim Verbrennen chemischer Stoffe und Asbest freigesetzt wurden. Nach jahrelanger Arbeit unter solch gesundheitsschädlichen Bedingungen erkrankten viele Veteranen an Krebs, weil damals keine Schutzmasken und Sauerstoffflaschen zur Verfügung standen. Und damals verfügten die Brandbekämpfer auch noch nicht über Funkgeräte, mit deren Hilfe sie sich mit ihren Kollegen verständigen konnten.

1995 waren Brandmeister Maurice Mott und die Männer seiner Einheit mit Sicherheitsausrüstungen ausgestattet. Das bedeutete, daß sie im Inneren eines brennenden Gebäudes atmen konnten, hieß jedoch nicht, daß sie nicht der ständigen Gefahr ausgesetzt gewesen wären, selbst inmitten des Brandherdes eingeschlossen zu werden.

Mott, ein stämmiger schwarzhaariger Mann, trat in den Zeugenstand und begann mit Hilfe von Dias darzulegen, was er in der Nacht vom 23. auf 24. Oktober gesehen hatte. Zusammen mit drei weiteren Feuerwehrleuten hatte er das Haus von der Südseite betreten – Kelly und Tim saßen am anderen Ende fest. Als Mott und sein Team vor Ort eintrafen, war das jedoch die einzige noch verbliebene Möglichkeit, ins Hausinnere vorzudringen.

Mott zeigte anhand eines Grundrisses des Hauses, wo sie gewesen waren. »Ich glaube, das hier ist ein Flur, und das eine Tür. Ich öffnete die Tür, und da sah ich, daß der gesamte Fitneßraum in Flammen stand. Ich konnte durch die Deckenbalken hinauf ins Erdgeschoß sehen.«

»Bis dahin hatten sie kein Feuer gesehen?« fragte Morrison.

»Nein.«

»Und dann öffneten Sie diese Tür und hatten ein wahres Inferno vor sich?«

»Ja ...«

Über dem Fitneßraum befand sich das Wohnzimmer, und darüber Tims Zimmer. Alle drei Räume brannten lichterloh.

Mott sagte aus, daß er und sein Partner das Spielzimmer durchsucht hatten, aber ohne Erfolg – sie fanden nur Puppen, Teddybären und Sonntagskleider. Gerade als sie den Billardtisch fanden, stürzte die Decke über ihnen ein.

Debora betrachtete aufmerksam die Dias vom Brandschauplatz. Dieses verkohlte Haus war ihr Heim gewesen. Sie wirkte plötzlich sehr angespannt, so als hielte sie nach etwas Bestimmtem Ausschau.

Moores Kreuzverhör von Brandmeister Mott war weitgehend eine Wiederholung dessen, was Mott bereits gesagt hatte. Gewöhnlich ist es unklug von einem Verteidiger, mit jemandem, der für andere sein Leben riskiert hatte, über Kleinigkeiten zu diskutieren. Moore wollte wissen, ob Mott sich noch daran erinnern konnte, ob es in jener Nacht sehr windig gewesen war. Mott verneinte.

»Als sie im Haus waren, ist Ihnen da ein ungewöhnlicher Geruch aufgefallen?« fragte Moore.

»Im Keller nicht. Ich hatte eine Sauerstoffmaske auf, als ich eingestiegen bin, konnte also gar nichts riechen.«

Mott war kein ungewöhnlicher Geruch aufgefallen. Andererseits war es nicht seine Aufgabe, Brandursachen zu ermitteln; seine Aufgabe war es, Brände zu löschen und wenn möglich Menschen aus dem Feuer zu retten.

Der nächste Zeuge war hingegen jemand, der sich von Berufs wegen sehr wohl mit der Ermittlung von Brandursachen befaßte: Jeff Hudson von der Feuerwehr von Shawnee in Kansas. Obgleich Gary Lamons die Ermittlungen geleitet hatte, vertrat Hudson bei der Anhörung die für mehrere Countys zuständige Spezialeinheit.

Hudson sagte aus, daß die Brandexperten sich um elf Uhr am Morgen des Brandes vor Ort eingefunden hätten.

»Und was war Ihre Aufgabe?« fragte Morrison.

»Unsere Aufgabe bestand darin, Ursprung und Ursache des Brandes zu ermitteln.«

»Wie viele Personen gehörten Ihrem Team an?«

»Fünf oder sechs, schätze ich.«

Hudson erklärte ihr ›schichtweises‹ Vorgehen – wie die Brandermittler sich systematisch von oben nach unten durcharbeiten, wobei sie sorgfältig jedes Stockwerk eines ausgebrannten Gebäudes untersuchen, um der Brandursache auf den Grund zu gehen. »Wir dokumentieren unser Tun durch Fotografien«, sagte er.

»Und dieses Vorgehen ist manchmal wichtig?«

»Sehr wichtig, weil man auf diese Weise Brandmuster feststellen kann. Man stößt auf verschiedenes Mobiliar. Anhand der Möbel läßt sich rekonstruieren, in welche Richtung das Feuer sich ausgebreitet hat.«

»Ist es für Sie wichtig, sehen zu können, ob es beispielsweise auf dem Fußboden spezielle Brandmuster gibt?«

»Ja.«

»Hat das etwas mit der Feststellung der Brandursache zu tun?«

»Ja … unmittelbar.«

»Und ist es für Sie von Bedeutung zu wissen, ob ein Feuer niedrig gebrannt hat oder hochauflodernd?«

»Ja, das ist es.«

Hudsons Blick blieb unverwandt auf Paul Morrison gerichtet und schaute kein einziges Mal in Richtung der Verteidiger oder der Angeklagten. Debora saß aufrechter da als zuvor; sie schien fasziniert zu sein von seiner Aussage.

Mit Hilfe der Dias führten Morrison und Hudson Richter Ruddick und die Zuschauer außen um das Haus herum. Man konnte sehen, wo Mott und seine Männer durch das Kellerfenster eingestiegen waren; darüber befand sich das Fenster, das zum Bad des Elternschlafzimmers gehörte.

Die Dias der Ostseite – der rückwärtigen Seite des Hauses – zeigten den größten Schaden. Das Dach fehlte und das Verandageländer, das an der Hauswand entlangführte, war geschwärzt von Flammen, die über zweieinhalb Meter weit durch die in der Hitze zerplatzte Glasfront geschlagen waren.

»Der Schaden hier um die Schiebetür herum ... das bezeichne ich als den heißeren Teil des Hauses«, erklärte Morrison. »Was ist dort zu erkennen?«

»Das Holz ist verkohlt.«

»Und was ist das dort, gleich links?«

»Das scheint eine Gegensprechanlage zu sein.«

Jene im Saal, die Deboras Aussage kannten, wonach sie über diesen Lautsprecher mit ihrem Sohn gesprochen habe, waren verwirrt. Wenn sie in der Lage gewesen war, dort zu stehen und mit Tim oben in seinem Zimmer zu kommunizieren, hätte er eigentlich noch reichlich Zeit haben müssen, durch sein Zimmerfenster aufs Dach zu springen und von dort hinunter auf den Boden. Warum hatte sie ihn nicht hierzu ermutigt? Warum hatte sie ihm gesagt, er solle auf Hilfe warten?

Debora starrte auf die Leinwand und flüsterte ab und an Ellen Ryan etwas zu. Die nächsten Fotos stammten aus dem Keller; hier war noch alles intakt: die zwei Stromkästen, die Wassererhitzer ... Der Schlitten glitt weiter, und jedes neue Dia zeigte einen weiteren zerstörten Kellerraum. Einige Zimmer waren durch Löschwasser übel zugerichtet worden, andere voll von herabstürzendem Schutt.

»Hier befinden wir uns im Fitneßraum«, erklärte Hudson. »Der Schutt hier auf dieser Aufnahme ist durch die Fußbodenbalken des darüberliegenden Wohnzimmers heruntergefallen. Sie können sehen, daß die Wände in diesem Raum noch intakt sind. Hier hat sich das Feuer ganz eindeutig von oben nach unten ausgebreitet ... Die Farbe an den Wänden ist noch völlig in Ordnung, außer an den oberen Rändern, wo sich starke Hitze entwickelt hat.«

»Und sagt das etwas darüber aus, ob der Brand in diesem Raum entstanden ist oder nicht?«

»Ja«, entgegnete Hudson. »Dieser Raum wurde als Ursprung des Brandes ausgeschlossen, weil das Feuer sich ganz offensichtlich von dem darüberliegenden Zimmer aus durch die Decke gefressen hat ...«

Dann analysierte Hudson den Partyraum, wo der größte Schaden durch Löschwasser verursacht worden war. »Der Raum ist weitgehend intakt«, sagte Hudson. »Abgesehen von einem Brandmuster auf dem Teppichboden rechts neben diesem Barhocker. An dieser Stelle ist der Teppich versengt.«

Hudson erklärte, daß keinerlei Verbindung bestanden hätte zwischen diesem Feuer und dem anderen. Es war unabhängig entstanden – oder gelegt worden.

»Es hat also dort unten ein unabhängiges Feuer gegeben?«

»Zweifellos.«

Der Projektor warf das nächste Dia auf die Leinwand. Es zeigte den Handschuh eines Feuerwehrmannes, der etwas festhielt, aber es war nicht zu erkennen, was es war.

Deboras Kopf fuhr ruckartig herum, und sie flüsterte erregt Ellen Ryan etwas zu, die sich schließlich mit Dennis Moore und Kevin Moriarty beriet.

»Euer Ehren«, sagte Moriarty, »wir möchten ... die Angeklagte möchte an dieser Stelle den Saal verlassen ...«

Hierauf folgte ein Gespräch am Richtertisch zwischen Richter Ruddick und den beiden Verteidigern. Debora machte zum erstenmal seit Beginn der Anhörung einen erregten Eindruck.

Moore erklärte: »Euer Ehren, wir möchten zu Protokoll geben, daß wir davon ausgehen, daß einige der Dias aus Mr. Morrisons Vortrag Szenen zeigen könnten, die unsere Mandantin lieber nicht sehen möchte. Es handelt sich um Aufnahmen, die ihre Kinder betreffen könnten ...«

Debora hatte sich bereits halb von ihrem Stuhl erhoben.

»Sie weiß, daß sie das Recht hat, anwesend zu sein«, fuhr Moore fort, »aber sie verzichtet auf dieses Recht, um die folgenden Aufnahmen nicht sehen zu müssen. Ist das richtig, Debora?« fragte Moore an seine Mandantin gewandt.

»Das ist richtig.« Das waren die ersten Worte, die Debora im Gerichtssaal gesprochen hatte, und gleich darauf verließen sie und Ellen fluchtartig den Saal und zogen sich ins Richterzimmer zurück.

Das Bild auf der Leinwand war immer noch unscharf; dann plötzlich wurde deutlich, daß der Handschuh den Teil eines menschlichen Körpers hielt.

»Sagen Sie uns, was auf dieser Aufnahme zu sehen ist«, bat Morrison den Zeugen.

»Diese Aufnahme wurde im Fitneßraum gemacht«, sagte Hudson, mit gedämpfter Stimme. »Sie zeigt einen Fuß, der beim Entfernen des Schutts gefunden wurde. Es handelt sich um einen menschlichen Fuß.«

Im Gerichtssaal schnappten einige Zuschauer hörbar nach Luft.

»Der Fitneßraum befand sich unmittelbar unterhalb des Wohnzimmers im Erdgeschoß«, fuhr Morrison fort. »War der Fußboden des Wohnzimmers noch intakt, oder war er eingestürzt?«

»Der Fußboden des Wohnzimmers war vollständig verbrannt. Alles, was vom Fußboden beziehungsweise der Decke zwischen Wohnzimmer und Fitneßraum noch übrig war, waren die Trägerbalken.«

»Und welches Zimmer befand sich über dem Wohnzimmer?«

»Ein Schlafzimmer ... meines Wissens Tims Zimmer.«

»War die Decke zwischen Wohnzimmer und Tims Zimmer noch erhalten?«

»Nein, sie war ebenfalls zerstört.«

»Mit anderen Worten, der Fußboden von Tims Zimmer war nicht mehr vorhanden ... Haben Sie dort unten noch etwas anderes gefunden – entweder im Keller oder auf den Trägerbalken des Wohnzimmerfußbodens –, das aus Tims Zimmer herabgefallen war?«

»Ja, das haben wir. Teile des Bettes und Überreste anderer Möbel sowie Kleidungsstücke.«

Das nächste Dia erschien auf der Leinwand; diesmal erkannten alle Anwesenden sofort, worum es sich handelte. Hudson erklärte dem Richter: »Dieses Foto wurde im Fitneßraum aufgenommen und zeigt einen zweiten menschlichen Fuß, der ebenfalls unter dem Schutt gefunden wurde.«

»Sie haben also zwei Füße gefunden?« fragte Morrison.

»Ja.«

Als die grauenhafte Serie von Aufnahmen endete, die Tims verstümmelten Leichnam zeigten, wurde Debora in den Saal zurückgeholt. Sie schenkte Moore ein Lächeln, als sie ihren Platz wieder einnahm.

Die Befragung wurde fortgesetzt; Hudson erzählte, wie sein Team sich durch das ganze Haus gearbeitet hatte, um den Brandherd zu ermitteln. Auf der Leinwand erschien die Diele des Hauses.

»Was ist für Sie als Brandexperte wichtig an dem, was Sie auf diesem Foto sehen?« fragte Morrison.

»Unmittelbar hinter der Haustür fanden wir mehrere

signifikante Hinweise«, sagte Hudson. »Zum einen wies der Fußboden in der Diele unterschiedlich starke Schädigungen auf ... Man konnte sehen, daß der Boden sehr starker Hitze ausgesetzt war. Das Brandmuster auf dem Boden verriet mir, daß er unterschiedlichen Temperaturen ausgesetzt war. Das deutet darauf hin, daß dort ein flüssiger Brandbeschleuniger verschüttet wurde. Dieses Muster setzt sich auf dem Holz um die Treppe herum sowie an den Fußleisten rechts und links der Treppe fort.«

»Gleich hier?« Morrison zeigte auf eine bestimmte Stelle der Leinwand.

»Ja«, bestätigte Hudson. »Das Holz war sehr stark verkohlt. Wenn man die Treppe betrachtet, sieht man, daß die Stufen durchgebrannt sind, was auf eine erhebliche Hitzeentwicklung an dieser Stelle hinweist. Das spricht ebenfalls für ein niedrig brennendes Feuer und den Einsatz von Brandbeschleuniger.«

»Wenn also die ganze Treppe brannte, wäre es für jemandem im Obergeschoß schwierig wenn nicht gar unmöglich gewesen, auf diesem Wege das Haus zu verlassen?«

»Ja«, entgegnete Hudson ruhig. »Das ist richtig.«

Der Schlitten beförderte mit einem Klicken das nächste Dia in den Projektor, und Kellys Zimmer tauchte auf der Leinwand auf. Ihre Leiche war nicht mehr da, aber der Abdruck, den sie auf dem Laken hinterlassen hatte, war beinahe noch grauenhafter anzusehen. Sämtliche Augenpaare im Saal richteten sich auf Debora, die sich jedoch wieder in der Gewalt zu haben schien.

Jenseits der Diele und der Treppe, die zu den Kinderzimmern hinaufführte, waren weitere Spuren von flüssigem Brandbeschleuniger gefunden worden. »Das ›Gießmuster‹ war durchgehend«, sagte Hudson. »Es reicht von der Treppe bis in das Zimmer, in dem ein Klavier stand, und dann zurück auf den Flur. Auch hier gab es eindeutige Spuren eines niedrig brennenden Feuers.« Das Feuer war um die Beine des Klaviers herum am intensivsten gewesen, so daß das Instrument in sich zusammengefallen war.

»Bei einem normalen Zimmerbrand«, fuhr Hudson fort, wobei er jetzt vom Eßzimmer sprach, »kann man die Einrichtung rekonstruieren, indem man die verkohlten Möbelteile an ihren ursprünglichen Platz zurückstellt, aber in diesem Fall war kein Mobiliar mehr vorhanden. Das deutet auf ein extrem heißes, sich sehr schnell ausbreitendes Feuer hin. Irgend etwas wurde auf die Möbel geschüttet, damit diese schneller brannten.« Hudson erklärte, daß schon eine einzige Tasse flüssigen Brandbeschleunigers auf der massiven Oberfläche eines großen Tisches ausreichend gewesen wäre, einen solch verheerenden Schaden anzurichten.

Inzwischen waren die verlaufenen Gießmuster auch für Laien erkennbar. Es war, als hätte jemand mit einem Filzstift eine klare Linie um jede einzelne Stelle gezogen, an der der Brandstifter Brandbeschleuniger auf Fußboden und Möbel geschüttet hatte. Zum Vergleich zeigte Hudson Dias von gleichmäßigem Feuer an Stellen, wo die Brandexperten keine Gießmuster gefunden hatten. »Auf der linken Seite des Dias sind Spuren eines gleichmäßigen Brandes erkennbar. So muß es aussehen, wenn eine Oberfläche gleichmäßig brennt. Dort findet man keine dieser Muster.«

Morrison kehrte zurück zum Wohnzimmer, wo Möbel und Kleidungsstücke aus Tims Zimmer an den verkohlten Balken hingen. »Ich sehe hier einige Trägerbalken, die offenbar durchgesägt wurden«, sagte Morrison. »Ist das auf das Feuer zurückzuführen?«

»Nein, ist es nicht. Die Balken wurden von der Feuerwehr entfernt.«

»Und warum haben Sie Teile der Balken herausgesägt?«

»Um einen Leichnam zu bergen, der an dieser Stelle des Wohnzimmers gefunden wurde.«

»Wessen Leichnam?«

»Tims ... Tims Leichnam lag auf diesen beiden Trägerbalken. Sie mußten entfernt werden, um den Leichnam zu bergen.«

Diesmal machte Debora keine Anstalten, den Raum verlassen zu wollen. Ellen neigte sich ihr zu; offensichtlich raunte sie ihr tröstliche Worte zu.

Hudson fuhr fort, die riesige ›Lache‹ Brandbeschleuniger zu beschreiben, die das Feuer derart angeheizt hatte, daß der Fußboden durchgebrannt war. Man konnte sich fragen, wie lange der Brandstifter durch das Haus gegangen war und Brandbeschleuniger vergossen hatte. Was für eine Art von Zorn oder Hysterie konnte jemanden hierzu verleitet haben?

Jeff Hudson hatte sich das auch gefragt, aber im Gerichtssaal blieb er sachlich, als er die mit Brandbeschleuniger präparierten Räume beschrieb. Dann gelangte er schließlich ans Ende der ›Fährte‹. Die lange ›Zündschnur‹ aus Brandbeschleuniger führte zur Tür des Elternschlafzimmers, dem Raum, in dem Debora nach eigener Aussage geschlafen hatte. Ein neues Dia zeigte die Tür.

»Was ist das?« fragte Morrison.

»... Die Tür zum Elternschlafzimmer. Das war, bevor der Schutt entfernt wurde. Man kann den Schutt sehen, der den unteren Teil der Tür blockiert. Alles ist noch so, wie wir es vorfanden.«

»Was schließen Sie aus dieser Aufnahme?«

»Ich schließe hieraus die Position der Tür während des Brandes.« Hudson erklärte, die Tür hätte offen gestanden. Debora ihrerseits hatte behauptet, daß sie, nachdem der Alarm sie geweckt hatte, die Schlafzimmertür geöffnet und wegen des Rauchs sofort wieder geschlossen hatte.

Hudson sagte aus, daß sämtliche Gießmuster miteinander verbunden waren, von der Küche zum Eßzimmer in die Diele, von dort die Treppe hinauf zu den Kinderzimmern, zum Wohnzimmer, den Flur hinunter, zum Musikzimmer und schließlich dem Elternschlafzimmer. Das nächste Dia zeigte die einzige Schublade der Kommode im angrenzenden Badezimmer. »Das ist ein unabhängiges Feuer«, erklärte Hudson. »Das Foto zeigt sehr gut, wie ein Feuer entsteht, auflodert und wieder ausgeht. Sie können sehen, daß die Kommode links und rechts noch völlig intakt ist.«

»Mr. Hudson«, fragte Morrison, »haben Sie sich eine Meinung dazu gebildet, ob dieses Feuer vorsätzlich gelegt wurde?«

»Ja.«

»Und zu welchem Schluß sind Sie gekommen?«

»Daß es tatsächlich vorsätzlich gelegt wurde und daß flüssiger Brandbeschleuniger benutzt wurde, um die Ausweitung des Feuers zu fördern.«

Am Ende dieser langen Befragung faßte Hudson noch einmal zusammen: es hatte ›zwei große Brände‹ gegeben und zwei kleine. Die großen Feuer waren von jemandem angezündet worden, der in der Tür zum Elternschlafzimmer stand und den Brandbeschleuniger ansteckte.

Beim anschließenden Kreuzverhör beabsichtigte Kevin Moriarty, den Eindruck zu erwecken, Hudson wäre von Gesprächen mit anderen Feuerwehrleuten und Polizisten dahingehend beeinflußt worden, eine Brandstiftung festzustellen. Hudsons ganzes Auftreten und seine offenkundige Sachkenntnis machten dieses Vorhaben jedoch rasch zunichte. Hiernach führte Moriarty andere Erklärungen für die verräterischen Spuren an, die Hudson gefunden hatte. Vielleicht waren nach einer professionellen Teppichreinigung Reste des Reinigungsmittels im Teppich zurückgeblieben? Vielleicht waren bereits brennende Teile auf den Teppich gefallen und hatten den Eindruck erweckt, dort wäre eine Flüssigkeit ausgeschüttet worden? Vielleicht hatte der ›Kamineffekt‹ des Feuers die von Hudson registrierte Brandgeschwindigkeit verursacht?

In der Brandermittlung gibt es Gesetze, so daß keines von Moriartys Ablenkungsmanövern Hudson beeindrucken konnte. Vor allem aber wollte Moriarty Hudson von seiner Aussage abbringen, die Tür zum Elternschlafzimmer hätte offen gestanden, als das Feuer entstand.

Es war ein guter Versuch, aber Hudson kannte sich mit Feuer und Brandstiftung aus, und zu versuchen, beim Kreuzverhör seine Position zu erschüttern, war, als wollte man Einstein an der Richtigkeit seiner Relativitätstheorie zweifeln machen. Immer aufmerksam und freundlich, wenn auch manchmal verblüfft von den Fragen der Verteidigung, war Hudson unerschütterlich. Er wußte ganz genau, wie das Feuer in dem Haus am Canterbury Court entstanden war. Und er führte immer mehr Beweise dafür an, daß die Tür zu Deboras Schlafzimmer während des Brandes offen gestanden hatte. Er wies darauf hin, daß der obere Türrand nicht verkohlt wäre, wenn die Tür tatsächlich geschlossen gewesen wäre. Er zeigte das Ausbreitungsmuster eines Feuers, das sich durch eine Türöffnung und durch eine geschlossene Tür ausgebreitet hatte.

Moriarty fragte Hudson, was aus den Behältern geworden war, die den flüssigen Brandbeschleuniger enthalten hätten. Dies wäre schwer zu sagen, entgegnete Hudson. Er hatte in der Eßecke der Küche Überreste gefunden, bei denen es sich möglicherweise um einen geschmolzenen Behälter handeln konnte.

Bei seiner zweiten Befragung des Zeugen kam Morrison noch einmal auf diesen Gegenstand zurück. Es hatte sich vermutlich um eine weiße Plastikmilchflasche oder etwas ähnliches gehandelt, erklärte Hudson. Das konnte jedoch niemand genau sagen. Sie konnten nur spekulieren, daß jemand aus dem weißen Plastikbehälter Flüssigkeit ausgeschüttet und diesen anschließend auf dem Küchenboden abgestellt hatte. Hudson konnte nicht definitiv sagen, was der Behälter enthalten hatte – sofern es sich überhaupt um einen Behälter gehandelt hatte.

Manche Behälter hätten sich bei einem solchen Feuerinferno schlicht aufgelöst, während andere relativ intakt geblieben waren. Der Brandstifter konnte die Behälter aber aus dem Haus entfernt haben, bevor er den Brandbeschleuniger ansteckte. Das war ein Rätsel, das wohl nie geklärt werden würde.

»Trotz Ihrer Erfahrung und Ausbildung«, fragte Morrison zum Abschluß seiner Befragung, »können Sie uns nicht sagen, wer das Feuer gelegt hat, wohl aber, daß das Feuer vorsätzlich gelegt wurde. Ist das richtig?«

»Das ist richtig.«

Nein, Jeff Hudson konnte nicht beweisen, wer das schreckliche Feuer gelegt hatte. Aber er war den Brandmustern bis zur offenen Tür des Elternschlafzimmers gefolgt, und er hatte seine ganz private Meinung dazu, wer das Feuer gelegt hatte, das sich in Windeseile im ganzen Haus ausgebreitet hatte. »Ich blickte während meiner Aussage kein einziges Mal in Mrs. Greens Richtung«, erinnerte er sich Monate später. »Aber als ich als Zeuge entlassen wurde und den Gerichtssaal verließ, sah ich ihr direkt ins Gesicht. Ich wollte sie wissen lassen, daß ich genau wußte, was sich zugetragen hatte, daß sie und ich wußten, was passiert war.«

Debora mußte den durchdringenden Blick von Hudsons blauen Augen gespürt haben. Sie drehte ein wenig den Kopf und sah ihn an, als er den Zeugenstand verließ und zur Tür ging. Es waren nur Sekunden, aber Hudson fühlte, daß sie seine Botschaft empfangen hatte.

38

Die Chancen, daß der Staat die Präsentation seiner Zeugen und Beweise am Abend dieses eisigen Mittwochs in Olathe beenden würde, standen gut. Nun würden die Polizisten und Kriminalisten aus Prairie Village in den Zeugenstand treten.

Gary Baker war der erste. Er hatte Mike ins Labor des Shawnee Mission Medical Center begleitet und die dort gewonnene Blutprobe aufbewahrt, bis er sie später Lieutenant Gary Dirks übergeben hatte. Aber Bakers Aussage bezog sich vornehmlich auf die Nacht, da er zu dem brennenden Haus am Canterbury Court geschickt worden war. Er war gegen 2 Uhr 30 dort eingetroffen. Der Brand war inzwischen gelöscht und die kalte Luft erfüllt von Rauch. Sergeant Steve Hunter hatte Baker ins Bild gesetzt und ihm mitgeteilt, daß Leichen gefunden worden waren.

»Hatten Sie Gelegenheit, die Leichen der zwei toten Kinder zu sehen, die dem Brand zum Opfer gefallen waren?« fragte Morrison.

»Ja, Sir«, entgegnete Baker.

Debora erhob sich wieder und bat darum, den Saal verlassen zu dürfen. Die Verhandlung ruhte, bis Ellen sie aus dem Saal geführt hatte.

»Wo wurden die zwei Leichen gefunden?« fragte Morrison, als die Tür hinter der Angeklagten ins Schloß fiel.

»Die erste Leiche wurde etwa viereinhalb bis sechs Meter hinter der Haustür gefunden, die zweite Leiche in einem Zimmer im Obergeschoß, am nordöstlichen Ende des Hauses.«

Ein Dia mit der Überschrift ›Von der Staatsanwaltschaft eingebrachtes Beweisstück 15-5‹ erschien auf der Leinwand.

»Können Sie das Bild für uns identifizieren?«

»Ja, Sir«, entgegnete Baker. »Dort in der Mitte ist das eiserne Gestell eines Schlafsofas zu erkennen. Gleich links davon, das ist der Leichnam von Tim Farrar ... Wie man sieht, fehlt der Fußboden darunter. Er ist bis auf die Trägerbalken vollständig weggebrannt, und Tims Leiche ruhte auf den Zwischenbalken.«

Ein weiteres Dia, so schockierend, daß die meisten Zuschauer den Blick abwandten, zeigte Tim vom Fitneßraum aus.

Es war so sinnlos. Tim hätte aller Wahrscheinlichkeit nach mühelos durch sein Zimmerfenster auf das Dach gelangen können und von dort aus in den Garten. Warum hatte seine Mutter ihn angewiesen, im Haus zu bleiben? Hatte er versucht, seine kleine Schwester zu finden und es nicht zurück bis ans Fenster geschafft? Es war schwer zu akzeptieren, daß dieser Junge nur wenige Stunden vor seinem Tode noch so glücklich gewesen war wegen eines gelungenen Hockeymatches.

Dia 15-7 zeigte Kelly. Sie lag in ihrem Bett, als würde sie schlafen, auf dem Rücken und mit leicht angezogenen Knien. Die Bettdecke war noch über sie gebreitet. Sie war eingeschlafen und nicht wieder aufgewacht.

Dennis Moore konzentrierte sich während seiner Befragung des Zeugen auf den Augenblick, da Baker zum erstenmal gehört hatte, daß Debora Green als Verdächtige galt.

»Das war einen Tag nach dem Brand«, antwortete Baker. »Ich hörte die Namen Dr. Farrar und Debora Green – sogar von Tim Farrar war die Rede.«

Baker bestätigte, daß die Spezialeinheit jeden Morgen zusammengekommen war, um den Fall zu besprechen, aber er wurde nicht über alle Hinweise informiert, die eingegangen waren. »Die eingehenden Hinweise wurden an den Einsatzleiter weitergegeben, der wiederum verschiedene Beamte der Sondereinheit mit der Untersuchung einzelner Hinweise betraute.«

Lieutenant Gary Dirks vom forensischen Labor von Johnson County bestätigte die Authentizität von Mikes Blutprobe und dem Päckchen Kastorsamen, nachdem Baker den Zeugenstand verlassen hatte.

Detective Rod Smith wurde als nächster aufgerufen. Er hatte in den kritischen Stunden unmittelbar nach dem Feuer Debora befragt. Anfangs hatte es ausgesehen, als fände sie ihn sympathisch, aber gegen Ende der Befragung hatte sie dann ihren Zorn gegen ihn gerichtet. Smith, ein blonder, freundlicher Beamter, sollte das verblüffendste Beweisstück der Anhörung liefern: die Videoaufnahme des Verhörs, das er und Greg Burnetta mit Debora geführt hatten, dreieinhalb Stunden nachdem sie bei ihren Nachbarn geläutet und sie gebeten hatte, die Feuerwehr anzurufen.

»War Debora Green zu diesem Zeitpunkt in Haft?« fragte Morrison.

»Nein.«

»Und wurde sie auch darüber aufgeklärt, daß sie nicht verhaftet war?«

»Ja.«

»Wurde sie darüber informiert, ob sie das Recht hatte zu gehen? Mit anderen Worten, wußte sie, daß sie gehen konnte, wann es ihr beliebte?«

»Ja.«

»Was ist mit ihrer Kohärenz? Hatten Sie den Eindruck, daß sie zum Zeitpunkt der Befragung unter Alkohol- oder Drogeneinfluß stand?«

»Ich hatte nicht den Eindruck, nein.«

»Und wie lange hat das Verhör gedauert?«

»Der erste Teil dauerte etwa fünfzig Minuten, dann machten wir eine kurze Pause, und hinterher führten wir das Gespräch noch zirka zehn weitere Minuten fort.«

Morrison machte Anstalten, die Videoaufzeichnung der Befragung vorzuführen, aber wie erwartet erhob Moore Einspruch – erstens weil das Band irrelevant wäre und zweitens, weil die Verteidigung im Anschluß an die Anhörung den Antrag stellen wollte, das Band als Beweismittel nicht zuzulassen. Die Anwälte traten vor, um sich mit Richter Ruddick zu besprechen. Aus ihrer erregten Mimik war zu schließen, daß es sich offenbar um die wichtigste Auseinandersetzung der Anhörung handelte.

Moore merkte an, daß Richter Ruddick das Band bereits gesehen habe und er nicht wollte, daß die Öffentlichkeit Kenntnis von der Aufnahme bekam, weil er befürchtete, daß sie dann niemals eine unvoreingenommene Jury bekommen würden. Das war sicherlich problematisch. Es waren Journalisten im Gerichtssaal, und einen Stock tiefer befanden sich Reporter in einem Übertragungsraum, von wo aus sie das Vorgehen im Saal mitverfolgen konnten. Schließlich entschied Richter Ruddick, daß das Band sehr wohl relevant sei; es sollte im Gerichtssaal gezeigt, aber nicht von den Medien gesendet werden. »Wenn wir es auf meine Art handhaben«, erklärte der Richter, »könnte zwar jemand, der besonders schlau ist, den gesamten Inhalt einer Zeitung herunterleiern, aber die Befragung würde nicht über Fernsehen oder Radio gesendet. Der Text wird bekannt werden, aber das Band wird nicht ausgestrahlt.«

Die Kamera im Gerichtssaal wurde also abgestellt. Jene, die das Glück hatten, im Saal zu sitzen, versuchten natürlich soviel wie möglich von Deboras Aussage zu behalten. Sie versuchten also, schnell genug zu schreiben, um Deboras Worte in Kurzschrift auf Papier festzuhalten.

Und das bedeutete, daß der Betreffende nicht in der Lage sein würde, parallel hierzu den Bildschirm im Auge zu behalten, um ihre Körpersprache und ihren Gesichtsausdruck zu beobachten. Die Reporter trafen rasch Vereinbarungen, Text und Beobachtungen auszutauschen. Einige erklärten sich bereit, ihre Notizen zu vergleichen, andere nicht. Bereit für ein sonderbares Rennen saßen sie mit gezückten Kugelschreibern da, als das Band startete. Über eine Stunde war im Gerichtssaal kein Geräusch zu hören außer den Stimmen von Rod Smith und Debora Green, mit gelegentlichen Kommentaren von Greg Burnetta und Lieutenant Terry Young.

Ein so sonderbares Gespräch hatte bisher noch keiner der Reporter erlebt. Jene, die es sich zur Aufgabe gemacht hatten, den Text festzuhalten, hörten angestrengt zu und schrieben, wobei sie nur selten Gelegenheit hatten, einen Blick auf die Frau auf dem Bildschirm zu werfen, die sich auf ihrem Stuhl drehte und wand. Sie lachte und plauderte unbekümmert mit Rod Smith, wobei der fröhliche Klang ihrer Stimme in krassem Kontrast zum Geschehen stand. Ab und an, wenn die Neugier sie übermannte, warfen die Reporter einen flüchtigen Blick auf Debora, um zu sehen, wie sie auf die Bilder reagierte.

Aber die meiste Zeit schrieben sie. Sie mußten dieses Gespräch festhalten, da damit zu rechnen war, daß sie das

Band nie wieder zu hören bekommen würden. Es war durchaus möglich, daß die Verteidigung erreichte, daß das Band bei einem Prozeß als Beweismittel nicht zugelassen wurde.

Die Frau auf dem Bildschirm wirkte völlig anders als die Frau am Tisch der Verteidigung. Jene Debora Green in dem dunkelrosa Nachthemd mit den weißen Schäfchen war geistreich, redselig und freundlich. Sie machte den Eindruck einer Frau, die es gewohnt war, mit Männern zu flirten, und so wie sie sich gab, hätte man meinen können, sie unterhielte sich auf einem Grillabend mit Freunden. Ihr Verhalten paßte nicht zu einer Mutter, die davon ausgehen mußte, daß sie gerade zwei ihrer Kinder verloren hatte.

Aber die Debora Green, die sich im Gerichtssaal die Videoaufzeichnung ansah, hatte während der gesamten Anhörung weder Humor noch Charisma an den Tag gelegt. Die meiste Zeit hatte sie scheinbar gleichgültig dagesessen, wenn sie auch zuweilen einen verärgerten Gesichtsausdruck annahm. Nur ein einziges Mal hatte sie geweint. Jetzt straften ihr eigenes Bild auf dem Monitor, ihre unbekümmerten Worte und vor allem ihr Lachen diese Fassade Lügen.

Als sie Deboras Gespräch mit den Polizisten aus Prairie Village in den frühen Morgenstunden des 24. Oktober verfolgten, sahen die Zuschauer eine Person, die ihnen bislang verborgen geblieben war. Sie schien sich völlig wohl zu fühlen, obgleich sie nur ein Nachthemd trug und sich mit Männern unterhielt, die sie eben erst kennengelernt hatte. Bei ihrem Gespräch mit Smith und Brunetta entsprach sie nicht dem Bild, das man sich von einer Ärztin machte und schon gar nicht von einer Mutter zukünftiger BOTARs. Sie war derb, aber nicht unsympathisch.

Ellen Ryan sah sich das Band ebenfalls sehr aufmerksam an, als sähe auch sie eine Deb, die völlig anders war als das unselbständige ›Kind‹, das zu schützen ihr so schwergemacht worden war. Hin und wieder – wie schon während der gesamten Anhörung – flüsterte sie Debora etwas zu. Gelegentlich schüttelte sie den Kopf.

Obwohl sie mehrfach des Drogen- und Alkoholmißbrauchs bezichtigt wurde, wirkte Debora völlig nüchtern. Und obwohl sie sehr schnell sprach, klangen ihre Worte vernünftig, und sie konnte sich noch sehr detailliert an den vergangenen Abend erinnern. Sie neigte jedoch dazu, ihre Erinnerungen dramatisch in Szene zu setzen.

Aber genau so war es tatsächlich gewesen. Irgendwie war es Debora gelungen, sich sehr schnell von den Ereignissen der Nacht zu distanzieren. So unbekümmert, wie sie auftrat, hätte sie ebensogut von Fremden sprechen können anstatt von ihrer eigenen Familie.

Den Reportern – so wie zuvor schon Smith und Burnetta – fiel auf, daß sie ihre Kinder nicht beim Namen nannte, sondern von ihrem ›Dreizehnjährigen‹ oder ihrer ›Zehnjährigen‹ sprach. Der Eindruck, der sich einem aufdrängte, war der, daß sie die Kinder nicht um ihrer selbst willen großgezogen hatte, sondern um sich selbst als Mutter zu profilieren.

Immer wieder sagte Debora etwas so Unfaßbares, daß die Kugelschreiber der Journalisten synchron über das Papier kratzten. Obwohl sie noch nichts Näheres über Tims und Kellys Schicksal wußte – ja schockierenderweise nicht einmal danach gefragt hatte – sprach sie von ihnen in der Vergangenheit: »Als ich um die Hausecke ging, um die Nachbarn zu bitten, die Feuerwehr anzurufen, hörte ich über die Gegensprechanlage am Pool Tims Stimme – *er war mein Dreizehnjähriger*.«

Sie erzählte den Beamten, daß sie ihre Kinder um drei Uhr am Montag nachmittag von der Pembroke Hill Schule abgeholt hatte. »Sie gehen alle auf die Pembroke Hill«, sagte sie, wobei sie so schnell sprach, daß sie kaum zu verstehen war. »*Jedenfalls die, die noch leben …*«

Aber sie fragte immer noch nicht, welche ihrer Kinder noch am Leben waren.

Als Debora davon erzählte, wie sie Lissa ›gerettet hatte‹, war sie sehr stolz auf sich selbst und äußerte sich leicht abfällig über ihre Tochter. »Lissa hat Höhenangst – sie fürchtet sich vor so ziemlich allem. Ich sagte ›Spring!‹, und sie antwortete ›Nein, das kann ich nicht‹. Ich darauf: ›Du kannst! Spring zu mir herunter. Jetzt!‹ Und da sprang sie – und ich verfehlte sie. Ich bin sicher, sie wird nie wieder irgend jemandem vertrauen. Sie fiel mir direkt vor die Füße, blieb jedoch unverletzt. Aber ich bin sicher, allein dem Sprung ist es zu verdanken, daß Lissa noch lebt.« Das stimmte allerdings. Aber Debora hatte, wie von mehreren Zeugen übereinstimmend bestätigt wurde, keinen Versuch unternommen, ihre beiden anderen Kinder zu retten, ja sie hatte nicht einmal Sorge um sie geäußert. Sie hatte das Feuer, das ihre Kinder verbrannte, mit unbewegtem Gesicht angestarrt.

Ein dominanter Charakterzug Deboras wurde im Verlauf der Vorführung deutlich: Ihr grenzenloser Egoismus. Aus Sorge, *sie selbst* könne sich eine Rauchvergiftung zuziehen, war sie in panischer Angst um ihr Leben aus dem Haus gerannt. Sie sprach ausschweifend von *ihren* Zukunftsplänen, wenn die Scheidung erst amtlich war. »Die wichtigste Frage in meinem Leben in diesen letzten Wochen war ›Was soll ich tun?‹ Denn mein Leben wird sich ändern, ob es mir gefällt oder nicht. Ich habe also beschlossen, meinen Facharzt für Psychiatrie zu machen; das wäre eine völlig neue Herausforderung für mich … eine Chance, mein Leben so zu leben, wie es mir gefällt.« Obgleich sie wissen mußte, daß Tim und Kelly tot waren, drehte sich das Gespräch nur um Debora.

Jede Zeugenaussage während der Anhörung hatte darauf hingedeutet, daß sie sich verzweifelt an Mike geklammert hatte, aber während ihrer Befragung behauptete sie, kaum einen Gedanken an die bevorstehende Scheidung zu verschwenden. Irgendwie war die ›Schauspielerin‹ auf dem Fernsehschirm sehr überzeugend, als sie Mike nur als lästig abtat. Mit leisem Lachen sagte Debora: »Ich war nicht sonderlich betroffen – oder emotional aufgewühlt. Nein, das stimmt nicht. Ich war unsäglich erleichtert, als er auszog, was ihn sehr überraschte, weil er erwarte hatte, ich würde *am Boden zerstört* sein.«

Sie wich immer wieder von ihren eigenen Zeitangaben ab. Sie konnte sich nicht daran erinnern, wann sie zu Bett gegangen war oder wann sie mit Mike telefoniert hatte. Und sie konnte sich nur sehr vage erinnern, wann sie von der Alarmsirene geweckt worden war.

Das Band schien sich dem Ende zu nähern. Es gab lange Abschnitte, während deren niemand in dem blaßgrünen Raum war. Dann tauchten plötzlich Burnetta, Smith und Debora wieder auf. Burnetta teilt Debora mit, daß er offiziell davon unterrichtet worden sei, daß Tim und Kelly in dem Feuer umgekommen waren. Sie ließ den Kopf auf den Tisch sinken und schluchzte, aber nur einen kurzen Augenblick. Dann wandte sie sich wieder den Beamten zu – und eine völlig veränderte Frau trat zu Tage, eine Frau, die vor Wut kochte und die Beamten beschimpfte. Es war, als hätte sie drei völlig verschiedene Persönlichkeiten: die stille Frau am Tisch der Verteidigung, die redselige und freundliche Frau, die sie über ein Stunde lang im Gespräch mit den Polizisten beobachtet hatten, und jetzt diese wutschnaubende vulgäre Furie. Alle, die das Band sahen, waren schockiert.

»Allmächtiger!« sagte Debora. »Ich hätte zulassen sollen, daß mein … Ich hätte Tim herauskommen lassen sollen, als er es wollte! Verdammte Scheiße! … O Gott. Tim und Kelly, sie sind beide *tot*? Herr im Himmel! Haben Sie denn überhaupt *versucht*, sie zu retten? Ich habe eins meiner Kinder gerettet. Ich hätte noch ein zweites herausbekommen können und habe diese Gelegenheit vertan. Das werde ich mir nie verzeihen ...« Sie verlangte, zurück zum Canterbury Court gebracht zu werden, um ihre toten Kinder zu sehen, und reagierte ungehalten, als Burnetta und Smith ihr erklärten, daß dies nicht möglich sei. Diese tobende, fluchende, außer Kontrolle geratene Frau machte die zuvorkommende, freundliche Debora schlagartig vergessen.

Und dann fragte Debora sehr leise: »Weiß mein Mann es schon? Ich würde wirklich gerne meinen Mann sehen – auch wenn wir uns bald scheiden lassen –, weil er und ich die einzigen sind, die diese unerträgliche Trauer teilen können. Aber das darf ich nicht. Ich darf nicht nach Hause. Ich darf meine toten Kinder nicht sehen. Ich darf meinen Mann nicht sehen. Sie sind ein wirklich erbärmlicher Haufen, wissen Sie das?«

Am meisten wünschte sich Debora, mit Mike zusammenzusein. »Herr im Himmel!« hallte ihre Stimme vom Band durch den Saal. »Es gibt hier zwei Menschen, die von dem, was geschehen ist, am meisten betroffen sind. Warum also dürfen wir nicht zusammen sein? Aber offensichtlich ist Mitgefühl für Sie ein Fremdwort ... *Ich* will es ihm sagen. *Ich will meinem Mann mitteilen, daß unsere Babys tot sind ...*«

Das Band kam zum Ende, und Schnee füllte den Bildschirm. In der Reihe, in der die Reporter saßen, wurde immer noch emsig geschrieben, als der Bildschirm längst schwarz war; sie alle notierten fieberhaft die Worte, die noch in ihren Köpfen widerhallten. Später sollten jene, die übereingekommen waren, ihre Notizen zu vergleichen, einen bösen Verdacht teilen. Debora hatte schon einmal erlebt, daß ihr Mann nach einem Hausbrand zu ihr zurückgekehrt war. Bestand vielleicht die Möglichkeit, daß sie das Haus am Canterbury Court angezündet hatte, nur damit ihr Ehemann sich auf einen zweiten Versöhnungsversuch einließ? Obgleich sie Mike bei der Befragung in der Brandnacht ständig niedergemacht hatte, hatte sie letztendlich mit ihm zusammensein wollen. Sie hatte die erste sein wollen, die ihm mitteilte, daß Tim und Kelly tot waren. Hatte sie sich den Tod der Kinder gewünscht, damit er sie trösten könnte? Oder hatte sie Mikes Gesicht sehen wollen, wenn er die Nachricht erfuhr, um ihre Rachegelüste zu befriedigen?

39

Die Staatsanwaltschaft schloß am Mittwoch ihre Beweisführung ab. Es war ein emotionaler Tag im Gerichtssaal gewesen, von Jeff Hudsons Aussage an, daß es sich bei dem tödlichen Feuer um vorsätzliche Brandstiftung gehandelt hatte, bis hin zu der Videoaufnahme von Deboras Verhör. Frustrierte Fernsehreporter, die gehofft hatten, Kopien des Bandes ausgehändigt zu bekommen, mußten sich mit ihren eigenen Notizen begnügen. Aber auch diese waren schon Dynamit.

Was für Geschütze wollte die Verteidigung auffahren, um die Anklage zu entkräften? Moore und Moriarty hatten mehrere Zeugen angekündigt, darunter Celeste Walker, um zu ihrem Verhältnis mit Deboras Mann befragt zu werden.

Morrison wußte, was Moore und Moriarty vorhatten, um ihre Klientin zu retten, und er fühlte sich hiervon abgestoßen. Die Person, der sie die Schuld zuweisen wollten, würde nicht vorgeladen werden. Das war nicht möglich. Denn sie war tot. Die Verteidigung wollte tatsächlich Tim Farrar zum Brandstifter stempeln.

Es war ein monströses Vorhaben, das Mike in Rage brachte und auch Debora später bedauerte. Und doch bestand immerhin die Möglichkeit, daß die Behauptung der Verteidigung den Tatsachen entsprach. Tim war ein zorniger und labiler Junge gewesen – und das war normal. Er litt am meisten unter den Streitereien seiner Eltern. Debora hatte ihn benutzt und ihn zum ›Mann im Haus‹ erklärt. Zwischen Mike und Tim hatte die übliche Rivalität zwischen Vater und Sohn bestanden, die jedoch von Debora bewußt geschürt worden war. Wenn sie Mike nicht haben konnte, wollte sie offenbar wenigstens alles in ihrer Macht stehende tun, um die Feindseligkeiten zwischen ihm und seinem Sohn zu fördern. Sie verlor ihren Ehemann, aber sie würde dafür sorgen, daß Mike Tim verlor.

Debora hatte sich Tims Loyalität gesichert, indem sie seinen Vater systematisch niedergemacht hatte. Er hatte ihr sogar in den letzten Minuten seines Lebens gehorcht. Er hätte sich selbst vor dem Feuertod retten können, aber er hatte gewartet, genau wie seine Mutter befohlen hatte. Er hatte gewartet, während der Fußboden unter ihm eingebrochen und das Dach über ihm weggebrannt war. Ob Debora seinerzeit geglaubt hatte, richtig zu handeln, war unerheblich; was zählte, war, daß Tim ganz automatisch die Anweisung seiner schwer gestörten Mutter befolgt hatte.

Morrison führte an, daß der Plan der Verteidigung, Tims Vergangenheit ans Licht zu zerren, gegen das Gesetz des Staates Kansas verstieß, das nicht gestattete, daß ›vorangegangenes Fehlverhalten‹ eines Angeklagten vor Gericht gegen ihn verwendet wurde. Dem lag die Theorie zugrunde, daß man vergangenes Fehlverhalten eines Zeugen oder Opfers nicht anführen konnte, um diesen zu diskreditieren.

»Wir versuchen nur, die Theorie der Verteidigung darzulegen«, beharrte Moore. »Ob es Mr. Morrison paßt oder nicht. Wir denken, daß das Präzedenzrecht klar genug ist, was die konstitutionellen Rechte eines Angeklagten anbelangt, und das Gesetz sieht ein ordentliches Verfahren vor, das ihm dieses Recht verfassungsmäßig garantiert.«

In den meisten Staaten ist es nicht statthaft, frühere Verhaftungen, Verurteilungen oder sonstige Negativinformationen über einen Angeklagten während des eigentlichen Prozesses zur Sprache zu bringen, allerdings erlauben die meisten Staaten solcherlei Informationen in der Endphase eines Prozesses, nachdem die Geschworenen einen Angeklagten schuldig gesprochen haben und über das Strafmaß beraten. Die Ausnahme in Kansas, Paragraph 60 Absatz 455, war ein legales Schlupfloch, das eine Einbringung früherer Fehlverhalten eines Zeugen, Angeklagten oder Opfers ermöglichte.

Wie schon in zahlreichen vorangegangenen Punkten bei dieser Anhörung entschied Richter Ruddick auch diesmal, daß er, da keine Geschworenen anwesend waren, hören wolle, was die Verteidigung über Tim vorzubringen habe. Das bedeutete jedoch nicht, daß er bei einem richtigen Prozeß genauso verfahren würde.

Der erste Zeuge der Verteidigung war ein zwölfjähriger Junge, Todd Balsam*, der in die siebte Klasse ging und Tims Freund gewesen war. Todd sagte aus, daß er in derselben Fußballmannschaft wie Tim gespielt habe und Tim dann später in seine Straße gezogen wäre, den Canterbury Court. Er war bei Tim zu Hause gewesen und hatte auch den Computer gesehen, den er oft benutzte. Tim hatte Todd erzählt, daß er Bomben basteln wolle.

»Was hat Tim dir über Feuer oder Bomben erzählt, Todd«, fragte Moore.

»Er sagte, er hätte im Internet ein Buch darüber gefunden, wie man Bomben und Feuerwerkskörper herstellt. Er sagte, er würde sie für Freunde bauen.«

Todd konnte sich nicht an den exakten Titel des Buchs erinnern, das Tim auf seinen Computer geladen hatte, aber er meinte, es hätte so ähnlich geklungen wie »Das deutsche Buch der Bomben«.

»Weißt du, ob Tim sich für wissenschaftliche Themen interessiert hat?«

»Nein«, antwortete Todd, das wisse er nicht.

»Weißt du, ob er sich für Feuer und Bomben interessiert hat?«

»Also, er hat viel darüber gesprochen, hat Streichhölzer angerissen und so ... Er hat auch bei sich zu Hause Streichhölzer angerissen, aber nie etwas angezündet. Draußen hat er Dinge angezündet wie Blätter und Tannennadeln. Todd sagte, er habe gesehen, wie Tim ›fünf- oder sechsmal‹ im Garten Laubfeuer entzündet hatte.«

Beim Kreuzverhör erzählte Todd, daß er und Tim fünfzehn Häuser entfernt gewohnt hatten. Und obwohl sie früher gute Freunde gewesen waren, hatten sie sich in den letzten Wochen vor Tims Tod nur noch selten gesehen, weil sie verschiedene Schulen besuchten.

Len Jurden, dessen Familie links neben den Farrars wohnte, wurde als nächster Zeuge aufgerufen. Die Prozeßbeobachter erwarteten, daß er zu seinen ehemaligen Nachbarn befragt werden würde, so wie es bei John Forman der Fall gewesen war. Aber mit Jurden hielt die Verteidigung eine Überraschung für das Gericht bereit.

Jurden sagte aus, daß er – oder besser seine Frau – sich veranlaßt gesehen hatte, am 10. März 1995, sieben Monate vor dem fatalen Brand nebenan, die Polizeiwache von Prairie Village anzurufen.

»Ich ging gerade von der Küche ins Eßzimmer und sah aus dem Fenster«, sagte er. »Ich sah ein Feuer, zwei Jungen standen drum herum. Ich ging zur Tür und fragte, was sie da machten. Da rannten sie weg.«

Jurden sagte, er wäre zu dem Feuer gelaufen und habe es gelöscht. Es hatte nur Gras gebrannt, und er konnte nicht sagen, wie es entstanden war.

»Was haben Sie getan, nachdem Sie das Feuer gelöscht hatten?« fragte Moore.

»Ich sah einen der Jungen um die Ecke durch den Nachbargarten gehen. Ich lief ihm nach und erwischte ihn ... Wie sich herausstellte, war es Tim Farrar.«

Jurden war Tim vorher nie begegnet und sagte dem Gericht, daß er auch nicht mit den Eltern des Jungen über das Feuer gesprochen habe. Er wußte, daß die Polizei unterwegs war, und führte Tim zurück in seinen Garten, um auf die Beamten zu warten. »Der zweite Junge kam freiwillig zurück ... Die Polizei kam. Wir gingen alle zusammen rüber, und ich zeigte dem Beamten die Stelle, woraufhin der Polizist den Jungen ein paar Fragen stellte.«

Jurden, der mit sichtlichem Widerwillen aussagte, erzählte, daß er in der Nähe der versengten Rasenfläche eine Flasche entdeckt habe. Er hatte die Polizei gerufen, um Tim Farrar und dem anderen Jungen vor Augen zu führen, wie gefährlich Feuer war. Jurden sagte, seine eigenen Kinder wären vier und zwei Jahre alt, und er hätte sie schützen wollen.

Bob Thomas, Streifenpolizist aus Prairie Village, betrat als nächster den Zeugenstand. Er erinnerte sich an den Zwischenfall im März.

»Haben Sie gesehen, womit das Feuer angezündet wurde?«

»Da war eine Kaffeekanne, die offensichtlich mit etwas Benzin gefüllt gewesen war.«

»Okay. Und was hatte nun tatsächlich gebrannt?«

»Etwas Gras.«

Thomas sagte, er hätte mit den Eltern der Jungen gesprochen. Tims Mutter, die der Beamte als Mrs. Green bezeichnete, habe damals einen besorgten Eindruck gemacht. In der Kaffeekanne steckte ein Stück Stoff oder Vinylseil als Zündschnur, und die war dann angezündet worden. Das hieraus entstandene Feuer hatte ein Stück Rasen von »schätzungsweise einem halben Meter Durchmesser« verbrannt. Len Jurden hatte auf eine Anzeige wegen Brandstiftung verzichtet, und so hatte die Polizei den Fall auf sich beruhen lassen.

Tim hatte also mit einem primitiven Molotowcocktail herumgespielt. Ganz selbstverständlich ergab sich hieraus die folgende Frage: Hätte er ein Feuer gelegt, das mit großer Wahrscheinlichkeit ihn selbst, seine kleinen Schwestern und seine Hunde in Lebensgefahr gebracht hätte? Tim hatte seine Schwestern und die Hunde geliebt. Er war zornig gewesen, aber ganz sicher nicht dumm. Wenn er aus Wut gezündelt hätte, dann hätte er es sicher darauf abgesehen, etwas zu zerstören, das seinem Vater gehörte.

Noch zwei weitere Jungen warteten darauf, Tims Faszination für Feuer und explosive Stoffe zu schildern. Als erstes betrat der dreizehnjährige Dane Wilson*, auch Schüler an der Pembroke Hill School, den Zeugenstand. Er sagte, Tim wäre ein ›sehr guter Freund‹ gewesen.

»Weißt du, welcher Art die Beziehung zwischen Tim und seinem Vater war?« fragte Moore.

»Das Verhältnis war nicht sehr gut. Wenn ich bei ihm war, haben die beiden oft gestritten und sich angeschrien. Sie gingen nach nebenan und stritten lautstark wegen solcher Kleinigkeiten wie beispielsweise daß Tim den Müll nicht rausgebracht hatte …«

Trotz Morrisons vehementen Protesten gestattete Richter Ruddick Dane, sich zu den Problemen zu äußern, die Tim und Mike im Umgang miteinander gehabt hatten. »Einmal im vergangenen Jahr«, erzählte Dane, »kam Tim mit einem blauen Auge in die Schule und erzählte allen, sein Hund hätte ihm das Veilchen verpaßt. Später sagte er dann, er hätte sich das blaue Auge bei einer handgreiflichen Auseinandersetzung mit seinem Dad geholt.«

Aber Tim hatte sich revanchiert. »Tim erzählte uns, daß er seinem Dad regelmäßig eine blutige Nase verpasse, wenn sie sich schlugen. Er erzählte sogar, daß er seinem Vater einmal das Nasenbein gebrochen hatte.«

»Dane«, fragte Moore, »hast du Tim je von Feuer oder Bomben reden hören?«

»Ja, hin und wieder. Und ich habe auch Zeichnungen von beidem gesehen. Er hatte in einem Heft Pläne von Bomben und Raketen gezeichnet. Daneben standen die jeweils benötigten Chemikalien.«

»Wofür waren diese nötig?«

»Für die Herstellung der Bombe.«

Tim hatte zu Hause und im Unterricht an der Pembroke Hill Zugang zum Internet gehabt.

»Hast du je von einem Buch mit dem Titel *The Big Book of Mischief* gehört?«

»Ich habe über Tim davon gehört.«

»Hast du Tim jemals mit einer Ausgabe von *The Big Book of Mischief* gesehen?«

»In Breckenridge … Ich habe mir die Inhaltsangabe angesehen.«

»Und was war in dieser Inhaltsangabe aufgelistet?«

»Sprengstoffe, Beschreibungen von Bomben, wie man Schlösser knackt und Raketen bastelt.«

Moore versuchte, eine Ausgabe von *The Big Book of Mischief* als Beweisstück einzubringen, aber Morrison erhob Einspruch, weil nicht gewährleistet sei, daß das aus losen Seiten bestehende Heft, das Moore vorlegte, dieselben Informationen enthielt wie jenes Buch, das Dane Wilson in Breckenridge, Colorado, gesehen hatte. Das Buch, das an ein ›Kochbuch‹ für angehende Revolutionäre erinnerte, enthielt eine Fülle von Rezepten für allerlei destruktive Projekte.

Die erste Seite des Buches mußte jeden Jungen im Teenageralter magisch anziehen, da sie von verbotenen Geheimnissen und Programmen im Stil von ›Akte X‹ handelte.

WARNUNG

DAS FOLGENDE DOKUMENT ENTHÄLT
GEFÄHRLICHE INFORMATIONEN!
BEFOLGEN SIE KEINE DER
BESCHRIEBENEN OPERATIONEN,
WENN SIE NICHT MIT CHEMIE VERTRAUT SIND.
SIE KÖNNTEN SICH
ODER ANDERE
VERLETZEN ODER GAR TÖTEN,
WENN SIE DIESE EXPERIMENTE
AUSPROBIEREN!

DENKEN SIE NACH, BEVOR SIE HANDELN; SONST IST DER TOD (MÖGLICHERWEISE) VORPROGRAMMIERT!

Die auf den folgenden Seiten veröffentlichten Informationen dienen ausschließlich informativen Zwecken. Sie sind weder für Terroristen oder Anarchisten bestimmt noch für unerfahrene Personen! Ich möchte betonen, daß ich nicht der Autor dieser Seiten bin und jegliche Verantwortung für den Inhalt ablehne. Seien Sie vorsichtig!

Mischief enthielt Anleitungen für allerlei Bomben, von harmlosen Rauchbomben über Tränen- oder Lachgasbomben bis hin zu Dynamit. Allerdings waren diese sehr kompliziert; wer mit ihrer Hilfe die Bombe nachbauen wollte, mußte in den naturwissenschaftlichen Fächern schon ziemlich bewandert sein. *Mischief* enthielt außerdem ein Kapitel über Gifte und Drogen. Interessanterweise war Rizinus dort nicht aufgeführt.

Richter Ruddick entschied, die aus dem Internet abgerufenen und ausgedruckten Seiten zuzulassen – mit Ausnahme der vier Anfangsseiten, an die Dane sich nicht mehr erinnern konnte.

Morrison erhob sich zum Kreuzverhör. »Dane, du hast Tim Farrar an dem Montag vor seinem Tod noch gesehen, richtig?«

»Ja.«

»Hast du in der Schule mit ihm zu Mittag gegessen?«

»Ja.«

»War er an diesem Tag guter Dinge? War er obenauf?«

»Ja.«

»Und er hat von Bomben oder Raketen gesprochen, davon, etwas in die Luft zu jagen oder so?«

»Nein«, entgegnete Dane. »Er redete nicht oft davon. Nur wenn er sich seine Zeichnungen ansah.«

»Er war ein netter Junge, stimmt's?«

»Ja.«

»Er hat sich in der Schule für andere Kinder eingesetzt, auf denen herumgehackt wurde, nicht wahr?«

»Ja.«

Dreizehnjährige Zeugen sind selten besonders redselig, aber Morrison ließ nicht locker – ebensowenig wie zuvor Moore. »Und er hat dir früher schon erzählt, daß er und sein Dad nicht so gut miteinander auskamen?«

»Ja.«

»Und du wußtest auch von dem Ärger, den er wegen

der Kanne Benzin im Garten des Nachbarn bekommen hatte? Er sagte zu dir, er hätte daraus gelernt und es wäre eine einmalige Sache gewesen, nicht wahr?«

»Ja.«

Ein weiterer dreizehnjähriger Junge sagte über Tims Interesse für Bomben aus. »Ich war ziemlich eng mit Tim befreundet, würde ich sagen«, meinte Jed Trimble*. »Ich bin allerdings nie bei ihm zu Hause gewesen.«

»Hat Tim je mit dir über Feuer oder Bomben gesprochen?« wollte Moore wissen.

»Bei einem Fußballspiel sagte er, er wolle eine Bombe basteln.«

»Wann war dieses Fußballspiel, weißt du das noch?«

»Ich weiß, daß es im September war, bin mir aber nicht sicher, an welchem Tag.«

»Das war also einem Monat vor seinem Tod?«

»Ja.«

»Jed«, fuhr Moore fort. »Hast du je von einem Buch mit dem Titel *The Big Book of Mischief* gehört?«

»Ja«, entgegnete Jed. »Bill Lee* hat es erwähnt.«

»Hast du dieses Buch je gesehen?«

»Nein.«

Sinn und Zweck des Verhörs war natürlich, deutlich zu machen, daß Tim mit Bomben gespielt hatte. Aber eine Bombe hätte natürlich völlig andere Spuren hinterlassen, die die Brandexperten ganz sicher nicht übersehen hätten. Und die Verteidigung war nicht in der Lage gewesen, Tims Freunde wirklich belastende Aussagen zu entlocken. Abgesehen von dem primitiven Molotowcocktail in Len Jurdens Garten schien Tim mehr geredet als gehandelt zu haben.

Die Jungen, die Tims Freunde gewesen waren, wurden weder im Gerichtssaal fotografiert noch namentlich im

Protokoll genannt, aber einige Fernsehleute, die draußen vor dem Gericht warteten, filmten sie, als sie nach ihrer Zeugenaussage das Gebäude verließen.

Dennis Moore und Kevin Moriarty hatten noch weitere Zeugen, Phyllis Grado war von 1989 bis 1993 bei Debora und Mike als Kindermädchen angestellt gewesen. Sie war eine Frau in den Fünfzigern mit freundlichem Gesicht. Sie sagte, daß sie sich auf eine Zeitungsannonce hin für die Stelle beworben hatte. Mike und Debora hatten beide mit ihr gesprochen und sie gemeinsam eingestellt. Phyllis Grado erwies sich als emotionale Frau und als viel wortgewaltiger als die letzten vier Zeugen der Verteidigung.

»Sie sagen, Sie waren Kindermädchen der Farrar-Kinder ... wieviel Zeit hat diese Aufgabe umfaßt?« fragte Moore. »Können Sie dem Gericht einen Eindruck hiervon vermitteln?«

»Also, anfangs waren es so fünf Stunden täglich, aber das war nur, bis Debora wußte, daß sie mir die Kinder anvertrauen konnte. Zwei Monate später fing sie dann wieder an zu arbeiten.«

»Wissen Sie, wo sie damals gearbeitet hat?«

»Im Trinity Lutheran Hospital – sie war dort Ärztin.«

»Wie viele Stunden haben sie täglich für die Farrars gearbeitet, nachdem Debora wieder ganztags für das Trinity arbeitete?«

»Zehn Stunden am Tag.«

Grado erzählte, daß sie die ihr anvertrauten Kinder gut kennengelernt habe; sie erweckte den Eindruck, daß sie und Tim einander sehr nahegestanden hatten. Sie erinnerte sich an etwas, das sich etwa drei Jahre zuvor ereignet hatte. »Eines Morgens war er ganz niedergeschlagen, und ich fragte ihn, was denn los sei. ›Nichts‹ antwortete er abweisend. Aber schließlich bekam ich ihn doch dazu, sich zu öffnen, und er sagte: ›Mein Vater hat wieder mit meiner Mom gestritten, und diesmal will er die Scheidung – er will, daß meine Mutter in die Scheidung einwilligt. Die Mädchen sollen bei ihm leben … und ich soll bei meiner Mom bleiben. Aber es ist nur meine Schuld, daß sie sich scheiden lassen. Ständig streitet er und nörgelt an ihr herum. Ich hasse ihn. Ich hasse ihn. Ich werde ihn umbringen.«

Grado brauchte kaum durch Fragen ermutigt zu werden, so eifrig war sie darauf bedacht, den Inhalt eines Gesprächs wiederzugeben, das sie angeblich mit Tim geführt hatte. »Er sagte, daß er seinen Vater hasse, weil er seine Mutter krank mache«, erzählte sie. »Er sagte: ›Ich kann ihn nicht ausstehen. Er ist nicht mein Vater. Ich werde das Haus niederbrennen und jeden darin mitverbrennen.‹ Ich sagte: ›Tim, du schadest dir nur selbst, wenn du so redest‹, aber er sagte nur: ›Das ist mir gleich.‹ Er sagte: ›Wenn mein Dad meiner Mom das antut, werde ich ihn umbringen. Ich hasse ihn. Und ich werde ein Feuer legen. Ich werde das ganze Haus niederbrennen. Es ist mir egal, wer verletzt wird!‹

Ich sagte: ›Auch wenn du es selbst bist?‹ Er entgegnete: ›Ja, auch das ist mir egal.‹ Und so ging das weiter, jedesmal, wenn er böse war. Er hat seinen Vater immer verachtet …«

»Wie hat er körperlich reagiert, wenn er wütend war?« fragte Moore.

»Er hob drohend die Fäuste, zitterte am ganzen Leib und wurde ganz rot im Gesicht. Dann fing er an, Sachen in seinem Zimmer herumzuwerfen und um sich zu schlagen. Manchmal nahm er auch saubere Kleider aus dem Schrank und vermischte sie mit der Schmutzwäsche, so daß ich wieder hinter ihm herräumen mußte.«

Das mußte 1990 oder 1991 gewesen sein, als Tim Farrar erst acht oder neun Jahre alt gewesen war.

»Mrs. Grado«, fragte Moore, »haben Sie je mit Tim Farrar ein Gespräch über Feuer und Bomben geführt?«

Man hätte meinen sollen, sie hätte sich schon ausgiebig genug zu dem Thema Feuer ausgelassen, aber Phyllis Grado fuhr atemlos fort. »Ich fragte ihn, wo er das mit dem Feuer und so her habe. Er sagte, er lese eine Menge Bücher und würde eine Menge von Chemie verstehen. Er hatte eine kleine Holzkiste. In den Deckel schlug er einige Nägel ein, an die er Stromdrähte anschloß. Er stöpselte sie in eine Steckdose seines Zimmers ein. Dann befestigte er einen kleinen Hebel an der Vorrichtung. Er sagte: ›Wenn ich will, brauche ich nur diesen Hebel zu betätigen, und die ganze Wand bricht in Flammen aus.‹«

Moore konnte mit seiner Zeugin nicht Schritt halten. Seine nächste Frage kam so spät, daß es beinahe komisch wirkte. »Haben Sie ihn je mit etwas gesehen, das Sie beunruhigte …?«

»Ja«, antwortete sie. »Mit Zündhölzern. Er spielte ständig mit Zündhölzern herum. Er riß sie an und warf sie einfach fort, so daß sie sonstwas hätten in Brand setzen können. In Mülleimer …«

»Ist je etwas mit einem Mülleimer passiert, Mrs. Grado?«

»Im Keller – er legte ein Feuer unten im Keller, wo er seinen Nintendo hatte.«

»Woher wissen Sie, daß er ein Feuer gelegt hat?«

»Er war so verdächtig still«, fuhr die Zeugin fort, wobei sie kaum einmal eine Pause einlegte, um Luft zu holen. »Ich ging runter, um nachzusehen und er hatte in einem Abfalleimer Feuer gemacht. Ich packte den Eimer und warf ihn in die Dusche im Bad. Ich sagte: ›Sieh nur, was du mir antust‹, worauf er erwiderte: ›Das ist mir egal.‹«

»Hat es je bei Ihnen zu Hause einen ähnlichen Zwischenfall mit Tim gegeben?«

»Ja«, entgegnete Grado fest. »Ich habe ihn ziemlich oft

mit zu mir genommen, als ich während der Sommerferien auf ihn aufpaßte. Einmal ließ ich ihn in der Küche und sagte: ›Timothy, im Kühlschrank ist Limo und was zu essen. Nimm dir, was du möchtest.‹

Ich ging ins Wohnzimmer, um fernzusehen, und kurz drauf hörte ich ihn lachen. Ich rief: ›Heh, was gibt's denn da zu lachen?‹ Ich ging rüber und sah, daß mein Mülleimer lichterloh brannte. Ich hatte Angst, daß das Feuer die Decke in Brand setzen würde, weil meine Zimmerdecken recht niedrig sind, also goß ich Wasser hinein und stellte den Abfalleimer dann raus auf die Terrasse.«

Grado sagte aus, daß sie Tim mit einer Colaflasche erwischt habe, die mit einer penetrant riechenden Flüssigkeit gefüllt war und in deren Hals ein Lumpen steckte. Sie hatte versucht, ihm die Flasche abzunehmen, aber er hatte sie in den Garten geworfen.«

»Hat er Ihnen gesagt, was er mit dieser Flasche tun könne?«

»Ja. Er sagte, es sei eine Bombe. Würde er sie gegen eine Mauer werfen, würde die Flasche zerspringen und die Mauer in Brand setzen.«

»Hat er Ihnen gesagt, woher er wußte, wie man so etwas herstellt?«

»Nein, er sagte nur, das hätte er in Chemiebüchern gelesen. Er liebte es, herumzuexperimentieren.«

Während Moore Phyllis Grado gestattet hatte, sich lang und breit über Tim auszulassen, bemühte sich Morrison beim Kreuzverhör, sie zu bremsen. Sie erinnerte sich, daß sie 1993 das letzte Mal für die Farrars gearbeitet hatte. Sie konnte sich nicht mehr genau erinnern.

»Dann hatten Sie Tim Farrar also vor dem Brand mehrere Jahre nicht mehr gesehen?«

»Das ist richtig.«

»Also können Sie auch nicht aus erster Hand wissen ...«

»Das heißt, ich habe ihn im Dezember gesehen ...«

»Sie sind ihm ganz zufällig begegnet? Gut. Sie haben keine persönlichen Kenntnisse dessen, was sich am 24. Oktober 1995 ereignet hat, oder?«

»Nein ... aber das ist auch gar nicht nötig, weil ...«

»Sie haben die Frage ...«

»... ich ihn kenne.«

»... bereits beantwortet. Danke, Ma'am.« Morrison wandte sich ab, aber Phyllis Grado sprach einfach weiter.

»Ich kenne Tim.«

»Sie haben die Frage bereits hinreichend beantwortet.« Richter Ruddick versuchte, der Zeugin begreiflich zu machen, daß sie nur auf die Fragen der Anwälte zu antworten habe.

Dann brachte Morrison Mrs. Grado dazu, zuzugeben, daß Tim acht Jahre alt gewesen war, als er so wütend auf seinen Vater gewesen war, daß er gedroht hatte, das Haus anzuzünden. »Okay, gut«, fiel er ihr hastig ins Wort, um einem weiteren endlosen Monolog zuvorzukommen. »Was haben Sie getan? Haben Sie die Polizei oder die Feuerwehr angerufen, als es bei Ihnen gebrannt hat?«

»Ich habe niemanden angerufen.«

»Ach, haben Sie nicht?«

»Nein«, antwortete sie ein wenig betreten. »Ich habe das allein geregelt ... aber mein Mann sagte: ›Achte in Zukunft darauf, daß er keine Streichhölzer oder etwas Ähnliches in die Finger kriegt, wenn er hier ist.‹«

»Tatsächlich haben Sie nicht einmal seinen Eltern von den Zwischenfällen erzählt, nicht wahr?«

»Nein, ich habe es ihnen nicht gesagt. Nein.«

Phyllis Grado verließ den Zeugenstand. Wie sonderbar, daß sie die Eltern nicht darüber informiert hatte, daß ihr achtjähriger Sohn gezündelt hatte. Sie war keine glaubwürdige Zeugin gewesen. Was sie über Tim gesagt hatte, war beunruhigend gewesen, aber ihr Auftreten hatte die Wirkung ihrer Aussage zunichte gemacht.

Die Prozeßbeobachter warteten. Als nächste Zeugin mußte Celeste Walker aufgerufen werden. Alle blickten auf die Doppeltür zum Flur. Aber es kam niemand herein. Moore teilte Richter Ruddick mit, daß die Verteidigung ihre Beweisführung abgeschlossen habe. Celeste würde trotz Vorladung durch die Verteidigung nicht aussagen müssen. Moore würde sie nicht zu ihrer Beziehung zu Mike befragen, nachdem die Anklage hierin Deboras Hauptmotiv für die Brandstiftung sah. Und Moore würde auch keinerlei Indizien dafür liefern, daß Tim seinen Vater vergiftet hatte.

Die Anhörung war vorbei. Jetzt lag es an Richter Ruddick. Wenn er entschied, daß die Beweise gegen Debora Green nicht ausreichten für einen Schwurgerichtsprozeß, würde sie den Saal als freie Frau verlassen. Falls es zum Prozeß kam, wollte Paul Morrison sämtliche Anklagepunkte gleichzeitig verhandelt wissen. So wie er das sah, waren die Vergiftung und die mörderische Brandstiftung ›untrennbar miteinander verwoben‹, da sie aus ein und demselben Motiv hervorgegangen seien. »Wir sind der Überzeugung«, teilte Morrison dem Richter mit, »daß diese Kinder von Debora Green getötet wurden, weil sie keinen Zugriff mehr auf Mike Farrar hatte. Wir vertreten den Standpunkt, Euer Ehren, und in diesem Sinne haben wir auch argumentiert, daß sämtliche Anklagepunkte durch das Motiv und die Ausführung zusammenhängen.«

Moore hingegen wollte den Vorwurf der Vergiftung von dem der Brandstiftung trennen. »Wir werden dagegen Einspruch erheben«, teilte er dem Richter mit. »Die Indizien, die von der Staatsanwaltschaft beigebracht wurden, deuten nach Meinung der Anklage darauf hin, daß Debora Green versucht hat, Michael Farrar mit Gift zu ermorden, und das ist eine völlig andere Vorgehensweise als bei Brandstiftung …«

Richter Ruddick hatte sich fast vier Tage lang aufmerksam angehört, was Staatsanwaltschaft und Verteidigung vorzutragen hatten, und war nun bereit, seine Entscheidung zu treffen. »Aufgrund der bei dieser Anhörung eingebrachten Beweisstücke«, sagte er, »bin ich zu der Überzeugung gelangt, daß der Tatbestand des Mordes im Sinne des Paragraphen 21-3439(a)(6) des StGB von Kansas am 24. Oktober 1995 in Johnson County, Kansas, erfüllt ist. Das ist der erste Anklagepunkt. Es besteht Grund zu der Annahme, daß die hier Angeklagte dieses Verbrechen begangen hat, und somit ordne ich ihre Inhaftierung wegen des ersten Anklagepunktes an.« (Dieser Anklagepunkt betraf den Vorwurf des Mordes an Kelly Farrar.)

Debora zeigte keinerlei Gefühlsregung, als sie hörte, daß ihr wegen Mordes der Prozeß gemacht werden würde. Ellen hingegen schaute betreten drein. Sie hatte Lissa versprochen, sich um ihre Mutter zu kümmern; ein Mordprozeß würde dies um vieles erschweren.

Aber das war noch nicht alles. Richter Ruddick hielt es darüber hinaus für gerechtfertigt, Debora in vier weiteren Punkten anzuklagen: wegen eines zweiten Mordes (dem an Tim), schwerer Brandstiftung, versuchtem Mord und versuchtem Mord in einem besonders schweren Fall. Die Anklage würde nun einer Jury beweisen müssen, daß sie vorsätzlich ihr eigenes Haus angezündet und hierbei zwei ihrer Kinder getötet und ein drittes zu töten versucht hatte – und daß sie ihren Mann in Tötungsabsicht vergiftet hatte.

Richter Ruddick hatte sein Bestes getan, um zu verhindern, daß potentielle Geschworene dadurch beeinflußt wurden, daß sie Einzelheiten aus der Anhörung lasen oder hörten. Aber im Februar ließ sich unmöglich vorhersagen, wer im Juni oder Juli zum Geschworenen bestellt werden würde. Die Öffentlichkeit hatte Debora nicht gehört und auch nicht gesehen.

Richter Ruddick sagte, er würde seine Entscheidung bezüglich einer möglichen Aufsplittung in zwei Prozesse – den einen wegen Brandstiftung, den anderen wegen versuchten Mordes durch Vergiften – zu einem späteren Zeitpunkt fällen. Morrison wollte sich nicht dazu äußern, ob er die Todesstrafe fordern würde, falls die Angeklagte für schuldig befunden wurde.

Ellen Ryan erhob sich von ihrem Platz am Tisch der Verteidigung und bat Richter Ruddick, ihr Mandat als Strafverteidigerin niederlegen zu dürfen. »Ich bin Dr. Greens Scheidungsanwältin, nicht ihre Strafverteidigerin. Ich habe keinen der eingebrachten Anträge mitunterzeichnet. Aber um als Zeugin zur Verfügung zu stehen ... möchte ich um die Erlaubnis bitten, vom Fall Green zurücktreten zu dürfen. Ich habe diesen Schritt mit meiner Mandantin besprochen, und sie hat keine Einwände.«

Richter Ruddick gab Ellens Antrag statt, wies sie jedoch noch einmal darauf hin, daß sie dennoch weiterhin an die anwaltliche Schweigepflicht gebunden sei.

Debora Green sollte in einer Woche, am 8. Februar 1996 zur Anklage vernommen werden. Wenn alles glattging, würde ihr Prozeß während des heißen Sommers 1996 stattfinden. Jene Prozeßbeobachter im Saal, die bis zuletzt ausgeharrt hatten, verließen das Gericht und traten hinaus in die deprimierende, naßkalte Dämmerung. Es waren gerade mal sechs Grad, und der Sommer schien noch ewig weit weg.

40

Tony Rizzo, der im Auftrag des *Kansas City Star* über besonders interessante Fälle in Johnsons County berichtete, beschrieb, wie die elektrisierende Spannung von einem Tag auf den anderen aus dem Gericht verschwand. Am Freitag, dem 2. Februar 1996, hatten sich die Beobachter der Anhörung zerstreut; viele waren heimgeflogen, und ortsansässige Neugierige mußten nun nicht mehr früh aufstehen und über vereiste Straßen nach Olathe fahren. Das Fernsehen hatte sich mittlerweile anderen Sensationsstorys zugewandt. Wer jedoch mit solchen Dingen vertraut war, wußte, daß es sich hierbei nur um die Ruhe vor dem Sturm handelte. »Wir können etwa 24 Stunden entspannen«, bemerkte ein Gerichtsangestellter Rizzo gegenüber, »dann müssen wir auch schon mit den Vorbereitungen für den nächsten Prozeß beginnen.«

Paul Morrison bezeichnete die Taktik der Verteidigung, die Brandstiftung Tim in die Schuhe zu schieben, als ›obszön‹. Tims Vater empfand es genauso. »Tim war ein schwieriges Kind«, sagte Mike mit tränenerstickter Stimme, »aber niemals glaube ich, daß er zu so etwas fähig gewesen wäre. Die Verteidigung hat die Situation aufgebauscht. Ich will nicht, daß jemand das von Tim glaubt, und ich möchte, daß alle wissen, daß ich ihn geliebt habe und unsere Beziehung sich in der Zeit vor dem Brand entscheidend gebessert hatte.«

Für Mike war schlimm genug, daß er zwei seiner Kinder verloren hatte, auch ohne daß Außenstehenden ihn für einen Vater hielten, der bei seinem Sohn Mordgelüste weckte. Nicht Tim hatte ihm die Mahlzeiten gebracht, die ihn krank gemacht hatten, sondern Debora. Und es war auch Debora, die ihm damals nach dem Fußballspiel eine Tasse Cappuccino gebracht hatte, daß er sie trank, um

Tims Gefühle nicht zu verletzen. Mike wußte, wer ihn vergiftet hatte, und das war nicht sein verstorbener Sohn.

Auch Jeff Hudson, der Branddirektor von Shawnee, reagierte erbost auf die hartnäckige Behauptung der Verteidigung, daß Tim nicht nur seinen Vater vergiftet, sondern außerdem das Feuer gelegt habe, in dem er selbst umgekommen war. »Dieses Feuer ist ganz zweifelsfrei am südlichen Ende des Erdgeschosses entstanden – also in der Nähe des Elternschlafzimmers« erklärte er. »Im Erdgeschoß war der Brandschaden einfach zu groß. Feuer breitet sich nach oben aus. Tim hätte es niemals zurück nach oben in sein Zimmer geschafft, wenn er den Brandbeschleuniger im Erdgeschoß angezündet hätte. Das wäre schlicht unmöglich gewesen.«

Hudson erklärte weiterhin, daß, wenn Tim den Brandbeschleuniger im Haus und auf der Treppe ausgeschüttet und schließlich vom oberen Treppenabsatz aus angezündet hätte, das Feuer viel größeren Schaden in den Kinderzimmern im Obergeschoß angerichtet hätte. Nein, Hudson stand mit seinem guten Ruf dafür ein, daß es so nicht gewesen war. Das Feuer, das Tim getötet hatte, sagte er, habe sich durch die Decke des Wohnzimmers direkt unter seinem Zimmer hindurchgefressen. Die Flammen waren hoch genug aufgelodert, um den Fußboden von Tims Zimmer vollständig wegzubrennen, wodurch sein Bett, ja sein gesamtes Mobiliar und Tim selbst ins Wohnzimmer hinabgestürzt waren.

Debora wurde erneut in der Strafvollzugsanstalt von Johnson County eingesperrt. Ellen besuchte sie oft. Sie hatte als Deboras Scheidungsanwältin angefangen, aber Ellen war mittlerweile mehr als das: sie war so etwas wie eine Betreuerin. Es war Ellen gewesen, die aus dem Ehevermögen Gelder für Debora sichergestellt hatte, und sie hatte auch die Schecks für Deboras Verteidiger ausgestellt. Jetzt, nachdem sie in den Fernsehberichten über Deboras Haftprüfung so in Erscheinung getreten war, bekam sie böse Briefe und Anrufe. Sie verteidigte ›eine Kindesmörderin‹, und das verübelte ihr ein Teil der Bürger von Kansas City.

»Dann kamen Anrufe von Geschäftsfrauen, die Deb gekannt hatten und mir versicherten, sie sei unschuldig«, sagte Ellen. »Kollegen von mir meinten, ich würde meinen guten Ruf als Anwältin aufs Spiel setzen, wenn ich mich weiter um Debora kümmerte. Sogar meine Kinder wurden in der Schule angefeindet. Die Lehrer fragten mich, ob ich nicht zu viel Zeit in diesen Fall investiere und ob ich mir überlegt hätte, was ich meinen Kindern damit antäte. Einem männlichen Rechtsanwalt hätten sie ganz sicher keine solchen Vorhaltungen gemacht. Schließlich setzte ich mich mit meinen Kindern zusammen und erklärte ihnen, daß ich einer Frau helfe, die viele Leute nicht leiden könnten, daß ich mich aber stets bemüht hätte, die Wahrheit herauszufinden – und das auch in diesem Fall täte. Sie meinten, ich sollte weitermachen, bis ich die Wahrheit herausgefunden hätte.«

Überraschenderweise entwickelten Ellens Kinder eine gewisse Sympathie für Debora, nachdem sie mit ihr telefoniert hatten. Sie rief nun öfter abends bei Ellen zu Hause an. »Es war wie bei den Jungen, die mit Tim befreundet gewesen waren«, sagte Ellen. »Sie hatten Debora bei der Beerdigung umarmt; sie hatten sie wirklich gern. Sie und meine eigenen Kinder sagten zu mir: ›Du mußt ihr helfen.‹«

Während sie sich immer schwergetan hatte, mit Erwachsenen Freundschaft zu schließen, war unbestritten, daß Debora sehr wohl in der Lage war, eine warmherzige, enge Beziehung zu Kindern aufzubauen. Kinder, die Tims und Kellys unkomplizierte, nette Mutter in ihr Herz geschlossen hatten, weigerten sich immer noch zu glauben, daß sie die beiden getötet haben könnte.

Einige Wochen nach der Anhörung entschied Paul Morrison, daß er die Todesstrafe fordern würde, falls Debora bei ihrem Prozeß schuldig gesprochen wurde. Das war eine riskante Entscheidung, aber auch eine, die sich nicht umgehen ließ. Im Staat Kansas müssen bestimmte Kriterien erfüllt sein, ehe die Anklage die Todesstrafe fordern kann. Ein Kapitalverbrechen muß geplant und mit Vorsatz ausgeführt worden sein. Morrison war überzeugt davon, daß Debora das Feuer, dem ihre Kinder zum Opfer gefallen waren, vorsätzlich gelegt hatte. Der Staatsanwalt traf diese Entscheidung jedoch nicht allein. »Bei den meisten schwerwiegenden Entscheidungen«, erklärte er, wobei er mit einer ausladenden Geste das ganze Büro einschloß, »setzen wir uns zusammen. In diesem Fall waren bei der Besprechung sämtliche Juristen der Bezirksanwaltschaft zugegen, so an die zwanzig Personen. Viele unserer Mitarbeiter haben sehr aktiv an der Diskussion teilgenommen.«

Morrison hatte das Glück, daß seinem Stab mehrere herausragende Prozeßanwälte angehörten. »Wir treffen unsere Entscheidungen mit ihnen zusammen … Und wenn es um die Todesstrafe geht, tauschen wir uns sehr intensiv mit ihnen aus.«

»Schließlich«, fuhr Morrison fort, »kam ich zu dem Schluß, daß, wenn man in diesem Fall nicht die Todesstrafe forderte, man sie in keinem anderen Fall fordern konnte. Wir bemühen uns sehr, fair zu sein, und versuchen, alle Angeklagten gleich zu behandeln. Ich dachte: Wenn wir das nicht tun, was sollen wir dann in fünf Jahren tun, wenn irgendein Schwarzer bei einem bewaffneten Raubüberfall drei oder vier Leute abknallt? Was unterscheidet diese Leute von Debora Green? Man könnte sogar argumentieren, daß ein solches Verbrechen seitens einer Person wie Debora, der alle Möglichkeiten offenstanden, noch verwerflicher ist.«

Falls die Geschworenen Debora schuldig befanden, vorsätzlich ein Haus in Brand gesetzt zu haben, in dem ihre Kinder schliefen, sowie ihren eigenen Mann vorsätzlich vergiftet zu haben, konnte niemand behaupten, dies wären keine verabscheuungswürdigen Taten gewesen. Es sollte keine Rolle spielen, daß sie Ärztin war, eine wohlhabende Frau, die in einem noblen Vorort lebte.

»Außerdem«, fuhr Morrison mit nachdenklicher Miene fort, »war ich bei der Autopsie dabei, und ich erinnere mich noch gut daran. Da lag dieses kleine Mädchen, das niedlichste kleine Mädchen der Welt, tot auf dem Autopsietisch, nur weil ihre Mutter ihren Dad zurückgewinnen wollte.«

Und auch Bezirksstaatsanwälte sind trotz ihres ständigen Umgangs mit Verbrechern nur Menschen. Morrisons Kinder waren im gleichen Alter wie Deboras und Mikes Kinder; er konnte einfach nicht anders, als in diesem Fall persönliche Betroffenheit zu empfinden.

Nachdem das Damoklesschwert der Todesstrafe über Deboras Haupt hing, hatten Dennis Moore und Ellen Ryan denselben Gedanken: Sie brauchten Sean O'Brien. O'Brien war Rechtsanwalt am Missouri Capital Punishment Resource Center, einer Beratungsstelle, die sich mit zum Tode Verurteilten befaßte. Er war ein sanftmütiger Mensch und Gegner der Todesstrafe. Seine Philosophie und seine Karriere waren der Überzeugung gewidmet, daß die Todesstrafe in den USA abgeschafft werden sollte. Ellen suchte O'Brien auf, den sie noch von der Universität her kannte.

»Ich habe mich lange mit ihm unterhalten«, sagte sie. »Ich erklärte ihm, daß ich nicht wüßte, was geschehen war, daß ich immer wieder mit Gerüchten konfrontiert würde, daß meine Klientin mir nicht sagen könne, was passiert sei und ich nicht wisse, was ich tun solle, um sie zu retten.«

O'Brien erklärte sich einverstanden, dem Team der Verteidigung beizutreten. Er heuerte Detektive an und schlug vor, Bev Marchbank hinzuzuziehen, die eine geschickte Schlichterin war. Die Strafverteidiger fingen an, sich jeden Montag zusammenzusetzen, um ihr weiteres Vorgehen zu besprechen und zu entscheiden, welche Anträge sie stellen sollten.

Debora wußte, daß ihr wegen Mordes der Prozeß gemacht werden würde. Und sie wußte auch, daß ihr die Todesstrafe drohte. Es spielte keine Rolle, daß die Todesstrafe in Kansas schon seit Jahrzehnten nicht mehr vollstreckt worden war; sie hatte Angst. In den Wochen, die sie auf ihren Prozeß wartete, wurde Debora sehr still und depressiv. »Sie wurde beinahe katatonisch«, erinnerte sich Ellen. »Sie war nicht mehr in der Lage, ein Gespräch anzufangen. Das war der Punkt, an dem ihre Mutter und ich begannen, uns ernste Sorgen zu machen.«

Debora schien auf Frauen positiver zu reagieren, aber der männliche Part ihres Verteidigungsteams schien sie einzuschüchtern. So gelangte sie zu der Überzeugung, daß ihre Rechtsanwälte sich nicht genügend für sie einsetzten. Sie kamen sie nicht oft genug besuchen, und wenn sie doch kamen, hatte Debora das Gefühl, daß sie dem, was sie sagte, nicht die gebührende Beachtung schenkten. Sie war es nicht gewohnt, mit ihrer brüsken, sachlichen Art umzugehen. Sie versuchten, sie vor der Todesstrafe zu bewahren; sie kamen nicht, um Small talk zu halten oder ihr Trost zu spenden. Sie hatte ohnehin Schwierigkeiten im Umgang mit Männern, und mit Dennis Moore und

Kevin Moriarty konnte sie nicht so umgehen wie mit Mike oder Rod Smith und Greg Burnetta. Sie konnte sie nicht anschreien und beschimpfen. Sie standen zwischen ihr und der Todeszelle.

Auf eine gerichtliche Anordnung hin mußten Deboras Telefongespräche mit Lissa von einem Psychiater überwacht werden. Aber am 10. Februar, als der zuständige Psychiater, Dr. Rutger Weiss*, nicht in der Stadt war, gelang es Debora, ein nicht überwachtes Gespräch mit Lissa zu führen. Von da an machte Lissa sich wieder große Sorgen darüber, was aus ihrer Mutter werden würde. Debora hatte ihr das Versprechen abgenommen, niemandem von ihrem Telefonat zu erzählen. Entweder war sie das ›verwirrte, alltagsuntaugliche Kind‹, als das Ellen sie erlebt hatte, oder aber eine raffinierte Mörderin, der es gleich war, daß sie Lissa völlig durcheinanderbrachte.

Vielleicht war sie auch beides.

Marchbank besuchte Debora, um sie aufzuheitern, und auch Ellen versuchte, die Zahl ihrer Besuche zu erhöhen. Sobald sie spürte, daß jemand ihr Aufmerksamkeit schenkte, wurde Debora lebhafter. Sie nahm Antidepressiva, die genau auf ihre Bedürfnisse abgestimmt waren. Sie behauptete immer noch, sich nicht mehr an die Brandnacht zu erinnern und blieb hartnäckig dabei, daß sie niemals fähig gewesen wäre, ihr eigenes Haus anzuzünden.

Die Verteidigung engagierte Marilyn Hutchinson, eine Psychologin, die Debora untersuchen und einige Persönlichkeitstest mit ihr durchführen sollte, damit die Anwälte sich ein Bild der Frau machen konnten, die sie vertraten. Debora genoß Hutchinsons lange Besuche.

Moore und Moriarty hatten bei Deboras Verteidigung bereits verschiedenen Taktiken ausprobiert. Während der Anhörung hatte Moore dafür gesorgt, daß Celeste Walker als potentielle Zeugin greifbar war. Moore ließ durchblicken, daß er darüber nachdenke, John Walkers Leiche exhumieren zu lassen, um eine dritte Autopsie an ihm zu ermöglichen. »Johns Foto ging wieder durch die Nachrichten. Die Menschen fragten sich, ob Mike und ich vielleicht gemeinsam geplant hatten, jeden zu beseitigen, der uns im Wege stand. Es war eine schlimme Zeit für Johns Mutter – und für seine Brüder.«

Letztendlich verzichteten Verteidigung und Anklage darauf, Celeste in den Zeugenstand zu rufen. Sie war die ›andere Frau‹, aber es gab nicht den geringsten Hinweis dafür, daß sie etwas mit dem Tod ihres Mannes oder dem Mord an Mikes Kindern zu tun hatte.

Jetzt ging die Verteidigung der Möglichkeit nach, daß Debora selbst keine schuldhafte Kenntnis von der Brandnacht hatte. Sie fanden einen Brandmeister in North Kansas City, der sagte, es ging das Gerücht um, in dem Haus am Canterbury Court seien gar keine Spuren von Brandbeschleuniger gefunden worden. Es habe sogenannte Gießmuster gegeben, aber hierfür konnte es verschiedene Ursachen geben. Er war der Ansicht, daß die Staatsanwaltschaft nicht genügend in der Hand hatte, um eine Brandstiftung zweifelsfrei beweisen zu können.

Trotz Deboras Behauptung, daß sie sich an nichts erinnern könne, bereiteten einige Punkte ihren Verteidigern Kopfzerbrechen. Da war zum Beispiel die Angelegenheit mit ihrem Haar. Die Formans hatten ausgesagt, daß ihr Haar naß gewesen war, als sie an ihre Tür geklopft und sie gebeten hatte, die Feuerwehr zu rufen. Wenn sie tatsächlich geschlafen hatte, als das Feuer ausgebrochen war, warum war dann ihr Haar naß gewesen? War es möglich, daß sie sich das Haar versengt hatte? Moore war dabei gewesen, als Rod Smith den Durchsuchungsbefehl vorgelegt und von Debora Haarproben verlangt hatte. Die Haare waren versengt gewesen – etwas, das typisch war für Personen, die mit Hilfe von Brandbeschleuniger Feuer gelegt hatten. Und Debora hatte sich in der Woche nach dem Brand zweimal die Haare schneiden lassen.

Ihre Anwälte wollten schließlich die Wahrheit wissen. Wenn sie die Wahrheit kannten, konnten sie sich ihrer bedienen, aber wenn Debora sie weiterhin ins Leere laufen ließ mit ihrem angeblichen Gedächtnisschwund, würde sie das erheblich bei ihrer Arbeit behindern. Aber sobald sie Druck auf Debora ausübten, verstummte sie. Selbst als sie ihr sagten, die Zeit würde knapp, schwieg sie. Die Verteidigung auf Grundlage von Unzurechnungsfähigkeit funktioniert in Filmen; im wahren Leben kommt man jedoch nur selten damit durch.

Ellen, die geduldigste und verständnisvollste von allen, erkannte, daß etwas geschehen mußte. Es mußte einen Weg geben, Debora mit der aufkommenden Wahrheit zu konfrontieren. Und wenn ihnen das gelang, würde sie zwar den Rest ihres Lebens im Gefängnis verbringen, aber nicht hingerichtet werden.

41

Mike und Lissa wohnten wieder zusammen, in einer Wohnung anstatt eines Riesenhauses. Sie verbrachten viel Zeit miteinander. Als Kellys Klassenkameraden ihr in ihrem Klassenzimmer eine Gedenktafel widmeten, waren ihr Vater und ihre Schwester als Ehrengäste zugegen. Die Kinder hatten Keramikfliesen mit Zeichnungen all jener Dinge angefertigt, die sie geliebt hatte. Die Bilder zeigten

Kelly beim Schwimmen, Kelly mit Boomer, Kelly im Kreis ihrer Freunde, ein winziges Paar rosafarbener Ballettschuhe, Herzen, Sterne und andere Motive. Ihre Klassenkameraden konnten in dieser ruhigen Ecke der Klasse inmitten der Erinnerungen an Kelly sitzen und lesen. Kelly war eine wahre Leseratte gewesen.

Mike und Lissa machten im März Urlaub in Mexico, nur sie beide allein. Ein sehr kranker Mann und ein kleines Mädchen. Sie waren alles, was von ihrer einstigen Familie noch übrig war. Auch wenn Debora freigesprochen wurde, würden sie, Mike und Lissa nie wieder zusammenleben. Mike und Lissa mußten unweigerlich an die vorangegangene Reise nach Mexico denken, bei der Kelly und Tim dabeigewesen waren.

Lissa war ihrer Mutter gegenüber loyal – sie hatte nicht einmal ihrem Vater von Deboras verbotenem Telefonat aus dem Gefängnis erzählt. Dann hatte Ellen ihr erklärt, daß sie ihren Dad niemals anlügen dürfe, und das Mädchen hatte versprochen, daß sie das nicht wieder tun würde. Und doch sorgte sie sich um ihre Mutter.

Nur langsam begannen Lissa und Mike eine wahre Vater-Tochter-Beziehung zu entwickeln – etwas, das sie früher nie gekannt hatten. Debora hatte Mike immer als Buhmann hingestellt, und die Kinder hatten alles geglaubt, was ihre Mutter ihnen erzählt hatte. Und es stimmte, daß er immer schon vor dem Frühstück aus dem Haus gegangen und erst nach dem Abendessen wiedergekommen war. Er hatte sich in seinem eigenen Zuhause stets unbehaglich gefühlt.

Und er war Debora untreu gewesen, wenn auch erst, nachdem zwölf Jahre Ehe sie einander nicht nähergebracht hatten. Trotzdem hätte keine vernünftige Frau und Mutter ihre Kinder gegen den Vater aufgehetzt. Aber jetzt, da sie begann, an den unzähligen Horrorgeschichten ihrer Mutter zu zweifeln, wollte Lissa ihrem Vater vertrauen.

Lissa konnte Celeste Walker nicht leiden. Das war vorhersehbar gewesen. Der Wechsel hatte sich zu abrupt vollzogen. Außerdem hatte Debora Celeste immer wieder auf obszöne Weise beschimpft und sie für das Auseinanderbrechen der Familie verantwortlich gemacht. Mikes Mutter mochte Celeste auch nicht, was Lissa sehr wohl spürte. Celeste einzuladen, sie auf der Mexikoreise zu begleiten, wäre also keine gute Idee gewesen.

Celeste hatte hierfür Verständnis. Sie wußte, daß Mike Ende Februar eine schwere Zeit durchmachte. Ihm stand eine weitere Hirnoperation bevor; er hatte Kopfschmerzen und fühlte sich unwohl. Sie waren beide nicht bereit gewesen für eine neue Beziehung, was jetzt immer deutlicher wurde. Die Realität, daß Kelly und Tim tot waren, wurde ihm erst nach und nach bewußt. Das Grauen der vergangenen fünf Monate würde ihn nie wieder völlig loslassen.

Auch Celestes Söhne taten sich schwer mit der Bewältigung der familiären Tragödie. Ursprünglich hatten Celeste und Mike sich zueinander hingezogen gefühlt, weil sie in ihrer jeweiligen Ehe unglücklich gewesen waren. Aber zumindest Mike erkannte nun, daß ihre Gefühle füreinander die Tragödien, die ihrer beider Leben überschatteten, möglicherweise nicht überdauern würden. Sie hatten vieles gemeinsam, aber ob das ausreichen würde, sie weiterhin an einander zu binden, war fraglich. Ihre Beziehung wurde von zu vielen Gespenstern aus der Vergangenheit überschattet.

Celeste begann nach der Anhörung im Februar um ihre Beziehung zu fürchten. »Mike bekam ständig Post von irgendwelchen Leuten. Von Menschen, die er von früher kannte – darunter auch Frauen, mit denen er mal befreundet gewesen war. Und er rief sie alle zurück, was ich sehr merkwürdig fand. Mit einer von ihnen traf er sich sogar zum Mittagessen. Er erzählte mir davon. Und von seinem Treffen mit einer Sekretärin von irgendeiner Behörde in

Cincinnati. Er rief sie an, nachdem sie ihm eine Beileidskarte geschickt hatte. Er erzählte mir ihr ganzes Leben und sagte, sie wäre sehr attraktiv.«

Ob seine Reaktion nun ›merkwürdig‹ war oder nicht, Mike hatte vor Celeste keine Geheimnisse. Aber sie reagierte verunsichert und mißtrauisch, wenn er von Freundinnen erzählte. Obwohl er Celeste immer noch mindestens viermal täglich anrief, machte sie sich Sorgen. Sie hatte das Gefühl, daß er seine Arbeit als Arzt benutzte, um Eindruck auf andere Frauen zu machen. Vielleicht hätte sie sich nicht unzulänglich fühlen sollen – aber sie war all die Jahre mit John verheiratet gewesen, ohne ihn glücklich machen zu können. Sie brauchte einen Mann, der sie brauchte, sie liebte und ihr das Gefühl gab, attraktiv zu sein. Sie zuckte jedesmal innerlich zusammen, wenn sie von anderen Frauen in Mikes Leben hörte, auch wenn es sich um rein platonische Beziehungen handelte.

Die Mexico-Reise trug dazu bei, Mikes Beziehung zu Lissa zu vertiefen. Es machte ihr Spaß, bei ihrem Dad zu leben. Ihre Freunde wohnten ganz in der Nähe, sie ging weiter zum Ballettunterricht, und jeder aus ihrem Verwandtenkreis trug dazu bei, sie vor dem Skandal des bevorstehenden Prozesses abzuschirmen. Sie hatte keinen persönlichen Kontakt mehr mit ihrer Mutter, die weiter im Gefängnis saß, während ihre Anwälte an ihrer Verteidigung arbeiteten. Und Debora sprach weiterhin regelmäßig mit Marilyn Hutchinson, die beurteilen sollte, ob sie überhaupt in der Lage war, ihrem eigenen Prozeß beizuwohnen.

Bei einer zweiten Anhörung am Donnerstag, dem 7. März 1996, brachte Dennis Moore eine seiner Hauptsorgen zur Sprache: die Medienhysterie, die er bei jeder weiteren Anhörung sowie auch beim eigentlichen Prozeß erwartete. Das Ausmaß der Berichterstattung während der ersten Anhörung habe ihn beunruhigt, sagte er. Obgleich Moore Presse und Fernsehen unzählige Interviews gegeben hatte, sagte er jetzt, daß es keine Gerechtigkeit geben könne, wenn Kameras und Mikrophone jeden Aspekt von Debora Greens Prozeß festhielten. Die Verteidigung beantragte, daß sämtliche Kameras aus dem Gerichtssaal verbannt wurden. Außerdem wollte sie den Zugriff der Öffentlichkeit auf juristische Dokumente stark beschränken.

Die Gesetzgebung des Staates Kansas erlaubte es Richter Ruddick, Diskretion zu wahren und die Freiheiten der Presse in seinem Gerichtssaal zu beschneiden. Wie schon bei der vorangegangenen Anhörung hatten Zeugen das Recht, zu verbieten, daß man sie filmte oder fotografierte. Moore fürchtete, daß Geschworene – die erst noch ausgewählt werden mußten – weitere Diskussionen im Vorfeld des Prozesses ausgesetzt sein würden. Während des eigentlichen Prozesses konnten Geschworene von der Öffentlichkeit abgeschnitten werden, und man konnte ihnen per Gesetz verbieten, Zeitung zu lesen und fernzusehen. Hotelzimmer und Mahlzeiten für eine Jury können bei einem langwierigen Prozeß erhebliche Kosten für eine County verursachen. Aber einstweilen wußte noch niemand, wer die Geschworenen sein würden. Sie würden aus den registrierten Wählern von Johnson County bestimmt werden, von denen jeder von der Berichterstattung über diesen Fall beeinflußt wurde.

Paul Morrison wandte ein, daß die Berichterstattung in den Medien bei künftigen Anhörungen und dem Prozeß unweigerlich umfangreich sein würde, ob nun Kameras erlaubt wurden oder nicht. »Ich denke, die Öffentlichkeit hat ein Recht darauf, zu erfahren, was im Gerichtssaal vor sich geht«, argumentierte er.

Moore und Moriarty beantragten außerdem ein Gespräch mit Lissa Farrar unter Ausschluß der Staatsanwaltschaft. »Wir fordern, daß uns dieselben Privilegien eingeräumt werden wie der Anklage«, sagte Moore. Aber Morrison erklärte, daß er selbst auch nicht mit Lissa gesprochen habe. Das einzige Gespräch, das die Ermittler mit Lissa geführt hatte, war jenes am 25. Oktober, als sie von mehreren Vertretern der Spezialeinheit befragt worden war. »Bisher haben alle sich dafür eingesetzt, sie weitgehend aus allem herauszuhalten«, sagte Morrison.

Seine Hauptsorge war, daß, wenn der Verteidigung ein Treffen mit Lissa gewährt wurde, Debora daran teilnehmen könnte. Er wollte nicht, daß diese Art von Druck auf ein kleines Mädchen ausgeübt wurde. Seinem Protest gegen den Antrag der Verteidigung fügte er ein Schreiben von Dr. Weiss bei, der sich dagegen ausgesprochen hatte, daß Lissa von Anklage oder Verteidigung befragt wurde. »Das würde ihre aktuelle Neutralität zunichte machen und sie zwangsweise in die Situation bringen, entweder zur Retterin ihrer Mutter zu avancieren, oder aber als Zeugin ihren Untergang herbeizuführen.«

Von rechts wegen konnte die Verteidigung keinen Zeugen zwingen, im Vorfeld eines Prozesses mit ihr zu sprechen. Richter Ruddick lehnte Moores Antrag ab.

Außerdem entschied Richter Ruddick, nachdem er zwei vertrauliche Berichte von Psychologen gelesen hatte, daß Debora Green sehr wohl in der Lage wäre, an dem Prozeß teilzunehmen. Moore hatte auf den Untersuchungen bestanden, um ganz sicherzugehen, daß Debora auch verstand, was ihr zur Last gelegt wurde. Er sagte, die richterliche Entscheidung ließe die Verteidigung kalt.

Richter Ruddick verschob Deboras Anklagevernehmung auf den 28. März und wies den Antrag der Verteidigung ab, die Kaution von drei Millionen auf 500 000 Dollar zu reduzieren. Sie würde also vorerst im Gefängnis bleiben. Der Richter gestattete Fernsehkameras im Gerichtssaal und erlaubte der Öffentlichkeit die Einsicht in juristische Unterlagen. Allerdings behielt er sich vor, bestimmte Informationen gegebenenfalls der Öffentlichkeit vorzuenthalten.

Am 13. März gab Richter Ruddick einen weiteren Beschluß bekannt. Er lehnte den Antrag der Verteidigung ab, die Debora zur Last gelegten Anklagepunkte in zwei verschiedenen Prozessen zu behandeln. Er begründete seine Entscheidung damit, daß er keine Möglichkeit sehe, einer Jury den Fall von tödlicher Brandstiftung vorzutragen, ohne zwangsläufig auch Beweise zur mutmaßlichen Vergiftung Michael Farrars einzubringen. »Aus den der bei der Anhörung vorgelegten Beweisen geht eindeutig hervor, daß Beweisstücke die verschiedenen Anklagepunkten betreffend sich überschneiden werden«, schrieb Ruddick. Und das stimmte. Mehrere Dutzend Zeugen der Anklage sollten ebenso zu der Brandstiftung wie zu dem Vorwurf der vorsätzlichen Vergiftung aussagen.

Mikes Gesundheit blieb im Frühjahr 1996 schwach. Sein letztes Angiogramm hatte ergeben, daß sich das Aneurysma in seinem Gehirn noch nicht zurückgebildet hatte. Die Sepsis, die sich nach den wiederholten Rizinusvergiftungen rasend schnell in seinem ganzen Körper ausgebreitet hatte, hatte die Blutgefäße in der rechten Stirnpartie seines Gehirns derart geschwächt, daß er mit einem Schlaganfall rechnen mußte, wenn er sich nicht einer sehr komplizierten Operation unterzog. Das geschwächte Blutgefäß konnte jeden Augenblick platzen und eine massive Hirnblutung nach sich ziehen.

Dr. Reintges untersuchte sehr sorgfältig Mikes Chancen, eine Operation des Hirnaneurysmas zu überleben. Nachdem er sich in ganz Amerika nach dem besten verfügbaren Neurochirurgen erkundigt und mit vielen Neuroradiologen gesprochen hatte, teilte Reintges Mike mit, daß er seiner Ansicht nach bei Dr. Charles Wilson von der University of California Medical School in San Francisco die besten Überlebenschancen habe.

Wilson, unbestritten der beste Hirnchirurg des Landes, war ein Mann, dessen Leben sich allein um den Operationsraum drehte. ›Charlie‹ Wilson war schon in verschiedenen medizinischen Dokumentarfilmen porträtiert worden und wurde von frischgebackenen Neurochirurgen verehrt, die allesamt davon träumten, unter seiner Anleitung lernen zu dürfen. Er operierte mit unglaublichem Geschick am menschlichen Gehirn. Zufällig waren der Arzt, der die riskante Operation benötigte, und jener Arzt, der sie durchführen sollte, beide in Missouri geboren. »Das erste, was Dr. Wilson zu mir sagte«, erinnerte sich Mike, »war, daß er aus Neosho, Missouri, stamme.«

Es wurde vereinbart, daß Mike am 12. April 1996 in San Francisco operiert werden sollte. Celeste sollte ihn nach Kalifornien begleiten, und Stella und Mike Wilson, zwei von Mikes engsten Freunden, würden aus Portland, Oregon, anreisen, um ihm in dieser schwierigen Zeit beizustehen. Mike wollte nicht, daß Celeste allein in einer fremden Stadt war, falls die Operation mißglückte. Und wenn er überlebte, würde seine Genesung einige Zeit in Anspruch nehmen, und auch in dieser Situation würden seine Freunde hilfreich sein.

Manchmal hatte Celeste das Gefühl, daß Mike sie nur deshalb um sich haben wollte, weil sie Krankenschwester war. Aber solche Gedanken quälten sie nur in jenen Phasen, in denen sie an ihrer Beziehung zweifelte. Sie sahen sich immer noch häufig und telefonierten mehrmals täglich. Ihnen beiden graute vor Deboras Prozeß. Ehe dieser nicht abgeschlossen war, würden sie wohl beide nicht ruhig schlafen können.

42

Die Zeitungen berichteten nur noch sehr sporadisch von Debora Green, während sich alle, die mit ihrem Prozeß zu tun hatten, in aller Stille bereitmachten. Paul Morrison gab ein dreidimensionales Computermodell des Hauses am Canterbury Court in Auftrag. Das Modell konnte auf dem Bildschirm gedreht und geöffnet werden, um den Geschworenen zu ermöglichen, ins Innere des Hauses zu sehen. Dieses hochmoderne Beispiel von Prozeßtechnologie würde sogar ›Feuer fangen‹, so daß die Geschworenen den exakten Verlauf des Feuers vom ersten angerissenen Zündholz bis zu dem anschließenden tödlichen Inferno verfolgen konnten. Morrisons Zeugen waren alle bereit. Zu behaupten, er würde sich auf den Prozeß freuen, wäre wohl übertrieben gewesen, ihm standen sehr anstrengende Wochen, wenn nicht gar Monate im Gerichtssaal bevor. Und doch war dieser Fall eine solche Herausforderung, daß er sich mit Eifer an die Vorbereitungen machte. Er ahnte, daß der Fall Debora Green in Kansas die gleiche Aufmerksamkeit erlangen würde wie seinerzeit der Grissom-Prozeß und das weiter zurückliegende Massaker der Clutter-Familie in Garden City.

Dennis Moore, Kevin Moriarty und Sean O'Brien arbeiteten fieberhaft, um Debora die Todesstrafe zu ersparen. Wurde sie für schuldig befunden, mußte man damit rechnen, daß sie irgendwann in den kommenden Jahren hingerichtet wurde. Sie konnten mit ihrer Taktik fortfahren, aber die hatte ihnen bei der Anhörung bereits mehr geschadet als genutzt. Bürger von Johnson County hatten in der Presse unverblümt zum Ausdruck gebracht, daß sie diese Verteidigungsmethode abscheulich fänden – es wäre nicht fair, die ganze Schuld auf ein Kind abzuwälzen, das nicht einmal mehr in der Lage wäre, sich zu den Vorwürfen zu äußern. Und wenn schon der Normalbürger sich scheute, einen Jungen für den Brand verantwortlich zu machen, der ihn das Leben gekostet hatte, was würden dann erst die Geschworenen denken?

Vor allem wollte das Team der Verteidigung von Debora selbst hören, was sich in der Nacht des 23. Oktober tatsächlich ereignet hatte. Nachdem sie wußten, daß sie zurechnungsfähig war, bedrängten Moore und Moriarty sie, endlich ihr Schweigen zu brechen. Obgleich Debora von Moriarty offenbar eingeschüchtert wurde, förderten seine unablässigen, nachdrücklichen Fragen doch einige Informationen zutage. Er machte es ihr schwer, sich in ihr Schneckenhaus zurückzuziehen und die Anwälte auszuschließen.

Debora war auf emotionaler Ebene abhängig von Ellen Ryan. Ellen hatte ein mitfühlendes Herz, und Debora tat ihr leid, aber sie wollte trotzdem die Fakten wissen. Mit jeder Information, die die Verteidiger oder ihre eigenen Ermittler auftaten, wurde Ellens böse Ahnung mehr zur Gewißheit. Es braute sich ein Orkan zusammen, und Debora befand sich mitten drin. Alles, was ihre Rechtsanwälte herausfanden, trug keineswegs dazu bei, sie zu entlasten.

»Ich glaube, es war ein Donnerstag, als der Bericht unserer Brandexperten eintraf«, erinnerte sich Ellen. »Sean rief mich an und sagte: ›Unser Experte sagt, es wäre nicht so viel Brandbeschleuniger verwendet worden, wie von der Anklage behauptet – aber eine gewisse Menge sei zweifelsohne im Spiel gewesen.‹«

Das war keine gute Nachricht.

Kurze Zeit später rief Sean O'Brien Ellen erneut an und bat sie, ihn ins Gefängnis zu begleiten. »Ich glaube, Sie kommen besser mit. Die Jungs sind gerade dort.« ›Die Jungs‹ waren Dennis Moore und Kevin Moriarty.

O'Brien holte Ellen ab. Auf der Fahrt nach Olathe erzählte er ihr von den belastenden Spuren, die an Deboras Bademantel gefunden worden waren. Als sie durch die Außentür des Elternschlafzimmers geflüchtet war, hatte sie nur ein Nachthemd getragen, aber die Brandexperten hatten im angrenzenden Bad auf dem Fußboden ihren Bademantel gefunden, der ein halbrundes Brandloch aufwies. Er hatte vor der Frisierkommode gelegen, deren Schublade gebrannt hatte. Das Loch im Bademantel konnte unmöglich von herabfallenden brennenden Gegenständen verursacht worden sein, weil der Stoff gefaltet war und nicht die obere Lage versengt war. Das Feuer im Badezimmer war eins der ›unabhängigen‹ Feuer gewesen, die die staatlichen Brandermittler im Haus entdeckt hatten.

»Okay, es ist soweit«, sagte Ellen zu O'Brien. »Ich weiß jetzt, was passiert ist.«

Als sie im Johnson County Adult Detention Center eintrafen, war Debora mit Moore und Moriarty in einem Besucherzimmer. Während ihrer Debatten zu Deboras Verteidigung, war nach und nach der Gedanke aufgekommen, daß es möglicherweise keine gute Idee wäre, vor Gericht zu gehen. Nachdem ihnen jetzt die neuesten Beweise vorlagen, drängten ihre Anwälte sie, auf einen Prozeß zu verzichten. Ein *plea bargain** könnte ihr das Leben retten, argumentierten sie.

»Kevin redete erbarmungslos auf sie ein«, erinnerte sich Ellen. »Er kann gegebenenfalls knallhart sein.«

Debora schwieg; sie war wieder die ängstliche Deb – nicht die geistreiche, charmante Deb, nicht die kompetente Ärztin Deb und auch nicht die tobende Furie Deb. Das Blatt hatte sich gewendet, aber noch wollte sie nichts zugeben.

Ellen sah, daß Debora sehr aufmerksam Moriartys Argumenten lauschte, weshalb sie ihnen die Wahrheit sagen müsse. »Sie hörte aufmerksam zu, sagte aber keinen Ton.« Ellen trat ganz nah an Debora heran. »Ich berührte ihren Arm und sagte: ›Deb, Sie haben mich mehrfach gebeten herauszufinden, was mit Ihren Kindern passiert ist. Sie wollten, daß ich es Ihnen sage, falls ich glaubte, Sie wären es gewesen. Heute ...‹« Ellen zögerte kurz, ehe sie die Worte aussprach. »›... Heute glaube ich, daß *Sie* es getan haben. Ich glaube, daß Sie das Feuer gelegt haben, Deb.‹«

»Sie sah mich an und sagte schließlich: ›Ja, Ellen – ich habe das Feuer gelegt.‹«

»Und ich sagte: ›Erzählen Sie mir, was passiert ist. Erzählen Sie mir, was Sie getan haben.‹«

Aber Debora blieb hartnäckig dabei, keine klare Erinnerung an jene Nacht zu haben. »Sie sagte: ›Ich weiß nicht, warum ich das getan habe. Sie wissen, daß es nie meine Absicht war, meinen *Kindern* etwas anzutun. Ich hatte getrunken und kann mich an nichts erinnern. Ich lag im Bett, und als ich zu den Kindern wollte, war überall Feuer. Ich habe keinen Brandbeschleuniger benutzt. Das habe ich nicht getan.‹«

Debora gab zu, daß sie das Feuer gelegt hatte, leugnete

* Abkommen zwischen den Anklagevertretern und den Verteidigern, bei dem der Angeklagte sich schuldig bekennt und die Staatsanwaltschaft im Gegenzug eine mildere Strafe fordert (Anmerkung des Übersetzers).

jedoch, Brandbeschleuniger benutzt zu haben. Aber ihre Anwälte wußten, daß sie eine brennbare Flüssigkeit verwendet hatte, um die Ausbreitung des Feuers zu beschleunigen. Trotzdem flüchtete sie sich wieder in ihre Schutzbehauptung, sie wäre sehr betrunken gewesen und für ihr Tun nicht verantwortlich.

Aber immerhin redete sie, und so nutzte Ellen die Gunst der Stunde, um sie nach den Vergiftungen zu fragen. »Deb«, sagte sie, »ich habe auch schon lange den Verdacht, daß Sie und Tim bei den Vergiftungen gemeinsame Sache gemacht haben. Was ist passiert?« Debora antwortet: »Sie haben recht. Tim hat es getan. Tim hat seinen Dad vergiftet ... Aber müssen wir das unbedingt bekannt machen? Müssen die Leute erfahren, daß es so gewesen ist?«

Ellen hatte kein Problem damit, diesen Teil von Deboras Geständnis für sich zu behalten. Es würde in bezug auf das Strafmaß keine Rolle spielen, wenn sie sich schuldig bekannte oder gegen eine Prozeß plädierte. Natürlich war bereits bei der Anhörung Tims Faszination für Feuer und Bomben zur Sprache gekommen, so daß Deboras Beschützerinstinkt sich etwas spät rührte.

»Deb«, sagte Ellen, »ich habe Sie immer für eine gute Mutter gehalten. Sie müssen jetzt alles tun, um zu überleben – um Ihre Tochter zu schützen. Und Sie müssen versuchen, am Leben zu bleiben, um Lissa – wenn sie erwachsen ist – zu helfen, zu begreifen, was in ihrer Familie geschehen ist. Niemand wird ihr hierbei so sehr helfen können wie Sie.«

»Okay«, entgegnete Debora. »Ich werde für den Verzicht auf einen Prozeß plädieren.«

Völlig verstrickt in ihre Lügen begann Debora, Dinge aufzuzählen, die sie nie wieder würde tun können, wenn sie im Gefängnis saß. Es handelte sich fast ausschließlich um Ereignisse in Lissas Leben. Es war, als würde sie nun nur noch durch das kleine Mädchen existieren, das sie beinahe getötet hätte.

»Sie war sehr traurig«, erinnerte sich Ellen. »Sie sagte: ›Wenn ich vor meinem Tod doch nur noch einmal meine Tochter tanzen sehen könnte. Oder bei ihrer Hochzeit dabeisein. Wenn ich das doch nur miterleben könnte ...‹«

Ellen verließ den Raum und suchte sich draußen eine ruhige Ecke. Das was sie eben gehört hatte, schmerzte sie zutiefst. Sie wollte allein sein und über das nachdenken, was gerade geschehen war. Wenn es jemanden gab, der von Herzen gewünscht hatte, daß sich Deboras Unschuld herausstellte, dann Ellen. Sie setzte sich seit Jahren als Anwältin dafür ein, Familien und Kindern zu helfen. »Es war eine solch entsetzliche Tragödie für die ganze Familie«, sagte sie später. »Und es reflektierte unsere absurden kulturellen Erwartungen an die Ehe. Ich war so wütend und frustriert, daß es all diese Anlaufstellen für Familien gab, und daß keine einzige in diesem Fall zum Tragen gekommen war.«

Ohne zu ahnen, daß Debora Ihren Anwälten gestanden hatte, das Feuer gelegt zu haben, flog Mike begleitet von Celeste nach San Francisco, um sich seiner Gehirnoperation zu unterziehen. Sie flogen ein paar Tage früher, um einige Tage für sich zu haben.

Zusammen mit Mikes Freunden aus Oregon sahen sie sich Fisherman's Wharf an, fuhren mit den berühmten Cable cars und schlenderten durch den Golden Gate Park.

Und doch war es eine schwierige Zeit. Sie konnten nicht mit Sicherheit sagen, ob Mike die Operation überleben würde. Wenn das Aneurysma platzte, bevor es entfernt war, bestand durchaus die Möglichkeit, daß Mike auf dem OP-Tisch starb. Und er mußte sich dem operativen Eingriff in geschwächtem Zustand unterziehen. Obgleich er ein wenig zugenommen hatte, hatte er immer noch mit den Nachwirkungen der Rizinusvergiftung zu kämpfen. Mike würde auch am Herzen operiert werden müssen, aber die Schädigung seines Herzens war nicht ganz so bedrohlich wie das Aneurysma. Mike war sehr pragmatisch, was seinen Operationsmarathon anbelangte. Er hatte sich genauestens über die Eingriffe informiert und jene Chirurgen ausgewählt, denen er am meisten vertraute; er schien sich nicht sonderlich zu fürchten.

Für Celeste war es schwerer. Sie wollte ihn nicht verlieren. Und als sie in San Francisco waren, fürchtete sie, Mike auf die eine oder andere Art zu verlieren. Als Krankenschwester wußte sie über die Risiken einer Hirnoperation Bescheid. Außerdem spürte sie als Frau, daß er sich von ihr zurückzog. Diese Furcht wurde jedoch ein wenig durch die sorglosen Tage in Kalifornien gemildert. Sie mochte Mikes Freunde aus Portland; zu viert hatten sie eine wirklich schöne Zeit. Und sie begann zu glauben, daß sie heiraten würden, wenn Mike erst seine Operationen überstanden hatte und auch der Prozeß hinter ihnen lag.

Sie versuchte also, die Warnzeichen zu ignorieren. Sie wußte, daß Lissa und Velma Farrar sie nicht leiden konnten. Ihre eigenen Söhne waren zornig und deprimiert, denn ihres Vaters Tod lag noch keine acht Monate zurück. Celeste hingegen wünschte sich so sehr, endlich glücklich zu sein. Sie erinnerte sich noch gut daran, daß Mike sie einst als ›die Liebe seines Lebens‹ bezeichnet hatte. Sie konnte nicht glauben, daß eine solche Liebe sterben könnte. Und in San Francisco im Frühjahr 1996 schien es, als sollte sie recht behalten.

Aber Mike mußte erst noch begreifen, daß man nicht leichtfertig Versprechungen machen durfte. Während des Zusammenlebens mit Debora hatte er sich des öfteren um des Friedens willen zu Versprechungen hinreißen lassen. Er hatte seinen Kindern versprochen, daß er für immer bei ihrer Mutter bleiben würde und die Versöhnung nach der zweiten Trennung endgültig wäre. Er hatte Celeste versprochen, daß ihre Beziehung mehr wäre als eine vorübergehende Affäre. Möglich, daß er es zu diesem Zeitpunkt ernst gemeint hatte, ohne zu ahnen, welche Tragödien sich ereignen würden.

43

Ellen Ryan hatte Debora immer als kleines Kind charakterisiert, als abhängig und naiv. Und auch nach Deboras Geständnis betrachtete sie diese als gute Mutter, weil sie ihre Kinder aufrichtig liebte. Allerdings konnte es sein, daß Ellen sich emotional so sehr in Deboras Fall verstrickte, daß ihre Urteilskraft getrübt war.

Die Ermittler der Spezialeinheit, die eng mit der Staatsanwaltschaft zusammenarbeiteten, hatten ihre Nachforschungen bis nach Ohio ausgedehnt, um möglichst viel über Mike und Debora in Erfahrung zu bringen, vor allem über Deboras Verhalten in der Vergangenheit. Sie sprachen unter anderem mit Norma Wallace, einer freundlichen Jamaikanerin, die in Ohio lebte. Sie hatte in den ersten Jahren ihrer Ehe für Mike und Debora gearbeitet, als Lissa und Tim noch ganz klein gewesen waren. »Sie erzählte uns, daß Debora ihr einmal anvertraut habe, daß sie keine Kinder hatte haben wollen. Nie. Sie hätte sie nur Mike zuliebe bekommen.«

Norma Wallace sagte, sie hätte gesehen, wie Debora Tim körperlich und seelisch quälte. Und diese Information trübte das Bild der liebevollen, fürsorglichen Mutter natürlich nachhaltig.

Andere Kindermädchen sagten aus, daß Debora, als sie

noch praktizierte, oft sehr spät nach Hause kam und sich dann gleich mit einem Buch ins Schlafzimmer zurückzog, anstatt nach ihren Kindern zu sehen. Das einzige beständige Interesse, die einzige Leidenschaft, ja Besessenheit ihres Lebens, waren Bücher. Es kam selten vor, daß sie weniger als zehn noch ungelesene Bücher bereitliegen hatte, die eine Art von Schutzwall gegen die Wirklichkeit waren, der sie nicht gewachsen war.

Paul Morrisons Prozeßvorbereitungen liefen auf Hochtouren. Wohl wissend, daß es sich weitestgehend um einen Indizienprozeß handeln würde, rechnete er nicht damit, daß Dennis Moore und Kevin Moriarty einen *plea bargain* vorschlagen könnten. Die Staatsanwaltschaft hatte alle Indizien beisammen, sämtliche Hinweise bildeten ein plausibles Ganzes. Paul Morrison war bereit. Rick Guinn war bereit. Und dann ließen Moore, Moriarty und O'Brien die Bezirksstaatsanwaltschaft wissen, daß sie mit den Anklagevertretern sprechen wollten.

Weder die Öffentlichkeit noch die Presse von Kansas City erfuhren etwas von den Gesprächen, die hinter verschlossenen Türen geführt wurden.

Am 12. April 1996 verbrachte Mike den Großteil des Tages bewußtlos auf dem OP-Tisch. Mit bemerkenswerter Regelmäßigkeit war er bei fast jeder entscheidenden Wende des Falles ins Krankenhaus gekommen. Am 13. April, als Mike in San Francisco noch darum rang, zu sich zu kommen, fanden in Kansas Verhandlungen statt, die die ganze Gegend schockieren sollten.

»Ich wurde von einem Anruf Paul Morrisons geweckt«, sagte Mike. »Er rief an, um mir mitzuteilen, daß Debora bereit sei, sich der Brandstiftung für schuldig zu bekennen und einen *plea bargain* einzugehen, jedoch nicht, was den Vorwurf der Vergiftung anbelangte. Paul sagte: ›Das reicht mir nicht, Mike, aber ich wollte mich vorab ihrer Zustimmung versichern.‹«

Mike stimmte ihm zu. Er ermutigte Morrison, ein Schuldeingeständnis für sämtliche Anklagepunkte zu fordern. »Dann rief er mich Montag abend, dem 15. April, erneut an«, sagte Mike. »Er sagte, die Argumentation der Verteidigung sei völlig zusammengebrochen.«

Morrison bat Mike, anwesend zu sein, wenn Debora sich schuldig bekannte und für eine außerprozeßliche Einigung plädierte. Außerdem sollte Mike an einer anschließenden Pressekonferenz teilnehmen. »Schaffen Sie das?«

»Ich werde da sein«, versprach Mike, obwohl er erst drei Tage zuvor am Gehirn operiert worden war. Er wußte, daß die Öffentlichkeit forderte, daß Debora vor Gericht gestellt und zum Tode verurteilt wurde für das, was sie ihren eigenen Kindern angetan hatte. Morrisons Entschluß, sich auf einen *plea bargain* einzulassen, würde bei der breiten Öffentlichkeit nicht auf Gegenliebe stoßen. Mike wollte nach Kansas zurückfliegen, um Morrison bei seinem Vorhaben zu unterstützen.

Am 17. April sollte der Fall 95 CR 5387, der Staat Kansas gegen Debora J. Green, verhandelt werden. Diesmal waren Gerichtsbeschlüsse bezüglich Kameras, Zugangskontrollen und Geschworenenauswahl überflüssig. Der Fall würde innerhalb einer Stunde abgeschlossen sein.

Richter Ruddick wandte sich an Dennis Moore. »Ich wurde davon in Kenntnis gesetzt, daß Sie einen *plea bargain* wünschen«, sagte er. »Ist das richtig?«

»Das ist richtig, Euer Ehren.«

»Würde einer von Ihnen für das Protokoll die Grundlage der Verhandlungen nennen, die hier zum Tragen kommen sollen?«

Paul Morrison trat vor. »Das übernehme ich, Euer Ehren. Die Verhandlungen sehen folgendes vor: Ich gehe davon aus, daß die Angeklagte sich heute in allen fünf Anklagepunkten schuldig bekennen wird. Diese Anklagepunkte lauten: vorsätzlicher Mord an Kelly Farrar, vorsätzlicher Mord an Tim Farrar, schwere Brandstiftung, versuchter Mord an Michael Farrar und versuchter Mord an Lissa Farrar. Im Gegenzug werde ich empfehlen, daß die Angeklagte in den Punkten eins und zwei zu vierzig Jahren Haft ohne Bewährung verurteilt wird sowie entsprechend der Richtlinien für die Anklagepunkte drei, vier und fünf. Am Tag der Urteilsverkündung werden beide Parteien dem Gericht empfehlen, das Strafmaß bezüglich dieser Anklagepunkte festzusetzen. Darüber hinaus werden beide Parteien dem Gericht empfehlen, die Haftstrafen simultan zu verhängen, so saß die Angeklagte mindestens vierzig Jahre in Haft bleiben wird ...«

Debora Green würde also vierzig Jahre ohne die Möglichkeit einer vorzeitigen Entlassung auf Bewährung einsitzen. Sie war fünfundvierzig Jahre alt. Sofern sie überhaupt so lange lebte, würde sie das Gefängnis erst im Alter von 85 Jahren wieder verlassen.

Aber sie war der Todesstrafe entgangen.

Das Protokoll verlangte, daß sich Debora persönlich die von Richter Ruddick vorgetragenen Anklagepunkte anhörte. Vorab fragte er sie, ob sie die Bedingungen des *plea bargain* verstünde.

»Ja.«

»In Anklagepunkt Eins«, begann Richter Ruddick, »wird Ihnen zur Last gelegt, am 23. Oktober 1995 in Prairie Village gesetzwidrig und vorsätzlich zwei Menschen getötet zu haben, und zwar Kelly und Timothy Farrar. Hiermit handelt es sich um ein Kapitalverbrechen, das laut Gesetz mit einer lebenslänglichen Haftstrafe geahndet wird ...«

Richter Ruddick brauchte einige Zeit, bis er sämtliche Anklagepunkte in Juristensprache vorgetragen hatte. Und irgendwie klang der trockene Jargon noch schlimmer als ausschweifende Rhetorik. Die Namen der Opfer, die vorsätzlich getötet worden waren, gehörten zu Menschen, die Debora scheinbar am meisten bedeutet hatten. Aber sie stand völlig ruhig da, während Ruddick sämtliche Anklagepunkte vortrug.

»Dr. Green«, fragte Richter Ruddick, als er die Aufzählung abgeschlossen hatte, »verstehen Sie die Bedeutung der Anklagepunkte gegen Sie und die jeweilige Strafe, die das Gesetz hierfür vorsieht?«

»Ja.«

Debora antwortete immer wieder mit ja, während der Richter ihr erklärte, daß es noch nicht zu spät wäre, sich für einen Prozeß zu entscheiden, und sie fragte, ob sie sämtliche Aspekte ihres Falles mit ihren Anwälten besprochen habe. Ob ihr bewußt sei, daß sie ein Recht auf fortdauernden Rechtsbeistand habe?

»Ja.«

»Sind Ihnen im Hinblick auf diesen *plea bargain* Versprechungen gemacht worden oder hat man Sie bedroht?«

»Nein.«

»Stehen Sie gegenwärtig unter Drogen- oder Medikamenteneinfluß? Nehmen Sie irgend etwas ein, was Ihre Fähigkeit beeinträchtigen könnte, zu verstehen, was hier geschieht?«

»Ich nehme Prozac, Desyrel und Klonopin«, entgegnete Debora.

»Und beeinträchtigen diese Medikamente Ihre Fähigkeit zu verstehen, was hier vor diesem Gericht vor sich geht?«

»Nein, Sir.«

Moore sagte, daß seine Klientin die Ausführungen der Staatsanwaltschaft gelesen und verstanden habe und die Verteidigung ihrer Aufnahme in die Akten zustimme, ohne daß sie vorgelesen würden. »Wir akzeptieren nicht alle Beweise und Behauptungen der Beweisführung, erkennen aber an, daß die Anklage den vorliegenden Fall gewinnen würde.«

Morrison wollte die Beweisführung der Anklage für das Protokoll vorlesen, und Richter Ruddick erklärte sich hiermit einverstanden. Der Fall war bemerkenswert vorbereitet worden; Morrison hatte auch die kleinste Lücke in seiner Argumentation gefüllt. Er hatte Zeugen in ganz Amerika, die bereit waren auszusagen. Dann las er laut die Zusammenfassung seiner Beweisführung gegen Dr. Debora J. Green vor.

Zuerst zählte Morrison die bedeutenden Ereignisse in der Ehe von Dr. Michael Farrar und Dr. Debora Green auf: die Geburten von Tim, Lissa und Kelly, die Häuser, die sie miteinander geteilt hatten, die Trennungen und Versöhnungen. Er schloß die Alarmzeichen mit ein, die Verbrechen, die Vertuschungsversuche. Er führte Aussagen über Deboras Tobsuchtsanfälle in alkoholisiertem Zustand an und ihre freiwillige Einweisung, Berichte über Mikes Krankenhauseinweisungen und über den Brand am Canterbury Court selbst. Es war eine höllische Schilderung.

Morrison verlas auch die Untersuchungsergebnisse der Brandstiftungsexperten. Der Brand, der Tim und Kelly Farrar das Leben gekostet hatte, war vorsätzlich im Erdgeschoß gelegt worden, und zwar von einer Person, die ›beträchtliche Mengen‹ Brandbeschleuniger verschüttet hatte. Darüber hinaus waren Brandspuren gefunden worden, die auf Brandherden hindeuteten, die völlig unabhängig von dem Inferno im Erdgeschoß entstanden waren. »Außerdem kommen die Experten zu dem

Schluß«, sagte er, »daß die Gießmuster und Brandspuren innerhalb von Debora Greens Schlafzimmer in krassem Widerspruch stehen zu ihren Aussagen bezüglich der Entstehung des Brandes. William Chapin vom Kriminallabor von Johnson County hat zusammen mit Experten der Bundesbehörde in mindestens zwei am Brandort sichergestellten Proben Isoparaffin nachgewiesen, also eine Substanz, die gewöhnlich in flüssigem Grillanzünder enthalten ist. Die Ermittler fanden am Tatort in der Garage mindestens eine leere Flasche flüssigen Grillanzünders. Außerdem sind die Brandexperten der Ansicht, daß verschiedene Flüssigkeiten benutzt wurden, um die Ausbreitung des Feuers zu beschleunigen.«

Hatte Debora versucht, ihre Kinder zu retten? Morrison war nicht dieser Meinung. »Die Ermittlungen haben ergeben, daß abgesehen von dem Augenblick, da Lissa Farrar vor aller Augen die Flucht über das Garagendach gelang, Debora Green zu keinem Zeitpunkt auch nur den geringsten Versuch unternahm, eines ihrer Kinder aus dem brennenden Haus zu retten. Während ihrer Befragung auf der Polizeiwache von Prairie Village dauerte es etwa eine Stunde, ehe Debora Green die Beamten fragte, ob ihre Kinder noch lebten oder tot wären. Im ersten Abschnitt der Befragung wirkte sie völlig gleichgültig und zeigte kaum Emotionen. Als die Beamten Debora Green schließlich mitteilten, daß zwei ihrer Kinder in dem Feuer umgekommen waren, hatten sie nur etwa eine Minute lang den Eindruck, als würde sie trauern, ehe sie von ihr dann wütend beschimpft wurden.«

Debora hatte noch Minuten vor Ausbruch des Feuers gelesen. »Bei der Untersuchung des Tatortes wurde neben Debora Greens Bett ein Buch gefunden«, las Morrison vor. »Das Buch hatte den Titel ›*Necessary Lies*‹. Es handelt von mehreren Kindern, die bei einem vorsätzlich gelegten Brand umkommen.« Morrison schloß mit dem Hinweis, daß Debora kurz vor dem Brand in der Stadtbücherei mehrere Bücher ausgeliehen hatte, die von Mord innerhalb der Familie handelten.

Richter Ruddick fragte Debora, ob sie die gerade vorgetragene Zusammenfassung der Indizien verstanden habe.

»Euer Ehren«, antwortete Dennis Moore für sie. »Sie hat die Erklärung, die Mr. Morrison in wenigen Minuten hier vorgetragen hat, in ihrer Gesamtheit gelesen. Meiner Mandantin ist bewußt, daß es sich hierbei um die Beweise handelt, die die Anklage im Falle eines Prozesses einbringen würde. Ich möchte darauf hinweisen, daß wir ganz sicher einige dieser Beweise in Frage stellen würden, aber uns ist bewußt, daß es sich um die Beweisführung der Anklage handelt. Ist das so, Debora?«

»Das wäre ...« begann sie leise. »Ja, das ist richtig.«

Dr. Debora Green, die Öffentlichkeit und Presse gleichermaßen ein Rätsel war, schien im Vollbesitz ihrer geistigen Kräfte zu sein, als sie bestätigte, die Beweisführung der Anklage verstanden zu haben. Sie bat darum, eine Erklärung verlesen zu dürfen.

»Nach Beratung mit meinen Anwälten«, begann sie, »möchte ich in allen Anklagepunkten auf einen Prozeß verzichten. Ich muß davon ausgehen, daß das Gericht mich in allen Punkten für schuldig befinden würde. Mir ist bewußt, daß die Anklage umfassende Beweise dafür vorlegen kann, daß ich das Feuer gelegt habe, in dem meine Kinder umgekommen sind. Meine Rechtsanwälte sind bereit, willens und in der Lage zu beweisen, daß ich unzurechnungsfähig war, als Tim und Kelly starben.«

Im Gerichtssaal war es sehr still. Jedes Wort fiel wie ein Stein in ein tiefes Gewässer und sank bis auf den Grund. Debora war sehr dünn und blaß nach Monaten im Gefängnis; der rosafarbene Pullover, den sie schon bei der Anhörung im Januar getragen hatte, schlotterte nun um ihren Körper.

»Aber auch wenn dem so ist«, fuhr sie fort, »würde ich nur das Leid meiner Eltern und meiner Tochter Lissa verlängern, wenn ich mich für eine Verteidigung auf dieser Grundlage entschlösse. Ich liebe meine Familie sehr. Es war nie meine Absicht, meinen Kindern etwas anzutun, aber ich akzeptiere, daß mir eine harte Strafe auferlegt wird. Ich halte es für das Beste, jetzt einen Schlußstrich zu ziehen, damit bei uns allen die Wunden heilen können, die diese schreckliche Tragödie geschlagen hat.«

Debora hatte ihre Schuld nicht wirklich eingestanden; sie hatte lediglich anerkannt, daß ihrer Meinung nach genug Beweise vorlagen, um sie zu verurteilen.

»Dr. Green«, sagte Richter Ruddick, »bezieht sich Ihr Verzicht auf einen Prozeß auf alle fünf Punkte der Anklage?«

»Ja«, entgegnete sie leise.

»Dr. Green, ich akzeptiere ihren Antrag in allen fünf Anklagepunkten. Ich befinde, daß der Antrag aus freien Stücken gestellt wurde. Ich beurteile den Antrag als überzeugend vorgetragen und erkenne eine faktische Grundlage für Ihren Antrag. Aufgrund dessen befinde ich Sie in jedem Punkt der Anklage für schuldig.«

Und dann war es vorbei. Auch wenn noch die Verkündung des Strafmaßes ausstand, war der Prozeß gegen Debora Green auf diese kurze Anhörung reduziert worden.

Der Mann, der so viele Jahre ihr Ehemann gewesen war, verfolgte das Geschehen schweigend von seinem Platz aus, sein Kopf dick bandagiert und das rechte Auge lila verfärbt und geschwollen. Obgleich Mike erst fünf Tage zuvor operiert worden war, war er heimgeflogen, um dabei zu sein, wenn Debora auf einen Prozeß verzichtete. Ganz abgesehen von seinem Versprechen an Paul Morrison war für ihn selbst sehr wichtig, sie die Worte sagen zu hören, die einem Eingeständnis des Mordes an ihrem ältesten und ihrem jüngsten Kind so nahe kamen, wie sie es sich nur gestattete.

Nach Deboras Verzicht auf einen Prozeß fand eine kleine Pressekonferenz statt. Als er die Fragen der Reporter beantwortete, war deutlich, daß Mike keinerlei Triumph empfand. Die Verluste blieben Verluste. »Trotz allem, was sie getan hat«, sagte er ruhig, »ist sie immer noch ein Mensch. Ich war sechzehn Jahre lang mit ihr verheiratet …«

Paul Morrison sagte, er hätte mit Mike über seine Absicht gesprochen, Deboras Antrag zuzustimmen. »Wir sind übereingekommen, daß das der beste Weg wäre, Lissa zu schützen und Mrs. Green dennoch ihrer gerechten Strafe zuzuführen.« Dennis Moore sagte, daß Debora im Gerichtssaal unbewegt gewirkt hätte, jedoch beim Verlassen des Saals geweint habe. »Debora Green«, sagte er, »ist ein mitfühlender Mensch. Sie ist nicht das Ungeheuer, das die Staatsanwaltschaft aus ihr gemacht hat.«

Paul Morrison achtete streng darauf, sich körperlich fit zu halten, auch wenn er es an den meisten Abenden nicht vor zehn ins Fitneßstudio schaffte. An diesem speziellen Abend hatte er das Bedürfnis, die Spannung abzutrainieren, die sich in den vergangenen sechs Monaten in ihm aufgebaut hatte. In gewisser Weise hatte er hart für ein Rennen trainiert, das er nie laufen würde. Nur ein Prozeßanwalt kann nachempfinden, wie so etwas ist.

An diesem Abend im April ging Morrison also ins Studio und zwang sich womöglich zu einem noch härteren Workout als gewöhnlich. Er traf einen der Feuerwehrmänner, die beim Löschen des Brands am Canterbury Court geholfen hatten. »Er kam zu mir und sagte: ›Mein Gott,

Morrison – was machen Sie denn heute abend hier? Warum feiern Sie nicht Ihren Sieg.‹«

»Ich antwortete: ›Nun, es ist schön, daß der Fall zu unseren Gunsten entschieden wurde, aber ich bin trotzdem enttäuscht.‹ Ich weiß nicht, ob er das verstanden hat. Mein Stab und ich haben lange darüber diskutiert, ob wir uns auf den Antrag der Verteidigung einlassen sollten. Und als es schließlich vorbei war«, erinnerte sich Morrison, »war es, als fiele man in ein tiefes Loch. Man war bereit, in den Kampf zu ziehen. Man fühlt sich wie ein Rennpferd in der Startbox. Und dann ist es vorbei.«

Morrison hätte diesen Fall aller Wahrscheinlichkeit nach gewonnen. Er hatte sich nur um Lissas Willen auf den *plea bargain* eingelassen. Wichtig war im Grunde nur, daß Debora Green für alle vierzig Jahre hinter Gittern sitzen würde.

44

Was hat Debora Green dazu gebracht, ihre eigenen Kinder umzubringen? Eine teilweise Antwort hierauf ergab sich bei der Strafverkündung am 30. Mai 1996. Nichts, was gesagt wurde, änderte etwas an Deboras Strafe. Sie hatte sich entschieden, lieber vierzig Jahre in einem Gefängnis in Kansas zu sitzen, anstatt sich einem Prozeß zu stellen. Sie war nicht geisteskrank, sondern laut mehrerer psychiatrischer Gutachten voll schuldfähig. War ihr zum Zeitpunkt des mutmaßlichen Verbrechens der Unterschied zwischen richtig und falsch bewußt gewesen? War ihr der Unterschied in den Monaten nach dem Tod ihrer Kinder bewußt? Die Antwort auf diese Fragen war ein klares ›Ja‹.

Marilyn Hutchinson, die von der Verteidigung hinzugezogene Psychologin, hatte viel Zeit bei Debora verbracht, als diese im Gefängnis von Johnson County war. Vor allem ihre Einschätzung von Deboras Geisteszustand hatte die Verteidiger zu dem *plea bargain* veranlaßt. Jetzt versuchte sie zu erklären, was Debora letztendlich zu den Verbrechen getrieben hatte. Sean O'Brien, jener Strafverteidiger, der sich auf Angeklagte spezialisiert hatte, denen die Todesstrafe drohte, befragte sie:

»Hatten Sie im Rahmen des vorliegenden Falles Kontakt mit Debora Green?«

»Allerdings«, entgegnete Dr. Hutchinson. »Den ersten Kontakt hatten wir anläßlich einer vom Gericht angeordneten Prüfung ihrer Prozeßfähigkeit. Ich habe am 27. Februar 1996 von vierzehn Uhr bis vierzehn Uhr dreißig mit ihr gesprochen. Dann habe ich am 13. April erneut mit ihr gesprochen, diesmal auf Wunsch ihrer Rechtsanwälte, die mich baten zu beurteilen, ob sie Sinn und Ablauf eines *plea bargain* zu begreifen in der Lage wäre. Seither therapiere ich sie auf ihren eigenen Wunsch hin zweimal wöchentlich. Insgesamt haben wir seit unserer ersten Begegnung 18 Stunden miteinander verbracht.«

Dr. Hutchinson sagte aus, daß sie keine Einsicht in Deboras Krankenakte gehabt, sich aber mit Dr. Stamati von der Menninger-Klinik über ihren kurzen Aufenthalt dort unterhalten hätte. »Zu der Einweisung war es auf Betreiben ihres Mannes hin gekommen, der befürchtete, sie könnte sich selbst oder den Kindern etwas antun. In der Menninger-Klinik wurde sie jedoch aufgenommen, weil sie sich verbal nicht zu ihrer Aggression äußerte. Nur die ersten vierundzwanzig Stunden mußte sie zwangsweise dort bleiben. Hiernach stand es ihr frei zu gehen. Die Kriterien für eine Zwangseinweisung waren nicht erfüllt.«

Dr. Hutchinson berichtete, daß sie zur Beurteilung von Deboras Verhandlungsfähigkeit eine Reihe von Tests durchgeführt habe, darunter einen Intelligenztest.

Die amtliche Definition der Verhandlungsfähigkeit schloß dreizehn Faktoren ein. Die getestete Person muß vor allem eventuelle Verteidigungsmöglichkeiten in bezug auf die zugrunde liegenden Anklagepunkte erkennen können und in der Lage sein, ihr Verhalten während eines Prozesses zu steuern. Ferner muß sie in der Lage sein, sich mit ihrem Rechtsbeistand auszutauschen und gemeinsam mit ihm eine Verteidigungsstrategie auszuarbeiten.

»Können Sie uns kurz darlegen, zu welchen Ergebnissen Sie im Rahmen Ihrer Beurteilung der Verhandlungsfähigkeit gelangt sind?« fragte O'Brien.

»Bei vielen dieser Kriterien handelt es sich im Grunde um kognitive Dinge«, entgegnete Dr. Hutchinson. »Was macht der Richter? Was geschieht nach einer direkten Befragung? Die Art von Dingen, die man durch Fernsehen oder Zeitunglesen aufschnappt – Allgemeinwissen zum Verlauf eines Prozesses halt.«

Dr. Hutchinson erklärte, daß manche Fragen rein emotionaler Natur wären. »Ist eine Person in der Lage, ihr Verhalten während eines Prozesses zu steuern? Wird sie aufspringen und losbrüllen oder vielleicht einen Weinkrampf bekommen? Ein weiterer Punkt, den ich als rein emotional betrachte, ist die Frage, ob die Person motiviert ist, sich selbst zu verteidigen. Ich kam zu dem Schluß, daß Debora Green in beider Hinsicht – die rein emotionalen und die kognitiven Aspekte betreffend – absolut verhandlungsfähig war.«

Trotzdem hatten verschiedene Aspekte von Deboras Persönlichkeit Dr. Hutchinson während der Beurteilung ihrer Verhandlungsfähigkeit beunruhigt. Diese beunruhigenden Aspekte bezogen sich auf eine Ebene der Emotionsfähigkeit, die Debora völlig zu fehlen schien. »Wenn ich ihr eine emotionale Frage stellte, war sie nie in der Lage, mir ohne Umstand mit mehr als einem knappen Ja oder Nein zu antworten. Sie erklärte mir, daß, wenn sie emotional wird, sie dazu neige abzuschalten, um nicht von ihren Gefühlen übermannt zu werden.«

Wäre Debora in der Lage, eine Verteidigungsstrategie zu planen? Konnte sie Aussagen von Zeugen der Anklage anfechten, wenn sie mitten drin ›abschaltete‹? War sie selbst zu einer plausiblen Aussage fähig? Obgleich die große Mehrzahl von Angeklagten bei Mordprozessen nie in den Zeugenstand treten, fragte sich Dr. Hutchinson, was geschehen mochte, wenn Debora mit Fragen konfrontiert wurde, die sich mit Gefühlen befaßten, von denen sie nichts wissen wollte.

Letztendlich war sie zu dem Schluß gekommen, daß Debora im Rahmen der gesetzlichen Vorgaben als verhandlungsfähig anzusehen war. Später, als Dennis Moore, Kevin Moriarty und Sean O'Brien mit Debora über die Möglichkeit eines Antrags auf Verzicht eines Prozesses besprachen, baten sie Dr. Hutchinson erneut, sie zu untersuchen. »Sie brauchten die Bestätigung, daß sie emotional in der Lage war, die Tragweite eines solchen Antrages zu verstehen.«

Und so hatte Dr. Hutchinson noch einmal mit Debora gesprochen. »Wir unterhielten uns erneut etwa zweieinhalb Stunden, sprachen vor allem von den Konsequenzen für ihre Beziehung zu Lissa. Mir fiel auf, daß sie immer noch auf emotionaler Ebene abblockte. In der ganzen Zeit weinte sie nur zehn bis fünfzehn Sekunden. Das war extrem kurz in Anbetracht der Sachlage. Und doch verstand sie auf intellektueller Ebene, worum es ging, und sie verarbeitete es emotional, so gut sie konnte.«

Zum Zeitpunkt dieser zweiten Beurteilung hatte Dr. Hutchinson einen Bericht von Dr. Stamati von der Menninger-Klinik vorliegen sowie Deboras Patientenakte von ihrem kurzen Aufenthalt dort. »Ich erfuhr, daß die Diagnose für ihre Einweisung in die Menninger-Klinik auf schwere Depression lautete. In der Akte stand, daß sie häufig große Mengen Alkohol trank. Außerdem nahm sie Medikamente wegen gastrointestinaler Beschwerden, die durch exzessives Trinken entstanden waren.«

Debora hatte Dr. Stamati erzählt, daß die Gewalt zwischen ihrem Sohn und ihrem Mann sie sehr belaste. Aber die wohl interessanteste Information, die Dr. Hutchinson bei ihrer Befragung hervorbrachte, betraf Deboras Ergebnisse in einem Test zur Beurteilung ihrer Fähigkeiten, mit der Welt zurechtzukommen, in der sie lebt.

»Da stand«, fuhr Dr. Hutchinson fort, »daß sie bei dem Test mit fünfunddreißig Punkten abgeschnitten hatte. Und das auf einer Skala von eins bis hundert. Das Ergebnis liegt bei den meisten Menschen bei achtzig bis fünfundachtzig. Und sie brachte es nur auf fünfunddreißig. Ein solches Ergebnis deutete darauf hin, daß entweder schwerwiegende Wirklichkeitsstörungen oder schwere Kommunikationsstörungen vorlagen.« Das bedeutete, daß Debora zum Zeitpunkt ihres Aufenthaltes in der Menninger-Klinik auf der ›Alltagsebene‹ nur eine minimale Funktionstüchtigkeit aufgewiesen hatte.

Aber warum? Sie war nicht die erste Frau, deren Mann die Scheidung wollte. Ihr war ein Einkommen zugesichert worden, das es ihr ermöglicht hätte, ihren gewohnten Lebensstil beizubehalten. Sie war promovierte Ärztin, ihre Kinder waren alle in der Schule, und sie führte ein angenehmes Leben. Von den Unterhaltszahlungen hätte sie sogar die Hypothek auf das Haus am Canterbury Court tragen können.

Sean O'Brien fragte Dr. Hutchinson nach ihrer psychologischen Beurteilung Deboras. »Ich habe festgestellt, daß Debora ein sehr begrenztes inneres Ego besitzt«, entgegnete sie. »Ich stellte fest, daß dieses Ego bei Debora eine extrem unreife Person ist. Sie ist schlicht nicht in der Lage, mit den meisten emotionalen Erfahrungen umzugehen. Sie besitzt die emotionalen Fähigkeiten eines Säuglings.«

Das war ein Schock. Konnte eine Frau mit einem IQ von 165 auf emotionaler Ebene ein Kind geblieben sein? Laut Hutchinsons war Debora eine ›schizoide Persönlichkeit‹. »In ihrem Inneren ist kein Ich. Und solche Menschen lernen das zu imitieren, was den Menschen ausmacht. Sie imitieren, wie es ist, Freundschaften zu haben. Sie imitieren oder geben vor, so zu sein wie die Menschen um sie herum. Ich erfuhr aber, daß aufgrund einiger Lebenserfahrungen im vorpubertären Kindesalter Deboras Fähigkeit zu imitieren zusätzlich beeinträchtigt wurde«, sagte Dr. Hutchinson aus. »Man kann also sagen, daß sie, obgleich sie vorgab, eine erwachsene Frau zu sein, die inneren emotionalen Fähigkeiten einer Einjährigen hatte.«

»Glücklicherweise, aber auch bedauerlicherweise«, fuhr Dr. Hutchinson fort, »war sie aufgrund ihres Intellekts in der Lage, in der Welt zurechtzukommen. Sie war kein Unruhestifter. Andere Menschen erkannten so nicht das Ausmaß ihres emotionalen Defektes.« Als O'Brien fragte, welche externen Faktoren Deboras Geisteszustand beeinträchtigt hätten, führte Dr. Hutchinson Eheprobleme, die ›Gewalt‹ zwischen Mike und Tim sowie den Umstand an, daß Mike sie verlassen hatte. »Dr. Farrar hatte nach der vorangegangenen Trennung offenbar versprochen, sie nie wieder zu verlassen. Als er dann, nachdem er gerade erst zu ihr und den Kindern zurückgekehrt war, erneut von Scheidung sprach, hat sie das tief bestürzt. Ihre Gefühle angesichts des endgültigen Scheiterns ihrer Ehe waren mehr als sie verkraften konnte.«

»Haben Sie im Rahmen Ihrer Beurteilung von Deboras Verhandlungsfähigkeit mit ihr über einen *plea bargain* und eine entsprechende Strafminderung gesprochen?« fragte O'Brien.

»Ja, das habe ich.«

»Und wie stand sie dazu?«

»Vor allem wollte sie dem Leid ihrer Tochter Lissa ein Ende machen. Sie meinte, die Situation müsse sich entspannen, damit in Lissas Leben wieder Normalität einkehre. Zum zweiten hatte ich das Gefühl, daß sie sehr gründlich über die Möglichkeit einer Verurteilung zum Tode nachgedacht hatte – und darüber, was dies für ihre Tochter bedeuten würde. Ich glaube, sie wußte von anderen Kindern, deren Eltern sich in einer solchen Situation befanden, wußte, wie belastend es für sie war. Und«, fuhr Dr. Hutchinson fort, »ich erkannte auch einen gesunden Selbsterhaltungstrieb, also die Furcht vor der Todesstrafe. Sie wußte zwar, daß die Möglichkeit bestand, vor Gericht verminderte Schuldfähigkeit geltend zu machen, aber sie wußte auch, daß Geschworene sich für gewöhnlich hiervon nicht beeindrucken lassen, wenn es um Kindesmord geht.«

»Doktor, sind Sie bei Ihrer Untersuchung Deboras auf irgend etwas gestoßen, was Sie davon überzeugt hätte, daß sie nicht in der Lage wäre, diese Vereinbarung wissentlich und freiwillig einzugehen?«

»Bei unserem ersten Gespräch hatte ich tatsächlich Bedenken, die sich jedoch schon bei unserer zweiten Begegnung zerstreuten«, entgegnete Dr. Hutchinson. »In den ersten Monaten nach dem Brand setzte bei ihr ein ganz natürlicher Schutzmechanismus ein, der sich darin äußerte, daß sie einfach so tat, als hätte es das Feuer nie gegeben. Ich habe im übrigen festgestellt, daß sie sich bei manchen Gelegenheiten immer noch dieser Strategie bedient, um die Tragödie zu verarbeiten. Sie war also ziemlich benommen – und wenngleich man ihren Zustand nicht als katatonisch einstufen konnte, stand sie zu Beginn unserer regelmäßigen Therapiesitzungen kurz davor.«

»Was verstehen Sie unter ›katatonisch‹?«

»Katatonie ist ein Schutzmechanismus, in den sich eine Person flüchtet. Sie wird praktisch taub und stumm und ist buchstäblich nicht mehr in der Lage, auf die Außenwelt zu reagieren, weil sie überfordert ist mit der Bewältigung der Realität. Debora wirkte gelegentlich apathisch, reagierte nur noch auf minimaler Ebene.

»Seitdem konnte ich jedoch feststellen, daß sie in der Lage ist, kurzzeitig Gefühle auszudrücken. Sie empfindet tiefe Trauer. Sie war schrecklich verwirrt bezüglich der Umstände der Tragödie. Sie hat quälende Gewissensbisse wegen des Leids, das ihre Tochter durchmachen muß, und weil ihre beiden anderen Kinder bei dem Brand ums Leben gekommen sind. Und sie fühlt sich in hohem Maße schuldig, weil es ihr nicht gelungen ist, das Auseinanderbrechen ihrer Familie zu verhindern.«

Marilyn Hutchinson verstand Debora ähnlich wie Ellen Ryan als hilfloses ›Kind‹. Sie beendete ihre Aussage mit der Feststellung, daß Debora gegenwärtig so gesund sei wie während des vergangenen Jahres. »Für mich steht fest, daß sie keine Soziopathin ist, und ebenso offenkundig ist für mich, daß sie kein schlechter Mensch ist. Ich sehe den inneren Kampf, den sie ficht ... um mit ihren Emotionen klarzukommen. Vor dem Brand war sie völlig außer Kontrolle geraten, dann folgte eine Phase der Benommenheit und Verwirrung, und gegenwärtig durchlebt sie schwere Schuldgefühle und tiefe Trauer in ihrem Bemühen, das Geschehene zu bewältigen.«

O'Brien dankte Dr. Hutchinson für ihre Diagnose.

An diesem Punkt erhob sich Dennis Moore und erklärte, Debora hätte eine Erklärung vorbereitet, die sie gerne vor der Urteilsverkündung verlesen wolle.

»Bitte«, entgegnete Richter Peter Ruddick.

Die Augen aller Anwesenden waren auf Debora geheftet, als sie begann, ihre Erklärung zu verlesen. Sie sah aus, als wäre sie in den vergangenen fünf Monaten um zwanzig Jahre gealtert. »Der Tod eines Kindes«, begann sie, »jedes Kindes, gleich unter welchen Umständen, ist eine schreckliche menschliche Tragödie. Der Tod dieser Kinder unter diesen Umständen ist eine Tragödie fast unerträglichen Ausmaßes. Und doch handelt es sich um eine Tragödie, die ich für den Rest meines Lebens ertragen muß und für die ich die Verantwortung tragen muß. Nichts, was ich tun könnte, würde meine Kinder zurückbringen. Indem ich die Verantwortung für dieses Verbrechen übernehme, erkenne ich an, daß ich mich der Bestrafung dieses Gerichtes ebenso stellen muß wie dem Verlust meiner Kinder.

Für viele ist die Bestrafung von Verbrechen die Hauptaufgabe unseres Strafgesetzes. Andere betrachten Abschreckung als wichtigsten Zweck einer Bestrafung durch das Gesetz. Ich möchte Sie bitten, über diese grundlegenden Aspekte der Abschreckung hinauszusehen und zu erkennen, daß die Lektion, die sich aus dieser Tragödie lernen läßt, dahingehend lautet, daß die beiden Todesfälle mit großer Wahrscheinlichkeit hätten vermieden werden können.

Alkohol, psychische Störungen und vor allem das Versagen jedweder Kommunikation innerhalb unserer Familie haben die Tragödie heraufbeschworen. Ich möchte diesen Umstand nicht benutzen, um mich meiner persönlichen Verantwortung zu entziehen. Ich hoffe allerdings von Herzen, daß mein Fall allen eine Lektion sein wird, es besser zu machen.

Alkoholmißbrauch und psychische Probleme, die zu Alkoholmißbrauch führen, sind beide therapierbar. Allerdings handelt es sich um Krankheiten, bei denen der oder die Betroffene nicht von sich aus Hilfe sucht. Viele von Ihnen kennen in Ihrem Umfeld Menschen, die von diesen Krankheiten bedroht sind.

Es ist niemals leicht, in das Leben eines anderen einzugreifen. Ich möchte Sie jedoch bitten, in Ihrem eigenen

Umfeld auf Möglichkeiten der Intervention zu achten und die notwendigen Schritte einzuleiten, um jene Gefährdeten zu retten, bevor es zu spät ist.

Ich möchte durch diese Vorgehensweise Lissa und dem Rest meiner Familie weiteres Leid ersparen. Zwei Mitglieder meiner Familie sind tot, und jene, die überlebt haben, werden nie wieder dieselben sein. Ich hoffe, daß der heutige Tag für alle ein neuer Anfang ist und wir uns dem Heilungsprozeß zuwenden können.«

Debora mußte weinen, als sie die letzten Zeilen ihrer Erklärung vorlas. Es war eine wichtige und wundervoll formulierte Erklärung. Allerdings hatte sie sie nicht allein verfaßt; sie war in Zusammenarbeit mit einer Anwältin entstanden, die Ellen Ryans Philosophie teilte. Die Zeit würde zeigen, ob Debora es mit diesen Gefühlen aufrichtig gemeint hatte.

Richter Ruddick war nun soweit, das Strafmaß zu verkünden. Er verurteilte sie zu zweimal vierzig Jahren Haft, die zwar parallel verbüßt werden würden, jedoch ohne Möglichkeit einer vorzeitigen Entlassung. Er fügte eine Klausel ›besonders schlimmer Schuld‹ an. »Ich persönlich denke, daß die Angeklagte wissentlich und vorsätzlich mehr als einen Menschen getötet oder in akute Lebensgefahr gebracht hat und das auf besonders grausame Art und Weise.« Richter Ruddick zog die 191 Tage Untersuchungshaft ab. Das bedeutete, daß Debora neununddreißig Jahre, fünf Monate und neunzehn Tage im Gefängnis sitzen würde. Sie wurde anschließend in die Obhut der Strafvollzugsbehörde von Kansas gegeben und sollte in Kürze in die Strafvollzugsanstalt überführt werden, um dort ihre Haftstrafe anzutreten.

45

Mike war im Gerichtssaal an dem Tag, als Debora zu ihrer Haftstrafe verurteilt wurde. Der Bluterguß um sein Auge war verschwunden, aber er hatte eine tiefe Narbe auf der rechten Stirnseite. Auch er hatte eine Erklärung vorbereitet, entschloß sich aber im letzten Moment, sie doch nicht zu verlesen. Es war ihm schwer genug gefallen, sie zu formulieren, und er wollte nach Deboras Erklärung nicht in dieselbe Kerbe schlagen. Nachdem er Dr. Hutchinsons Beurteilung ihrer Persönlichkeit gehört hatte, steckte er den Zettel mit seinem Text wieder weg. Aber er behielt ihn; die Worte waren gewissermaßen seine eigene Trauerrede an die Kinder, die er verloren hatte.

»Vor etwa einem Jahr freuten meine Frau, Debora Green, mein Sohn Tim und ich uns auf eine Reise an den Amazonas und zu den Inkaruinen in den peruanischen Anden. Die Reise war für uns alle ein unvergeßliches Erlebnis. Leider war es das letzte große Abenteuer in Tims und Deboras Leben. Während die Reise selbst nur sehr wenig mit den nachfolgenden Ereignissen zu tun hatte, steht sie nun als Symbol einer Tragödie, die als Ganzes nie verstanden werden wird.

Am 24. Oktober 1995 wurden uns allen zwei unschuldige, vielversprechende junge Menschen entrissen. Tim war ein starker junger Mann, ebenso geistig wie körperlich. Er lebte sein Leben mit dem Elan und Starrsinn eines Jungen im Teenageralter, besaß aber doch den Mut, sich nötigenfalls gegen Seinesgleichen zu stellen und sich für Schwächere einzusetzen. Dies war zweifellos ein ungewöhnlicher und bewundernswerter Zug bei einem so jungen Mann. Er neigte dazu, seinen Willen um jeden Preis durchsetzen zu wollen, und aufgrund meiner ganz ähnlichen Veranlagung war unsere Beziehung manchmal stürmischer Natur. Bedauerlicherweise kam es bei einigen wenigen Gelegenheiten auch zu Handgreiflichkeiten. Hierfür übernehme ich die volle Verantwortung. Ich bin sehr stolz darauf, wer Tim war. Es gibt keinerlei Beweise dafür, daß er in irgendeiner Weise in die tragischen Ereignisse verwickelt war, die ihn das Leben gekostet haben, und ich werde niemals glauben, daß er für das Geschehen in irgendeiner Weise verantwortlich war.

Kelly war ein bildhübsches, liebevolles Kind und für ihr zartes Alter erstaunlich reif und einfühlsam. Sie war intellektuell in der Lage, die Aufregung zu begreifen, die eine Scheidung und Familienstreitigkeiten mit sich brachten, und sie war der einzig besänftigende Einfluß in einer völlig verfahrenen Situation. Ich weiß bestimmt, daß Kelly zu einer wunderbaren Frau herangewachsen wäre, zu einer Führungspersönlichkeit, einem gutherzigen und großzügigen Menschen. Das Ausmaß des Verlustes ihrer Person werde ich wohl niemals so ganz begreifen.

Ein Aspekt, dem vielleicht die wenigste Beachtung geschenkt wurde, ist die Person, die Debora Green geworden ist. Sie ist außergewöhnlich intelligent und kann ebenso geistreich wie lebhaft sein. Jedoch war sie trotz ihres wachen Verstandes unfähig, mit den Belastungen eines Daseins als Ehefrau und Mutter fertigzuwerden, ganz zu schweigen von den Anforderungen des Arztberufes. Sie hätte eine vorbildliche Persönlichkeit werden können, aber unglücklicherweise führten starke – wenn auch nicht klar definierte – psychologische Störungen zu einem tödlichen Fehlverhalten. Das Leben ist für uns alle nicht leicht, und ich habe ganz offensichtlich als Ehemann und Vater in mancher Hinsicht versagt. Trotzdem sind meine Fehler und mein Scheidungswunsch ganz sicher keine Entschuldigung für Mord.

Ich werde nie ganz sicher wissen, ob Debora mich wirklich töten wollte, sei es aus Rache oder aus versicherungstechnischen Gründen oder wegen meines Verhaltens und der von mir geforderten Scheidung. Möglicherweise wollte sie sich auch nur als fürsorgliche, liebevolle Ehefrau beweisen, die mich während einer lebensbedrohlichen Erkrankung pflegte.

Für mich steht aber fest, daß Debora während einiger Stunden am 23. Oktober 1995 die Absicht hatte, unsere Kinder zu töten, um mich daran zu hindern, sie ihr wegzunehmen. Sie fand es erträglicher, ihre Kinder von eigener Hand zu verlieren, als zuzulassen, daß man sie ihr wegnehmen würde, weil sie als Mutter versagt hatte. Außerdem hege ich den Verdacht, daß sie mich auch dadurch strafen wollte, daß sie mir nahm, was mir auf der Welt das Kostbarste war. Ich glaube nicht, daß sie den Mord an den Kindern geplant hat. Inzwischen bin ich überzeugt, daß sie ihre Taten bereut, und ich glaube auch, daß sie Lissa aufrichtig liebt. Um so verachtungswürdiger und unverständlicher ist jedoch, daß Debora ihre Verteidiger ermutigt oder ihnen zumindest gestattet hat, Tim für die Verbrechen verantwortlich zu machen, um sich selbst reinzuwaschen.«

Mike hatte bis spät in die Nacht an der Erklärung gesessen und endlich seine Gefühle auf den Punkt gebracht.

»Verbrecherisches menschliches Verhalten vorauszusehen gehört zu den schwierigsten Aufgaben unserer Gesellschaft. Nur sehr wenige Menschen haben Debora zugetraut, ihre eigenen Kinder zu ermorden. Trotz einer offensichtlichen geistigen Störung Deboras hätte ich sie nie für fähig gehalten, einen Mord zu begehen. Offenbar verhielt es sich bei Profis, die ausgebildet waren, psychische Störungen festzustellen zu beurteilen und zu behandeln, genauso. Debora ist tatsächlich insofern ein Opfer, als das System versagt hat, weil es nicht in der Lage war, sie zu einem Aufenthalt und einer dringend erforderlichen intensiven Beurteilung und Therapie in einer psychiatrischen Einrichtung zu zwingen. Eine Therapie hätte die Katastrophe möglicherweise verhindern können.

Die wichtigste Frage ist natürlich, was nach alledem aus Lissa werden wird. Wie wird sie in den kommenden Jahren mit der Tragödie umgehen? Und wie wird es später im Leben aussehen, wenn sie eine Ehe, eine Familie und eine Karriere ins Auge faßt? Wird sie je einen Mann offen lieben und die zum Erhalt einer dauerhaften Beziehung notwendige Intimität aufbringen können? Wird sie jemals in der Lage sein, ihren Kindern Geborgenheit zu schenken?«

Für Mike war bis jetzt jede moralische Diskussion über die Todesstrafe rein philosophischer Natur gewesen. Er war immer Befürworter einer strengen Bestrafung von Kriminellen gewesen – und ein Befürworter der Todesstrafe. Aber er war froh, daß Debora nicht hingerichtet werden würde, obgleich einige seiner Freunde zu ihm gesagt hatten: »Lebenslänglich ist zu gut für sie.« Andere wiederum hatten eine vierzigjährige Haftstrafe als zu hartes Urteil empfunden.

»Ein härteres Urteil als Vergeltung«, schrieb Mike, »dient keinem greifbaren Zweck ... Tim und Kelly würde es nicht zurückbringen, das ungenutzte Potential in Deboras Leben bliebe weiterhin ungenutzt, und Lissa hätte noch mehr zu leiden. Eine geringere Bestrafung wäre jedoch der Gesellschaft gegenüber nicht fair gewesen. Ich werde mich irgendwann von meinen gesundheitlichen Problemen erholt haben und hoffentlich wieder ein weitgehend normales Leben führen können. Ich hoffe für Debora, daß auch sie einen neuen Anfang finden wird. Ich weiß, daß ich ihr verzeihen kann, wenn ihr das gelingt. Auch wenn ich hasse, was sie getan hat, hasse ich sie nicht. Vor allem tut sie mir leid. Trotzdem erwarte ich von Debora, daß sie offen bereut, was sie getan hat. Ich erwarte, daß sie Schluß macht mit ihren Manipulationen, den Lügen und der Boshaftigkeit im Umgang mit dem Leben.

Debora hat mir vor dem Brand mehrfach gesagt, daß ich es auf ewig bereuen und für immer unglücklich sein würde, wenn ich sie verließe. Sie hat recht behalten, insofern als ich traurig und unglücklich bin wegen der nachfolgenden Tragödie, aber ich weigere mich, mich von meiner Trauer lähmen zu lassen und werde nicht zulassen, daß sie mein und Lissas Leben zerstören wird.

Auch aus der grauenhaftesten Situation läßt sich etwas Positives ziehen. Ich habe das Gefühl, reifer geworden zu sein und einige einzigartige Perspektiven gewonnen zu haben, die mich zu einem besseren Menschen machen werden. Ich habe Lissa besser kennen und verstehen gelernt als je zuvor. Ganz sicher wird Lissa in ihrem Leben nur noch sehr selten mit Situationen konfrontiert werden, die so schwer zu bewältigen sein werden wie das, was sie bereits durchgemacht hat.

Es scheint, als hätte Tim nicht lange leiden müssen, während Kelly gar nicht erst aufgewacht ist und somit weder Schmerz noch Panik empfunden haben dürfte. Gott sei Dank werden sie nie erfahren, daß ihre eigene Mutter sie getötet hat ...«

Als Mike die Erklärung geschrieben hatte, hatte er einige schwierige und wichtige Entscheidungen gefällt. Er und Celeste waren nicht mehr zusammen, und die Trennung hatte sich nicht freundschaftlich vollzogen.

»Er sagte mir am 18. Mai, daß er sich von mir trennen wolle«, erinnerte Celeste sich verbittert. »Einen Tag vor Muttertag. Bis zu diesem Tag hatte er mich viermal täglich angerufen.«

Celeste, die Mikes Entscheidung tief getroffen hatte, beharrte darauf, daß die Trennung sehr plötzlich gekommen war, obwohl sie schon lange gespürt haben mußte, daß Mike ihr entglitt. Sie war eifersüchtig gewesen auf Frauen, die er ihr gegenüber erwähnte, und sie hatte ihm und seiner Liebe nicht wirklich vertraut. »Ich fing an zu glauben, daß er mich für die Zeit des Prozesses hatte benutzen wollen und meiner überdrüssig geworden war«, sagte sie.

Wenn es zu einem Prozeß gekommen wäre, hätte Celeste Mikes Ansehen eher geschadet als genutzt. Sie war in vieler Augen eine Ehebrecherin und wäre vermutlich eine wichtige Zeugin der Verteidigung geworden.

Seit sie bei Mike eingezogen war, hatte Lissa sich an Celestes Anwesenheit gestört. Celeste erinnerte sie an die schlechten Zeiten, in denen Debora den Kindern erzählt hatte, ihre Nebenbuhlerin hätte ihnen den Vater weggenommen. Außerdem hatte Debora Lissa glauben gemacht, Celeste hätte ihren eigenen Ehemann getötet. Das stimmte zwar nicht, hatte sich jedoch in Lissas Bewußtsein festgesetzt. Die Situation war also untragbar geworden. Wenn Mike sich mit Celeste treffen wollte, hatte er das Gefühl, Verrat an Lissa zu üben. Letztendlich war die Trennung jedoch wahrscheinlich auf Mikes Bedürfnis zurückzuführen, Schmerz und Verlust hinter sich zu lassen. Es ist zweifelhaft, ob er und Celeste einander jemals hätten ansehen können, ohne an Tim und Kelly zu denken – und an John.

Celestes zahlreiche Freunde trösteten sie, ebenso wie ihre Schwester, die Mike von Anfang an abgelehnt hatte. »Die einzige, die bis zuletzt der Überzeugung war, daß Mike der richtige Mann für mich wäre, war Carolyn Stafford«, erinnerte sich Celeste. »Sie und ich betrachteten unsere Beziehung als perfekte Romanze. Als es vorbei war, sagten jedoch die meisten meiner Freunde, es wäre besser so.«

Es war vielleicht besser für Celeste, aber auch sehr schmerzhaft. Sie hatte plötzlich das Gefühl, nicht länger in

Kansas bleiben zu können. Wenn sie blieb, würde sie immer nach Mike Ausschau halten, würde sich zwingen müssen, nicht vom Freeway herüberzuschauen, um zu sehen, ob sein roter Truck vor dem Haus stand. In gewisser Weise hatte die Trennung von Mike bei ihr eine verspätete Phase der Trauer für John ausgelöst. Bis jetzt hatte sie den schlimmsten Schmerz verdrängen können, weil Mike sie brauchte. Aber jetzt gab es zum erstenmal seit zwei Jahrzehnten keinen Mann mehr in ihrem Leben.

Celeste fiel es schwer, ihre Mutter und ihre Freunde zu verlassen. Sie verbrachte viel Zeit in ihrem Garten und fragte sich, ob sie Ableger der Pflanzen mitnehmen sollte, die sie gehegt hatte. Aber wie schwer ihr die Trennung auch fallen mochte, sie und ihre Söhne mußten fort. Sie entschloß sich, ihr Haus zu verkaufen.

Debora wurde in einer ›Isolationszelle‹ des Hochsicherheitstraktes der Strafvollzugsanstalt von Topeka untergebracht. Ihren vielleicht letzten Blick auf die Freiheit erhaschte sie auf der etwa 60 Meilen weiten Fahrt von Olathe. Die Schnellstraße führte unter anderem auch durch Lawrence, Sitz der University of Kansas und Mikes Geburtsort.

Die Route zum Gefängnis führte von der Umgehungsstraße um Topeka herum fort durch ein Wäldchen schmächtiger Bäume und dann nach links auf die Southeast Rice Road.

Das Gefängnis selbst lag neben einer Siedlung kleiner, unscheinbarer Häuser. Dicht bei der Straße standen Picknicktische und Schaukeln, und dahinter befand sich das Empfangsgebäude. Aber der Van, in dem Debora saß, folgte einer gewundenen Gefängnisstraße, die nach rechts führte, an massiven rötlichbraunen Gebäuden vorbei bis zu einem niedrigen Bau, der von Zäunen und einem bemannten Wachtturm umgeben war. Dr. Debora Jones Green war nun Häftling Nummer 63205.

Ihre vierzig Jahre Haft ohne Bewährung begannen in der Isolation. In der Eingewöhnungsphase durfte sie keine Besuche empfangen, unterzog sich den obligatorischen psychischen und physischen Tests und richtete sich auf die Jahre im Hochsicherheitstrakt der Vollzugsanstalt ein.

Wenn die Peru-Reise ein ›Symbol‹ gewesen war, wie Mike es in seiner Erklärung formuliert hatte, war sie auch ein Meilenstein gewesen. Vor einem Jahr hatten Debora und Mike noch den Anschein eines völlig normalen Ehepaares geweckt, und Debora war so geistreich und komisch gewesen, daß sie alle auf der traumhaften Reise zum Lachen gebracht hatte. In der Isolation mußte sie ganz sicher über all das nachdenken, was sie zerstört hatte.

Ihr Leben war in jeder Beziehung nur noch Asche.

Mike mußte sich noch einer weiteren Operation unterziehen. Im Juni war er in der Mayo Klinik in Rochester, Minnesota, gewesen, wo diverse Herz- und Gehirntests durchgeführt worden waren. Einige der Resultate waren ermutigend gewesen. Die neurologischen und neuropsychiatrischen Tests seines Gehirns waren normal. Das Belastungs-EKG und die Ultraschalluntersuchung des Herzens bestätigten jedoch die Schädigung der Mitralvene. Mike war die unausweichliche Entwicklung einer solchen Schädigung bekannt. Wenn die beschädigte Herzklappe nicht operativ verschlossen wurde, würde es zu einem Blutstau und einem irreversiblen Herzschaden kommen. Aber er mußte sich erst von seiner Hirnoperation erholen, bevor er sich dem Eingriff am offenen Herzen stellen konnte. Er war noch sehr schwach, aber auch ungeduldig. Er wollte wieder arbeiten; er war nun seit acht Monaten krank geschrieben und vermißte seine Arbeit.

Zwei Monate später wurde Mike in der Mayo Klinik aufgenommen und am 2. August operiert. Die Operation schien gut verlaufen zu sein, und Mike wurde nach Hause entlassen. In Kansas stellte sich jedoch eine oft tödlich verlaufende Komplikation ein: eine Herztamponade.

Das Herz ist von einem ›Beutel‹ umgeben, der Perikard genannt wird. Bei einer Operation oder einem Unfall kann es passieren, daß das Herz verletzt wird und Blut oder Flüssigkeit ins Perikard fließt. Mit jedem Herzschlag wird das Herz mehr zusammengepreßt, weil der Raum zwischen Herz und Beutel sich mit immer mehr Flüssigkeit füllt.

Nach Mikes Herzoperation war die undichte Stelle nicht gleich entdeckt worden, und Mike bekam Coumadin, ein Medikament, das die Gerinnungsfähigkeit des Blutes hemmte, um eine Propfenbildung zu vermeiden. Das Medikament förderte jedoch auch die Ansammlung von Flüssigkeit im Herzbeutel. Eine Woche nach der Herzklappenoperation fiel Mike auf, daß er kurzatmig war und immer schwächer wurde. Er wußte gleich, was los war. Er litt an einem Perikardialerguß; der Beutel, der sein Herz umgab, erstickte dieses förmlich. Er rief den Notarzt und wurde mit Blaulicht ins North Kansas City Hospital gebracht.

Dort wurde er erneut operiert. Unter Vollnarkose wurde das Blut, das Mikes Herz zusammendrückte, entfernt und der Riß im Perikard genäht. Wiederum verbrachte er mehrere Wochen im Krankenhaus. »Ich bin guter Hoffnung«, schrieb er an einen Freund, »daß dies die letzte medizinische Komplikation sein wird und ich im Oktober oder November wieder arbeiten kann.«

Diesmal fiel kein schockierendes Ereignis mit seiner Operation zusammen. Mike begann nun tatsächlich, sich zu erholen. Debora saß im Gefängnis, und es war höchste Zeit, daß er anfing, sein Leben wieder ins Lot zu bringen.

46

Im Hochsicherheitstrakt der Strafvollzugsanstalt von Topeka schrieb Debora eine Reihe von Briefen. Sie durfte Lissa nicht sehen, solange sie in Isolationshaft war, und wenn sie in den normalen Gefängnistrakt zurückkehrte, würde sie jemanden auftun müssen, der ihre Tochter an den Besuchstagen nach Topeka brachte. Sie konnte nicht wirklich damit rechnen, daß Mike das übernahm, und ihre Eltern lebten in El Paso.

Debora hatte schon immer eine sehr schöne Schrift gehabt, und auch wenn sie zuweilen mit Bleistift auf weißes, unliniertes Papier schreiben mußte, waren ihre Briefe stets perfekt. Sie begann, einige Angelegenheiten zu regeln.

Debora schrieb an Mikes Schwester Karen Beal, um sich bei ihr zu entschuldigen. Sie war allerdings noch nicht soweit, William und Velma Farrar um Verzeihung zu bitten. ›Dieser Brief wird noch schwieriger zu schreiben sein‹, gestand sie. ›Aber ich kann mich nur bei all jenen entschuldigen, denen ich Leid zugefügt habe, und hoffen, daß sie mir verzeihen werden. Ich arbeite daran, mit meinem spirituellen Ich in Verbindung zu treten. Ich befasse mich mit dem Neuen Testament und den Evangelien. Sobald ich den Hochsicherheitstrakt verlassen darf und zu den anderen Inhaftierten gelegt werde, wird mir auch gestattet sein, mehrmals wöchentlich in die Kirche zu gehen und mich einer Bibelgruppe anzuschließen. Der Kontakt zu Gott hat mir geholfen, meine Situation mit einem gewissen Maß inneren Friedens anzunehmen. Selbstverständlich bin ich immer noch von Trauer überwältigt wegen Tim und Kelly, aber ich fange langsam an, das Geschehene ein wenig zu verarbeiten.‹

Als sie erfuhr, daß ihre Scheidung im Juli rechtskräftig

werden würde, ließ Debora ihre Schwägerin wissen, daß sie hoffe, Mike würde bald wieder heiraten, damit Lissa eine Mutter bekam. Das klang nach einer völlig neuen Debora, aber Karen nahm den Brief mit einer gewissen Skepsis auf. Daß Debora Mike aufrichtig zureden sollte, eine andere Frau zu heiraten, war wahrlich schwer zu glauben.

Während ihrer Isolationshaft telefonierte Debora einmal wöchentlich mit Lissa. Mike hörte nicht mit; er wollte, daß Lissa den Kontakt zu ihrer Mutter beibehielt. Es wäre ihr gegenüber zu grausam gewesen, die Beziehung zu ihrer Mutter abrupt zu beenden. Solange Lissa die Kontakte zu ihrer Mutter gut verkraftete, wollte er sich nicht einmischen.

Im Juli schickte Debora ihrer elfjährigen Tochter einen Brief, der ganz vernünftig anfing. Sie schrieb, daß sie gern Assistentin eines Hundeausbilders werden würde und sie sich schon auf Besuche Lissas freue. Dann kam sie jedoch auf Mikes Fehler und ihre eigene Alkoholsucht zu sprechen, als sei der Brief an eine erwachsene Frau gerichtet. ›Ich trank, bis ich »Blackouts« hatte. Und während dieser Zeiträume wußte ich nicht, was ich tat. Und auch wenn ich mich nicht sehr gut um euch Kinder gekümmert habe, wart ihr für mich immer das Wichtigste auf der Welt.‹

Obwohl sie wissen mußte, daß Mike sein Bestes gab, Lissa großzuziehen, erinnerte Debora ihre Tochter daran, daß Tim seinen Vater gehaßt hatte, ja gedroht hatte, ihn mit bloßen Händen zu töten. Vielleicht versuchte sie nur, sich ihren Platz in Lissas Herzen zu sichern. Vielleicht legte sie auch den Grundstein für ein Berufungsverfahren. ›Tim hat dir sogar so nahe gestanden‹, schrieb sie Lissa, ›daß er dir erzählt hatte, er würde euren Vater vergiften. Ich habe diese Schuld auf mich genommen, um Tims Ruf zu wahren.‹

Aber Debora hatte ihren Verteidigern gestattet, Tims Ruf zu ruinieren. Und nun erklärte sie, daß sie in der Brandnacht sehr, sehr viel getrunken und darüber hinaus eine zu große Menge der von Dr. Stamati verschriebenen Tabletten eingenommen habe. Und das alles nur wegen einer Auseinandersetzung mit Mike. ›Das erste, woran ich mich erinnere, ist, daß ich bei den Formans angeklopft und dich auf dem Garagendach gesehen habe. Ich hatte einen schweren Schock.‹

Aber Debora hatte den Detectives Rod Smith und Greg Burnetta die Ereignisse von dem Augenblick an geschildert, da der Alarm sie geweckt hatte.

›Die Polizei hat mich in jener Nacht verhört, und ich war völlig daneben. Ich habe gelogen, was den Alkohol und die Tabletten anbelangt. Es hatte den Anschein, als wäre mir gleichgültig, was aus Tim und Kelly geworden war, aber das lag nur am Alkohol, den Tabletten und dem Schock. Es gibt eine Videoaufzeichnung dieser Befragung. Vergiß nicht, was ich dir dazu erklärt habe, falls du sie eines Tages sehen solltest.‹

Aber wenn Debora wirklich so viel getrunken und eine so große Dosis Antidepressiva geschluckt hätte, wäre sie aller Wahrscheinlichkeit nach gar nicht erst wach geworden. Und auf dem Videoband der Polizei, das unmittelbar nach dem Brand aufgezeichnet worden war, machte sie einen völlig nüchternen Eindruck.

Abschließend versicherte Debora Lissa erneut, daß sie für ihre Mutter das Kostbarste auf Erden sei. ›Mit Worten läßt sich nicht ausdrücken, wie sehr ich dich liebe. Bitte verzeih mir und hör nicht auf, mich zu lieben.‹

Als Lissa den Brief offen herumliegen ließ, las Mike ihn und war wütend. Trotz allem, was geschehen war, hatte er geglaubt, darauf vertrauen zu können, daß Debora alles tun würde, um Lissa vor weiteren belastenden Anschuldigungen zu schützen. Er teilte Debora mit, daß er künftig ihre Telefonate mit Lissa mithören und ihre Briefe an ihre Tochter vorab lesen werde.

Debora reagierte am 7. August mit einer kleinlauten Entschuldigung und sagte, daß sie hoffe, Mikes Herzoperation wäre gut verlaufen. ›Ich bedaure aufrichtig, daß du das alles durchmachen mußt. Ich bete für deine völlige Genesung, damit du und Lissa ein normales Leben führen könnt.‹

Mike hatte zugestimmt, daß eine Mitarbeiterin seiner Praxis Lissa zu ihrer Mutter nach Topeka brachte. Wenn man berücksichtigte, daß er Debora elf Krankenhausaufenthalte und diverse Operationen sowie den Tod seiner Kinder zu verdanken hatte, verhielt er sich bemerkenswert zuvorkommend. Aber er war nicht gewillt zuzulassen, daß sie Lissa noch einmal weh tat. Er gestattete Lissa auch weiterhin, Debora zu besuchen, blieb aber wachsam. Mike erkannte, daß Debora sich von den Verbrechen distanzierte, als hätte sie nicht das geringste damit zu tun.

›Es war falsch, Lissa diesen Brief zu schicken‹, schrieb Debora Mike. ›Mir ist klargeworden, daß der Inhalt nicht angemessen war, immerhin ist Lissa noch ein kleines Mädchen. Ich verspreche dir, so etwas nie wieder zu tun. Ich werde Lissa weiterhin schreiben, so oft ich kann, und davon ausgehen, daß du die Briefe liest. Bitte akzeptiere meine Entschuldigung und mein Versprechen, daß es nicht wieder vorkommt.‹

Mike wollte Debora gern glauben, als sie schrieb: ›Laß uns gemeinsam dafür sorgen, daß Lissa ein möglichst glückliches Leben führen kann.‹

Einen Monat später schrieb Debora Mike drei Briefe, in denen sie erneut eine abgewandelte Version der Geschehnisse des 23. und 24. Oktober schilderte. Wieder behauptete sie, in jener Nacht ›nicht ganz klar‹ gewesen zu sein.

›Ich war betrunken und hatte eine zu hohe Dosis meiner Medikamente geschluckt.‹ Nach dem letzten Telefonat mit Mike hätte sie sehr viel Gin getrunken. ›Ich trank bis zur Bewußtlosigkeit, so wie in jeder Nacht während der vergangenen anderthalb Monate … Mike, du hast mich selbst mehrfach bewußtlos aufgefunden. Glaubst du wirklich, ich wäre fähig gewesen, mir einen solchen Plan auszudenken, geschweige denn, ihn auszuführen?

Was die Vergiftung betrifft, muß ich dich bitten zu akzeptieren, was ich hierzu zu sagen habe. Ich fürchte, ich war verantwortlich für Tims Haß auf dich. Trotzdem glaube ich nicht, daß er dich wirklich töten wollte. Ich denke vielmehr, daß er dadurch erreichen wollte, daß du bei uns bleibst. Ich habe in vielen Punkten die Unwahrheit gesagt und auch versucht, Lissa zu beeinflussen, aber eine Tatsache bleibt bestehen. Lissa hat Ellen an dem Tag, da ich mich für den *plea bargain* entschlossen habe, erzählt, daß sie wußte, daß Tim versucht hatte, dich zu vergiften. Ich hatte damit nichts zu tun!‹

Und dann zog Debora auch noch über Ellen Ryan her. ›Es hat den Anschein, als wolle sie nichts anderes, als mich schuldig zu sehen. Ich habe mit ihr und Sean O'Brien über die Möglichkeit eines Berufungsverfahrens gesprochen, aber ganz offensichtlich halten sie mich in allen Punkten für schuldig.‹

Noch feindseliger war sie gegenüber Dennis Moore eingestellt, dem sie vorwarf, sie überredet zu haben, Tim ins Spiel zu bringen. ›Das tut mir entsetzlich leid, und ich schäme mich fürchterlich … Bitte glaub mir. Ich wünschte, ich wäre keinem der Rechtsanwälte, die mit meinem Fall betraut waren, je begegnet.‹

Debora bat Mike eindringlich, ihr zurückzuschreiben und folgende Frage zu beantworten: ›Glaubst du wirklich, ich wäre fähig gewesen, mir einen solchen Plan auszudenken, geschweige denn, ihn auszuführen?‹ Offenbar bedeute es ihr sehr viel, daß er ihr versicherte, keine Sekunde zu glauben, sie könnte den Brand gelegt oder ihn vergiftet haben.

Der Brief, der am darauffolgenden Tag eintraf, war voll von Einzelheiten, die Debora plötzlich wieder eingefallen waren. ›Ich akzeptiere die Strafe, die im Rahmen meines Verzichtes auf einen Prozeß verhängt wurde. Ich habe mich aus Angst vor Paul Morrison und der Todesstrafe für diesen Schritt entschieden. Auch wollte ich dem Medienrummel ein Ende machen, so daß Lissa – und auch du und deine Eltern – wieder ein normales Leben führen könnt. Ich habe nicht die Absicht, meinen Fall noch einmal aufzurollen.‹

›Mike‹, schrieb sie nichtsdestotrotz, ›ich kann mich an jene Nacht *erinnern*. Ich glaube, ich habe das Feuer nicht gelegt! *Niemals* hätte ich das Leben der Kinder gefährden können, und das weißt du auch. Ich versuche um meines eigenen Seelenfriedens willen zu rekonstruieren, was sich tatsächlich zugetragen hat. Celeste ist eine sehr willensstarke und entschlossene Frau, und ganz offensichtlich hatte sie es auf dich abgesehen. Zwei wichtige Faktoren, die ihr bei ihrem Vorhaben, dich für sich zu haben, im Weg standen – John und deine Familie – wurden ausgeräumt. Könnte vielleicht sie hinter allem stecken?‹

Am Montag, dem 9. September, schrieb Debora Mike erneut, obgleich sie ihm versprochen hatte, nicht täglich zu schreiben oder anzurufen. In diesem dritten Brief distanzierte sie sich noch weiter von den Verbrechen, für die sie verurteilt worden war.

›Ich würde sehr gern deine Meinung zu meinen Fragen wissen – aber das bleibt dir überlassen. Bitte antworte mir, wenn du dich dazu in der Lage siehst. Ich werde mir nie verzeihen, daß ich (unsere) Kinder nicht gerettet habe. Was die Vergiftungen angeht, so habe ich Tim die Samen besorgt, und wenn ich nicht so sehr mit mir selbst beschäftigt gewesen wäre, hätte ich vielleicht durchschaut, was los war. Auch wenn ich es nicht wollte, habe ich mich mitschuldig gemacht, und Worte vermögen nicht auszudrücken, wie leid es mir tut. Ich bin sicher, daß Tim dich geliebt hat – er machte nur gerade eine pubertäre Haßphase durch. Ich habe nie geglaubt, daß Tim etwas mit dem Brand zu tun hatte, und ich schäme mich dafür, daß ich mich von Dennis Moore habe überreden lassen, dies bei der ersten Anhörung anzudeuten. Ebenso überzeugt bin ich, daß ich niemals das Leben meiner Kinder hätte gefährden wollen oder können, indem ich selbst einen Brand legte. Ebenso sicher weiß ich, daß du nichts mit dem Tod deiner Kinder zu tun hattest, Mike. Bleibt nur noch eine Möglichkeit. Ich weiß, daß es zu spät ist, um in diese Richtung zu ermitteln, aber würdest du mir um meines Seelenfriedens willen sagen, ob du es für möglich hältst? Celeste hat auf mich den Eindruck einer sehr skrupellosen Person gemacht. Und ich stand ihr im Weg.‹

Im Lauf der Monate klammerte sie sich immer mehr an diese Theorie und feilte sie aus. Aber so brillant sie auch sein mochte, übersah Debora offenbar die Lücken und Ungereimtheiten in ihren Briefen. Je verzweifelter sie versuchte, sich von dem Grauen dessen zu distanzieren, was sie ihren eigenen Rechtsanwälten zufolge getan hatte, desto mehr begab sie sich ins Abseits.

Ironischerweise bekam Mike alle drei Briefe von Debora am ersten Jahrestag seiner Rizinusvergiftung. Ein ganzes Jahr war vergangen, seit er ahnungslos in ein Sandwich gebissen hatte, das von Debora zubereitet worden war. Er entsprach Deboras Bitte nicht, weigerte sich, ihr dabei zu helfen, sich ein neues Szenario als Erklärung für den Tod ihrer Kinder und seinen immer noch angegriffenen Gesundheitszustand auszudenken. Dazu wäre er einfach nicht fähig gewesen.

Nachwort

Obwohl ich bei der ersten Anhörung Debora Greens im Gerichtssaal anwesend war, habe ich außer auf der Videoaufzeichnung ihres Verhörs auf der Polizeiwache nie ihre Stimme gehört. Ich hatte mit Deboras Ex-Mann, ihren Anwälten, Bezirksstaatsanwalt Paul Morrison, den Polizeibeamten von Prairie Village, Bekannten von ihr und sogar mit ihrer Mutter gesprochen, aber ich wußte immer noch nicht, wer sie wirklich war.

War Debora Green wie Diane Downs, die ihre eigenen Kinder erschossen hatte, damit ihr verheirateter Liebhaber zu ihr zurückkehrte? War sie wie Susan Smith, die ihre Söhne im Säuglingsalter ertränkt hatte, damit *ihr* Liebhaber zurückkam? Oder war Debora mehr wie Betty Broderick, die Scheidung und Verlust ihres gesellschaftlichen Status nicht verwinden konnte und schließlich nicht ihre Kinder, sondern ihren Ex-Mann und seine neue Frau tötete? Die Liste berühmt-berüchtigter mörderischer Ehefrauen und Mütter ist nicht lang, aber wir neigen dazu, uns besonders an Frauen zu erinnern, die dem Mutterinstinkt zuwider gehandelt haben.

Die einzige Möglichkeit, mir ein echtes Bild von Debora zu machen, bestand in einer Begegnung mit ihr. Würde sie mit mir sprechen? Und wenn ja, würde man mir gestatten, sie im Gefängnis zu besuchen? Aber diese Fragen waren müßig, solange Debora noch im Hochsicherheitstrakt untergebracht war.

Ich schrieb Debora im September 1996 und regte einen Briefwechsel oder einen Besuch bei ihr im Gefängnis an. (Mike hatte ihr bereits erklärt, daß ich ein Buch schrieb, und ihr nahegelegt, mit mir zu reden.) Da ich nichts davon halte, falsche Tatsachen vorzutäuschen, teilte ich Debora gleich in meinem ersten Brief mit, daß ich überzeugt war, sie hätte ihr Haus angezündet, es jedoch für möglich hielte, daß sie sich hieran nicht erinnern könne. Ich wollte, daß sie sich über meine Gefühle im klaren war, bevor wir uns begegneten. Ich machte ihr nicht vor, ein Buch zu ihrer Verteidigung schreiben zu wollen.

Debora beantwortete meinen Brief am 23. September und schrieb, daß sie ein Gespräch von Angesicht zu Angesicht einem Briefwechsel vorziehen würde. Ich wußte zu diesem Zeitpunkt nichts von ihren Briefen an Mike. Sie hatte bereits mit der Suche nach dem ›wahren Mörder‹ begonnen und hoffte, in Berufung gehen zu können.

›Sie haben mich nach meiner Kindheit bis zu meinem 11. Lebensjahr gefragt‹, schrieb sie in ihrem ersten Brief. ›Ich hatte eine sehr glückliche Kindheit. Ich hatte eine Schwester, die 19 Monate älter war als ich, und wir waren die besten Freundinnen. Ich tat mich durch außergewöhnliche Leistungen in der Schule, beim Sport und in Musik hervor. Ich wüßte nicht, von welchen besonderen Erinnerungen ich Ihnen erzählen sollte, denn sie sind alle positiver Natur. Meine Eltern waren mir während der letzten Monate eine große Stütze, und ich fühle für sie nichts anderes als Liebe und Dankbarkeit.‹

Wie sonderbar, dachte ich mir, daß Debora keine speziellen Erinnerungen an ihre Kindheit hat und doch so sicher ist, daß sie alle gut sind. Mir fiel gleich bei ihrem ersten Brief die Zwiespältigkeit auf, die offenbar Deboras sämtlichen Gedanken zugrunde lag.

Meine offene Erklärung, daß ich sie für die Brandstifterin hielt, hatte sie verärgert. ›Ich empfinde es als sehr belastend, daß Sie glauben, ich hätte mein Haus angezündet‹, schrieb sie. ›Im County-Gefängnis war ich so verschreckt, daß ich nicht mehr wußte, woran ich mich erinnerte und woran nicht. Ich habe mich auf einen *plea bargain* in allen Anklagepunkten eingelassen, um dem Medienrummel ein Ende zu machen und Lissa zu ermöglichen, endlich zur Ruhe zu kommen, und nicht weil ich schuldig war.‹

Wie zuvor schon Mike und Lissa gegenüber, führte Debora ihre Unfähigkeit, ihre Kinder zu retten, auf den vorangegangenen Alkoholgenuß zurück. Das würde sie sich niemals verzeihen, schrieb sie. ›Aber ich hatte gar nicht die Mittel zur Verfügung, an vier oder fünf verschiedenen Stellen im Haus mit Hilfe von Brandbeschleuniger ein Feuer zu legen. Außerdem hätte ich niemals irgend etwas getan, was meine Kinder gefährdet hätte. Ich habe diese Kinder mehr geliebt als das Leben selbst.‹

Debora erklärte mir, sie hätte sich ihrem Mann gegenüber ›schlecht benommen‹, jedoch nie ihre Kinder vernachlässigt. Auch hierin spiegelte sich ihre Unfähigkeit wider, zu begreifen, daß eine betrunkene Mutter, die besinnungslos im Bett liegt, sich sehr wohl der Vernachlässigung ihrer mütterlichen Pflichten schuldig macht.

Debora wußte, daß ich mit Celeste Walker gesprochen hatte; nun teilte sie mir ihre Version der Ereignisse im Sommer 1995 mit. ›Sie haben Celeste Walker aufgesucht und mit ihr gesprochen. Sie ist eine extrem willensstarke Frau. Im Sommer 1995 hat sie ein Auge auf meinen Mann geworfen. In meinen Augen gab es zwei Faktoren, die ihrem Wunsch, ihn ganz für sich zu haben, im Wege standen: ihr Ehemann John sowie meine Kinder und ich. In einem Zeitraum von nicht einmal zwei Monaten wurden beide Störfaktoren beseitigt. Im August erzählte Celeste mir, daß sie John los werden wollte, aber nicht auf den Lebensstil verzichten konnte, den er ihr ermöglichte.‹

Hierauf legte Debora mir die Kette von Ereignissen dar, die mit John Walkers Selbstmord begann. Sie erzählte mir, das Feuer sei das Werk eines erfahrenen Brandstifters (was nicht der Fall war) und übersteige mein Vorstellungsvermögen. ›Das Ausmaß des Feuers läßt darauf schließen, daß Lissa und ich ebenfalls umkommen sollten. Aber der Staatsanwalt und sogar meine eigenen Verteidiger haben darauf verzichtet, diesen Umstand genauer zu untersuchen.‹

Debora schrieb, daß sie bei einem Treffen auch gern mit mir über Mikes Vergiftungen sprechen würde.

Eine Besuchserlaubnis für den Hochsicherheitstrakt der Strafvollzugsanstalt von Topeka läßt sich nicht über Nacht herbeizaubern; vielmehr handelt es sich um einen Vorgang, der etwa zwei Monate in Anspruch nimmt. Erst dann bekam ich Bescheid, daß mir der Zutritt gestattet werden würde. Die Umstände würden alles andere als ideal sein für einen Schriftsteller. Ich durfte weder einen Kassettenrecorder noch eine Kamera mitnehmen, ja nicht einmal einen Kugelschreiber und Papier. Für einen Schriftsteller, der es gewohnt ist, Gespräche aufzuzeichnen und sich Notizen als Gedächtnisstütze zu machen, waren diese Einschränkungen frustrierend. Ich beschloß, meinen Kassettenrecorder in meinem Wagen zu lassen, den ich direkt vor dem Gefängnis parkte, und das Gespräch sofort zu analysieren, nachdem ich die Vollzugsanstalt verlassen hatte. Obgleich ich Debora jeweils für sechs Stunden hätte besuchen dürfen, wäre die Informationsflut zu groß gewesen, um sich an alles zu erinnern. Ich hielt zwei vierstündige Besuche für besser.

Wir schrieben den 14. März 1997, als ich auf dem Kansas City Airport landete.

Der März ist in Topeka ein brauner Monat. Gras, Sträucher, Bäume und sogar der ständige Wind scheinen von derselben stumpfen braunen Farbe zu sein. Der Wind fegt pfeifend um die Gebäude und verursacht dabei ein ewiges

Summen, das die Einheimischen vermutlich gar nicht mehr wahrnehmen. Er zerrte an meinem Haar und riß mir beinahe die Wagentür aus der Hand, als ich mich am Samstag, dem 15. März, zum Frauengefängnis in der Southeast Rice Road aufmachte.

Ich bin schon in unzähligen Strafvollzugsanstalten gewesen, um Gespräche mit Insassen zu führen. Manchmal waren wir durch dicke Glasscheiben getrennt und mußten uns über Telefon unterhalten; manchmal hatten wir uns auch an einem Tisch gegenübergesessen. Eigentlich hätte ich mich längst an das Gefühl des Eingesperrtseins gewöhnen müssen, genau wie an das Gefühl des Mißtrauens, das man Besuchern dort generell entgegenbringt.

Nachdem ich den Wagen auf dem Parkplatz abgestellt hatte, schloß ich meine Handtasche im Kofferraum ein und nahm nur Ausweis und Schlüssel mit hinein. Ein Wachmann mit feierlichem Gesichtsausdruck überprüfte seine Liste der zugelassenen Besucher. Gott sei Dank stand auch mein Name drauf. Ich mußte meine Schlüssel und den Führerschein abgeben und wurde in die Obhut eines zweiten Wachmannes gegeben, dessen Haar so kurz geschoren war wie das eines Soldaten. Er trug eine Sonnenbrille mit Spiegelgläsern. Gemeinsam verließen wir das Empfangsgebäude und betraten einen Käfig – ja, es war buchstäblich ein Käfig –, in dem wir von Maschendraht umgeben waren. Obwohl ich mich in dem Labyrinth von Gängen nicht auskannte, ließ meine bewaffnete Eskorte mich vorausgehen und befahl mir bei einer Reihe von Käfigtüren ›Ziehen‹, ›Drücken‹ oder ›Durchgehen‹, bis wir schließlich auf einen Weg abbogen, der zum Hochsicherheitstrakt führte. Der mit einem Gewehr bewaffnete Wachmann oben auf dem Turm beobachtete uns, bis wir hineingingen.

Der Besuchsraum des Hochsicherheitstraktes erinnerte

an den Speisesaal einer Grundschule – nur die Essensausgabe fehlte. Es gab acht Tische mit Stühlen und zwei Getränkeautomaten. Eine Vollzugsbeamtin saß an einem Schreibtisch gleich neben der Eingangstür des Gebäudes. Ganz offensichtlich bestand ihre Aufgabe darin, den Besucherraum zu überwachen, was sie auch so diskret tat, daß man sich nicht gestört fühlte.

An den Hauptraum grenzten zwei kleinere Räume, die, wie ich später erfuhr, inhaftierten Eltern und ihren Kindern vorbehalten waren. Es waren Zimmer, in denen sie spielen und reden konnten, ohne den Blicken der Wachen und der anderen Häftlinge unmittelbar ausgesetzt zu sein. Es gab eine einzige Toilette, die von Frauen und Männern gleichermaßen zu benutzen war.

Ich wartete mehrere Minuten und fragte mich, ob Debora es sich möglicherweise anders überlegt hatte und nicht mehr mit mir sprechen wollte. Als sie schließlich zur Tür hereinkam, war ich im ersten Moment nicht sicher, ob sie es wirklich war. Sie wirkte viel kleiner als seinerzeit im Gerichtssaal. Ich schätzte ihre Größe auf eins achtundfünfzig oder eins sechzig und ihr Gewicht auf 130 bis 140 Pfund. Wegen ihrer starken Kurzsichtigkeit trug sie eine Brille mit sehr dicken Gläsern. Ihr Haar war länger als damals, als ich sie das letzte Mal gesehen hatte. Sie trug Gefängniskleidung: Jeans, ein blaues Jeanshemd und Sportschuhe.

Die Hand, die sie mir reichte, war feucht und kalt. Sie war nervös, sah mir jedoch direkt in die Augen und war lebhafter, als ich sie bisher erlebt hatte. Ich hatte beim Mittagessen gestört, aber sie versicherte mir, daß sie sich die Zeit genommen habe, ihre Mahlzeit zu beenden.

Wie fragt man eine Frau, ob sie ihre Kinder getötet und ihren Mann vergiftet hat? Gar nicht. Jedenfalls ich nicht. Ich hatte Debora in meinem ersten Brief meine Sicht des Falles mitgeteilt, und sie hatte darauf entgegnet, sie sei unschuldig. Jetzt wollte sie einfach nur reden und wählte selbst die Themen, über die sie zu sprechen wünschte. Ich überließ ihr die Führung.

Das erste, wovon Debora mir erzählte, war ihre Verhaftung und die menschenunwürdigen Zustände im Gefängnis von Jackson County in Missouri. »Wir wurden in eine viel zu kleine Zelle gepfercht«, sagte sie. »Zu essen bekamen wir, wenn den Wärtern danach war. Auf den Eisenpritschen waren keine Matratzen, nur ein Eisenrost, so daß wir auf den bloßen Sprungfedern liegen mußten.«

Sie beschuldigte Mike, ganz bewußt ihre Verhaftung vor dem Ballett arrangiert zu haben. »Er wollte mich bloßstellen. Lissa war ihm völlig egal. Er mußte damit rechnen, daß sie alles mit ansah – aber das kümmerte ihn nicht.« Wußte sie denn nicht, daß Mike an jenem Tag operiert worden war? Er hatte in Wirklichkeit keinerlei Einfluß auf Zeitpunkt und Ort ihrer Verhaftung gehabt.

Als ich sie fragte, was sie an einem Mann anziehend fände, entgegnete Debora, Humor sei ihr sehr wichtig. »Man muß nämlich sehr intelligent sein, um Humor zu haben.« Aber Mike hatte sich als ›völlig humorlos‹ erwiesen. »Er ist pedantisch und ein furchtbarer Besserwisser.«

Trotz der versöhnlichen Briefe an Mike, in denen sie ihn um Verzeihung gebeten hatte, war sie ganz offensichtlich immer noch sehr böse auf ihn. »Ich denke, Lissa hat bei ihm nichts zu befürchten«, sagte sie. »Aber er ist langweilig. Lissa hat bei ihm keinen Spaß. Und Lissa liebt es, Spaß zu haben.«

Debora erzählte, Mike wäre nicht nur ein schlechter, sondern gar kein Vater gewesen. Er wäre um sechs, halb sieben Uhr morgens zur Arbeit gefahren und erst spät Abends nach Hause gekommen. Bei Tims Geburt war er noch sehr stolz gewesen, bei Lissas schon weniger, und

Kellys Geburt schließlich habe ihn völlig kalt gelassen. Bei ihr selbst hingegen hätten die Kinder immer an erster Stelle gestanden. »Meine Kinder sind mein Leben«, sagte sie – eine Bemerkung, die sie im Verlauf des Gesprächs noch viele Male wiederholen sollte. »Als ich in jener letzten Nacht mit Mike gesprochen habe«, erzählte sie, »drohte er, sie mir wegzunehmen. Das hat mir wirklich angst gemacht.«

Ich fragte Debora, warum sie Mike nicht einfach hatte ziehen lassen. »Sie hätten eine neue Praxis eröffnen können. Sie hätten den Lebensunterhalt für sich und die Kinder selbst bestreiten können. Warum haben Sie das nicht getan?«

»Er wollte unser wunderschönes Haus für sich und die Kinder behalten, und ich hätte in einem kleineren Haus leben müssen. Wir hatten eine Stellung, eine Stellung innerhalb der Gesellschaft. Das wollte ich nicht aufgeben. Und die Kinder wollten, daß ich zu Hause blieb. Tim sagte zu mir: ›Mom, wir möchten, daß du unsere Mom bist und für uns da bist. Wir wollen nicht, daß du wieder arbeiten gehst.‹«

Debora hatte mir zuerst geschrieben, daß sie Celeste für die Brandstifterin halte. Jetzt, sechs Monate später, war sie der Überzeugung, Celeste und Mike hätten gemeinsame Sache gemacht.

»Wollen Sie damit sagen, die beiden hätten das Feuer gelegt?« fragte ich.

»Nein ... nein, das hätten sie niemals getan. Ich glaube, sie haben jemanden dafür bezahlt, daß er das Haus anzündet. Sie haben nie etwas selbst getan. Sie haben immer jemanden engagiert, der ihnen die Drecksarbeit abgenommen hat. Celeste bekommt immer, was sie will. Es ging ihr nicht schnell genug.«

Debora kannte John Walker noch aus ihrer gemeinsamen Studienzeit. »Er war sehr nett, aber sehr schüchtern. Ich wußte, daß er an Depressionen litt.«

»Glauben Sie, daß Celeste ihn getötet hat?«

Debora schüttelte den Kopf. »Nein. Sie hat ihn nicht umgebracht – aber sie hat ihn in den Selbstmord getrieben. Er und ich haben uns nach der Peru-Reise oft unterhalten.«

»Haben Sie und John über Mikes Affäre mit Celeste gesprochen?«

»Nein«, entgegnete sie hastig. »Davon wußte John nichts.«

Schließlich war Debora gewillt, über Einzelheiten der Nacht vom 23. Oktober zu sprechen. Sie sagte, sie hätte gelesen und dann Tim in der Küche gehört. Er hatte sich etwas zu essen geholt. Sie erinnerte sich, daß er nur eine Pyjamahose getragen hatte. Sie hatten sich eine Weile unterhalten, und dann hatte sie ihn umarmt und ihm eine gute Nacht gewünscht.

Das war das letzte Mal gewesen, daß sie ihren Sohn gesehen hatte.

Nachdem sie in ihr Zimmer zurückgekehrt war, hatte Debora noch einmal mit Mike telefoniert. Das Gespräch hatte im Streit geendet und er drohte, ihr die Kinder wegzunehmen. Sie erzählte mir, daß sie hierauf ein volles Glas Gin getrunken hatte. »Danach schlief ich ein.«

Sie konnte sich nicht mehr daran erinnern, daß der Alarm losgegangen war. Sie wußte nicht mehr, ob sie an diesem Abend die Türen abgeschlossen oder die Alarmanlage eingeschaltet hatte.

Ich fragte sie, ob sie sich bezüglich der Ereignisse in jener Nacht einem Lügendetektortest unterzogen habe, und sie schüttele den Kopf. »Ich fürchte mich davor. Auf dem College haben wir physiologische Studien mit Lügendetektoren durchgeführt. Ich gehöre zu den Menschen, die so nervös werden, daß der Apparat schon eine Lüge registriert, wenn ich nur meinen Namen nenne.«

Auf dem Band der polizeilichen Befragung hatte Debora erklärt, sie hätte die Schlafzimmertür geöffnet, und der Flur sei voller Rauch gewesen. Daraufhin habe sie die Tür wieder zugeschlagen. Noch nie hatte sie an irgendeiner Stelle erwähnt, daß sie den brennenden Flur betreten hatte. Jetzt erzählte sie jedoch: »Ich ging ein Stück den Flur hinunter durch die Flammen, um meine Kinder zu retten. Aber Feuer und Rauch waren so dicht, daß ich umkehren mußte. Bei dieser Gelegenheit habe ich mir auch das Haar versengt. Ich ging mit meiner Mutter zu Jones, um mir das Haar schneiden zu lassen, weil ich auf der Beerdigung gut aussehen wollte. Aber der Haarschnitt war mißlungen, und darum ging ich ein paar Tage später wieder zum Friseur, um den ersten Schnitt in Ordnung bringen zu lassen.«

Ich versuchte, einen neutralen Gesichtsausdruck beizubehalten, wobei ich mich allerdings fragte, ob meine Augen mich nicht doch verrieten. Ich wußte von ihrem versengten Haar und den Friseurbesuchen; ihre Geschichte diente offensichtlich dem Zweck, eine Erklärung für einen jener Beweise zu liefern, die sie während der Anhörung am stärksten belastet hatten.

»Ich kann einfach nicht verstehen, warum Paul Morrison solches Aufhebens um mein Haar gemacht hat«, sagte sie. »Außerdem hat er sich ständig die Wahrheit zurecht gebogen. Er wollte, daß ich in jener Nacht betrunken gewesen war, aber ich sollte nicht so betrunken gewesen sein, daß ich nicht mehr in der Lage gewesen wäre, das Feuer zu legen.«

Als Debora darauf zu sprechen kam, was Tim durchgemacht hatte, fing sie an zu weinen. Obwohl ich nicht an ihre Unschuld glauben konnte, hielt ich ihre Tränen für echt.

Und doch wollte Debora mir gleich darauf einreden, Tim hätte seinen Vater vergiftet. »Ich habe Tim die Kastorsamen gekauft«, sagte sie. »Für ein Schulprojekt. Tim befaßte sich ständig mit irgendwelchen interessanten Projekten. Er wollte versuchen, die Kastorsamen bei kontrollierter Temperatur mit verschiedenen PH-Werten im Boden heranzuziehen – aber in Wirklichkeit hat Tim seinen Vater vergiftet. Ich war so betrunken, daß ich dem, was er tat, nicht die nötige Aufmerksamkeit geschenkt habe ...«

Ich schwieg.

»Wissen Sie«, fuhr sie langsam fort, »vielleicht habe ich Tim sogar dabei geholfen, Mike zu vergiften. Wenn ich nicht so viel getrunken hätte, wer weiß, was geschehen wäre?«

Debora sagte, daß sie kein Prozac mehr nehme und wieder klarer denken könne. Sie vertraute mir an, daß die Wochen im Gefängnis von Johnson County ihr nur sehr verschwommen im Gedächtnis geblieben wären, wofür sie das Klonopin und das Prozac verantwortlich machte. Sie warf Dennis Moore und Kevin Moriarty vor, sie nie besucht zu haben. Und was Ellen Ryan und Sean O'Brien betraf, meinte sie zornig: »Die meinen, ich sollte mich glücklich schätzen, hier sein zu dürfen, weil ich der Todesstrafe entgangen bin.«

Sie war aber nicht glücklich mit ihrer Situation. Debora erzählte, sie hätte an die Rechtsberatungsstelle für Häftlinge geschrieben. Die könne ihr jedoch nicht helfen, ein Berufungsverfahren anzustrengen. Außerdem hatte sie sich an die Nationale Frauenorganisation gewandt. »Die haben zwar zum Ausdruck gebracht, daß sie mir gern helfen würden, jedoch darauf hingewiesen, daß ihre finanziellen Mittel bereits verplant sind.« Die Vereinigung hatte

Debora vorgeschlagen, sich an den bekannten Strafverteidiger Alan Dershowitz zu wenden, was sie auch getan hatte. Aber sie hatte bisher noch keine Antwort erhalten.

»Ich glaube, Ellen hat mich vom ersten Tag an für schuldig gehalten«, sagte sie mit einiger Bitterkeit.

»Aber sie hat sich so sehr für Sie eingesetzt«, entgegnete ich überrascht. »Warum sagen Sie so etwas?«

»Weil sie Moore und Moriarty dazugeholt hat.«

»Das sind die besten Strafverteidiger in der Gegend. Ob sie Sie nun für schuldig gehalten hat oder nicht, sie hat ihr Bestes getan, um Ihnen zu helfen.«

»Vielleicht stimmt das.«

Von ihren Eltern und Lissa abgesehen, fühlte Debora sich von allen im Stich gelassen.

Debora haßte das Gefängnis, fürchtete sich jedoch nicht mehr. Irgendwie fühlte sie sich im Gefängnis sicherer. Sie erzählte, daß es ihr gelungen wäre, die beste Zelle im Hochsicherheitstrakt zu ergattern, eine Eckzelle mit einem Fenster zum Hof. Die meisten Zellen verfügten nur über ein Bett, ein WC und einen Schreibtisch. »In meiner Zelle ist noch ein wenig Platz am Fußende des Bettes«, sagte sie. »In den anderen Zellen hingegen reichen die Betten von einer Wand zur anderen. Außerdem habe ich in meiner Zelle einen Fernseher.«

Die Ironie, daß sie sich über einen halben Meter Platz am Fußende ihres Bettes freute, nachdem sie früher in einem riesigen Haus gelebt hatte, schien Debora gar nicht bewußt zu sein. Sie erzählte, daß sie nicht viel Zeit in ihrer Zelle verbrachte. Gewöhnlich hielt sie sich im Gemeinschaftsraum auf und häkelte. »Ich habe viele Freundinnen«, sagte sie. »Alles Frauen, die ich normalerweise nie kennengelernt hätte. Ich komme mit allen gut aus.«

In einem Brief an Lissa hatte Debora die Hoffnung zum Ausdruck gebracht, Hundetrainerin im Rahmen des Programmes zur Ausbildung von Blindenhunden zu werden. Das klang, als wären Enttäuschungen vorprogrammiert, da sie einen Hund nur sieben Wochen lang betreuen durfte, bis er in die höhere Ausbildungsstufe kam. Sie gab zu, daß sie sich vor dem Tag fürchte, an dem sie sich von ihrem Hund trennen mußte, aber die Arbeit machte ihr Spaß. »Wenn ich mit den Hunden arbeite, komme ich ins Freie.« Sie arbeitete jeden Morgen und jeden Nachmittag mit ihrem Hund. Ihr Tagesablauf war vorgegeben, jeder Tag straff durchgeplant. Die Verpflegung im Gefängnis war nicht besonders gut. Es gab im Speisesaal auch nicht genug Stühle für alle, so daß man immer lange warten mußte, ehe man einen Sitzplatz bekam.

Debora berichtete, daß ihr der Lärm, den die vielen Frauen verursachten, am meisten zu schaffen machte. Sie erzählte, daß sie entzückt gewesen wäre, als die Glühbirne der Flurlampe in Höhe ihrer Zellentür durchgebrannt war. »Ich konnte eine Woche lang im Dunkeln schlafen – bis sie dann die Birne auswechselten.«

Sie sagte, daß sie acht Jahre im Hochsicherheitstrakt verbringen mußte, ehe sie hoffen durfte, in einen anderen Trakt des Gefängnisses verlegt zu werden. »Ich ertrage es jetzt schon nicht«, murmelte sie. »Wie soll ich es da acht Jahre aushalten?« Wir sprachen nicht von der Dauer ihrer vollen Strafe, den ›vierzig Jahren ohne Bewährung‹. Diese Zeit war schlicht zu lang, um sie sich zu vergegenwärtigen.

Debora gab mir einen Überblick über ihr Leben. Sie meinte, sie hätte Duane Green nie wirklich geliebt. Sie lernte Mike kennen, als sie rein juristisch betrachtet noch mit Green verheiratet war. Sie fühlte sich zu ihm hingezogen, weil er ein ›zurückhaltender und netter Kerl war‹. Sie sagte, daß sie jemanden gesucht hätte, der ihr ein Gefühl von Sicherheit vermitteln konnte. Nicht so sehr finanzielle Sicherheit als vielmehr auf der emotionalen Ebene. Sie redete viel von Sicherheit, so daß ich mich bald fragte, ob Debora vielleicht gar keinen Mann suchte, sondern vielmehr eine Vaterfigur.

Am schwersten war es, Debora dazu zu bringen, von ihrer Kindheit zu erzählen. Es war, als hätte ihr Leben erst auf der High-School begonnen. Als ich nicht lockerließ, wiederholte sie, was sie mir in ihrem ersten Brief geschrieben hatte. Sie habe eine perfekte Kindheit gehabt.

»Wer hatte in Ihrer Familie das Sagen?« fragte ich.

»Meine Mutter«, antwortete sie, ohne zu zögern. »Meine Mutter trifft in meiner Familie die Entscheidungen. Sie ist die Starke. Mein Vater ist dagegen ein lieber Kerl und immer zu Späßen aufgelegt. Er spielte mit uns Kindern.«

Der Brief, den ich von Joan Jones erhalten hatte, war voll des Hasses gegen Michael Farrar gewesen. Sie beschrieb, wie Tim und Mike während des verspäteten Muttertag-Essens aneinandergeraten waren. Jetzt stimmte plötzlich Debora Mikes Version zu. Sie erinnerte sich, daß Tim sich unmöglich aufgeführt hatte und ihre Eltern sich eigentlich auf Mikes Seite gestellt hatten.

Debora erzählte, ihre Familie hätte in ihrer Kindheit in bescheidenen Verhältnissen gelebt, sie hätten aber immer genug gehabt, um ein unbeschwertes, glückliches Leben zu führen. Sie wußte, daß ihr Vater Fahrer bei einer Brotfabrik gewesen war, aber im Gegensatz zu Mike erinnerte sie sich nicht mehr an den Namen seines Arbeitgebers. Sie sagte, sie hätte immer alles gehabt, was ihr wichtig gewesen wäre. Nur kein Haustier. »Ich konnte nicht genug Haustiere haben«, bemerkte sie. Ihre Mutter hatte im Laufe der Jahre nur einem Hund und ein paar Katzen zugestimmt, weil sie meinte, Haustiere machten zu viel Arbeit.

Ich fragte Debora, ob sie sich an ein traumatisches Erlebnis in ihrer Kindheit erinnern könne, was sie sofort verneinte. Alles sei sehr ›idyllisch‹ gewesen. Sie konnte Klavier und Geige spielen. Sie war immer eine hervorragende Schülerin gewesen. Sie spielte sehr gut Tennis und Fußball.

Sofern sie als Kind ein Trauma erlitten hatte oder sexuell mißbraucht worden war, konnte sie sich hieran entweder nicht mehr erinnern, oder aber sie weigerte sich, mir davon zu erzählen. Irgend etwas war passiert, davon war ich überzeugt, aber die verwirrte Frau vor mir wollte mir nicht verraten, was es war.

»Haben Ihre Eltern getrunken?« fragte ich. Die Vermutung war naheliegend: Ihre Schwester arbeitete in einer Alkoholberatungsstelle und Debora schob das Feuer und die Vergiftungen auf ihren durch Alkohol herbeigeführten Rauschzustand.

»Nein, sie haben nie übermäßig getrunken«, entgegnete sie schnell. »Keiner von beiden.«

Es war 15 Uhr 30, und meine Besuchszeit bei Debora war vorbei. Ich hatte ihr versprochen, meinen Verleger zu bitten, ihr ein paar Bücher direkt vom Verlag aus zu schicken – dies war der einzige Weg, über den Gefängnisse Bücher von außerhalb akzeptieren. Sie liebte es immer noch, sich in Büchern zu verlieren, aber die Gefängnisbücherei war bescheiden ausgestattet im Vergleich zu der Auswahl, die sie gewohnt war.

Ich konnte Debora nicht versprechen, daß ich ein Buch schreiben würde, in dem ihre Unschuld bewiesen wurde. Sogar bei den Gesprächen mit mir hatte sie sich selbst widersprochen. Ich denke, für sie ist es aus reinem Selbstschutz wichtig, sich ein Szenario zurechtzulegen, das es ihr ermöglicht zu glauben, daß nicht sie das Feuer gelegt hat, bei dem ihre Kinder umkamen. Ebenso wichtig für sie ist die Erinnerung an ihre ›Rettung‹ Lissas und die Überzeugung, Tim hätte Mike vergiftet.

Abschließend glaube ich, daß Mike das Wichtigste in Deboras Leben war, möglicherweise noch wichtiger als ihre Kinder. Er war der Vater, der nicht daheim bleiben wollte, und sie war das kleine Mädchen, das Tobsuchtsanfälle bekam, um ihn zum Bleiben zu bewegen. Als das nicht mehr funktionierte, bestrafte sie ihn, indem sie ihm das nahm, was ihm am meisten bedeutete: seine Kinder.

Und doch blieb ich mit offenen Fragen zurück. Debora war zweier Verbrechen für schuldig befunden worden. Das tödliche Feuer zu legen mochte ein impulsiver Akt gewesen sein. Ihren Mann zu vergiften erforderte allerdings eine völlig andere Veranlagung. Sie hatte sich erst mit verschiedenen Vergiftungsmethoden befassen und sich dann entscheiden müssen, Rizinus und Kaliumchlorid zu verwenden. Niemand, dessen Verstand von Alkohol benebelt war, wäre in der Lage gewesen, die todbringenden Kastorsamen zu beschaffen und zu mahlen.

Wie sehr mußte Debora Mike gehaßt haben, als sie ihm mit einem Lächeln die vergifteten Speisen servierte – und dann zusah, wie er wieder und wieder schwer erkrankte. Gift war für mich schon immer die kaltherzigste Art zu töten. Debora war mit den Symptomen einer Rizinusvergiftung vertraut; sie wußte, daß ihr Mann schrecklich leiden würde. Dieser Mordversuch war vorsätzlich geplant und sogar wiederholt worden. Der Plan einer unfaßbar grausamen Frau.

Warum haßte sie ihn so sehr? Ich bezweifle, daß irgend jemand – vielleicht nicht einmal sie selbst – ihre Motivation erklären konnte. Mike hatte sie mit einer anderen Frau betrogen, aber viele Frauen verzeihen einem untreuen Ehemann. Und jene, die nicht verzeihen können, lassen sich scheiden; nur selten machen hintergangene Ehefrauen es sich zur Aufgabe, die Männer zu vernichten, die sie einmal geliebt haben.

In gewisser Weise war ihr Haß auf ihren Ehemann Haß auf sich selbst. Mike hatte es nicht vermocht, Debora glücklich zu machen, und sie hatte schon vor langer Zeit die Bürde ihrer Selbstachtung auf seine Schultern gelegt. Gleichzeitig hatte sie ihre Persönlichkeit so vollständig ihrer Rolle als Ehefrau und Mutter untergeordnet, daß von ihr selbst nichts mehr übrig geblieben wäre, wenn Mike sie verlassen hätte. Indem sie Mike tötete, wollte sie Rache üben. Und sie hätte hierdurch ihr Ego gerettet. Mike durfte sie nicht für eine hübsche, schlanke Blondine verlassen, sondern mußte in ihren Armen sterben.

Auch wenn sie der Todesstrafe entgangen war, wurde Debora Green eine schwere Strafe auferlegt. Im Grunde wurde sie dazu verurteilt, den Rest ihres Lebens mit dem Menschen zu verbringen, den sie am meisten verachtet – sich selbst.

Ich denke, das ist schlimmer, als in der Gaskammer zu sterben.

Celeste Walker hat ihr Haus in Overland Park verkauft und ist mit ihren Söhnen an die Westküste gezogen, 2000 Meilen weit weg von ihren tragischen Erinnerungen.

Dr. Michael Farrars Scheidung von Dr. Debora Green wurde am 25. Juli 1996 rechtskräftig. Er ist inzwischen vollständig genesen und arbeitet wieder. Er sorgt dafür, daß Lissa ihre Mutter regelmäßig besucht. Mike hat im

Mai 1997 die Rechtsanwältin Gillian Matthews geheiratet. Sie leben mit Lissa und Gillians Kind in einem neuen Haus in Missouri.

Greg Burnetta ist aus dem Police Department von Prairie Village ausgeschieden und arbeitet heute für die Bundespolizei in Kansas City.

Detective Gary Baker hat das Police Department von Prairie Village ebenfalls verlassen. Er ist jetzt als Ermittler bei der Staatsanwaltschaft beschäftigt.

Detective Rod Smith arbeitet noch für das Prairie Village Police Department. Er wird sich ebenso wie seine Kollegen bis an sein Lebensende an den Fall Debora Green erinnern. Jeff Hudson ist immer noch Branddirektor der Feuerwehr von Shawnee, Kansas.

Paul Morrison wurde bei den Wahlen 1996 in seinem Amt als Bezirksstaatsanwalt von Johnson County bestätigt. Ellen Ryan praktiziert weiterhin Familienrecht in Kansas City.

Debora Green hat mir nach meinen Besuchen Mitte März 1996 nicht mehr geschrieben. Ich habe gehört, daß sie immer noch bereut, sich auf einen *plea bargain* eingelassen zu haben, und bestrebt ist, ein Wiederaufnahmeverfahren in Gang zu setzen.

Bei meinem letzten Besuch am Canterbury Court schoß ich Fotos, die mir als Gedächtnisstütze dienen und mich an die Straßen und die Bäume erinnern sollte, die das Haus umgaben, in dem Mike, Debora, Tim, Lissa und Kelly einst gelebt hatten. Ich wußte, daß das Grundstück, auf dem das Haus gestanden hatte, nicht wieder bebaut werden würde. Die Nachbarn hatten es Mike Farrar 1997 abgekauft und begrünt. Und doch war es schwer, die Leben, die dort vergeudet wurden, und die Hoffnungen, die dort begraben lagen, zu vergessen.

Dann sah ich zwei kleine Tiere über das Gras hüpfen – ein Wildkaninchen und ein Eichhörnchen. Sie schienen völlig zahm zu sein, und das tröstete mich irgendwie. Einige Häuser weiter war der Lärm eines Rasenmähers zu hören und ein paar Kinder, die Basketball spielten. Obwohl nichts jemals wieder so sein würde wie früher, war das Leben am Canterbury Court doch nicht für alle zu Ende gegangen.

ENDE

Danksagungen

Als ich im Januar 1996 in Kansas City eintraf, war ich dort völlig fremd. Ich stellte jedoch bald fest, daß Kansas und Missouri ausgesprochen freundliche Staaten sind.

Viele Menschen haben mich bei meinem Bemühen unterstützt, das Rätsel Debora Green zu entwirren. Einige dieser Menschen hatten Anteil an ihrer Verurteilung, andere werden mit meinen Schlußfolgerungen nicht einverstanden sein – trotzdem hoffe ich, daß ich ihnen als Sprachrohr dienen konnte.

Ich möchte all jenen danken, die mit mir persönlich gesprochen haben: Bezirksstaatsanwalt Paul Morrison, seinem Stellvertreter Rick Guinn, Morrisons Assistent Terry Issa, Gerichtsreporterin Kris Waggoner, Jeff Hudson, Branddirektor von Shawnee Kansas, Charles Grover, Polizeichef von Prairie Village, den Detectives Rod Smith und Gary Baker, Ellen Ryan, Joan Jones, Dr. Debora Green, Gordon Purdy, Dr. Michael Farrar, Dr. Jeanne Hermens, Celeste Walker, Tony Rizzo und James Fussell vom *Kansas City Star*, Andy Hoffman vom *Olathe Daily News*, Dave Kaup, Marc Lorber, Nancy Glick, Janna Pettet, der Illinois Prairie Library in Metamora Illinois, Luis Wells und den anderen Mitarbeitern der Strafvollzugsanstalt von Topeka.

Ruth Adams von Flutterby, Carla Radburn, All Slegel, Karen Metcalf, Cary L. Swofford, Sue Jones, Janice Mccollum, Linda Meierhoffer, Kay Waldo und Kelly Waldo Dillman haben sehr dazu beigetragen, daß ich mich in Kansas City und Umgebung wie zu Hause fühlte.

Wie immer danke ich meinem Erstleser Gerry Brittingham, meiner Freundin und Schriftstellerkollegin Donna Anders, Marni Campbell, Mike Rule, meinem Büromanager, und Leslie Rule, die die Arbeit an ihrem eigenen Buch unterbrochen hat, um mir zu helfen. Der Rest meiner Familie hat sich ebenfalls des öfteren nützlich gemacht: Laura, Andy, Kevin, Matt, Rebecca, Bruce, Machel, Luke, Nancy und Lucas Fiorante.

Ich war gesegnet mit dem in meinen Augen besten Herausgeberteam der Verlagswelt: Fred Hills, Burton Beals und Hilary Black. Ich danke Fred für seinen kühlen Kopf inmitten des anfänglichen Chaos und Burton für die grüne Tinte, mit der er so gekonnt mein Manuskript versehen hat. Hilary, gesegnet seist du für die vielen Abende, an denen du Überstunden gemacht hast, um die einzelnen Seiten zusammenzufügen. Und danke auch Euch, Dolores und Joanne, die für den Satz verantwortlich waren.

Joan und Joe Foley sind vor über zwanzig Jahren ein Risiko mit mir eingegangen, und ich weiß sie bis heute als Agenten und Freunde zu schätzen. Mary Alice Kier und Alla Cottle bin ich dankbar, daß sie die Tore Hollywoods für mich erstürmen, so daß mir dieser Schritt erspart bleibt.

Abschließend möchte ich noch meinem Bauunternehmer Martin Woodcock meinen Dank aussprechen, da während meiner Arbeit an diesem Buch der Hügel, auf dem mein Haus steht, sich nach und nach in einer nicht enden wollenden Schlammflut auflöste, und er eine Katastrophe nach der anderen abwandte, so daß ich mich auf meinen Computer konzentrieren konnte. Ich fühlte mich so sicher, daß ich nur selten einmal einen Blick auf die Schlammlawine warf, die langsam den Hang hinter mir herabglitt. Ich vertraue darauf, daß ich bald keinen Schlamm mehr an Schuhen, Knien, Ellbogen und Ohrläppchen haben werde.

Zwei Männer, grundverschieden und doch gleich: Der eine, Lubji Hoch, entstammt einer armen Familie osteuropäischer Juden. Er dient sich in der britischen Armee unter falschem Namen zum Offizier hoch und beginnt im Nachkriegs-Berlin mit dem Aufbau einer Zeitung.
Der andere, Keith Townsend, Sohn eines Zeitungsbesitzers in Melbourne, ausgebildet in Oxford, steigt in wenigen Jahren zum bedeutendsten Verleger Australiens auf. Doch seine Träume gehen weit darüber hinaus.
Es ist nur eine Frage der Zeit, bis sich die Kreise dieser beiden Männer schneiden werden. Jeder von ihnen hat das Ziel, das größte Medienimperium der Welt zu besitzen. Nur einer von ihnen wird überleben ...

ISBN 3-404-14263-2

BASTEI
LÜBBE

Ein kurzer Augenblick verändert ein ganzes Leben. Ein fataler Augenblick, in dem der erfolgreiche Wallstreet-Anwalt Ben Bradford die Beherrschung verliert und seinen Rivalen, den Geliebten seiner Frau, tötet. Ein Augenblick des Entsetzens ... und dann des eiskalten Kalküls: Ben beschließt, die Identität des Toten anzunehmen. Ein neues Leben beginnt, ein Leben stets auf der Flucht in immer neue Rollen.

In einem der spannendsten und anrührendsten Romane der letzten Jahre inszeniert Douglas Kennedy mit großem Einfühlungsvermögen das Drama eines Mannes mit geraubter Identität, ›... als hätte Patricia Highsmith eine Art *Pferdeflüsterer* geschrieben, eine düstere Fabel und ein unwiderstehlicher Thriller zugleich.‹

(Mail On Sunday)

›Man jagt durch das Buch und hofft, es werde nie enden.‹

(New York Times)

ISBN 3-404-14278-0

BASTEI LÜBBE

»Thomas Giffords bestes Buch.« (DAILY NEWS)

1940: Hitlers Armeen überrennen Europa und Nordafrika. Der britische Premierminister Winston Churchill setzt alles auf eine Karte. Er startet ein geheimes Kommandounternehmen und erteilt den möglicherweise kriegsentscheidenden Auftrag, den deutschen Generalfeldmarschall Erwin Rommel zu töten.
Max Hood, Mitarbeiter des britischen Nachrichtendienstes, soll die gefährliche Mission leiten. Unterstützung erfährt er vor allem von seinem langjährigen Freund Rodger Godwin, einem amerikanischen Journalisten, für den der Auftrag die Story des Lebens bedeutet. Zwischen den beiden steht Priscilla DewBrittain – Hoods Frau und Godwins Geliebte. Für die drei wird das Unternehmen zu einer Tour de force …

Thomas Gifford, Autor der Weltbestseller ASSASSINI und GOMORRHA, legt mit PROTECTOR einen Thriller vor, der Maßstäbe setzt.

ISBN 3-404-14249-7

BASTEI LÜBBE